Beatrice Webb
Meine Lehrjahre

Aus dem Englischen von
Christa Krüger
Mit einer Einführung von
Wolf Lepenies

Insel Verlag

Die erste Ausgabe dieses Werkes erschien 1926
unter dem Titel »My Apprenticeship«

Erste Auflage 1988

Druck: Hieronymus Mühlberger, Augsburg
Printed in Germany

Wolf Lepenies

Beatrice Webb: Meine Lehrjahre – Ein Klassiker der englischen Literatur, ein Klassiker der Sozialforschung

Als im Oktober 1939 Virginia Woolf eine Einladung zum Lunch erhielt, zitterte, wie sie in ihrem Tagebuch notiert, ihre Hand wie Espenlaub, und sie räumte ihr Zimmer auf, um die Fassung wiederzugewinnen. Eingeladen hatte sie eine Achtzigjährige – Beatrice Webb.

Die Briefe, Tagebücher und Memoiren von Leonard und Virginia Woolf vermitteln einen Eindruck von der Wirkung, die Beatrice und Sidney Webb auf die englische Gesellschaft ihrer Zeit ausübten – gerade weil die Woolfs keine unkritischen Bewunderer der Webbs waren, deren persönliche Haltung, soziales Engagement und politische Strategie sie ablehnten. Doch gab es keinen Zweifel an der Intelligenz und Cleverness der Webbs, an der Wirksamkeit ihres erbarmungslosen common sense und einer Allwissenheit, die jeden, der sie kennenlernte, die eigenen Unzulänglichkeiten schmerzhaft fühlen ließ.

Selbst in einer an Exzentrikern reichen, an das Ungewöhnliche gewohnten Gesellschaft fiel eine Frau wie Beatrice Webb auf, die mit Hilfe ihres Intellekts, und gestützt auf ein nicht unerhebliches väterliches Vermögen, Karriere machte. Sie, der selbst der große Keynes zu Füßen lag, wurde auch für eine Schriftstellerin wie Virginia Woolf zur Konkurrentin, und wenn Virginia Woolf die Webbs als das blut- und fleischlose Paar beschrieb, konnte sie Neid und Ressentiment gegenüber ihrem Erfolg nur schwer verbergen. Als aber Beatrice Webbs Autobiographie *My Apprenticeship* erschien, war auch Virginia Woolf hingerissen. Sie fand das Buch spannend, wie sie am 9. April 1926 an Clive Bell schrieb, und am 11. April notierte sie in ihr Tagebuch:

Mrs. Webbs Leben bringt mich dazu, es mit meinem zu vergleichen. Der Unterschied liegt darin, daß sie versucht, alle ihre Erfahrungen auf die Geschichte zu beziehen. Sie ist ausgesprochen rational und kohärent. Immer schon hat sie über ihr Leben & die Bedeutung der

Welt nachgedacht: tatsächlich beginnt sie damit bereits im Alter von 4 Jahren. Sie hat sich selbst als ein Phänomen studiert. Daher ist ihre Autobiographie Teil der Geschichte des 19. Jahrhunderts. Sie ist ein Produkt der Wissenschaft & des Verlustes des Glaubens an Gott; der Zeitgeist hat sie abgesondert. Auf alle Fälle glaubt sie, daß es sich so verhält & paßt sich sehr überzeugend und für mich auf sehr interessante Weise in ihre Zeit ein. Sie zapft einen großen Strom von Gedanken an...

Der englische Literaturkritiker F. R. Leavis, zu dessen Stärken ein wohlwollendes Urteil nicht gehörte und der durch seine Auseinandersetzung mit C. P. Snow über die »Zwei Kulturen« auch einem größeren Publikum außerhalb Englands bekannt wurde, sah in diesem Buch einer Sozialwissenschaftlerin und Sozialistin einen Klassiker der englischen Literatur. Wie für Herbert Spencer war Beatrice Webb für ihn eine zweite George Eliot, die zur »großen Tradition« der englischen Literatur zählte. Die Lektüre von Beatrice Webb führte ihn zu dem Schluß, daß zu den Qualifikationen künftiger Soziologen und Psychologen auch ein literarisches Training gehören sollte.
Nunmehr liegt die Autobiographie von Beatrice Webb in deutscher Übersetzung vor, und der deutsche Leser hat die Möglichkeit, das Urteil von Virginia Woolf und F. R. Leavis zu überprüfen.

Lebenslauf

Beatrice Potter wurde am 2. Januar 1858 geboren. Ihr Vater, Richard Potter, der an der neuen London University sein Examen ablegte, wollte sich ursprünglich, versehen mit einem ausreichenden väterlichen Erbe, als ländlicher Rentier in Herefordshire niederlassen. Nach der Finanzkrise 1847/48 jedoch mußte er anfangen, seinen eigenen Lebensunterhalt zu verdienen; er verlor sein ererbtes Vermögen, doch nur, um – nunmehr auf sich alleine gestellt – ein weit größeres zu machen. Sein Schwiegervater ernannte ihn zu einem der Direktoren der

Great Western Railway, außerdem wurde er Teilhaber einer Holzfirma in Gloucester, aus deren Erträgen im wesentlichen sein Einkommen floß. Reich wurde er durch den Krimkrieg, als er das englische Kriegsministerium wie den französischen Kaiser dazu überreden konnte, in den russischen Wintermonaten ihre Soldaten in Holzhütten unterzubringen.
In *Meine Lehrjahre* beschreibt Beatrice die vielfältigen Unternehmungen und Spekulationen, die ihr Vater, angespornt durch 60 000 Pfund, die der Krimkrieg seiner Firma eingebracht hatte, unternahm: dazu gehörte auch das Projekt, mitten durch Syrien einen Konkurrenzkanal zum Suez-Kanal zu ziehen. Dieses Projekt wurde fallengelassen, weil es die Heiligen Stätten unter Wasser gesetzt und man vierzig Jahre gebraucht hätte, um den Kanal zu füllen. Richard Potter, einer der großen Eisenbahnmagnaten des viktorianischen Zeitalters, war ein kapitalistischer Gentleman, an den die Tochter sich stets mit Zärtlichkeit erinnerte, aber er war kein Mann fester Prinzipien und hatte kein auf Überzeugung beruhendes Verantwortungsgefühl für das öffentliche Wohl – zu dessen Ausbildung die Epoche auch wenig geeignet war.
Aber Richard Potter war flexibel und pragmatisch. Als erst einmal das Wahlrecht ausgeweitet worden war, wurde er ein Verfechter proletarischer Erziehung und schockierte seine politischen Freunde mit dem Vorschlag, notfalls müßten sie eben ihre Töchter dazu bringen, die Massen zu erziehen. Potter war ein *homme à femmes* besonderer Prägung: er vergötterte seine Frau und liebte seine neun Töchter; er war, wie Beatrice schrieb, der einzige Mann, den sie kannte, der aufrichtig an die Überlegenheit der Frauen über die Männer glaubte – was paradoxerweise zur Folge hatte, daß am Beginn ihres Erwachsenenlebens seine Töchter Anti-Feministinnen waren. 1880 unterschrieb Beatrice Webb sogar eine Petition gegen die Einführung des Frauenstimmrechts – eine Aktion, die sie später bedauerte und von der sie sich, freilich erst nach zwanzig Jahren, öffentlich distanzierte.
Die Mutter, die neun Mädchen geboren hatte, haßte Frauen;

der große Kummer ihres Lebens war, daß ihr einziger Sohn bereits mit drei Jahren gestorben war. Beatrice war zu diesem Zeitpunkt sieben Jahre alt. Lawrencina Heyworth war die Tochter eines reichen Liverpooler Kaufmanns, der als Selfmademan sein Geld gemacht hatte: auch mütterlicherseits wurde der Haushalt der Potters von einer Atmosphäre unbekümmerter Amoralität in Wirtschaftsfragen beherrscht, zu der jene sich berechtigt glaubten, die ihr Vermögen nur sich selbst, nicht anderen verdankten. Die Mutter interessierte sich für Literatur und hatte einen nicht allzu erfolgreichen Roman geschrieben; außerdem war sie eine fanatische Verfechterin des ökonomischen Utilitarismus und eine Anhängerin Herbert Spencers, der zu den Gästen des Hauses Potter zählte, wo man ihn, so der boshafte G. B. Shaw, hielt wie einen Spielzeugelefanten. Sie glaubte ihm jedenfalls mehr als ihr Mann, der mit dem Philosophen lange Spaziergänge machte und auf dessen mit Nachdruck vorgetragene Thesen und Doktrinen in der Regel seelenruhig antwortete: »Won't work, my dear Spencer, won't work.«

Beatrice hatte keine glückliche Kindheit; als zweitjüngste der neun Töchter wurde sie in der Familie weitgehend ignoriert; offenkundig unterschätzte die Mutter ihre Intelligenz. Obwohl es eher bescheiden bei den Potters zuging, die keineswegs das verschwenderische Leben führten, das sie sich hätten leisten können, bemerkte Beatrice bald, daß die Potters befahlen; es gab niemanden, der *ihnen* sagte, was sie zu tun hatten. Im Winter 1873/74 begleiteten Beatrice und ihre Schwester Kate Richard Potter auf einer Geschäftsreise in die Vereinigten Staaten. Hier begann sie, regelmäßig ein Tagebuch zu führen, das später zur wichtigsten Quelle ihrer autobiographischen Schriften werden sollte.

Lange Zeit wurde Beatrice sich weder in der ländlichen Gesellschaft von Gloucestershire noch während der jährlichen Londoner Saison darüber klar, was sie in ihrem Leben eigentlich tun sollte. Von 1876 bis 1882 verbrachte sie Jahre ohne Verantwortung. 1882 starb ihre Mutter, 1892 der Vater. In

diesen zehn Jahren wurde Beatrice Potter zur Sozialforscherin.
Zunächst änderte sich nach dem Tode der Mutter ihre Stellung im Potterschen Haushalt. Sie wurde zur Ratgeberin ihres Vaters und vertrat praktisch Mutterstelle bei der jüngeren Schwester. Mit immer schärferer Aufmerksamkeit beobachtete sie nun das Leben ihrer eigenen Schicht und wünschte mehr über das Leben und die Arbeit derer zu erfahren, mit denen sie noch kaum in Berührung gekommen war. Die Gelegenheit dazu bot sich bald. Im November 1883 besuchte Beatrice, verkleidet als ›Miss Jones‹, die angebliche Tochter eines walisischen Farmers, arme Verwandte ihrer Mutter, die in Bacup (Lancashire) in den dortigen Spinnereien arbeiteten. Sie fand den Besuch bewegend und beeindruckend, weniger amüsant und viel informativer, als sie erwartet hatte. Obwohl sie schon im Jahr zuvor in London dem Charity Organisation Committee beigetreten war und Besichtigungen in den Slums von Soho hinter sich hatte, war erst jetzt der erste Schritt zur teilnehmenden Beobachtung und damit zur Sozialforschung getan.
Zum weiteren Familienkreis der Potters gehörte Charles Booth, ein angeheirateter Cousin von Beatrice und ehemaliger Liverpooler Reeder, der von 1886 an über siebzehn Jahre lang und weitgehend auf eigene Kosten eine der folgenreichsten und monumentalsten Enquêten der jungen Sozialforschung unternahm: *Life and Labour of the People of London* (1902 bis 1903) – eine »Arithmetik des Jammers«, die den Leser heute noch beeindruckt. Beatrice wurde eine Mitarbeiterin Booths; 1887 erschien im Rahmen seiner Untersuchung ihre erste Publikation. Auch begann sie um die gleiche Zeit, als *rent collector* im East End von London zu arbeiten. Die Arbeit fiel ihr schwer, und als 1885 ihr Vater durch einen Schlaganfall gelähmt wurde und ihre kranke Schwester mehr denn je ihrer Hilfe bedurfte, schien es, als sei ihre noch kaum begonnene Karriere schon an ihr Ende gekommen. Dennoch hielt sie durch: sie bildete sich theoretisch weiter, verfaßte einen Essay

über Marx' ökonomische Theorie, der nicht publiziert wurde, und schrieb eine Abhandlung über ›Dock Life in East London‹, der in *Nineteenth Century* erschien. Ihre Sozialbeobachtungen setzte sie fort, indem sie sich als Näherin anwerben ließ. Auch darüber veröffentlichte sie einen Artikel, ›The Pages of a Workgirl's Diary‹, in der gleichen Zeitschrift.
Politisch wurde Beatrice zur Sozialistin; als Forscherin begann sie, mehr und mehr über die Bedingungen und die Möglichkeiten einer Wissenschaft von der Gesellschaft nachzudenken; ihr erstes eigenes großes Projekt sollte eine Untersuchung der englischen Genossenschaftsbewegung sein. 1888 hörte sie zum ersten Mal von der vier Jahre zuvor gegründeten Fabian Society, einer Gruppe junger radikaler Sozialisten, die man eher Reformer hätte nennen sollen, hatten sie doch, wie eines ihrer Mitglieder, G. B. Shaw, sich ausdrückte, »den Barrikaden den Rücken zugekehrt und sich dazu entschlossen, heroische Niederlagen in prosaische Erfolge zu verwandeln«. Ihren Namen hatte sich die Gesellschaft nach Quintus Fabius Maximus gegeben, *qui cunctando restituit rem,* jenem römischen Feldherrn, der abzuwarten verstand, bis die Chance zum sicheren Sieg für ihn herangereift war. Unter den Fabiern ragte Sidney Webb hervor, der, aus kleinen Kreisen stammend, sich durch Stipendien und in harten Auswahlverfahren eine hohe Beamtenposition erworben hatte. Shaw nannte ihn den fähigsten Mann in ganz England. Als Beatrice 1890 zum ersten Male Sidney Webb begegnete, hatte sie eine unglückliche Affäre mit Joseph Chamberlain hinter sich, einem Fabrikanten, der Bürgermeister von Birmingham gewesen war und dem radikalen Flügel der Liberalen Partei seinen Stempel aufdrückte. Im Vergleich zu dem attraktiven Chamberlain erschien Sidney eher abstoßend, doch waren sein enzyklopädisches Wissen, von dem sie Wunderdinge gehört hatte, und sein selbstloses Engagement in sozialen Fragen beeindruckend.
Sidney verliebte sich sofort in Beatrice und warb um sie; sie war abweisend und blieb es für eine lange Zeit. Er drängte sie, wenn sie ihn schon nicht liebte, doch wenigstens zur kollegia-

len Zusammenarbeit: eins und eins gaben, wenn man sie richtig addierte, nicht zwei, sondern elf. Am 1. Januar 1892 starb Richard Potter; sechs Monate später heirateten Sidney und Beatrice, die ihrem Vater die Verlobung mit einem Sozialisten verschwiegen hatte. Als Herbert Spencer, der Apostel des Individualismus, davon erfuhr, entzog er Beatrice die Bearbeitung seines literarischen Nachlasses, die er ihr ursprünglich hatte anvertrauen wollen.

Hier endet *My Apprenticeship*. Die Lehrjahre waren für Beatrice Webb vorüber, und es begann die Partnerschaft mit Sidney Webb. Als dieser 1947 starb – vier Jahre später als Beatrice –, hatten die Webbs mit einer imponierenden Fülle von Publikationen, durch ihr sozialreformerisches Engagement, ihre politische Tätigkeit und ihre Salon-Propaganda unauslöschliche Spuren im öffentlichen Leben Englands und seiner Institutionen hinterlassen. Sie hatten den Kurs der Fabier und der Labour Party mitbestimmt, sie hatten die London School of Economics (1895) und den *New Statesman* (1913) gegründet und zweimal die Welt bereist. Sidney war Minister in zwei Labour-Kabinetten gewesen und vertrat schließlich als Lord Passmore – Beatrice hatte den entsprechenden Titel abgelehnt – die Arbeiterpartei im Oberhaus. 1932 besuchten sie die UdSSR und wurden zu Ende ihres Lebens Anhänger des Sowjetkommunismus, ein Credo, von dem sie auch die Stalinschen Säuberungen nicht abbringen konnten. Sie sind in der Westminster-Abtei begraben.

Von der Philanthropie zur Sozialforschung

Beatrice Webb ging den im 19. Jahrhundert nicht seltenen Weg von der Philanthropie zur Sozialforschung. Als sie ihre armen Verwandten in Bacup besuchte, wurde ihr bewußt, daß es nur ein Mittel gab, um diese Menschen, die einer anderen Klasse angehörten als sie selbst, zu verstehen: man mußte für einige Zeit »ihren Glauben annehmen und die Dinge im sel-

ben Licht sehen wie sie«. Wie sie 1884 in einem Brief schrieb, waren »inadequate thought-out theories« das gefährlichste aller gesellschaftlichen Gifte; weder konnte man, wie Spencer dies getan hatte, Gesetze aus dem Bereich der Naturwissenschaften einfach auf die Soziologie übertragen, noch gab es eine Chance, die Regelmäßigkeiten des gesellschaftlichen Lebens intuitiv zu erfassen. Solche Gesetze ließen sich nur in mühevoller Arbeit mit Hilfe sorgfältig aufbereiteter Daten finden. Am Ende des 19. Jahrhunderts standen nicht einmal die entsprechenden Informationen zur Verfügung; sie mußten erst gesammelt und geordnet werden.
Es gab kein einfaches Rezept, wie die naturwissenschaftlichen Methoden der Datensammlung und Klassifikation auf die Tatbestände des sozialen Lebens angewandt werden konnten. Mühe und Arbeit waren dazu erforderlich, »an interested hard-working life, with just a touch of adventure«, wie es 1885 in einem Brief an den Vater heißt. In Beatrice Webb, die unter einem Decknamen in den Spinnereien von Lancashire und in den Londoner Nähstuben spionierte, steckte ein Detektiv und ein Ethnologe zugleich, wie in so vielen frühen Sozialforschern, deren Ziel die wissenschaftliche Beschreibung der Gesellschaft war; während sie als *rent collector* arbeitete, erschienen ihr die Mieter ihres Bezirks wie die *aborigines* des East End. Das Pathos der teilnehmenden Beobachtung und der Erfahrung aus erster Hand prägt all ihre Schriften – auch die historischen Bücher, bei deren Herstellung die Arbeit im Archiv den Platz der herkömmlichen Feldforschung einnahm. Hierin liegt – neben der materiellen Unabhängigkeit, über welche die Webbs verfügten – auch ein Grund dafür, daß sie von der etablierten Universitätswissenschaft nicht leicht zu beeindrucken waren: Alfred Marshall beispielsweise war Professor in Cambridge, doch fehlten ihm, wie Beatrice bemerkte, jene Erfahrungen des alltäglichen Lebens, die erst den ganzen Menschen ausmachen.
In der Bedeutung, die der eigenen Anschauung, dem Miterleben und dem Mitfühlen zugeschrieben wird, unterscheidet

sich vor allem Beatrice Webb von jenen *fact-and-figures men* des 19. Jahrhunderts, deren Glauben, Daten allein könnten die Grundlage von Sozialforschung und Sozialpolitik bilden, als *gradgrindism* bezeichnet worden ist, jene Weltanschauung, die Charles Dickens in seinem Roman *Hard Times* (1854) in der Person des Mr. Gradgrind dargestellt hat:

Obwohl Mr. Gradgrind Blaubart nicht ähnelte, war sein Zimmer eine richtige blaue Kammer mit ihrem Übermaß an blue books ... In dieser reizenden Behausung wurden die kompliziertesten sozialen Fragen formuliert, exakt berechnet und schließlich gelöst – wenn nur die, die es anging, davon hätten informiert werden können. Als ob ein astronomisches Observatorium ohne ein einziges Fenster gebaut worden wäre, und der Astronom darin das sternenreiche Universum lediglich mit der Hilfe von Federhalter, Tinte und Papier arrangieren würde, so hatte Mr. Gradgrind in *seinem* Observatorium (denn es gibt viele davon) es nicht nötig, ein Auge auf die wimmelnden Myriaden menschlicher Wesen um ihn herum zu werfen, sondern konnte über ihr Schicksal auf einer Schiefertafel entscheiden, und alle ihre Tränen mit einem schmutzigen Stück Schwamm abwischen.

Zeit ihres Lebens hielt Beatrice Webb an der Forderung fest, daß sozialwissenschaftliche Forscher noch andere Tätigkeiten ausüben sollten, um ihnen zu einem gründlichen Einblick in die gesellschaftliche Wirklichkeit zu verhelfen. Als eine Art Labor für soziologische Experimente schien ihr die Verwaltung für diesen Zweck besonders geeignet zu sein.

Gleichzeitig lag ihr wie Sidney Webb daran, den naturwissenschaftlichen Charakter der soziologischen Forschung zu stärken. Beatrice Webb blieb Herbert Spencer immer dankbar dafür, daß er sie gelehrt hatte, soziale Institutionen so zu betrachten, als seien sie Pflanzen oder Tiere, »Dinge, die beobachtet, klassifiziert und erklärt werden konnten und deren Verhalten sich in gewissem Umfang vorhersagen ließ, wenn man genug über sie wußte«, wie es am 9. Dezember 1903 in ihrem Tagebuch heißt. Die vergleichende Physiologie, so notierte sie bereits im September 1883, mußte zur Grundlage einer wissenschaftlichen Soziologie werden. Dementsprechend studierte sie physiologische Lehrbücher, sezierte und mikroskopierte und las John Stuart Mills *Logic* zur gleichen Zeit.

Als 1895 die London School of Economics gegründet wurde, schien deren Curriculum nicht zuletzt von T. H. Huxley beeinflußt zu sein, der in der jungen Soziologie die Vollendung der naturgeschichtlichen Disziplinen erblickte. Ursprünglich sollten an der LSE Mathematik und Biologie als propädeutische Fächer für den Abschluß in Wirtschaftswissenschaften gelten, doch wurde dieser Plan nie verwirklicht. Auch ein Fach wie die Meteorologie tauchte nur kurz im Studienplan auf und verschwand dann wieder. Doch Beatrice Webb hielt an ihren ursprünglichen Vorstellungen fest; sie wollte wissen, ob das Studium der sozialen Institutionen so unparteiisch betrieben werden konnte »wie das Studium von Flora und Fauna«. Zur Beantwortung dieser Frage schien ein Verbund der Soziologie mit deskriptiv-naturwissenschaftlichen Fächern besonders sinnvoll zu sein. Eine Zuwendung der Rockefeller-Stiftung führte tatsächlich zu dem Vorschlag, an der LSE ein Department für Sozialbiologie einzurichten. Dieser Plan scheiterte ebenfalls. Seine Verwirklichung wäre im Sinne der Webbs gewesen, die gegen eine Ökonomie als reine Begriffsanalyse und gegen eine Theorie der Politik ihre Vorstellung von den Sozialwissenschaften als denjenigen Disziplinen gesetzt hatten, die sich mit der Sammlung und der Klassifikation sozialer Tatstände beschäftigten.

Man wird Beatrice Webbs soziologische Lehrjahre, die sie in *My Apprenticeship* beschreibt, besser verstehen, wenn man kurz skizziert, wie sich später in den Augen der Webbs die Disziplingestalt der Soziologie formte. Alle ihre Schriften durchzieht die Spannung zwischen der Absicht, das Studium der menschlichen Institutionen so wissenschaftlich, das heißt so distanziert wie möglich zu betreiben, und dem Wunsch, die bestehende gesellschaftliche Wirklichkeit zu verändern, das heißt, Institutionen, die auf dem Profitmotiv beruhen, durch solche zu ersetzen, die am Gemeinwohl orientiert sind. Bei den

Webbs mischte sich der Glaube an die Notwendigkeit und an die Praktikabilität einer konkreten Wissenschaft von der Gesellschaft auf der Grundlage historischer Forschung, persönlicher Erfahrung und statistischer Überprüfbarkeit mit dem Bewußtsein, zu den Pionieren der Sozialtechnik zu gehören.
Beatrice selbst fand einen naheliegenden Kompromiß, um das emotionale Engagement der frühen Sozialforschung in die Zeit der Sozialtechnik hinüberzuretten. Der Kompromiß lag darin, zwischen der reinen Wissenschaft und ihrer Anwendung scharf zu unterscheiden. Obwohl die Webbs nach ihrer Bekehrung zum Kommunismus den Russen nahelegten, die Verhaltenswissenschaften für ihre politisch-propagandistischen Zwecke zu nutzen, beharrte Beatrice noch 1935, im Jahr, da ihr gemeinsam mit Sidney Webb verfaßtes Buch *Soviet Communism – A New Civilisation?* erschien, gegenüber einem Besucher aus der UdSSR darauf, daß es keine marxistische, sondern nur eine wissenschaftliche Soziologie gäbe.
Wissenschaftliche Ergebnisse sollten – dies war Beatrice Webbs Überzeugung – in den Dienst einer politischen Sache gestellt werden. Der Erkenntnisgewinn aber wurde dadurch kein kalter, maschinenmäßiger Vorgang. Er war, ganz im Gegenteil, eher ein religiöser Akt. Die Entdeckung von Naturgesetzen war ein Ausdruck der Pietät, eines der Mittel, wodurch sich das Reich Gottes seiner Verwirklichung auf Erden näherbringen ließ. Das wissenschaftliche Tun war sowohl ein intellektueller wie ein moralischer Prozeß; in seiner höchsten Form verlangte es »Mut, Aufrichtigkeit, gute Kameradschaft, die Abwesenheit von Eitelkeit und Boshaftigkeit – oft das Opfer von Ambition, Bequemlichkeit, Gesundheit und manchmal sogar des Lebens« (Tagebuch, 17. September 1920).
Noch in ihrem Lehrbuch *Methods of Social Study* (1932) hielten die Webbs daran fest, daß die Soziologie wie Botanik und Zoologie zu den biologischen Disziplinen gehörte; Rickerts und Max Webers Konzeption einer spezifischen Kulturwissenschaft wiesen sie ausdrücklich zurück. Dies aber war

kaum mehr als eine theoriepolitische Erklärung. Ihre Studien zur britischen Gewerkschaftsbewegung, zum Genossenschaftswesen und zur Lokalverwaltung zeigen deutlich, daß ihre Soziologie biologisch orientiert nur im metaphorischen Sinn war: sie beschäftigte sich mit der Entstehung, dem Wachstum, der Veränderung und dem Vergehen spezifischer sozialer Institutionen. Beatrice Webb hatte Charles Booth am Ende ihrer gemeinsamen Arbeit kritisiert, weil er der Geschichte sozialer Institutionen nicht genügend Aufmerksamkeit gewidmet hatte. Da die Webbs sich zur Anwendung ausgefeilter statistischer Methoden nicht befähigt hielten, beobachteten sie Institutionen von nahem oder arbeiteten in ihnen, benutzten die sanfte Kunst des Interviews und trieben ausgedehnte Archiv- und Literaturstudien.

Die Webbs waren keineswegs, wie H. G. Wells behauptete, Realisten im erkenntnistheoretischen Sinn: Kategorien, mit deren Hilfe sie ihre Forschungsgegenstände klassifizierten, waren nicht mehr als Worte für sie. Auch wenn sie Max Webers Charakteristik der Soziologie nicht teilten, betonten sie die Notwendigkeit des mitfühlenden Verstehens in den Sozialwissenschaften und nannten Shakespeare und Goethe als Beispiele dafür, wie weit die Fähigkeit ausgebildet sein konnte, sich in Menschen anderer Herkunft und anderer Klassenzugehörigkeit zu versetzen. In diesem Sinn mußte der kompetente Sozialforscher auch über die Eigenschaften eines Romanciers oder Dramatikers verfügen, und als größtes Hindernis seiner wissenschaftlichen Arbeit konnte sich die unvollkommene Sympathie erweisen, die er für seinen Untersuchungsgegenstand aufbringen mochte.

Eingehend beschrieben die Webbs, was sie die Kunst des Notizen-Machens nannten, wobei sie die Regel aufstellten, daß auf einem Blatt immer nur ein Ereignis zu einem bestimmten Zeitpunkt und an einem Ort notiert werden durfte. Zehntausende solcher Forschungsnotizen stapelten sie in ihrem Londoner Haus in der Grosvenor Road, arrangierten sie und rearrangierten sie, um neue Zusammenhänge in ihrem Material

zu entdecken: dies war die ›little-slips-of-paper-piled-topically-and-write it up‹-Methode.
Die Webb-specialty bestand in der zugleich historischen wie analytischen Untersuchung der Lebensgeschichte einer sozialen Institution über drei oder vier Jahrhunderte. Auf Grund der Methoden, die sie dabei benutzten, war es zunächst schwer, Assistenten für die Forschungsarbeit zu gewinnen oder später Studenten dafür zu interessieren: »Wir sind uns darüber im klaren, wie schwierig es ist, Studenten – und insbesondere solche mit einem eher ›literarischen‹ als ›wissenschaftlichen‹ Training davon zu überzeugen, daß gerade durch einen solchen mechanischen Vorgang wie das Mischen von Notizblättern ... der Forschungsprozeß oft zu fruchtbaren Entdeckungen führt«, heißt es in *Methods of Social Study*.
Auch deshalb versuchten die Webbs, einen Eindruck davon zu vermitteln, welchen Spaß das Sichvergraben in Dokumenten und das Sichten und Sieben des Schrifttums zu einem bestimmten Problem mit sich bringen konnte. Wie der englische Sozialismus vom politischen Kunsthandwerk eines Ruskin und eines Morris geprägt worden war, war der Soziologe vor allem ein intellektueller Handwerker, und die Verknüpfung von Hirn und Hand machte die soziologische Forschung so mitreißend, wie kein Sport oder Spiel es sein konnte:

Dieses Interesse an der Sozialstruktur wird durch eine aufregende Jagd nach dem menschlichen Faktor belebt; die Entdeckung eines Führers oder der Führer; die sichtbar werdende Hand dieses oder jenes Mannes; das Auftauchen pekuniären Selbstinteresses, persönlicher Ambition oder persönlicher Eitelkeit in trockenen Annalen ebenso wie das einer ausdauernd verfolgten Politik oder eines bestimmten Ideals.

Die Soziologie war also weit davon entfernt, den Status der Physik oder der Chemie zu erreichen, und sie war auch noch längst keine Biologie – sie entsprach deren literaturnaher Vorform, der Naturgeschichte zur Zeit Cuviers oder Buffons.
Mit dieser handwerkerstolzen Hingabe an den Forschungsprozeß verband sich ein entschiedenes Interesse, Ergebnisse

der Forschung in der Praxis zu nutzen; die Sozialforschung war auch eine Art von sozialem Dienst. Die Webbs waren von der Notwendigkeit und der Möglichkeit einer Anwendung der Sozialwissenschaften zutiefst überzeugt; auch daher rührte ihre Hochachtung für Masaryk, den Soziologen und Präsidenten der Tschechoslowakischen Republik.
So war es nur folgerichtig, daß die Webbs schließlich aus zaudernden Fabiern zu überzeugten Kommunisten und zu Bewunderern der Sowjetunion wurden. In ihren Vorstellungen vom soziologischen Forschungsprozeß und in ihrem Wunsch, Forschungsergebnisse praktisch-politisch zu nutzen, hatten sich immer schon sozialistische Ideale verborgen, und das gigantische Experiment, das die Sowjetunion seit 1917 unternahm, zog in ihnen vielleicht mehr noch die Soziologen als die Sozialisten an.

Soziologie und Sozialismus

In der historischen Skizze, die Sidney Webb für die im politischen Leben Englands so folgenreichen *Fabian Essays in Socialism* (1889) schrieb, kennzeichnete er die utilitaristische Doktrin als den ›Protestantismus der Soziologie‹, als die traditionsfeindliche und bilderstürmerische Glaubenshaltung der Gradgrinds, die zuerst von Künstlern, nicht von Wissenschaftlern attackiert wurde. De Quincey und Coleridge, vor allem aber Carlyle und auch Ruskin waren es, die den Kult der Mittelklasse in Frage stellten und Comte, John Stuart Mill, Darwin und Herbert Spencer den Weg bereiteten. Unterdessen war in die Hirne, wenn auch noch nicht in die Bücher selbst, der Professoren der Politischen Ökonomie die Idee von der Gesellschaft als einem Organismus vorgedrungen.
Die Entwicklung der modernen Industriegesellschaft erschien in Sidney Webbs Abriß als unaufhaltsame Fortschrittsgeschichte: alles in ihr lief auf Verstädterung, Demokratie, das Studium der Politischen Ökonomie und den Sozialismus hin-

aus. Die Fabier vertraten einen pragmatischen Sozialismus, der konstitutionelle statt revolutionäre Züge trug; ihr Ziel war es, Verstaatlichungen überall dort einzuführen, wo dies praktikabel war. Ihre Gegner sprachen maliziös vom Gas-und-Wasser-Sozialismus, doch war den Fabiern selbst diese Bezeichnung nicht unlieb, wollten sie doch in der Tat die Lehrsätze der Ökonomie und ihre kollektivistische Doktrin in die Prosa von Gemeindevertretern und Stadträten übersetzen.

In ihrer tiefverwurzelten Abneigung gegen Theorien vermieden es diese englischen Sozialisten des Fin de siècle, sich eingehend mit Marx zu beschäftigen, und wenn sie es taten, geschah es meist in der Absicht, ihn zu widerlegen. Im April 1884 berichtete Sidney Webb in einem Brief an G. B. Shaw von einem Treffen im ›Karl Marx Club‹, der später den passenderen Namen ›Hampstead Historic Society‹ annahm:

Du fehltest und wurdest letzten Mittwoch bei Mrs. Wilsons ökonomischer Teegesellschaft vermißt. Wir waren 11, und Du warst der ungläubigste Apostel. Mrs. Wilson ... trug auf englisch eine höchst ausführliche Analyse des 1. Kapitels von Marx vor, mit der sie Wochen zugebracht haben muß. F. Y. Edgeworth, der den Vorsitz hatte, begann die Diskussion, indem er seine tiefe Verachtung für Karl und alle seine Werke zum Ausdruck brachte; dem Thema überhaupt begegnete er mit wütendem Schnauben, so wie Ricardo einen abweichlerischen Ökonomen seiner Zeit behandelt haben würde ... Die Gesellschaft war sprachlos vor Erstaunen ... Ich kam hinzu, und der Rest des Abends war ein wahrer schottischer Volkstanz *à deux*, bei dem Edgeworth und ich ausgelassen auf dem unglücklichen K. M. herumtrampelten ... Nun, das ist alles ziemlich demoralisierend, zumindest für mich ... Solange kein ausnehmend skrupelloser sozialistischer Dialektiker wie Du selbst hier auftauchst, werden wir *Le Capital* innerhalb eines Monats erledigt haben, und man wird uns beim Studium des Ricardoschen Evangeliums finden ...

Sidney Webb war in der Tat alles andere als ein Marx-Verehrer; der Kauf des zweiten *Kapital*-Bandes erschien ihm als ausgesprochen schlechte Geldanlage, und Shaw behauptete, Sidney Webb habe den ihm geliehenen Band in einer Stunde überflogen und auf die erwartungsvolle Frage nach seinem Eindruck damit geantwortet, daß er zum ersten Mal Shake-

speare – und zwar *Macbeth* – zitierte: »Scotlands stands where it did.«
All dies verriet wenig Kenntnis oder gar Verständnis des Marxschen Werkes, und Shaw selbst, der auch in der Fabian Society gegen den Strom schwamm, kam der Quelle der Marxschen Wirkung viel näher, als er erklärte, diese beruhe weniger auf einer vom Kopf auf die Füße gestellten Hegelschen Dialektik als auf der ungeheuren Fakten- und Datenmasse, die Marx sich im Lesesaal des Britischen Museums angeeignet und in seinen Pamphleten und Büchern verarbeitet hatte.
Die Fabier bildeten keine Partei; sie waren Wissenschaftler und Intellektuelle, die auf die Macht der Zahlen und der Worte vertrauten – auf die schwere Artillerie ihrer Bücher, wie Beatrice Webb einmal schrieb. Als sie viele Jahre später in ihrem Tagebuch auf ihr Lebenswerk zurückblickte, stellte sie zufrieden fest, daß Sidney und sie nicht nur Geschichte geschrieben, sondern auch Geschichte gemacht hatten. Trotz ihres direkten politischen Engagements war es immer ihr vorrangiges Ziel gewesen, die Geschichte dadurch zu beeinflussen, daß man Bücher schrieb. Dem Publikum mußte gezeigt werden, daß zur Reform der Gesellschaft politische Überzeugungen und politisches Engagement allein nicht ausreichten: harte wissenschaftliche Arbeit, das geduldige Aufspüren und unermüdliche Systematisieren sozialer Tatbestände waren vielmehr die Grundlage jeder vorausschauenden Politik. Empirische Sozialforschung statt soziologischer Theorie, graduelle Verbesserung der konkreten Lebensbedingungen statt revolutionärer Propaganda und Zielsetzung – hierin drückte sich der wissenschaftliche und politische Reformismus der Webbs aus.
Die Fabier waren Theoretiker der Mittelklasse, wovon nicht zuletzt ihr Motto ›Langsam aber sicher‹ kündete, *clercs* der Arbeiterbewegung, die dieser ihre Hirne zur Verfügung stellten – und daß sie »Nachrichtenoffiziere ohne Armee« waren, wie G. M. Trevelyan sie einmal nannte, erhöhte nur ihre Ma-

növrierfähigkeit. Die Masse sollte durch eine Elite selbstloser Experten bedient werden, die ihre Macht im geheimen ausübten – doch nicht so geheim, daß diese Machtausübung nicht ihre entsprechende Anerkennung finden konnte.

Methoden wissenschaftlichen Arbeitens bildeten für die Webbs auch die Grundlage ihres politischen Handelns; im Grunde genommen sahen sie zwischen beiden keinen Gegensatz. Ihr oberstes Ziel war es nicht, gedankenlose Individuen in sozialistische Gesellschaften hineinzuzwängen, sondern »aus denkenden Individuen Sozialisten zu machen« (Tagebuch, 18. April 1896). Dazu entwickelten sie die berüchtigten Techniken des *wire-pulling* und des *permeating*, des Drahtziehens und des Infiltrierens, die zu Bestandteilen des Webb-Mythos wurden. Während Sidney Webb sich vorwiegend mit Forschungsarbeiten beschäftigte und sich dann mehr und mehr auch der praktischen Politik widmete, machte Beatrice ihr Haus zu einem Ort, an dem Sozialabenteuer auf methodischer Grundlage geplant wurden, wofür eine ausgefeilte Technik der Tischordnung die wichtigste Voraussetzung schuf. Freilich waren dabei Enttäuschungen und Fehleinschätzungen nicht selten. Als sie Balfour zu einem Dinner lud – »at the unemotional dinner table in the tenebrous dining-room of 41 Grosvenor Road«, wie Leonard Woolf in seiner Autobiographie schreibt –, setzte sie ihn neben Charles Booth, doch hatte der englische Premier noch nie von dem Mann gehört, der das Leben der Londoner Arbeiter so detailliert untersucht hatte.

Gewiß waren die Webbs, bevor sie spät in ihrem Leben begannen, Propaganda für den Sowjetkommunismus zu machen, nicht die Fanatiker einer Doktrin. Aber sie waren stets die Fanatiker einer Methode und unerschütterlich in ihrer Überzeugung, eine Politik auf wissenschaftlicher Grundlage treiben zu können. Virginia Woolf kamen sie wie fremdartige Wesen ohne Illusionen, ohne Leidenschaften und ohne Geheimnisse vor – man fühlte sich in ihrer Gegenwart unbehaglich, weil ihr messerscharfer Verstand einem beständig das Ausmaß der eigenen Dummheit vor Augen führte. Sie ähnelten Maschinen.

In Wahrheit war vor allem die Sicherheit, die Beatrice Webb ausstrahlte, weit mehr ein Ergebnis der Disziplin als Ausdruck ihrer Konstitution. Dieser Disziplin lag eine scharfe Gefühlskontrolle zugrunde – immer wieder bedroht von dem nur mühsam unterdrückten Wunsch, sich von der Wissenschaft abzuwenden und der Literatur zu widmen.

Wissenschaft und Religion

Als am Ende des Jahres 1912 die Gründung des *New Statesman* beschlossene Sache war, sah Beatrice Webb nicht nur die britische Arbeiterbewegung, sondern die gesamte Öffentlichkeit in einen Kampf der Worte, Gedanken und Temperamente verstrickt: sollten die Menschen durch das Gefühl oder durch die Vernunft regiert werden? Es war die Frage, die sie seit ihrem ersten Engagement in der Sozialarbeit beschäftigt hatte und die sie bis zu ihrer kommunistischen Bekehrung nicht mehr loslassen sollte.

Während einer Italienreise hatte sie im November 1880 – sie war 22 Jahre alt – eine stille Messe im Petersdom besucht; schmerzlich war ihr dabei bewußt geworden, daß anscheinend die Tage vorbei waren, an denen sie noch aufrichtig beten konnte. Aber gerade ihr Intellekt, der ihre religiöse Sicherheit erschüttert hatte, führte sie auch zu dem Schluß, daß es hinter den für uns erkennbaren Dingen etwas Absolutes gab, was dem menschlichen Wissen unerreichbar blieb – ein Problem, das auch die Logik eines Herbert Spencer nicht lösen konnte. Sie war davon überzeugt, daß Gefühle der bessere Teil ihres Wesens waren, und sah ihre emotionalen Bedürfnisse eher durch die Religion als durch die Wissenschaft befriedigt. Einer solchen Auffassung war der Zeitgeist nicht günstig. Mehr noch vielleicht als auf dem Kontinent herrschte in England der Wissenschaftskult; Wissenschaftler bildeten die führende Schicht der Intellektuellen und waren die Idole des Tages.

Ihr Engagement in der praktischen Sozialarbeit wurde für

Beatrice Webb zum wirksamen Mittel, um emotionale Bedürfnisse, philanthropische Neigungen und wissenschaftliche Interessen zugleich zu befriedigen. Oft wirkte auch die physische Anstrengung, die diese Arbeit erforderte, wie eine Narkose, ließ weder Gedanken noch Gefühle zu. Manchmal glaubte sie, die tätige Hilfe für die Armen könne ihr die Religion ersetzen und sie zugleich vor der gefühllosen Analyse bewahren, die in der Wissenschaft verlangt wurde. Sie bewunderte jene Frauen, die mit sicherem Enthusiasmus und ohne theoretisieren zu müssen im Londoner East End mit den Proletariern arbeiteten – eine Tätigkeit, bei der das Gefühl mehr als der Intellekt gefordert war.

Dabei spielte die Tatsache, daß sie eine Frau war, eine entscheidende Rolle. Die Philanthropie vor Ort war eine weibliche Domäne und als solche gesellschaftlich akzeptiert. Anders verhielt es sich mit der Sozialforschung, in der die Frauen freilich aus ihrem minderen Status wiederum Vorteile ziehen konnten: da man Frauen nicht ernst nahm und auf die *unemancipated females* nicht achtete, war beispielsweise eine teilnehmende Beobachtung oft leichter von Frauen als von Männern durchzuführen. Diese lebensnahe Forschung hatte stets einen Hauch von Abenteuer an sich, doch lag dafür die Gefahr nahe, daß Frauen, die sich damit beschäftigten, als exzentrisch abgetan wurden. Auf der anderen Seite waren jene Vorurteile stark, die die Frauen entweder auf die Pflegetätigkeiten oder auf die Sozialarbeit einschränken wollten und ihnen nur die Behandlung solcher wissenschaftlichen Themen zutrauten, die stark affektbesetzt waren und Frauen unmittelbar etwas angingen. Als sie Alfred Marshall von ihrem Plan erzählte, sich mit dem britischen Genossenschaftswesen zu beschäftigen, war er entschieden dagegen und schlug ihr statt dessen das Thema ›Frauenarbeit‹ vor. Sie selbst fragte sich oft genug, ob nicht ihre Frauennatur sie zum analytischen Denken untauglich machte.

In der Außendarstellung war Beatrice Webbs Leben der unermüdliche Versuch, solche angeblich konstitutionellen Nachteile, die in Wahrheit doch nur gesellschaftliche Vorurteile waren, zu überwinden. Es gab wenige Männer, die mit der gleichen Entschiedenheit und dem gleichen Enthusiasmus wie sie die Notwendigkeit und die Fruchtbarkeit des *hard thinking* in den Sozialwissenschaften betonten.

Denn die Zeiten waren vorbei, in denen wirksame Sozialreformen von Politikern, Publizisten oder Philanthropen allein durchdacht und verwirklicht werden konnten. Man mußte den Armen nicht nur helfen, sondern ihr Leben studieren, den Ursachen der Armut auf den Grund kommen und dann wirksame Maßnahmen zu ihrer Beseitigung vorschlagen und durchsetzen. Sozialreform und Sozialpolitik mußten eine wissenschaftliche Grundlage erhalten. Gerade weil sie am Ideal der reinen Wissenschaft festhielt, empfand Beatrice Webb ihre Forschertätigkeit als Mission im religiösen Sinne und als ein Tun, das nicht nur ihren Intellekt, sondern auch ihre Gefühle etwas anging, sowenig sie auch die Öffentlichkeit davon merken ließ.

Da die Webbs aus ihrer privilegierten sozialen Stellung die Verpflichtung zu solider Arbeit ableiteten, empfanden sie ihr wissenschaftliches Tun immer auch als Ausdruck ihrer ethischen Überzeugungen, nicht nur als Mittel zur Verwirklichung bestimmter politischer Ziele. Wie tief dabei die Identifikation mit ihrer Arbeit war, zeigt die Tatsache, daß Beatrice – die sich später zweifelnd fragte, ob es richtig gewesen war, kinderlos zu bleiben – von ihren vier Kindern sprach, wenn sie die London School of Economics, den *Minority Report on the Poor Law,* den *New Statesman* und *Soviet Communism* meinte. Die Webbs hatten ihre Zuneigung für sich und ihre ganze emotionale Energie für ihre Arbeit bewahrt.

Eine Art Wissenschaftsreligion zu vertreten hieß aber keineswegs, antireligiös zu sein. Beatrice Webb akzeptierte vielmehr die Religion, weil wissenschaftliche Methoden den Menschen über letzte Werte nicht belehren konnten – erhob die Wissenschaft diesen Anspruch, wurde ihr Bankrott offenbar. Hierin lag der große Fehler des 19. Jahrhunderts. Man mußte einen

scharfen Unterschied machen zwischen dem, was man beweisen konnte, und dem, woran man glauben wollte.
Die Spannung zwischen Verstand und Gefühl aber war damit für die große Masse der Menschen noch längst nicht beseitigt. Das wissenschaftliche Zeitalter hatte sie der Religion entfremdet, ohne ihnen einen Ersatz zu bieten, denn die Segnungen der Wissenschaftsreligion konnten nur die genießen, die sie selbst praktizierten, wie Beatrice schon im Oktober 1886 an ihren Vater schrieb:

Aber man fragt sich, was geschehen wird, wenn die Religiosität der Menschen hier durch die voranschreitende Wissenschaftskultur untergraben wird; denn wenn auch die Genossenschaft und die religiösen Gemeinschaften im Augenblick zusammenarbeiten, wird doch der Säkularismus der Genossenschaft von ernsthaften Kirchgängern halb unbewußt als eine Attraktion, die den Gebetsversammlungen und Bibelstunden Konkurrenz macht, wahrgenommen. Man fragt sich, wo all die *Empfindung* bleiben wird und wo die Fähigkeit zur *moralischen* Selbstbestimmung.

Es gab für Beatrice Webb einen Wissenschaftler, der bereits in der Mitte des 19. Jahrhunderts diese Probleme erkannt und eine Lösung dafür vorgeschlagen hatte: Auguste Comte. Gerade daß er den Positivismus in eine Religion überführt hatte, zeugte von seiner Weitsicht; sie machte ihn Autoren wie Herbert Spencer überlegen, die vergessen hatten, daß der Mensch religiöse Bedürfnisse hat, die durch den Intellekt und die Wissenschaft allein nicht befriedigt werden können. Beatrice Webb wünschte sich eine Kirche, in der Priester die Riten ihrer Religion zum Zwecke mentaler Hygiene zelebrierten – je mehr Geheimnisse und Unbestimmtheiten es dabei gab, desto größer würde die erstrebte Wirkung auf die Gläubigen sein.
Aber im Laufe der Zeit, als der Verfall des Kapitalismus in den Augen der Webbs unabwendbar wurde und immer näher rückte, als die Labour Party im Parlament scheiterte und die Aussichten täglich geringer wurden, durch *wire-pulling* und *permeating* eine sozialistische Politik durchzusetzen, schwanden auch die Chancen, Comtes Menschheitsreligion als Credo der

westlichen Industriegesellschaften verwirklicht zu sehen. Dafür war unterdessen in der Sowjetunion – ohne daß ihre Gründer es geplant hatten – die Kommunistische Partei zu einem religiösen Orden geworden:

Sie hat die Hl. Schrift, ihre Propheten und ihre kanonisierten Heiligen; sie hat ihren Papst, gestern Lenin und heute Stalin; sie hat ihre Verhaltensregeln und ihre Disziplin; sie hat ihr Glaubensbekenntnis und ihre Inquisition. Bis jetzt hat sie noch keine Riten oder Formen der Verehrung. Wird sie ein Ritual entwickeln – so wie die Anhänger Comtes dies taten? (Tagebuch, 14. Mai 1932).

Zu einer Zeit, da Scharen europäischer Intellektueller als Kommunisten Moskau besuchten, um als Gegner des Sozialismus heimzukehren, brachen auch die Webbs zu ihrer Pilgerfahrt in die UdSSR auf. Als gute Wissenschaftler unternahmen sie diese Reise nicht, ohne zuvor Hypothesen über die sowjetische Verfassung zu formulieren, die sie dann vor Ort überprüfen wollten. Dazu gehörte die Vermutung, daß die Kommunistische Partei die gleichen Zwecke wie die Comtesche Religion verfolgte und einem Orden ähnelte. Die Webbs wußten im voraus, daß diese Hypothese bestätigt werden würde.

Am Beginn ihrer Autobiographie hatte sich Beatrice Webb 1926 zwei Fragen gestellt: Konnte es eine Wissenschaft der Gesellschaft und ihrer Organisationen geben?, und: War die Religion so nötig wie die Wissenschaft, der emotionale Glaube so wichtig wie die intellektuelle Neugier? Die Webbs selbst taten viel, um die Soziologie als Wissenschaft zu festigen, aber sie brauchten darüber hinaus eine Religion. Sie fanden sie im Kommunismus.

Soziologie und Literatur: Die Autobiographie als Kompromiß

Man liest vor allem, um zu lernen; ab und zu ist ein Roman für den Heranwachsenden nützlich, weil er die Einbildungskraft anregt; zuviel aber ist ungesund, denn eine kontinuierliche Romanlektüre zerstört den unverbildeten Geist – diese altklugen Bemerkungen, die aus einem Erziehungsbrevier stammen mochten, machte Beatrice Webb, als sie elf Jahre alt war. Zeit ihres Lebens aber verließ der Wunsch sie nicht, einen Roman zu schreiben, und blieb ein der Öffentlichkeit verborgenes und oft genug unterdrücktes Motiv ihrer sozialwissenschaftlichen Karriere.

In Beatrice Webbs Jugend spielte die Literatur eine bedeutende Rolle. Sie versuchte, Passagen aus dem *Faust* ihres »lieben Goethe« zu übersetzen, las den *Wilhelm Meister* und Ludwig Tieck und fühlte sich selbst zum Schreiben berufen. Mit ihrer Cousine Margaret Harkness, die wenig später ihren Briefpartner Friedrich Engels zu überraschenden literatursoziologischen Bemerkungen motivieren sollte, sprach sie über die Romanautoren des 19. Jahrhunderts, die unübertroffene Einsichten in die menschliche Natur gewonnen hatten. Balzac vor allem war es, der sie anzog, und eine Zeitlang hatte sie den Wunsch, über ihn und seine analytische Fähigkeit zur Gesellschaftsschilderung einen Essay zu schreiben – ein Plan, den sie nicht verwirklichte, weil er ihr zu eitel vorkam. Sie war davon überzeugt, daß Schriftsteller wie Balzac den Humanwissenschaften der Zukunft von größtem Nutzen sein würden – insbesondere der Psychologie, wenn diese erst einmal den Schritt vom Studium der primitiven Psyche zu einer allgemeinen Wissenschaft vom menschlichen Verhalten zurückgelegt haben sollte.

Die Intellektuellen ihrer Zeit teilte Virginia Woolf in zwei Gruppen auf, die *Edwardians* und die *Georgians*. Sie selbst rechnete sich zu den *Georgians*, die an den Wert der Dichtung für den Menschen glaubten – zu den utilitaristisch gesinnten

Edwardians dagegen zählten neben Shaw, Wells, Galsworthy und Arnold Bennett auch die Webbs. Diese Klassifikation mochte stimmen, doch unterschätzte Virginia Woolf, welch große Rolle im Leben und im Werk von Beatrice Webb die Dichtung spielte.

Beatrice Webb war davon überzeugt, auf dem rechten Wege zu sein, wenn sie Herbert Spencer las und Mathematik und Geometrie studierte, aber unsicher, welche Rolle die Literatur in ihrer Ausbildung spielen sollte. Sie verglich sich selbst mit der Rosamund in *Middlemarch* und war beeindruckt von *Daniel Deronda*, einem Roman, in dem George Eliot den Vorzug der Emotionen vor der kalten Ratio dargestellt hatte. Es kam ihr vor, als lägen dem Verlangen des literarischen Laien, Romane zu schreiben, die gleichen Motive zugrunde wie dem Wunsch des gelehrten Amateurs, sich den Human- oder Sozialwissenschaften zu widmen. Eine gewisse Bequemlichkeit spielte dabei auch eine Rolle: es gab Wissenschaften, deren Studium ebensowenige Vorarbeiten erforderte wie das Schreiben von Romanen. Das war kein treffendes Urteil über Autoren wie Balzac und dessen Arbeitsweise und darüber hinaus ein Zerrbild jener sozialwissenschaftlichen Forschung, wie Beatrice Webb selbst sie später betrieb; in solchen Äußerungen drückte sich der Wunsch aus, literarische Neigungen und wissenschaftliches Interesse miteinander zu verknüpfen.

In den Disziplinen, die auch Beatrice Webb anfänglich noch die *moral sciences* nannte, ließen Wissenschaft und Literatur sich nicht streng voneinander trennen. Hier kam es nicht nur darauf an, was man schrieb, sondern auch darauf, wie man es tat; neben der Forschungs- war die Darstellungsweise von Bedeutung.

Beatrice Webb beneidete jene Autoren, die harte wissenschaftliche Tatsachen in klarer und gefälliger Prosa ausdrücken konnten, und setzte es sich zum Ziel, die Geheimnisse des guten Schreibens zu entdecken. Nachdem sie bereits Erfahrungen in anderen Sozialmilieus als dem ihrer eigenen Familie gesammelt hatte, kam es ihr zwar eigentümlich vor, den

Schritt zurück »vom Leben zur Grammatik« zu tun, doch zwang sie sich zu systematischen Schreibübungen, um ihren Stil geschmeidiger zu machen, und übersetzte zu diesem Zweck Chaucer in modernes Englisch.

Sie klagte über ihre literarische Unfähigkeit, während sie sich zur gleichen Zeit bewußt war, daß die Stärke ihrer Beiträge zur empirischen Sozialforschung auf der Darstellungsseite lag. Mit Charles Booth gestaltete sich die Zusammenarbeit deswegen so erfolgreich, weil er über einen vorsichtigen, abwägenden Intellekt mit Sinn fürs Detail verfügte, während sie in kräftigeren Farben malte, wobei ihr mehr »an der allgemeinen Wirkung des Bildes als an Genauigkeit der Darstellung« lag.

Die Webbs betrachteten es immer als ein günstiges Vorzeichen ihres gemeinsamen Lebens und Forschens, daß Sidney Webb in seiner Besprechung des ersten Bandes von Booth' Enquête bemerkt hatte, Miss Beatrice Potter sei darin »der einzige Mitarbeiter, der literarisches Talent hat«, während Beatrice nach der Lektüre der *Fabian Essays* Sidney Webbs Beitrag am bedeutendsten fand, weil sein Autor als einziger über Sinn für Geschichte verfügte.

Es scheint, als ob Beatrice Webb nach dem Erfolg ihres Artikels ›Pages of a Workgirl's Diary‹ ihr literarisches Talent, das im Erzählen und in der Fähigkeit zur bildhaften Darstellung lag, hoch genug einschätzte, um sich an größere Aufgaben zu wagen. Jedenfalls begann sie mit Auberon Herbert, der sich selbst schriftstellerisch betätigt hatte, die Arbeit an einem utopischen Roman, dessen Titel *Looking Forward* bereits verriet, daß es sich dabei um ein Gegenstück zu Edward Bellamys *Looking Backward* handeln sollte.

Letztlich blieb aber ihr Tagebuch der einzige Ort, an dem Beatrice Webb sich diese Abschweifung, das Spiel ihrer Einbildungskraft gestattete. Denn die Wissenschaft mußte der Kunst vorangehen, weil die Kunst nur in der vollendeten Darstellung von Tatsachen bestehen konnte, die die Wissenschaft bereits erkannt hatte. Das Ideal lag darin, Wissenschaft und Kunst miteinander zu verschmelzen.

1894 erschien *The History of Trade Unionism,* Beatrice und Sidney Webbs erstes gemeinsames Buch. Beatrice war mit dieser ›Erzählung‹ nicht zufrieden, weil es ihr und Sidney Webb darin nicht gelungen war, Geschichte und Wirkung der Gewerkschaften systematisch darzustellen. Beide begannen sofort mit den Vorarbeiten zu *Industrial Democracy,* wo sie diesen Fehler vermeiden wollten: das neue Buch würde eine klar formulierte, überprüfbare Theorie enthalten.

Aber der Enthusiasmus, mit dem die Webbs dieses Projekt in Angriff genommen hatten, schwand bald; Beatrice klagte, daß ihre spirituellen Bedürfnisse nicht befriedigt wurden, und sehnte sich nach anderen und höheren Formen geistiger Tätigkeit, nach Kunst und Literatur. Die Arbeit an dem Buch, das nur langsam Gestalt annahm, war eine entsetzliche Plackerei, weil immer wieder die gleichen Wörter und Sätze darin auftauchten und es nirgendwo eine Möglichkeit gab, sich durch ein Stück Erzählung ein wenig Entlastung von wissenschaftlicher Routine zu verschaffen.

So war es nicht verwunderlich, daß sie erneut mit dem Gedanken spielte, einen Roman zu schreiben, wenn die trockenen Projekte, an denen sie mit Sidney arbeitete, erst einmal abgeschlossen sein würden. Dieser Roman, der *Sixty Years Hence* heißen sollte, war weniger als Utopie denn als Projektion aktueller gesellschaftlicher Entwicklungsprozesse gedacht, wobei zwei Themen im Mittelpunkt standen: die endgültige Emanzipation der Frau und die Durchsetzung des Kollektivismus als einer Überzeugung, die alle Institutionen prägte. Beatrice wollte endlich einmal ihre imaginativen Fähigkeiten ausspielen können, ohne immerzu auf Tatsachen Rücksicht zu nehmen. Sie war es leid, Myriaden von Fakten und Details in eine lesbare Form zu bringen. Sollte ihr Roman, den sie eines Tages schreiben mußte, zeigen, daß sie kein literarisches Talent besaß, würde sie sich damit abfinden, einen alten Plan wiederaufnehmen und mit Gleichmut ihre *History of Municipal Institutions* fertigstellen.

Aber die Gelegenheit, diesen oder einen anderen Roman zu

schreiben, kam nie. Kaum hatten Sidney und sie ein Projekt abgeschlossen, waren sie bereits mit einem neuen beschäftigt, und die lange Reihe ihrer historischen Studien zur englischen Lokalverwaltung wollte überhaupt kein Ende nehmen. Die London School of Economics verlangte ihre Aufmerksamkeit, der *New Statesman* mußte sich erst noch durchsetzen, Sidney Webb wurde in der Labour Party immer aktiver und schließlich Parlamentsmitglied, und auch Beatrice war in mehreren Kommissionen beschäftigt, gründete den Half-Circle Club für die Ehefrauen der Labour-Politiker und warb für ihre ideologischen Überzeugungen durch Vorträge und Dinnereinladungen, auch wenn ihr Infiltration und Drahtziehen als politische Strategien immer weniger zu taugen schienen. Letztlich war es eine Frage der Disziplin, ihre literarischen Neigungen, die auch Sidney Webb als sentimentale Verirrungen abgetan hatte, zu verbergen und den Wunsch, einen Roman zu schreiben, einzig und allein ihrem Tagebuch anzuvertrauen.

Daß die Webbs kein Interesse an Kunst und Literatur hatten und ihre »soliden, aber unlesbaren« Bücher, wie Beatrice Webb sie später in *Our Partnership* (1948) nennen sollte, mechanisch herunterschrieben, wenn sie erst einmal genügend Fakten gesammelt hatten, wurde bald zum Bestandteil des Webb-Mythos, den nicht zuletzt Beatrice und Sidney selbst pflegten. Desmond McCarthy, der Theaterkritiker gewesen war, bevor er im *New Statesman* für Literatur zuständig wurde, erinnerte sich wie selbstverständlich daran, daß er literarische Fragen »nie mit Beatrice und schon gar nicht mit Sidney« diskutieren konnte. Ironie lag darin, daß Sidney Webb später, als er, durch einen Schlaganfall gelähmt, weder schreiben noch sprechen konnte, pausenlos Romane las – einen pro Tag.

Bernard Shaw, der als Ghostwriter den Webbs lange Zeit half, ihren trockenen Traktaten einen angenehmeren Stil zu verleihen, muß von der Spannung zwischen literarischen Neigungen und Forschungspflichten etwas geahnt haben, die Beatrice Webb innerlich so beschäftigte, und Leonard Woolf durchschaute sie, wenn er zwar von den blinden Flecken ihres Intellekts und ihren fehlenden künstlerischen Fähigkeiten sprach, zugleich aber hervorhob, daß sie die streng unterdrückten Leidenschaften und die Vorstellungskraft eines Künstlers besaß.

Beatrice sah immer deutlicher, daß in der engen Zusammenarbeit mit Sidney Webb auch eine Gefahr für sie lag: auf sich alleine gestellt, wurde sie eine immer bessere Rednerin, während sie als Ko-Autorin allmählich die Kunst des Schreibens verlor. Nie schrieb sie ihren persönlichen Stil, stets nur eine Mischung aus Sidneys Stil und ihrem eigenen. Der Wunsch, endlich wieder ihre »eigenen Wörter und Sätze« (Tagebuch, 8. Dezember 1913) zu formulieren, wurde stärker. Er verwirklichte sich schließlich in ihrer Autobiographie.

Im Januar 1917 machte sie sich daran, aus den Materialien ihres Tagebuches das *Book of My Life* zu komponieren. Sie wollte lieber aus ihrer persönlichen Erfahrung berichten und ihre Lehrjahre in der Sozialforschung beschreiben, als ein Lehrbuch der Soziologie zu verfassen. Es ist bezeichnend, daß sie in der gleichen Tagebucheintragung vom 17. Mai 1924, in der sie die London School of Economics als größtes und vitalstes Zentrum soziologischer Forschung und Lehre in der ganzen Welt preist, als Kompensation dieses Erfolges ihren Traum von einem friedlichen Autorenleben auf dem Lande beschreibt, »allein mit meinen Gedanken und völlig von dem Bemühen absorbiert, diesen Gedanken – vergangenen und gegenwärtigen – eine attraktive literarische Form zu verleihen«.

Sie ging nun ganz in der Arbeit des schöpferischen Schreibens auf, an der Sidney Webb keinen Anteil hatte – nur als Ratgeber in Stilfragen durfte er sich gelegentlich nützlich machen. Mit einem auch ihr selbst gegenüber seltenen Freimut bekannte Beatrice Webb, daß die konkreten Probleme, die sie so lange Zeit beschäftigt hatten – ob es sich um Gewerkschaften, Kommunalverwaltungen, Genossenschaften oder politische Organisationen handelte –, sie nicht mehr interessierten. Sie wollte weder davon lesen noch darüber schreiben oder daran

denken. Was sie interessierte, waren keine gesellschaftlichen Zustände, sondern »Zustände des Geistes« (Tagebuch, 10. Juli 1924).
So gefangen war sie von ihrem Buch, »diesem Kind meines hohen Alters« (Tagebuch, 9. Juni 1925), daß sie bezweifelte, ob sie je noch ein anderes würde schreiben können. Nie hatte sie soviel Angst um eine ihrer Publikationen gehabt, denn Autobiographien und Erinnerungen ähnelten auch darin Romanen, daß sie von den Kritikern als Kunstwerke, nicht als Sachbücher bewertet wurden.
Ursprünglich sollte die Autobiographie *My Craft and My Creed* heißen; in diesem Titel kommt die Spannung zwischen Verstand und Gefühlskultur, zwischen Beatrice Webbs empirischer Forschung und ihren literarischen Neigungen deutlich zum Ausdruck. Sie war davor zurückgeschreckt, ihre Tagebücher zu publizieren – und benutzte sie nunmehr als wichtigste Quelle, als »a gossip with an old friend and confidant« (Tagebuch, 4. Januar 1933). Als *Meine Lehrjahre* 1926 erschien, hatte Beatrice Webb bereits fünfzig Jahre lang Tagebuch geführt! Sie vermittelte dem Leser ein Gefühl höchster Authentizität – ohne ihm irgendeine Möglichkeit der Kontrolle zu geben. Heute besitzen wir diese Möglichkeit, denn für den Zeitraum von 1873 bis 1932 liegen die ersten Bände ihrer Tagebücher vor, hervorragend ediert von Norman und Jeanne MacKenzie.
In *Meine Lehrjahre* stellt Beatrice Webb ihre persönliche Geschichte als die Auseinandersetzung zwischen einem Ich, das bejaht, und einem Ich, das verneint, dar – und reiht sich damit in das Genre jener autobiographischen Schriften ein, das in *Rousseau juge de Jean-Jacques* sein berühmtes Vorbild hat.
Mit sicherem Gespür dramatisiert die Autorin ihr Leben – und nicht zuletzt die Frage ihrer literarischen Berufung. Stärker als es in den Tagebüchern zum Ausdruck kommt, betont sie immer wieder, sie sei ohne jeden literarischen Geschmack geboren worden. Racine und Corneille, die sie lesen mußte, um ihren französischen Stil zu verbessern, lehrten sie nichts über den Menschen und seine Probleme, und ihre Alexandri-

ner kamen ihr nur lächerlich vor; die Gedichte Tennysons, der in England das Idol des Tages war, empfand sie als schlichten Unsinn, und Shakespeare, den ihr Vater bewunderte, langweilte sie. Der Lyrik stand sie besonders skeptisch gegenüber, und da sie Verse nicht begriff, übersetzte sie sie wie ein kleiner weiblicher Bentham in Alltagsprosa – nur, um daraufhin befriedigt festzustellen, daß nach einer solchen Operation jede Bedeutung aus ihnen geschwunden war. Goethe allein bildete eine Ausnahme: er beherrschte ihren Geist, und sie fühlte sich ihm verbunden wie einem Freund, bewunderte seinen Erfahrungsreichtum und seine sichere Moralität, seine Verknüpfung von Kunst und Wissenschaft und die selbstbewußte Anwendung beider auf die Führung seines Lebens.

Gerade weil Beatrice Webb in der Autobiographie ihre Poesieblindheit so dramatisch hervorhebt, erscheint ihre spätere Begeisterung für die Literatur und insbesondere für den Roman in einem um so schärferen Licht. Aus der Lektüre ihres eigenen Tagebuches schloß sie, daß sie in ihrer Jugend vermutlich weniger zur empirischen Sozialforschung als zur deskriptiven Psychologie befähigt war, wobei es keine Rolle spielte, ob sie diese Fähigkeit nun besser im Roman oder in der Verhaltensforschung unter Beweis hätte stellen sollen. Als sie die Unzulänglichkeiten der Lehrbuch-Psychologie anprangerte, lobte sie die realitätsaufschließende Kraft der Literatur in Worten, die an Marx und Engels mit ihrer Balzac-Begeisterung und ihrer Schätzung der »glänzenden Bruderschaft der Romanschriftsteller Englands« erinnerten.

Nie hatte Beatrice Webbs Abneigung der Literatur schlechthin gegolten, es waren stets nur bestimmte Autoren, deren Werk sie als nutzlos empfand. Racine und Corneille lehrten sie nichts, aber neben Voltaire und Diderot gehörten zu den französischen Autoren, die ihr beibrachten, was sie wissen wollte, Balzac, der die *Comédie Humaine* als Fortsetzung der Buffonschen Naturgeschichte ins Menschenreich beschrieben hatte, Flaubert, der bedauerte, kein Wissenschaftler zu sein und der dazu aufrief, »die Tatsachen um ihrer selbst willen zu lieben«, und Zola, der Anhänger der experimentellen Methode. Es waren die *sociological novels*, die Beatrice Webb vor allem schätzte, und so füllt sich in den Jahren nach dem Ersten Weltkrieg ihr Tagebuch mit Hinweisen auf zeitgenössische Autoren, deren Werke genügend soziologische Einsicht verrieten, um ihr Interesse zu erregen. Zu dieser Gruppe von Autoren gehörten John Galsworthy und H. G. Wells, aber auch Santayana mit seiner ›poetischen Prosa‹, Romain Rolland, der Autor des *Jean-Christophe,* Aldous Huxley und E. M. Forster, dem Beatrice Webb 1933 den Rat gab, vom Essay wieder zum Roman zurückzukehren, Somerset Maugham, Pearl S. Buck und Theodore Dreiser.

Demgegenüber gab es eine neue Schule von Romanciers, die von Virginia Woolf repräsentiert wurde, Romanciers, die handwerklich zwar äußerst geschickt, doch vor allem clever und preziös waren und jemandem, der sich mit den wirklich drängenden Problemen der Zeit auseinandersetzen wollte, belanglos erscheinen mußten: »Ihre Männer und Frauen interessieren mich nicht – sie scheinen es nicht wert, daß man sie in solchem Detail beschreibt« (Tagebuch, 5. Februar 1927).

Für Beatrice Webb war die Autobiographie zum Genre des Kompromisses geworden, mit dessen Hilfe sie ihre literarischen und ihre wissenschaftlichen Neigungen miteinander vereinen konnte. Sie plante weitere Bände: *Our Partnership* erschien posthum 1948; zum dritten Band, der den Arbeitstitel *Our Pilgrimage* trägt, liegen Entwürfe vor.

Beatrice Webb wünschte sich nichts Sehnlicheres, als ein Buch zu schreiben, das auch gelesen wurde. Sie schrieb, allein und zusammen mit Sidney Webb, viele lesbare Bücher. In erster Linie zählt dazu *Meine Lehrjahre* – ein außergewöhnliches Buch, ein Klassiker der Literatur wie der Sozialforschung.

Diese Einleitung beruht auf »Der nie geschriebene Roman: Beatrice Webb«, einem Kapitel meines Buches *Die drei Kulturen. Soziologie zwischen Literatur und Wissenschaft,* München (Hanser) 1985, S. 129–169.

Beatrice Webb

Meine Lehrjahre

Einleitung

Unter der Oberfläche unseres Alltagslebens verläuft in der persönlichen Geschichte vieler von uns ununterbrochen die Auseinandersetzung zwischen einem Ich, das bejaht, und einem Ich, das verneint. Von dieser Auseinandersetzung hängt es ab, wieviel innere Harmonie, wieviel Beständigkeit des Verhaltens in privaten und öffentlichen Angelegenheiten man erreicht. In manchen Köpfen wird diese Selbstprüfung zum Widerstreit zwischen Willensfreiheit und Determinismus und führt abwechselnd zu Ruhelosigkeit und Apathie; manchmal treibt sie die Betroffenen in der bedrängenden Frage nach dem Sein oder Nichtsein eines künftigen Lebens um, – von der Kirche in den Vorlesungssaal und vom Unglauben wieder zum Glauben zurück. Manchmal fixiert sich die Selbstprüfung auf Probleme der Sexualität und des Elterndaseins, mit glücklichem oder tragischem Ausgang. Oder die innere Auseinandersetzung kreist um ein Problem der Berufsethik, wie zum Beispiel die Frage: bis zu welchem Grad ist Ehrlichkeit bei geschäftlichen Transaktionen geboten; wie weit ist ein um sein Seelenheil besorgter Politiker dazu verpflichtet, die Wahrheit zu sagen, wie weit muß er sich unterordnen; wie sind die Ansprüche privater Klienten und staatlicher Stellen gegeneinander abzuwägen – eine Entscheidung, die ein Beamter möglicherweise in dem Bewußtsein treffen muß, daß er seinen Beruf dabei aufs Spiel setzt. Der innere Widerstreit, der sich wie ein unterirdischer Strom hinzieht, wechselt bei manchen Menschen im Lauf der Jahre seinen Gegenstand; bei manchen versiegt er auch; sie werden dann zu reinen Pragmatikern und verspotten jene anderen, die sich mit den ewigen Fragen nach richtig und falsch quälen. Aber wenn ein Mensch das besondere Glück hatte, sich seine Arbeit selbst aussuchen zu können, oder wenn er für eine Arbeit ausgewählt wurde, für die er sich sonst selbst entschieden hätte, dann kann sich eine enge Wechselbeziehung zwischen der untergründigen inneren Aus-

einandersetzung und all seinen nach außen gewandten Tätigkeiten entwickeln, wo immer sie stattfinden, zu Hause, auf dem Markt, im wissenschaftlichen Labor oder im öffentlichen Dienst.
Der innere Widerstreit, um den mein Denken immer schon kreist, seit meinen Mädchenjahren und noch jetzt im Alter, brachte mich – so hat es sich gefügt – früh in meinem Leben zur Entscheidung für einen bestimmten Beruf, einen Beruf, den ich immer noch ausübe. Im Ergebnis hat diese innere Auseinandersetzung meine täglichen Aktivitäten, die häuslichen, sozialen und beruflichen, weitgehend bestimmt. Der dauernde Widerstreit zwischen dem Ich, das bejaht, und dem Ich, das verneint, zeigt sich in meinem Fall in zwei eng miteinander verbundenen Fragen; aus den Antworten auf diese Fragen ergibt sich für mich ein Verhaltensschema im privaten und öffentlichen Leben. Die Fragen: Kann es eine Wissenschaft der sozialen Organisation in demselben Sinne geben, in dem wir die Wissenschaften der Technik oder der Chemie haben, also Wissenschaften, die uns in den Stand setzen, vorherzusagen, was geschehen wird, und vielleicht dieses zukünftige Geschehen zu ändern, dadurch, daß wir entweder selbst geeignete Maßnahmen ergreifen oder andere dazu bringen, dies zu tun? Und zweitens, angenommen es gäbe jetzt oder könnte in Zukunft eine solche Gesellschaftswissenschaft geben, ist dann die menschliche Fähigkeit zur wissenschaftlichen Entdeckung die einzige Befähigung, die man braucht, um die Gesellschaft einem Ideal entsprechend umzuformen? Oder brauchen wir dazu Religion genauso wie Wissenschaft, emotionale Überzeugung ebenso wie intellektuelle Neugier? Auf den folgenden Seiten wird man meine tentativen Antworten zu diesen beiden Fragen finden – meine Lebens- und Arbeitsphilosophie also. Und da ich einsehe, daß ich weder die Begabung noch die Ausbildung eines Philosophen habe, werde ich die Überzeugung, an der ich festhalte, in der schlichteren Form persönlicher Erfahrung ausdrücken.

Erstes Kapitel

Anlage und Umwelt

Auf den folgenden Seiten beschreibe ich die Arbeit des Sozialforschers, so wie ich sie praktiziert habe. Ich gebe eine Art Rechenschaftsbericht über meine ersten, ungeübten und wenig geschickten Versuche mit den Methoden der Beobachtung und Argumentation; danach stelle ich dann die besser ausgearbeitete Technik dar, mit der ich Notizen machte, zuhörte oder mündliche Auskünfte nachträglich protokollierte und Beobachtungen, sogar Experimente im Bereich bestehender Institutionen machte. Ich habe weder den Wunsch noch die Absicht, eine Autobiographie zu schreiben, dennoch werde ich zur Darstellung meiner Arbeitsweise auch Passagen aus meinem Tagebuch zitieren. Da der zentrale Gegenstand meiner Wissenschaft die Gesellschaft ist und gesellschaftlicher Umgang ihr wichtigstes Instrument, kann ich aus meinem Bild kaum die Erfahrungen aussparen, die ich gesammelt habe, nicht vorsätzlich als wissenschaftlich Arbeitende, sondern unbeabsichtigt, als Kind, als Unverheiratete, als Ehefrau und Bürgerin. Denn Soziologen sind, ganz anders als Physiker, Chemiker oder Biologen, auf besondere Weise Geschöpfe ihrer Umwelt. Geburt und Eltern, die intellektuelle Atmosphäre der Schicht und des Glaubens, in der ein Soziologe aufgewachsen ist, die Besonderheiten und Fähigkeiten der Männer und Frauen, von denen er erzogen und umgeben wurde, nehmen, gemessen an Zeit und Intensität, den ersten Platz in seinem Arbeitsmaterial ein. Seine besonderen Möglichkeiten, charakteristischen Mängel, typischen Ausgangspunkte der Beobachtung und des Denkens, kurz, die unvermeidlichen Vorurteile, die seinen Weg zu Entdeckungen in bestimmte Richtung lenken, Vorurteile, die jeder kennen sollte, der sich mit dem Werk eines Soziologen befaßt, um sie angemessen berücksichtigen zu können – alle diese Eigenarten werden durch die soziale und ökonomische Umgebung eines Menschen geprägt. Mehr noch: in den prägenden Jahren der Kindheit und Jugend geht die leidenschaftliche Suche nach einem Glauben, in dem man leben kann, dem Erwerb einer Ausbildung voraus; die Ausbildung, der Beruf, erwachsen dann aus dem Glauben oder auch aus seinem Verlust. Wenn die Darstellung meiner Lehrjahre also zu einer allzu langen und selbstbezogenen Geschichte wird, kann der Leser überschlagen, was ihm unwichtig scheint.

Die Familie, in der ich geboren und aufgewachsen bin, war erstaunlich typisch für die industrielle Entwicklung im neunzehnten Jahrhundert. Mein Großvater väterlicherseits, Richard Potter, war der Sohn eines Landpächters in Yorkshire, der die Einkünfte aus der Landwirtschaft durch einen Gemischtwarenladen aufbesserte, den er in Tadcaster betrieb; mein Großvater mütterlicherseits, Lawrence Heyworth, gehörte zu einer Familie von »lokalen Manufakturbesitzern« in Rossendale in Lancashire; die meisten aus dieser Familie wurden in den letzten Jahrzehnten des achtzehnten Jahrhunderts Arbeiter in den neuen Baumwollspinnereien. Meine Großväter müssen Männer voller Initiative und Tatkraft gewesen sein, denn sie kamen schnell zu Reichtum und Macht, der eine als Besitzer eines Textilkaufhauses in Manchester, der andere als Exportkaufmann in Liverpool mit Handelsbeziehungen nach Südamerika. Beide, religiöse Nonkonformisten und politische Radikale, wurden nach dem Reformerlaß von 1832 Mitglieder des Parlamentes, enge Freunde von Cobden und Bright und entschlossene Anhänger der Anti-Corn Law League.[1]

Mein Vater machte sein Abschlußexamen an der neuen Londoner Universität, einer ihrer Gründer war mein Urgroßvater, ein führender Unitarier, gewesen. Er bekam die Zulassung als Anwalt, hatte aber nicht die Absicht, zu praktizieren. Ein paar Jahre lang teilte er seine Zeit zwischen der Pflege seines Vaters, dessen Gesundheit angegriffen war, und seinem Amüsement in der Londoner politischen Gesellschaft. Als sein Vater starb, fing er, jung, attraktiv und finanziell gesichert, wie er war, ein Leben des Müßiggangs an. In Rom, während der Grand Tour, die er mit einer jüngeren Schwester machte, begegnete er meiner Mutter, die ebenfalls ihre Grand Tour, mit einem jüngeren Bruder, absolvierte. Sie verliebten sich im Angesicht der Sehenswürdigkeiten Roms ineinander, heirateten und ließen sich in Herefordshire nieder, lebten von den Zinsen ihres Vermögens und hatten die Absicht, aktiv an Arbeit und Freuden des Landlebens teilzunehmen. Aber eine Glückssträhne bewahrte meine Eltern und ihre Kinder vor dieser tödlich langweiligen Umgebung. Die Finanzkrise von 1847/48 verschlang den größten Teil der bescheidenen Erbschaft meines Vaters; er mußte also im Alter von dreißig Jahren, während seine Familie sich rapide vergrößerte, einen Weg finden, seinen Lebensunterhalt selbst zu verdienen. Sein Schwiegervater, Lawrence Heyworth, damals einer der Hauptförderer der neuen Eisenbahnen, machte ihn zum Direktor der Great Western Railway, und gleichzeitig bot ihm ein Schulkamerad, W. E. Price[2], die Teilhaberschaft in einem alteingesessenen Holzhandelsunternehmen in Gloucester an. Durch diese günstige Ausgangsposition wurde mein Vater zum Großkapitalisten.

Das Einkommen der Familie stammte überwiegend aus den Holzlagern von Gloucester, Grimsby und Barrow; aber Gelderwerb als bloße Routine befriedigte meinen Vater nicht. Die tägliche Anwesenheitspflicht in einem Büro, tagaus, tagein mit demselben Faktenmuster beschäftigt, schien ihm eine ebenso untergeordnete Tätigkeit wie Handarbeit in der Fabrik oder im Bergwerk. Sobald er sich mit dem Geschäftsleben vertraut gemacht hatte, entwickelte er schnell Geschmack an risikofreudigen geschäftlichen Unternehmungen und Begabung für Industriepolitik. In den ersten zwei Jahren seines Geschäftslebens arbeitete er eifrig in seinem Büro in Gloucester und eignete sich die für die Beherrschung des Holzmarktes nötigen Kenntnisse an. Die Schrecken der Winterschlacht im Krimkrieg sorgten für eine erste Gelegenheit zum großen

Geschäft. Er überredete das englische Kriegsministerium und später den französischen Kaiser, das Leben der Soldaten während des Winterwetters zu erhalten, indem er seinen kaufmännischen Verstand und die im Wert verminderten Bestände des Holzlagers dazu nutzte, Holzhütten bauen zu lassen: ein Geschäft, das der Firma einen Gewinn von 60 000 Pfund brachte.[3] Seit dieser Zeit widmete mein Vater den Hauptteil seiner Energie und all seine intellektuelle Wachheit der Verwaltung öffentlicher Gesellschaften und finanziellen Spekulationen. Ein paar Jahre war er Vorsitzender der englischen Great Western Railway, zehn Jahre lang, genau die Jahre meiner Kindheit, Präsident der kanadischen Grand Trunk Railway. Ich erinnere mich an ein Labyrinth kapitalistischer Unternehmen, deren Direktor oder Gründer er war, Unternehmen aller Arten, die nach Rang, Dauer, Erfolg und Mißerfolg jeweils die ganze Skala des Möglichen umfaßten; so hochbedeutende Gesellschaften wie die Hudson Bay Company und die Dutch Rhenish Railways gehörten ebenso dazu wie bescheidene Betriebe zur Herstellung von Eisenbahnwaggons und Signalen. Kein noch so weit hergeholtes und riskantes Projekt schloß er von vornherein aus. Ich weiß noch, daß die türkische Regierung ihm und einer Gruppe von Freunden, unter denen auch Tom Brassey, der große Bauunternehmer, war, die Konzession für den Bau eines großen Kanals durch Syrien gab, der als Konkurrenz zum Suezkanal geplant war; dieses Projekt gab man erst auf, als Ingenieure festgestellt hatten, daß ein solcher Kanal nicht nur die Heiligen Stätten unter Wasser setzen würde – das Hindernis schien überwindbar –, sondern, daß man vierzig Jahre Zeit brauchen würde, um ihn mit Wasser zu füllen. »Wir werden nicht vierzig Jahre auf unser Geld warten, um Potters Vermögen zu machen«, sagte Brassey zu Perks und Watkin. Ein anderer Plan war, zwischen Barrow-in-Furness und den Vereinigten Staaten einen Handel mit Lebend-Rindern aufzubauen; dieser Plan wurde durch Erlasse des Kronrats gegen die Rinderkrankheit vereitelt, die, wie mein Vater meinte, eigentlich Gesetze gegen den freien Handel mit Nahrungsmitteln waren. Andere Überlegungen waren eher moralischer als finanzieller Art. Ich erinnere mich an besorgte Diskussionen darüber, ob er gewisse Verstöße der Finanziers, die den Vorstand einer großen transkontinentalen Eisenbahngesellschaft beherrschten, dadurch »decken« sollte, daß er im Direktorium blieb. Diese Frage wurde negativ entschieden; dann lehnte er die Präsidentschaft einer anderen kanadischen Eisenbahngesellschaft aus Gewissensgründen ab, weil er unsaubere Machenschaften der Gesellschaftsgründer bei Transaktionen von Grundbesitz vermutete. Aber nicht immer behielt die reinste kommerzielle Ethik die Oberhand. Die deutsche Regierung war, wie die englische, unbestechlich; aber in Transaktionen mit den meisten anderen ausländischen Regierungen wurden Abgeordnete und Regierungsbeamte ohne Skrupel für »erwiesene Dienste« bezahlt. Vergleichbare Hoch- und Tiefpunkte gab es bei Investitionen zum Zwecke der Spekulation. Er verlor empfindlich an den Waliser Kohlebergwerken, weil er zur falschen Zeit kaufte und verkaufte; er gewann beträchtlich, als er Aktien der Barry Docks aufkaufte, bevor die investierende Öffentlichkeit ihren Wert erkannt hatte. Seine nicht seltenen Verluste gingen auf das Konto seines allzu sanguinischen Temperamentes, einer zu unbekümmerten Art des Umgangs mit seinen Untergebenen und vor allem seines tief eingewurzelten Widerwillens gegen alles, was mit Inspektion und Kontrolle zu tun hatte. Seine Erfolge als Finanzmann entsprangen seiner Begabung beim Aushandeln neuer Übereinkünfte; seine eigentliche Gabe lag in der Planung, nicht in der Durchführung. Er hatte ein gewinnendes Wesen, eine angenehme Stimme, starken Willen, klar umrissene Ziele und eine bemerkenswerte Fähigkeit, genau die Formulierungen zu finden, mit denen er alles erreichen konnte, was er wollte, ohne den Anschein zu erwekken, er mißachte die Absichten der Verhandlungspartner. Außerdem glaubte er an die jüdische Maxime – er zitierte sie oft –, daß ein Geschäft gut ist, wenn es für beide Partner ein gutes Geschäft ist.

Als ich selbst nach einem sozialen Leitbild suchte, dachte ich viel über die Ethik kapitalistischer Unternehmen von der Art, die Handeln und Grundsätzen meines Vaters entsprachen, nach. Mein Vater war ein ehrenhafter und loyaler Kollege; er hielt sein Leben lang an der Freundschaft mit seinen Partnern fest; andere Kapitalisten suchten immer die Zusammenarbeit mit ihm; er ließ nie einen Kollegen in Bedrängnis; Untergebenen gab er großzügig Kredit; er verzieh einem alten Feind, der ins Unglück gekommen war. Aber er dachte, fühlte und handelte immer nur in persönlichen Beziehungen, nie nach allgemeinen Prinzipien; er hatte keine klare Vorstellung vom Gemeinwohl. »Ein Freund«, behauptete er immer, »ist jemand, der dich unterstützt, auch wenn du im Unrecht bist; jemand, der deinem Sohn eine Stelle gibt, die der aus eigener Kraft und durch eigene Fähigkeit nicht bekommen würde.« Davon abweichendes Verhalten verspottete er als moralische Pedanterie. Deshalb neigte er dazu, das Wohlergehen seiner Familie über die Interessen der Gesellschaft zu stellen, deren Präsident er war; die Gewinne dieser Gesellschaft über die Prosperität seines Landes; die Herrschaft seiner Rasse über den Frieden der Welt. Diese abgestuften Verpflichtungen waren natürlich den Gesetzen des Landes und den Konventionen des Kreises, in dem er sich jeweils bewegte, angeglichen. Seine Vorstellung vom richtigen Verhalten war weitherzig, locker gefügt, schnell von der moralischen Atmosphäre durchdrungen, in deren Umgebung er sich befand. Was er in den Vereinigten Staaten tat, machte er nicht im Vereinigten Königtum. Denn die Verhältnisse der kapitalistischen Unternehmen in der mittleren viktorianischen Zeit waren starren moralischen Maßstäben feindlich. Die Präsidenten der amerikanischen Eisenbahnen, internationale Finanziers, Gesellschaftsgründer und Unternehmer, waren mächtige Männer, häufig sehr geistreiche Unterhalter, geradezu magnetisch anziehende Persönlichkeiten; sie hatten ein gemeinsames Ideal, in dem sie brüderlich verbunden waren: das war die anregende Mischung von persönlicher Macht und persönlichem Luxus. Luxusleben in der eleganten Gesellschaft war die Erholung, die sie alle schätzten. Unvergleichlich typisch war der Lebensstil in einem Präsidentenwaggon der amerikanischen Eisenbahn: elaborierte Ausstattung und Einrichtung; der französische Küchenchef; das überreichliche Essen, die ausgesuchten Weine und Liköre; vor allem das Bewußtsein von persönlicher Macht und persönlichem Prestige; der Vorrang des Präsidentenwagens vor allen andern Zügen; die unterwürfige Beflissenheit allgegenwärtiger Bediensteter; das geringschätzige Feilschen mit politischen »Bossen« um Konzessionen zum Landerwerb und um das Durchsetzen der Annahme von Gesetzesentwürfen in Parlamenten – alles in allem ein ziemlich unterkühltes moralisches Klima. Meinem Vater setzte diese ihm wesensfremde moralische Umgebung zu; er unterwarf sich mit kindlichem Gehorsam – und dazu mit fast kindischem Vergnügen an evasivem Verhalten – den Diätgeboten seiner »Frauen« und seines Hausarztes; daß er darauf bestand, daß seine Töchter ihn auf seinen Auslandsreisen begleiteten, läßt sich meiner Meinung nach teilweise mit dem unterbewußten Wunsch erklären, auf diese Weise mißliebige andere Gesellschaft zu vermeiden. In seinem Kampf mit den Versuchungen der Welt und des Fleisches (vom Teufel des Hochmutes, der Grausamkeit und der Bosheit wurde er nie heimgesucht), hatte er zwei mächtige Verbündete: seine Frau und seinen Gott. Seine Frau war puritanisch und asketisch, und er betete sie an. Er war im nüchternen Glauben der Unitarier erzogen und hatte mit intellektuellen Bilderstürmern gelebt; aber im Gegensatz zu seiner Frau und seinen Töchtern war er niemals von Zweifeln an Gottes Herrschaft über die Welt oder an der Wirklichkeit der Kommunikation mit einer außerweltlichen geistigen Macht geplagt. Er ging regelmäßig zur Kirche, nahm das Abendmahl und betete abends und morgens. Es klingt unglaublich, aber ich weiß, daß er als erwachsener Mann immer noch das Gebet sprach, das ihn seine Mutter gelehrt hatte, als er ein Schoßkind war: »Ich bin klein, mein Herz ist rein, lieber Jesus denke mein ...«

Mein Vater war ein Bürger des Britischen Weltreiches, und seine Biographie entsprach der für den viktorianischen Kapitalismus typischen politischen Entwicklung. Sein Großvater, der Bauer und Ladenhalter aus Tadcaster, hatte sich geweigert, zur Feier des angeblichen Sieges der britischen Truppen über die Amerikaner im Unabhängigkeitskrieg die Fenster seines Hauses zu illuminieren; dafür wurden ihm die Fenster vom Mob der Toryanhänger eingeworfen. Sein Vater, der Besitzer des Kaufhauses in Manchester, stand in den Tagen von Peterloo mit an der Spitze der Rebellen und gehörte als Mitglied des reformierten Unterhauses von 1832 zu der Gruppe der pazifistischen Radikalen und Verfechter des Freihandels, die die Arbeit der Whig-Regierung spannungsreich gestaltete. Daß mein Vater je ein überzeugter Radikaler war, möchte ich bezweifeln; und irgendwann in den sechziger Jahren trat er aus dem Reformclub aus und wurde Mitglied des Carlton Club. Lodernd und langdauernd war darum sein Zorn über Disraelis »betrügerischen« Reformerlaß von 1867; er lehnte jegliche Ausdehnung des Wahlrechts auf Haushaltsvorstände der Einkommensgruppe unter zehn Pfund in Bausch und Bogen ab; in diese niedrige Einkommensstufe wollte er auch weibliche Haushaltsvorstände einordnen, weil er glaubte, Frauen neigten intuitiv stärker zum Konservativismus als Männer. Der zentrale Artikel seines politischen Glaubensbekenntnisses war tatsächlich die unbedingte Ablehnung der Demokratie, eine instinktive Überzeugung, die, wie er meinte, durch seine Erfahrungen mit amerikanischen Institutionen bestätigt wurde, wonach diejenigen, die ein Land regieren, also Minister wie Richter, Staatssekretäre wie Abgeordnete, in der Hauptsache aus einer privilegierten Schicht, die von ihrem Vermögen leben kann, stammen sollten; möglichst sollte dies Vermögen noch ererbt sein. Der Grund für die Korruption in der großen Politik und in den Gemeindeverwaltungen der Vereinigten Staaten war, das stand für ihn fest, das Fehlen einer Kaste des ererbten Geldadels, deren Aufgabe es hätte sein sollen, als Garant einer dauerhaften Prosperität des Landes über dem Existenzkampf der Lohnempfänger oder Profitgierigen zu stehen. Noch verderblicher schien meinem Vater, daß anstelle dieser Kaste politische Bosse standen, die zwar vom Mob der Besitzlosen gewählt wurden, ihr Einkommen aber von besonderen finanziellen und politischen Korporationen bezogen. »Der amerikanische Boss«, sagte er, »vereinigt die Ignoranz des Arbeiters mit der Bestechlichkeit des Gesellschaftsgründers in einer Person.« Dennoch war er immer bereit zur Verständigung mit neuen Kräften und zur Anpassung seines politischen Programms an die sozialen Verhältnisse. Als die Einkommensschwelle für das Wahlrecht erst einmal herabgesetzt war, setzte er sich enthusiastisch für die Ausbildung der arbeitenden Klasse ein. »Wir müssen uns unsere Meister ausbilden«, wurde er nie müde zu betonen. »Wenn nötig, müssen wir unsere Töchter ausschicken, die Masse zu erziehen«, war eine indiskrete Bemerkung, mit der er in einer politischen Versammlung die Konservativen schockierte und die Radikalen in hellen Zorn versetzte. Anders als meine Mutter hatte er keinen Sinn für die abstrakten Prinzipien politischer Ökonomie; die alten Freunde seines Vaters, Cobden und Bright, hielt er für Fanatiker, die sich und andere mit spitzfindiger Logik und moralischen Platitüden täuschten. Eine Art gleitender Kornsteuer hätte man beibehalten sollen, um die Landbevölkerung auf dem Land zu halten. Und was das Prinzip des »Friedens um jeden Preis« angehe, so wisse doch jeder erfahrene Geschäftsmann, daß, grob gesagt, »der Handel der Flagge folgt«!

Trotz seiner häufigen Abwesenheit war mein Vater das Zentrum des Familienlebens – das Licht und die Wärmequelle des Heims. Ich weiß noch genau, wie wir Mädchen zur Haustür stürzten, wenn wir die Wagenräder in der Einfahrt hörten: die genauen Fragen, die fröhlichen Antworten, wenn er auch noch so müde war. Er verehrte seine Frau, bewunderte und liebte seine Töchter; er war der einzige Mann, von dem ich weiß, daß er ehrlich überzeugt war, Frauen seien Männern überlegen, und nach dieser Überzeugung auch handelte; das paradoxe Ergebnis davon war dann, daß alle seine neun Töchter ihr eigenes Leben als Antifeministinnen begannen! Er weihte Frau und Töchter in sämtliche Geschäfte ein – zumindest erweckte er den Anschein. Obwohl er von seinem Beruf sehr beansprucht war, hatte er sich doch die Liebe zur Dichtung, zur Geschichte und zur idealistischen Philosophie erhalten; er las Dante (im Original!) mit Hingabe, ebenso Shakespeare und Platon; er lehrte uns die Humoristen des 18. Jahrhunderts, die französischen Enzyklopädisten und die Romane von Jane Austen und Thackeray lieben; er war ein glühender Bewunderer von Burke, Carlyle und John Henry Newman – ein seltsames Trio, Beweis dafür, glaube ich, daß seine Vorlieben mehr aus gefühlsbestimmtem Denken als aus analytischem Verstand kamen. Im Gespräch nahm er uns immer als seinesgleichen; mit seinen sehr jungen Töchtern diskutierte er nicht nur seine geschäftlichen Probleme, sondern auch Fragen der Religion, Politik und Sexualität offen und frei. Ich weiß noch, daß ich, als ich dreizehn Jahre alt war, fragte, ob er mir rate, *Tom Jones* zu lesen. Er antwortete: »Auf jeden Fall, wenn das Buch dich interessiert; es gibt dir einen guten Einblick in Sitten und Gebräuche des 18. Jahrhunderts; und Fielding schreibt ein wunderbar kraftvolles Englisch«; und dann sagte er noch, so, als denke er laut: »Wenn du ein Junge wärst, müßte ich wohl etwas vorsichtig mit der Empfehlung von *Tom Jones* sein, aber ein Mädchen mit unbefangenem Verstand kann alles lesen, und je mehr es von der menschlichen Natur weiß, um so besser für es und alle Männer, die mit ihm zu tun haben.« Vielleicht war es eine Folge dieser »Politik der offenen Tür«, daß ich, soweit ich mich erinnern kann, keinerlei sexuelle Neugier hatte; meine Kenntnis der Fakten übertraf immer mein Interesse am Gegenstand. – Er freute sich an der Schönheit von Moor und Bergen, an wilden Stürmen und den wechselnden Farben von Wolken und Meer. Aber sein besonderer Charme lag in seiner Hochschätzung – seiner Überschätzung und unkritischen Bewunderung für den Verstand und Charakter derer, mit denen er lebte. Wir Mädchen fanden seine Langmut mit Mutters Launen viel zu groß; sie fand, daß er die unkonventionellen Angewohnheiten seiner Töchter viel zu duldsam hinnehme. Aber wenn er sich auch ganz selbstverständlich den Interessen derer, die er liebte, unterordnete, so hinderte ihn seine »noble Liebenswürdigkeit«, wie Herbert Spencer es formulierte, doch nicht daran, die Geschicke der Familie in seiner Hand zu behalten. Meine Mutter lebte da, wo er gern leben wollte, seine Töchter heirateten Männer nach seinem Geschmack, trotz mancher Versuchung zum Gegenteil.

Mutter war fast vierzig Jahre alt, als ich ihre Existenz wahrnahm, und eine wirklich enge Beziehung zu ihr hatte ich erst in ihren letzten Lebensjahren, als ich die einzige erwachsene Tochter im Hause war. Die Geburt meines einzigen Bruders, als ich vier, und sein Tod, als ich sieben Jahre alt war, der Höhepunkt des Glücks und der vernichtende Schmerz im Leben meiner Mutter, hatten mich aus ihrer Fürsorge und Aufmerksamkeit vertrieben; und die Ankunft meiner jüngsten Schwester wenige Monate nach dem Tod meines Bruders, die einen Teil der verstörten Gefühle meiner Mutter wieder band, besiegelte unsere Trennung. »Beatrice«, schrieb sie in ihr Tagebuch, als ich noch ein Kind war, »ist das einzige meiner Kinder, dessen Intelligenz unter dem Durchschnitt liegt«, was ihre gleichgültige Haltung mir gegenüber erklären mag. Während meiner gesamten Kindheit und Jugend war sie für mich eine blasse Figur, die mit meinem Vater Geschäftliches besprach oder in ihrem Boudoir über Büchern hockte; willkürlich übte sie Macht aus; ihrer seltenen Einmischung in mein Leben setzte ich schweigende Ablehnung entgegen. Ich betrachtete sie als ein Hindernis, das man umgehen, eine Person, der man Tatsachen vorenthalten mußte, deren Stimmungen man beobachtete und hinnahm, damit sie ja nicht die eigenen kleinen Pläne durchkreuzte. Dieses Fehlen von Zuneigung zwischen uns war um so trauriger, weil wir, wie uns später zufällig klar wurde, denselben Geschmack hatten, dieselben Probleme sahen und denselben geheimen Wunsch hatten: sie hegte tief im Herzen, noch in ihren mittleren Lebensjahren, die Sehnsucht, die ich auch insgeheim entwickelte: Publizistin zu werden.

Der Lebensweg meiner Mutter war viel beschwerlicher als der meines Vaters. Von Anfang an stand ihr Leben unter einer schweren Belastung: ihr Vater, reich und verwitwet, verwöhnte sie grenzenlos und betete sie geradezu an; er bestand darauf, daß ihre Brüder sie als ein Muster an Tugend, Schönheit und Bildung ansahen – das ist sogar für ein selbstloses Wesen eine Anfechtung. Günstig für ihr Lebensglück und wohl auch für ihren Charakter war, daß sie dieselbe grenzenlose Bewunderung auch in ihrer Ehe fand; und sie und mein Vater waren bis zu ihrem Todestag ein Liebespaar. In jeder Hinsicht sonst war ihr Leben eine ununterbrochene Serie von Enttäuschungen. Ihr hatte ein häusliches Leben vorgeschwebt, das vom engen intellektuellen Austausch mit meinem Vater geprägt, möglichst zu intellektuellen Erfolgen führen würde; sie hatte sich im Kreise der berühmten Freunde gesehen, von denen sie als junges Mädchen und in der ersten Zeit ihrer Ehe umgeben gewesen war (ich erinnere mich an die Namen Sir George Cornewall Lewis und Dr. Jeune). Die Vision eines Lebens in gebildeter Muße wurde jäh zerstört, als das ererbte Vermögen verloren ging. Als der Reichtum wiederkehrte, fand er sie kränkelnd, mit einer Kinderstube voller Kinder und einem Ehemann, der immer beschäftigt und dauernd unterwegs war.

Aber ihre größte Enttäuschung waren die Kinder. Sie war von Männern erzogen und mit Männern aufgewachsen, und Frauen mochte sie nicht. Das Schicksal hatte es gewollt, daß sie neun Töchter bekam und ihren einzigen Sohn verlor. Dazu kam, daß ihre Töchter keine Frauen von der Art waren, die sie bewunderte oder gelten ließ. Sie war zur »Gelehrten und Dame« erzogen worden; ihre Töchter weigerten sich, Bildung anzunehmen, und trotzten den Konventionen ihrer Schicht. Es war nicht zu übersehen, daß sie überwiegend Potters waren, Abkömmlinge der hochgewachsenen dunklen Frau von jüdischem Aussehen, die Hebräisch las und Musik liebte – der Mutter meines Vaters, die in den letzten Lebensjahren meines Großvaters Potter in einer geschlossenen Nervenheilanstalt untergebracht werden mußte (sie war von der Zwangsvorstellung besessen, die Juden nach Jerusalem zurückführen zu müssen, kam auch tatsächlich bis nach Paris, aber, die Arme, ganz allein und ohne ihre eingebildete Gesellschaft); das wurde immer als ein Makel unserer Abstammung betrachtet. Aber zusätzlich zu diesen unglücklichen Umständen litt meine Mutter auch unter ihrer gespaltenen Persönlichkeit; sie lebte nicht in Frieden mit sich selbst. Die Disharmonie ihres Wesens spiegelte sich in ihrer Physiognomie wider. Im Profil gesehen, war sie, wenn nicht geradezu häßlich, so doch mindestens ohne Anmut: sie hatte eine auffallend große Nase mit scharfem Nasenrücken, eine lange, gerade Oberlippe, einen schmalen Mund mit fest aufeinandergepreßten Lippen, eine mächtige Kinn- und Kieferpartie, alles zusammengenommen ein hartes Profil, das durch den wohlgeformten, aber schweren Kopf nicht gemildert wurde. Im Profil gesehen, schien sie eindeutig eine befehlsgewohnte Frau, unnachgiebig, wahrscheinlich dominierend, mit der Anlage zum Fanatismus. Aber betrachtete man sie en face, dann schien eine derartige Interpretation ihres Wesens schiere Verleumdung. Dann beherrschten die Augen das Gesicht, waren die Seele ihrer Persönlichkeit, warme, nußbraune Augen, groß, aber tiefliegend, verschleiert von schweren Lidern und langen Wimpern, betont durch zart geschwungene, fein gezeichnete Brauen; diese Augen vereinten in ihrem Licht und Schatten die Zärtlichkeit des Mitgefühls mit der Suche nach Wissen. Diese auffallende Schönheit fand ihre Ergänzung in feinem seidigem Haar, leicht errötender heller Haut, schimmernden kleinen Zähnen, dunkler wohlklingender Stimme, anmutigen Gesten und langen schmalen Händen: ohne Zweifel eine Frau, die Liebe einflößte, vielleicht sogar inspirierend wirkte. »Ich glaube, Sie kannten meinen Großvater Lawrence Heyworth«, sagte ich zu John Bright, als ich ihm 1884, drei Jahre nach dem Tod meiner Mutter, auf einer politischen Demonstration in Birmingham begegnete. »Lawrence Heyworth, aber ja. Dann sind Sie die Tochter von Lawrencina Heyworth?« Und nach einer Pause fügte er hinzu: »Sie ist eine von den zwei oder drei Frauen, die ein Mann bis an sein Lebensende nicht vergißt, so schön in Ausdruck und Gestalt.« (Tagebuch, 16. März 1884, MS)

In den wenigen Jahren der engen Beziehung zu ihr entdeckte ich, daß die gespaltene Persönlichkeit, die ihren Ausdruck in den widersprüchlichen Zeugnissen von Profil und Gesicht fand, sich auch in ihrem Bewußtsein manifestierte: die Frage nach dem richtigen Verhältnis des Menschen zum Universum und nach der richtigen Lebensführung wurde für sie zur nicht endenden Kontroverse. Ihre Seele verlangte nach den mystischen Tröstungen und der moralischen Strenge religiöser Orthodoxie. Sie brachte Stunden mit dem Studium des Neuen Testaments in griechischer Sprache und der Kirchenväter zu; und sie nahm mit beispielhafter Regelmäßigkeit an religiösen Riten teil. Aber sie hatte von ihrem Vater einen bilderstürmenden Intellekt geerbt. Ich weiß noch, wie sie ganz bestürzt über die Behauptung meines Großvaters war, daß Adam und Eva bloß Wühlschweine waren, solange sie sich im Paradies aufhielten, und daß nur, weil sie die verbotene Frucht vom Baum der Erkenntnis aßen, ihre Nachkommen mehr als die Tiere auf dem Felde wurden. Meine Mutter wurde vom Zweifel daran geplagt, ob Männer und Frauen wirklich mehr als nur Schweine waren oder je werden könnten, auch wenn sie ihre Rüssel noch so tief in die aufgehäuften Äpfel vom Baum der Erkenntnis hineinwühlten; ihre Sorge war, daß das Streben nach Lust und das Vermeiden von Schmerz alle menschlichen Instinkte, Triebkräfte und Motive besetzte und so allein die Pflicht des Menschen begründete. Eine glühende Anhängerin von Adam Smith, Malthus und besonders von Nassau Senior, war sie in der strengsten Schule utilitaristischer Ökonomen erzogen. In ihren mittleren Jahren hatte sie einige Essays ihres Freundes Michel Chevalier übersetzt, der die französische Variante der orthodoxen politischen Ökonomie repräsentierte, eine Variante, in der jede dogmatische Überzeugung als Karikatur erschien und nur wohltätiges Eigeninteresse war.[4] Und meine Mutter praktizierte, was sie predigte. Ökonomie-erprobt in Bezug auf Zeit und Geld, verwaltete sie das Einkommen der Familie bewundernswert: sie ging niemals in die Dienstbotenräume und sprach außer mit ihrem persönlichen Mädchen kaum mit Dienern. Sie handelte durch Delegieren, dadurch, daß sie alle Töchter dazu erzog, einen sorgfältig durchdachten Plan für die sparsamste Erfüllung der angemessensten Forderung durchzuführen. Ihr Verstand sagte ihr, daß man sich gehen lasse, daß man gegen Naturgesetze verstoße und damit Unglück über den Einzelnen und die Gemeinschaft bringe, wenn man mehr als die Marktpreise bezahle, weniger als die üblichen Arbeitsstunden oder geringere Anstrengungen als üblich verlange –, selbst, wenn beweisbar wäre, daß diese Arbeitsbedingungen Gesundheit und Glück der Betroffenen schädigten. In ähnlicher Weise war sie davon überzeugt, daß es die verbindliche Pflicht eines jeden Bürgers sei, auf der sozialen Stufenleiter aufzusteigen, die unter ihm Stehenden nicht zu beachten und sich ständig darum zu bemühen, bis zur obersten Sprosse zu gelangen. Nur wenn alle Einzelnen ihr eigenes Interesse und das ihrer Familie so beharrlich verfolgten, werde das höchste allgemeine Zivilisationsniveau erreicht. Das war das Thema, bei dem sie und Herbert Spencer sich in glücklicher Übereinstimmung fanden. Niemand in der heutigen Generation kann sich vorstellen, mit welchem Ernst und welcher Leidenschaft die Repräsentanten der Mittelschicht in der mittleren viktorianischen Zeit an dieser Überzeugung festhielten: »Wer seine Kuh zu billig verkauft, kommt in die Hölle«, symbolisiert, nach John Butler Yeats, immer noch den »wichtigsten Teil der Religion in Belfast«[5], diesem letzten Reservat des bigotten Kommerzialismus im 19. Jahrhundert. Im Unterschied dazu war meine Mutter ganz frei vom Makel der Bigotterie; sie war sich darüber im klaren, daß diese Theorie von Natur und Verhalten des Menschen hoffnungslos unvereinbar war mit ihrer Sehnsucht nach Mystik, mit der Bergpredigt wie mit der *Imitation of Christ* (d. i. Thomas v. Kempen, Imitatio Christi, etwa 1400; A. d. Ü.), worin sie Tag und Nacht las. In ihren späteren Lebensjahren zog sie sich vom Gesellschaftsleben zurück und überließ es ihren Töchtern, sich den Weg in die Londoner Gesellschaft selbst zu ebnen und ihre eigenen Freunde in das Landhaus einzuladen; sie bat nur darum, daß man ihr die Namen der Gäste sagte und Hinweise gebe, die es ihr ermöglichten, die formellen Pflichten der Gastgeberin mit intelligenter Höflichkeit zu erfüllen. Als das Alter langsam fortschritt, mochte sie nicht einmal mehr dem Rest des Haushaltes ihren Willen aufzwingen, und sie war rührend bemüht, die eigenen Ansprüche zugunsten einer wachsenden Enkelschar zurückzustellen. Als sie immer stärker von ihren einsamen Studien absorbiert war und an der Lösung der Probleme verzweifelte, die sie bewegten, konzentrierte sich ihr ruheloser Verstand auf das Sprachenlernen, besonders auf die Grammatik von Fremdsprachen. Sie legte eine reichhaltige, seltsame Sammlung solcher Grammatiken an, benutzte dabei die Grammatik einer Fremdsprache, abgefaßt in einer andern, also etwa eine griechische Grammatik auf französisch, eine lateinische Grammatik in italienischer Sprache, eine Grammatik des Hebräischen, die deutsch geschrieben war, eine spanische, in irgendeiner skandinavischen Sprache abgefaßte Grammatik, und so weiter; sie glaubte wohl, es entspreche dem Prinzip der Ökonomie der Kräfte, zwei Fliegen mit einer Klappe zu schlagen. Durch diese tägliche Routine geistiger Anspannung, in der ein Tag dem andern genau glich, verschaffte sie sich ein gewisses friedvolles Lebensverständnis – was sage ich –, eine Lebensfreude, die sie erstaunlich jung an Leib und Seele hielt, noch als sie sechzig Jahre alt war. »Bevor ich sterbe, werde ich zwölf Sprachen können!«, sagte sie mir mit triumphierendem Lächeln, als wir eines Tages, wenige Monate vor ihrem plötzlichen und unerwarteten Tod im Frühjahr 1882, unseren genau festgelegten Spazierweg in der dafür genau bemessenen Stunde absolvierten. Diesem Glückwunsch an die eigene Adresse ließ sie sofort einen liebevollen Seitenblick auf mich und den verständnisvollen Wunsch an meine Adresse folgen, ich möge Erfolg haben, wo sie scheiterte, und Schriftstellerin werden. Vielleicht wegen dieses neuen unerwarteten Verständnisses für meinen geheimen Ehrgeiz, vielleicht, weil in ihrer Persönlichkeit eine subtile Art, Macht auszuüben, lag, sie hatte jedenfalls nach ihrem Tod viel größeren Einfluß auf mich als zu ihren Lebzeiten.

Mir war nie klar, wie viel sie für mich getan hatte (schreibe ich ein paar Monate später voll Bedauern in mein Tagebuch), wie viele meiner besten Gewohnheiten ich ihr abgesehen hatte, wie stark ihr Einfluß auf mich werden würde, nachdem sie nicht mehr Druck auf mich ausüben konnte – dieser Druck, der zwar heilsam und in der richtigen Richtung wirkte, aber taktlos gewesen war. Takt – die Eigenschaft, die Menschen mehr Zuneigung und Dankbarkeit einträgt als jede andere und doch für sich genommen nicht notwendig zu den nobelsten moralischen und intellektuellen Qualitäten gehört ... Wenn ich gegen viele Widerstände auf ein weit entferntes und vielleicht unerreichbares Ziel hin arbeite, dann denke ich an sie und ihre intellektuellen Mühen, die wir allzu voreilig unnütz nannten und die trotzdem der erste Anstoß für alle meine Ambitionen bleiben und mich dazu anspornen, besser im Handeln und Denken zu werden. (Tagebuch, 13. August 1882)

Sechs Jahre danach, als mein Leben zwischen der Pflege meines Vaters und der Arbeit für Charles Booths *Life and Labour of the People in London* aufgeteilt war, finde ich folgende Eintragung in meinem Tagebuch; sie zeigt, wie eng meine intellektuellen Bemühungen sich mit der Erinnerung an meine Mutter verbunden hatten.

In letzter Zeit denke ich dauernd an Mutter; manchmal empfinde ich ihre Gegenwart so deutlich, daß ich in Versuchung komme, eine Art Kommunikation mit ihr aufzunehmen. Als sie noch lebte, kannten wir einander so wenig. Merkwürdig, jetzt liebe ich sie mehr, ich habe das Gefühl, daß sie mich nun endlich kennt, daß sie versucht, mir meine Einsamkeit erträglicher zu machen und mich in meinen Bemühungen zu bestärken. Mir scheint, jetzt gehört sie mehr zu mir als zu den andern; die haben ihre Ehen und ihre Kinder; ich habe nichts, nur meine Arbeit und die sporadische Wärme der Freundschaft. Also scheint Mutter mir zur Seite zu stehen, mich zu beobachten, immer in Bereitschaft, mir ihre helfende Hand zu reichen, mich jedenfalls zu segnen ... Den Rest des Lebenskampfes kann ich nun mutig durchstehen. Und wenn er zuende ist, werde ich vielleicht wissen, daß sie mir wirklich zur Seite gestanden hat. (Tagebuch, 1888)

Unlöslich mit meiner Mutter verbunden und in mancher Hinsicht ihre Ergänzung war Martha Jackson (später Mills), ein Leben lang Gesellschafterin und rechte Hand meiner Mutter. Von meinem Großvater als Reisebegleiterin seiner Tochter angestellt, hatte sie in Rom das Entstehen der Liebe zwischen meinen Eltern miterlebt; sie war meiner Mutter nach deren Heirat in die neue Familie gefolgt, und sie war Kindermädchen meiner älteren Schwestern gewesen; dabei hatte sie sich den Beinamen »Dada« zugezogen. Dada war einfach eine Heilige, die einzige Heilige, die ich je kennengelernt habe. Sie bemutterte alle Mitglieder des großen Haushaltes, Kinder wie Dienstboten, artige wie ungezogene; sie pflegte die Kranken, tröstete die Bekümmerten und legte ein Wort für die in Ungnade Gefallenen ein. Martha wurde in Zeiten der Spannung und Belastung von meinem Vater zu Rate gezogen; und nur sie wagte es, ungefragt, aber auch nicht zurückgewiesen, meiner Mutter einen guten Rat zu geben, wann immer es ihr, Martha, an der Zeit schien. »Das würde ich nicht tun, Mrs. Potter, das macht alles nur noch schlimmer«, sagte sie dann in ihrem leisen unpersönlichen Ton, während sie daranging, die Anordnungen meiner Mutter auszuführen, anscheinend unbekümmert um die Folgen, auch wenn sie die Entscheidung für falsch hielt. Und wenn meine Mutter heftig auf ihrem Willen beharrte und zornig darauf bestand, daß sie im Recht sei, dann schwieg Martha ganz freundlich, als sei sie halb und halb überzeugt, machte nur etwas später eine besänftigende Bemerkung über die Schwäche oder Hilflosigkeit der angegriffenen Partei oder einen klugen Vorschlag, wie das entstandene Problem sich zum Besten aller lösen ließe. Aber auch wenn sie uns alle liebte, ließ sie sich doch selten täuschen. Eine Szene,

die sich vor sechzig Jahren abspielte, hat sich mir tief eingeprägt: ein kleines Kind, das aus Feigheit eine Lüge erzählte, darauf ein Augenblick Schweigen, dann, als einzige Antwort Marthas, ein Aufblitzen in ihren grauen Augen, in dem sich Erheiterung und Liebe mischten: das Kind beschloß, nie wieder zu lügen, wenn es sich nur aus dieser einen Lüge herauswinden könnte, ohne die doppelte Sünde zugeben zu müssen!
Eine Heilige war Martha zwar, aber auch sehr menschlich; wenn es um ihr eigenes Glück ging, war sie sehr wohl in der Lage, einen falschen Schritt zu tun. In ihren mittleren Jahren verheiratete sie sich, vielleicht, weil sie es leid war, Zuneigung und Fürsorge immer nur zu geben und niemals zu empfangen. Mills, von Beruf Eisenbahnschaffner, dann Butler, aus Überzeugung Baptistenprediger, war ein betulicher Mann, ehrlich und häuslich dazu. Während der ersten Ehejahre zog er es vor, bei seinem alten, wohlhabenden Dienstherren zu bleiben, und gab sich damit zufrieden, daß seine Frau weiter bei uns war, da er es sehr wichtig fand, genügend Ersparnisse für ein späteres, unabhängiges Leben anzusammeln. Als sein alter Dienstherr starb, schien ein katastrophaler Bruch in unserem Haushalt unvermeidlich. Aber meine Mutter und Martha zeigten sich der Situation gewachsen. Mills wurde unser Butler; ohne die ruhige Würde seiner Frau, die ihn, wie alle anderen, die zum Haushalt gehörten, bemutterte und schützte, wäre er zur Zielscheibe des Spottes für alle geworden. Aber sie wußte, daß sie einen großen Fehler, den Fehler ihres Lebens, gemacht hatte, und entsprechend scharf und lebenserfahren waren ihre Warnungen an die Adresse der jüngeren Dienstboten, wenn sie wegen »Heiraten« um Rat fragten. Denn Mills war lächerlich pompös, absurd verliebt in den Klang seiner eigenen Stimme. Wenn jemand nach einer Schütte Kohlen klingelte, erschien Mills, baute sich mitten im Raum auf, stand da und hielt eine wohlgesetzte Rede, in der er den empfangenen Auftrag wiederholte und kommentierte – in volltönender, wortreicher Sprache. In seinem maßlosen, unangebrachten Gebrauch pedantischer Worte und Phrasen übertraf

er noch Mrs. Malaprop*; ob man die rhetorischen Ausschmückungen der Bibeltexte, aus denen er seine Laienpredigten bunt zusammensetzte, als herzbewegende Beredsamkeit empfand oder als Sprachverwirrung, das hing von der literarischen Bildung des Zuhörers ab. »Mills wäre schon recht, wenn er bloß seinen Mund hielte«, brummte die desillusionierte, aber ergebene Ehefrau bei einem Weihnachtsessen – aus gegebenem Anlaß.

Schließlich erreichte das Paar die Altersgrenze und lebte von Erspartem und einer Rente im Pförtnerhaus unseres Gutes in Monmouthshire, wo mein Vater und ich während seiner letzten Lebensjahre die Sommermonate verbrachten. Auf diesem einsamen Hügel erfüllte Mills seine Berufung, indem er durch seine wortgewaltigen Reden kleine Gruppen verwirrter Arbeiter in verlassene Baptistengemeinden zurückführte; Martha wusch, flickte und kochte unterdessen für ihn, las ihre Bibel, öffnete und schloß die Pforte und erwartete mit geduldiger Hoffnung die Ankunft des einen oder anderen Mitgliedes der geliebten Familie. Eines Tages hatte Martha, wie das Glück wollte und wie ich in einem anderen Kapitel erzählen werde, die Aufgabe übernommen, mir Geleit und »Tarnung« bei meinem ersten Versuch zu Beobachtung und Experiment zu geben. Sie war es, die mich nach dem Tod meiner Mutter als »ihre junge Freundin, Miss Jones, Bauerntochter aus Wales«, in die Häuser meiner Verwandten, der Baumwollwirker in Bacup, einführte; und zufällig entdeckte ich bei einem dieser Besuche, daß auch sie mit mir verwandt war.

Von allen Begabungen Marthas wirkte keine so folgenschwer und einflußreich auf mich wie ihre Fähigkeit, mir die Augen für die Bedeutung der Religiosität zu öffnen. Ich hatte den endlosen Streitgesprächen zwischen meiner Mutter und Herbert Spencer zugehört, die sich mit dem Ursprung der Religion befaßten, und war deshalb allzu leicht bereit, die Sekte, der Martha angehörte, die Strengen Baptisten, für primitiv

* Mrs. Malaprop: Person in Sheridans Stück *The Rivals,* der Maß und Sinn für richtige Worte und passendes Verhalten fehlen. [A. d. Ü]

und barbarisch zu halten. Aber sie glaubte demütig und fraglos an die Dogmen der Sünde, der Prädestination, der ewigen Strafe, an die buchstäbliche Unfehlbarkeit der Texte des Alten und Neuen Testamentes, erst recht an die protestantische Behauptung, mit der großen Hure in der Offenbarung sei die römisch-katholische Kirche gemeint; diese Glaubenstreue war für sie ein Akt der Loyalität gegenüber der Lehre, in der sie erzogen war. Religion war für sie ganz und gar eine innere Einstellung; diese Einstellung, daran glaubte sie fest, spiegelte die ihres Heilandes Jesus von Nazareth wider, die sie als ein überwältigendes Vermögen zur Liebe verstand. Das war eine merkwürdig unpersönliche Liebe; vielleicht kann man sagen, es war gleichmäßige Güte für alle, ohne Ansehung der Person oder auch nur der Besonderheit einer Person; sie wurde unterschiedslos auf alle Menschen übertragen, ganz gleich, ob sie anziehend oder abstoßend, hoch oder niedrig stehend, genial oder geistesschwach, aufopferungsvoll oder egoistisch waren. Instinktiv verteilte Martha Zuneigung und Fürsorge nicht nach Verdienst, sondern nach Bedürftigkeit. Charakterfehler und unglückliche Lebensumstände waren eben unvermeidliche Hindernisse auf der Pilgerfahrt durch dieses Leben zum jenseitigen; überwinden oder aus dem Weg räumen konnte man sie nur durch geduldige und ausdauernde Barmherzigkeit für alle Menschen, die durch das, was Martha »den Tatsachen ins Auge sehen« nannte, in Schranken gehalten wurde. Denn niemals floß sie über vor Mitleid, niemals wurde sie sentimental, wenn sie jemandem über physische oder psychische Not hinweg half; immer hielten ihr Sinn für Humor und für das Angemessene und ihr Verständnis für das, was recht und billig war, dem Mitgefühl die Waage. »Außer dir haben auch noch andere Leute Ansprüche und Bedürfnisse«, schienen ihr Lächeln und das Aufblitzen in ihren Augen zu sagen. Sie sprach nur selten von ihren Glaubenserfahrungen, und sie versuchte nie, uns zu ihrer besonderen Spielart des Protestantismus zu bekehren. Aber für alle, die sie genau kannten, war es eindeutig, daß Martha zutiefst davon überzeugt war, die innere Einstellung, die für sie Religion bedeutete, könne nur durch die Verbindung mit einer außerweltlichen geistigen Kraft entstehen und bleiben, die ihrerseits eine Manifestation des im Universum wirkenden Geistes der Liebe sei.

Am andern Ende der Skala menschlicher Werte und in deutlichem Kontrast zur Heiligen unseres Haushaltes – intellektuell turmhoch überlegen, aber an Einfühlungsvermögen weit unter ihr rangierend – stand der engste und älteste Freund der Familie, der unablässig räsonnierende Philosoph. Aus Herbert Spencers *Autobiography* zitiere ich im folgenden die Beschreibung seiner ersten Begegnung mit meinen Eltern im Hause meines Großvaters Heyworth in der Nähe von Liverpool – nicht des schmeichelhaften Familienporträts wegen, sondern weil dieses Exzerpt beweist, daß der zukünftige große Denker in seiner Jugend ebenso bescheiden in Bezug auf seine eigene Begabung wie überschwenglich in der Einschätzung seiner Freunde war.

Mr. Heyworth und ich haben uns ausgiebig unterhalten und stimmten im ganzen erstaunlich gut in unseren Meinungen überein. Er ist ein besonders liberaler, denkender Mensch, und obwohl er nominell der Kirche angehört, praktisch nicht kirchentreuer als ich ... Am meisten beeindruckten mich jedoch seine Tochter und ihr Gatte, Mr. und Mrs. Potter. Sie sind erst seit kurzem verheiratet und scheinen mir das bewundernswerteste Paar, das ich je gesehen habe. Ich weiß nicht, ob ich Ihnen gegenüber einmal Miss Heyworth erwähnt habe, die ja durchaus eine Berühmtheit ist. Ich bin jedenfalls schon lange darauf erpicht gewesen, sie kennenzulernen, teils, weil mein Onkel Thomas immer von ihr gesprochen hat, und teils, weil ich ihren Namen ein- oder zweimal in den Zeitungen gelesen habe. Sie wurde dort als stark engagiert für die Anti-Corn Law League geschildert, verteilte Schriften und sprach mit vielen über das Thema.

Aus ihrem Verhalten und ihrer ganzen Erscheinung hätte man nie auf einen so unabhängigen Charakter schließen können. Sie ist sehr weiblich und ungewöhnlich anmutig und kultiviert. Für einen Phrenologen jedoch ist die Einzigartigkeit ihres Charakters deutlich sichtbar. (Hier folgen eine Skizze ihrer Schädelform und eine Reihe Schlüsse daraus.) Aber meine größte Bewunderung gilt Mr. Potter. Er ist, glaube ich, der liebenswürdigste Mensch, den ich je gesehen

habe. Er ist ganz natürlich; seine Liebenswürdigkeit ist nicht anerzogen, sie ist Realität. Er hat einen edlen Kopf, natürlich einen demokratischen, aber davon abgesehen so wunderbar harmonischen, daß man ihn mit großer Freude immer wieder betrachtet. Die vollkommene Entsprechung von Kopfform und Gesicht ist bemerkenswert: die Züge sind griechisch, und ihr Ausdruck ist genauso, wie ein Phrenologe erwarten würde.
Er ist, glaube ich, sehr poetisch – bewundert Shelley enthusiastisch und hält ihn für den mit Abstand besten Dichter seiner Zeit, worin ich vollkommen einer Meinung mit ihm bin. Überhaupt stellten wir bei allen Themen, über die wir uns unterhielten, Übereinstimmung fest, und wenn ich mich deswegen auch eigentlich geschmeichelt fühlen könnte, muß ich doch sagen, daß ich den Kontrast zwischen der Harmonie seiner Veranlagungen und meinen eigenen dermaßen stark empfand, daß mich eine solche Unzufriedenheit mit mir selbst überkam wie schon lange nicht mehr.[6]

Von diesem Tag an war Herbert Spencer ein glühender Bewunderer meines Vaters und der intellektuelle Partner meiner Mutter. Daß ein Mann von vierundzwanzig Jahren gern stundenlange Gespräche mit einer attraktiven, nur wenige Jahre älteren Frau führte, ist nicht verwunderlich. Überraschend aber ist, daß Herbert Spencer sich in seiner Bewunderung, ja Verehrung für meinen Vater durch dessen vollkommene Gleichgültigkeit gegenüber dem intellektuellen Wirken des Philosophen, ganz gleich, ob es sich im gesprochenen oder geschriebenen Wort ausdrückte, nicht beirren ließ. Immer von heiterer Güte, hegte mein Vater ehrliche, vielleicht etwas mitleidige Zuneigung für den Philosophen an seinem häuslichen Herd; er unterhielt sich mit ihm, ging fischen mit ihm, reiste mit ihm, gab ihm gründliche Ratschläge und erzählte ihm Anekdoten aus dem Geschäftsleben, die dieses oder jenes ökonomische »Gesetz« erläutern sollten, an das sie beide glaubten. Aber zu Diskussionen mit ihm oder zum Lesen seiner Bücher war er nicht bereit. »Das funktioniert nicht, nein, mein lieber Spencer, das wird nichts«, sagte mein Vater gutmütig, wenn der Zweifler von Beruf trotzig die praktische Realisierung seiner Theorie verkündete, während die beiden sich am Sonntagmorgen auf einem Spaziergang demonstrativ gegen den Strom der Kirchgänger bewegten. Diese Abneigung gegen Spencers besondere Form des Denkens war um so bemerkenswerter, als mein Vater intellektuelle Gesellschaft sonst sehr schätzte; er genoß Unterhaltungen mit Huxley, Tyndall und James Martineau, und als sein Freund James Anthony Froude ihn bei der einen oder andern Gelegenheit aufforderte, sich Nachmittagsspaziergängen mit Thomas Carlyle anzuschließen, da folgte er der Einladung mit ehrfürchtiger Scheu und wiederholte uns hinterher die Ausführungen des Meisters Wort für Wort. Aber Herbert Spencers »synthetische Philosophie« langweilte ihn über das Maß des Erträglichen hinaus, ganz gleich, ob sie sich mit dem Erkennbaren oder dem Unerkennbaren beschäftigte; in dieser Philosophie fand er keinen Sinn. Als ich versuchte, ihn für das »Gesetz der wachsenden Heterogenität und Bestimmtheit in Struktur und Funktion« zu interessieren, das, wie der Philosoph zeigte, überall im Universum gilt, da antwortete mein Vater nur: »Worte, meine Liebe, nichts als leere Worte. Die Erfahrung sagt mir, daß manche Geschäfte sich unübersichtlich und kompliziert entwickeln, andere schlichter und einförmiger werden und wieder andere zum Bankrott führen. Langfristig und aufs Ganze gesehen, gibt es keinen Grund, die eine Entwicklung für wahrscheinlicher zu halten als die andere. Spencers Verstand ist wie eine Maschine im Leerlauf; das wird noch seinen Körper zugrunde richten. Der arme Spencer, Instinkt fehlt ihm, meine Liebe, er hat keinen Instinkt – du wirst schon noch merken, daß Instinkt genauso wichtig ist wie Intellekt.« Und dann zog er sein Notizbuch hervor und sagte voll freundlichem Mitleid: »Ich muß doch sehen, ob ich nicht wieder mal mit ihm angeln gehen kann – der arme Kerl!« Auch blieb die Gleichgültigkeit meines Vaters gegen Herbert Spencers Argumentationskraft diesem nicht verborgen. – »Mrs. Potter war kaum weniger streitlustig als ich«, erinnert er sich nach einem Besuch bei dem jungen Paar, »und an manchen Abenden führten wir unsere Debatten so lange weiter, daß Mr. Potter, der oft in der Hauptsache die Rolle des Zuhörers spielte, ganz verzweifelt

aufgab und zu Bett ging; er überließ es uns, unsere unlösbaren Kontroversen fortzusetzen.«[7]
In meiner Erinnerung sieht er so aus: ein fein modellierter Kopf, vor der Zeit kahl, lange bewegliche Oberlippe und mächtiges Kinn, eigensinnig zusammengepreßter Mund, kleine funkelnde Augen, eine starke römische Nase – im Ganzen ein bedeutender Kopf, auf einem langen, schmalen, feingliedrigen Körper, der in winzigen Füßen und Händen endete. Die sehr förmlichen Manieren und die genaue klare Redeweise des Philosophen hatten, wie seine übermäßig sorgfältigen, aber schrullig unkonventionellen Gewänder, Distinktion, sogar eine gewisse Eleganz. Und wenn seine elaborierten, in pedantischen Wendungen formulierten Erklärungen alltäglicher Vorkommnisse als Beispiele für die Prinzipien seiner synthetischen Philosophie dem biederen Zuhörer etwas absurd vorkamen, so war doch für die begeisterte Novizin im wissenschaftlichen Denken Spencers phantasievolle Verknüpfung von elementaren Beobachtungen und abstrusen Spekulationen äußerst eindrucksvoll. Aber den tiefsten Eindruck in meinem jugendlichen Gemüt hinterließ eine Verwandlungsszene: sanftes Wohlwollen, glatte Stirn – der normale Ausdruck im Angesicht von Kindern und Schwachen –, veränderten sich immer dann zu zitternder Empörung, zornigen Augen und einer Stimme, die so schrill wurde, daß man ihren Ton nur noch Keifen nennen konnte, wenn er »dafürhielt«, daß seine eigenen oder eines andern Menschen persönliche Rechte verletzt würden. Den Kindern des Haushaltes erschien der Philosoph immer im Gewand des Befreiers. Sein herrlicher Grundsatz: »Unterwerfung unerwünscht« wurde durch detaillierte Kritik an den Erziehungsmethoden von Gouvernanten und andern Lehrern noch ausgeschmückt und zugespitzt: »Dumme Personen, die unwichtige Fakten in unverständlicher Weise unterrichten«, das war eine Kritik, die sogar meine Mutter in Verlegenheit brachte und die altmodische Dame, die seit vielen Jahren die Aktivitäten im Schulzimmer überwachte, in helle Empörung versetzte. »Heute könnt ihr mit Mr. Spencer hinausgehen,

liebe Kinder«, sagte die Gouvernante zu ihren Schützlingen, nachdem sie mit verkniffenem Mund einer Frühstückstirade des Philosophen gegen den Gehorsam zugehört hatte. »Und das sage ich euch, hört auf diesen Lehrer und tut nur, wozu ihr Lust habt!« Vielleicht zeigten wir dann einen »unerwünschten Gehorsam« gegenüber der Gouvernante, vielleicht machten wir uns die Lehre von der Revolte allzu bereitwillig zueigen – jedenfalls fand sich der Philosoph alsbald im nächsten Buchenwäldchen zu Boden geworfen und in einem Loch voll Laub festgehalten wieder; traktiert wurde er von lauter kleinen Teufeln, die nur aus Armen, Beinen, Grinsen und tanzenden dunklen Augen bestanden; die älteren, zurückhaltenderen Quälgeister bewarfen ihn unterdes mit welken Blättern. »Ihre Kinder sind r-r-rüde Kinder«, rief der *Man versus the State,* während er in das Boudoir meiner Mutter stolzierte. Aber meist waren er und wir gute Freunde: wir waren mit seiner Verurteilung des »üblichen Curriculums« ganz einverstanden, das Geschichte, Fremdsprachen, Musik und Zeichnen vorschrieb; uns gefiel seine Vorliebe für »Naturwissenschaft« – ein Begriff, der in der Praxis hieß, daß wir mit ihm zusammen durch die Felder streiften, Fossilien, Blumen und kleine Wassertiere sammelten, die, lebendig, verstümmelt oder tot, alle ihren Weg in schnell improvisierte Aquarien, Kästchen oder Skizzenbücher nahmen, – um dann ersatzlos weggeworfen zu werden, wenn sein Besuch vorüber war. Ich für mein Teil habe mich nie für die Sammlungen lebender und lebloser Dinge interessiert, auch nicht, wenn man sie durch ein Mikroskop betrachten durfte, oder wenn sie von Tierquälern auseinandergerissen wurden. Mich faszinierte, schon lange bevor ich anfing, seine Schriften zu lesen, die Art, wie er Anschauungsmaterial für seine Theorien sammelte. Ich will nicht behaupten, daß nie »gewisse direkte Beobachtungen von Fakten oder gewisse, beim Lesen entdeckte Tatsachen« der Formulierung seiner Prinzipien vorausgingen; aber, einem interessanten Bericht in der *Autobiography* zufolge, hat er offenbar doch nur die Fakten bemerkt und beobachtet, die für ihn eine gewisse »allgemeine Bedeutung« hatten, das heißt aber, die mittelbar oder unmittelbar helfen konnten, das Gebäude einer »zusammenhängenden und geordneten Theorie« des Universums zu errichten. Später, als ich seine Mitarbeiterin wurde, waren diese »First Principles« keine bloßen Hypothesen mehr; sie hatten sich schon zu einer sehr ausgearbeiteten dogmatischen Weltanschauung über die Evolution des Lebens verfestigt. Nur eine Aufgabe stand noch aus: man mußte die Anwendbarkeit der Theorie beweisen, mußte unzählige Beispiele dafür sammeln, wie diese Prinzipien oder »Gesetze« die Gesamtheit aller natürlichen Entwicklungsprozesse erklären, angefangen beim Entstehen eines Kristalls, bis hin zum Funktionieren des Parteisystems in einem demokratischen Staat. Herbert Spencer hatte sich der Kunst der Kasuistik verschrieben, und sein Lehrling in dieser Kunst war ich für eine Weile; oder war ich seine Komplizin? Teils, um seine Anerkennung zu gewinnen, teils, weil ich wissen wollte, wie sein Verstand arbeitete, fing ich an, Beispiele für die kleinen Theoriefragmente, die ich verstand, zu finden, oder auch, wo die Beobachtung nicht genug hergab, Beispiele zu erfinden. Unnötig zu sagen, daß ich durch dieses Spiel mit seinem Verstand nicht lernte, wie man beobachtet – denn er war der leichtgläubigste Mensch unter der Sonne und prüfte die Genauigkeit meiner Geschichten niemals nach –, sondern ich lernte herauszufinden, ob das Material, das ich ihm brachte, zu dem »Gesetz« paßte, das er veranschaulichen wollte. Genau genommen erhielt ich damit allenfalls die Schulung, die ein englischer Rechtsanwalt braucht, wenn er sich mit Fällen beschäftigt, aber kaum die Übung, die ein Naturwissenschaftler nötig hat, wenn er sich darum bemüht, neue Formen des Lebens zu entdecken und zu beschreiben. Er lehrte mich nicht, die Wahrheit, sondern die Relevanz von Fakten zu erkennen, eine Fähigkeit, die angeblich bei Frauen selten ist und deren Bedeutung für den Sozialforscher gar nicht hoch genug geschätzt werden kann, weil er immer, in Dokumenten oder bei seinen Beobachtungen menschlicher Verhaltensweisen, mit einer Flut von Daten, mit gesicherten, signifikanten und nicht signifikanten, relevanten und nicht relevanten Fakten konfrontiert wird. Und zufällig finde ich in meinem Tagebuch, daß mir eine Autorität bestätigt hat, meine Beurteilung der Denkprozesse von Herbert Spencer sei richtig: das war Professor Huxley in einem Gespräch im Jahr 1887, als ich überlegte, ob ich der Bitte meines alten Freundes entsprechen sollte, die Verwaltung seines literarischen Nachlasses zu übernehmen.

Ich war so kühn, die Idee zu vertreten (berichte ich im Tagebuch), Herbert Spencer habe die Evolutionstheorie dadurch zustande gebracht, daß er alle untereinander nicht zusammenhängenden Theorien seiner Zeit aufgenommen und zu einer einzigen zusammengeschweißt habe. »Nein«, sagte Huxley, »die hat Spencer nie gekannt; seine Theorie leitete er aus seinem inneren Wissen ab. Er ist ein höchst origineller Denker, obwohl er nie einen neuen Gedanken erfunden hat. Er liest nie, liest immer nur auf, was ihm hilft, seine Theorien zu veranschaulichen. Er ist ein großer Konstrukteur; die Form, die er seinem gigantischen System gegeben hat, ist seine eigene Schöpfung: keine einzige Komponente ist neu, und doch hat er nichts anderswo ausgeliehen.« Und noch in einem andern Punkt waren wir verschiedener Meinung: ich behauptete, daß Herbert Spencer, so wie ich ihn kannte, persönlich sehr bescheiden sei. Beide Huxleys waren überrascht: sie hatten immer gefunden, daß Gerechtigkeit seine hervorstechendste Eigenschaft war, daß er zwar bereitwillig kritischen Einwänden und Hinweisen auf Fakten, die dem System widersprachen, zuhörte, aber nur dann, wenn sie von Menschen kamen, die er achtete oder gern hatte. Die meisten Menschen aber gehörten für ihn zur gemeinen Masse. Vielleicht ist etwas Wahres daran. Ich fragte Huxley, ob er es für einen Fehler halte, wenn ich die Verwaltung des literarischen Nachlasses übernähme. »Aber nein«, sagte der große Mann gütig, »alles, was ein Mann sich von seinem Nachlaßverwalter erhofft, ist verständnisvolle Freundschaft.« Herbert Spencers Biographie spricht für sich: sie ist ungemein charakteristisch für den Mann.[8]

Im nächsten Kapitel werde ich darstellen, welche Rolle Herbert Spencers synthetische Philosophie für die Entwicklung meiner Berufsvorstellung und Lebensanschauung spielte. Hier möchte ich zum Ausdruck bringen, wieviel ich der treuen Freundschaft zwischen dem Philosophen und dem Kind schulde, dieser Beziehung, die Hilfsbereitschaft auf beiden

Seiten einschloß und trotz wachsender Meinungsverschiedenheit bis an sein Lebensende im Jahr 1903 ungetrübt erhalten blieb. Unser Hausphilosoph war der einzige in der Familie, der sich wegen meiner chronischen Kränklichkeit Sorgen machte und unermüdlich dies oder jenes Heilmittel gegen meine Beschwerden vorschlug, der mich bei meinen einsamen Studien ermutigte, der sich geduldig meine dilettantischen Kritzeleien über griechische und deutsche Philosophen vorlesen ließ, der mich durch seine Bemerkung, ich sei »zur Metaphysik geboren«, ich »erinnere ihn an George Eliot«, glücklich machte und mir neuen Mut gab, der mich immer drängte, wissenschaftlich zu arbeiten und der schließlich dafür sorgte, daß Knowles vom *Nineteenth Century* sofort meinen ersten Aufsatz zur Sozialforschung publizierte.

Wichtiger als diese Beweise persönlicher Freundschaft war für die junge Schülerin das Beispiel der ununterbrochenen konzentrierten Anspannung, mit der er unter heroischer Mißachtung materiellen Reichtums und körperlichen Wohlbefindens ein Vorhaben verfolgte, weil er glaubte, es könne den Fortschritt der Menschheit fördern. Man kann gar nicht ermessen, was ich den dreißig oder vierzig Jahren enger Vertrautheit mit diesem einzigartigen Leben verdanke: in seiner Einzigartigkeit war es Warnung und Vorbild zugleich, das habe ich erst allmählich gelernt. Hier kann ich nur zur Veranschaulichung noch ein oder zwei Tagebucheintragungen wiedergeben, die meine Freundschaft mit Herbert Spencer schildern.

Mr. Spencers Besuche sind immer interessant für mich und bringen mir neue Ideen und die Klärung alter Einfälle. Sie vermitteln mir auch die allfällige Erkenntnis der Armseligkeit meines Verstandes und seiner Unfähigkeit, die Probleme anzugehen, die immer wieder auftauchen – die vergleichsweise Nutzlosigkeit meiner kümmerlichen kleinen Versuche. (Tagebuch, September 1881)

Brachte den ganzen Tag mit Herbert Spencer im privaten Gespräch zu. Der arme Mann, dafür, daß sein ganzes Leben nur in Arbeit bestand, hat er sich ein trauriges Schicksal verschafft. Die Isolation seines Geistes ist eigentlich mitleiderregend; sie hat etwas vom Leben einer Spinne. Er sitzt allein in der Mitte seines Theoriennetzes, fängt

Tatsachen ein und webt sie wieder zu Theorien zusammen. Es ist ein Unglück, daß ein Mensch in seiner Arbeit verlorengeht, wenn er eine besondere Funktion hätte erfüllen sollen und dann, nachdem die Zeit der Arbeit vorüber ist, nur wie eine leere Hülle übrigbleibt, deren lebendiger Kern der Welt gegeben wurde. Wenn man sich umsieht und Männer und Frauen beobachtet, merkt man, wie wichtig der »Instinkt« in ihrem Leben ist, wie überwältigend seine Bedeutung im Alter wird, sobald die rein intellektuellen Fähigkeiten nachlassen; und man erkennt, wie unerfüllt und vertrocknet ein Altersleben sein muß, wenn die Regungen des Instinktes sich nicht entfalten konnten und der Lebensinhalt fehlt. Herbert Spencers Gesicht trägt einen Ausdruck so trauriger Resignation, als ob er sich vollkommen im klaren über seine Situation sei und geduldig auf sein Ende warte, ein für ihn absolutes Ende. Für mich hat seine elaborierte Suche nach angenehmen »Sinneseindrücken« etwas ergreifend Komisches, als ob Sinneseindrücke jemals Emotionen ersetzen könnten; und wahrhaftig, in seinem Bewußtsein gibt es kaum einen »aufregenden Grund« für Gemütsbewegungen. Und dennoch hat er die Fähigkeit zu tiefen Gefühlen; sie wurde nur nie geweckt und ist nun überlagert von verschrobenen Ideen, die der Außenwelt Igelstacheln entgegenstrekken, eine Oberfläche, die kaum zur Berührung einlädt. Ich kann sehen, was an ihm auf manche Menschen abstoßend wirkt. Es ist die Deformation seines Gefühlslebens, die entstanden ist, weil seine intellektuellen Fähigkeiten übermäßig entwickelt sind und zugleich alle Regungen von Mitgefühl und alle Emotionen unterentwickelt blieben; eine solche Deformation erzeugt Abneigung, wenn sie nicht Mitleid erregt. Kein anderes Leben, das ich wirklich genau kenne, kommt mir so unsäglich traurig vor wie das unausgeprägte Leben von Herbert Spencer – es ist unausgeprägt in allem, was zum Glück gehört. (Tagebuch, 5. Mai 1884)

Herbert Spencer, herrlich verunsichert wegen der »Miss Evans«-Episode, fragt mich allen Ernstes, welchen Eindruck von ihrer Beziehung ich durch die Passagen, die sich auf ihn beziehen, bekommen habe. Er hatte John Cross veranlassen wollen, eine Richtigstellung des Sinnes, daß nie etwas zwischen ihnen gewesen sei, einzurücken. In dieser extremen Besorgtheit zeigt er, wie kleinlich er ist. Aber, wie George Eliot sagt, wird seine Freundschaft wegen seiner Wahrhaftigkeit immer bestehen bleiben. Erzählte mir, daß er nie verschieden mit verschiedenen Leuten spreche oder an sie schreibe; daß er nur ängstlich bedacht sei, genau auszudrücken, was er meine – ganz ohne Rücksicht darauf, wie er sich anderen am besten verständlich machen könne.[9] (Tagebuch, Januar 1885)

Armer Herbert Spencer. Während ich die Korrekturbögen seiner *Autobiography* lese, denke ich an dieses Leben, das sich darin erschöpft, den Puls zu zählen und Sinneseindrücke zu analysieren, ohne nahe Freunde, die ihm alles bedeutet hätten, die ihm die Zärtlichkeit und Heiterkeit hätten geben können, die mein Vater jetzt in seinen letzten Tagen bekommt. Seltsam, wenn er nie gemerkt haben sollte, worauf er verzichtete ... »Geliebt habe ich nie«, antwortete er, als ich ihn direkt fragte: »War Ihnen nie bewußt, welches gewaltige Opfer Sie brachten; hatten Sie niemals Sehnsucht nach jenen anderen Formen des Denkens, Fühlens, Handelns, die Sie sich versperrt hatten?« Seltsam, daß ein Mensch einen so vollkommenen Verstand besitzen kann und sonst fast nichts, allenfalls Freundlichkeit und die Geradheit eines Wahrheitsliebenden. Manchmal hat er mir traurig erzählt, daß er sich fragte, warum seine Empfindungen so schwach ausgeprägt waren, sogar das Gefühl der Freundschaft und die Empfindung für alte Freunde und Verwandte. Er meinte, der Grund für diese Schwäche sei, daß sein Kopf beständig mit der Vervollkommnung seiner einen Idee beschäftigt sei; – in Zweifel über ihren Wert geriet er nie. (Tagebuch, 9. Juni 1886)

»Im November 1887«, schreibt er in seiner *Autobiography,* »wurde ich von Miss Beatrice Potter dazu überredet, Wohnung in dem Haus in Bornemouth zu nehmen, in dem sie den Winter verbrachten. (Mein Freund Potter ist nun auch Invalide geworden)«.
»Die äußeren Umstände sind jetzt ziemlich traurig«, schreibe ich Weihnachten 1887, »Vater ist liebenswürdig wie immer, aber sein Geist verfällt jetzt sehr schnell, die Unterhaltung mit ihm besteht nur noch in Antworten auf zusammenhanglose Fragen ... Der alte Philosoph im Erdgeschoß, dem ich mich in Mitleid und ehrerbietiger Dankbarkeit verbunden fühle, ist das Opfer einer merkwürdigen Krankheit des Körpers und Geistes; er sitzt in seinem Stuhl und wagt nicht mehr, Leib oder Seele zu bewegen; ein Tag nach dem andern vergeht, und immer noch keine Besserung; er wartet mit verzweifelter Geduld, daß die Kraft zurückkehrt; er ist besessen von dem Wunsch, sein *System of Philosophy* abzuschließen. Ich kann ihm nicht helfen. Ich sitze lesend oder schreibend in seinem Zimmer, sage ab und zu ein freundliches Wort, erzähle eine Anekdote oder einen beiläufigen Einfall. Als ich gestern da saß, hörte ich ihn plötzlich ächzen, so als leide er Schmerzen. »Haben Sie Schmerzen?« »Nein«, stöhnte der arme alte Mann, »nur ein Anfall von Ungeduld. Warum muß ich noch mehr Tage wie heute aushalten?« – eine Frage, die ich ihm nicht beantworten konnte. (Tagebuch, Dezember 1887)

»Der Wechsel der Umgebung und mehr noch die nahe Gegenwart derer, die mir wichtig waren, taten ihre Wirkung«, schreibt er weiter in seiner *Autobiography*[10], »und Ende Januar kehrte ich in die Stadt zurück, ging einen Monat lang täglich ins Athenaeum und schaffte es sogar, eine Partie Billard zu spielen. Dann kam, wie üblich, wieder eine Katastrophe,« (und so weiter).

Aber die Episode meiner Bestellung zur Verwalterin des literarischen Nachlasses ist vielleicht die aufschlußreichste Tagebuchnotiz.

Besuchte Herbert Spencer. Fand ihn in beklagenswertem Zustand: hoffnungslos: er glaubt, er könne weder essen, noch arbeiten noch sprechen. Schickte mich weg, nachdem ich kurz mit ihm gesprochen hatte und sagte, ich solle eine Stunde später wiederkommen, weil er eine wichtige geschäftliche Angelegenheit mit mir zu bereden habe. Als ich wiederkam, fand ich ihn in nervöser Anspannung und unterdrückter Erregung. Er fragte mich, ob ich A. C. oder C. B. empfehlen könne, wenn er einem von beiden die Weiterführung seiner soziologischen Forschung anvertrauen wolle. Ich riet zu A. C. Er sagte dann, er wolle noch in einer andern Bestallungsfrage meine Meinung hören: die Frage sei, ob »Beatrice Potter seinen literarischen Nachlaß verwalten solle«. Ich war ganz bestürzt, aber es war deutlich, daß sein Herz an diesem Plan hing und daß er sich sehnsüchtig wünschte, jemand, der ihn gern hatte, werde seine Biographie schreiben. Ich war gerührt von diesem Vertrauensbeweis, aber ich sagte trotzdem, er fände vielleicht dafür jemanden mit größerer literarischer Begabung. Ich verstehe seine Stimmung gut. Instinktiv fühlt er, daß sein Leben einsam und öde aussieht und daß die Welt ihn als Denkmaschine in Erinnerung behalten wird, nicht als einen Mann mit dem menschlichen Bedürfnis nach der Hingabe und Liebe einer Frau und der lebendigen Zuneigung von Kindern. Armer alter Mann, er muß für sein Genie büßen; sein ganzes Wesen ist durch die übermäßige Ausprägung einer einzigen Begabung deformiert. (Tagebuch, 22. April 1887)

»Liebe B.––, welch bewunderswerte Pünktlichkeit«, schreibt er am 24. April 1887. »Ich habe damit gerechnet, daß mindestens einige Tage vergehen würden, bevor ich eine Antwort hätte, und jetzt bekomme ich kaum vierundzwanzig Stunden nach meiner Anfrage schon die Nachricht, die die Sache entscheidet. Ich sage Ihnen meinen herzlichen Dank dafür, daß Sie sich so schnell und so gut entschieden haben.
Bitte, haben Sie keine Bedenken wegen der Aufgabe, die Sie jetzt

übernommen haben. Ich bin vollkommen zufrieden, und ich kann buchstäblich sagen, daß keine andere Wahl mich hätte zufriedener machen können. Ich weiß niemanden, außer meinem Freund Lott, der mehr Gelegenheit hatte, mich kennenzulernen, und auch er, meine ich, hätte kein so gutes Bild von mir geben konnen. Denn er besaß zwar Ehrlichkeit und Großzügigkeit im selben Maße wie Sie, aber er hatte nicht dieselbe scharfe Beobachtungsgabe. Außerdem haben Ihre kritischen Einwände mir bewiesen, daß Sie künstlerische Intuition haben und dazu noch bei gegebenem Anlaß sehr lebendig sein können.

Bevor ich abreise, was jetzt sein muß, weil mein Ammanuensis zu seiner kranken Mutter fahren möchte, lassen Sie mich meine Sorge über Ihre Gesundheit aussprechen. So viel Gewicht zu verlieren wie Sie jetzt, ist ein bedenkliches Symptom. Ich bitte Sie dringend, Ihr Arbeitspensum drastisch zu verringern, *und denken Sie nicht einmal im Traum daran, irgend eine Arbeit anzufangen, bevor Sie ein substantielles Frühstück zu sich genommen haben.* Nur starke Menschen können das ungestraft tun. – In herzlicher Verbundenheit immer Ihr

Herbert Spencer.«

Meine Ernennung zu seinem literarischen Nachlaßverwalter wurde jedoch zu Beginn des Jahres 1892 widerrufen, als ich meine Verlobung mit dem führenden Fabier anzeigte.

Wir hatten uns gestern im Athenaeum verabredet. Er war gütig und herzlich. »Gratulieren kann ich Ihnen nicht, das wäre unaufrichtig.« Dann eine kurze Pause. »Meine Familie hat es wohlwollend aufgenommen«, bemerkte ich und erlaubte mir dann zu sagen, daß alles in allem nichts gegen Mr. Webb einzuwenden sei, der sich als fähiger und entschlußfreudiger Mann erwiesen habe. »Sehen Sie, Mr. Spencer, er hat seinen Plan, mich zu heiraten, durchgesetzt – das zeigt doch, daß er Willenskraft hat.« »Zweifellos«, seufzte der Philosoph, »genau das macht mir Angst – Willensstärke besitzen Sie beide, und das *muß* zum Zusammenstoß führen.« »Er hat ein freundliches Wesen und ist immer ein ausgezeichneter Bruder und Sohn gewesen«, beharrte ich ruhig und schilderte seine häuslichen Qualitäten mit Eifer. Und dann wurde der wahre Grund seiner Besorgnisse enthüllt.

»Ich sehe mich wegen der persönlichen Angelegenheit, auf die Sie in Ihrem letzten Brief anspielten – die Verwaltung meines Nachlasses –, in einer schwierigen Lage. Es würde meinem Ruf schaden, wenn ich so offen mit einem erklärten prominenten Sozialisten in Verbindung gebracht würde – das ist unmöglich. Daraus würde man Schlüsse ziehen, auch wenn ich noch so energisch protestierte und erklärte,

es bestehe nur eine rein persönliche Verbindung zu Ihnen. »Ich bin ganz Ihrer Meinung, Mr. Spencer«, sagte ich verständnisvoll. »Mir war vollkommen klar, daß ich als Verwalterin Ihres literarischen Nachlasses nicht mehr tauge.«
»Aber was soll *ich* denn machen«, sagte er unglücklich. »Grant Allen, an den ich schon gedacht hatte, ist Fabier geworden. Es gibt niemanden, der zugleich die literarische Begabung, die persönliche Vertrautheit mit meinem Leben und die richtigen politischen Überzeugungen hat, um diese Aufgabe durchzuführen.«
»Wie ist es mit Howard Collins?« sagte ich und dachte daran, welch bittere Ironie darin lag, daß der arme alte Mann auf einen mechanistisch eingestellten Timotheus zurückfallen mußte. »Er ist tüchtig; könnte er es nicht übernehmen?«
»Als Person ist er schon geeignet; aber er hat nicht Ihre Begabung, sein Thema interessant darzustellen.«
»Aber ich würde ihm gern in jeder Weise helfen, die Sie vorschlagen, ganz gleich, ob ich als Mitarbeiterin genannt werde oder nicht.« Der Philosoph lehnte sich mit einem Seufzer der Erleichterung in seinem Stuhl zurück. »Das wäre eine wunderbare Lösung – das ist genau, was ich mir wünsche – die Lebensdarstellung würde unter seinem Namen erscheinen, und Sie würden Erinnerungen beisteuern und das Material arrangieren. Damit wäre ich sehr zufrieden«, sagte er noch einmal mit sichtbar wachsender Freude.
Und damit war das Interview zuende: er war beruhigt über seinen guten Ruf, und ich hatte den Pflichten töchterlicher Verehrung Genüge getan. (Tagebuch, Februar 1892)

Unsere Freundschaft blieb jedoch durch das Ungeschick meiner Ehe mit einem Sozialisten ganz ungetrübt.

Zweiter Besuch bei dem armen alten Mann in Brighton in diesem Jahr. »Wenn ich an Induktion glaubte, sähe ich mich gezwungen zu glauben, daß ich von Dämonen verfolgt werde«, jammert er, »und, was weiß man schon«, sagt er seltsam demütig, »der Schleier könnte sich lüften, es mag ja so sein.« Und der ganze Kummer nur, weil ein oder zwei Männer, flüchtige, zufällige Bekannte von ihm, sich mit Frauen leichtsinnig benommen und somit seinen Ruf in Gefahr gebracht haben! (Tagebuch, 16. Februar 1899)

Und hier die letzten Eintragungen vor und unmittelbar nach seinem Tod:

Drei ergreifende Tage in Brighton, unmittelbar vor unserer Abreise aus London. Eines Morgens kam die Nachricht von Herbert Spencers Sekretär, daß der alte Herr sehr krank sei. Also nahm ich den nächsten Zug nach Brighton – ich wollte nicht daran denken müssen, daß er ohne einen alten Freund an seiner Seite starb. Ich fand den Sekretär, der sehr an ihm hängt, und auch seine Haushälterin, ein liebenswürdiges junges Mädchen, sehr verstört; der Arzt sagte, es werde nicht mehr lange mit ihm dauern; und er selbst war so eigensinnig in Bezug auf seine Behandlung, daß man ihm seine Lage kaum erleichtern konnte. Sie wußten nicht, ob er mich gern sehen wollte. Als der Sekretär ihm gesagt hatte, ich sei da, verlangte er aber nach mir. Der arme alte Mann sah aus, als sei er dabei, diese Welt zu verlassen; aber am meisten schmerzte mich der Ausdruck von Lebensüberdruß und Depression in seinem Gesicht. Ich küßte ihn auf die Stirn und nahm seine Hand in meine. Er schien ganz glücklich über dies Zeichen der Zuneigung. »Das ist der Abschied, meine liebe alte, oder sagt man: junge Freundin«, meinte er mit dem leisen Anflug eines Lächelns, »welches Wort paßt am besten?« Und dann schien er unbedingt sprechen zu wollen. »Wenn Pessimismus heißt, daß man lieber nicht gelebt hätte, dann bin ich ein Pessimist«, sagte er niedergedrückt. »Das Leben wird glücklicher und würdiger sein für die, die nach Ihnen kommen, Mr. Spencer, Ihres Werkes wegen.« – »Sie sind gütig, daß Sie das sagen,« antwortete er dankbar. »Ja, die Menschheit wird fortschreiten – um den Fortschritt müssen wir uns bemühen«, seine Stimme wurde ernster. »Kommen Sie noch einmal, bevor Sie abreisen – für den Augenblick ist es nun genug.«

Mein Besuch hatte ihn belebt; und er diktierte seinem Sekretär einen fast leidenschaftlichen kleinen Brief (den ich unglücklicherweise verloren habe) und bat mich darin dringend, noch einmal zu kommen und bei ihm zu bleiben, wenn ich hören sollte, daß keine Aussicht auf Besserung mehr bestehe. Der kleine Ausbruch menschlicher Zuneigung hatte ihn aus seiner verdrossenen Reserve gerissen. Weil ich den Eindruck hatte, daß ihm nur noch wenige Tage blieben, kam ich am nächsten Tag wieder und richtete mich in einem kleinen Hotel in der Nähe ein. Ich besuchte ihn noch ein-, zweimal, und beide Male sprach er über die Zukunft der Gesellschaft. Armer alter Mann! Partnerschaft und Akkordarbeit waren für ihn der Schlüssel zur Lösung aller Probleme – sie sollten Frieden in der Industrie schaffen und den Niedergang des Militarismus bewerkstelligen! Als er wieder kräftiger wurde, hatte er auch wieder den Wunsch zu leben, den er in seinem gefährlichen Schwächezustand aufgegeben hatte. Jetzt scheint er sich zu erholen, und es sieht so aus, als könne er noch viele Tage leben. Wenn er nur seine Taktik des Selbstschutzes aufgeben würde und zufrieden damit sein könnte, das Beste aus jeder Stunde zu machen, ohne den Preis dafür zu bedenken, dann könnte er immer noch auf ein gutes Ende hoffen! (Tagebuch, Juni 1903)

Melancholischer Brief von H. S... Beeilte mich, ihn zu besuchen. Wiederholte noch einmal, daß er und ich in allem Wesentlichen übereinstimmten, nur in der Form unterschiedlicher Meinung seien. War außerordentlich empfindlich in Bezug auf seinen Ruf und seinen Einfluß, hatte das Gefühl, an den Rand gedrängt zu sein und nicht mehr beachtet zu werden. »Was Sie gedacht und gelehrt haben, Mr. Spencer, bestimmt unsere geistige Atmosphäre mit«, sagte ich beruhigend. »Und wir nehmen es so wenig wahr wie die Atemluft. Wenn Sie nicht mehr die Atmosphäre sind, die uns umgibt, werden wir Sie wieder als Person wahrnehmen.« – »Das ist hübsch gesagt«, und er lächelte. Ich versuchte, ihn davon zu überzeugen, daß er den Kampf gegen ein widriges Schicksal aufgeben und das Stück Leben, das ihm noch blieb, annehmen müsse. »Warum sollte ich resigniert sein«, gab er beinahe ärgerlich zurück. »Auf Lohn für meine Resignation kann ich nicht hoffen. Ich freue mich nur noch auf mein Ende – das ist ein reines Negativum. Nein«, sagte er noch tief deprimiert, »ich muß einfach zwischen diesem Zustand und dem Tod dahinvegetieren, so wenig wie möglich dabei leiden, und deshalb darf ich jetzt nicht weiter mit Ihnen sprechen: das hindert mich am Schlafen und bringt meine Verdauung durcheinander. Leben Sie wohl – kommen Sie wieder.«

Es ist tragisch, das ganze Leben als ein Geschäft zu betrachten, in dem man immer nur verlieren kann. Aber die Vorstellung von einem Abkommen, einem *quid pro quo*, hat sich in dem armen alten Mann so festgesetzt, daß noch Krankheit und Tod ihm als ein gemeiner Betrug erscheinen, den die Natur begeht! (Tagebuch, 3. Juli 1903)

Mein alter Freund ist heute morgen friedlich verschieden (schreibe ich später). Seit meiner Rückkehr nach London im Herbst bin ich fast jede Woche in Brighton gewesen – in der letzten Woche war ich Montag, Freitag und Samstag dort; ich habe versucht, ihm diese Tage voller physischer Schmerzen und seelischer Depressionen durch liebevolles Mitgefühl etwas zu erleichtern. »Meine älteste und liebste Freundin« hat er mich bei diesen letzten Besuchen genannt. »Lassen Sie uns miteinander das Brot brechen«, sagte er am Montag und bestand darauf, daß ihm ein Teller Trauben ans Bett gestellt wurde und wir beide davon aßen. »Sie und ich, wir haben dieselben Ziele gehabt«, wiederholte er noch einmal, »nur in der Methode haben wir uns unterschieden.« Am Samstag war er bei klarem Bewußtsein und sagte mir liebevoll Lebewohl – aber es war deutlich, daß er zum

Sterben allein sein wollte und nicht noch mehr geistige Anstrengungen auf sich nehmen mochte. Sicherlich war er in diesen letzten Monaten, als er täglich auf den Tod wartete, ihn herbeisehnte, gütiger und nicht mehr ganz so bereit, sein eigenes Elend zu beklagen. Aber ein trauriges Ende hatte er trotzdem, wenn man bedenkt, mit welcher domgatischen Verstocktheit er darauf bestand, gesundheitsschädigend zu leben, wie verdrossen und mißtrauisch er sich in seinem Haushalt betrug, wie pessimistisch er die Welt betrachtete. Eigentlich waren seine letzten zwanzig Jahre traurig, von Morphium und Selbstversunkenheit vergiftet, verquält und verzerrt von der merkwürdig rüden Vorstellung, das ganze menschliche Leben sei nur eine Kette harter Geschäfte... Dennoch, wenn wir von den Irritationen und der oberflächlichen Egozentrik in Herbert Spencers Leben absehen, die, glaube ich, durch schädliche Ernährung und Drogen bewirkt wurden, wenn wir seine engstirnige Verhaltensphilosophie vergessen, dann bleibt der kompromißlose Wahrheitssucher, dann bleibt sein unerschütterliches Vertrauen, daß ein hohes Maß an Wahrheit erreichbar sei und der Menschheit Trost und Veränderung bringen könne, wenn man sich nur ernsthaft bemüht – und es bleibt seine implizite Voraussetzung, daß er für die Zukunft der Menschheit, nicht zur eigenen Bequemlichkeit, Freude oder Zufriedenheit leben müsse. Wenn er nur nicht so dogmatisch alles geleugnet hätte, was er nicht wahrnehmen oder begreifen konnte, wenn er ehrlich die Grenzen seines Erkennens und Verstehens, vielleicht sogar seines Denkvermögens, zugegeben hätte, wenn er eine Spur wirklicher Demut besessen hätte – was für ein großer, bewundernswerter Mensch hätte er dann sein können! Statt dessen konnte er zwar im alltäglichen Leben erhellend für andere sein, aber in Lebenskrisen leuchtete sein Licht nicht mehr, und in Zeiten des Kummers und der Versuchung erlosch es ganz. Ob das Licht, das in ihm war, wenigstens ihm selbst erhalten blieb? Mir kam es vor, als habe er während der letzten Jahre ganz im Dunkeln getappt, habe sich gestoßen und in seiner Verlassenheit laut geklagt, sich an seine Dogmen ohne Zuversicht und wirkliche Überzeugung geklammert – aus verzweifeltem, fast trotzigem intellektuellem Stolz. Aber mit Sicherheit waren diese seltsamen Mängel und Fehler nur wie die häßliche, verbogene Fassung eines kleinen, aber leuchtend reinen Steines. Vielleicht fällt jetzt, wo er tot ist, die Fassung ab und der unverlöschliche Glanz der Wahrheitssuche bleibt? Er wird unter den Auserwählten sein.

Als ich heute morgen dabei war, die Papiere für unser nächstes Kapitel zu ordnen, schweiften meine Gedanken ständig zu dem lieben alten Mann ab, und ich versuchte, mich an die vielen einzelnen Gelegenheiten wieder zu erinnern, die mir Grund geben, ihm dankbar zu sein. In meiner frühen Kindheit war er vielleicht der einzige Mensch, der sich ständig um mich kümmerte – oder besser, der mich dadurch auszeichnete, daß er mich der Bildung und Beachtung würdig befand. Intellektuell beeinflußte er mich damals nicht nachhaltig; erst als ich zwanzig Jahre alt war, fing ich an, seine Schriften systematisch zu studieren. Bis dahin hatte ich seine Philosophie nicht begriffen, aber schon das Gespräch mit ihm und das Zuhören bei den langen freundschaftlichen Diskussionen, die er mit meiner Mutter führte, hatten meine Neugier auf Fakten und meine Lust, Prinzipien oder Gesetze zu entdecken, die diesen Fakten zugrunde liegen könnten, geweckt. Er lehrte mich, alle sozialen Einrichtungen genau so zu betrachten, als seien sie Pflanzen oder Tiere – Gegenstände, die man beobachten, einordnen und erklären kann und deren Verhalten in gewissem Ausmaß vorhersehbar ist, wenn man nur genug über sie weiß.

Nach dem Tod meiner Mutter, in den ersten Jahren voller geistiger Energie, las ich die *First Principles* und folgte seinen Generalisierungen durch die Gebiete der Biologie, Psychologie und Soziologie. Hier erhellte mir die Generalisierung den Verstand; die Bedeutung funktionaler Anpassung etwa gehörte zu den Grundlagen, auf denen sich später mein Zutrauen zur kollektiven Regulierung entwickelte. Nachdem ich mich einmal dazu entschieden hatte, mit naturwissenschaftlichen Methoden die Fakten sozialer Organisation zu untersuchen, mit denen ich mich in meinen Studien zum Leben im East End, zur Genossenschaft, zu den Arbeitsschutzgesetzen, zur Gewerkschaftsbewegung beschäftigte, kämpfte ich mich ganz vom Grundsatz des *laisser-faire* frei – so rigoros, daß ich unter einer heftigen Gegenreaktion darauf zu leiden hatte. Und in späteren Jahren wurde auch die Einstellung zur Religion und zum Glauben an Übernatürliches, die ich von ihm übernommen hatte, als sei sie das letzte Wort der Aufklärung in dieser Sache, durch eine andere Einstellung abgelöst, die nicht weniger agnostisch ist, aber eher den Materialismus als den Spiritualismus in Frage stellt; jetzt bin ich bereit, auf Stimmen im großen Unbekannten zu lauschen, mein Bewußtsein der nicht materiellen Welt zu öffnen – auch dem Gebet. Wenn ich mein Leben noch einmal, im Sinne der Einstellung, die ich jetzt habe, leben müßte, dann wäre ich wohl aktives Mitglied der Anglikanischen Kirche. Mein Fall ist, glaube ich, ganz typisch für den Aufstieg und Niedergang von Herbert Spencers Einfluß auf die Männer und Frauen meiner Generation.

Schwieriger ist es zu klären, wie stark das *Beispiel* seines Lebens mich beeinflußte. Die fast unglaubliche Treue zu einem interesselosen Ziel, die Geduld, Ausdauer und das noble Vertrauen, die sich in seinem täglichen Leben zeigten, gaben mir Kraft in jenen dunklen Jahren der Entmutigung, vor der Zeit, als Erfolg die unablässigen Anstrengungen leicht und liebevolle Partnerschaft sie zur Freude machten. Andererseits haben die Launen, das Mißtrauen, die gereizten Reaktionen auf Nichtigkeiten, die Antagonismen, die seine späteren Jahre verdarben, einen Widerwillen in mir noch, vielleicht zu Unrecht(?), verstärkt: den Widerwillen gegenüber allen Spielarten der utilitaristischen Ethik, gegenüber allen Versuchen, naturwissenschaftliche Methoden auf die *Ziele,* im Unterschied zum *Verlauf*, der Existenz anzuwenden. Daß er gescheitert ist, als er versuchte, die höheren Stufen des Verhaltens und Fühlens zu erreichen, hat meine Überzeugung besiegelt, daß die Naturwissenschaft ihren Bankrott erklären muß, wenn sie Gründe und Ziele der menschlichen Existenz zu erkennen versucht. (Tagebuch, 8. und 9. Dezember 1903)

Über meinem Versuch, Vater, Mutter, die Heilige unseres Haushaltes und den Hausphilosophen zu porträtieren, habe ich mich vom Strom der Zeit weit voraus treiben lassen, fort aus der Umgebung meiner Kinder- und Jugendzeit. Dorthin kehre ich jetzt zurück.

Das gemietete Haus an den Hängen der Cotswold Hills, in dem ich geboren bin und – mit Unterbrechungen – aufwuchs, lag neun Meilen entfernt vom Hauptarbeitsplatz meines Vaters, den Holzlagern und Waggonfabriken in Gloucester; die Organisation des Haushaltes war typisch für viktorianische Kapitalisten. Das Gebäude in seiner schlichten formlosen Bauweise glich eher einer öffentlichen Einrichtung als einem Wohnhaus (jetzt ist es ein Kreiskrankenhaus); es war klar in Vorderfront und Hinterzimmer aufgeteilt. Die nach Südwesten ausgerichtete Vorderfront hatte Ausblick auf Blumengärten und das wunderschöne Severntal; Treppen und Flure waren mit schweren Teppichen ausgelegt; die Schlaf- und Wohnzimmer waren schlicht, aber solide in Mahagoni und Leder gehalten; der »beste« Salon und das Boudoir meiner Mutter zeigten in ihrer blumig-dekorativen Ausstattung Anklänge an die Weltausstellung von 1851. In diesem vorderen Teil des Hauses residierten mein Vater, meine Mutter und alle Ehrengäste; Bibliothek und Arbeitszimmer wurden oft von meinen älteren

Schwestern benutzt, und im großen, sonnigen Eßzimmer versammelte sich die ganze Familie zur Mittagsmahlzeit. Die Hinterzimmer, überwiegend nach Norden ausgerichtet, hatten Aussicht auf Lorbeerbüsche, den Dienstbotenhof, die Ställe und weitläufige Küchengärten. Nackte Steinstufen führten zu langen Fluren, an denen die Schlafzimmer, alle gleich geschnitten und gleich spartanisch möbliert, lagen. Gekachelte Flure verbanden den Wirtschafsraum der bessergestellten Dienstboten mit dem größeren Dienstbotenzimmer der Laufburschen und Küchenmädchen; ein gepflasterter Hof trennte Küche, Spülküche und Vorratskammer von den Waschküchen. In diesem hinteren Teil des Hauses lagen Kinderschlafzimmer und Spielzimmer, das große kahle Schulzimmer mit Blick auf Hof und Ställe, die Zimmer der Gouvernanten, das einzige Badezimmer des Hauses und schließlich noch das Billard- und Rauchzimmer meines Vaters. Aber Standish House und seine Umgebung hatten nicht die Bedeutung, die man dem Heim der Familie sonst gibt; das lag daran, daß die Familie, einzeln oder im ganzen, immer unterwegs war. Denn ruhelose Unternehmungslust beherrschte unser häusliches Leben. Meistens zogen wir zu Beginn des Frühjahrs in ein möbliertes Haus in London und blieben bis zum Ende der Saison dort; von da aus ging es weiter nach Rusland Hall in Westmorland, ein Aufenthaltsort, der wegen der Holzlager in Barrow notwendig war; ein kleines Grundstück, um ein baufälliges altes Landhaus herum, diente als Spielplatz für die jüngeren Familienmitglieder; die älteren gaben »Hausgesellschaften« in Gloucestershire. Aber die größte Unruhe brachten die häufigen Geschäftsreisen meines Vaters; er reiste, normalerweise in Begleitung von zwei Töchtern, nach Kanada, in die Vereinigten Staaten oder nach Holland, in seiner Eigenschaft als Eisenbahnpräsident und Direktor von Industriegesellschaften.

Dasselbe Merkmal des ständigen Wechsels charakterisierte auch unsere gesellschaftlichen Beziehungen. Mit unseren unmittelbaren Nachbarn hatten wir weder auf dem Land noch in London Kontakt; wir gehörten keiner Berufsorganisation und keiner Kirche an; mein Vater, der als Radikaler erzogen und zum Konservativen geworden war, unterstützte seine Partei zwar großzügig mit Geld, nahm aber sonst keinen Anteil an der Lokalpolitik. Es ist richtig, daß irgendwo im Hintergrund unseres Lebens in Gloucestershire eine soziale Gruppierung mit dem Namen »Landadel« existierte; sie war eintönig und gleichförmig, bestand hauptsächlich aus Grundbesitzern, die Fuchsjagden veranstalteten, und aus den bessergestellten Ortsansässigen; dies platte Land des langweilig Herkömmlichen wurde ab und zu durch soziale Erhebungen wie Peers oder Barone unterbrochen; wenn es hochkam, auch durch einen Fabrikbesitzer oder Geschäftsmann im Ruhestand; der Gipfel der belebenden Abwechslung war erreicht, wenn man in den Genuß der größeren Allgemeinbildung und der heterodoxen Anschauungen kam, über die der amtierende Bischof und der Dean von Gloucester verfügten. Aber die Verbindungen der Familie des Holzkaufmannes von Gloucester zur Gesellschaft auf dem Lande waren immer lose und unbestimmt gewesen; und als ich heranwuchs und die Familie ein ausgeprägteres Nomadenleben führte, schliefen sie ganz ein. Die Art des Umgangs mit anderen Menschen, die ich in meiner Jugend gewohnt war, bestand darin, daß eine endlose Reihe von Leuten, die nichts miteinander zu tun hatten und nur zufällig in Verbindung mit unserer Familie gerieten, vorüberzog, eine buntgemischte Menge, die schnell und unerwartet in unser Leben trat und wieder daraus verschwand. Dienstboten kamen und gingen; Gouvernanten und Hauslehrer kamen und gingen; Geschäftsleute aller Arten, amerikanische Eisenbahnpräsidenten und skandinavische Holzfabrikanten, Begründer der British Imperial Company und Manager und Techniker lokaler Werkstätten, kamen und gingen; ständig wechselnden Kreisen gehörten die Bekannten aus der »Londoner Gesellschaft« an, die ebenso kamen und gingen wie die Intellektuellen aller philosophischen, theologischen, wissenschaftlichen und literarischen Richtungen; die Verehrer meiner älteren Schwestern, eine lange merkwürdige Reihe, kamen und gingen auch; sieben Schwager blieben jedoch im Laufe meiner Mädchenzeit für immer bei uns und zogen wieder neue geschäftliche, berufliche und politische Verbindungen nach, durch die sie das ständig wechselnde Panorama der menschlichen Natur in der Gesellschaft für meine Augen noch erweiterten und abwechslungsreicher gestalteten. Unsere sozialen Beziehungen hatten keine Wurzeln in der räumlichen Nachbarschaft, keine im Beruf, keine in religiösen Überzeugungen, eigentlich auch keine in einer Rasse; sie waren wie eine Folge von bewegten Bildern, Oberflächeneindrücke ohne Tiefe, in ihrer glitzernden Vielfalt unruhig belebend. Welch genauer Ausdruck der modernen, auf Profit ausgerichteten mechanisierten Industrie ist nun der Kulminationspunkt ihrer Anstrengung, der Versuch, die Welt zu unterhalten – das allgegenwärtige Kino!

Ein Bereich des menschlichen Lebens blieb jedoch in diesen lebendigen Bildern ganz ausgespart: die Welt der Arbeit. Zwar war mir das Wort »Arbeit« wohl vertraut. In den Unterhaltungen meines Vaters kam es als abstrakter Terminus immer wieder vor; und immer war es auf geheimnisvolle Weise mit seinem Partner »Kapital« verbunden. Der Terminus tauchte auch ständig in den Fachzeitschriften und Firmenberichten auf, die in der Bibliothek auf dem Tisch lagen. »Reichlich Wasser und willige Arbeitskräfte« – »Arbeitslöhne fallen auf ihren natürlichen Stand zurück« – »die Löhne künstlich anheben ist wie Wasser zum Bergauffließen zwingen: sobald der äußere Druck nachläßt, gehen Löhne wie Wasser bergab«, das waren Wendungen, die mir rätselhaft vorkamen: die Anspielungen auf das Wasser und die Wege, die es nimmt, gaben meiner Vorstellung von der Arbeiterklasse der gebräuchlichen Geschichtsbücher eine abwegige Nähe zur physikalischen Mechanik. Jedenfalls stellte ich mir unter Arbeitern niemals einzelne Männer und Frauen verschiedener Art und Herkunft vor. Bis zu der Zeit, als ich mein Interesse für Sozialwissenschaft entdeckte und anfing, mich zur Sozialforscherin auszubilden, war die Arbeiterschaft für mich ein Abstractum, das eine arithmetisch kalkulierbare Menge von menschlichen Wesen angab – jedes einzelne die genaue Repetition der anderen; genau so, wie das Kapital der Firmen meines Vaters in meiner Vorstellung aus lauter Goldstücken bestand, die in Form, Farbe, Gewicht und natürlich im Wert einander vollkommen gleich waren, es sei denn, »das Kapital wäre verwässert«, wie mein Vater erklärte. Wieder diese rätselhafte Anspielung auf das Wasser! Lag sie deshalb nahe, weil Wasser das einförmigste und am leichtesten manipulierbare Element ist? Das fragte ich mich.

Schloß diese Ignoranz gegenüber der Welt der Arbeit eigentlich Klassenbewußtsein, das Gefühl, einer höheren Kaste anzugehören, ein? Diese Frage verlangt eine offene Antwort. Das Bewußtsein, besonders reich zu sein, hatten wir nicht. Im Gegenteil: dank der utilitaristischen Prinzipien meiner Mutter beim Geldausgeben (sie zeigten sich in peinlicher Genauigkeit und Knauserigkeit; das, glaube ich, gehörte zur Tradition der Familien, die während der napoleonischen Kriege Großindustrielle wurden) wurden die Potter-Töchter dazu erzogen, sich »arm« vorzukommen. »Ihr Mädchen«, murrte einer meiner Schwager einmal, als er erst den nicht allzu üppig gedeckten Frühstückstisch, dann das unerwartet große Guthaben in seinem Bankauszug in Augenschein nahm, »habt weder die Gewohnheit noch das Bedürfnis, Geld für Annehmlichkeiten auszugeben.« Das Bewußtsein überlegener Macht hatten wir aber sehr wohl, das kann ich jedenfalls für mich und meinen analytischen Verstand sagen. Als ich anfing, das Leben meiner Umgebung bewußt wahrzunehmen, wurde mir klar, daß ich zu einer Klasse gehörte, die gewohnt war, Befehle zu geben, und nur sehr selten, wenn überhaupt, die Anordnungen anderer ausführte. Meine Mutter saß in ihrem Boudoir und gab Anordnungen, die weder Verzögerungen noch Ausflüchte zuließen. Mein Vater, der seinem Temperament nach nicht im mindesten autokratisch, im Gegenteil, der entgegenkommendste Mensch war, den man sich denken kann, traf trotzdem zeit seines Lebens Anordnungen. Er beauftragte seinen Börsenmakler, Aktien zu kaufen und zu verkaufen, seinen Rechtsanwalt, Verträge vorzubereiten und rechtliche Schritte zu unternehmen. In der Leitung der Holzfirma hatte sein Eingreifen die Form von endgültigen Entscheidungen, die neue Entwicklungen beim Ein- und Verkauf oder neue Absprachen mit Eisenbahngesellschaften über Preise und Transportmöglichkeiten betrafen. Wenn geographische Karten ganzer Kontinente vor ihm ausgebreitet wurden, hörte ich fasziniert den lebhaften Diskussionen darüber zu, ob eine Eisenbahnstrecke durch dieses oder jenes Gebiet geführt, wo genau ein Bahnhof oder ein Knotenpunkt plaziert, welcher Grund und Boden für eine am Eisenbahnnetz hängende Stadt gekauft, ob dieses oder jenes Stück Wald, Kohlenflöz oder Erzbergwerk schon jetzt genutzt werden oder späteren Generationen zur Ausbeutung überlassen bleiben solle. Mir schien, als würden alle diese vielfältigen Entscheidungen ohne Rückfragen bei einer übergeordneten Autorität getroffen, ohne Rücksicht auf die Wünsche und Bedürfnisse der großen Zahl von Menschen, die sich ihnen unterwerfen mußten; kurz, als wären es Entscheidungen ausschließlich unter dem Gesichtspunkt des Profites für die Verantwortlichen. Das Recht der Aktionäre auf Kontrolle, so viel wußte ich (mit welch staunender Neugier beobachtete ich die Vorbereitungen zu diesen Versammlungen!), war ein Märchen, soweit es Menschen betraf; praktischerweise wurden die Aktien gezählt, nicht die Aktionäre; und Aktienpapiere konnten wie alle andern Formen von Kapital leicht manipuliert werden. Und als die Ehegatten meiner Schwestern nach und nach zur Familiengruppe kamen, gaben auch sie Befehle: der Landedelmann auf seinem Gut und in Sitzungen; der Fabrikant in seiner Fabrik; der Schiffseigner seiner Flotte auf See; der Großstadtfinanzier befahl auf dem Geldmarkt, das Floating ausländischer Währungen zuzulassen oder zu verweigern; das Parlamentsmitglied gab Befehle als Staatssekretär im Finanzministerium; auch der Chirurg und der Rechtsanwalt, beide auf gutem Weg zu führenden Positionen in ihren Berufen, waren befehlsgewohnt. Bleibt zu erwähnen, auch wenn das meiner Geschichte vorgreift, daß nach dem Tod meiner Mutter auch ich zu denen gehörte, die immer Befehle geben und niemals entgegennehmen. Da ich in der Atmosphäre des Befehlens aufgewachsen war, konnte es nicht ganz überraschend sein, daß ich die Merkmale meiner Kaste deutlich trug. Als ich mich auf meiner Suche nach Fakten in einer minderen jüdischen Schneiderwerkstatt als Hosennäherin verdingte, hörte ich, wie die Frau des Meisters, während sie die von mir verpfuschten Knopflöcher inspizierte, zu ihrem Mann sagte: »Nähen kann sie nicht; wenn ich sie trotzdem behalte, werde ich sie als Aufseherin über die Heimarbeiter einsetzen – sie hat die Stimme und das Auftreten dazu, mit dem verdammten Pack fertig zu werden.« Sie hatte mich durchschaut und eingeordnet: nicht als Wissenschaftlerin, nicht einmal als die »feine Dame«, die sich nicht von eigener Arbeit ernähren kann – sondern als einen Menschen, der durch Anlage oder Milieu besonders geeignet ist, »Aufträge zu erteilen« und »Heimarbeit einzutreiben«, und zwar so, daß durch Stimme und Auftreten der größtmögliche Profit für diese verdammten Blutsauger (das sage ich als verdiente Antwort auf das »verdammte Pack«) dabei herauskommt!

Die männliche Welt der Großunternehmer mit ihrer Leidenschaft für Abenteuer und Machtgewinn hatte ihre Entsprechung für die Damenwelt in der alljährlichen »Londoner Saison« mit allem, was dazugehörte. Ich weiß nicht, ob diese seltsame und wohl ganz ephemere Form des gesellschaftlichen Umgangs noch existiert oder ob sie, jedenfalls soweit die Töchter von Geschäftsleuten und Akademikern betroffen sind, langsam verschwand, als im zwanzigsten Jahrhundert Frauen Zugang zu Universitäten und Berufskarrieren bekamen. Aber in den sechziger und siebziger Jahren des letzten Jahrhunderts galt die Londoner Saison, zusammen mit ihrem Seitenstück, den Besuchen in den Landhäusern, als das Äquivalent, das die Wohlhabenden ihren Töchtern zum Ausgleich dafür boten, daß sie den Söhnen Universitätsstudien und Berufsausbildungen bezahlten. Der einleuchtende Grund dafür war, daß

Frauen, die nicht gezwungen waren, ihren Lebensunterhalt selbst zu verdienen, nur einen einzigen anerkannten Lebensinhalt hatten: Ehefrau eines Mannes der eigenen oder einer höheren sozialen Schicht zu sein. Dieses Gesellschaftsleben absorbierte die Hälfte der Zeit und mehr als die Hälfte der Energie, die einer Tochter der Oberschicht und der oberen Mittelschicht zur Verfügung standen; es setzte den Standard ihrer persönlichen Ausgaben fest, es prägte ihr Verhalten, und es bestimmte – positiv oder negativ – ihre sozialen Ideale. Als ich mich der Sozialforschung als meinem Lebensberuf zuwendete, lieferte mir gerade meine Erfahrung mit dieser Londoner »Society« als Starthilfe ein solches Maß an Abneigung, daß ich den Glauben meines Vaters an den sozialen Wert der vermögenden Klasse mit Erfolg verdrängte, wenn auch nicht völlig aufgab.
Kann ich, wozu ein guter Soziologe in der Lage sein sollte, die soziale Entität definieren, die ich kritisieren will? Ich weiß nicht, ob es für dieses Vorhaben ein Vorteil oder Nachteil ist, daß ich meine Beobachtungen nicht aus privilegierter Position machen konnte, sondern nur aus dem Blickwinkel der durchschnittlichen Menge der Wohlhabenden, die wirklich oder ihrer Einbildung nach zur Londoner Society gehörten. Aus meinem Blickwinkel sah die Londoner Gesellschaft wie eine sich ständig verändernde Menge gemischter und unsicherer Mitglieder aus; im wesentlichen hatte sie eine Form, die nicht dem Umriß nach bestimmbar war, da man ihn nicht feststellen konnte, sondern durch ihr Zentrum oder ihre Zentren; es waren die Mittelpunkte von gesellschaftlichen Zirkeln, die eine Repräsentation oder Abbreviatur bestimmter Kräfte in der britischen Herrschaftsschicht waren. Da war der Hof, der nationale Tradition und Sitten repräsentierte; dann das amtierende und das ehemalige Kabinett: die Repräsentanten politischer Macht; dann eine mysteriöse Gruppe von Finanziers: Millionäre, die das Geld repräsentierten; außerdem der Rennclub – oder war es der Jockeyclub? – auf diesem Gebiet kenne ich mich nicht aus –, der den Sport repräsentierte. Alle Leute,

die regelmäßig Einladungen gaben und von den Angehörigen einer dieser Schlüsselgruppen auch eingeladen wurden, konnten für sich in Anspruch nehmen, zur Londoner Gesellschaft zu gehören. Zwischen diesen vier inneren Kreisen gab es mehrfache Überschneidungen, weil sie ein Element gemeinsamer Mitgliedschaft enthielten; in den siebziger und achtziger Jahren stellten eindrucksvolle Persönlichkeiten die Verbindung zwischen ihnen her: zum Beispiel Edward, Prince of Wales, oder jener Grandseigneur von magischer Anziehungskraft, der angeblich das Derby gewann, eine Rothschild heiratete und designierter Premierminister des Britischen Empire war, als es noch ein Britisches Empire gab. Umgeben waren diese vier einander überschneidenden Kreise von einer merkwürdig widerstandsfähigen Substanz: das war die englische Aristokratie. Ein ausländischer Diplomat sagte mir einmal, diese englische Aristokratie sei die begabteste, vitalste und vulgärste Aristokratie der ganzen Welt. Er bezog sich damit auf einen dauernden Prozeß von Ausschluß und Wiederaufnahme, der sich im englischen Adel vollzog: jüngere Söhne und Töchter verließen ihre soziale Schicht, um mit ihren bürgerlichen Freunden oben zu schwimmen oder unterzugehen; gleichzeitig assimilierte der Adel die neuen Reichen des Britischen Empires oder der Vereinigten Staaten durch Heirat oder auch durch Verkauf von Adelsprädikaten an sehr reiche Leute mit schlechtem Charakter und mäßigem Benehmen, um so die Zahl der Wählerstimmen für die jeweilige Regierungs- oder Oppositionspartei wieder aufzufüllen. Aber so verwässert oder aufgebläht der alte Adel der Grundbesitzer auch war – sei es durch Heirat oder durch den Verkauf von Titeln, die gegen Geld hergestellt wurden –, den Hof bedrängte oder isolierte er nicht; im Kabinett bildete er nur noch eine kleine Gruppe; vielleicht hatte er noch Vorrang auf den Rennplätzen und bei Jagden; im vierten Kreis der internationalen Finanzmagnaten, der in seiner Zusammensetzung ständig wechselte, war er kaum repräsentiert. Den Hauptanteil der immer wechselnden Masse wohlhabender Leute, denen es wichtig war, zur Londoner Gesellschaft zu gehören, die sich den Riten dieser Gesellschaft unterzogen und ihren Moden folgten, stellten die professionellen Profitmacher: ihren Reigen führten die etablierten alten Bankiers- und Brauereibesitzerfamilien an, die oft noch von den Quäkern abstammten; dann kamen ein oder zwei große Verleger, danach, mit einem gewissen Abstand, die Schiffseigner, Präsidenten der Eisenbahn- und anderer großer Gesellschaften, die Direktoren der großen Handelsbanken – aber noch keine Einzelhändler. Vereinzelt fanden sich in diesem Konglomerat aus Leuten von Rang und Leuten von Besitz auch einmal Juwelen des Intellekts und Charakters, gebildete Diplomaten aus aller Welt, bedeutende Rechtsanwälte, Herausgeber einflußreicher Zeitungen, gelehrte Ecclesiasten der anglikanischen und römisch-katholischen Kirchen, auch die eleganteren der leitenden Beamten in den verschiedenen Ministerien, ab und zu ein Star aus der Welt der Wissenschaft, Kunst und Literatur, der das Vergnügen am Luxusleben und der Gesellschaft bedeutender Menschen mit sozialer Begabung und einem einigermaßen respektablen Charakter verband. Von Zeit zu Zeit wurde diese merkwürdig heterogene Menge noch durch die Favoriten des Tages angereichert, die aus allen Rassen und allen Berufen kommen konnten, aber nur eine zeitlich begrenzte Eintrittskarte hatten; sie galt genau für die Saison ihrer Berühmtheit.

Nun war das erste und wichtigste Merkmal der Londoner Saison und des Landhauslebens, das, was Freizeitgestaltung und gesellschaftlichen Umgang der Society vom Rest der Bevölkerung unterschied, die Tatsache, daß einige Männer und praktisch alle Frauen das Vergnügen zum Hauptziel ihres Lebens machten. Ich sage absichtlich *einige* Männer, denn der Anteil funktionsloser Männer, funktionslos meine ich im ökonomischen Sinn, variierte abhängig davon, ob der besondere Gesellschaftskreis, zu dem sie sich rechneten, vom Kabinett oder Exkabinett oder vom Kreis der Sportsleute geprägt wurde. Unter meinen Bekannten (die bloßen Tanzpartner der Londoner und Landhausbälle nehme ich aus, weil tanzende Männer zu meiner

Zeit meist Dummköpfe waren), gab es nur sehr wenige Männer, die nicht Kopfarbeiter von Beruf waren, Politiker, Verwaltungsbeamte, Juristen, Wissenschaftler oder Literaten. Im Rennset, den ich nur vom Hörensagen kannte, waren die professionellen Kopfarbeiter, die Spekulanten, Künstler, Buchmacher, Trainer oder Jockeys, wenn ich richtig verstanden habe, kaum Mitglieder der »Society«; die Professionellen in der Welt des Sports waren sozial und ökonomisch fast ebenso untergeordnet wie die anderen, die für die Vergnügungen der Gesellschaft arbeiteten: die Wildhüter, Gärtner, Köche, Lieferanten. Für die Damen der Gesellschaft galt diese Unterscheidung nicht. In den brillanten Memoiren der Mrs. Asquith – ein Dokument, das wegen seiner Offenheit für Soziologen großen Wert hat –, wird dieses Faktum mit erstaunlichem Nachdruck und faszinierender Lebendigkeit deutlich. Reiten, Tanzen, Flirten, elegante Kleider, kurz: Einladungen geben und annehmen, lauter Beschäftigungen, die den Konsum, nicht die Produktion von Waren und Dienstleistungen implizieren, bestimmten das Leben der Mrs. Asquith vor ihrer Heirat ausschließlich und danach weitgehend. Und meine eigene Erfahrung als Unverheiratete war ähnlich. Sehr genau erinnere ich mich an die jeweiligen Anfangstage meiner ersten Londoner Saisonzeiten, an die freudige, wenn auch ziemlich hektische Erwartung unaufhörlicher Zerstreuungen, an die Verschwendung von physischer und psychischer Energie, die alle Stunden des Tages füllte und bis tief in die Nacht dauerte; an die Rituale, die man beachten mußte; die Vorstellung bei Hofe; das Reiten in der Row, die Besuche, Einladungen zum Essen, Bälle und Empfänge mit viel zu vielen Leuten; an Hurlingham und Ascot; schweigen will ich von Amateurtheateraufführungen und anderen Blüten vorgetäuschter Philanthropie. Natürlich stand eine Absicht hinter all diesen scheinbar unsinnigen Aktivitäten: die Aufgabe, sich zu verheiraten, ein Geschäft, an dem Eltern und andere Förderer eifrig mitwirkten, manchmal mit vornehmer Diskretion, manchmal mit zynischer Direktheit. Im Lauf der Saison jagten sich die gesellschaftlichen Ereignisse, das Tempo wurde schnell und hektisch; eine Manie für leichtsinnige Reden und spielerische Darstellung der eigenen Persönlichkeit verdrängte alles andere aus dem Bewußtsein. Ich entdeckte, daß die Eitelkeit eine Berufskrankheit der Londoner Society war; und wer für diese Krankheit so anfällig war wie ich – die Disposition dazu konnte man am Symptom der quälenden Stimmungsschwankungen zwischen Übermut und Depression und leider auch an den kleinen Lügen und unbedachten Grausamkeiten feststellen –, der hätte die Gesellschaft meiden sollen wie den Teufel. Am Ende der Saison hatten Magenverstimmungen und Schlaflosigkeit meine physische Gesundheit untergraben; ein erschreckender psychischer Widerwille, der sich in zynischer Beurteilung des eigenen und des Charakters anderer Leute äußerte, hatte alles Selbstvertrauen und alle Fähigkeit zu stetiger eigener Arbeit vernichtet. Und als die von Verantwortung unbelasteten Jugendjahre vorüber waren und ich meines Vaters Haushalt führte und die Rolle der Gastgeberin übernahm, da wurde mir klar, daß das Streben nach Vergnügen auch eine Arbeit, und zwar eine schwierige und für mich sehr lästige Arbeit war; sie verlangte genaue Planung, viele Angestellte und zahllose Entscheidungen in belanglosen Fragen. Ein Haus in London mußte gefunden und bezogen werden; Pferde und Wagen mußten herbeigeschafft, eine hochelegante Garderobe genau vorgeschriebener Kleider mußte gekauft werden; man mußte sich um Nahrungsmittelvorräte und alles Beiwerk für Diners, Bälle, Picknicks und Wochenendeinladungen kümmern. Die wohlhabenderen Verwandten und Bekannten besaßen Jagdgebiete und Jagdhütten, die wiederum aufwendige Organisation verlangten. Zuständig dafür waren meist die Frauen.

Im Guten oder Bösen, je nachdem, welche sozialen Idealvorstellungen man hat, unterschied sich dieses bemerkenswerte Konglomerat, die Londoner Society und das Landhausleben, deutlich von anderen Sozialaristokratien. Es gab keine starren Schranken zwischen Kasten, keine erkennbare Exklusivität nach Geburt oder Erziehung, persönlichem Reichtum oder

Charme, keine Engherzigkeit in Bezug auf Benehmen, Moral oder intellektuelle Gaben. Wie das Britische Empire, so hatte sich auch die Londoner Society in einem Anfall von Geistesabwesenheit selbst geschaffen. Ausländische Beobachter mußten den Eindruck haben, daß die Londoner Society in ihrer mühelosen Toleranz und oberflächlichen Gutmütigkeit offene Arme für jedermann habe. »Bei einer Londoner Einladung weiß man nie, neben wem man sitzen wird«, sagte der schon erwähnte Diplomat einmal ganz verunsichert. Aber an verborgener Stelle gab es im unbewußten Herdeninstinkt der herrschenden Klasse in England sehr wohl einen Eignungstest für die Mitgliedschaft in diesem größten aller Gesellschaftsclubs; aber es war eben ein Test, den die, die ihn anwendeten, nur selten, und die, auf die er angewendet wurde, nie als Prüfung erkannten: *Wer Macht über andere, in welcher Form auch immer, besaß, war geeignet.* Die sichtbarste und meßbarste Form der Macht war Besitz. Also konnte jede auffallend reiche Familie, wenn ihre Mitglieder nicht gerade geistesgestört oder mit dem Gesetz in Konflikt geraten waren, darauf hoffen, bis zum Gipfel der Society emporzusteigen, ihre Töchter mit Ministern oder Adligen zu verheiraten und, zu gegebener Zeit, vielleicht sogar selbst geadelt zu werden. Ich fragte einmal einen Multimillionär ausländischer Herkunft, dessen häusliche Umgebung sich weder durch Verstand noch durch Charakter auszeichnete, warum er sich in England niedergelassen habe, und nicht in Paris, Wien oder Berlin. »Weil in England vollkommene soziale Gleichheit herrscht«, war seine prompte Antwort, die er dann durch den Hinweis, daß König Edward mit seinem Gefolge dem palastähnlichen Landsitz des Millionärs die Ehre seines Besuches gegeben habe, noch näher erklärte und vielleicht in ihrer Wahrheit bewies. Aber persönlicher Reichtum war nur eine der vielen Ausprägungen von Macht, die als Legitimierung der Zugehörigkeit zur besseren Gesellschaft anerkannt wurden. Wenn er wollte, konnte ein leitender Angestellter in der Industrie, auch ohne selbst über Kapital zu verfügen, trotzdem, solange er lukrative Posten für jüngere

Söhne oder Freifahrten auf transkontinentalen Eisenbahnstrecken anzubieten hatte, schmeichelhaft persönliche Bekanntschaft mit jenen Mitgliedern des Britischen Adels schließen, die Wert auf solche Vergünstigungen legten, – und das Interesse war groß. Engherzig war man nicht bei der Auswahl des Typs von Macht, dem man die Ehre des persönlichen Umgangs mit bedeutenden Persönlichkeiten zuteil werden ließ. Dreißig Jahre, bevor die Labourpartei die Regierung Seiner Majestät bildete, hatte man in einem ausgesuchten politisch-sozialen Zirkel den deutlichen Wunsch, die Führer der gerade zur Wahl zugelassenen Gewerkschaftsdemokratie zu empfangen. Und wenn die winzige Gruppe der Labourführer nicht so außergewöhnlich gebildet und zurückhaltend und noch dazu puritanisch gewesen wäre, dann hätten sie sich in die Maschen der Gesellschaft verstrickt und wären in dem Augenblick fallen gelassen worden, in dem sie nicht mehr einige tausend Parteimitglieder repräsentiert hätten. Dieselbe Anbetung der Macht zeigte sich in der Art, wie verschiedene Persönlichkeitstypen einander ablösten. In den siebziger Jahren waren zum Beispiel die Herausgeber großer Zeitungen und Zeitschriften, Männer mit breiter Allgemeinbildung und viel Erfahrung in öffentlichen Angelegenheiten, noch Ehrengäste; aber schon zu meiner Zeit begannen die millionenschweren Zeitungsbesitzer, die sich in keiner Weise etwa durch Geist, Wissen, technische Fähigkeiten oder Stil in ihrem Beruf auszeichneten, die Herausgeber in den Schatten zu drängen. Das neuere und fast berüchtigte Beispiel für diese Verdrängung der Vornehmen durch die Skrupellosen war die Unterwürfigkeit, die durchaus kultivierte und gebildete Männer und Frauen den südafrikanischen Millionären gegenüber an den Tag legten; diesen Millionären, die oft weder Manieren noch Moral hatten und an Liebenswürdigkeit und Lebensart, vielleicht nicht gerade den Rothschilds, aber mit Sicherheit den Barings und Glyns, Lubbocks, Hoares und Buxtons, die in den siebziger und achtziger Jahren in der Londoner Society die Macht des Geldes repräsentiert hatten, unendlich unterlegen waren. Noch demoralisierender als diese Herabsetzung und Vergröberung der Maßstäbe war der vergiftende Zynismus, mit dem man menschliche Beziehungen betrachtete: persönliche Freundschaften wurden nur noch in Anpassung an vorübergehende und zufällige Umstände geschlossen und gelöst, ohne Rücksicht auf persönliche Neigung und Verdienst: sobald jemand im Urteil der Welt gescheitert war, konnten huldvolle Anerkennung und unerschütterliche Vertrautheit ganz umschlagen und sich in scharfe Kritik und kühle Zurückweisung verkehren. Das galt besonders für Beziehungen zwischen Frauen. Dem Gerücht von der bevorstehenden Heirat mit einer hochgestellten politischen Persönlichkeit folgte eine Flut von Einladungen; wenn das Gerücht sich als falsch erwies, dann versiegte der Strom mit lächerlicher Promptheit. Ähnliches erfuhren Frauen und Töchter berühmter Männer. Beim Tod der Berühmtheit erlosch sofort die bereitwillige überschwengliche Freundschaft, die die Spitzen der Gesellschaft den Angehörigen vorher entgegengebracht hatten. Dieses unbewußte Machtstreben äußerte sich in eher unbestimmter Form. Die konventionellen Maßstäbe der Beurteilung persönlicher Moral, auf finanziellem oder sexuellem Gebiet, richteten sich mit peinlicher Genauigkeit nach dem Maß sozialer, politischer oder industrieller Macht, das die zur Beurteilung stehende Person besaß. Eine Herzogin, die womöglich noch dem Hochadel angehörte, konnte anstelle ihres unbedeutenden Herzogs einen mächtigen Marquis zum ständigen Begleiter nehmen, ohne daß ihr Ansehen in der Gesellschaft auch nur den leisesten Schaden nahm. Wenn sich aber eine Mrs. Smith ähnliche Abweichungen von ihrem geregelten häuslichen Leben gestattete, dann war ihr totale gesellschaftliche Ächtung sicher. Dieselben abgestuften Maßstäbe wurden bei Finanzvergehen angelegt. Verflossene Missetaten eines Multimillionärs, dessen Millionen gesund waren, wurden diskret vergessen; ein ehrlicher Bankrott aber, der durch mangelnde Kenntnisse oder bloßes Pech zustande gekommen war, führte dazu, daß man nicht die Verfehlung, sondern den, zu dessen

Lasten sie ging, ignorierte. Anscheinend gab es eine unsichtbare Nachrichtenbörse, die in dauerndem Kontakt mit den tonangebenden Gastgeberinnen in London und auf dem Lande stand: gehandelt wurde gesellschaftliches Ansehen; Steigen und Fallen dieser Aktie wurde durch äußeren Erfolg oder Scheitern markiert, ohne Rücksicht auf die Gründe für das eine oder andere. Einige Aktien hatten Goldschnitt, Angehörige des Königshauses oder Persönlichkeiten, die gleichzeitig schwerreich und adlig von Geburt waren; deren Kurswert kannte weder Hausse noch Baisse; er konnte durch umlaufende Gerüchte nicht erschüttert werden. Aber die Masse derer, die zu politischen Empfängen wanderten oder sich in den Häusern der weniger bekannten Gastgeberinnen versammelten, stieg und fiel im gesellschaftlichen Wert so schnell und unvorhersehbar wie die Aktien der weniger bekannten und spekulierfreudigeren »Industriellen« auf dem Geldmarkt.[11] Diese dauernde Unsicherheit in Bezug auf den sozialen Status führte zu häßlichen Praktiken, wenn die Menge derer, die »Zutritt zur Society« anstrebten, Einladungen gab; sie war der Grund für den »Menagerie-Charakter«, für die Buntscheckigkeit der versammelten Gäste, die im *Punch* immer wieder karikiert wurde. Diese Unsicherheit erklärte auch den übertriebenen Aufwand an auffallender Garderobe und ausgefallenen Speisen, Weinen und Blumen, mit dem einer den anderen zu übertreffen suchte; vor allem aber die Tatsache, daß oft Leute, mit denen die Gastgeber nichts gemein hatten, eingeladen wurden, nur weil man hoffte, sie würden andere, besonders begehrte Gäste ins Haus ziehen. Auf die Reaktionen der begabtesten, der tonangebenden Gruppen färbte dieses Element von Konkurrenz der Londoner Society ab: der Druck nach innen, den die Masse ausübte, wurde unweigerlich mit einem Druck nach außen beantwortet, den die Angehörigen der inneren Kreise einsetzten, um sich von unwillkommenen Eindringlingen frei zu halten. Nun ist der Druck selbst vulgär, nicht seine Richtung, und die Tatsache, daß der Versuch, Unwillkommene hinauszudrängen, von wohlerzogenen Menschen unternommen wurde, denen subtile Formen zur Verfügung standen, die nicht auf Worte oder Werke angewiesen waren, sondern nur abweisende Mienen brauchten, nur »jenen in die Ferne schweifenden Blick, der typisch für Leute ist, die nicht nett sein wollen und die aus der plötzlich zurückweichenden Tiefe ihrer Augen dich am entferntesten Ende einer endlos geraden Straße wahrgenommen zu haben scheinen«, wie der unnachahmliche Proust sagte, – diese Tatsache änderte nichts daran, daß dies ein Verstoß gegen Gastlichkeit und also gegen gutes Benehmen war, nicht anders als Flüche in Billingsgate. Andererseits: wer wollte tonangebenden Männern und Frauen einen Vorwurf daraus machen, daß sie im Laufe ihres langen Lebens mit dem Mob konkurrierender Gastgeberinnen schließlich diese Schutzfarbe eines kühlen, aber vernichtenden Hochmutes in Gesten und Mienen entwikkelten, die sie nach Belieben annahmen, wenn sie mit gewissen Personen gesellschaftlichen Umgang pflegen mußten, deren Bekanntschaft sie schon immer oder im Lauf der Zeit unangenehm gefunden hatten. Vielleicht gibt es ja Heilige, die in dieser Umgebung ganz integer bleiben können, so wie es Männer und Frauen gibt, die ihre moralische Sensibilität noch in einer Einzimmerwohnung behalten, die sie mit anderen Menschen beiderlei Geschlechtes und aller Altersstufen teilen müssen. Aber der geborene Heilige, ob arm oder reich, ist eine seltene Variante der menschlichen Spezies.

So also gingen Menschen in der sozialen Umgebung miteinander um, in der ich aufwuchs. Weder Gier nach Reichtum, noch Vergnügen am Luxusleben waren Hauptantrieb ihres Handelns, wenn auch beide Motive mitwirkten, sondern Machtstreben. – Die Einstellung des Menschen zum Universum, die metaphysische Atmosphäre, ist schwerer zu erfassen, vermutlich mindestens teilweise deswegen, weil wir in einer Übergangszeit lebten, die durch den plötzlichen Umschwung von einer metaphysischen Grundeinstellung zu einer anderen gekennzeichnet war. Jetzt, im Rückblick, scheint mir, daß gerade die letzten Jahrzehnte des 19. Jahrhunderts die Wasserscheide zwischen der Metaphysik der christlichen Kirche, die bis dahin die englische Kultur geprägt hatte, und dem Agnostizismus bildete, der, stark gefärbt durch wissenschaftlichen Materialismus, während der ersten Jahrzehnte des 20. Jahrhunderts alle auf Tradition und Offenbarung gegründete Religion zum Untergang brachte. Nach meiner Erfahrung war die christliche Tradition bei den großen Unternehmern mit ihrer »Geschäftsmoral« und ihren internationalen Verbindungen schon in den siebziger und achtziger Jahren dünn und brüchig geworden und leichter ganz zu zerbrechen als zu reparieren. Meine Eltern waren freilich, wenn sie sich auf dem Lande aufhielten, regelmäßige Kirchgänger und nahmen am Abendmahl teil; und mein Vater übernahm immer gern die Bibellesungen in den Kirchengemeinden, zu denen die Mitglieder unserer Haushalte in Gloucestershire, Westmoreland und Monmouthshire gehörten. In Parenthese möchte ich dazu sagen, daß es symptomatisch für das allgemeine Verblassen der Orthodoxie war, wenn jemand, der als Unitarier erzogen und nie durch Konfirmation in die Anglikanische Kirche aufgenommen worden war, trotzdem von Anglikanischen Geistlichen, die das wußten, als Abendmahlsgast zugelassen und sogar, als wohlhabendes Laienmitglied der Kirchenversammlung, selbstverständlich dazu eingeladen wurde, sich aktiv an den Gottesdiensten zu beteiligen. An jedem Sonntag fanden sich auch ein oder zwei Pottertöchter in der Kirchenbank der Familie ein, weil sie selbst religiös waren oder aus kindlicher Achtung für den Vater, oder weil sie den Weg zur Kirche und zurück mit ihrem geliebten Vater nicht missen mochten. Aber damit hörte die Konformität auch auf. Weder Zwang noch Druck wurde auf uns ausgeübt, am Gottesdienst teilzunehmen. Während der Londoner Saison zog mein Vater gern an einem Sonntagmorgen mit einem Schwarm von Töchtern aus, um den anregendsten Redner zu religiösen oder metaphysischen Themen zu suchen; und wir hörten Monsignore Capel oder Kanonikus Liddon, Spurgeon oder Voysey, James Martineau oder Frederic Harrison mit dem gleichen Eifer zu; auf dem Heimweg durch die Londoner Parks diskutierten wir die religiöse Rhetorik oder die dialektischen Feinheiten des Redners oder Predigers. Von dieser eklektischen Freude an Varianten metaphysischer Erfahrung abgesehen, war die Atmosphäre unseres Elternhauses ausgesprochen freidenkerisch. Weder die Unterhaltungen innerhalb der Familie, noch der Strom neuer Bücher und aktueller Periodika, noch die Meinungen der bunten Mischung unserer Gäste wurden in irgend einer Weise zensiert. Im Familienkreis wurden alle Fragen frank und frei diskutiert, wo immer sie auftauchten, in klassischer oder moderner Literatur, in Kommentaren zu Gesetzen oder Fachzeitschriften, ganz gleich, zu welchem Thema sie gehörten, von den Anfängen der Menschenrasse bis zur neuesten diplomatischen Depesche, von sexueller Perversion bis zu den Wechselkursen. Kauf und Subskription von Büchern und Zeitschriften war die einzige Ausgabe, die meine Mutter uneingeschränkt zuließ, vielleicht, weil sie selbst auf diesem Gebiet die größte Verschwenderin war. Und allein von unserer Entscheidung oder der Empfehlung eines Zufallsbekannten oder Freundes hing es ab, ob wir aus den wohlgefüllten Bücherregalen die *Bekenntnisse* Augustins oder Rousseaus nahmen, ob das Bücherpaket von Hatchett die neuesten Romane von Guy de Maupassant und Emile Zola enthielt oder die gelehrten Wälzer von Auguste Comte und Ernest Renan; ob wir aus der London Library oder bei Mudie einen Stapel Bücher über östliche Religionen oder eine gemischte Kollektion »Sensationsliteratur« bestellten. Wenn wir uns bei unserem Vater darüber beklagten, daß ein Buch, das wir lesen wollten, in den Leihbüchereien auf dem Index stand, dann sagte er immer automatisch: »Kauf es, ich bitte dich!« Und wenn die wirbelnde Gesellschaft, in der wir lebten, auch vielleicht durch ihre erstaunliche Vielfalt den Charakter erschütterte, so zerstreute sie mit Sicherheit auch Vorurteile und zerschlug Dogmen. Mein Vater hatte eine Schwäche für Kleriker; und Dr. Ellicott, der damalige Bischof von Gloucester, war sein liebster Gesprächspartner auf dem Land; Kardinal Manning war dafür Ehrengast bei uns in London. Aber Herbert Spencer, der weitaus engste Freund unserer Familie, stritt ständig mit meiner Mutter über den Ursprung der Religion, wobei er den Klerikalismus verspottete und verurteilte; ich glaube, er war es, der Francis Galton und Sir Joseph Hooker, Huxley und Tyndall in unseren Bekanntenkreis einführte; zu Spencers jährlichem Picknick kam George Henry Lewes und manchmal George Eliot. Frei von »Tabus« war mein Vater nicht nur auf intellektuellem Gebiet. In unserer Nachbarschaft wohnte ein Mann, der überall als der »schlimme Earl« bekannt war; meine puritanische Mutter weigerte sich hartnäckig, seinen stattlichen Landsitz zu betreten. Aber ich begleitete meinen Vater schon in den ersten Wochen nach meinem Debut in der Gesellschaft, als er dort Besuch machte; lauschte der Aufforderung: »Messieurs et Mesdames, faites vos jeux«, und fand, daß meine schon erwähnten »Manieren und Stimme« und meine Buchweisheiten wirksamen Schutz und rechtzeitige Ablenkung boten, wenn ich allein (in jenen Tagen, in denen man nicht ohne Chaperonne ausging) lange Spaziergänge mit einem verheirateten Mann machte, der gerade allgemein favorisiert wurde.

Wir lebten in einem Zustand dauernder innerer Umwandlung, hörten und bezweifelten alle neuaufkommenden Hypothesen über die Bestimmung des Menschen in dieser und der nächsten Welt. Auf diese Geistesverfassung, die nichts mehr unbezweifelt ließ, trafen die beiden Annahmen, die das Denken der Zeit prägten: erstens, daß die Wissenschaft alle Probleme lösen könne, und zweitens, daß jeder sein eigener Philosoph und Naturwissenschaftler werden könne, wenn er nur ein paar einführende Texte zur Hilfe nähme – ungefähr so, wie eine frühere Generation sich vorgestellt hatte, daß jeder sein eigener Rechtsanwalt sein könne, wenn nur die Gesetze in einem übersichtlich gedruckten kleinen Handbuch aufgezeichnet würden. Bedenkt man, daß ich auf diesem Turnierplatz vermischter metaphysischer Überzeugungen und widerstreitender ethischer Grundsätze ein Leben des Müßigganges führte, so ist es nicht verwunderlich, daß ich die ersten fünfzehn Jahre meines bewußten Lebens nicht damit zubrachte, einen Beruf zu lernen, sondern ein Credo zu finden, in dessen Licht ich das Leben leben könnte, das mir aufgegeben war.

Zweites Kapitel

Auf der Suche nach einem Credo

(1862–1882; Alter 4–24 Jahre)

Als zweitjüngste von neun Töchtern wuchs ich im Schatten von Geburt und Tod meines nachgeborenen Bruders fast unbemerkt auf; meine Kindheit verlebte ich auf meine Weise unter den Hausangestellten: ihnen, ihrem ganzen Stand, bin ich unendlich dankbar. Weder wurde ich schlecht behandelt, noch unter Druck gesetzt; man nahm mich nur einfach nicht wahr. Man ließ mich, ob zum Guten oder Bösen, mein eigenes kleines Leben im lockeren Rahmen der familiären Umgebung leben.

Dies ist die erste Szene, an die ich mich erinnere: ich fand mich nackt und erstaunt draußen vor der Tür des Kinderzimmers wieder; meine Kleider wurden mir von der bestens ausgebildeten prüden Kinderschwester, die zur Pflege meines Bruders eingestellt war, nachgeworfen. Was an diesem Morgen eigentlich genau mit mir geschah, weiß ich nicht mehr. Die französischen und englischen Gouvernanten, die für die Erziehung meiner Schwestern zuständig waren, befanden, daß ich für das Schulzimmer noch zu jung sei. Also suchte ich in der Waschküche Zuflucht; das war ein großer, heller Raum, im Sommer sonnig und im Winter herrlich warm; dort kümmerte sich das Mädchen, das die Oberaufsicht über die Wäscherinnen hatte, ganz aus eigenem Antrieb und sehr liebevoll um mich; sie war freundlich und klug, geschickt in ihrer Arbeit und eine fromme Kirchgängerin; jetzt ist sie über achtzig Jahre alt und noch immer meine Freundin. Montags war Waschtag; dann verschwanden meine Freundin und ihre Helferinnen in Seifenschaum und Dampfschwaden, und ich durfte den Raum nicht betreten; aber von Dienstag nachmittag an durfte ich kommen und gehen, wann ich wollte. Hier lag ich zwischen ungebügelten Tisch- und Bettüchern wie im Nest und schlief oder träumte vor mich hin; oder ich saß auf dem Bügelbrett, baumelte mit den Beinen und erzählte den Dienstmädchen, die voller Bewunderung zuhörten, von meinem Vorsatz, Nonne zu werden, wenn ich groß sei. Mein zweiter Lieblingsplatz war der Heuboden; man konnte ihn über eine Leiter von der Remise aus erreichen; ein gutmütiger Kutscher ließ mich dort mit meiner getigerten Katze hineingehen, dem schnurrenden Spielgefährten, der mir überall hin folgte und den ich sehr liebte. Draußen hatte ich »Geheimverstecke« im Gebüsch; dort legte ich Steine und Stöckchen immer neu zu Mustern zusammen; Höhlen im Wald, wo ich tröpfelnde Bäche zu lecken Tümpeln staute; dabei baute ich ununterbrochen Luftschlösser; zuerst malte ich mir melodramatische Szenen aus, wie ich vergessenes Kind auf meinem Totenbett allen vergeben wollte; dann kam der heitere Teil: Traumbilder von Verehrern, die mir den Hof machten. Wann und wie ich lesen lernte, weiß ich nicht mehr. Aber Lesen war schon längst, bevor ich zu regelmäßigen Unterrichtsstunden ins Schulzimmer wanderte, meine Hauptbeschäftigung; ständig las ich, was ich mir selbst aus den Büchervorräten in den Regalen der Bibliothek, der Arbeits- und Schulzimmer oder aus der bunten Mischung von Broschüren, Zeitschriften und Zeitungen, die im ganzen Haus verstreut lagen, zusammengesucht hatte; Lesen war eine heilsame Alternative zum Luftschloßbauen; aber gesundheitsfördernd ist es wohl nicht. Mein Glück war auch tatsächlich fast ununterbrochen von Krankheiten getrübt; Anfälle von Neuralgie, Magenverstimmungen, Entzündungen aller Arten, von entzündeten Augen bis zu Blutstau in der Lunge folgten einander in kurzen Abständen. Schlimmer als die physischen Schmerzen war die Langeweile, die entstand, weil ich wegen meiner schlechten Gesundheit so vieles nicht konnte; immer wieder war es ein Problem, die Zeit zwischen den Mahlzeiten und zwischen Aufstehen und Zubettgehen totzuschlagen. Am schlimmsten aber waren die schlaflosen Stunden nach dem Zubettgehen und vor dem Aufstehen. Ich erinnere mich noch genau daran, wie ich ein Fläschchen

Chloroform aus dem Medizinschrank zu Hause stahl und versteckte; es bedeutete für mich die vage ins Auge gefaßte Alternative zum Leben und zum Lebensüberdruß; ich erinnere mich auch daran, wie verblüfft ich war, als ich eines Tages beim Nachsehen den Stöpsel locker und den Inhalt des Fläschchens verdunstet fand.[1] Die lange Reihe französischer und englischer Gouvernanten, die an mir vorüberzog, störte mich indessen wenig. Meistens mochte ich sie, und sie mochten mich. Aber nachdem wir es ein paar Wochen oder Monate lang mit regelmäßigen Schulstunden versucht und unerfreuliche Kämpfe mit Arithmetik oder Grammatik ausgefochten hatten, zog ich mir wieder eine Krankheit zu, und der Hausarzt verordnete: ›Keine Schulstunden, mehr Bewegung an der frischen Luft, möglichst völliger Wechsel der Umgebung.‹ Als meine älteren Schwestern »in die Gesellschaft eingeführt« waren und meine jüngste Schwester ein Kindermädchen brauchte, fiel die Vortäuschung einer geregelten Erziehung ganz weg.

Aber als es so weit war, hatte ich mir schon meinen Weg zur Selbstbildung ausgedacht – ich las Bücher meiner Wahl und schrieb Auszüge, Zusammenfassungen und Kritiken dessen, was ich gelesen hatte, in mein geheimes Tagebuch. Diese unreifen Buchbesprechungen ergänzte ich ab und zu, wenn mir der Sinn danach stand, durch Bekenntnisse meiner Charakterfehler oder Reflexionen über eigene und fremde Angelegenheiten.

Ich stelle mir vor, daß die meisten aufgeweckten einsamen Kinder sich angewöhnen, ihre Gedanken und Gefühle aufzuschreiben, um sich so von schmerzlichen Emotionen zu befreien oder um das ungewohnte Vergnügen der Selbstdarstellung zu erfahren. Wenn diese Gewohnheit sich mit naivem Witz, originellen Beobachtungen und überraschenden Formulierungen verbindet, können die kindlichen Kritzeleien leicht zu literarischem Rang kommen. Ich habe keinen solchen Schatz zu enthüllen. Anders als eine oder zwei meiner Schwestern habe ich keinerlei künstlerische Begabung, weder für Tanz noch für Schauspiel, Malen oder Musik, weder für

Prosa noch für Poesie. Mir war das Talent einer unermüdlichen intellektuellen Neugier gegeben, dazu eine doppelte Portion Willenskraft, die um so wirkungsvoller war, weil sie mir weitgehend unbewußt blieb und besonders dann nicht zum Ausdruck kam, wenn Insistenz das Erreichen des gesetzten Zieles gefährdet hätte. Es war ein Wille vom Typ des »Siegen durch Nachgeben«; geerbt hatte ich ihn von meinem Vater, und als ich bei den Juden im Londoner Osten lebte, glaubte ich, diesen Willenstyp als Charakteristik einer Rasse zu erkennen. Aber so nützlich intellektuelle Neugier und konzentrierte Zielstrebigkeit auch für wissenschaftliche Arbeit sein mögen, für ein Kind oder eine junge Frau im heiratsfähigen Alter sind sie keine attraktiven Begabungen und werden deshalb gern verheimlicht. Auch den literarischen Ausdruck machen sie nicht eleganter. Sobald ich meine Arbeit als Sozialforscherin aufgenommen hatte, wurden die Tagebuchnotizen zu einer Sammlung von Aufzeichnungen über Charakter und Unterhaltungen anderer Menschen; und in dieser Eigenschaft sind die Eintragungen für sich genommen interessant. Das Tagebuch wird zu einem Arbeitsmittel, das ich in einem späteren Kapitel ›synthetisches Notieren‹ nennen werde, um einen Unterschied zum ›analytischen Notieren‹ zu markieren, auf dem die Arbeit des Historikers beruht. Ich werde also Eintragungen aus meinem Tagebuch zitieren, wenn ich die Methoden der Sozialforschung, zum Beispiel ›Interviews‹ und ›Beobachtungen der Arbeitsweise von Organisationen‹ beschreibe. Die Kritzeleien der noch Ungeschulten sind jedoch Aufzeichnungen subjektiver Erfahrungen, nicht objektiver Fakten; sie geben die Spuren wieder, die religiöse Emotion und wissenschaftliches Denken, Geschäftsgrundsätze und politische Theorien der letzten fünfundzwanzig Jahre des 19. Jahrhunderts einem empfänglichen Verstand, der durch besondere familiäre Umstände ungewöhnlich vielfältigen geistigen Anregungen ausgesetzt war, eingeprägt haben. Wenn ich mir vor Augen führe, welches Ziel ich mit diesem Kapitel verfolge: die Darstellung der Suche nach einem Credo, das mein Leben bestimmen sollte, so kann ich ohne Zögern einige Notizen aus meinem Tagebuch als zuverlässige Quelle zitieren, auch wenn sie ungeschliffen und ungehobelt sind; sie waren nur der Versuch eines Kindes, Gedanken zur Klärung und Gefühle zum Ausdruck zu bringen, aber zur Veröffentlichung waren sie nicht bestimmt.

Ich weiß ganz gut, (schrieb ich auf ein halbes Stück Notizpapier, als ich ungefähr zehn Jahre alt war), daß die Erziehung der Mädchen sehr vernachlässigt wird; man muß sich nur ansehen, was sie lesen dürfen. Zum Beispiel ein neun- oder zehnjähriges Mädchen: entweder verbietet man ihr, etwas anderes als Kinderbücher zu lesen, oder man läßt sie einfach auf eine gute Bibliothek los; Sir Walter Scotts Romane werden ihr empfohlen, angeblich sind es liebenswürdige, interessante Geschichten, »Bücher, die keinen Schaden anrichten«, erklärt ihr Lehrer. Aber man liest doch mit dem Ziel, Wissen zu erwerben. Ab und zu ein Roman, damit der Verstand sich erholen kann, der noch nicht gans ist (sic; dazu Fragezeichen: ganz*, es bildet die Phantasie, aber wenn es die einzige Nahrung ist, wird davon manch ein junges Gemüt zerstört... Alle Gedanken (an die Schulstunden denkt ein Kind mit neun oder zehn Jahren fast gar nicht) werden dann darauf verschwendet, daß man sich Liebesszenen ausmalt oder Luftschlösser baut, wo das Kind immer die reizende Heldin ohne Fehl ist. Ich habe gemerkt, daß das für mich auch ein schlimmer Stolperstein ist; immer wenn ich allein bin, erwische ich mich dabei, daß ich wieder Luftschlösser baue; das ist eine Gewohnheit, die so tief in mir steckt, daß ich gar keinen guten Vorsatz fassen kann, ohne gleich ein Luftschloß dazu zu bauen.

Dieser Herbst in vieler Hinsicht unbefriedigend für mich (gestehe ich im Herbst 1872, im kritischen Alter von vierzehn Jahren). In den Unterrichtsstunden habe ich fast gar nichts gelernt; ehrlich gesagt, war ich extrem faul, besonders während und nach der Zeit, als wir Besuch hatten. Aber eines habe ich gelernt: daß ich übertrieben eitel bin; um die Wahrheit zu sagen, ich bin mir selbst zuwider; immer wenn ich in Gesellschaft eines Herren bin, kann ich nicht anders als mir seine Aufmerksamkeit und Bewunderung zu wünschen und alles zu tun, damit ich sie bekomme; die ganze Zeit überlege ich, wie ich aussehe, welche Haltung mir steht; und ich versuche alles, um meine Schwestern auszustechen. Die Frage ist: wie kann ich die Eitelkeit besiegen? Sie bringt nämlich alle schlechten Gefühle in mir heraus

* Im Englischen: crowing mind (*sic,* query: growing)

und unterdrückt alle guten; das einzige, was mir einfällt, ist, die Gesellschaft von Herren ganz zu meiden. Ich fühle, daß ich im Augenblick nicht gut genug bin, um gegen die Versuchungen anzukämpfen, mein Glaube ist nicht stark genug. Um beim Thema Glauben zu bleiben: ich weiß nicht, was ich von mir denken soll. Ich glaube, und dennoch handle ich immer im Widerspruch zu meinem Glauben; wenn ich etwas Dummes tue, wenn ich mich meiner Eitelkeit hingebe, höre ich eine innere Stimme sagen: »Jetzt spielt es keine Rolle, was du sagst und tust; wenn es Gott wirklich gibt, woran ich zweifle, dann ist immer noch Zeit, daran zu denken, wenn du verheiratet oder eine alte Jungfer bist.« Und was noch schlimmer ist: nach dieser Leitidee handle ich ständig. Unterdessen fühle ich, wie mein Glaube mir entgleitet, es scheint, als sei Christus durch einen ganzen Berg von Weltlichkeit und Eitelkeit von mir getrennt. Ich kann nicht mehr mit demselben aufrichtigen Glauben wie früher zu ihm beten, meine Gebete kommen mir wie Verhöhnungen vor. Ich bete um Schutz vor den Versuchungen, denen ich mich so gern aussetze, und heimlich beklage ich mich dann, daß meine Gebete nicht erhört wurden. Und die intellektuellen Schwierigkeiten mit dem Vertrauen auf Gott machen den Glauben unmöglich. Ich bin sehr schlecht; ich habe das Gefühl, daß Christus mir nie mehr zuhören kann.
Eitelkeit, alles Eitelkeit. Ich habe das Gefühl, daß ich schwer gesündigt, daß ich mit Gott gespielt habe. Ich habe das Gefühl, daß ich eine frivole, dumme, ungläubige Frau werde, wenn ich so weiter mache, und dennoch fühle ich mich jeden Morgen beim Aufwachen herrlich leichtsinnig und sicher, und jede Nacht bin ich wieder elend und unglücklich. Es bleibt nur eins: lieber alles Vergnügen aufgeben als noch einmal zu Gesellschaften zu gehen; das kann schwer werden, ich weiß genau, daß es schwer wird, aber es muß sein, sonst verliere ich das letzte Fünkchen Glauben auch noch, und damit zugleich alle Möglichkeit, in dieser Welt noch eine gute und nützliche Frau zu werden, und in jener Welt zur Gemeinschaft des Herrn zu gehören.
23. Dezember 1872 Beatrice Potter

Gott helfe mir, meine Entschlossenheit zu bewahren.

Wieviel der fromme Vorsatz, mich von der Gesellschaft fernzuhalten, dazu beitrug, daß ich mich in der nächsten Londoner Saison darauf beschränkte, den Verehrern meiner Schwestern Einlaßkarten für die Damengalerie im Unterhaus zu entlocken, weiß ich nicht.[2] Aber ich erinnere mich daran, daß ich stundenlang Debatten verfolgte – Gladstone verdammte und mein Herz an Disraeli verlor; aus gegebenem Anlaß (ich glaube, nach einer der großen Debatten über das Wahlgesetz) kam ich in den frühen Morgenstunden im Einspänner allein mit meinem Hausschlüssel zu unserem Haus in Princes Garden; dieser Anlaß hat sich mir wegen des schrecklichen Hungers, den ich dabei litt, für immer eingeprägt. Im Herbst und Winter dieses Jahres war ich mit meinem Vater und meiner Schwester Kate auf Reisen in den Vereinigten Staaten von Amerika. Während dieser aufregenden Zeit habe ich mir angewöhnt, regelmäßig Tagebuch zu führen; das Amerikatagebuch ist das erste einer ununterbrochenen Folge, die jetzt (1926) über ein halbes Jahrhundert reicht. Die Schönheiten und Naturwunder Amerikas, Niagarafälle, Yosemitetal, die kalifornischen Geysire, sind gebührend vermerkt; wirkliches Interesse aber habe ich nur an Menschen und Lebenseinstellungen, denen ich begegne; und die einzige Stadt, die ich im Detail beschreibe, ist Salt Lake City (Utah), wo meine Neugier sich mit der Gemütsverfassung der Frauen, die ihren Ehemann mit anderen teilen, beschäftigt. Trotz der sprichwörtlichen Reizlosigkeit von Reiseberichten, besonders solchen, die Zeugnisse eines unerfahrenen, schlichten Gemütes sind, gebe ich ein paar Eintragungen wieder, in denen sich die Ansichten einer Fünfzehnjährigen über die Menschen und das Leben im allgemeinen spiegeln.

Wir fuhren am 13. September, zwei Tage nach G.s Hochzeit,[3] aus England ab. Nur die Reise machte mir Freude, die Leute waren nichts Besonderes. Nett waren nur Mr. Bradford, Dr. Hall, Dr. Sharp, Mr. A. Pullman, Miss Holmes (Mr. Knowles gehörte auch dazu, aber an Bord lernten wir ihn kaum kennen). Mr. Bradford ist ein Künstler aus Amerika, Arktisfahrer und ein guter Freund von Dr. Rae.[4] Er gehörte zu den enthusiastischen kleinen Männern, die keinen Funken Sarkasmus oder Zynismus besitzen und in allem nur das Gute und Schöne sehen. Er war allgemein beliebt auf dem Schiff, weil er gegen jedermann freundlich und aufmerksam war. Kate freundete sich sehr mit ihm an, und man konnte die beiden immer Arm in Arm auf Deck auf und ab spazieren sehen; offensichtlich mochten sie einander sehr und hatten verwandte Ansichten über Menschen und

Dinge. Ich beneidete Kate oft um ihr Geschick, kluge Leute aufzuspüren und sie dazu zu bringen, daß sie sich mit ihr wie mit einer Gleichgestellten unterhalten. Mr. Hall ist der bekannte presbyterianische Pfarrer aus New York. Auf dem Schiff war ich mit ihm vielleicht am meisten zusammen, und er gefiel mir am besten, deshalb beschreibe ich sein Aussehen und seine moralischen Ansichten genauer. Er war ein hochgewachsener Mann mit stark gebeugter Haltung; Gesicht und Stirn waren großflächig, nicht schön, aber sehr eindrucksvoll. Sein Gesicht schien ein Spiegel seines Geistes: wenn er nicht sprach, trug es den vollkommen ruhigen, schlichten Ausdruck einer stillen, fast kindlichen Liebe und Zutraulichkeit. Wenn er aber predigte oder ernsthaft mit jemandem sprach, sah er aus, als sei er nicht mehr derselbe Mann: sein Gesicht nahm ernste, würdige Züge an, und ein seltsames Lächeln spielte um seinen Mund, ein Lächeln, das mich immer an Dr. Arnold erinnerte – ich glaube nicht, daß man mit ihm auch nur halb so gern leben würde wie mit meinem Lieblingshelden, denn er vertritt strenge, kompromißlose Ansichten, die mir manchmal unbarmherzig vorkamen und die für Leute, die so weitherzig wie wir erzogen sind, fast beleidigend gewesen wären, hätte er sie nicht so besonders freundlich und liebenswürdig vorgetragen. Später hörten wir ihn in New York predigen; dabei war ich stark von seinen schönen Metaphern beeindruckt; er erläuterte alle seine religiösen Ansichten mit Bildern aus der Natur...

Dienstag, 7. Oktober (Chicago). – Miss Owen kam und holte uns mit ihrem Wagen ab, und nach einer kurzen Rundfahrt durch die Stadt gingen wir zum Essen zu ihrem Onkel, Mr. (unleserlich), dem Vertreter der GT[5]. Diese Familie würde in England mit Sicherheit nicht zum Landadel gehören, und trotzdem war das junge Mädchen in Kleidung und Benehmen so elegant und vornehm, wie man es in der entsprechenden Schicht in England kaum findet. Nach dem Essen fuhren wir zu den öffentlichen Schulen, die sehr interessant waren. Jungen und Mädchen aus allen Schichten werden hier zusammen unterrichtet. Es sah so komisch aus, wie ein einfaches kleines Negermädchen zwischen zwei gutgekleideten Bankierstöchtern saß und alle dasselbe lernten! Elfhundert Schüler hatte diese Schule, sie waren in Klassen aufgeteilt, und alle hatten erstaunlich freundlich und intelligent aussehende junge Mädchen als Lehrerinnen...

Mittwoch, 8. – Reisten um zehn Uhr morgens in Chicago ab. Wir waren sehr traurig, als wir uns von unserem lieben Vater verabschieden mußten, und als wir bei der Abfahrt seinen grauen Hut, mit dem er uns vom Bahnsteig nachwinkte, verschwinden sahen, wurde ich ganz melancholisch. Die Landschaft, durch die wir am nächsten Tag fuhren, ausgedehnte Maisfelder, dazwischen ab und zu ein bis zwei Meilen Präriewald, war nicht sehr interessant. Am Abend überquerten wir den Mississippi; das war sehr schön, obwohl man den Fluß lieber bei Tageslicht gesehen hätte...

Donnerstag, 9. (Omaha) – Zwischen Ogden und diesem Ort sahen wir überhaupt nichts Interessantes, nur Präriefeuer und Präriehunde. Die Feuer sahen wir abends, nachdem wir Omaha verlassen hatten, am besten; sie waren wunderschön; manchmal beleuchteten sie den Horizont wie eine Lichterschnur; manchmal loderten sie in grellem Schein auf, als ob eine große Stadt in Flammen stünde...
San Francisco, 24. Oktober – Nachmittags fuhr ich mit Richot[6] zum Haus auf der Klippe. Wir saßen auf dem Balkon und beobachteten die Seehunde auf den Felsen. Das war ein sehr hübscher Anblick, deshalb versuchte ich eine Skizze davon zu machen, die ich später im Zug überarbeitete. Dabei fällt mir ein, wie sehr mich das Yosemite-Tal zum Zeichnen verlockte, so daß ich ganz begeistert von dieser Kunst war. Dieselbe Lust zum Zeichnen überkam mich an den Seen, das weiß ich noch, und auch, daß ich während der ganzen Rückreise von Lancashire die verschiedenen Licht- und Schattenwirkungen studierte und Luftschlösser meiner zukünftigen Beschäftigung mit Kunst baute. Genau so war es auf der Straße vom Yosemite-Tal, da hatte ich nur noch einen Gedanken im Kopf – den Ehrgeiz, eine große Künstlerin zu werden –, und die Überzeugung, daß ich es könnte, wenn ich wirklich wollte. Mir kam es damals so vor, als könne ich am Ende wirklich Erfolg haben, wenn ich sehr viel Geduld, Zeit und Ausdauer auf Unterricht und praktische Übungen wenden würde, da ich doch schon, ganz ohne Ausbildung und Übung, auf Anhieb mit gewissem Erfolg nach der Natur zeichnen konnte. Aber jetzt hat sich das Fieber wieder gelegt, und ich sehe die Schwierigkeiten, nein, die Unmöglichkeit, meine Vorsätze in die Tat umzusetzen. Selbst wenn ich Geduld und Ausdauer aufbringen könnte, woher sollte ich die Zeit nehmen, und mich mit Kunst nur nebenher zu beschäftigen, ist mir zuwider. Vielleicht finde ich eines Tages noch eine Lösung für dieses große Problem, was ich mit meiner Zeit anfangen soll...
Am selben Abend gingen Arthur[7], Mr. Knowles und ich, begleitet von Richot und Mr. Cole, durch das chinesische Viertel zum chinesischen Theater. Kurz vor unserm Aufbruch hatte Kitty beschlossen, doch nicht mitzukommen, weil es ihr, eigentlich schon seit wir aus dem Yosemite-Tal abgefahren waren, gar nicht gut ging. So ließen wir sie zu Bett gehen und machten uns auf den Weg. Wir fanden das chinesische Theaterspiel sehr unterhaltsam; Bühnenbilder oder Ku-

lissen gab es nicht einmal andeutungsweise, und die Schauspieler hatten keinerlei Hemmungen, mit ihren Freunden im Publikum zu lachen und zu scherzen, wenn sie im Stück gerade nichts zu sagen hatten. Jeder Schauspieler wurde vor seinem Auftritt mit gewaltigen Gongschlägen und Paukenwirbeln angekündigt, und der ohrenbetäubende Krach ging weiter, solange die Schauspieler sangen. Mehr als fünf oder sechs Minuten habe ich es nicht an diesem Ort ausgehalten, der Krach war so ohrenzerreißend, und außerdem war es nicht gerade angenehm, so dicht neben John Chinaman zu sitzen. Das Theater war voller Chinesen, wir sahen nur ein einziges europäisches Gesicht, das des Kartenabreißers. Die Handlung der Stücke soll mehrere hundert Jahre umfassen und eigentlich die Geschichte der verschiedenen chinesischen Dynastien sein, sagt man...

Dienstag, 27. Oktober (San Francisco) – Den ganzen Vormittag lang haben wir nach Bildern vom Yosemite-Park gesucht. Um vier Uhr nachmittags holte Mr. Latham uns, Arthur und mich, zu seinem Landhaus ab. Ich war so schrecklich müde, daß ich nicht mehr reden konnte, und außerdem auch, ohne zu wissen, warum, während der ganzen Bahnfahrt schüchtern. Als wir ankamen, wurden wir in den Salon geführt, wo uns Mrs. Latham und Miss Washington (eine Freundin) erwarteten. Mrs. Latham war auf den ersten Blick außerordentlich hübsch, fast eine Schönheit, aber bei genauerer Betrachtung hatte sie im Einzelnen ganz uninteressante Züge. Eine ausgesprochen elegante Figur, schöne große schwarze Augen, zarte Haut, gutgeschnittene Nase und Mund, aber alle Gesichtszüge waren ohne jeden Ausdruck von Verstand oder Charakter. Aus dem, was sie mir erzählte, schloß ich, daß sie in ihrem Elternhaus sehr streng ›unter Verschluß‹ gehalten und dann der Welt überraschend als Schönheit präsentiert wurde, als sie siebzehn war. Sie war sehr jung, als sie Mr. Latham heiratete, der nicht nur eine glänzende Partie in Bezug auf Geld und gesellschaftliche Stellung war, sondern auch ein sehr netter, freundlicher Mann, aber dem Alter nach hätte er ihr Vater sein können. Ich kann mir nicht denken, daß es für eine junge Frau gut ist, wenn sie mitten in den Luxus verpflanzt wird und nur hübsch und anmutig im Salon ihres Ehemannes sitzen muß, ohne irgendeine Aufgabe im Haushalt oder sonstwo. Ihre Freundin, Miss Washington, war ganz anders. Sie war klein und rund, hatte eine hübsche Nase und sanfte, intelligente Augen. Sie war Waise (eine Großnichte des berühmten Washington), und, wie ich annehme, viel mit Mrs. Latham zusammen. Sie war eine liebe, kluge, heitere kleine Person, die sich für alles und alle interessierte. Alles in allem war eher sie als Mrs. Latham selbst Gastgeberin in Menton Park. Das Haus war herrlich, mit großem Geschmack und ohne Rücksicht auf die Kosten eingerichtet. Der Garten war ganz hübsch, für einen amerikanischen Garten sogar sehr hübsch, aber nicht mit einem englischen Garten, auch mit dem kleinsten nicht, zu vergleichen. Mr. Latham fuhr früh am nächsten Morgen wieder ab, und wir blieben bis zum Vier-Uhr-Zug nach San Francisco. Den ganzen Abend danach habe ich mit Packen zugebracht, weil Kitty nicht in der Lage dazu war.

Salt Lake, 1. November. – Wir sind hier ungefähr um 12.30 Uhr angekommen. Eine Stunde haben wir verloren, weil wir uns nicht entscheiden konnten, was wir unternehmen sollten; das ist das Schlimmste, was in einer Gruppe passieren kann, daß keiner die Führung übernehmen und irgendetwas arrangieren will. Schließlich bestellten Kate und ich das Essen, weil wir hofften, daß sich danach wenigstens unsere Stimmung heben werde. Dann beschlossen wir, alle zum Photographen zu gehen, weil Richot Herrn Blackwall gesagt hatte, er möchte Arthur um 14.30 Uhr aufsuchen. Wir kannten diesen Mr. Blackwall gar nicht, Richot wußte nur, daß er der Sohn des früheren GT-Direktors, des Amtsvorgängers von Mr. Bridges, war. Wie sich zeigte, war er ein sehr angenehmer junger Mann voller Leben und Interesse und fest entschlossen, uns gut zu unterhalten. Zuerst fuhren wir zu seinem Haus, wo ein Bild der Zeche Emma von Mr. Munger hing. Dann gingen wir zum Tabernakel und zum Tempel, der noch nicht annähernd fertig gebaut ist. Er besteht aus Granit und verspricht sehr stattlich zu werden. Das Tabernakel ist unbedingt das bemerkenswerteste Gebäude, das ich je gesehen habe. Es ist ganz aus Holz, das Dach mit Holzschindeln gedeckt. Innen ist es ganz schlicht, ohne jede Andeutung von Schmuck. An einem Ende des Gebäudes steht eine erhöhte Plattform, in deren Zentrum Brighams Stuhl aufgestellt ist. Unmittelbar zu seinen Füßen sitzen seine zwölf Apostel und die Kirchenältesten. Über ihm sitzen seine Töchter und Söhne; sie bilden den Chor. Seine Frauen sind über die Gemeinde verstreut und haben keine besonderen eigenen Plätze. Der Rest des Gebäudes ist voller Stühle, und ringsum zieht sich eine weiträumige Galerie. Die Orgel, sie soll die zweitbeste in ganz Amerika sein –, wurde vollständig in Utah gebaut. Nach der Besichtigung des Tabernakels fuhren wir zum Militärlager; Mr. Blackwall nahm uns dorthin mit, als er General und Mrs. Munro besuchte. Man sah, daß sie sich einschränken müssen: Mrs. Munro kam in einer Dienstmädchenschürze herein und entschuldigte sich dafür; es sei Putztag. Der General sah besonders freundlich aus, aber ich hatte keine Gelegenheit, mich mit ihm zu unterhalten. Das Lager ist auf einem Hügel über dem Salt Lake, so daß man von dort aus die ganze Stadt herrlich

überblicken kann. Die Stadt liegt mitten in einer weiten Ebene, auf allen Seiten (außer der Seeseite) ist sie von zwei sehr schönen Gebirgszügen umgeben, deren Gipfel das ganze Jahr über schneebedeckt sind. Zu jedem Haus gehört ein Obst- und Gemüsegarten, und das gibt der Stadt und ihren Vororten, von oben betrachtet, das Aussehen eines mit weißen Villen durchsetzten Waldes.
Dann steht das ausladende Dach des Tabernakels in deutlich abgehobenem Relief gegen die Bäume und Häuser und beherrscht das ganze Bild. Mr. Blackwall kam zum Essen und führte uns abends ins Theater. Das Stück hieß ›Der Fremde‹, dazu gab es eine Posse: ›Die blauäugige Susanne‹. Die Schauspieler waren miserabel, vor allem Mrs. Haller und der Fremde. Aber trotzdem habe ich mich fabelhaft amüsiert. Erstens unterhielt uns Mr. Blackwall, unser Begleiter, ganz hervorragend, er war so anders als der praktische Mr. Knowles und der heimwehkranke Arthur. Der arme Mr. Knowles wußte es überhaupt nicht zu schätzen, daß er so von diesem Neuankömmling in den Schatten gestellt wurde. Zweitens war es sehr interessant, die verschiedenen Mormonendamen zu sehen; manche sahen sehr freundlich aus, nette Frauen waren es, aber die meisten wirkten deprimiert, so als fühlten sie sich entwürdigt. Am nächsten Morgen machten wir einen langen Spaziergang durch die Straßen. Der Tag war schön, und alles sah hell und freundlich aus.
Salt Lake City kann man mit keiner anderen Stadt in England oder Amerika vergleichen; sie ist vollkommen verschieden von allem, was ich bisher gesehen habe. Die Straßen sind sehr breit, und an beiden Seiten fließen Bäche mit kristallklarem Wasser, das von den zehn bis zwanzig Meilen entfernten Bergen herunterkommt. Durch dieses Wasser verwandelten Brigham Young und seine wenigen Gefolgsleute die Sandwüste in fruchtbares Land; überall, wohin das Wasser dringt, gibt es auch Vegetation; wo es versiegt, wächst nichts mehr außer den alles überdauernden Salbeibüschen. Die Häuser sind meist niedrig, in der Bauweise dem französischen Stil ähnlich, aus weiß getünchtem Holz mit grünen Fensterläden und Türen. Dadurch sieht die Stadt frisch und sauber aus, besonders da (wie ich schon erwähnt habe) jedes Haus seinen Garten und seine Obstwiese hat.
Das Tabernakel ist mit Abstand das eindrucksvollste Gebäude in Salt Lake City; danach kommen die beiden Häuser Brighams, der ›Löwe‹ und der ›Bienenkorb‹, und eine sehr hübsche Villa, die er für seine letzte und liebste Ehefrau, Mrs. Amelia Young, baut. Die meisten anderen seiner Frauen leben entweder in einem seiner beiden Häuser, oder sie haben kleine Häuser rings um die großen in seinem Garten. Gesehen haben wir nur eine von seinen Frauen, Mrs. Eliza Young, Nummer 17, die sich von ihm getrennt hat und jetzt überall

in Amerika Vorträge über das Mormonentum hält. Sie wohnte im Hotel Walker; von weitem sah sie ganz hübsch aus, aber wenn man genauer hinsah, reichlich grob.
Am Nachmittag hörten wir uns Anson Pratt an, einen der Apostel und Mitbegründer der Mormonensekte. Während des Sommers findet der Gottesdienst im Tabernakel statt; weil es aus Holz ist, hat man aber Angst, es zu heizen; deshalb kann es im Winter natürlich nicht benutzt werden. Jeder Stadtbezirk hat sein eigenes Gemeindehaus; dort versammelt man sich während der Wintermonate an den Sonntagen. Wir gingen zum 13. Bezirk. Die Gemeindemitglieder dort gehörten überwiegend zur Arbeiterklasse. Sie schienen sehr aufmerksam und ernsthaft in ihrer Andacht. Hier fiel mir das deprimierte Aussehen der Frauen besonders auf, es war, als müßten sie immer daran denken, daß sie ihren Herren und Meistern unterlegen waren. Der Gottesdienst wurde mit einem Kirchenlied eröffnet. Dann stand ein ausgesprochen klug aussehender Mann (ein Bischof) auf und sprach ein Gebet, das an sich sehr gut war, aber mehr den Ton hatte: ›wir verlangen nur, was recht und billig ist‹, als daß es nach demütiger Ergebung klang. Dann wurde das Abendmahl ausgeteilt, noch ein Kirchenlied gesungen; danach stand Anson Pratt auf und fing mit seiner Predigt an; Kate hat sie am nächsten Tag aus dem Gedächtnis nachgeschrieben, so werde ich von ihrer Erinnerung profitieren und ihren Brief in mein Tagebuch übertragen...
Und jetzt, wo unsere Reisegesellschaft sich auflöst, möchte ich überlegen, wie wir, die Mitglieder, zueinander stehen: Arthur ist ein lieber, warmherziger Mensch, aber ein guter Reisegenosse ist er nicht. Manchmal konnte er sogar unerfreulich werden, so niedergeschlagen und unzufrieden mit allem war er dann, daß er nicht einmal mehr den anderen erlauben wollte, sich an dem zu freuen, was sie sahen. Auch hatte er nicht die Kraft, sich und seine Gesellschaft zu Entschlüssen zu bringen; er ist zu empfindlich und zu besorgt, nur ja niemandem Kummer oder Mühe zu machen. Er nimmt nicht das lebhafte Interesse an seinem Reiseland, das für einen Reisegefährten so notwendig ist. Aber trotz aller seiner kleinen Fehler hege ich jetzt viel mehr schwesterliche Gefühle für Arthur als bei der Abreise aus England. Ich kenne seine Schwächen, deshalb mag ich ihn. Kate und ich können sagen, daß wir ihn von seiner schlechtesten Seite gesehen haben; daß er oft so gereizt ist wie er manchmal während unserer gemeinsamen Zeit war, kann ich mir nicht denken, und Reizbarkeit und Unentschlossenheit sind seine schlimmsten Fehler. Nun zu Mr. Knowles. Ungefähr der stärkste Gegensatz zu unserem feinfühligen aristokratischen Schwager, den man sich vorstellen kann. Ein schlichter aufrichtiger Mann mit reinem Herzen, der alles von der

praktischen Seite sieht, ohne eine Spur von Gefühl oder Poesie. Wenn man krank ist, wird man von ihm ohne Umstände versorgt und davor bewahrt, sich zu überanstrengen. Als interessanten Mann kann man ihn nicht gerade bezeichnen, denn Konversation kann er nicht machen, höchstens, wenn er über seine Spezialgebiete sprechen darf, zum Beispiel über den Kohlebergbau; Kate und ich konnten ihn beide nicht für Unterhaltungen über Politik oder Literatur gewinnen. Und dann scheint er auch nicht die interessanten Eigenarten des Landes, durch das er reist, wahrzunehmen, sondern er bemerkt nur die kleinen mechanischen Dinge. Aber sein vollkommen ausgeglichenes Temperament macht alles wieder wett, er ist sehr freundlich und entgegenkommend bei allen Verabredungen und immer bereit, das Beste aus allem zu machen. Gegen Ende der Reise wurden wir ihn ziemlich leid, und ich war heilfroh, als er uns in Omaha verließ.

Hier bricht das Tagebuch, wie unsere wunderschöne Reise auch, plötzlich ab. Ich habe nur noch eine vage Erinnerung daran, daß mein Vater und sein Freund George Pullmann, von meiner Schwester alarmiert, in Chicago auf dem Bahnsteig waren und mich aus dem Zug trugen: ich war nur halb bei Bewußtsein, und während der nächsten sechs Wochen pflegte meine treue Schwester mich ganz allein, bis ich Scharlach, ein rheumatisches Fieber und dann auch noch die Masern überstanden hatte, die ganz zur Unzeit, am Tag, bevor wir nach New York hätten abreisen sollen, ausbrachen. Ich zitiere die abschließende Eintragung des Amerikatagebuches von 1873:

Dezember. – Der Tag vor unserer Abreise aus New York. Kate und Vater sind zum Essen ausgegangen, so habe ich etwas Zeit zu einem Schwatz mit mir selbst. Es kommt mir so vor, als sei es lang, lang her, seit ich zum letzten Mal durch die Diele von Standish ging; damals fieberte ich vor Erwartung und Lust, die Welt zu sehen; die Schwestern küßten uns zum tränenreichen Abschied, und Hochzeitsgäste in langer Reihe standen Spalier und sahen amüsiert und neugierig zu. Ich möchte wissen, ob ich mich verändert habe. Und wenn ja, habe ich mich dann zum Besseren oder Schlechteren verändert? Ich werde mein Maß wieder finden, wenn ich nach Hause komme, das ist der Vorteil einer großen Familie.
Eines habe ich mir vorgenommen: wenn ich nach Hause komme,

möchte ich mich besser mit Maggie anfreunden. Bis jetzt habe ich, teils aus Trägheit, teils wegen meiner Neigung zur Verschlossenheit, viel zu viel Abstand zu meinen Schwestern gehalten. Die liebe Kitty, ich habe sie jetzt so gern, sie war eine so liebevolle, treue und freundliche Schwester. Ich kann mir gar nicht vorstellen, warum sie zu Hause nicht besser zurechtkommt.[8] Obwohl wir drei Monate lang oder noch mehr in engster Nähe zueinander lebten, habe ich wirklich keinen einzigen schweren Fehler an ihr gefunden.

Nach dem Ende der Amerikareise nehme ich die Arbeit der Selbstbildung wieder auf; das Tagebuch besteht wieder hauptsächlich aus Buchexzerpten und Buchrezensionen.

Ich bin jetzt sehr mit Studieren beschäftigt. Ich übersetzte »Faust« und lese einen Roman von Tieck. »Faust« ist wunderbar klug und oft sehr schön. Abgesehen von der Einleitung, die oft erschreckend blasphemisch ist, könnte das Buch beinahe von einem guten Menschen als Satire auf die heutigen Philosophen geschrieben sein. »Faust« soll den Zenith menschlichen Wissens erreicht haben, und er wird darüber belehrt, daß dieses Wissen einen Menschen weder glücklich noch zufrieden machen kann. Zuerst beschließt er, sich das Leben zu nehmen, aber dann hindern ihn daran Gefühle, die von Kirchenglocken und Chorgesang am Ostermorgen in ihm geweckt werden, und süße Erinnerungen an die Osterzeit seiner Jugend, die voller Freuden, religiöser Sehnsüchte und Empfindungen war. Nach dem, was ich bis jetzt gelesen habe, glaube ich, dies Stück ist viel eindrucksvoller als Tasso, den ich weder bewunderte noch schätzte, wie ich zugeben muß. Die Musik habe ich fast ganz aufgegeben, ich übe eine halbe Stunde lang Etüden und Tonleitern, teils, weil Mutter es wünscht, teils, weil ich es nicht ganz und gar aufgeben will. Im Zeichnen möchte ich etwas Besonderes leisten, und ich mache es mir jetzt zur Gewohnheit, abends, bevor ich Miss Mitchell[9] aus Shakespeare vorlese, eine Vorlage aus dem Kunstschulbuch abzuzeichnen und die Zeichnung mit Zirkel und Lineal zu korrigieren...

...Ganz zufrieden bin ich nicht damit, wie ich diese Woche habe vergehen lassen (berichte ich zwei Wochen später). Ich bin sehr nachlässig mit meinen Pflichten umgegangen. Ich habe nicht so viel wie nötig gearbeitet, ich habe die Erfüllung meiner religiösen Pflichten vernachlässigt, ich bin zu spät aufgestanden, alles habe ich ganz ohne Methode angefangen. Jetzt muß ich mich wirklich anstrengen, geregelter leben, früh zu Bett gehen, früh aufstehen, üben und beim Zeichnen nicht faul sein, sonst komme ich nie weiter. Ich glaube, es

schadet gar nichts, ab und zu etwas aus dem Leben des Paulus zu lesen statt Deutsch zu lernen, sagen wir, in der Woche zweimal. Gestern abend kam Vater zurück; er hat eine anstrengende Woche hinter sich mit der Sitzung der Fernbahngesellschaft und der Auflösung des Parlamentes. Die Eisenbahngesellschaft ist zu bedauern; sie mußte schon wieder einen Rückschlag hinnehmen; ob sie sich je von diesem chronisch labilen Zustand erholt? Vater ist ganz zermürbt; ohne diese GT hätte er vielleicht ins Parlament kommen und etwas Gutes für sein Land tun können. In Bezug auf Politik tappe ich ganz im Dunkeln. Ich glaube, das ist ein Gebiet, auf dem man das ›Richtige‹ oder ›Falsche‹ nicht sehen kann. Ich kann mir nicht helfen, aber eine gewisse Neigung für die Radikalen habe ich; sie sind so voller Begeisterung; trotzdem glaube ich, ihre Zeit ist noch nicht gekommen. Sie gehen von einem Zustand der Gesellschaft aus, der viel vollkommener ist als der jetzige. Aber es ist lächerlich, daß ich meine Zeit mit Kritzeleien über Politik vertue, wo ich so wenig Ahnung von solchen Problemen habe...
Manchmal ist mir, als müsse ich unbedingt schreiben, jemandem meine kümmerlichen verschrobenen Gedanken sagen, jemandem mein Herz ausschütten, auch wenn ich selbst dieser Jemand bin. Ich bin fasziniert von Joaquin Millers* Buch; er liebt den ungebändigten, halb wilden Zustand; er haßt die zivilisierte Welt, weil sie ihm fremd ist. Es ist ganz seltsam, jetzt, nachdem ich immer nur über den Einfluß der Zivilisation auf diese oder jene Nation und über den Fortschritt gelesen habe, auf einmal zu erfahren, wie ein Mann mutig aufsteht und erklärt, Zivilisation sei oft Degradierung, der Wilde sei oft besser, weiser, »Gott näher« als der Zivilisierte; und das sagt ein Amerikaner. Meine Güte! Die Reise nach Amerika hat mir anscheinend eine ganz neue Welt aufgetan, eine, in die ich nur einen Blick geworfen habe, scheint mir, aber der war gerade so lang, daß ich mir wünsche, ich könnte mehr sehen. (Tagebuch, 13. Januar 1874)

Die Amerikareise mit dem Blick auf menschliche Natur im Schmelztiegel hatte ›jene intellektuellen Schwierigkeiten mit dem Glauben‹ noch verstärkt, die mich schon im Herbst 1872 beunruhigt hatten.

Ich versuche wirklich, um einen starken Glauben für mich zu ringen (schreibe ich ein paar Tage, bevor wir aus Standish nach London abreisen). Ich meine, es ist nicht gut, wenn man es anderen überläßt, einem den Glauben passend zuzuschneiden; prüfen und studieren

* Joaquin Miller, 1841?–1913, amerikanischer Lyriker, der in England als »the Byron of Oregon« gepriesen und viel gelesen wurde. [A. d. Ü.]

muß man selbst, und zwar sowohl die Bibel und das Leben derer, die der Bibel folgen, wie der anderen, die das nicht tun. Zweifel ist keine Sünde, aber wenn man Zweifel hat, dann ist es eine Sünde, nicht mit aller Kraft nachzudenken, warum man zweifelt und ob man Gründe für den Zweifel hat. Weil niemand zweifelte und weil alle zu bequem zum Prüfen und Beweisen waren, darum ist das Christentum im Mittelalter so verkommen. Ich muß mir selbst einen Glauben machen, und ich muß arbeiten, arbeiten, bis ich es geschafft habe. (Tagebuch, 4. April 1874)

Aber meine einsamen Studien erfuhren eine Unterbrechung durch die Londoner Saison – eine Pause, die beschrieben wird, als wir uns wieder in Gloucestershire eingerichtet hatten.

Es ist lange her, seit ich zuletzt Tagebuch geschrieben habe. Die letzte Eintragung stammt vom 4. April. Sofort danach fing der Trubel der Saison in London an, der mich mitriß, obwohl ich doch ein Mädchen bin, das ins Schulzimmer gehört. Ich fand den Trubel herrlich. Noch selten hatte ich so viel Vergnügen in so kurzer Zeit. Und trotzdem gab es Augenblicke, wo man kaum glücklich war. Man wartete von einem Tag zum andern auf irgend ein aufregendes Ereignis, und in den Pausen zwischen den Ereignissen wußte man nichts mit sich anzufangen. Die Theateraufführungen waren der Gipfel an Vergnügen und Aufregung. Schon die Proben haben großen Spaß gemacht, obwohl ich dabei nur Zuschauer war. Und dann die schreckliche Aufregung in der Woche vor der Aufführung, die Vorstellung, daß ich zweimal vor zweihundert Zuschauern Kate Hardcastle spielen sollte! Aber dazu kam es dann doch nicht: Maggie wurde rechtzeitig wieder gesund und hat die Lorbeeren eingeheimst. Der Ball, wie habe ich den genossen! Es war mein erster Ball als erwachsene junge Dame, und ich war sehr zufrieden mit mir, denn ich hatte für jeden Tanz zwei oder drei Herren. Ach Eitelkeit, Eitelkeit! Zu meinem Unglück meine größte Leidenschaft. Jetzt habe ich aber für diesmal genug über mich selbst gesprochen; und wie hat sich die Londoner Saison auf den Rest der Familie Potter ausgewirkt? Blanche war zu Beginn der Saison die Sensation, ganz wie Georgie letztes Jahr. (Tagebuch, 3. August 1874)

Es folgt eine liebevolle, aber etwas sarkastische Darstellung der Liebesaffären meiner unverheirateten Schwestern, die in eine kritische Beurteilung von Charakter und Leistung ihrer verschiedenen Verehrer einmündet. »Der Herr dagegen wurde immer ernster und strenger und sah am Ende der Saison trübselig und gelblich aus«, lautet mein Kommentar zu einem von ihnen. Das betriebsame Leben in London hatte Körper und Geist geschwächt; und im Herbst 1874 bin ich mit meiner Mutter, einer älteren und der jüngsten Schwester allein in Standish (mein Vater ist wieder mit zwei Töchtern auf Reisen in Kanada), meine Gesundheit ist angegriffen und mein Gemütszustand unglücklich bis verzweifelt.

Hier sind wir allein, Mutter, Blanche und ich. Arme Mutter, an uns hat sie zwei reichlich brüchige Krücken. Blanche ist lieb, aber unpraktisch, und sie wird schnell langweilig; und mich findet Mutter, das sagt sie, zu jung, zu ungebildet, und, was das Schlimmste ist, zu frivol für ihren Geschmack. Aber trotzdem muß ich Mut fassen, muß versuchen mich zu ändern, und vor allem muß ich mich vor der Selbstgefälligkeit hüten, die ich für einen meiner übelsten Fehler halte. Wenn ich ihr erliege, wird das für alle Zeit verhindern, daß ich mich bessere. Kurieren kann ich mich nur auf eine Weise: dadurch, daß ich mich mit Herz und Seele in die Religion versenke. Es ist ein Jammer, daß ich überhaupt vom Pfad der orthodoxen Religion abwich; ein Unglück, daß man mich nicht in dem Glauben erzogen hat, Zweifel sei ein Verbrechen. Weil ich aber den Glauben meiner Kirche nicht ohne innere Vorbehalte annehmen kann, will ich versuchen, einen starken eigenen Glauben zu finden und nach ihm zu handeln. Das ist das Wichtigste! Gott helfe mir dabei! (Tagebuch, September 1874)

Im Dezember bin ich am Tiefpunkt meines egozentrischen Unglücks.

Ich glaube, der große Nutzen des Tagebuchschreibens besteht darin, daß es oft zur Selbstprüfung führt, und daß es ein Ventil für Gefühle ist, vor allem für solche, die man anderen Menschen nicht mitteilen kann. Weil es mir schlecht ging in diesem Herbst, habe ich nur über mich selbst nachgedacht, und ich weiß, daß das die ungesündeste Gemütsverfassung ist. Ich leide an einer Schwäche, die meine geistige Gesundheit entschieden belastet, die mich auch immer unzufrieden und niedergeschlagen macht – einfach, weil sie mich daran hindert, genug zu arbeiten. So niedergeschlagen wie diesen Herbst war ich noch nie. Zum erstenmal in meinem Leben habe ich gemerkt, wie viel Unglück es im Leben gibt. Aber man hat nicht die Wahl, ob man existieren will oder nicht, und man soll nur darüber nachdenken, wie man ein möglichst gutes, nützliches und glückliches Leben führen kann. Ich bin zu dem Schluß gekommen, daß das einzig wirkliche Glück darin besteht, daß man sich bemüht, andere Menschen glücklich zu machen. Ich fühle mich sehr entmutigt, weil ich so viel kostbare Zeit verliere, die ich zum Studieren dringend brauchte, aber ich glaube, wenn ich dieses Kränkeln richtig nehme und tapfer und heiter ertrage, dann werde ich damit meinen Charakter deutlicher verbessern, als ich in derselben Zeit meinen Verstand hätte stärken können. Und auf der Waage des Lebens hat Charakter mehr Gewicht als Verstand. (Tagebuch, Dezember 1874)

Mein Gesundheitszustand verschlechtert sich bedrohlich, und vor der nächsten Londoner Saison werde ich in Bornemouth, einem vornehmen Mädcheninternat, als »Hausgast« untergebracht; dort steht es mir frei, meine Zeit mit einsamem Studieren und religiöser Meditation zuzubringen. Hier suche ich geistige Geborgenheit im traditionellen Christentum und entscheide mich zur Konfirmation und regelmäßigen Teilnahme am Abendmahl. Die Mitglieder der Schule besuchten die Hochkirche, aber ich zog die reformierte Kirche vor, und der bemerkenswert eloquente Pfarrer, Mr. Eliot (später wurde er Kanonikus von Windsor), war mein geistlicher Lehrer und bereitete mich auf die Konfirmation vor. Die jetzt folgenden Eintragungen beschreiben meine religiösen Erfahrungen während der nächsten neun Monate. Ich entnehme ihnen, daß die Lehre vom Sühneopfer für mich ein Problem blieb, nicht weil sie mir irrational vorkam, sondern weil ich sie unmoralisch fand.

Ostersamstag. – Der Tag, nach dem ich zum erstenmal das Heilige Abendmahl empfangen werde. Der letzte oder die beiden letzten Monate waren ein sehr ernster Abschnitt in meinem Leben, und Gott gebe, daß ich nie aufhören werde, mich an mein Gelöbnis vor Gott und den Menschen zu halten, daß ich eine gute Christin werden, also Jesus Christus nachfolgen und ihn zum einzigen Ziel meines Lebens machen will. Und nun werde ich das Sakrament empfangen, das Er selbst als unvergängliches Zeichen der Erinnerung an Seine Zeit auf Erden eingesetzt hat. Gott gebe, daß es mich wirklich festigt. Viele Dinge bleiben mir noch ein Rätsel, wie die Lehre vom Sühneopfer. Mir widerstrebt die Idee, daß Gott verlangt haben soll, ein Unschuldiger müsse für die Sünden der Menschen sterben, und daß durch den freiwilligen Tod dieses einen Menschen die Schlechten und Verdammten, die sonst nicht gerettet worden wären, erlöst sind. Ich glaube fest daran, daß Jesus Christus die Welt gerettet hat und retten wird, aber nicht so sehr durch Seinen Tod wie durch Sein Wort, das zu verkünden Er zur Erde kam. Alle seine Predigten scheinen mir darauf hinzuweisen, daß Er niemals sagen wollte, wir sollten durch Seinen Tod erlöst werden, sondern immer, daß der Glaube an Ihn und das Wort, das Er verkündigt, uns erlöst. »Das aber ist das wahre Leben, daß sie dich, der du allein wahrer Gott bist, und den du gesandt hast, Jesum Christum, erkennen.« »Wer an mich glaubt, der hat das ewige Leben.« »Der Geist ist's, der da lebendig macht; das Fleisch ist nichts nütze; die Worte, die ich zu euch rede, die sind Geist und sind Leben.« Und dies letzte wurde nach einer langen Predigt über Sein Fleisch als Brot des Lebens gesagt. Und dann ist es ganz deutlich, daß alle Seine Jünger an das Sühneopfer als Erlösungslehre glaubten, und Christus selbst scheint es einmal als große Wahrheit durch die Einrichtung des Abendmahles festgesetzt zu haben. (Tagebuch, 27. März 1875)

Mein härtester Gegner aber war meine eigene moralische Schwäche.

Es macht ganz mutlos, wenn man merkt, wie man erst hochmoralische Entschlüsse faßt, liest und lernt und meint, endlich der weltlichen Eitelkeit und den Quälereien des Geistes entronnen zu sein, und dann unmittelbar danach wieder in die Gesellschaft kommt und nur verworrenen Unsinn redet. Verworren – oder besser verwirrend im buchstäblichen Sinn des Wortes. Es ist so schrecklich zu denken, daß man Sonntags das Heilige Abendmahl genommen, also das Gelöbnis erneuert hat, das man am Tage der Konfirmation ablegte, und trotzdem sich frivoler Reden schuldig gemacht hat. – Jetzt ist der Sonntag der unheiligste Tag der ganzen Woche für mich. Mit der Auffassung von Religion, die die Sullivans haben, kann ich nicht einverstanden sein.[10] Ach, wenn ich doch mehr Nächstenliebe, ehrliche Nächstenliebe aufbringen könnte, so daß ich lerne, zu sehen und zu achten, was ich nicht verstehe, statt es zu verachten und zu verspotten. Mir kann nur Gott allein noch helfen. Ich bin so schwach, so eitel, so nahe an Selbstgefälligkeit... (Tagebuch, Juli 1875)

Ich muß bekennen, daß mir der Abschied von Standish (nach den Sommerferien) schwerer fällt, als ich erwartet hätte. Die beiden letzten Wochen habe ich sehr genossen, war auch zum Glück ganz gesund. Aber ich hoffe, daß ich in Bornemouth viel kräftiger werde, und ich darf mich weder durch Vergnügen noch interessante Studien dazu verleiten lassen, die Pflege meiner Gesundheit zu vernachlässigen, besonders muß ich auf meine Diät achten. Die Fächer, die ich neu gewählt habe, jüdische Geschichte und englische Gesetzgebung, sind beide sehr interessant. Das zweite Fach habe ich mir ausgesucht, weil es so ganz verschieden vom ersten ist und ganz andere Fähigkeiten einübt. Ich muß versuchen, mein Denken nicht mehr um mich selbst kreisen zu lassen, weil das ja die Gefahr ist, wenn man ein einsames Leben führt; und mein Leben hier in Stirling House ist, jedenfalls was das Denken betrifft, vollkommen einsam. Ich habe mir vorgenommen, jeden Sonntag einen kurzen Bericht über die Arbeit der vergangenen Woche zu schreiben; ob ich guten Gewissens sagen kann, daß ich keine Gesundheitsvorschriften verletzt habe, soll auch darin stehen. Vor allem muß ich mir Mühe geben, mich den Internatsschülerinnen von Bornemouth nicht deshalb überlegen zu fühlen, weil ich durch meine Umgebung stärker gefördert und deutlicher zum Nachdenken über Themen ermutigt wurde, die für andere Mädchen eine Sache von Treu und Glauben sind. Beide Systeme haben ihre Vor- und Nachteile. Am meisten übel nehme ich mir, daß ich mich am Klatsch beteilige. Und das nicht zu tun, ist besonders schwer, weil ich mich dann notwendig von der Gesellschaft der Mädchen absondern muß. (Tagebuch, 19. September 1875)

Heute morgen war ich enttäuscht, als ich zum Abendmahl ging. Irgendwie habe ich das Gefühl, daß ich es weder verstehe noch wirklich zu schätzen weiß, obwohl ich glaube, daß es mir hilft. Im englischen Abendmahlsgottesdienst macht mich wahrscheinlich die ständige Anspielung auf das Sühneopfer so unglücklich. An dieses Dogma kann ich im Augenblick nicht glauben, es stößt mich ab. Wahrscheinlich mißverstehe ich es vollkommen. Aber ich glaube, man sollte das Sakrament des Abendmahls erstens als Bekenntnis unserer Zugehörigkeit zur Kirche Christi verstehen, und zwar vor Gott, uns selbst und allen Menschen, zweitens als Zeichen dafür, daß wir bereuen und uns bessern möchten, und drittens sollte der Empfang dieses Sakramentes eine Stufe auf dem Weg zur Heiligkeit sein. Ich wünschte, ich könnte ehrlicher sein, es ist ein schrecklicher Fehler, und trotzdem ertappe ich mich dauernd bei handfesten Lügen. Gott gebe, daß ich ernsthaft versuche, mich von dieser großen Sünde selbst zu heilen. Ich weiß nicht, ob es richtig ist, wenn ich alle meine Zeit für Religion zum Studium des Alten Testamentes nehme. Aber es kommt mir so vor, als ob ich die ganze Herrlichkeit und Größe der Religion Gottes, so wie sie durch Christi Worte offenbart wird, erst recht erkennen kann, wenn ich sehe, wie das Licht der Erkenntnis manchmal in den Köpfen der Propheten aufdämmert. (Tagebuch, 3. Oktober 1875)

Heute wieder gelogen. Aber ich werde mir angewöhnen, diese Lügen zu notieren, indem ich für jede ein Kreuz zu dem betreffenden Tag des Monats setze. Mir ist ganz klar, daß es eine katastrophale Angewohnheit ist. (Tagebuch, 4. Oktober 1875)

Wieder eine Woche um. Ich habe nur mäßig viel gelesen. Vermutlich kann ich gar nicht damit rechnen, durch stilles Lesen viel Arbeit zu schaffen. Aber ich möchte meine Kraft dazu einsetzen, die Wahrheit zu sagen und mich vor dem Gefühl der Selbstzufriedenheit und Eitelkeit zu hüten und nicht mehr wegen der Wirkung auf andere, sondern nur noch aus Überzeugung zu sprechen. Ach, hoffentlich bin ich nächstes Mal beim Abendmahl wahrhaftiger und weniger eitel. (Tagebuch, 10. Oktober 1875)

Habe letzte Woche regelmäßig gelesen; aber in dieser Woche werde ich nicht viel tun können, fürchte ich, weil ich jetzt schon mit ausgesprochen üblen Kopfschmerzen im Bett liege. (Tagebuch, 18. Oktober 1875)

Eine wunderbare Predigt von Mr. Eliot. Es war, als öffnete sie mir die Augen für die Wahrheit, daß ich mich sehr leicht bei den kleinen Besserungen ausruhe, die ich schon erreicht habe. Ich muß härter arbeiten, muß mir Mühe geben, wahrhaftiger in Worten und Werken zu werden, muß weniger eitel und weniger auf Bewunderung aus sein; meine Gedanken dürfen nicht mehr selbstgefällig bei den kleinen Vorzügen des Körpers oder des Geistes verharren, die ich vielleicht habe. Mit meiner Arbeit komme ich wohl nur sehr langsam voran, und manchmal ist es entmutigend, so wenig zu schaffen. (Tagebuch, 31. Oktober 1875)

Nur aus Stolz und Eitelkeit erzähle ich so viele Geschichten. Oft wünsche ich mir, daß Leute mich oder meine Familie für etwas Besonderes halten, und deshalb übertreibe ich so schrecklich. Ich sehe ganz deutlich, daß man sich bis in die kleinsten Worte und Werke um Wahrhaftigkeit bemühen muß, wenn man damit ernst machen will. (Tagebuch, 9. Dezember 1875)

Morgen werde ich zu Mr. Eliot gehen, und ehrlich gesagt, habe ich Angst davor. Warum, weiß ich nicht. Vermutlich weil mir nicht klar ist, was ich ihm sagen will. Das ist ein deutlicher Mangel an Mut, da es doch für einen Religionsschüler eine besondere Vergünstigung sein muß, jemanden um Rat und Erklärungen bitten zu können, der sein Leben lang Religion studiert und praktiziert hat. (Tagebuch, 16. Dezember 1875)

Das schreckliche Interview ist vorbei; ich war sehr nervös und nicht in der Lage, alles zu sagen, was ich mir vorgenommen hatte. Ein Mädchen ist eindeutig im Nachteil, wenn es einem Geistlichen gegenüber sitzt und Religionslehren mit ihm diskutieren will. Mr. Eliot sagt, daß wir die Lehre vom Sühneopfer, so wie wir sie in der Heiligen Schrift finden, glauben sollen, denn nur durch sie können wir Wissen über Gott und seinen Bund mit den Menschen gewinnen. Ich antwortete, ich könne nicht einsehen, daß die Lehre vom Sühneopfer in den Evangelien deutlich ausgesprochen sei, und in Christi eigenen Worten komme sie überhaupt kaum vor. Dann fragte er mich, ob ich nicht meine, daß die Apostelbriefe denselben Anspruch auf Unfehlbarkeit hätten wie die Evangelien. Ich sagte nein, weil ich diese für wortgetreue Wiedergaben von Christi Aussprüchen halte, jene aber die Schriften guter Menschen sind, von denen viele zu Christi Füßen sitzend gelernt haben, aber kaum die Autorität ihres Lehrers für ihre eigenen Worte beanspruchen können. (Wenn ich die Paulusbriefe lese, muß ich darauf achten, wieviel Autorität er wirklich für sich in Anspruch nimmt.) Zum Schluß lieh mir Mr. Eliot Dr. Crawfords Buch über die Lehre vom Sühneopfer. Ich hoffe, daß ich das bißchen Ernsthaftigkeit, das ich hier erworben habe, nicht wieder verliere, wenn ich nach Hause komme, sondern weiter fleißig Religionslehre studiere. Ich möchte nicht »feierlich« in die Gesellschaft eingeführt werden, und ich hoffe nur, daß ich meinen Punkt entschieden und überzeugend vertreten kann. Die Familie möchte eigentlich nicht noch ein Debüt feiern; bei uns gibt es sowieso schon fast zu viele Debütantinnen. Mein Lebensziel soll das Verstehen der Glaubenslehre und das Handeln nach ihren Geboten sein. Bevor ich mit Sinn in die Gesellschaft eintreten kann, muß ich zwei große Fehler überwinden: den Hang, mich bewundern zu lassen, und die Neigung zur Unwahrheit; und ich muß noch ein wenig gefestigter im Glauben sein. (Tagebuch, 18. Dezember)

Die Entschlossenheit, auf die feierliche Einführung in die »Gesellschaft« zu verzichten, hat sich anscheinend nach einer Reihe von Wochenendeinladungen und Bällen in Gloucestershire wieder verflüchtigt, denn im dafür vorgesehenen Alter von achtzehn Jahren gesellte ich mich zu meinen Schwestern und beschäftigte mich wie die jungen Mädchen unserer Schicht mit Reiten, Tanzen, Flirten und schönen Kleidern – eine Lebensweise ohne festen Beruf und eigene Verantwortung, nur mit dem einen Fernziel, raffinierte und teure Gelegenheiten zum Sammeln von Heiratsanträgen zu finden. In dieser Phase des fröhlichen Lebens schließe ich mich zum erstenmal eng an eine meiner Schwestern an. Meine Schwester Margaret, mir im Alter am nächsten, vier Jahre älter als ich, war in mancher Hinsicht die Potter-Tochter mit der ausgeprägtesten intellektuellen Begabung. In der eigenen Familie war sie warmherzig und liebevoll, für den Rest der Welt zynisch und burschikos; Bücher verschlang sie unersättlich, sie las alle frivolen Romane der englischen, deutschen und französischen Literatur und alle klassischen und modernen philosophischen Werke, wenn sie nur freiheitlich und bilderstürmerisch waren, und kommentierte das Gelesene mit viel Witz; sie bewährte sich als der beste Kamerad im Zufallspiel des Heiratsmarktes, als anregendste Begleitung bei langen Ritten und Spaziergängen, beim regelmäßigen Lesen und Diskutieren während der ereignislosen Zeiten in Gloucestershire oder Westmoreland, wenn die Pausen zwischen den Phasen des Lebens in der Londoner Gesellschaft, Landhausbesuchen und Auslandsreisen überbrückt werden mußten.

Dieser Herbst war in manchen Teilen wunderschön für mich (schreibe ich im Herbst 1878); wir drei Schwestern waren viel zusammen; und besonders Maggie und ich können uns über unsere Ziele und Ideen vollkommen verständigen. Wir haben eine zauberhafte kleine Reise zu den höheren Hügeln in unserer Umgebung gemacht und die ersten beiden Bände der »Modern Painters« zusammen gelesen; und diese Erfahrung hat uns große Lust darauf gemacht, zusammen auf Mal- und Lesereisen zu gehen, falls wir einsame alte Jungfern werden sollten.
Maggie ist heute morgen abgereist.[11] Sie fehlt mir schrecklich. Wir waren wunderbar vertraut und eins miteinander, und wenn ich mit ihr zusammen bin, brauche ich sonst keine Gesellschaft. Die gemeinsame Zeit hier war für uns beide sehr glücklich – wir haben zusammen gelesen, geredet, Spaziergänge gemacht und geschlafen; und jetzt, wo sie fort ist, herrscht öde Leere. Ich hoffe, daß das liebe Mädchen viel Freude hat und viel glücklicher und zufriedener mit ihrem Leben zurückkommt; das wird ihr wohl gelingen. Ich muß mich weiter voranquälen – irgendeinem Ziel entgegen, das ich vielleicht nie erreichen werde. Ach, ich! Nur Mut, mon amie, Mut. (Tagebuch, Oktober 1879)

Die Londoner Saison 1876 kam und ging, und mit ihr ging mein schwacher Halt am orthodoxen Christentum vollends dahin. Die unruhigen, flüchtigen Aktivitäten des Gesellschaftslebens und die unvermeidlichen Reaktionen des Widerwillens gegen die eigene Person und also auch die Herabsetzung der Motive anderer Menschen bereiteten nicht gerade den Boden für religiöse Erfahrungen; und selbst wenn mein Intellekt nicht plötzlich revoltiert hätte, wäre ich trotzdem kaum praktizierende Christin geblieben. Aber gerade in diesen Monaten zog mich intellektuelle Neugierde in den Strudel der Ideen, die zu jener Zeit die Gemüter derer bewegten, die in den äußeren, weniger konventionellen, dafür aber, das muß man dazu sagen, gebildeteren Kreisen der Londoner Gesellschaft verkehrten; es waren Bewegungen, die zwar in vieler Hinsicht nebeneinander herliefen, manchmal sogar in Gegensatz zueinander standen, aber eines gemeinsam hatten: alle untergruben sie den Glauben an das traditionelle Christentum. Am unmittelbarsten bedrohlich wirkte dabei die Erschließung der Religionen des Fernen Ostens, denn sie versprachen eine alternative Form religiösen Erlebens: alte Kulturen, wie geschaffen dazu, in den seltsamen neuen Varianten des Mystizismus reflektiert zu werden, die jetzt, im zwanzigsten Jahrhundert, in Zentraleuropa, in Amerika und, in abgeschwächter Form, auch in Großbritannien und Skandinavien im Schwange sind. Weiter und tiefer reichte der Einfluß der ›Wissenschaftsreligion‹, wie sie damals genannt wurde: sie wurde mit den großen wissenschaftlichen Entdeckungen der mittleren viktorianischen Zeit in Zusammenhang gebracht und war außerdem enger mit dem täglichen Leben verbunden; Wissenschaftsreligion schließt das Vertrauen darauf ein, daß mit den Methoden der Naturwissenschaften, und nur mit ihnen, alle die Probleme gelöst werden können, die aus den Beziehungen der Menschen zueinander und zum Universum entstehen.

Ich habe in den letzten sechs Monaten meinen Glauben in einem Ausmaß gewechselt, wie ich es vor einem Jahr nicht für möglich gehalten hätte. Jetzt sehe ich, daß ich während des Jahres in Bornemouth ganz umsonst versucht habe, meinen Sinn für die Wahrheit zu ersticken, indem ich mich an den alten Glauben klammerte. Und werde ich mich jetzt, da ich die Ketten des schönen alten Glaubens abgeschüttelt habe, zu Höherem erheben, oder werde ich, wie ein gerade befreiter Sklave, hilflos um mich blicken, unfähig zu der Entscheidung, welchen Weg ich einschlagen soll, vielleicht schlechter gestellt als vorher, weil ich aus dem Dienst eines guten Herren entlassen bin? Betrachte ich Leid und Tod mit weniger Gelassenheit als früher? (Tagebuch, 10. August 1876)

Für den Kreis, in dem ich aufwuchs, war es charakteristisch, daß sich alles, was man las, auch wenn die philosophischen Verallgemeinerungen noch so metaphysisch und die Literatur noch so klassisch war, doch für mein Verständnis unentwirrbar mit den Ereignissen von gestern und den Problemen von morgen verknüpfte. So wurde zum Beispiel ein ehemaliger Regierungsbeamter in Indien, ein Pionier der Sanskritforschung, mein Mentor beim oberflächlichen Studium der fernöstlichen Denkweise. Brian Hodgson, unser Nachbar in Gloucestershire, jagte wie die andern mit der Meute und nahm auch sonst seinen Platz in der Grafschaft als einer von vielen Gutsbesitzern ein, aber kaum einer wußte, daß er ein Gelehrter von internationalem Ansehen war.[12] Ein liebenswürdiger alter Herr, damals schon fast achtzig Jahre alt, widersprach er der herrschenden Meinung von der Überlegenheit des Christentums und der angelsächsischen Rasse nicht in offener Heterodoxie; er war viel zu bescheiden, um sich ausdrücklich als Rebell zu gebärden. Aber die junge Fragestellerin ermutigte er dazu, die Überlegenheit der westlichen über die östliche Kultur anzuzweifeln, und dabei erlaubte er sich einen Hauch von intellektueller Malice. Er konnte nämlich auf eine vornehme, aber in der Beamtenhierarchie erfolglose Karriere in der indischen Kolonialregierung zurückblicken. Während der kritischen Jahre 1823–43 war er Regierungsvertreter in Nepal und hatte sich in seiner Freizeit die Kenntnis von

Sprache, Literatur und Religionen der Leute angeeignet, für die er arbeiten sollte; auf eigene Kosten hatte er eine wundervolle Sammlung alter buddhistischer Handschriften zusammengetragen, von der Gelehrte aus Deutschland und Frankreich und am Ende sogar aus England angezogen wurden. In der Zwischenzeit hatte er den Halt auf seiner Sprosse der Leiter bürokratischer Beförderung verloren, hauptsächlich deswegen, weil er die Erziehungspolitik der East India Company, die vom Generalgouverneur und vom Board of Control unterstützt wurde, in Bausch und Bogen verurteilte: man hatte beschlossen, in den von der Regierung subventionierten Instituten Englisch als einzige Unterrichtssprache für alle Völker Indiens einzuführen. Damals bestimmte der größte Rhetoriker unserer Zeit das intellektuelle Klima von Kalkutta. Für Macaulays unwissenschaftlichen und wenig präzisen Verstand waren nur zwei Möglichkeiten denkbar: entweder wählte man das Englische mit seinem Shakespeare und seiner Bibel, seiner utilitaristischen Ethik und kommerzialisierten Verwaltung – oder die alten Sanskrit-Texte, ergänzt durch persische Lyrik und arabische Philosophie mit ihrer grotesken Mythologie und übermäßig verfeinerten, in Macaulays Augen darum gleich lächerlichen Metaphysik. Macauley formuliert diese Alternativen in seinem berühmten Memorandum:

»Die Frage für uns ist jetzt einfach: sollen wir, obwohl es in unserer Macht steht, diese Sprache (Englisch) zu unterrichten, dennoch Sprachen lehren, in denen es nach allgemeiner Überzeugung kein einziges Buch gibt, das mit unseren zu vergleichen wäre; sollen wir, obwohl wir europäische Wissenschaft lehren können, dennoch Systeme zur Kenntnis bringen, die nach allgemeiner Überzeugung immer, wenn sie sich von den europäischen unterscheiden, schlechter abschneiden als die unsrigen; wir können solide Philosophie und wirkliche Geschichte fördern; sollen wir trotzdem weiter auf Staatskosten medizinische Lehren verbreiten, die schon Kinder in einem englischen Mädcheninternat zum Lachen bringen würden; Geschichte unterrichten, in der es von fünfzig Fuß großen, dreitausend Jahre lang regierenden Königen nur so wimmelt; Geographie, die aus Syrup- und Butterseen besteht?«[13]

»Aber warum nicht die Landessprachen unterrichten?«, fragte der weise und gelehrte Administrator in Kathmandu beharrlich: damit unterstellte er, daß Macaulay mit seinen kontrastreichen Formulierungen sich eines Denkfehlers schuldig gemacht hatte: des Fehlers der vergessenen Alternative. Dabei fällt mir ein, daß mir ausgerechnet Brian Hodgson durch seine Erzählungen über Indien die merkwürdige Anfälligkeit für diesen Denkfehler erklärt hat, die die herrschende Schicht eines Landes immer dann zeigt, wenn sie zu einer dem Land fremden Rasse und Kultur gehört; der Fehler zeigt sich in abstrakter Logik und im menschlichen Verständnis in gleicher Weise: es ist die Gewohnheit, nicht darüber nachzudenken, auf wie vielen verschiedenen Wegen man ein erwünschtes Ziel erreichen kann. Man dachte also nicht darüber nach, wie ein Höchstmaß an Harmonie mit der tief verwurzelten Tradition, den Bräuchen und Idealen der Völker erhalten bleiben konnte, über die sie eine Fremdherrschaft führten. Unglücklicherweise war Hodgson, dieser Spezialist für alte Überlieferungen und Bräuche der Einheimischen, kein Rhetoriker: er kannte sich nicht einmal in der Sprache richtig aus, die sein eigener ›Dialekt‹ hätte sein sollen: die klare bürokratische Blaubuchsprache, in der englische Beamte miteinander umgehen, ohne je in Gedanken und Ausdruck vom Alltäglichen und Konventionellen abzuweichen. Statt dessen schrieb er sich in einer Serie langatmiger Briefe an eine Lokalzeitung alles von der Seele; diese Briefe ließ er noch einmal als schmales Oktavheft drucken. Jetzt verstehe ich, daß dieses seltsame Buch mit dem Titel *Pre-eminence of the Vernaculars, or the Anglicists answered, being four letters on the Education of the People of India* (Vorrang der Landessprachen oder Antwort auf die Anglizisten in vier Briefen über die Erziehung der Völker Indiens) eine Fundgrube administrativer Wahrheit und philosophischer Einsichten ist. Aber damals war es wegen seiner umständlichen pedantischen Ausdrucksweise und der an den Haaren herbeigezogenen Anspielungen auf indische und englische Klassiker unverdaulich für meinen nicht geübten Verstand[14], und nachdem ich es ratlos und neugierig überflogen hatte, wendete ich mich voller Eifer den anderen Büchern zu, die er mir lieh, seine eigenen komplizierten, aber informativen Aufsätze über Sprachen, Religionen und Literatur von Nepal und Tibet; die Arbeiten seiner Kommentatoren, St. Hilaire und Burnouf, und, interessanter für die unfertige Schülerin, Beals Übersetzungen der *Chinese Scriptures*, dazu Monier Williams zahlreiche Bände zu Ideen und Literatur Indiens.

Das unmittelbare Ergebnis dieser Lektüre, zu der mich die Unterhaltungen mit Brian Hodgson angeregt hatten, war der Verlust meines Glaubens an die christliche Kirche und die Bibel; sie galten mir nicht mehr als die einzige oder auch nur die unübertroffene Verwirklichung religiöser Bedürfnisse im Menschen. Das Christentum war für mich jetzt nicht mehr die einzige Alternative zum wissenschaftlichen Materialismus. Der Hinduismus mit seinen poetischen Metaphern und seiner subtilen Denkweise, die Mentalität, die ihre Wurzeln in der alten, niemals unterbrochenen Kultur von Abermillionen Menschen hat, stellte für mich den barbarischen Jehowah der Juden und die üblen Taten der Könige ganz in den Schatten und reichte weiter als die feurige Beredsamkeit aller Propheten aus den Stämmen Juda und Israel, deren Weissagungen sich meist nur auf gegenwärtige Ereignisse bezogen. Ob zu Recht oder Unrecht – ich verteidige hier keine These, ich beschreibe nur die Geistesverfassung eines viktorianischen jungen Mädchens unter zwanzig Jahren –, mir schien damals ein Buddha und seine Philosophie einem Christus und den Lehren des Neuen Testamentes in logischer und ethischer Hinsicht überlegen. Die majestätische Unpersönlichkeit des Sakyamuni, seine Ferne von den Freuden und Leiden der Sterblichen, gerade das Fehlen alles dessen, was man Menschlichkeit nennt, zogen mich an. Wenn Askese, die bewußte Verleugnung physischer Instinkte, der dauernde Verzicht auf alles Weltliche, überhaupt einen Sinn hat, warum dann nicht ein für allemal der Welt und dem Fleisch entsagen und in Gebet und Meditation, möglicherweise durch die Entwicklung einer im Keim vorhandenen oder gehemmten Fähigkeit danach streben, reiner Geist zu werden? War die kompromißbereite Haltung, die Jesus von Nazareth (so wie Paulus ihn versteht) der Welt gegenüber einnahm, der Grund dafür, daß die christliche Kirche sich ganz anders als die buddhistischen Mönche oder die hinduistischen Saddhus immer wieder an zeitlicher Herrschaft und nationalen Kriegen beteiligt und nach weltlicher wie nach geistlicher Macht gegriffen hat? Außerdem hatte die buddhistische Metaphysik eine wenigstens oberflächliche Ähnlichkeit mit der modernen Wissenschaftsphilosophie. Der Agnostizismus Buddhas in bezug auf einen letzten Grund war noch umfassender als der Herbert Spencers. Anders als die grobe Alternative zwischen ewiger Seligkeit oder ewiger Verdammnis, die die christliche Kirche anbot, schien die Lehre Karmas mit den Annahmen der modernen Wissenschaft über die Allgegenwart des Kausalitätsprinzips und die Erhaltung der Energie verträglich. Sogar die Seelenwanderung konnte als entfernter Vorläufer der Lehre von der Evolution der species humana aus anderen Lebensformen verstanden werden. Vollends fasziniert war meine Phantasie durch das geheimnisvolle Nirwana und die Möglichkeit, diese uneingeschränkte Seligkeit durch Loslösung von der eigenen Person zu erreichen. Ich lebte in einer Hochburg des Kapitalismus, mitten auf dem Tummelplatz der Londoner Gesellschaft, und deshalb mißtraute ich der menschlichen Persönlichkeit, ganz gleich, ob ich sie in meinem eigenen Bewußtsein oder im Verhalten anderer am Werk sah. Trotzdem: eine Konvertitin gewannen Buddha und der Hinduismus an mir nicht. Es blieb bei meiner Abkehr vom Christentum.

Es wundert mich nicht mehr (notiere ich in mein Tagebuch im Anschluß an einige hundert Seiten Exzerpte und Zusammenfassungen), daß der Buddhismus nicht viel Macht über die Nationen ausübt, die sich zu ihm bekennen. Seine große Lehre war falsch, derzufolge das Ziel des menschlichen Lebens selbstbezogen ist, also darin besteht, das eigene Selbst vom Übel der Existenz zu befreien. Da die Menschen davon ausgingen, daß das Leben ein Übel ist und ewig bleibt,

unterdrückten sie konsequent alle Wünsche, gute und böse; folgerichtig liefen sie vor dem Tod davon, um nicht von dem großen Veränderer eingeholt zu werden, bevor sie ins Nichtsein oder in die höchste Unpersönlichkeit des Universums eingetaucht wären. Wie hätte eine Religion, die zwar alle passiven Tugenden im Menschen unterstützte, aber das aktive Nutzen von Fähigkeiten verbot, die Entwicklung der Menschheit fördern können? Der Keim der Selbstbezogenheit, eingesenkt in Aberglauben, liegt in allen alten Weltreligionen; und dieser Keim, zuerst klein und in einer wunderbaren Moralität versteckt, überwuchert allmählich eine Religion nach der anderen. Der Mensch kann bei allem Fortschritt die Augen nicht vor der Tatsache verschließen, daß er nur ein unbedeutender Teil des Universums ist, daß er den Sinn seiner Existenz dann am besten erfüllt, wenn er bescheiden versucht, die Gesetze, die Natur und sein Bewußtsein ihn erkennen lassen, zu verstehen und in Harmonie mit ihnen zu leben, so weit sie ihn betreffen, ohne Wunsch oder Hoffnung auf übernatürlichen Lohn.
Aber obwohl der Buddhismus auf falschen Voraussetzungen beruhte, gewann er doch mit zunehmender Ausbreitung immer mehr liebenswürdige Moralität und Offenheit und Poesie in seiner Theorie vom Ursprung aller Dinge; davon finden wir, so weit ich sehe, in der eher positiven christlichen Theologie nichts. Er schützte die Heiligkeit des großen Mysteriums, und das ist, glaube ich, der Grund für seine anziehende Wirkung auf moderne Denker. (Tagebuch, 13. September 1877)

Nie ist mir so plötzlich deutlich geworden, daß es wirklich ein großes Mysterium gibt, wie beim Lesen der metaphysischen Begründungen dieser östlichen Philosophen (wiederhole ich ein paar Tage später). Sie haben anscheinend ein intuitives Empfinden dafür gehabt, daß keine konstruierte Hypothese als Erklärung für den Ursprung aller Dinge hinreichend sein könne; und sie brachten die Idee des Unbedingten zum Ausdruck, so weit sie sich in Worte fassen läßt; dieses Unbedingte war für sie das absolut Wirkliche, das allem relativ Wirklichen zugrunde liegt. (Tagebuch, 16. September 1877)

Diese Ablehnung jeder traditionellen Religion – ganz gleich, ob ihr die buddhistische oder die christliche Philosophie zugrunde lag – wurde für mich dadurch leichter, daß ich im Herbst 1876 glaubte, einen ruhenden Pol für die menschliche Seele gefunden zu haben, der es ermöglichte, ein Leben nach den Gesetzen der reinen Vernunft zu führen, ohne den Trieb zu leugnen, der zur Verehrung einer über das Universum herrschenden Macht drängte. Wissenschaftsreligion hieß dieser Ruhepol damals bei den jüngsten und kompromißlosesten ihrer Anhänger. Ihr Gott war das Unerkennbare und Herbert Spencer ihr Prophet. Mochte auch das Gebet abgeschafft werden, die Anbetung blieb. Wenn ich mich daran erinnere, wie vertraut mir der Philosoph war, dann überrascht es mich selbst, daß ich vor meinem achtzehnten Lebensjahr offenbar kein einziges seiner Bücher gelesen hatte. Unter dem Datum vom November 1876 finde ich ein Exzerpt aus den *Social Studies* – eine Passage, die ich merkwürdigerweise jetzt in keiner mir zugänglichen Ausgabe wiederfinden konnte, die ich mir aber unmöglich selbst ausgedacht haben kann. Ich zitiere diesen eloquenten Ausdruck eines philosophischen Optimismus zur Evolution des Universums, weil er mich damals überzeugte, auch wenn sich die Überzeugungskraft für mich später verlor. Ich spiele sogar gern mit dem Gedanken, Herbert Spencer habe schließlich selbst gefunden, daß die Entdekkungen in der Physik keinen Beweis für die Annahme einer wesenseigenen Vervollkommnungsfähigkeit im Wirken natürlicher Kräfte liefern; dann wäre die unglückliche Gemütsverfassung Spencers in seinen späteren Lebensjahren nicht ganz ohne Zusammenhang mit dem Verlust der belebenden Überzeugung, die am Anfang der *Synthetic Philosophy* steht.[15]

Es ist wirklich ein trauriger Anblick für jeden, der, Bacons Empfehlung folgend, »Diener und Erklärer der Natur« ist, wenn er mit ansehen muß, wie politische Intriganten die großen Gesetze des Lebens durch ihre plumpen Mechanismen ersetzen wollen. Wer Bacon folgt, betrachtet nicht nur die bloße Außenseite der Dinge, sondern hat gelernt, nach den geheimen Kräften zu suchen, durch die sie zusammengehalten werden. Nach geduldigem Forschen hat er erreicht, daß das Chaos der Phänomene, in das hinein er geboren wurde, sich für ihn zu generalisieren beginnt; und wo zuerst nur Durcheinander zu herrschen schien, kann er jetzt den verschwommenen Umriß eines gewaltigen Planes erkennen. Kein Zufall mehr, sondern überall Ordnung und Vollkommenheit.
Durchgängig findet er dieselben Lebensprinzipien, immer in Kraft,

immer erfolgreich, noch das geringste Detail umfassend. Wachstum ist unaufhörlich, vielleicht langsam, aber machtvoll; manchmal zeigt es sich im Umriß einer rapiden Entwicklung, andernorts, wo die Notwendigkeit weniger dringend ist, gibt es nur die feinsten Fasern beginnender Organisation zu erkennen. Er sieht in diesen Veränderungen eine Kraft am Werk, die ebenso unaufhaltsam wie unmerklich ganze Völker und Regierungen ohne Rücksicht auf ihre Theorien, Intrigen und Vorurteile voranträgt – eine Kraft, die das Leben aus dem institutionalisierten Großgrundbesitz saugt, die Pergamenturkunden mit einem Atemzug zu Staub zerfallen läßt, altehrwürdige Autoritäten lähmt, tief eingeprägte Gesetze auslöscht, die Staatsmänner widerrufen und Propheten erröten läßt, geheiligte Bräuche zu Grabe trägt, Präzedenzfälle zunichte macht, und die eine Umwälzung aller Dinge in Bewegung gesetzt und die Welt mit höherem Leben erfüllt hat, bevor die Menschen sich dessen bewußt geworden sind. Immer ist die mächtige Bewegung auf Vervollkommnung ausgerichtet – auf vollständige Entwicklung und auf das unvermischtere Gute; vor ihrer Universalität werden alle kleinen Unregelmäßigkeiten und Rückfälle unbedeutend, so wie die Krümmung der Erde durch Berge und Täler unbeeinträchtigt bleibt. Sogar im Bösen lernt der Forscher das kämpfende Gute erkennen. Vor allem aber trifft ihn die Erkenntnis der den Dingen innewohnenden Zweckmäßigkeit und der komplexen Einfachheit der Prinzipien. Tag für Tag sieht er neue Schönheit. Jede neue Tatsache erhellt ein erkanntes Gesetz deutlicher oder enthüllt eine vorher noch unverstandene Vollkommenheit; die Betrachtung offenbart ihm so eine immer höhere Harmonie und befestigt in ihm einen immer tieferen Glauben.[16] »Wer könnte sich einen stärkeren Glauben als diesen wünschen!« (So lautet mein Ausruf am Ende des Exzerpts.)

In meinem Tagebuch folgt auf diese Stelle, offenbar zur selben Zeit abgeschrieben, die wohlbekannte Passage, die jetzt am Schluß des ersten Teils von *First Principles* steht, ursprünglich aber in *Social Studies* erschien; dort findet man sie jedoch nur in den frühen Ausgaben:

Nicht als zufällig wird deshalb der Weise den Glauben ansehen, der in ihm ist – nicht als etwas, das man beiseite schieben und taktischen Überlegungen unterordnen kann, sondern als die höchste Autorität, der alle seine Handlungen sich beugen müssen. Die höchste Wahrheit, die er fassen kann, wird er furchtlos äußern; er wird sich nach Kräften bemühen, den reinsten Idealismus in die Tat umzusetzen, wohl wissend, daß er damit, komme was da mag, die ihm in der Welt zugedachte Rolle spielt; – im Wissen, daß, wenn er erreichen kann, wonach er strebt, – gut; wenn nicht, – auch gut, nur eben nicht ganz so gut. (Tagebuch, November 1876)

Während der sechs Jahre meiner Jungmädchenzeit ohne eigene Verantwortung (1876–1882) probierte ich die Wissenschaftsreligion aus und fand sie mangelhaft. Die Erinnerung ist ein unzuverlässiger Führer bei der Spurensuche nach den Höhen und Tiefen von Glauben und Unglauben; Lücken in Gedankengängen füllt man gern, und die Wellenlinie des Gefühls wird künstlich begradigt. Deshalb ziehe ich der Erinnerung die Tagebucheintragungen vor, die gleichzeitig entstanden und deshalb nicht den Fehler des ›hinterher alles besser wissen‹ haben können. Aber auch diese Zitatenreihe aus den subjektiven Reflexionen eines jungen Mädchens vermittelt falsche Eindrücke: unvermeidlich heben die Tagebuchexzerpte das verborgene Leben gegenüber dem nach außen gewandten hervor. Irgendwo tief im Inneren rangen das Ich, das bejaht, und das Ich, das verneint, ständig um Pflicht und Bestimmung des Menschen; aber nur ab und zu erhoben sich ihre Stimmen über den Lärm des Alltags. Meist lauschte das Gewissen den Einflüsterungen des physischen Instinktes und der persönlichen Eitelkeit, dem Ruf des Familiensinnes und zufälliger Kameraderie – aber vor allem den aufregendsten Botschaften des stärksten Senders: der intellektuellen Neugier. So wurde während der Frühlings- und Sommermonate meine Energie fast in jedem Jahr durch Reiten, Tanzen, Flirten und Kleider aufgezehrt; sechs Monate von diesen sechs Jahren verbrachte ich im Rheinland, las deutsche Literatur und hörte deutsche Musik; noch einmal sechs Monate in Italien, wo ich in Kirchen und Ausstellungen in italienischer Kunst schwelgte. Auch die Aktivitäten der Familie waren stimulierend. Meine Schwester Kate war nach einer Lehrlingszeit bei Octavia Hill Mieteinnehmerin in Whitechapel geworden; und als ich sie in London besuchte, verstand ich zum erstenmal, was die Armut der Armen bedeutete. Die drei älteren Schwestern hatten ihre Partner gefunden; und durch die Heirat meiner Schwester Margaret verlor ich meine einzige enge Freundin, wenn sie auch eine liebevolle Schwester blieb. Dieser Verlust wurde durch die schnell wachsende intellektuelle Gemeinschaft mit meiner Mutter in ihren letzten Lebensjahren aufgewogen; darüber habe ich im vorigen Kapitel berichtet.

Diese Episoden haben weniger Bedeutung in den laufenden Tagebucheintragungen; eher wird dort die bunte Mischung des Lesestoffs reflektiert, mit dem ich die einsamen Herbst- und Wintermonate in Westmoreland und Gloucestershire ausfüllte: Literatur, Biographien, Geschichte und Politik. Und hier scheint es mir an der Zeit zu bemerken, daß ich als junges Mädchen zwar eine unersättliche Leserin war, aber einen ungewöhnlich beschränkten literarischen Geschmack hatte. Wegen eines geistigen Defektes, der wohl nicht so wenig verbreitet wie erkannt und eingestanden ist, war mir der gesamte Bereich des Poetischen verschlossen: ich war reimblind, wie manche Leute farbenblind sind. Rhythmus, Reime, Kadenzen, kurz die ›Magie der Worte‹ in jeder Form lähmte meinen Verstand: um den Sinn eines Gedichtes zu verstehen, mußte ich es mühsam in Alltagsprosa übersetzen; dabei stellte ich die Genauigkeit jeder Bezeichnung und die Unverzichtbarkeit jeder Metapher in Frage. Wenn das geschafft war, hatte die Bedeutung sich verflüchtigt. »Daß Worte Bedeutungen haben, ist ja gerade das Problem«, sagt der große Hindu-Dichter mit erfrischender Offenheit. »Deshalb muß der Dichter sie in Metrum und Vers drehen und winden, damit die Bedeutung etwas herausgedrängt und dem Gefühl die Möglichkeit gegeben werden kann, sich selbst auszudrücken«[17], setzt er als Erklärung dazu. So überzeugten mich auch Racine und Corneille (meine Mutter bestand darauf, daß wir sie lasen, weil sie meinte, unser Stil im Französischen werde dadurch besser) nicht davon, daß sie von den Menschen und Ereignissen wirklich etwas wußten, die sie darstellten; und ihre langen Reimpaare brachten für meine Ohren ein Element des Lächerlichen in die Tragödien. Tennyson, das Idol des Tages, war für mich noch schlimmer. Seine gefühlvolle Bildersprache schien mir unverständlicher Nonsens; und ich muß gestehen, daß ich, trotz des Glanzes, mit dem mein Vater ihn umgab, Shakespeares Stücke und Gedichte bis auf wenige einzelne Passagen langweilig fand. Von allen großen Autoren, deren Werke ich zu lesen versuchte, beeindruckte mich nur Goethe nachhaltig. Viele Jahre lang hatte ich bei ihm das Gefühl, er sei ein vertrauter Freund, der seinen Reichtum an Wissen und Erfahrung weitergab und mir ein ganz neues Ideal persönlicher Moral enthüllte, ein Ideal der Beziehung von Kunst zur Natur und von Kunst und Natur zum Leben. Nach Goethe kamen, geordnet nach der Intensität des Einflusses auf mich, die Übersetzungen der griechischen Klassiker, mit denen ich mich fast ein Jahr beschäftigte, genauer, Thukydides und Plato. Sie veränderten mit Sicherheit meine Denkweise. Von den Übersetzungen lateinischer Autoren habe ich nur Marc Aurel in Erinnerung (»Der hat aber Griechisch geschrieben«, ruft Er, der Andere, mir zu! »Pedant!«, gebe ich zurück.), ein Buch, das die *Imitation of Christ* als Handbuch für Frömmigkeit ablöste – und Lukrez, dessen kühler Verstand und durchdringende Logik mich abwechselnd anzogen und abstießen. Von den französischen Autoren lehrten mich besonders Diderot, Voltaire, Balzac, Flaubert und Zola das, was ich wissen wollte. Einen englischen Lieblingsautor hatte ich nicht; mich interessierten immer nur die Themen; die persönliche Einstellung und der Stil des Autors schienen mir relativ unwichtig. Ich möchte noch dazu sagen, daß die Verkrampfung meines literarischen Geschmacks später durch meine Arbeit als Forscherin noch schlimmer wurde. Zu Zeiten ist es, gemessen an der Zeitspanne, die man dabei bleibt, leichter und verlockender, ganze Berge unliterarischer handschriftlicher Aufzeichnungen oder Kommunalgesetze stapelweise durchzulesen, als sprühenden Witz oder originellste und vollkommen ausgedrückte Weisheiten zu Themen zu goutieren, die im Augenblick unwichtig sind. – Eine der unvorhergesehenen Annehmlichkeiten des Alters ist der leise Beginn eines Verständnisses für exquisite Literatur, unabhängig von ihrer Thematik.

Die folgenden Tagebucheintragungen aus fünf Jahren, in chronologischer Reihenfolge zitiert, mögen als Notizen zur Auseinandersetzung zwischen dem Ich, das verneint, und dem Ich, das den Wert eines religiösen Mystizismus bejaht, verstanden werden.

Dieses Buch, das als Tagebuch begonnen wurde, endet in Exzerpten und Zusammenfassungen aus Büchern. Je mehr Wissen man ansammelt, um so weniger wird man vom Interesse am eigenen Charakter absorbiert. Das Christentum hat sicherlich bewirkt, daß die Menschen selbstbezogener wurden und mehr Sehnsucht nach der Rettung ihrer Seele empfanden. Was immer die Fehler, oder besser die Mängel der neuen Religion sein mögen, eines erreicht sie: sie zieht die Gedanken von dem winzigen Teil der Welt ab, der sich das Selbst nennt, und lenkt sie auf das große Ganze; das Individuum hat hier keinen Platz, die neue Religion ist mehr als schweigsam, wenn es um seine künftige Existenz geht. Der Mensch sinkt in vergleichsweise Unbedeutung; er wird als nur graduell, nicht prinzipiell verschieden vom bloß Animalischen und Pflanzlichen angesehen. Man braucht wahrhaftig eine großzügige Veranlagung, um sich zu dieser Religion zu bekennen; und das Ideal, das sie uns vorhält, ist viel höher als alle, die die großen Weltreligionen uns zeigen. (13. September 1877)

Spencers *First Principles* hatten mit Sicherheit sehr großen Einfluß auf mein Denken und Fühlen. Nach dem Lesen fühle ich mich so glücklich und zufrieden ... Ich bewundere dies ruhige ehrfurchtsvolle Bewußtsein vom großen Unerkennbaren; diese furchtlose Überzeugung, daß kein Fortschritt in der Wissenschaft dieses wunderbar erhebende Wissen von etwas, das größer ist als Menschlichkeit, nehmen kann. Man hat immer gefürchtet, mit dem Verschwinden der orthodoxen Religion würden zugleich alle Schönheit, alles Geheimnis vergehen, und übrig bliebe nur das, was erklärt werden kann und erklärt wird, bis es zum Gemeinplatz geworden ist; – aber statt dessen wird nun jede neue Erkenntnis der Wissenschaft unser Staunen über das große Unbekannte und unsere Dankbarkeit für die große Wahrheit nur vertiefen. (Tagebuch, 15. Dezember 1878)

Die Wissenschaftsreligion hat ihre Schattenseiten. Sie ist öde und trostlos, wenn man Kummer und Sorgen hat und krank ist. Und für diejenigen, deren Leben nur Leid ist, hat sie bloß einen Rat – Selbstmord. Wenn du dein Leben nicht mehr ertragen kannst, wenn keine Pflicht dich mehr hält, dann lösche die kleine Flamme deiner Existenz aus und gehe in Frieden, höre auf zu existieren. Das ist ein schrecklicher Gedanke. Die Religion einer ›leidenden Menschheit‹ kann sie niemals sein. Vielleicht kommt die Zeit – und ich glaube daran, daß sie kommen wird –, wo das menschliche Leben glücklich und erfüllt genug sein wird, um selbstlos sein zu können. Aber bis dahin werden noch viele Menschenalter vergehen, und ganze Generationen werden in ihrem Elend um ein besseres Leben im Jenseits flehen, das sie für die lebenslangen Kümmernisse und Leiden im Diesseits entschädigen soll. (Tagebuch, 8. März 1878)

Weil es in späteren Jahren vielleicht interessant ist, welche religiösen Überzeugungen ich mit neunzehn hatte, möchte ich in groben Zügen umreißen, was ich ungefähr glaube. Ich sehe keinen hinreichenden Beweis dafür, daß man auf ein zukünftiges Leben oder einen persönlichen Schöpfer des Universums hoffen kann. Ich glaube jetzt (keineswegs ohne innere Angst über meinen Wagemut), daß das Christentum nicht der Art nach, sondern nur dem Grad nach den andern großen Religionen überlegen ist; daß es ein natürliches Produkt des menschlichen Verstandes war; daß das Christentum nicht die großartigste Religion ist, die man sich vorstellen kann; und daß die Idee, man solle sich sein Heil durch gute Werke selbst verdienen und blindlings glauben, um zur ewigen Seligkeit zu kommen, unmoralisch ist, weil sie von ausgeprägter Selbstsucht zeugt. Ich glaube auch, daß das übergroße Interesse an den Spekulationen über die zukünftige Existenz des Individuums nachlassen wird, sobald unsere religiöse Überzeugung wirklich selbstlos ist. Aber mir scheint klar zu sein, daß wir in einer frühen Entwicklungsphase der Menschheit leben und daß wir gerade erst die Basis unseres Wissens gefunden haben: und für unsere Nachkommen auf dieser Erde sind ruhmreiche, glanzvolle Zeiten zu erwarten. (Tagebuch, 31. März 1878)

... Eines ist klar, Goethe möchte seinem Leser die Vorteile der Freiheit, der uneingeschränkten Freiheit im Denken und Tun, eindringlich darstellen. Hemmungslosigkeit, blinde Hingabe an Leidenschaften meine ich damit nicht: das bedeutete ja eine Versklavung des Intellektes, oder besser das Ende dieser berechtigten Aktivität. Aber Goethe ließ sich immer, in der Kindererziehung und im Leben, von dem Prinzip leiten, daß es besser ist, das Ganze der eigenen Natur zu entfalten – den Blick nach oben, auf ein edles Ideal zu richten und dabei vielleicht ein paar unten wachsende häßliche Unkräuter zu übersehen –, als das Gute mit dem Schlechten zusammen zu unterdrücken. Oft hat man im Leben das Gefühl, daß man an einem Scheideweg steht: entweder nach edlerem und reinerem Leben streben, d.h. den Versuch machen, alle minderen Motive im Inneren zum Schweigen zu bringen und zu unterdrücken – oder nach dem alternativen Prinzip leben, also die Augen fest auf alles Edle und Weise richten und mit aller Kraft das eigene bessere Selbst entwikkeln; kleine Abwege, die manchmal an sehr schmutzige Orte führen, muß man dabei nicht zu ernst nehmen. Ich glaube, die Nervenkraft, beide Wege zu gehen, haben nicht viele; und Goethe rät zur Wahl der freien Entfaltung. Man sollte also eine Lebensaufgabe suchen, die den eigenen Fähigkeiten wirklich entspricht, und dann Herz und Sinne der Außenwelt mit unterschiedlichen Interessen und Aktivitäten öffnen.

Bis man diese Lebensaufgabe gefunden hat, sollte man auf und ab wandern und keinen Ort zu gering und schmutzig achten, keine Gesellschaft zu frivol und ausschweifend – noch in der übelsten Umgebung kann man eine menschliche Seele treffen, die vielleicht eine lebenswichtige Wahrheit vermittelt. (Tagebuch, 14. Dezember 1878)

Eine Frage bewegt mich sehr: Bin ich deswegen so wenig glücklich, weil mir das Zutrauen zum alten Glauben fehlt, der so vielen Tausenden auf diesem mühsamen Weg weitergeholfen hat? Oder äußert sich einfach physische Melancholie in meinen kleinen Kümmernissen; hätte sie sich an einer beliebigen vorübergehenden Nichtigkeit festgemacht, wenn ich ohne Erziehung und Bildung wäre? Und wenn man sich umsieht und merkt, wie gute Christen sich ärgern und sorgen, nur weil sie kleine Löcher in ihren Geldbörsen, kleine Enttäuschungen in ihren Eitelkeiten und Begierden hinnehmen müssen, dann fängt man an zu meinen, daß jedes menschliche Wesen seinen Teil an ›Verstimmung‹ mitbekommen hat – aber vielleicht ist, im Ganzen gesehen, der Patient glücklicher, der diese Verstimmung in oberflächlichen Irritationen auslebt, als der, der sie für das Symptom eines unheilbaren inneren Leidens hält, von dem nicht er allein, sondern die ganze Menschheit befallen ist.

Ich kann mich der halb bewußten Überzeugung nicht entziehen, daß, wenn die menschliche Rasse sterblich ist, wenn ihre Existenz ohne Sinn ist, wenn diese Existenz irgendwann, und sei der Zeitpunkt auch noch so fern, in vollständiger Auflösung enden muß, so wie jeder einzelne in Auflösung endet, daß dann das Leben nicht lebenswert ist – nicht lebenswert für die Masse des Menschengeschlechtes. (Tagebuch, 30. März 1879)

Was ich an diesem Sonntagmorgen empfunden habe, als ich zur stillen Messe im Petersdom war, das kann ich nicht aufschreiben. Vielleicht war vieles dabei nur Gefühl – aber es bewirkte, daß ich mit Bedauern an jene Tage zurückdachte, als ich noch mit aller Aufrichtigkeit des Geistes zu meinem Vater im Himmel beten konnte. Danach versuchte ich, für mich die Theorie des römisch-katholischen

Glaubens so zu bearbeiten, daß sie von einem Agnostiker gebilligt werden kann.

Die menschliche Natur ist eine Gegebenheit, der wir Rechnung tragen müssen. Sie scheint in zwei Teile zu zerfallen, den gefühlsmäßigen und den intellektuellen. Mein intellektuelles oder logisches Vermögen treibt mich zu dem Schluß, daß mein Wissen nicht in die Bereiche jenseits des Relativen oder der Phänomene reicht, darüber hinaus kann ich vielleicht noch wissen, daß es ein Absolutes, ein Unerkennbares geben muß. Aber warum nicht einmal die Erkenntnis dieser Unerkennbarkeit mich daran hindert, weiter über das Unerkennbare nachzudenken, Betrachtungen anzustellen, zu spekulieren, das ist eine Frage, die Mr. Spencers Logik nicht zum Schweigen gebracht hat. Mein Verstand zwingt mich zu einem negativen Schluß; aber ich sehe nur Dunkel vor mir und fühle, daß mein logisches Vermögen der Aufgabe nicht gewachsen ist, die ich mir stelle. Auch habe ich nicht das Gefühl, daß die Entscheidung, die mein Verstand jetzt trifft, endgültig ist. Aber ich habe noch ein anderes Vermögen – das Gefühl –, das in meinen besseren, edleren Momenten meine Seele beherrscht. Diese Seele beharrt darauf, daß es über uns und um uns etwas gibt, das absoluter Hingabe und sehnsüchtiger Verehrung würdig ist. Manchmal verwendet sie dafür die Formel ›das große Mysterium‹ und versucht damit, meinem Verstand eine Brücke zu bauen, aber er beharrt darauf, daß das Unerkennbare keine Eigenschaften hat und keine Gefühle wecken kann. Dann weist die Seele auf ein großes Ideal hin, Platons Idee des Schönen oder Vollkommenen; aber diese Idee kann kein Gegenstand der Verehrung, sondern nur Thema einer Betrachtung sein. Endlich gibt es noch den großen Vater und Schöpfer, den vollkommenen Gegenstand der Andacht. Er ist der Gott der Christenheit, kein fernes Wesen, sondern durch seine Fleischwerdung mit den Menschen vereint. Dieser Gott wird von Protestanten und Katholiken gleicherweise verehrt.
Ein Protestant aber erklärt nahezu den Supremat seiner eigenen Vernunft. Er behauptet, daß diese Religion vernünftig ist und mit Argumenten vertreten werden kann. Es stimmt, daß er ursprünglich die Unfehlbarkeit der Heiligen Schrift annahm – aber sie besteht aus einer Vielzahl von Dokumenten, die als Beweise für die Rechtmäßigkeit vieler, einander widersprechender Dogmen benutzt werden können, und wenn erst ein individueller Verstand entscheiden soll, wie diese widersprüchlichen Aussagen so in Einklang miteinander zu bringen sind, daß sich ein Ganzes konstruieren läßt, dann kann er keine Ruhe finden, bevor er die verschiedenen Ansprüche der vielen Bibelautoren auf göttliche Inspiration wenigstens bis zu einem gewis-

sen Grad geprüft hat. Dabei findet er, daß über göttliche Inspiration von Männern entschieden wurde, deren Unfehlbarkeit er niemals zu behaupten wagen würde. Im Verlauf dieses Denkprozesses hat auch die Bibel ihre Unfehlbarkeit verloren, ganz gleich, wie seine Ergebnisse in einzelnen Punkten ausgefallen sind. Er hat zu Gericht gesessen und anerkannt, daß in Wahrheit seine Vernunft, sein Sinn für das logisch Richtige, ihn anleitet und daß er moralisch verpflichtet ist, dieser Leitung zu folgen. Wenn er dann noch in Berührung mit moderner Wissenschaft und Philosophie kommt und mit seiner Suche nach Wahrheit ernst macht, dann muß er am Ende zu einer mehr oder weniger skeptischen Position kommen.

Aber die katholische Kirche löst das Problem anders: Die menschliche Natur ist emotional und intellektuell zugleich; richtig. Unser intellektuelles oder logisches Vermögen wird uns zu bestimmten Schlüssen zwingen; auch richtig. Diese Schlüsse widerstreben unserem emotionalen Vermögen jedoch aufs äußerste; unserem Leben fehlt es an Harmonie – wir möchten frei von den kleinen Eitelkeiten und Quälereien des täglichen Lebens, frei von allen unseren nichtigen Bemühungen um unser Ich und seinen Ruhm sein; wir möchten in Andacht und Verehrung für ein Wesen, das vollkommen an Weisheit und Schönheit ist, Ruhe finden – und durch diese Verehrung würden wir das Ideal in uns stärken, das unser ganzes Leben erhöhen soll. Aber der Verstand weigert sich, dieser andächtigen Verehrung seine Zustimmung zu geben, und solange man den eigenen individuellen Verstand als die einzige Autorität ansieht, deren Führung man sich anvertrauen kann, muß man auch die Überlegenheit des logischen, des Vernunftvermögens über das emotionale, das Vermögen des Gefühls anerkennen.

Die Kirche bietet uns die Wiederherstellung der Harmonie an, ohne die unser Leben ziellos und unvollkommen ist. Sie erklärt sich selbst für die höchste Vernunft. Sie verlangt nicht von uns, daß wir sie interpretieren, dazu hat sie den Priester, und sie paßt ihre Lehre dem Individuum und der Zeit an. Man verzichtet damit nicht auf die Autorität der Vernunft überhaupt, nur auf die der eigenen individuellen Vernunft, und auch das nur in bezug auf eine Frage, in der sie schon ihre Unfähigkeit zu einer Antwort, mit der der Rest unserer Natur zufrieden sein könnte, bewiesen hat. Solange wir die Entscheidung über das Wahre und Falsche selbst trugen, waren wir moralisch verpflichtet, an den Schlüssen festzuhalten, zu denen wir gekommen waren. Wenn wir uns aber der katholischen Kirche anvertrauen, übertragen wir die Entscheidung in religiösen Fragen einer großen Gemeinschaft, die sich seit Jahrhunderten aus Männern zusammensetzt, deren Leben und Denken der Theorie und Praxis des religiösen Ideals geweiht ist.

Könnte ein Agnostiker, wenn er das Gefühl hat, sein Wesen sei nicht weit genug für ein Leben ohne Gefühlsreligion entwickelt, könnte er nicht die Freiheit der Vernunft in diesem einen Bereich aufgeben und sich der Autorität der großen religiösen Gemeinschaft in Fragen der Religion unterwerfen, genau wie er die Autorität der Wissenschaftler auf ihrem jeweiligen Gebiet gelten läßt, sogar dann, wenn seine eigene Vernunft ihn zu Schlüssen über beliebige natürliche Erscheinungen führen sollte, die von denen der Wissenschaftler abweichen? Wenn man dazu noch das wunderbare katholische Ritual bedenkt, dann ist für jemanden, dem ein Leben ohne Glauben unerträglich ist, die Versuchung zum intellektuellen (und vielleicht auch moralischen) Selbstmord sehr groß. (Rom; Tagebuch, 14. November 1880)

Aus einer anderen Eintragung, die ich außerhalb der chronologischen Ordnung zitiere, entnehme ich, daß die römisch-katholische Kirche damals die einzige Christengemeinde war, die mich anzog.

Im Haus dieser Bekannten las ich *John Inglesant** – ein sehr originell konzipiertes Buch – mit sehr wirkungsvollen Szenen und Passagen. Für mich besonders interessant, weil es die »sakramentale« Christlichkeit, die Phase des Christentums, für die ich die größten Sympathien habe, darstellt; der Autor kennt offenbar die Sehnsucht nach Lauterkeit des Herzens und der Sinne, die unablässige Läuterung und Reinhaltung des ganzen Menschen, der als ein Haus für Gott gemacht und zu seinem Empfang im Symbol des höchsten göttlichen Opfers geeignet ist. Sicherlich kann man das Meßopfer auf zwei Weisen sehen: einmal als Sühneopfer für eine Gottheit, die danach verlangt, zum andern als großartiges Symbol für die höchste menschliche Fähigkeit, die Kraft des Individuums, sich für die Gemeinschaft aufzuopfern.
Welch ungeheure Macht wäre die katholische Kirche, wenn man sich nur auf die Lauterkeit der Priesterschaft verlassen könnte! Was für ein merkwürdiges psychologisches Phänomen ist die große geheimnisvolle Freude daran, Seele und Körper niederzuwerfen vor dem Symbol der unendlichen Güte, das alle einzelnen in einer Hoffnung eint! (Tagebuch, 1882)

Für eine Frau ist es unmöglich, im Agnostizismus zu leben. Er entspricht nur einer Seite unseres Wesens, der rein verstandesmäßigen; und müssen wir denn dauernd dem anderen Vermögen die Autorität

* Joseph Henry Shorthouse, *John Inglesant,* 1880; Roman, der im Italien des 17. Jahrhunderts spielt und Abenteuerschilderung mit der Diskussion religiöser Fragen verbindet. [A. d. Ü.]

absprechen, dem Vermögen des, wie George Eliot es nennt, emotionalen Denkens? Diesem Vermögen, dem wir doch erlauben, unser Handeln zu bestimmen, das wir insgeheim als leitende Instanz in unsern höchsten Augenblicken verstehen? Noch einmal: Was bedeutet unsere Sehnsucht nach dem Gebet, was bedeutet es, daß wir uns beim Beten glücklicher und edler vorkommen? Warum sollen wir mit dem Verstand entscheiden, daß das rationale Vermögen das unfehlbare Haupt unserer geistigen Gestalt ist? Die Geschichte des menschlichen Geistes, abzulesen an den Werken seiner größten Repräsentanten, beweist, daß Erkenntnisse in einem Zeitalter logisch richtig, im nächsten aber logisch falsch sein konnten; im Gegensatz dazu können wir alle aber die geradezu genialen Äußerungen emotionalen Denkens der antiken Philosophen und Dichter mitempfinden und nachvollziehen. Was gilt Platon jetzt in der Logik? Betrachtet man nur ihre Verbalisierung, dann scheint seine Logik uns heute fast kindlich; und trotzdem kann man seine Glaubensbekenntnisse kaum ohne ein Gefühl von Demut und ehrfürchtiger Bewunderung lesen. Möchte man nicht beinahe sein Schüler sein? Ist es nicht möglich, daß auch *unsere* Logik verbal ist, daß es ein Zeichen von Dummheit wäre, auf der Endgültigkeit ihrer Schlüsse zu bestehen? Aber vielleicht liegt die eigentliche Schwierigkeit darin, daß das emotionale Vermögen uns zwar Sehnsucht und Verlangen nach Höherem vermittelt, womöglich auch das deutliche Bewußtsein von dieser übergeordneten Instanz, daß es aber Formulierung und Systematisierung verweigert und uns sogar dazu zwingt, in allen bestehenden religiösen Systemen moralische Defekte zu finden. Ich glaube mit vielen anderen, daß unser Zutrauen zum Christentum zuerst durch einen Sinn für das *moralisch* Unrechte erschüttert wird; daß wir einige christliche Dogmen aus *moralischen* Gründen ablehnen, zwingt uns dazu, die andern mit dem Verstand in Frage zu stellen. Und wenn man versuchte, Mitglied der katholischen Kirche zu werden, würde dieses Problem noch größer werden. Man müßte dann den eigenen Sinn für das Rechte und das Wahre außer Kraft setzen. (Tagebuch, 2. Februar 1881)

In diesem Kapitel (gemeint ist das Kapitel über »Notwendige Wahrheiten« in George Henry Lewes' *History of Philosophy*) finden sich viele interessante Argumente und Beweisführungen, aber leider sehe ich nichts darin, was mich davon überzeugen könnte, daß seine Anschauung über das Wesen des Menschen wohlbegründet ist. Das ist die Philosophie, die mein logisches Vermögen immer dem Rest meines Wesens diktiert und die meine emotionale Natur immer abgelehnt hat. Darüber hinaus scheint mir die agnostische Evolutionsphilosophie zwar falsche Vorstellungen aus dem Weg zu räumen, aber selbst kein Gedankensystem zu präsentieren, auf das wir unser Leben gründen könnten. Sie zerstört alle jetzt geltenden Gründe für den Glauben an Unsterblichkeit, an ein übermenschliches Wesen; aber wie können wir es wagen, die großen Entdeckungen der Zukunft jetzt zu beurteilen und den Fortschritt menschlicher Vernunft jetzt zu begrenzen? Man kann kaum daran zweifeln, daß diese Philosophie jetzt das Menschenleben verdunkelt; und die Unpersönlichkeit des Universums wird ihm um so schwärzer vorkommen, je ausgeprägter sein Egoismus ist. Dennoch zwingt uns vielleicht diese Dunkelheit, das Licht menschlichen Mitgefühls hell in unseren Herzen leuchten zu lassen; vielleicht verpflichtet es uns dazu, über die Bedingungen körperlicher und geistiger Gesundheit nachzudenken und sie zu erhalten. (Tagebuch, 22. September 1881)

Wir alle nahmen mit Vater an dem wunderschönen Abendmahlsgottesdienst teil (am Sonntag nach dem Begräbnis meiner Mutter). Jetzt, da ich erfahren habe, was der Tod eines geliebten Menschen bedeutet, ihn beobachtet, auf ihn gewartet habe, fühle ich starkes Verlangen nach einer Religion, durch die ich mich in meiner Trauer trösten und zum Tätigsein zurückfinden kann. Ich glaube womöglich nur noch weniger an ein Leben nach dem Tode. Als ich unsere Mutter sterben sah, fühlte ich, daß das eine endgültige Auflösung von Leib und Seele war – ein Ende der Persönlichkeit, die wir Geist nennen. Das war eine intuitive Überzeugung; über diese schwerwiegende Frage können wir nicht vernünfteln. Aber wenn sich auch mein Zweifel an dem, was wir Unsterblichkeit nennen, verstärkt hat, so bildet sich doch ein wundervoller Glaube in mir – ein Glaube an Güte – an Gott. Ich muß beten, ich bete und fühle mich dadurch besser und eher imstande, alle Kompromisse mit dem weltlichen Leben aufzugeben und mich ganz und ungeteilt meiner Pflicht zuzuwenden.
Sicherlich ist die Opferung von Christi Leib und Blut das größte Symbol für das Opfer, um das wir uns alle nach Kräften bemühen sollen, durch das wir Unsterblichkeit erlangen mögen. In diesem Sinne nehme ich das Heilige Abendmahl, zum erstenmal seit sechs Jahren – Jahren eines mehr oder minder trostlosen Materialismus. Dem Verstand nach bin ich noch immer Agnostiker, aber ich weiß nicht, wohin mein religiöses Gefühl mich noch führen wird, dieses Gefühl, das jetzt aus den Träumen eines vagen Idealismus erwacht und als Helfer in Zeiten der Anfechtung, des Kummers und Mühens erkannt ist; ich weiß nicht, ob ich ihm nicht die Herrschaft über mein ganzes Wesen einräumen muß. (23. April 1882)

Mutters Tod eröffnete mir in Denken und Tun eine neue Welt (schreibe ich einen Monat später). Er war eine neue Erfahrung für mich; durch sie wurde eine Überzeugung in mir fest verankert, die sich angebahnt hatte, seit ich denken kann: die Überzeugung, daß die Welt entweder ein infernalisches Chaos oder aber alles Leben eine Manifestation der Güte sei; daß Tod, Krankheit und Elend nur für unsere unzureichende Einsicht schrecklich sind.
Der Tod eines Menschen, der mir lieb war und nahestand, traf mich nicht stärker als der Tod der vielen tausend Unbekannten, die überall um uns aus dem Leben verschwinden. Entweder ist »das All« so unaussprechlich traurig, daß kein Raum mehr für zusätzliche Trauer aus persönlicher Betroffenheit bleibt; oder aber alles hat eine geheime Bedeutung: könnten wir sie ahnen und annehmen, so würde sie alles heiligen und sogar dem Tod und dem Elend eine Heiligkeit verleihen, die dem Glück verwandt wäre. Und das Ergebnis dieser Wahl zwischen zwei Alternativen, vor die der denkende den praktischen Teil meines Wesens stellte, war eine partielle Rückkehr zur Religion. Ich beruhigte mich damit, daß dies das letzte Wort eines Denkens sein werde, das sich auf keinerlei aus Handeln gewonnene Erfahrung stützen konnte. Die Frage blieb: wie und zu welchem Ende soll ich leben? Hat das zerstückelte Glück der Welt irgendeinen Wert, wenn die erste Alternative wahr ist? Physische Auslöschung ist undurchführbar. Das eigene Wesen und Leben sind Fakten, mit denen man sich auseinandersetzen muß, und für mich müssen sie von einem einheitlichen Prinzip bestimmt sein.
Auch wenn das gefühlsmäßige Vertrauen auf eine geheime Güte nur eine Erfindung der Seele sein sollte, wäre man nicht trotzdem im Ganzen glücklicher mit einem Leben im Licht dieser Illusion, absichtlich die Augen vor der schrecklichen Vision eines Elends ohne Bedeutung verschließend? Vielleicht wäre es schwierig, ein ganzes Leben auf dieser negativen Basis zu führen. In Wahrheit hat man einen Glauben in sich, der bestehen bleibt, solange nicht direkt bewiesen werden kann, daß er falsch ist. (2. Januar 1883)

So endete der lang dauernde Kampf zwischen dem Ich, das bejaht, und dem Ich, das den Wert eines religiösen Mysteriums verleugnet – nicht mit einer Rückkehr zum christlichen Glauben, nicht einmal mit der intellektuellen Überzeugung, es gebe eine geistige Macht, mit der man in Beziehung treten könne, sondern nur damit, daß ich wieder betete, in der intuitiven Überzeugung, daß für Menschen meiner Art Beten zur rechten Lebensführung wesentlich ist. Ein säkularistischer

Freund nahm mich einmal ins Kreuzverhör, weil er wissen wollte, was genau ich mit Beten meinte; er forderte mich dazu heraus, den Vorgang des Betens zu definieren, zu beschreiben, was dabei geschehe. Ich antwortete, diese Beschreibung würde ich gern geben, wenn ich nur die Worte dafür fände. Das Problem ist aber, wie Tagore über die Dichtung sagt, daß Worte Bedeutungen haben oder, wie ich eher sagen würde, *überwiegend intellektuelle Bedeutung*, während man im Gebet, noch mehr als in der Dichtung, Gefühle, nicht Vernunft vermitteln möchte. Religion ist Liebe; Logik ist sie auf keinen Fall. Deshalb wurde das Gebet zu allen Zeiten, als Ursache oder als Auswirkung, eng mit den vollkommenen und zeitlosen Formen der Architektur und der Musik zusammen gesehen; auch mit Dichtung und Malerei und mit den Ehrfurcht weckenden Aspekten der Natur, den großen, emotionalen Mysterien von Mutterschaft, Liebe und Tod wurde es in Verbindung gebracht. Vielleicht mache ich später noch einmal den Versuch (an dem ich wahrscheinlich dann scheitern werde), im schwerfälligen Mechanismus des geschriebenen Wortes den Glauben darzustellen, an dem ich festhalte: daß die menschliche Seele nur im Gebet, in der Beziehung zu einer alles durchdringenden geistigen Kraft zu unterscheiden lernt zwischen dem Ziel menschlichen Strebens und der Weise oder dem Prozeß, wie menschliches Leben zum Ende kommt. Denn die Wissenschaft muß ihren Bankrott erklären, wenn sie über die Bestimmung des Menschen entscheiden soll; sie ist denen, die Leben erhalten wollen, genauso zugänglich wie denen, die Leben zerstören wollen; sie dient denen, die die Menschheit hassen, ebenso wie denen, die die Menschheit lieben. Aber jeder Versuch, die ›Ordnung der Dinge‹ unter Umgehung der Wissenschaft zu erkennen, sich auf Magie oder mystische Intuition zu verlassen, wenn man den Weg sucht, auf dem man das gewählte Ziel erreichen könnte, heißt Aberglaube und endet gewöhnlich im Desaster. Aber diesen metaphysischen Ruhepol fand ich erst in meinen mittleren Jahren. Hier mag es genug sein, darauf hinzuweisen, daß in den zehn Jahren zwischen dem Tod meiner Mutter (1882, als ich 24 Jahre alt war) und dem Tod meines Vaters (1892, als ich 34 Jahre alt war) und meiner Heirat im selben Jahr – entscheidende Jahre, während deren ich meine Ausbildung als Sozialforscherin erhielt, hohen emotionalen Belastungen ausgesetzt war und schwierigen intellektuellen Anforderungen unter ungünstigen Umständen gewachsen bleiben mußte – die Gewohnheit zu beten mir die Kraft zum Überleben in relativer körperlicher Gesundheit und mit heiler Seele gab.

Drittes Kapitel

Berufswahl

(1882–1885; Alter: 24–27)

Wie weit bestimmen Anlage und Umwelt, angeborene Neigung und soziale Umgebung das Lebenswerk eines einzelnen? Das ist eine der Schlüsselfragen zur Natur des Menschen in der Gesellschaft. Dem Selbstgefühl tut es wohl, sich vorzustellen, »daß jeder Autor seinen ganz eigenen Genius hat, der ihn durch geheime Inspiration an den Platz geleitet, wo er sich am besten hervortun kann«. Aber, sagt der Interpret dieses Wortes aus dem 17. Jahrhundert, das Element des Angeborenen und sozusagen Inspirierten wurde damals nur jenen Autoren zugesprochen, die Genie, im Unterschied zu Talent, besaßen; also Autoren, »die alles nur ihren natürlichen Gaben«, nichts dem Studium und der Nachahmung anderer Schriftsteller zu verdanken hatten.[1] Was daraus für mich folgt, ist klar: als ich mich für den Beruf des Sozialforschers entschied, bewies ich ein für alle Mal, daß ich keinen Genius hatte. Denn für weite, manche würden sogar sagen: wesentliche Teile der soziologischen Methode hatte ich weder Begabung noch besonders viel Neigung. Zum Beispiel fehlte mir die Begabung für das schnelle Lesen und Beurteilen von Originaldokumenten, das für den Historiker unumgänglich ist; erst durch bloße Ausdauer und lange Übung erwarb ich diese Fähigkeit. Und ich konnte wohl ein wunderbares System der Anlage von Gesprächsnotizen planen, aber die Ausführung des Geplanten war für mich eine harte Geduldsprobe, einmal, weil ich einen unverbesserlichen Hang zum Paraphrasieren der Notizen hatte, die ich nur kopieren wollte, und dann, weil meine Schrift hoffnungslos unleserlich war. Im Umgang mit Zahlen war ich ungefähr so erfolgreich, wie wenn ich versucht hätte, Wasser in Wein zu verwandeln. Das einzige Ergebnis meiner mörderischen Anstrengung, wenigstens die Grundbegriffe der

Algebra zu verstehen, wobei mir als Tutor ein örtlicher Pfarrer zur Seite stand, der zufällig auch noch in Cambridge für seine Leistungen in Mathematik eine Auszeichnung bekommen hatte, war, daß ich zum ersten und letzten Mal in meinem Leben Gespenster sah.

Das kam so: Im Herbst nach dem Tod meiner Mutter (1882) war meine Schwester Mary Playne bei uns in Westmoreland. In ihrer schwesterlichen Liebe machte sie sich Sorgen, daß mein manischer Lerneifer zum Hindernis für die Aussicht auf eine glückliche und erfolgreiche Heirat werden würde. Angeblich hatte meine Schwester Georgie zu Mary gesagt: »Was soll das denn, wozu ist eigentlich Beatrice's Intellekt oder das, was einer werden will, gut? Er nützt weder ihr noch sonstwem – das Ganze dient nur dazu, Eindruck auf alte und junge Philosophen zu machen« (Tagebuch, 17. April 1882). Geplagt von der Vorstellung einer unsinnigen Ehe (denn welche vernünftige Frau wünscht sich schon einen Philosophen zum Ehegatten?), brach meine Schwester Mary eines Morgens in mein Schlafzimmer ein und fand mich am offenen Fenster sitzend, in einen schmuddeligen Morgenrock gehüllt, die Haare zerrauft, bleich und fleckig im Gesicht, Hand und Kopf angestrengt damit beschäftigt, einige elementare Algebraaufgaben abzuschreiben und zu verstehen. »Was ist denn das für ein Unsinn?« fing sie an, halb scherzend, halb bewundernd, »daß du dich bemühst, zum Blaustrumpf zu werden, wo du doch als schöne Frau gedacht warst.« »Dies ist *mein* Zimmer und *meine* Zeit – geh weg«, fuhr ich sie an. Und gleich nach dem Frühstück nahm ich meine Arbeit an der Mathematik wieder auf, zu einer Zeit, die normalerweise für Unterhaltungen in der Familie bestimmt war – vermutlich wollte ich meine Unabhängigkeit von häuslicher Kritik damit unter Beweis stellen. Mitten am Vormittag öffnete sich meine Tür wieder, und meine Schwester, diesmal schweigend und vorwurfsvoll, schien ihre Proteste wieder aufnehmen zu wollen. »Hinaus!« schrie ich, mit meiner Geduld am Ende. Die Tür schloß sich. Und dann kam mir plötzlich zum Bewußtsein, daß sie gar nicht ihr übliches Schneiderkostüm anhatte, sondern einen weißen Flanellumhang mit dunklem Muster, den sie damals getragen hatte, als wir zusammen in Deutschland waren. Ich schlug mein Buch zu und lief nach unten. »Wo ist Mrs. Playne?« fragte ich den Butler. »Sie ist vor einer Weile mit Mr. Potter ausgegangen«, antwortete er. Die nächste Stunde saß ich in der Diele, ganz elend, weil ich mir den Kopf so zermartert hatte, tat so, als läse ich die Morgenzeitung, war aber in Wahrheit geschüttelt von der abergläubischen Furcht, ihr sei etwas zugestoßen. Nach einer Weile kam meine Schwester zurück, ganz offensichtlich Fleisch und Blut und kein Gespenst und froh über meinen entspannten Ausdruck und die liebevolle Begrüßung. Beschämt wegen meines heftigen Ausbruchs und nicht willens, den Streit von vorher wieder aufzunehmen, entdeckte ich ihr den Grund für meine Reue erst viele Jahre später.

Drei Wochen mit geistigen Verrenkungen zugebracht: das kommt davon, daß man sich in der Mathematik versucht, ohne mathematische Begabung zu haben. Algebraische Zeichen oder Ziffern sind für mich halb geglaubte Tatsachen, die mein Verstand beharrlich für Fiktionen hält. Natürlich weigere ich mich zu glauben, daß die Mathematik das höchste Vermögen des Verstandes ist; es mag aber sein, daß sie ein notwendiges Hilfsmittel für die Anwendung der höchsten Fähigkeiten auf die wichtigsten Gegenstände ist. (Tagebuch, 4. November 1882)

»Was dir fehlte«, kommtentiert der Andere, »war ein Partner, kein Tutor.« »Aber wie hätte ich den Partner wählen können, bevor ich mich für den Beruf entschieden hatte?« frage ich dagegen. Auf den folgenden Seiten will ich versuchen, meine Reaktion auf den merkwürdig zwingenden Charakter meiner sozialen Umgebung zu beschreiben; er zeigte sich in den Büchern, die ich las, in den Menschen, mit denen ich zusammen war, oder auch in den häuslichen, sozialen und politischen Ereignissen, in deren Rahmen mein Leben sich abspielte. Jetzt kommt es mir so vor, als hätte mich die Macht der Umstände in jedem Fall dazu gezwungen, Geschichte und Wirkungsweise sozialer Einrichtungen zu erforschen, unabhängig davon, welche angeborenen Gaben und Fehler ich, abgesehen von intellektueller Neugier und einem überwältigenden Hang zur Selbsterforschung, haben mag. Anerkennung durch intellektuelle Arbeit zu finden, war schon vor dem Tod meiner Mutter mein geheimer Ehrgeiz. Ein Buch zu schreiben, das gelesen werden würde, wünschte ich mir sehnlichst, hatte aber keine Ahnung, worüber ich schreiben wollte. Aus meinen Tagebucheintragungen schließe ich, daß ich wohl nicht auf dem Gebiet der Soziologie gearbeitet hätte, wäre ich Neigung und Temperament (Talent will ich nicht sagen) gefolgt, sondern in der deskriptiven Psychologie, entweder durch Romanschreiben – das stellte manchmal eine Verlockung für mich dar – oder aber (wenn ich dreißig Jahre später auf die Welt gekommen wäre) mit einer wissenschaftlichen Analyse der inneren Anlagen einzelner Männer und Frauen und ihres Verhaltens unter besonderen Bedingungen. Von 1882 an tauchen nämlich in meinem Tagebuch realistische Szenen aus dem Land- und Stadtleben, Beschreibungen von Sitten und Moral, analytische Porträts von Verwandten und Freunden auf; aufgeschrieben nicht aus Gründen der Selbsterziehung wie die davorliegenden Zusammenfassungen, Exzerpte und Kritiken, sondern nur zu meinem Vergnügen. Es ist aber bezeichnend, daß meine Skizzen nach dem Leben fast immer die Beziehung eines einzelnen zu einer bestimmten sozialen Organisation zum Gegenstand haben, etwa Großindustrie, Parlament, Jurisdiktion, Medizin oder Kirche. Als Beispiel dafür zitiere ich zwei Eintragungen, in denen ich die menschliche Natur auf einer niederen Ebene in der Church of England der mittleren viktorianischen Epoche darstelle.

Unterhaltung an der table d'hôte über den Tisch hinweg mit drei jungen Männern – gemein, gemeiner, allgemein* –, wenn auch vielleicht mehr in Gemeinplätzen als über Gemeinsamkeiten (schreibe ich während einer Reise in die Schweiz mit meinem Vater und meiner

* Im Englischen: common, commoner, commonest, daher im folgenden die Spottnamen Common und Commoner.

kleinen Schwester im Sommer 1882). – Erfahre am nächsten Morgen, daß Vater (während wir noch faul im Bett lagen) uns beide zu einer Tagestour auf dem Gletscher mit Common und Commoner verabredet hat. »Jedenfalls wird das eine Studie über die Natur des Menschen, Rosebud«, sage ich. Und tatsächlich, Common und Commoner machten sich auf dem öden Eis, die halbe Zeit in Nebel und Regen gehüllt, nicht schlecht. Commoner, ein richtiger wilder junger Ire von fahriger Intelligenz, fiel mir zu. Wie seine beiden Gefährten, so auch er eine echte Stütze der Kirche! Sein Vertrauen hatte ich schnell. Seine Sprache war so charakteristisch für den Mann, daß ich sie aufschreibe.

»Ich habe anderthalb Jahre in Deutschland studiert – unmöglicher Ort zum Arbeiten – der Dozent hatte es unheimlich mit der falschen Lehre, über die ewige Strafe und so... die Sachen will man nur von einem gewitzten Mann erklärt haben. Das Zeug habe ich mir gleich wieder aus dem Kopf geschlagen, als ich nach England kam. Pfarrer werden wollt' ich eigentlich gar nicht – aber Kopfarbeit war nichts für mich – haut mich einfach um. Länger als drei Monate am selben Ort tut mir nicht gut. Mein einziger Bruder, der riecht Unruhe von weitem, dafür lebt der – wenn irgendwo Krieg ist, der ist dabei – hat 'ne unheimlich feine Nase dafür. Letzte Nachricht von dem kommt aus Australien, war bei der berittenen Polizei, den Eingeborenen auf der Spur: sowas liegt bei uns in der Familie.«

»Wie haben Sie es eigentlich geschafft, Examen zu machen?« erlaube ich mir zu fragen.

»Och, da habe ich Glück gehabt – komme ohne Lesen durch, schaffe es mit den Vorlesungen – etwas Stoff und viel Drumrumreden, damit gehts – die Prüfer lassen sich doch viel lieber erzählen, was sie selbst gesagt haben, als was man in Büchern findet.«

»Und Ihre Predigten?«

»Och, die hat mir der Kanonikus Fleming eingepaukt. Mußte ihm vorpredigen, da habe ich vielleicht gezittert!«

»Mit der Lehre haben Sie wohl nicht viel im Sinn?«

»Doch, doch! An irgendwas muß man sich ja halten können – Gleichnisse finde ich gut, massenweise Gleichnisse, die gehen glatt runter; aber das Nest bei Hereford, wo ich wohne, ist unheimlich öde. Der Pfarrer ein echter Schinder. Das war wirklich unheimlich hart für 'n jungen Kerl – ganze vier Tage war ich da, und schon verschwand er mitsamt seiner Familie –, und die ganze Arbeit konnte ich machen, vierundzwanzig Knaben auf die Konfirmation vorbereiten. Und die sind schwerfällig, harte Arbeit, denen das Zeug in die Köpfe zu hämmern. Also wirklich, ohne den Garten und die Vogeljagd wüßte ich gar nicht, wohin mit mir. Und die Gesellschaft dort, na ja, alles

Pfarrer – einfach schrecklich –, die schnappen dich und predigen dir und bestimmen genau, was man zu tun und zu denken hat, bis man nicht mehr weiß, wo einem der Kopf steht. Der Pfarrer und seine Familie sind unheimlich freundlich zu mir – fünf Töchter – die ganze Familie stocktaub – muß ich in ein Sprachrohr mit Trichter dran dem Vikar mitten ins Gesicht trompeten. Aber in Politik weiß er Bescheid, da habe ich alles von ihm – unheimlicher alter Tory – hält seiner Gemeinde ordentliche politische Reden statt Predigten. Neulich fing er so an, also erst kam Naseputzen und Räuspern, dazu braucht er immer allerhand Zeit, und dann: »Meinen sehr herzlichen Glückwunsch, liebe Brüder, daß dieser Lump Bradlaugh* aus dem Parlamentssaal verwiesen ist.« – Der Landarzt, unheimlicher kleiner Prolet – wollte mich immer in seinem Haus haben – war aber wirklich nicht mein Geschmack. Mußte ihm beibringen, daß er das verstand –, aber ich hatte ein paarmal unheimlichen Krach in der Gemeinde wegen ihm.«

»Wie weit ging der Streit?« fragte ich, neugierig geworden. »Sprechen Sie nicht mehr mit ihm?«

»O doch, wenn ich ihm begegne, mach ich eine Verbeugung und unterhalte mich mit ihm – anders gehts nicht.«

Kurze Pause, während wir ein sehr steiles Stück steigen.

»Haben Sie Ihren Beruf eigentlich gern?«

»Na ja, wirklich gern wäre ich zur See gefahren, aber dazu wars zu spät, und mein Kopf war für Büroarbeit zu schwach, mein Vater war Pfarrer, und ich habe fünf Onkel in der Kirche – ich kenne eine Menge junger Pfarrer, manche retten sich in die Blumenzucht, manche machens mit Fahrradfahren, manche halten sich Hühner. Manche haben mir erzählt, daß sie an Totenbetten unheimlich sprachlos sind – wissen dann nicht, was sie sagen sollen – das sind die Sachen, bei denen ein junger Kerl ernsthaft wird«, sagte der junge Ire mit einem Anflug von Traurigkeit. »Das ist es, Krankheit und Tod sehen müssen ...«

Als ich gerade daran dachte, zu Bett zu gehen, kam Vater mit einer Dame herauf, Mrs. R., Gattin des Rektors von T. Diese Dame sah aus, als sei sie im Einklang mit sich und der Welt und jederzeit zum Kirchgang gerüstet; sie hatte ein ausgeprägtes Adlerprofil, bleiche Haut, große, kalte Augen, die sich in den Winkeln, wie der Mund auch, leicht nach unten zogen, was ihrem Ausdruck ein Air von Frömmigkeit verlieh; Kopfbedeckung und Kleid solide und ehrbar; im Ganzen ein Bild der Zufriedenheit mit dieser Welt und der festen Überzeugung, in der jenseitigen einen Platz sicher zu haben.

* Vgl. S. 175 [d. Ü.].

»Zu schade, daß wir nicht früher miteinander bekannt geworden sind«, hatte sie die Freundlichkeit zu bemerken, mit gedehnter, gezierter Betonung einzelner Silben. »Hier ist ein so *gemischtes* Publikum versammelt. Gestern abend unterhielt ich mich mit einem besonders nett aussehenden Herrn, wirklich ein sehr ansehnlicher Mann, und was glauben Sie, mußte ich erfahren?« »Aber was denn?« »Er war ein *Dissenterpfarrer!* Natürlich mußte ich das Gespräch abbrechen. Diese Dissenter haben so merkwürdige Ideen, und sie sind so empfindlich in bezug auf ihre gesellschaftliche Stellung, und ich, als Mitglied der anglikanischen Kirche, als Gattin eines Pfarrers der Staatskirche, konnte mich natürlich nicht mit ihm unterhalten, ohne ihn mit aller Wahrscheinlichkeit zu kränken.« »Natürlich nicht«, sagte ich, wenn auch innerlich im Zweifel, ob die Kränkung wirklich unausweichlich sei. »Und dann, heute morgen, saß ich auf einer Bank neben einem durchaus *damenhaft* wirkenden jungen Geschöpf, und was glauben Sie, wo sie herkam?« »Woher denn?« »Aus *Birmingham*.« »Meine Güte«, rufe ich mitfühlend. An diesem Punkt der Unterhaltung setzten wir uns und begannen, unsere jeweilige Bekanntschaft mit dem Gloucesterzweig der Familie Vale darzulegen. »Ich kenne Mr. P.[2] sehr genau – ein *reizender Mensch* –, die Fräulein P., vier sehr wohl erzogene Mädchen – schade, daß sie noch *immer* Fräulein sind.« Das war nun wirklich ein Band, das uns zusammenhielt; wer freut sich nicht an einer leisen Herabsetzung seines nächsten Nachbarn, besonders dann, wenn es der Zufall will, daß dieser Nachbar in der sozialen Rangordnung ein klein wenig über einem steht? Durch diese Gemeinsamkeit erwärmt, verstiegen wir uns bis zum Thema Erziehung. »Es macht mich traurig«, fuhr die Gattin des Rektors fort, »mitanzusehen, wie die Töchtererziehung der gehobenen Schicht, also Kaufleute, Rechtsanwälte und so fort, in unserer Umgebung ganz in der Hand der Dissenter liegt – von denen sie natürlich keine *solide* religiöse Ausbildung erhalten. Mein Mann versucht, eine kirchliche Schule für die Mittelschicht einzurichten, die *ausschließlich* ihm unterstehen wird – wir haben uns zwei *ausgezeichnete* Mitglieder der anglikanischen Kirche als Schulvorsteherinnen gesichert. Eine Dame, die große Erfahrung mit diesen High Schools hat, die meiner Meinung nach *vollkommen* abzulehnen sind, erzählte mir, die Mädchen dort müßten so viel für den Unterricht arbeiten, daß sie keine Zeit mehr für ihre täglichen Gebete haben; und der Unterricht sei so *anspruchsvoll*, daß sie sich oft sogar selbst Bücher über das moderne Denken besorgen müßten. Und anscheinend werden in vielen High Schools alle Schichten zusammen unterrichtet, der Unterricht gilt als so gut, daß viele Eltern in gehobener Position (wenn auch ’türlich mit beschränkten Mitteln) sich überreden lassen, ihre

Töchter dorthin zu schicken – und es ist ganz *ausgeschlossen* für sie, vorherzusehen, neben wem ihre Töchter dort wohl sitzen«... (Tagebuch, Juni 1882)

Der Tod meiner Mutter änderte mein Leben vollkommen. Ich war nicht mehr Befehlsempfängerin, mußte meine Studien, Reisen, Freundschaften und Flirts nicht mehr dem familiären Rahmen anpassen, sondern war jetzt selbst Auftraggeber, Autoritätsperson, bestimmte nicht nur über mein eigenes Verhalten, sondern auch über das anderer Menschen; ich stand einem großen Haushalt vor, der immer in Bewegung war; ganz gleich, wo wir uns aufhielten, war unser Haushalt immer der Treffpunkt meiner sieben verheirateten Schwestern und ihrer wachsenden Familien; ich war in der Stadt und auf dem Land eine vielbeschäftigte Gastgeberin, bewirtete meines Vaters, meine eigenen und die Freunde meiner Schwestern. Wichtiger als alle diese Routinepflichten war, daß ich meines Vates Ratgeberin und de facto der Vormund meiner jüngsten Schwester war. Diese Stellung, die Verantwortlichkeit und Autorität mit sich brachte, wurde durch das Wesen meines Vaters noch betont: wenn er als Vater überhaupt einen Fehler hatte, dann die Neigung zum Verwöhnen und Überschätzen von Charakter und Intelligenz derer, die er liebte und mit denen er lebte. Und wenn ich auch nicht zu den Töchtern gehörte, die seine eher romantischen Gefühle weckten, war ich doch mit Sicherheit jemand, auf dessen Urteilsvermögen und Geschäftssinn er vollkommen vertraute; dieses Vertrauen kam zum Teil daher, daß ich hin und wieder als seine Privatsekretärin und Sonderbeauftragte gearbeitet hatte; dabei hatte ich mir für ihn die diversen Details der mündlichen »Absprachen« zwischen den Verhandlungspartnern gemerkt, die die Maschinerie des »Big Business« zu einem so großen Teil bestimmen. En passant möchte ich sagen, daß diese Aufgabe, eine Reihe komplizierter Fakten während einer Unterhaltung zu verstehen, sich einzuprägen und später wiederzugeben, auch zur Arbeitsweise eines Sozialforschers gehört; und mein Geschick in Interviews verdanke ich der Übung durch die Arbeit für meinen Vater.

Als ich seinen Haushalt für ihn führte, überließ er es mir, das Wann und Warum der Ausgabe eines beträchtlichen Einkommens zu regeln; er hatte mir sogar mehr als einmal vorgeschlagen, daß ich offiziell seine Geschäftspartnerin werden konne, falls ich nicht heiraten wolle. So hatte ich zwei, drei Jahre lang die uneingeschränkte und unkontrollierte Verfügung über Geld, die *Rentiers* persönliche Freiheit nennen; und Lohnempfänger, die sich als Produzenten der Waren und Dienstleistungen fühlen, deren Nutznießer die wohlhabenden Müßiggänger sind, betrachten diese freie Verfügung über Geld als persönliche Macht. Zusätzlich zu dieser größeren Freiheit oder Macht erfuhr ich einen deutlichen Zuwachs an physischer und geistiger Energie; vielleicht war das zweite auch eine Folge des ersten. Aus einem anämischen jungen Mädchen, das für Phasen der Zerstreuung, Vergnügung oder des Lernens immer mit Perioden nervöser Erschöpfung, oft sogar mit richtiger Krankheit bezahlen mußte, verwandelte ich mich in eine außergewöhnlich energiegeladene Frau und konnte auf Dauer und mit Methode mehrere voneinander getrennte, oft sogar im Widerspruch zueinander stehende Leben gleichzeitig führen, erfuhr dabei aber auch viel von der Anspannung und Belastung einer Persönlichkeitsspaltung.

Als ich auf meinem Weg von Paddington durch die Londoner Straßen fuhr (erinnere ich mich in einer Zusammenfassung der Arbeit eines Jahres), hatte ich ein ganz seltsames »Gefühl« von Macht; ich glaube, das geschieht den meisten Menschen, die in sich selbst verschlossen gelebt haben, die selten ihre Selbsteinschätzung im Wettstreit mit anderen korrigieren mußten. Jedes Gesicht in der belebten Straße schien bereit, mir seine geheime Geschichte zu erzählen, wenn ich nur genau hinsehen wollte. Und wieder erschien die eitle Hoffnung, die Menschheit aus einer Art Vogelperspektive wahrnehmen zu können, vor meinem inneren Auge; wieder versuchte ich, den Schatten einer Idee festzuhalten, der verschwand, als ich wenigstens seinen Umriß nachzeichnen wollte. Meine Energie und Arbeitskraft waren plötzlich gewachsen. Ich war den ganzen Sommer in Hochstimmung, vermutlich zum Teil wegen des physischen Effekts, den die dünne Luft in Mürren hat. (»Allgemeiner Blutüberschuß ist die Ursache für Hochgefühle!« H. S.) Dieser Zustand von moralischer

oder intellektueller Begeisterung muß dem Wesen nach im Genie und in gewöhnlichen Menschen gleich sein; im Ergebnis aber bestehen gewaltige Unterschiede. Es ist der Zustand einer geistigen Isolation, in dem man sich fragt, ob die eigene Kraft dazu reicht, eine nützliche Arbeit zusätzlich zu den Pflichten zu tun, die jeder als Angehöriger einer Klasse zu erfüllen hat.
Die Strafe für eine falsche Antwort auf diese Frage ist härter, wenn der Irrtum auf Eitelkeit beruht. Dann ist die Wahrscheinlichkeit groß, daß man sich lächerlich macht, und, viel schlimmer noch, man kann dessen gewiß sein, daß man relativ nutzlos ist. Auch Zynismus hilft der Bescheidenheit in einer solchen kritischen Lage zum Sieg. Es ist mehr als zweifelhaft, daß Leistungen (ob im Tun oder Denken) eines mittelmäßig begabten Menschen je dauerhafte Wirkung haben. Wenn er angepaßt ist, ist er ein bloßes Instrument, und viele, die genauso gut sind, stehen bereit. Wenn er gegen den Strom schwimmt, ist er machtlos gegen den furchtbaren Sog menschlicher Gewohnheit. Aus meinem kleinen Traum rüttelten mich liebe Freunde wach, die mich dabei ertappten, wie ich schläfrig wurde und so die Arbeit vernachlässigte, an der sie interessiert waren. Auch die Mathematik ernüchterte mich nachhaltig. Sie ist ein guter Gradmesser für intellektuelle Kapazität, leicht auch privat anzuwenden. Im ganzen fängt das neue Jahr für mich mit dem Entschluß an, meine Kraft vor allem im praktischen Leben einzusetzen; wenn dann noch Energie frei bleibt, »kann ich bestimmt damit tun, was mir gefällt«!
Es wäre reizvoll, Skizzen von Menschen zu machen, so sorgfältig und genau, wie ich in meinen Zeichnungen Details von Felsen, Stöcken und Wurzeln wiederzugeben versuchte. Die sechs Monate, die ich mit Zeichnen zugebracht habe, waren vielleicht vergeudet, wenn man den Erfolg betrachtet, haben aber sicherlich meine Sensibilität für Farben und Formen erhöht. Ich erinnere mich daran, wie sehr ich mich in jenem Winter an der geschwungenen Linie eines Astes, an der Farbabstufung in einer Karotte oder einem Kohlrabi freuen konnte. Noch die häßlichsten Gegenstände in der Natur waren für mich interessant und sogar von eigener Schönheit. Und da mein Leben jetzt zu einem guten Teil in der Gesellschaft stattfindet, wird es durch den Versuch, Männer und Frauen, die ich kennenlerne, auch zu beschreiben, interessanter werden, auch werde ich so die Eigenarten der Beschriebenen vorsichtiger einschätzen können.
Wir haben fast alle den Wunsch, unsere Gedanken, Gefühle und Eindrücke darzustellen. Frauen drücken sich meist in Musik oder Malerei aus, aber Schreiben ist sicher nicht prätentiöser als die anderen Künste, solange man sich nicht über den Wert dessen, was man schreibt, selbst täuscht. Der Vorteil, daß die Sprache das gebräuch-

lichste Mittel zur Einflußnahme im praktischen Leben ist und daß Klarheit und Verständlichkeit der Ausdrucksweise gute Verbündete für die noch wichtigeren Eigenschaften des Charakters und Verstandes sind, bleibt selbst dann unbestritten, wenn man den großen Nutzen des Schreibens für die Entwicklung des Denkens leugnen wollte. Morley sagt, wir modernen Menschen beschränkten unsere Vorstellungen von erfüllter Zeit auf zwei Beschäftigungen: Bücherlesen und Geldverdienen; und die Zahl der in diesem Jahr gelesenen und verarbeiteten Bücher ist auch ungefähr gleichzusetzen mit der Menge der Arbeit, die man meint, in diesem Zeitraum erledigt zu haben.
Die Frage, ob der gegenwärtige »Intellektualismus« in seinen positiven Wirkungen überschätzt wird, läßt sich schwer beantworten. Ich könnte mir denken, daß wir im Augenblick eine Gegenreaktion auf die Vorstellung erleben, daß Erziehung des Verstandes ein Allheilmittel sei. Eine Gesellschaft von Menschen, die an allem interessiert und für alles unbrauchbar sind, ist mit Sicherheit einigermaßen langweilig. Bestärkt Bildung die Kraft zum Handeln? Ich neige zu der Einschätzung, daß sie die Kraft bestärkt, aber den Wunsch verringert. (Tagebuch, 3. Januar 1883)

Zuerst mußte ich das Problem lösen, zwei rivalisierende Aufgabenbereiche miteinander zu verbinden, die meine Zeit und Kraft in entgegengesetzte Richtungen zogen: auf der einen Seite die Neigung zur Familie, die durch den viktorianischen Kodex, nach dem die Frau ins Haus gehört, bestärkt wurde, und auf der anderen eine übermächtige Neugier auf das Wesen der Dinge, der ein neu erwachtes Bedürfnis nach schöpferischem Denken und literarischem Ausdruck zur Hilfe kam. Einige Ansprüche mußten selbstverständlich erfüllt werden. Meinen Vater auf Reisen und bei seiner Arbeit zu begleiten, war nicht nur ein beständiges Vergnügen, sondern auch ein Stück Allgemeinbildung für mich. Mitleid und Pflichtgefühl waren durch den chronisch schlechten Gesundheitszustand meiner kleinen Schwester angesprochen. Es gab aber Erwartungen an die Erfüllung weiblicher Pflichten, denen ich mich nicht unterwarf. Der herrschende Verhaltenskodex verlangte, daß die gesamte Zeit und Kraft einer unverheirateten Tochter, schon gar, wenn sie verantwortlich für die Haushaltsführung war, in den Dienst der Familie gestellt oder zu Einladungen und Gegeneinladungen in den Gesellschaftskreisen, denen sie angehörte, genutzt wurde. Ein gegenläufiges Interesse ließ man allerdings gelten: das Recht, diese Lehrzeit durch die Anfertigung eines Meisterstückes in Gestalt einer »guten Heirat« zu beendigen; denn durch diese Heirat würde sie in den wohlangesehenen Kreis der gutsituierten Matronen erhoben werden und somit den korporativen Einfluß der Familie weiter stärken. Ein Rechtskodex braucht einen Gerichtshof, der ihn auslegt. In meinem Fall bildete die Phalanx sechs verheirateter Schwestern mit sechs Schwagern als Assessoren im Hintergrund ein tolerantes und freundliches Schöffengericht bei den Untersuchungen und Vernehmungen. Aber wie andere potentielle Gesetzesbrecher war auch ich entschlossen, der Rechtsprechung des Gerichtes zu entgehen oder wenigstens Grenzen zu setzen. Soweit Gesundheit und Glück meines Vaters und meiner Schwester betroffen waren oder die Verfügung über das Einkommen der Familie, erkannte ich das Einspruchsrecht des Familiengerichtes vollkommen an. Aber alle meine eigenen Hoffnungen und Pläne zur Selbsterziehung und Selbstdarstellung entzog ich stillschweigend den Familiendiskussionen – eine Zurückhaltung, die Isolation und Einsamkeit zur Folge hatte.

Diesen inneren Konflikt begleitet die Erkenntnis, daß ich (vermutlich wegen meiner Egozentrik) allmählich die Zuneigung meiner Schwestern verliere. Die unvermeidliche Kritik wird natürlich weiter geübt, und manchmal wird sie unberechtigt sein. Überempfindlichkeit hat keinen Zweck – aber wenn man eine philosophische Haltung einnehmen will, muß man fest davon überzeugt sein, daß die Absichten, die man verfolgt, richtig und gründlich durchdacht sind. (Tagebuch, Dezember 1882)

Die einander entgegenwirkenden Ansprüche auf meine Zeit und Kraft wurden schnell dadurch versöhnt, daß ich mir angewöhnte, meine Kopfarbeit im eigenen Zimmer morgens zwischen fünf und acht Uhr zu erledigen, um den Rest des Tages für Hausarbeit und gesellschaftliche Verpflichtungen zur Verfügung zu haben.

Lese jeden Morgen eifrig H. S.s *Psychology*. Diese drei Stunden ungestörter Arbeit sind die glücklichsten des Tages. Nur ein Kummer stellt sich dabei immer ein – der Ansporn für meinen Ehrgeiz, den eine geistesverwandte Untersuchung jedesmal belebt und der jedesmal durch einen Anflug von Selbsterkenntnis schon wieder eingeschüchtert wird; ich muß nur mit einem durchschnittlich intelligenten Menschen zusammentreffen und bin schon gezwungen, meine eigene Minderwertigkeit einzusehen. Und trotzdem bin ich halsstarrig genug, nicht einzusehen, warum ich nicht doch etwas schaffen sollte, wenn ich nur all meine Kraft auf einen Gegenstand konzentrieren könnte. Vermutlich hat aber jeder noch so gewöhnliche Mensch manchmal Augenblicke, in denen er plötzlich Möglichkeiten in seinem Wesen sieht, die dazu verurteilt sind, unverwirklicht zu bleiben, weil nicht alle Bedingungen zu ihrer Entfaltung erfüllt sind. Und warum sollten wir mit allen Fasern unseres Wesens nach Wissen streben, wenn doch jede kleinste Menge neuen Wissens nur die Fläche vergrößert, die den irritierenden Aktionen des Unerkannten ausgesetzt ist? Selbst wenn wir die Summe aller menschlichen Erkenntnis vergrößern könnten (was für normale Sterbliche ein Ding der Unmöglichkeit ist), was hätten wir, was hätten andere davon? Charakter zu entwickeln ist viel nötiger als den Verstand noch weiter zu fördern, der in letzter Zeit ohnehin die Beute zwischen seinen Zähnen hält und mit der Energie der Menschen davonläuft. Möglich, daß das Denken mit der Philosophie, die es hervorbringt, wirklich die Entwicklung der Moral dadurch beeinflußt, daß es unseren Sinn über die bloße Betrachtung persönlicher Mißerfolge und Erfolge hinaus lenkt; dadurch, daß es unser Mitgefühl auf eine breitere Basis stellt und unserer geistigen Tatkraft ein Ventil öffnet, durch das sie ohne Schaden entweichen kann. Schließlich kann man häufiger beobachten, daß unbeschäftigte, aber aktive Köpfe Unheil anrichten, als daß diejenigen ihre Pflichten vernachlässigen, die mehr als ihre Privatangelegenheiten im Kopf haben. Was mich an meiner bescheidenen Arbeit beunruhigt, ist die geringe Menge Material, mit dem ich arbeite – die triviale Subjektivität meines Denkens. Das ist mir so schmerzhaft deutlich, wenn ich wirklich kluge Männer treffe. Meine Arbeit – wenn das, womit ich mich beschäftige, überhaupt diesen Namen verdient – ist so amateurhaft; und trotzdem wüßte ich nicht, woher ich das Recht nehmen sollte, etwas Besseres, Berufsmäßigeres zu beanspruchen. Alle meine Pflichten liegen in praktischer Richtung. Warum sollte ich elender kleiner Frosch mich zur Professionalität aufblasen? Wenn ich mich nur von dem unheilvollen Wunsch, etwas zu erreichen, befreien könnte, dann könnte ich die wenigen Stunden, die ich für Studien reserviere, damit rechtfertigen, daß sie mir guttun. Sie halten mich gesund, entweder weil sie den Kreislauf direkt anregen, oder weil sie indirekt günstig wirken, dadurch, daß sie ein gewisses Maß an Selbstzufriedenheit hervorrufen. Ablenkung bekommt mir nicht, weder meiner Moral noch meiner Physis; und ich sehe nicht ein, warum ich nicht mir selbst treu sein und ihr widerstehen sollte. (Tagebuch, Januar 1883)

Die folgenden Tagebucheintragungen aus dem ersten Jahr meiner neuen Stellung als unabhängige Hausherrin in der Londoner Gesellschaft enthüllen die Belastung und Anspannung, die dieser innere Kampf zwischen dem Wunsch nach Entwicklung der eigenen Person und Selbstdarstellung auf der einen und den eher konventionellen Pflichten gegen die Familie auf der anderen Seite brachte; die Spannung wurde noch verschärft durch die Suggestionen persönlicher Eitelkeit und gesellschaftlichen Ehrgeizes.

Soll ich ganz in der Gesellschaft aufgehen (frage ich mich am Tag, bevor wir unser Londoner Haus beziehen) und mein Ziel darin sehen, hier Erfolg zu haben; oder soll ich nur meine gesellschaftlichen Verpflichtungen erfüllen und mein Privatleben möglichst so behalten, wie ich es in den letzten neun Monaten getan habe? Im ganzen neigt sich die Waage zugunsten der Gesellschaft. Das bedeutet mit dem Strom schwimmen und meine Familie erfreuen. Es heißt, eine Sache gründlich tun, die ich nur mit halber Kraft tun möchte. Es heißt, Gelegenheiten nutzen statt sie zu schaffen. So wage ich weniger und gehe auf ausgetretenen Pfaden in angenehmer Begleitung. Das Ziel ist nicht fern; es ist ohne übermäßigen Kraftaufwand zu erreichen; außerdem, und das ist vielleicht der gewichtigste Grund für meine Entscheidung, liegt in dieser Wahl weniger Anmaßung.
Deshalb verspreche ich feierlich, daß ich in den nächsten fünf Monaten meine Energie auf die Verfeinerung meiner sozialen Instinkte wenden werde – im Vertrauen darauf, daß mein Schutzgeist mich vor geistiger Abgeschmacktheit, Unehrlichkeit und Falschheit bewahren wird. Ich würde gern unter Menschen gehen, entschlossen, sie kennenzulernen; bescheiden Beobachtungen machen und Charakteristika herausfinden und immer daran denken, wieviel noch im unbedeutendsten einzelnen sich außerhalb und jenseits unseres Erkenntnisvermögens befindet. Jede neue Nähe bestärkt die Überzeugung des eigenen Unvermögens, einen anderen ganz zu verstehen, auch wenn man mit Liebe hinsieht. Und ohne Zuneigung kann man die Barriere vor der wirklichen Kenntnis der inneren Bewegungen, die

die äußeren Handlungen von Menschen leiten, überhaupt nicht überwinden. Zuneigung, oder besser *akzeptierte* Zuneigung, ist das einzige Instrument zum Zergliedern eines Charakters. Alle großen Kenner und Darsteller der menschlichen Natur müssen im Besitz dieses Instrumentes gewesen sein. Wie vollkommen das Instrument ist, hängt zweifellos von einer rein intellektuellen Eigenschaft ab, von der analytischen Phantasie – und die hat wieder ihren Ursprung in einer subjektiven Komplexität von Motiven und Denken. Wenn man aber diese Eigenschaft der analytischen Phantasie nicht in ungewöhnlich hohem Maß besitzt, kann man Einsicht in das Wesen anderer nur dann gewinnen, wenn man das Interesse am eigenen Ich und seinem Wirken dem größeren Wunsch, andere zu verstehen, unterordnet. Deshalb ist in mir der Entschluß gereift, daß ich gegen meine natürliche Neigung, Eindruck auf andere machen zu wollen, ankämpfen und mich innerlich darauf einstellen will, Eindrücke zu empfangen. Und sobald ich Eindrücke empfange, will ich sie in Worte fassen und dadurch die Verschwommenheit der Umrisse vermeiden, die entsteht, wenn man zu lange nur rezeptiv ist und keinen Versuch macht, sich auszudrücken. (Tagebuch, 22. Februar 1883)

Ein hübsches Schlafzimmer nach vorn mit Fenster nach Westen (schreibe ich, als wir uns für die Dauer der Londoner Saison in Prince's Garden eingerichtet haben). Nachmittags kann ich hier sitzen und die Sonne langsam hinter dem Museum und den Museumsgärten untergehen sehen ... ungestört vom hektischen Leben der großen Stadt; nur der flotte Trab der gutgefütterten Pferde und das gleichmäßige Rollen der wohlgepolsterten Wagen. Wir sind ganz und gar im Land des Luxus; wir leben in einer Atmosphäre von Annehmlichkeiten, Sättigung und Langeweile, mit Aussicht und Rücksicht auf befriedigte oder gekränkte Eitelkeit. Vater beschäftigt sich damit, den Plan einer großen Fusion von Eisenbahngesellschaften zu untersuchen und bis zu einem gewissen Grade auch zu fördern: die Anreger dieses Plans bemühen sich sehr, seine Zeit, und noch mehr, seinen Namen zu bekommen. Sekretär Price kam heute nachmittag. Verstand es geschickt, das »wir« ins Gespräch zu bringen. Vater sehnt sich wirklich nach Arbeit. Leidet noch stillen Kummer und einsame Trauer um Mutter; seine Betrübnis dauert an, wenn auch mit Unterbrechungen. Der Verfall der Kräfte ist sehr traurig, für mich schrecklicher als der Tod selbst. Und alle, die den Höhepunkt ihres Lebens überschritten, die diese wenigen goldenen Jahre für ihre Arbeit gelebt haben, müssen das Nachlassen der Kraft zu ausdauernder Arbeit vorführen. Es wundert mich nicht, daß Männer ihr Interesse von der menschlichen Natur abwenden und sich ganz der Erforschung einfacherer Lebensformen widmen. Es gibt so viel Erschrekkendes und Furchtbares in den mit Verstand begabten Organisationsformen, wenn man sie im Licht der eigenen Selbstzweifel und vor dem dunklen Hintergrund der Auslöschung sieht. Wenn ich durch eine belebte Londoner Straße gehe und die Gesichter der Männer und Frauen im Gedränge beobachte und sehe, wie zerfurcht, voller Falten, manchmal verzerrt durch Arbeit, Überlebenskampf und Leidenschaft sie sind, wenn ich daran denke, daß all dieses Wünschen und Leiden, die vielfältigen Gefühle und Gedanken nur die Wirkung von Energie und Materie sind, nur phantomartige Formen, geschaffen, um zerstört zu werden, dann erfaßt mich jedesmal eine lähmende Hoffnungslosigkeit, die mir jede Kraft zum Wünschen und Tun nimmt. Dann versinke ich in dumpfe Trägheit, aus der mich nur eine müde Neugier auf die Unterschiede in Form und Struktur bei den einzelnen, die mir erlauben, sie zu beobachten und zu befragen, wieder befreit. Kaltblütige Untersuchung tritt an die Stelle warmherziger Teilnahme. Aber das sollte man entschlossen abschütteln... (Tagebuch, Februar 1883)

Große Gesellschaft im Haus des Speakers – ein bis zwei von dieser Sorte reichen fürs Leben. Finde es so schwierig, immer liebenswürdig zu sein. Mir fällt nichts ein. Im ganzen ist mir das Volk in der Oxford Street lieber, mindestens die Frauen. »Ladies« sind so farblos.
Die geistige Überlegenheit der Männer ist in unserer Klasse am deutlichsten, sollte man denken. Wie könnte es anders sein, bei diesem Alltag der Damen der Gesellschaft? Was ist an diesem Gesellschaftsleben so attraktiv? Wie kann eine intelligente Frau in die Schicht einheiraten wollen, die von dieser Gesellschaft bestimmt wird? (Tagebuch, 1. März 1883)

Besuche gemacht. Lady L., reiche Erbin bürgerlicher Herkunft, heiratete einen Baronet, ein nichtssagendes Individuum, dessen Fähigkeiten im Geld versackt sind. Großes Haus in Prince's Gate, wunderbar ausstaffiert mit »Raritäten« aus Porzellan und Möbeln, die so düster und schwer sind, daß sie alles erdrücken. Die Dame, klein, hübsch, zierlich gebaut, mit leidendem Gesichtsausdruck und dubioser Eleganz in Erscheinung und Benehmen. Neben ihr eine untersetzte Frau, keine Schönheit, aber herrlich aufgeputzt. Unterbrach sie in Unterhaltung über Dienstboten. Nach ein paar einleitenden Höflichkeitsfloskeln:
Lady L.: »Ich erzähle Mrs. B. gerade, daß der letzte Koch, der sich bei mir vorgestellt hat, 250 Pfund Lohn pro Jahr verlangt hat, dazu Vergünstigungen und die Erlaubnis, selbst einzukaufen, was er zum Kochen braucht; und die Sonntage will er frei haben. Reizend, die-

ses Entgegenkommen, finden Sie nicht? Und das Schönste ist, er war früher lange bei uns in Stellung und hat uns erst vor zwei Jahren verlassen; es ist wirklich unglaublich, wie frech und unehrlich die Dienstboten heutzutage sind. Erst neulich habe ich gemerkt, daß unser Koch pro Woche für 14 Pfund Butter verbraucht haben will.«
»Um Himmels willen«, rief ich, »das ist allerhand!«
Lady L.: »Aber nachprüfen kann man es unmöglich; der ganze Haushalt ist in der Hand der Lieferanten. Wie *soll* man das beweisen?«
Mrs. B.: »Das Schlimmste ist, daß man noch so viel bezahlen kann – das *Geld* ist gar nicht das *Problem* –, aber was man haben will, bekommt man trotzdem nicht. Aber *finden* Sie das richtig, daß der Butler jeden Abend ausgeht, und nicht er allein, sondern der erste Diener auch, und übrig bleibt nur der Laufbursche, und der bringt uns den Kaffee hinauf?«
Lady L.: »Das würde bei uns nur einmal passieren, am Tag danach wären sie beide entlassen. Aber, wie Sie schon sagten, man hat ja auch das Problem mit den Dienstherren. Lady Wolseley war gestern gerade hier und beklagte sich über Sir Garnet, Verzeihung, Lord Wolseley, wollte ich sagen. Sie hatte schon geläutet und Lord Wolseley genau instruiert, was er dem Dienstmann wegen seines abscheulichen Benehmens zu sagen habe; dann verließ sie den Raum, und als sie nach oben ging, mußte sie mit anhören, wie Lord Wolseley dem Mann nur sagte, er solle ein paar Kohlen nachlegen!«
Mrs. B.: »Aber nein!« (Kurze Pause, während der sie überlegt, ob sie nicht den Spanischen Botschafter in die Unterhaltung einfließen lassen könne, der ihr ein paar Monate zuvor einen Besuch abgestattet hatte; – es gelang ihr tatsächlich.) »Ich sehe gerade, daß Sie die Kommode aus dem letzten Ausverkauf bei Christie's erworben haben; mein Mann sagte, es gab eigentlich nur Schund dort, *dies* Stück natürlich ausgenommen ...« Und so weiter ... (Tagebuch, 11. März 1883)

Jetzt sind Denken und Handeln in meinem Leben klar voneinander getrennt (schreibe ich einen Monat später), ohne Verbindung zueinander. Diese Trennung ist ein Versuch, die beiden verschiedenen, fast widersprüchlichen Ideale zu verwirklichen, die mich zu Kompromissen mit meiner Zeit und Kraft zwingen, die ständig von neuem ausgehandelt werden müssen. Meine einzige Hoffnung ist, daß das eine Ideal, das des kontemplativen Lebens, vor der Welt verborgen bleibt, weil ich mich wahrhaftig im Innersten seiner schäme; und dennoch ist es die dominierende Kraft in meinem Inneren. Zu meinem Glück unterstützen alle äußeren Kräfte das zweite Ideal (das des tätigen

Lebens), so daß das Gleichgewicht zwischen beiden ziemlich genau gehalten wird. Aber eine seltsame Erfahrung ist es schon, mich zwischen Menschen zu bewegen, viel zu reden, wie es von mir erwartet wird, und dabei niemals von den Gedanken und Problemen zu sprechen, die mein *eigentliches Leben* ausmachen und die den ganzen Ernst meines Wesens beanspruchen, wenn ich sie verfolgen und lösen will. Dieses Doppelleben, mehr noch, die Verstellung vor der Welt, in der ich lebe, auch vor der eigenen Familie, muß ein Gefühl von Unwirklichkeit nach sich ziehen und, was noch schlimmer ist, Kräfteverschleiß bei den plötzlichen Übergängen von einem zum andern Leben. Glücklicherweise ist mir eines klar: dieser Zustand des Schwankens wird nicht von Dauer und die Arbeit, die ich unterdessen tue, nicht nutzlos für mich sein, ganz gleich, zu welchem Beruf meine Natur und die Umstände mich schließlich zwingen werden. Sicherlich wird sich der Schleier eines Tages lüften und mir einen unverhüllten Anblick der engen Grenzen meiner eigenen Möglichkeiten gewähren. (Tagebuch, 24. April 1883)

Wie komisch dieser ganze Lärm um nichts ist. Nach einer Einladung, wenn ich zu viel geredet habe, bin ich absolut unfähig zu Kopfarbeit. Francis Galton spricht in seiner *Enquiry into Human Faculty* von dem Verstand, der »in seinen alten Geschichten kramt«, aber in diesem Londoner Gesellschaftsleben ist das bißchen Hirn, das man hat, fast ganz mit dem Schwatzen über die neuesten Eindrücke ausgelastet. Konversation wird in der demoralisierendsten Weise zur Manie. Noch, wenn man wieder allein ist, führt man diese Konversation sozusagen im Hinterkopf weiter; die Männer und Frauen, mit denen man sich vorher unterhalten hat, geistern in der eingebildeten Szenerie herum und monopolisieren in ihrer entmaterialisierten Gestalt den Rest von Zeit und Kraft, der einem noch geblieben war. Ich kann mir vorstellen, daß die Gesellschaft für Menschen mit genug Kapazität Entspannung bedeutet, keine Vereinnahmung. Aber wenn Geselligkeit zur Entspannung werden soll, darf man nicht viel mit dem komplizierten Apparat zu tun haben, der sie in Gang hält. So wie es aussieht, zersplittert sich aber das geringe Maß an intellektueller Kapazität, das ich gehabt haben mag, jetzt völlig zwischen den Vorbereitungen (die nie ein Ende zu nehmen scheinen) auf Einladungen und der befremdend bruchstückhaften Bekanntschaft mit den vielen verschieden denkenden Menschen, die mir alle an Kraft und Erfahrung überlegen sind; was mir dann noch bleibt, ist nicht zu brauchen. Wenn ich nicht mit Organisation beschäftigt bin, rede ich entweder mit dem Mund, oder ich führe im Geist lebhafte Konversationen. Lesen und Nachdenken sind gleichermaßen unmöglich. Einen Gedanken zu Ende zu denken, ist eine mir unbekannte Erfahrung. Nur Bilderfolgen laufen in meinem Kopf ab, eine nach der andern; die Menschen, die darin vorkommen, können sprechen und gestikulieren. Mein Kopf scheint zur Zeit seine Persönlichkeit zu verlieren, scheint sich in einen Spiegel zu verwandeln, der Männer und Frauen in ihrer jeweiligen Umgebung reflektiert; und mein eigenes kleines Ich kommt und geht zwischen ihnen ... So viel ist sicher: gesiegt hat die »Society« – meine eigene Arbeit ist ziemlich ins Aus geraten ... Man bekommt reichlich wenig durch Reden (sage ich mir nach einer andern Essenseinladung); daß man wenigstens andern etwas gibt, vielleicht Amüsement, kann man nur hoffen ... Wenn ich doch nur irgendwo ein harmonisches Wesen finden und gründlich studieren könnte! Außerhalb der Familie ist es hoffnungslos, verschiedene Einzelpersonen zu beobachten, ich bin verwirrt und gestört durch das Bewußtsein der eigenen Persönlichkeit, durch den ständigen Versuch, die Menschen, denen ich begegne, zum Spiegel meines Ich zu machen. (Tagebuch, 5. Mai 1883)

Am 18. interessantes Dinner hier. Auf der einen Seite neben mir ein Whig-Peer – Joseph Chamberlain auf der andern. Der Whig-Peer sprach von seinem eigenen Besitz; Chamberlain redete leidenschaftlich darüber, wie man an den Besitz anderer Leute kommen könne – *zugunsten der Massen!* Ein kurioser und interessanter Mann, beherrscht von intellektuellen Leidenschaften, fast ohne Selbstbeherrschung, aber voller guter Absichten. Herbert Spencer über Chamberlain: »Ein Mann, der es wohl gut meint, der aber jetzt und immer unabsehbar viel Unheil anrichtet und anrichten wird.« Chamberlain über Herbert Spencer: »Zum Glück sind seine Schriften für die Mehrheit aller Menschen unverständlich; sonst hätte er sein Leben lang nur Schaden angerichtet.« Keine persönliche Animosität zwischen den beiden, aber eine fundamentale Antipathie der Denkweisen. Woher kommt sie? Ich verstehe, wie Herbert Spencers Begründungen konstruiert sind; doch den Grund für Chamberlains Leidenschaftlichkeit verstehe ich nicht. Aber die Antriebskraft, die den Mann der Tat in Bewegung setzt, ist selten rational. Philosophen werden die Welt beeinflussen, aber niemals beherrschen, jedenfalls nicht, solange das Wesen der Masse sich nicht grundlegend ändert; und wenn es dahin gekommen ist, dann, denke ich mir, wird der Philosoph in eine noch ruhigere Sphäre entrückt sein ... (Tagebuch, Juni 1883).

Die folgenden Eintragungen, sechs Monate danach, interessieren vielleicht auch den einen oder anderen Leser; ich schildere darin den Eindruck, den ich von Mr. Chamberlain hatte, als er Führer der Radikalen war:

Er erzählte mir die Geschichte seiner politischen Karriere: wie sich sein Credo auf einer Basis von Erfahrung und Mitgefühl entwickelte, wie seine Sehnsucht, der Menge Gutes zu tun, allmählich zu einer Leidenschaft wurde, die sein ganzes Wesen durchdrang. »Bis jetzt haben die Reichen dieses Land zu ihrem Besten regiert; und ich muß zugeben, sie haben ihr Ziel erreicht. Nun, darauf baue ich, kommt die Zeit derer, die arbeiten und nichts besitzen. Es ist mein Lebensziel, dieser großen Mehrheit das Leben angenehmer zu machen; ob es dabei allmählich etwas weniger angenehm für die Minderheit der Besitzenden wird, ist mir gleichgültig. Nehmen Sie Amerika zum Beispiel. Gebildete beklagen, daß die Gesellschaft dort vulgär sei, nicht recht behaglich für den wählerischen Geschmack feingebildeter Gemüter. Aber für den gewöhnlichen Arbeiter ist sie unendlich viel besser als die hiesige...«

Das politische Credo ist der Mann – ist das Produkt seiner physischen und psychischen Veranlagung. Er ist weder ein Denker noch Beobachter im wissenschaftlichen Sinn. Seine Meinungen sind nicht aus bestimmten wohldurchdachten Prinzipien oder sorgfältig gesicherten Fakten deduziert. Er zielt mehr darauf, das Organ zu sein, durch das die Mehrheit seiner Landsleute ihre Bedürfnisse – oder das, was er dafür hält – zu Gehör bringt. – Seine Macht beruht auf seiner intuitiven Kenntnis der Wünsche, die eine bestimmte Schicht seiner Landsleute hegt; auf seiner Fähigkeit, sie zu artikulieren und zwingend an eine Menge indifferenter Menschen weiterzugeben, die dieselben Wünsche insgeheim auch schon hatten, weil es subjektive Bedürfnisse sind, die zusammen mit wirklichen oder scheinbaren objektiven Interessen bestehen. Ob es normale Bedürfnisse sind und ihre Erfüllung sich mit dem Wohl des englischen Gemeinwesens verträgt, zu dieser Frage kann ich mir keine Meinung anmaßen. Chamberlain ist ein Organ von großer individueller Überzeugungskraft; das Ausmaß seines Einflusses wird von der relativen Macht der Klasse abhängen, die er repräsentieren will. Dem Wesen nach ist er ein Enthusiast und Despot. Tiefes Mitgefühl mit dem Elend und der Unvollkommenheit im Leben der meisten Menschen und eine echte Sehnsucht, beides zu ändern, verwandeln seine politischen Aktionen in einen religiösen Kreuzzug; aber neben diesem ursprünglichen Enthusiasmus hat er auch ein leidenschaftliches Bedürfnis, alles zu zerschlagen, was sich seinem Willen in den Weg stellt; und er hungert danach, den Fuß auf den Nacken anderer zu setzen, wenn er sich selbst auch einreden würde, daß er das Richtige und seine Gegner das Falsche vertreten. (Tagebuch, 12. Januar 1884)

Hier die Beschreibung einer politischen Demonstration in Birmingham, ein paar Wochen nach der vorigen Eintragung:

Unter uns stehen mehrere tausend Menschen, unvorstellbar dicht gedrängt. Stabile Barrieren teilen die Halle in Abschnitte ein, und wenn ein Neuankömmling sich in eine Sektion eindrängt oder ein anderer, weil er Platzangst bekommt, den Ausgang zu erreichen versucht, dann gerät die ganze Sektion in Bewegung. Hochrufe erheben sich über das allgemeine Stimmengewirr, als ein beliebtes Mitglied der »Neunhundert« seinen Platz einnimmt; freundliche Stimmen aus der Menge begrüßen die Abgeordneten aus den benachbarten Wahlbezirken oder Delegierte aus anderen Ausschüssen, als sie auf dem Podium Platz nehmen.
Die Kapelle bläst einen Tusch, und die drei Abgeordneten von Birmingham treten ein. John Bright wird mit herzlichem Beifall begrüßt, als er einen Augenblick bei den Kindern und Kindeskindern seiner alten Freunde und Kampfgefährten stehen bleibt. Muntz, ein hinfällig wirkender ältlicher Herr mit Kaninchengesicht und schlurfendem Gang, füllt die Pause zwischen Bright und Chamberlain; in seiner farblosen Mittelmäßigkeit wirkt er seltsam fehl am Platze – wie ein Gestalt gewordenes Vakuum – zwischen diesen eindrucksvollen beiden Verkörperungen der Humanität. Chamberlain, Herr und Meister und Liebling seiner Stadt, wird mit ohrenbetäubendem Begrüßungslärm empfangen. Die Bürger von Birmingham (es sei denn, sie gehörten zur verachteten Minderheit) beten »Unseren Joe« an: schließlich hat er Birmingham zur stolzen Höhe eines politischen Zentrums des Universums erhoben, oder etwa nicht?
Brights Rede hat mich enttäuscht. Trotzdem: es hatte etwas Erschütterndes und auf vornehme Weise Mitleiderregendes, wie der streng blickende alte Mann die uralte Geschichte von der Sündhaftigkeit der Tories noch einmal erzählte, wie er, allmählich über seiner Erzählung die lauschende Menge zu seinen Füßen vergessend, sich wieder mit den Mächten der Vergangenheit konfrontiert sah. Die Leute hörten mit Ehrfurcht und Interesse zu, und wenn man über sie hin blickte und die Augen über die Gesichter wandern ließ, dann schien diese Menschenmenge unter dem Einfluß eines einzigen wie von einer Seele belebt. Vielleicht hat die berauschende Wirkung der Sympathie der Menge ihren Grund in dem großartigen Faktum der Einheit der vielen.
Als Philip Muntz sich langatmig in politischen Allgemeinplätzen erging und sich gegen die Vorwürfe der Lauheit und fehlenden Loyalität zum Programm der Radikalen verteidigte, wurden die Zuhörer wieder zu einer unzusammenhängenden Menge von einzelnen. Geris-

sen war das feine Band, das sie aneinander geknüpft und zu einer einzigen Materie vereint hatte, der eine außerhalb stehende Kraft die Form gab. Lachen und lauter Spott wurden von einem zum anderen weitergegeben.

Widersprüchliche Zurufe wie: »Nur Mut, Philip« – »Mach Platz für einen besseren Mann« – »Hört, hört« –, Versuche, ihn zu einem schnellen Ende zu klatschen, die von anderen niedergezischt wurden, zeigten die unterschiedlichen Stimmungslagen einer bunt zusammengewürfelten Menge. Als noch mehr Zeit verging, wurden die hinteren Reihen immer ungeduldiger, und die Augen der Leute in den vorderen Reihen konzentrierten sich zunehmend auf das Gesicht des nächsten Redners. Er schien gedankenverloren. Man konnte an seinem Gesicht ablesen, wie eine bestimmte Empfindung langsam von seinem Denken Besitz ergriff. War diese Empfindung spontan oder beabsichtigt? Entsprang sie dem intensiven Wunsch zu herrschen, die eigene Persönlichkeit und die eigenen Ziele dem leicht formbaren Material zu seinen Füßen aufzuzwingen; oder entstand sie aus dem Bewußtsein seiner Macht zu helfen, aus spontaner Sympathie mit den Nöten und Bedürfnissen der großen Masse, die Zutrauen zu ihm hatte?

Als er sich langsam erhob und schweigend vor seinen Zuhörern stand, schienen Gesicht und Gestalt ganz verändert. Die Menge brach in wilde Begeisterung aus. Hüte, Taschentücher, sogar Mäntel wurden heftig geschwenkt, um Gefühle abzureagieren. Die einigen hundert Privilegierten, die Plätze im Rang hatten, erhoben sich von ihren Sitzen. Ein einziger Beifallssturm brach los, und in den Pausen zwischen immer neuen Ausbrüchen konnte man die Hochrufe der Menge hören, die draußen versammelt war und ihren Beitrag an Zuneigung sandte. Vollkommen still stand der Volkstribun, bis das Volk, erschöpft und erwartungsvoll, sich allmählich beruhigte und nur noch vereinzelte murmelnde Rufe hören ließ. Beim ersten Ton seiner Stimme wurden sie wie ein Mann. In den Klang seiner Stimme legte er die Gefühlswärme, die seinen Worten fehlte; und jeder Gedanke, jede Empfindung, jede leiseste Andeutung von Ironie oder Verachtung spiegelte sich im Gesicht der Menge wider. Sie war wie eine Frau, die den Worten ihres Geliebten lauscht. Uneingeschränkte Zustimmung und fraglose Aufnahmebereitschaft. Wer argumentiert schon mit seiner Geliebten? Der kluge Mann macht seinen Willen deutlich, unterstreicht ihn mit Wärme oder Bitterkeit und würzt ihn mit Schmeicheleien und gelegentlichen Appellen an das Moralgefühl. Kein Wunder, daß sich der moderne Politiker, voll Überdruß über die mürrischen Debatten eines gebildeten »Hohen Hauses«, gern der kritiklosen Sympathie einer ungebildeten, gleichgesinnten Menge

überläßt. Wenn die letzte Entscheidung, die bewegende Kraft, bei der Masse liegt, deren Wünsche vom Gefühl bestimmt und nicht vom Denken zensiert werden, dann wird nicht selten ein Mann, der alle Komplexität der Probleme leugnet, zum bestimmenden Kopf. Er muß nur entweder leidenschaftliche Überzeugungen oder die Willensstärke, die solche Leidenschaftlichkeit vortäuscht und in wohlklingende allgemeine Phrasen hüllt, besitzen.
Zum Essen am Abend waren etwas über zwanzig Ausschußmitglieder eingeladen. Der Häuptling saß schweigsam in einem Zustand unterdrückter Erregung, hochempfindlich für Bekundungen von Sympathie oder Gleichgültigkeit, auch von Außenseitern. Seine treuen Anhänger unterhielten sich miteinander über lokale Probleme und Fragen der Parteistrategie und -disziplin; ab und zu sahen sie mit respektvoller Bewunderung zu ihm hin.
Daß dieser Mann als Parteiführer und politischer Leiter Überzeugungskraft hat, erweist sich an seiner Stellung in seiner eigenen Stadt. Soweit man aus der Beobachtung der großen Gruppen seiner Anhänger, die bescheiden morgens, mittags und abends am Tisch des großen Mannes aßen und tranken, sehen, und nach dem, was man in den Unterhaltungen, die sie miteinander und mit ihm führen, hören kann, hat er in der Organisation, die er aufgebaut hat, die absolute Autorität. Er erkennt keine Klassenunterschiede an und wird dabei, wie in allen anderen Fragen, von dem mächtigen Clan unterstützt, zu dem er gehört. Die Kenricks und die Chamberlains sind die Aristokratie und Plutokratie Birminghams. Ihre soziale Position, ihr Reichtum und ihre Bildung sind allem, was die Stadtgesellschaft zu bieten hat, weit überlegen; trotzdem bringen sie als vorbildliche Bürger ihr Leben damit zu, daß sie aktiv und in verantwortlicher Position administrative, politische und erzieherische Arbeit in ihrer Stadt leisten. Ein Refrain ist in einem Chamberlain/Kenrick-Haushalt ständig zu hören: die Society von Birmingham ist an Ernsthaftigkeit, Ehrlichkeit und natürlicher Intelligenz allen Gesellschaften des Vereinigten Königreiches überlegen! Diese Überzeugung ist allem Anschein nach auch durch vielfältigere soziale Erfahrungen und Vergleichsmöglichkeiten nicht zu erschüttern, denn der Staatsminister und seine Damen verkünden sie mit derselben Wärme auch in ihrem Londoner Salon. Und nach meinen Erfahrungen mit der Familie und ihrer unmittelbaren Umgebung scheint mir unzweifelhaft, daß Ernst und Eindeutigkeit der Absichten alles bestimmen.
Die Ergebenheit seiner Wähler kommt zum Teil daher, daß sie seiner ehrlichen Loyalität und Zuneigung sicher sein können. Daß sich aber die ganze Stadt seiner autokratischen Herrschaft unterwirft, erklärt sich aus seiner Begabung im Umgang mit Menschen verschiedenster

Art: manche zwingt er durch herablassende Willkür zum Gehorsam, andere bringt er durch die hypnotische Qualität seiner Leidenschaftlichkeit dazu, sich ihm zu ergeben, und den Rest macht er sich dadurch gefügig, daß er ihre Interessen klug darstellt und Empfindlichkeiten und Schwächen berücksichtigt.
Manche Mitglieder des Verbandes (besonders fiel mir das an der Art auf, wie er mit Schnadhorst umsprang) setzt er einfach unter Druck: »Du sollst, und wenn du nicht willst, dann geh zum Teufel.«
Die zweite Weise, Macht durch den Einsatz seiner persönlichen Ausstrahlung auszuüben, zeigt sich bis zu einem gewissen Grade in seinem privaten Umgang mit engen Freunden, aber noch deutlicher in dem öffentlichen Auftreten in seinem Wahlkreis; sie zeigt sich in der emotionalen Begeisterung seiner Wähler. Der Macht über Menschen verdankt Chamberlain alles Glück seines Lebens, und die Wirkung dieser Macht verstärkt seine Sympathien und auch seinen Egoismus. Ob diese Macht eine Form gewinnen kann, in der sie über den unmittelbaren Einfluß seiner Persönlichkeit hinausreicht, das wird mit darüber entscheiden, ob er in Zukunft zu den Großen gehören wird. Noch gelingt es ihm nicht, mit dem geschriebenen Wort Macht auszuüben, außer in der Bitternis seines Hasses und seiner Verachtung, die aber nur eine Seite seiner Leidenschaftlichkeit sind. Sein diplomatisches Talent steht außer Frage; es zeigt sich in seiner administrativen Tätigkeit und seiner Parlamentsarbeit. (Tagebuch, Februar 1884)

In diesem wirbelnden städtischen Gesellschaftsleben (ziehe ich gegen Ende der Saison 1883 ein Fazit) sind der an der Oberfläche liegende Teil meines schwachen Intellektes und der animalische Teil meiner Natur gleichermaßen stimuliert. Meine Ziele im Leben, die Motive, die mich in der Vergangenheit in meinen besten Zeiten in Bewegung gehalten haben, sind verschwommen und nebelhaft geworden. Alles ist jetzt unsicher. Auf der Suche nach Befriedigung wandere ich hierhin und dorthin und verbrauche allmählich den Kredit der »guten Absicht«; das geringe Maß an Erfahrung, das ich dabei sammle, ist durchtränkt von wachsender Bestürzung darüber, wie fragwürdig alles ist. Wahrscheinlich gibt es in unserem geistigen Leben, wenn wir nicht in ein festes Gleis des Tätigseins gezwungen sind, immer Perioden der Anstrengung und Perioden der Rezeptivität; während der zweiten Phase sammeln wir das Material, das wir später in Handeln umsetzen, in ein Leitmotiv verwandeln. Wie auch immer, im Ganzen mag das Leben in dieser Phase angenehm sein, und doch lauert im Untergrund eine tiefsitzende Unzufriedenheit: Zweifel daran, ob das unbedenkliche Registrieren von Dingen richtig sei;

Verachtung der eigenen Natur, die solch leichten Lohn genießt – und die einigermaßen unangenehme Überraschung durch das Auftauchen von Gefühlen, die man bis dahin ignoriert oder stillschweigend übergangen hatte, weil sie flüchtig und unwichtig schienen. (Tagebuch, 3. Juni 1883)

In meinem Tagebuch ist dies das letzte Wort zu dem, was zu Königin Viktorias Zeiten großgeschrieben wurde: »Society«. Im ersten Kapitel dieses Buches habe ich beschrieben, welchen Eindruck in meinem Gedächtnis dies unerfreuliche Sozialgebilde hinterlassen hat, das der inneren Einstellung und Handlungsweise der oberen Zehntausend einen Namen gibt: die Society wurde durch den großen Krieg endlich zerschlagen, so versichern mir Leute, die es wissen müssen. Hier erinnere ich noch einmal daran, daß die Eigenschaft, die mich während der beiden Jahre, als ich die Hausherrin in meines Vaters Londoner und Landhäusern spielen mußte, am meisten abstieß, die zynische Unverfrorenheit war, mit der die »Society« Menschen hofierte, weil sie tatsächlich oder vermeintlich persönliche Macht besaßen. Dieselben Menschen wandten sich mit kalter Eile von ihren früheren Favoriten ab, sobald diese Männer und Frauen aus dem Rampenlicht verschwunden waren. Außerdem war es klar, daß persönliche Eitelkeit mit ihren entwürdigenden Höhen und Tiefen von Selbstüberschätzung und Depression und der noch schlimmeren Desillusionierung eine »Berufskrankheit« war, die Krankheit derer, deren Beruf das Geben und Annehmen von Einladungen ist. Als ich meine konstitutionelle Anfälligkeit für diese Krankheit erkannte, schien mir die Flucht vor der Versuchung der bessere Teil des Heldenmutes. Aber Unzufriedenheit mit meiner eigenen und der Natur anderer Menschen war nicht der einzige, nicht einmal der Hauptgrund dafür, daß ich in den Jahren 1884 und 1885 meine Rolle in der Gesellschaft allmählich aufgab, um meine Freizeit statt dessen als Mieteinnehmerin im Londoner East End zuzubringen. Es war so, daß der Zeitgeist schließlich auch mich ergriff und dazu brachte, alle meine freie Energie darauf zu konzentrieren, mir Ausbildung und Gegenstand der angewandten Soziologie anzueignen: ich wollte Forschung zu Aufbau und Wirkungsweise sozialer Organisationen im Hinblick auf mögliche Verbesserungen der Lebens- und Arbeitsbedingungen der Menschen treiben. Jetzt (1926), im Rückblick, habe ich den Eindruck, daß sich im Zeitgeist der mittleren viktorianischen Ära zwei intellektuelle Grundprinzipien miteinander verbanden – oder auch, wie manche sagen, zwei Idole. Erstens war der Glaube an die wissenschaftliche Methode, jene intellektuelle Synthese von Beobachtung und Experiment, Hypothese und Verifikation weit verbreitet; diese Synthese sollte der Weg zur Lösung aller Weltprobleme sein. Und zweitens, als Ergänzung zu dieser Wissenschaftsgläubigkeit, hatte sich das Bewußtsein eines neuen Bestrebens entwickelt: das emotionale Bedürfnis zum aufopfernden Dienen richtete sich nicht mehr auf Gott, sondern auf die Menschheit.

Der Wissenschaftskult

In unserer Zeit der tiefen Desillusionierung, jetzt, wo wir durch die bittere Erfahrung des großen Krieges gelernt haben, wie schrecklich wissenschaftliche Methoden und Ergebnisse mißbraucht werden können, wenn sie von brutalen Instinkten und niedrigen Motiven angeregt und geleitet werden, jetzt ist es kaum noch verständlich, daß die originellsten Köpfe der siebziger und achtziger Jahre in dem naiven Glauben befangen waren, durch die Wissenschaft und nur durch sie werde alles menschliche Elend endgültig ausgeräumt. Dieser beinahe fanatische Glaube beruhte vielleicht teilweise auf Heldenverehrung. Denn wer wollte bestreiten, daß die Männer der Wissenschaft die führenden britischen Intellektuellen jener Jahre waren; daß ihre hervorragende Begabung international anerkannt war; daß sie die selbstbewußten Vorkämpfer ihrer Epoche waren; daß sie den Theologen den Weg wiesen, die Mystiker entmachteten, den Philosophen ihre Theorien, den Kapitalisten ihre Erfindungen, den Medizinern ihre Entdeckungen aufzwangen, die Künstler aber verachteten, die Dichter ignorierten und sogar Zweifel an der Fähigkeit der Politiker verbreiteten? Der Kult der wissenschaftlichen Methode wurde nicht einmal nur von Intellektuellen getrieben. »Halls of Science«, Wissenschaftshallen, schossen in dicht besiedelten Arbeitervierteln aus dem Boden; und Bradlaugh*, der furchtlose Exponent des wissenschaftlichen Materialismus und der »Fruits of Philosophy«, war der populärste Demagoge der Stunde. Verfolgt, geächtet, denunziert von Männern, die die einflußreichen Positionen in Kirche und Staat besetzten, erzwang er sich dennoch, durch bloße Charakterstärke und breite Unterstützung in der Bevölkerung, den Weg ins Unterhaus und setzte schließlich durch, daß die theologische Zulassungsprüfung für die Mitgliedschaft im Unterhaus abgeschafft wurde. In den siebziger und achtziger Jahren sah es so aus, als würden große Teile des britischen Proletariats, und zwar die besten Teile, ebenso wie die entsprechende Klasse auf dem Kontinent, von einer Säkularisierungsbewegung erfaßt. Als Beispiel dafür, wie Wissenschaft zum Idol wurde, zitiere ich aus einem viel gelesenen kleinen Buch, das 1872 erschien; es ist ein Klassiker geworden, weil der Autor mit einem hohen Maß an Bildung und leidenschaftlicher Offenheit Wissenschaft und menschliche Vernunft gleichsetzt; das Buch läßt uns ein Universum vorausahnen, dessen Herrscher die menschliche Vernunft als Schöpfer und Former aller Dinge, im Himmel und auf Erden, sein wird.

Sein Triumph (der Triumph des Menschen, der als reines Vernunftwesen verstanden wird) ist freilich noch unvollständig; sein Reich ist

* Bradlaugh war 1880 als Radikaler ins Unterhaus gewählt, hatte aber nach wenigen Monaten seinen Sitz verloren, weil er, als erklärter Atheist, keinen parlamentarischen Eid leisten konnte, da er nicht auf die Bibel schwor. – *Fruits of Philosophy or the Private Companion of Young Married People,* ein Buch des amerikanischen Arztes Charles Knowlton über Geburtenkontrolle, in England (Bristol) 1876 wiederveröffentlicht und wegen seiner »Anstößigkeit« verboten; dagegen und gegen die Verurteilung des Autors zu einer Geldstrafe protestierte Bradlaugh und verbreitete das Buch selbst. [A. d. Ü.]

noch nicht gekommen. Der Fürst der Finsternis triumphiert noch in vielen Bereichen der Welt; noch wüten Seuchen; noch ist der Tod nicht überwunden. Aber der Gott des Lichtes, der Geist der Erkenntnis, der göttliche Intellekt breitet sich allmählich auf unserem Planeten aus und greift nach den Himmeln... Die Erde, die jetzt ein Purgatorium ist, wird sich in ein Paradies verwandeln, nicht durch tatenloses Beten und Flehen, sondern durch das Tun der Menschen, durch geistige Leistungen von der Art, die die Menschheit zu ihrem jetzigen Erkenntnisstand erhoben haben. Die Erfindungen und Entdeckungen, die den Menschen durch Gottes Gnade zum König der Tiere, zum Herrn der Elemente, zum Herrscher über Dampfkraft und Elektrizität gemacht haben, beruhen alle auf Beobachtung und Experiment... Wenn wir mit den Mitteln der Wissenschaft erforscht haben, nach welchen Methoden die Natur arbeitet, dann werden wir ihren Platz einnehmen und ihre Methoden zu unseren Zwecken einsetzen können. Wenn wir die Gesetze verstehen, die die komplexen Erscheinungen des Lebens regeln, werden wir die Zukunft vorhersagen können... Der Mensch wird nicht nur die äußeren Kräfte des Bösen, sondern auch die in seinem eigenen Inneren unterwerfen. Er wird die niedrigen Instinkte und Triebe, die er von den unter ihm stehenden Lebewesen geerbt hat, zurückdrängen; er wird den Gesetzen gehorchen, die in seinem Herzen geschrieben stehen; er will das Göttliche in seinem Inneren verehren... Trägheit und Dummheit werden mit Abscheu angesehen werden. Die Frauen werden Gefährten der Männer und Lehrerinnen ihrer Kinder sein. Die ganze Welt wird in derselben Empfindung vereint sein, die die Urfamilie einte, und ihre Angehörigen wie eine einzige Person denken, fühlen und handeln ließ... Die Körper, in die wir jetzt eingeschlossen sind, gehören zu den niedrigeren Lebewesen; unser Geist ist schon über sie hinausgewachsen; schon betrachten wir sie mit Verachtung. Die Zeit wird kommen, da die Wissenschaft sie mit Methoden umformen wird, die wir uns jetzt nicht vorstellen können und jetzt auch nicht verstehen würden, wenn man versuchte, sie uns zu erklären, so wenig, wie der Wilde Elektrizität, Dampf, Magnetismus versteht. Alle Krankheit wird dann ausgerottet sein; die Ursachen der Vergänglichkeit werden abgeschafft sein; die Unsterblichkeit wird erfunden werden. Und dann wird die Erde zu klein werden, die Menschheit wird in den Weltraum auswandern und luftleere Saharawüsten durchqueren, die die Planeten und Sonnen voneinander scheiden. Die Erde wird zum Heiligen Land werden, das Pilger aus allen Teilen des Weltalls aufsuchen. Endlich werden die Menschen die Kräfte der Natur beherrschen; sie werden selbst Planetensysteme schaffen und Welten bauen. Dann wird der Mensch vollkommen sein; er wird zum Schöpfer; er selbst wird also sein, was das Volk als Gott anbetet.[3]

Dieses vorbehaltlose Zutrauen zu der besonderen Ausprägung geistiger Tatkraft, die man immer mit der modernen, oder soll ich sagen: der westlichen Wissenschaft assoziiert, war das weitaus wirksamste Ferment in dem geistigen Einflußbereich, in dem ich aufwuchs: in den Büchern, die ich las, und in den Menschen, die ich näher kennenlernte. Wenn der Kopf jung ist, können geschriebene Worte als Passepartouts wirken, die das Denkvermögen erschließen. Im Herbst 1881 tauchen in meinem Tagebuch lange Zusammenfassungen und Exzerpte aus der *History of Philosophy* von George Henry Lewes auf. Der Grundton von Lewes' Argumentation ist die verächtliche Zurückweisung jeglicher Metaphysik, »da sie sich allein durch ihre Methode schon selbst dazu verdammt hat, für alle Zeit in einem qualvollen Labyrinth herumzuirren, auf dessen eng begrenzten, gewundenen Wegen müde Sucher sich ständig in den ausgetretenen Spuren ihrer Vorgänger finden, die den Ausgang auch nicht erreichen konnten«. Im Gegensatz zu diesem tragischen Scheitern metaphysischen Spekulierens wird der Fortschritt der modernen Wissenschaft in leuchtenden Farben verherrlicht: »Höher und immer höher, mächtiger und mächtiger steigt diese Wunderflut der Entdeckungen.« Dann folgt seine Definition der wissenschaftlichen Methode; sie hat mich damals überzeugt und befriedigt mich auch heute noch: »Wahrheit ist die Korrespondenz zwischen der Ordnung der Ideen und der Ordnung der Erscheinungen, dergestalt, daß die eine die Spiegelung der anderen ist – dabei folgt die Bewegung des Denkens der Bewegung der Dinge. Diese Korrespondenz kann niemals absolut sein; sie muß aufgrund der Struktur des Denkens relativ bleiben; aber diese relative Genauigkeit reicht, wenn sie uns befähigt, mit Sicherheit die Veränderungen vorherzusehen, die in der äußeren Ordnung der Erscheinungen unter gegebenen Bedingungen eintreten werden.« Dieser »krumme Trick«, den der menschliche Intellekt sich zunutze machen sollte, dieser Sprung des Verstandes in die Fähigkeit der Voraussage, durch die allein das Spiel des Lebens, wenn schon nicht für den einzelnen, dann doch jeden-

falls für die Menschenrasse zu gewinnen war – dieser Trick fesselte meine Phantasie.
Aber vom Erkennen des einzigartigen Wertes eines intellektuellen Prozesses bis zum Beherrschen der Methode und zum Besitz des Materials, das man braucht, wenn man sie anwenden will, ist noch ein weiter Weg. Meine Lebensumstände ließen nicht zu, daß ich an einer der damals schon für Frauen offenen Universitäten studierte. Ein Privileg der Hochschulbildung hatten die »Pottermädchen« schon seit ihrer Kindheit genossen, das ist wahr: Wir hatten hochbegabte Persönlichkeiten kennengelernt, waren im Rahmen gepflegter Konversation wie Gleichgestellte behandelt worden; Gesprächspartner für uns waren nicht nur Größen aus der Geschäftswelt und Politik, sondern auch Wissenschaftler und führende Köpfe in der Philosophie und Religion. Besonders guten Kontakt hatten wir, wegen unserer Freundschaft mit Herbert Spencer, zu der Gruppe hervorragender Wissenschaftler, die einmal im Monat zum Dinner im berühmten »X-Club« zusammenkamen. Und an dieser Stelle möchte ich einmal sagen, daß der eine unter all diesen berühmten Männern, der mir als idealer Wissenschaftler in Erinnerung geblieben ist, nicht Huxley oder Tyndall, Hooker oder Lubbock, schon gar nicht mein Freund, Philosoph und Lehrer Herbert Spencer, sondern Francis Galton[4] war; ihn beobachtete ich, ihm lauschte ich mit hingerissener Aufmerksamkeit – leider, ohne daß er sie im mindesten erwidert hätte. Noch heute kann ich aus den nebelhaften Tiefen meiner Erinnerung seine schlanke Gestalt heraufbeschwören, die so vollkommen in ihrer physischen und psychischen Anmut war; das glattrasierte Gesicht, den schmalen, fest geschlossenen Mund mit seinem rätselvollen Lächeln; die lange Oberlippe, das energische Kinn – und die Augenbrauen: so dunkel und buschig, daß sie den wichtigsten Akzent in der Persönlichkeit des Mannes setzten; unter ihnen hervor leuchteten nachdenkliche graue Augen voll durchdringendem Humor. Faszinierend für mich war Francis Galtons alles umfassende, aber offenbar unpersönliche Güte. Da aber meine Be-

kehrung zur wissenschaftlichen Methode gerade erst stattgefunden hatte und meine Begeisterung noch frisch war, bewunderte ich von allen seinen Fähigkeiten am meisten, daß er über drei verschiedene, jeweils besondere intellektuelle Begabungen auf einmal verfügte: er war ständig neugierig auf gewöhnliche und ungewöhnliche individuelle Fakten und erfaßte sie schnell; er hatte die Fähigkeit zu phantasievollen Gedankengängen; und, was ich am meisten bewunderte, weil es ein für mich ganz unerreichbares Talent war: er konnte seine Hypothesen durch statistische Auswertung von großen Datenmengen, die er selbst gesammelt oder von andern mit demselben Thema Beschäftigten bekommen hatte, korrigieren und verifizieren.

Dennoch: der gesellschaftliche Umgang mit bedeutenden Männern mag noch so stimulierend und erhellend sein, ein Ersatz für kontrollierte Experimente und Beobachtungen unter der Aufsicht von Fachleuten in Universitätslaboratorien oder Kliniken können solche gelegentlichen Unterhaltungen auf Londoner Dinnergesellschaften oder bei Landhausbesuchen nicht sein. Jegliche Ausbildung dieser Art, auch wenn sie Frauen offen stand, war für eine Frau, die so viele und komplizierte Pflichten im Haushalt hatte wie ich, hoffnungslos außer Reichweite. Deshalb die mitleiderregenden, vergeblichen Versuche zur Selbstbildung, die in meinem Tagebuch aufgezeichnet sind: erst der Versuch, Algebra und Geometrie zu lernen, der, wie am Anfang dieses Kapitels berichtet, mit dem mageren Ergebnis einer Geistererscheinung endete, dann in der darauffolgenden Londoner Saison, in den Pausen zwischen Haushaltsführung für Vater und kleine Schwester und gesellschaftlichen Verpflichtungen, ein weiterer Lernversuch, diesmal in Physiologie. Teilweise lernte ich unter Anleitung einer Naturwissenschaftslehrerin, teilweise mit der gelegentlichen Hilfe meines Schwagers, William Harrison Cripps[5], des bekannten Chirurgen, der damals seine mikroskopischen Untersuchungen der Krebszellen machte.

Der erste Arbeitsmorgen mit Willie Cripps; präparierte Schnitte (es folgt eine umständliche Beschreibung der Technik des Mikroskopierens), las in W. H. C.s *Adenoid Diseases of the Rectum;* hatte große Verständnisprobleme wegen der Fachausdrücke und meiner Unkenntnis des Gegenstandes, mit dem er sich auseinandersetzt. Muß in meinen Studien zur Physiologie zwei Untersuchungsschritte klar voneinander trennen: 1. wie eine bestimmte organische Substanz zu dem geworden ist, was sie jetzt ist, und 2. was im Augenblick genau ihre Struktur ist. Mit Sicherheit sollte man zuerst die augenblickliche Struktur genau kennen und danach die »Entstehung« erforschen; es sei denn, man könnte jede einzelne Evolutionsstufe sehen. (Tagebuch, 22. April 1883)

Genieße den Platz in diesem kühlen Zimmer, mit dem erfrischenden Durchzug und grünen Bäumen zu beiden Seiten, in einem abgelegenen Winkel Londons (schreibe ich nach einer Stunde bei der Biologielehrerin). Vor uns auf dem Tisch Diagramme, Schnitte für das Mikroskop und verschiedene Präparate –, die stoßen mich nicht ab, sondern ich seziere sie mit echtem Interesse. Man läßt alles Persönliche hinter sich und strengt sich an, die Zusammensetzung der Dinge herauszufinden, eine Zusammensetzung, die für uns unabänderlich und nicht von einer einzelnen Erscheinungsform abhängig ist. Für mich liegt ein tiefes, verwirrendes Pathos in dieser Erforschung von Leben und Tod, die für manche Menschen fast tragisch werden kann, in anderen aber jenes halb traurige, halb angenehme Interesse des Zuschauers erweckt, angenehm deshalb, weil es uns weit über die kleinlichen Streitereien aus niedrigen Motiven und kollidierenden Interessen hinaushebt, traurig, weil es unseren Neigungen die Dauer und unseren Hoffnungen den Grund raubt. In mir bestärkt eine solche Arbeit den Glauben an Notwendigkeit; und wenn ich die Tottenham Court Road entlang haste und durch die Menschenmenge dränge, wenn ich sehe, wie ihre Gesichter unterschiedlich gezeichnet sind: von der Entschlossenheit, sich durchzusetzen, der schwächlichen Nachgiebigkeit oder den vergeblichen Anstrengungen, dann zwingt sich mir unausweichlich die Überzeugung auf, daß das Schicksal aller einzelnen durch Umstände festgelegt ist, die in »ferner Vergangenheit« angelegt wurden. (Tagebuch, Mai 1883)

»Ein Wort zu Ihrer Arbeit mit dem Mikroskop«, schreibt mein Mentor, Philosoph und Freund im Herbst danach, »ich wünschte, Sie würden in der Untersuchung einem roten Faden folgen, zum Beispiel die Absorptionsorgane in den Blättern, Wurzeln und Samen von Pflanzen untersuchen (wie man sie erkennt, steht am Ende meiner *Biology*, aber bisher hat sich niemand ausführlicher mit ihnen befaßt). Arbeit bekommt Schwung, wenn man ein bestimmtes Ende vor Augen hat und es aus Interesse und Disziplin erreichen will. Ich hoffe, daß Sie mir bis Weihnachten etwas vorzeigen können.« (Brief von Herbert Spencer, 8. Oktober 1883)

Aber trotz Spencers Empfehlung und obwohl ich den Wert der Naturwissenschaft für das Einüben der wissenschaftlichen Methode überhaupt einsah, langweilte mich der Gegenstand dieser Naturwissenschaft. Ich hatte kein Interesse an Steinen und Pflanzen, Larven und Tieren, nicht einmal am Menschen, wenn er nur als Zweifüßler mit den Organen eines Zweifüßlers betrachtet wurde. Erst wenn Männer und Frauen als – man verzeihe mir das altmodische Wort – »Seelen« verstanden wurden, regte sich meine Neugier und wurde von der Frage nach den vergangenen und gegenwärtigen Lebensbedingungen, Gedanken und Gefühlen und dem ständig wechselnden Verhalten dieser Menschen ganz absorbiert. Dieses Forschungsgebiet war damals in den Labors der Universitäten und andern fachgebundenen Unternehmungen zur Erforschung der Vielfalt menschlicher Erfahrung noch nicht anerkannt. Was mich übrigens von der Psychologie, auch der »Psychologie« aus Büchern abhielt, war die in meinen Augen dürre Unergiebigkeit der damals gängigen Fachliteratur. Statt genauer Beschreibungen von tatsächlichen Beobachtungen an einzelnen Menschen in ihrer Reaktion auf besondere Umgebungen und ihrer unterschiedlichen Entwicklung, fand man, wie mir schien, nur willkürliche Definitionen eines Abstractums, das in keinem Fall dem Seelenleben einer realen Person entsprach; de facto waren diese Definitionen nichts als hypothetische Abstraktionen einer idealisierten Spiegelung dessen, was der Autor für die Verhaltensweise seiner eigenen Seele hielt; natürlich gehörte er einer hochentwickelten Rasse an; und die Idealisierung führte offenkundig dazu, daß man grundlos an die universelle, für die gesamte menschliche Gesellschaft geltende Überlegenheit jener seltenen synthetischen

Begabung, des aufgeklärten Interesses am eigenen Selbst, glaubte. Ich fürchte, in meiner Ungeduld schätzte ich den Gewinn der Manipulation dieser psychologischen Abstraktionen für die Kenntnis meiner Umwelt so gering ein wie den Nutzen logischer Syllogismen. Eine detaillierte Beschreibung der Komplexität des menschlichen Wesens, der Vielfalt und Mischung menschlicher Motive, der Revolte des Instinktes im Gewande des Verstandes, des facettenreichen Spieles, das die soziale Umgebung mit dem individuellen Ich und dieses Ich mit seiner Umgebung treibt, konnte ich nur finden, wenn ich mich an die Dichter und Schriftsteller hielt, an Fielding und Flaubert, Balzac und Browning, Thackerey und Goethe. In diesem ganzen Bereich der wahrheitsprechenden Dichtung war eine Verifikation der Fakten oder der aus Fakten gezogenen Schlüsse undurchführbar. Wenn ich je eitles Bedauern wegen verpaßter Gelegenheiten empfinde, dann ist es genau dies: daß ich meine Ausbildung als Sozialforscherin abschloß, ohne eine Ahnung von Beobachtung und Experiment in der modernen Psychologie zu haben.

Zurückgeworfen auf Bücher, Bücher und noch einmal Bücher, fing ich an, eine Auswahl zu treffen, nicht unter dem Gesichtspunkt, wie ich am besten Neugier befriedigen und mein Interesse am Leben weiter ausdehnen könnte, sondern ich wählte danach aus, was mir helfen konnte, ein Werkzeug zur Entdekkung menschlicher Natur in der Gesellschaft zu schmieden. Im Herbst und Winter 1881/82 nutzte ich Lewes' *History of Philosophy* als Anleitung zum Verständnis vieler englischer, französischer und deutscher Denker und Übersetzungen griechischer Philosophen. Im darauffolgenden Sommer, dem Sommer nach dem Tod meiner Mutter, fing ich an, mich systematisch mit der *Synthetic Philosophy* zu beschäftigen; ich blieb über ein Jahr dabei. Aber trotz der Anleitung durch den Autor bin ich noch immer ein »ungläubiger Thomas«, wenn auch ein jammervoll schwächlicher, was den Wert der Spencerschen Generalisierungen angeht.

Die folgenden Tagebucheintragungen zitiere ich nicht in der

genauen chronologischen Reihenfolge, sondern so, daß deutlich wird, wie ich auf das übliche Vertrauen in die naturwissenschaftliche Methode reagierte und wie ich versuchte, mich mit einigen Problemen auseinanderzusetzen, die sich bei der Anwendung dieser Methode auf die menschliche Natur in der Gesellschaft ergaben.

Mr. Spencer kam gestern und ließ das *Athenaeum* bei uns, zusammen mit einem Brief, den er an Mr. Mozley geschrieben hatte – der hatte ihn beleidigt: er hatte behauptet, er (Mr. Mozley) habe schon in seiner Kindheit Vorstellungen von Mr. Spencers Vater übernommen, die Ähnlichkeiten mit denen Spencers hätte. Spencer formuliert in seiner Antwort seine Evolutionslehre so klar und knapp, daß ich sie, obwohl ich sie im Augenblick noch nur sehr nebelhaft verstehe, doch im Hinblick auf die Zukunft abschreiben möchte. (Tagebuch, 3. August 1882) (Es folgt das Transscript.)

Alfred[6] und ich führten eine lange Diskussion über Spencers Zusammenfassung seiner Philosophie (schreibe ich zehn Tage später), die damit endete, daß ich den Text mit hinauf ins Bett nahm und ein paar Stunden damit zubrachte, um dann hinunterzulaufen, um in die *First Principles* einzutauchen –, ein Bad von so erfrischender Wirkung, daß ich es jeden Morgen vor dem Frühstück wiederhole.
Ein köstlicher Morgen (schreibe ich während unserer Ferien im Gloucestershire Haus), ich sehe den Hügel, auf dem Sonne, Schatten und Nebel sich zu einer einzigen Wirkung vereinen und geheimnisvolle Freude über Bäume und Hänge breiten. Mir ist ganz klar, daß ich auf dem richtigen Weg bin, wenn ich Spencer lese, auch wenn ich mich mit Mathematik und Geometrie befasse. Weniger klar ist mir das in bezug auf die schöne Literatur. Törichte Eitelkeit und die Lust, etwas zu erreichen, haben mich in Versuchung geführt, französische Romane zu lesen und dabei mit dem Gedanken zu spielen, einen Artikel über Balzac zu schreiben, dessen hohe analytische Kraft mich immer fasziniert. Mit Sicherheit wird man diese großen Analytiker der menschlichen Natur irgendwann in einer zukünftigen Wissenschaft vom Seelenleben der Menschheit nützlich finden, wenn die Psychologie die Phase des Studiums der Primitiven überwunden haben wird und den Menschen nicht mehr nur in Hinsicht auf die Eigenschaften betrachtet, die ihn von anderen Lebewesen unterscheiden. Aber mein Instinkt sagt mir, daß ich beim Arbeiten eine Ordnung einhalten muß; daß jeder Versuch, vom geraden Pfad historischer Forschung abzuweichen, nur zum Konflikt zwischen gegenläufigen Projekten führen wird. (Tagebuch, Juli 1882)

Ein Problem bei der Anwendung der naturwissenschaftlichen Methode auf das Studium der menschlichen Natur beunruhigte mich ständig – und läßt mich heute noch zweifeln: Kann die objektive Methode ganz rein und uneingeschränkt auf die Mentalität der Menschen angewandt werden? Kann man zum Beispiel psychische Merkmale, die man selbst nicht besitzt, ausreichend genau beobachten, um Folgen vorherzusagen? Ein anderer Stein des Anstoßes war das Aufsuchen von Analogien zwischen tierischem und sozialem Organismus zum Zweck der Interpretation sozialen Lebens, ein Verfahren, das Herbert Spencer und andere Soziologen betrieben.

Diese Objektivität (Beobachten und Verifizieren) ist in allen Wissenschaften möglich, die nicht Charakter und Willen des Menschen zum Gegenstand haben (schreibe ich in einer langen Kritik der Philosophie Schopenhauers). Aber auch das gilt nur mit Einschränkungen; ein gewisses subjektives Element schleicht sich auch ein, sobald wir über die Natur der tierischen Intelligenz nachdenken, wenn wir einmal zugeben, daß sie nur dem Grad, nicht der Art nach verschieden von menschlicher Intelligenz ist; ohne diese Voraussetzung hat die Diskussion keine Basis, und wir müssen uns dann auf die bloß physischen Erscheinungen des tierischen Lebens beschränken. Wenn wir uns aber der Analyse menschlicher Intelligenz zuwenden, dann rangiert das subjektive Element vor dem objektiven. Die Elemente, aus denen sich die komplexen Lebensäußerungen zusammensetzen, die wir Empfindungen, Ideen und Willensakte nennen, können wir nur in unserem eigenen Bewußtsein entdecken und untersuchen. In einer langen verwickelten Reihe von Schlüssen, deren Endergebnis uns glaubwürdig vorkommt, weil es sich mit allen anderen Erfahrungen deckt und weil es sich dadurch bestätigen läßt, daß es korrekte Vorhersagen ermöglichte, stellen wir sicher, daß diese Elemente auch in anderen Menschen vorhanden sind. Ein Veständnis der genauen Kombination dieser Elemente in den Gedanken, Empfindungen und Handlungen der Menschen kann nur dann erzielt werden, wenn subjektive und objektive Erfahrung in behutsamen Austausch miteinander treten. Beim Erkennen eines Gedankens oder Gefühls wird keine noch so sorgfältige Beobachtung die fehlende eigene Erfahrung mit diesem Gedanken oder Gefühl ersetzen können... *Um eine mentale Eigenschaft wahrnehmen zu können, muß man sie selbst besitzen.*[7] Der Gegenstand, mit dem der Lernende beginnen kann, ist durch die Begrenztheit seiner eigenen moralischen und intellektuellen Natur eng be-

grenzt. Es scheint mir ungeheuer wichtig, daß man diese Tatsache vollständig erkennt. Für den Psychologen und Soziologen genügt auch das schärfste intellektuelle Vermögen als Erkenntnismittel nicht. Er muß an sich selbst Ausprägungen jener psychischen Kräfte erfahren haben, deren Wirkungen er vorhersagen oder deren Ursprung und Wesen er entdecken möchte...
Und diese ungeheure Weiterentwicklung der Komplexität spricht meiner Meinung nach dagegen, die angenommene Analogie zwischen dem tierischen und dem sozialen Organismus als Argument, statt zur bloßen Illustration zu benutzen: trotzdem verringert sie keineswegs Notwendigkeit und Nutzen einer genauen Kenntnis davon, wie die großen Gesetze der Evolution sich auf vergleichsweise einfache Materie auswirken; erst mit diesem Wissen kann man versuchen, die Wirkung dieser Gesetze auf eine unendlich kompliziertere Materie zu erforschen. Um zu richtigen Theorien über die Entwicklung der Gesellschaft in Vergangenheit und Zukunft zu kommen, müssen wir den großen sozialen Organismus selbst intensiv studieren (ein Vorhaben, das beim gegenwärtigen Stand historischen Wissens unkalkulierbare Schwierigkeiten bietet); wir dürfen uns dabei auch nicht auf die sozialen Fakten beschränken, die eine schon vorgängig aus den elementaren Wirkungen der Naturgesetze auf niedrige Lebensformen abgleitete Theorie zu bestätigen scheinen. Ein gewissenhaftes Studium der Evolution im Tierreich wird uns die Untersuchungsmethode lehren, die wir festhalten müssen, wird uns Klassifikation und Induktion lehren und uns zahllose Illustrationen und Vorschläge liefern, außerdem ist es unbedingt notwendig für den Teil der vorbereitenden Forschungen zum Wesen der sozialen Einheit Mensch, der sich mit dem physischen Bereich befaßt. (Tagebuch, Oktober 1884)

Bin wieder zu Büchern zurückgekehrt: und wie üblich durch schwache Gesundheit wieder zum Aufhören gezwungen. Mein ganzes Leben, seit ich neun Jahre war – damals schrieb ich ein altkluges Zettelchen über die passenden Bücher für ein Kind –, war ein einziges Bemühen zu lernen und zu denken; diesem Streben habe ich alles geopfert, sogar körperliches Wohlbefinden. Wenn ich bedenke, wie minimal meine Fähigkeiten sind – zumindest was ausdauerndes Arbeiten angeht, liegen sie unter dem Durchschnitt –, und welche Herkulesarbeit an Ausdauer ich auf mich nehme, dann verstehe ich mich selbst nicht mehr. Wie kann ein Sterblicher mit so viel Ehrgeiz, so viel Mut und Geduld beim Streben nach einem Ideal geboren sein und gleichzeitig so kümmerlich wenig Kraft dafür aufbringen? Und noch immer, auch jetzt, wo ich meine Ohnmacht, etwas zu erreichen, in ihrem ganzen Ausmaß erkannt habe, wo ich vielleicht schon aufgehört habe, den Leistungen irgendeinen Wert beizumessen, die mir meine kühnsten Träume als erreichbar vorgegaukelt haben, noch jetzt liegen Ruhe und Frieden meines Lebens allein im beständigen Forschen. Unaufhörliche Fragen nach der Natur der Dinge, genauer: des seltsamen Lebewesens Mensch, nach den Gesetzen, die ihn immer weiter vorantreiben, der Himmel weiß, wohin? Nach seiner Bestimmung, wird sie die Frage nach dem Wozu all der Mühen und Qualen, die seit Menschengedenken erduldet werden mußten, beantworten? Der alte Traum von der Vogelperspektive auf die Vergangenheit, von der Möglichkeit, dadurch einen Blick in die Zukunft zu erhaschen – der alte Traum, den ich jetzt als Traum erkannt habe, fasziniert mich noch immer. Mit Mühe und Not eigne ich mir einige wenige ärmliche Tatsachen an. Ich halte mich an ihnen fest und schaue sie wieder und wieder an wie ein Armer eine Goldmünze. Manchmal breite ich meinen armseligen Faktenschatz vor mir aus, das winzige Häufchen, das zum Teil nur Kleingeld ist. Ich lasse mir diese Fakten wieder und wieder durch den Kopf gehen, wie ein Armer das Gold durch seine Finger gleiten läßt; dabei versuche ich, mir einzubilden, daß ich eine Welt von Wissen vor mir liegen habe, das mir hilft, das Knäuel der unerkannten Bestimmung des Menschen zu entwirren. (Tagebuch, 24. Oktober 1884)

Die Menschheitsreligion

So viel zum Glauben an die Wissenschaft und ihre Methode; er war mit Sicherheit das hervorstechendste und ursprünglichste Element des viktorianischen Zeitgeistes der mittleren Phase. Aber die Methode des wissenschaftlichen Denkens, so schien es meinem praktischen Verstand, war kein Selbstzweck; sie war das Mittel zu einem gegebenen Zweck. Ein Lebensziel war sie für sich genommen nicht, konnte sie meiner Meinung auch nicht sein. Sie konnte aber den Weg, und zwar den einzigen Weg, zeigen, auf dem das erwählte Ziel erreichbar war. Zu welchem Ende, für welches Ziel und also auf welchen Gegenstand sollte man das neue Vermögen des Intellektes anwenden? Und hiermit komme ich zum zweiten Element des viktorianischen Zeitgeistes: die Emotion, die dem tätigen Intellekt Kraft und Richtung gibt wie die Kette dem Schuß des Weber-

schiffchens. Ich behaupte, daß in der Mitte des neunzehnten Jahrhunderts in England eine bewußte und offene Verlagerung des Antriebs zum aufopfernden Dienen von Gott auf den Menschen stattfand. Es wäre interessant, die ersten Anfänge dieser schwer faßbaren Gefühlsverlagerung zu verfolgen. Wie weit war sie schon in dem Grundsatz angelegt, auf dem der Aufstieg der amerikanischen Demokratie basierte, daß alle Menschen von Geburt frei und gleich sind, gleiches Recht auf Leben, Freiheit und Streben nach Glück haben? Ich erinnere mich an die Worte eines bekannten Führers der moralischen Bewegung in Amerika: »Als frei geborener Bürger leugne ich die Existenz eines autokratischen höchsten Wesens, dem ich und alle anderen Gehorsam und Verehrung schulde; das beleidigt mein amerikanisches Gefühl für Unabhängigkeit und Gleichheit.« Wie weit waren der Untergang des Reiches Gottes und das kommende Reich der Menschheit schon implizit in der Losung »Freiheit, Gleichheit, Brüderlichkeit« der Französischen Revolution mit ihrer Verehrung für die Gottheit Vernunft vorweggenommen? Mit Sicherheit finden wir diese neue Fassung der »umfassenden Pflicht des Menschen« in der bezeichnenden Maxime der englischen Utilitaristen, die als Ziel menschlichen Strebens das größte Glück der größten Zahl setzte. Im Leben und Werk Robert Owens zeigt sie sich in einer eher romantischen Gestalt, als die »Verehrung des Prinzips des höchsten Guten im Wesen des Menschen«, die als »Sozialbibel« von »Sozialmissionaren« in einer »Sozialkathedrale« verkündet wurde.
Für die besondere intellektuelle Umgebung, in der ich lebte, flossen diese Strömungen in der von Auguste Comte proklamierten Verbindung der »Menschheitsreligion« mit einer Verherrlichung der Wissenschaft zusammen. Für ihn stellt die Wissenschaft in der Entwicklung des menschlichen Geistes die letzte und höchste Stufe über der Theologie und Metaphysik dar. Und noch einmal betone ich, daß in meinem Fall das Bücherstudium durch freundschaftlichen Gedankenaustausch mit den Männern und Frauen angeleitet und unterstützt

wurde, deren wichtigstes Anliegen die in diesen Büchern behandelten Themen waren. Als Lernende war ich mit den Schriften der berühmtesten englischen Schüler und Bewunderer Auguste Comtes vertraut. Ich hatte meine Lektion bei George Henry Lewes gelernt. Ich las John Stuart Mills *Autobiography* mit Begeisterung und hatte sein *System of Logic* und *Principles of Political Economy* mit beharrlicher, wenn auch etwas angestrengter Aufmerksamkeit durchgearbeitet. Vor allem George Eliots Romane hatten wir im Kreis der Familie eifrig gelesen und studiert. Aber ich habe meine Zweifel, ob meine Schwester Margaret und ich auch ohne die Freundschaft und den ständigen Umgang mit den Frederic Harrisons – wir luden uns in London gegenseitig zum Essen ein, trafen uns zu Picknicks in den Clivedon Woods und besuchten uns in unseren Landhäusern übers Wochenende – alle Werke von Comte aus der London Library bestellt hätten. In späteren Jahren zeichneten sich die Harrisons vor vielen anderen früheren Bekannten als treue Freunde aus, die mir bei meinem ersten Versuch, ein Buch zu schreiben, Mut machten und, als die Zeit gekommen war, auch Ihn, den Anderen, in die Freundschaft aufnahmen. In dieser davorliegenden Zeit aber waren sie für mich »Gesellschaftslöwen«. Denn trotz seiner heterodoxen Ansichten und mutigen Verbindungen zu Männern und Frauen, die als unerwünscht und sogar gefährdend galten, gehörte dieses etablierte Paar, vielleicht weil beide ebenso wohlhabend wie persönlich attraktiv waren, zu den wichtigsten Mitgliedern der politischen Gesellschaft, die sich vom engeren Kreis des Hofes und dem mehr der Mode unterworfenen und am Sport interessierten Teil der Society unterschied. Während der Gladstone-Regierung traten sie deutlich in sozialen Funktionen in Erscheinung; profilierter waren sie noch in ihrer engen Freundschaft mit der aufstrebenden Gruppe radikaler Staatsmänner und Journalisten. Anders als die Masse der cleveren Autoren, erfolgreichen Rechtsanwälte und minderen Politiker auf dem Weg nach oben, suchten sie sich ihren Umgang nach selbstgewählten Maßstäben; und wenn sie ihre Wahl einmal getroffen hatten, hielten sie in guten wie in schlechten Zeiten zu denen, die sie als Freunde betrachteten. Frederic Harrison war ein brillanter Publizist, ein gründlicher Lehrer, sehr beweglich und einfühlsam in Unterhaltungen; aber seine größte Stärke war die Fähigkeit, im Denken neue Wege zu gehen, als Staatsbürger für das öffentliche Wohl zu sorgen, wobei er immer bereit war, neue Ideen und noch nicht anerkannte Intellektuelle zu fördern. Er erklärte mir als erster, welche Bedeutung für die Ökonomie Gewerkschaftsbewegung und Fabrikgesetzgebung hatten, er lehrte mich, der allgemeinen Geringschätzung der sozialen Organisationen des Mittelalters zu mißtrauen; er betonte trotz seines extremen »Positivismus« die Leistungen der katholischen Kirche und der Zünfte in ihrer Zeit. Seine Frau mit ihren leuchtenden dunklen Augen, der verschwenderischen Lockenfülle, mit der Gestalt, die schön wie eine Statue war, mit ihrer anmutigen Kleidung, war die passende Gefährtin für den Verkünder der Religion der Humanität. Immer eine »Sainte Clothilde« für ihren »Auguste«, lauschte sie mit Andacht seinen Worten, wenn er von der Kanzel der Newton Hall sprach; seine Tischgespräche ergänzte sie mit gebildeten Kommentaren; in seiner Abwesenheit verwöhnte sie die Freunde mit der liebenswürdigsten Form des Klatsches – Klatsch über Persönlichkeiten der politischen und literarischen Welt –, der, im Ton mütterlicher Güte vorgetragen, aber mit einer genau dosierten Menge lästerlichen Witzes versetzt, in seiner Mischung ein ausgesprochener Genuß war.

Aber zurück zu den Büchern, die ich stapelweise aus der London Library bezog. Das Resultat meiner Mühen ist in einer Szene festgehalten, deren Schauplatz die Westmoreland-Moore im Herbst 1879, zwei oder drei Jahre vor dem Tod meiner Mutter, waren.

Zwei Mädchen, fünfundzwanzig die eine, die andere einundzwanzig Jahre alt, wandern durch Nebelfetzen über den Rusland-Sumpf in Richtung auf den Old Man of Coniston; Proviantpäckchen und Zigarettenschachteln beulen die Taschen

der kurzen abgeschabten Ölmäntel aus. Sie diskutieren heftig, was sie gerade von Auguste Comte gelesen haben. Margaret, die Ältere, übernimmt immer die führende Rolle in diesen Diskussionen; sie liest auch täglich sechs Stunden, das jüngere Mädchen nur zwei. Die drei Stadien in der Entwicklung der menschlichen Erkenntnis werden ohne Einschränkung akzeptiert; »aber wie paßt das mit Buckles Klimatheorie und Theorie der steigenden Produktivität zusammen?« überlegt Beatrice, in deren Kopf noch die Rezension von Buckles »History of Civilisation« spukt, die sie eben mit viel Mühe fertiggestellt und ihrem geheimen Tagebuch – so geheim, daß nicht einmal die einzige Schwester, die ihr wirklich nahesteht, darin lesen darf – anvertraut hat. Jetzt rasten sie gerade auf einer tropfnassen Mauer. Margaret versucht ohne Erfolg, eine Zigarette anzuzünden, sitzt dann da, freundlich lächelnd, mit blitzenden schwarzen Augen, das glatte braune Haar flattert strähnig im Wind – und faßt ihre Kritik zusammen:
»Das ist ein schrecklicher alter Pedant; scheußliches Französisch; ein himmelweiter Unterschied im Stil zwischen ihm und Voltaire. Manche Ideen, die er hat, sind abscheulich, andere absurd. Dies Reden von der ›geistigen Macht‹ kann ich nicht ausstehen. Wenn man die Religion zur Vordertür des menschlichen Verstandes hinauswirft, warum sollte sie sich dann über die Hintertreppe wieder einschleichen? Denn das muß ich sagen, Beatrice«, mit wachsender Schärfe, »Comtes Menschen sind alle servil. Der Mann betet die Frau an; und wer möchte überhaupt jemanden anbeten, von einer Frau ganz zu schweigen! Und am Ende kommt heraus, daß die Frau nicht besser als ein Dienstmädchen ist und gar kein eigenes Leben hat. Gott sei Dank zeigt er, wo die Arbeiter hingehören; großherzig mögen sie ja sein; wir müssen alle über sie nachdenken, wenn wir ihnen Gutes tun wollen. Aber gehorchen müssen sie schon; Schluß mit den Streiks, das wäre wirklich gut!«
Kurze Pause; Beatrice, die inzwischen ihre Zigarette durch einen Trick mit der Streichholzschachtel (den hat sie von einem Tanzpartner gelernt, als sie mit ihm in den frühen Mor-

genstunden eines Julitages draußen im Garten eines Landhauses saß) angezündet hat, gibt den glimmenden Stummel an Margaret weiter, die ihre Zigarette daran anzündet und dann friedlicher weiterredet.

»Die Idee, daß eine Gruppe Bankiers die Welt regieren soll, finde ich ganz gut. Die Barclays, Buxtons und Hoares kommen mir sehr solide vor – langweilig, aber zuverlässig; genau die Sorte Männer, die Vater sich als Ehemänner für uns wünscht – und wir als Männer für unsere Schwestern.«

»Aber warum *Bankiers?*« wendet die jüngere Schwester ein. »Warum nicht Präsidenten von Eisenbahngesellschaften, Schiffseigner, meinetwegen Holzkaufleute? Maschinen, Rohmaterial, Handelswege, was wissen denn Bankiers davon? Und ob du willst oder nicht, die Arbeiterklasse hat das Wahlrecht und ist entschlossen, mehr zu bekommen.«

Margaret, im Tone freundlicher Herablassung – »Mein liebes Kind, Arbeiter zählen doch nicht; Geld ist das, was zählt; und das haben die Bankiers. Kein Hirn, aber Geld.« Und dann im Crescendo, so stark ist ihre Überzeugung: »Kredit, Kredit, Beatrice; Kredit regiert die Welt; Männer und Frauen müssen dahin, wo Geld geliehen wird, oder aufgeben. Das habe ich immer wieder beobachtet. Denk daran, wie Baring und Glyn Vater wegen der neuen Eisenbahn in Kanada bedrängt haben, die sich dann gar nicht ausgezahlt hat. Vater hatte den Kopf, aber sie hatten das Geld; und zurücktreten mußte er, nicht sie.«

Lange Pause: Beatrice hat ihre Zweifel an der Gleichsetzung von »Geld« und »Kredit« ihrer Schwester. »Vater sagte«, sinniert sie, »daß die Höhe des gewährten Kredites von der Stimmung der Kapitalisten abhängt; und diese Stimmung entspricht nicht immer der Sachlage; deshalb die Flauten und Hochkonjunkturen. Geld sei eine Ware unter anderen, nur daß es einen besonderen Verwendungszweck und gesetzlichen Status habe. ›Mein Bienchen‹, sagte er dann noch mit seinem fröhlichen, liebenswürdigen Lächeln, ›du kannst selbst darüber nachdenken, ob Schecks Geld oder Kredit sind; das Ergebnis laß mich dann wissen.‹ Und das habe ich nie getan«, erinnert sie sich voll Reue. Margaret schwingt die Beine über die Mauer und springt auf der anderen Seite herunter. – »Komm jetzt, Beatrice, wir müssen noch vor dem Essen da oben hinauf; ich werde hungrig ... Es ist traurig aber wahr, daß all das phantastische Gerede über die Zukunft keinen Sinn hat. Niemand weiß oder kann wissen, was mit der Welt geschehen wird. Comtes Grundfrage – die einzige, die dich und mich angeht – ist das Problem, ob wir alle, jetzt und hier, übereinander stolpern und einander im Wege sein sollen, indem wir versuchen, die Welt zu verbessern, oder ob wir jeder für sich mit gesundem Menschenverstand eigene Interessen verfolgen sollen. Ich bin dafür, daß jeder sich um seine eigene Sache kümmert. Dazu gehört natürlich die Familie. Man muß sich um Vater, Mutter, Mann und Kinder, Brüder und Schwestern kümmern. Aber damit hört es auch auf. Vielleicht«, langsam und zweifelnd, »wenn man dann noch Zeit und Geld übrig hat, auch um die Kinder der Schwestern.« Dann entschlossen und dogmatisch: »Aber Onkel und Tanten dann auf keinen Fall mehr, und Vettern und Cousinen schon gar nicht, denn die sind nicht so gut wie Geschäftspartner und nur wenig besser als Londoner Bekanntschaften. Und was den Dienst am Menschen betrifft, die Menschheitsreligion, Himmel, Beatrice, was soll das eigentlich heißen. Das ist doch reine Vulgärtheologie, ohne einen Bischof zum Absegnen.«

So sprach das Ich, das verneint. Ungefähr vierzig Jahre später findet das Ich, das bejaht, seine Stimme, nachdem sie die Trauer einer Mutter erfahren hat, deren einer Sohn im Krieg fiel, während ein anderer wegen seiner Überzeugung im Gefängnis saß; nun drängt dieses bejahende Ich sie dazu, die Bruderschaft der Menschen, ob Freund oder Feind, zu unterstützen; nun setzt sie ihre schnell schwindenden Kräfte für die Gefängnisreform ein; dabei erreichte sie mehr, als man weiß.[9]

Wie weit ich als junges Mädchen mit meiner Schwester in der scharfen Kritik an der Anbetung der Menschheit übereinstimmte, weiß ich nicht mehr. Bei aller Freundschaft mit den

Harrisons und anderen führenden Comtisten wäre es mir sicherlich nie eingefallen, der Menschheitskirche beizutreten. Immerhin finde ich aber fünf Jahre später als Leitspruch zu einem neuen Tagebuch das folgende Zitat Comtes, zu meiner eigenen Erbauung und in Großbuchstaben geschrieben:

»Harmonie als moralische Wesen können wir nur auf der Grundlage des Altruismus erreichen. Nein, mehr: nur der Altruismus kann uns zu einem Leben im höchsten und wahrsten Sinne verhelfen. Für andere zu leben ist das einzige Mittel, die gesamte Existenz des Menschen zu entfalten.«
»Auf die Menschheit, die das einzige wahre große Sein ist, wollen wir, die bewußten Elemente, aus denen sie sich zusammensetzt, von nun an unser individuelles und kollektives Leben in jeder Hinsicht richten. Unser Denken wird der Erkenntnis der Idee der Menschheit, unsere Gefühle werden der Liebe zur Menschheit, unsere Werke dem Dienst an der Menschheit gewidmet sein.« (Tagebuch, 1884)

Gestern abend mit den Harrisons zum Essen, danach mit ihnen in der Positivist Hall in der City. »Leben für andere« war das Thema von Harrisons Ansprache. Er sprach mit Bitterkeit von dem Hohn und Spott, mit denen Comtes Lehre aufgenommen wurde. Er führte aus, daß der Positivismus die einzige ernstzunehmende Form der Religiosität in unserer Zeit sei, daß der Dienst an der Menschheit das Leitmotiv aller Religionen und Sekten sei, daß sie sich aber weigerten, sich dazu zu bekennen. Seine Ansprache schien mir gezwungen, ein wackerer Versuch, aus nichts eine Religion zu machen, eine rührende Bemühung der armen Menschheit, den Kopf in den Nacken zu drehen und das eigene Hinterende anzubeten. Praktisch sind wir alle Positivisten; den Dienst am Menschen machen wir alle zum Leitsatz unseres Lebens. Aber um der Menschheit dienen zu können, brauchen wir die Ermutigung durch eine übermenschliche Macht, auf die hin wir unser strebendes Bemühen richten. (Tagebuch, 15. März 1889)[10]

Soziale Probleme (schreibe ich im Tagebuch von 1884) sind heute essentielle: sie treten an die Stelle der Religion. Ich habe nicht die Illusion, sie lösen zu können. Ihre Lösung scheint weitgehend eine Frage der Veranlagung, trotzdem, auch der unausgeprägteste Charakter hat eine gewisse Form, hat intellektuelles und moralisches Bewußtsein. Wenn wir willentlich die Gesetze unserer besonderen geistigen Konstitution außer Kraft setzen, müssen wir zur Strafe die

Krankheit und Deformation unserer Natur erleiden und am Ende mit dem Wissen aus dem Leben gehen, daß wir den Glauben verraten haben, der in uns ist... Beim sozialen Handeln werden höhere Ansprüche an die Beweggründe gestellt als bei jedem anderen Handeln... Der Sozialreformer bekennt sich zu kompromißlosem Idealismus; er erklärt feierlich, daß er für das öffentliche Wohl arbeitet. Seine Autorität ist abhängig von der öffentlichen Meinung und beruht ganz auf dem Vertrauen der Menschen in die Integrität seiner Absichten und die Kraft seines Verständnisses. Wenn er seinen Verstand dazu benutzt, Tatsachen zu manipulieren und so zu verdrehen, daß sie seinen persönlichen Interessen dienen, wenn seine Gier nach Macht größer ist als das Streben nach Wahrheit, dann wird er zum Verräter an der Gesellschaft, der er treue Dienste versprochen hat.« (Tagebuch, April 1884)

Ich will nicht den Anschein erwecken, als könne ich eine umfassende Darstellung der Einflüsse des Zeitgeistes auf die sozialen Aktivitäten im letzten Viertel des neunzehnten Jahrhunderts geben; aber klar ist mir, daß ich, 1883 eine Frau von fünfundzwanzig Jahren, definitiv unter dem Einfluß des Zeitgeistes stand. Aus der Flucht des Gefühls weg vom Gottesdienst, hin zum Dienst an der Menschheit, und aus dem allgemeinen Glauben an die wissenschaftliche Methode zog ich den Schluß, daß die aussichtsreichste Form des sozialen Dienstes die Arbeit des Sozialforschers sei. Und zu ähnlichen Folgerungen sind anscheinend viele meiner Zeitgenossen gekommen. Denn genaue Beschreibungen von Leben und Arbeit der Bevölkerung unter allen möglichen Aspekten, sensationslüsterne und wissenschaftliche Darstellungen, aus eigener Beobachtung oder nach statistischen Berechnungen, sind in diesem Zeitraum ein charakteristisches Thema von Veröffentlichungen in Zeitungen und Zeitschriften, kommen in Dramen und Romanen, in den Tätigkeitsberichten philanthropischer Organisationen und wissenschaftlicher Vereinigungen vor. Man könnte sagen, daß diese neue Konzentration der Aufmerksamkeit auf die sozialen Lebensbedingungen der Menschen ihre Erklärung weder in intellektueller Neugier noch im Geist der Philanthropie findet, sondern am ehesten in einer panischen Angst vor der gerade eingeführten Demokratie. Aber das steht auf einem anderen Blatt. Denn noch der fanatischste Sozialist versicherte, daß seine Hoffnungen auf die Zukunft davon abhingen, ob eine genau geplante wissenschaftliche Organisation der Gesellschaft Hand in Hand mit wachsender Bereitschaft und Fähigkeit aller zum interesselosen sozialen Dienst gehen könne.

Die ersten Schritte als Sozialforscherin tat ich im Herbst 1883, wobei ich fürchte, daß dieses Abenteuer eher eine *Sentimental Journey*, eine Reise des Herzens, als eine wissenschaftliche Expedition war. Während meines Bücherstudiums war mir aufgegangen, daß ich keinerlei Vorstellung vom Leben der Klasse hatte, die mit den Händen arbeitet, das waren aber vier Fünftel meiner Landsleute. In der vorangegangenen Londoner Saison hatte ich im Komitee einer Wohltätigkeitsorganisation mitgearbeitet und in ihrem Auftrag die Slums von Soho besichtigt; aber mir war klar, daß diese Fälle von extremer Verarmung, oft von Alkohol und anderen Lastern zerstörte Menschen, ebenso wenig repräsentativ für die Klasse der Lohnempfänger waren, wie der »sporting set« der Londoner Gesellschaft noch ein Spiegel des Verhaltens und der Intelligenz des Landadels oder der Geschäfts- und Berufswelt war, aus deren Reihen seine einzelnen Angehörigen ursprünglich gekommen waren. Wie konnte ich mir die Gelegenheit verschaffen, so viele normale Handarbeiter-Familien in ihrem täglichen Leben zu Hause und am Arbeitsplatz zu beobachten, daß ich danach in der Lage sein würde, die Klasse im Ganzen zu überblicken, zu verstehen, was chronische Armut und ungesichertes Leben bedeuteten; herauszufinden, ob tatsächlich mehr als ein kleiner Teil der Gesamtbevölkerung unter solchen Umständen lebten? Waren die Handarbeiter das, was ich »zivilisiert« zu nennen gelernt hatte? Welche Hoffnungen und Erwartungen, welche Schulbildung hatten sie, wie weit waren sie in der Lage zur Selbstverwaltung? Wie hatte diese Klasse es geschafft, ohne Übung in Verwaltungsarbeit, ohne Literaturkenntnis das Netzwerk der Sektenkirchen, der weit verbreiteten *friendly societies,* der Arbeiter-Hilfskassen, der viel gescholtenen Gewerkschaften und der merkwürdigen Genossenschaftsläden zu gründen und in Betrieb zu halten?

Eine Reise des Herzens

Der romantische Zug in diesem Abenteuer kam daher, daß sich die erste Gelegenheit zum vertrauten Umgang mit einer Lohnempfänger-Familie in meiner eigenen Verwandtschaft bot. Denn aus den Heimstätten der »domestic manufacturers«, der kleinen Familienbetriebe mit Werkstatt im eigenen Haus, in Lancashire und Yorkshire, stammten die Heyworths, die Familie meiner Mutter. Im letzten Viertel des achtzehnten Jahrhunderts hatten einige wenige dieser Handwerker mit eigenem Betrieb den Sprung in die Klasse der Fabrikbesitzer und Kaufherren geschafft, die Mehrheit aber war in die neue Klasse der Fabrikarbeiter, der »Hände«, übergegangen. Mein Großvater, Lawrence Heyworth, gehörte zur Klasse der Unternehmer; aber er hatte eine hübsche Base aus dem Hause eines Maschinenwebers geheiratet. Diese unbekannte Großmutter – sie starb an Tuberkulose, als meine Mutter noch ein Kind war – stellte jedoch nicht die engste Verbindung zu den einfachen Leuten von Bacup her. Das übernahm unsere geliebte alte Nurse und Haushaltsheilige, Martha Mills, genannt Dada (siehe Seite 60), die mein Großvater, als sie achtzehn war, zur Begleitung meiner Mutter und ihres Bruders für die Reise auf dem Kontinent ausgesucht hatte; auf dieser Reise lernten sie in Rom meinen Vater und seine Schwester kennen; Martha war dabei, als der Entschluß zur Heirat sich anbahnte; und sie war die unzertrennliche Gefährtin meiner Mutter, bis der Tod die beiden schied. Nach dieser Erläuterung greife ich wieder auf Tagebucheintragungen und Briefe an meinen Vater während meiner Besuche in Bacup zurück.

Oft habe ich Mutters alten Geschichten vom Leben in Bacup gelauscht, wenn wir auf den Gartenwegen von Standish oder Rusland spazieren gingen.
Zum letzten Mal war das, glaube ich, an einem Morgen im März in Standish (wenige Wochen vor ihrem plötzlichen Tod). Ich weiß noch genau, wie sich der weiche Westwind anfühlte und wie man den Frühling mit Augen und Ohren schon ahnen konnte, als ich ganz träumerisch den wohlvertrauten alten Geschichten zuhörte, die Mutter so gern erzählte – von ihrem Großvater, der in seinen alten Kleidern zum Markt nach Manchester ging, wenn die Zeiten gut waren, der seiner Frau aber sagte, sie solle ihm den neuen Hut und den besten Rock bringen, wenn er das Gefühl hatte, sein Kredit sei im Sinken; – von der alten Großmutter, die bolzengerade in ihrem starren Korsett auf dem steillehnigen Stuhl saß und ihren vier Söhnen weise Ratschläge gab; – die mitten in der Nacht stundenlang vor ihrem Bett kniete und zu ihrem Gott betete, von der kleinen Lawrencina im schwachen Licht des Mondes oder der beginnenden Morgendämmerung mit scheuer Ehrfurcht beobachtet.

Oder die rührende Geschichte von Mutters erstem Besuch in Bacup.

Vater und Tochter kommen spätabends nach einer langen Reise in der Kutsche an. »Ich will mein Abendbrot«, rief die kleine Miss Heyworth, als ihr Vater versuchte, sie ins Bett zu tragen. »Ich will mein Abendbrot; ohne Abendbrot gehe ich nicht zu Bett.« Der Gedanke, ohne Essen ins Bett gesteckt zu werden, verbindet sich im Kopf des kleinen Fräuleins mit Ungnade und Bestrafung. »Laß sie, Lawrence«, ruft eine lange seltsame Gestalt mit Nachtmütze vom Treppengeländer her; »laß das Kind essen, wenn es will. Komm, Sarah, nimm das Kind und gib ihm etwas Milchsuppe, das Feuer wird gleich wieder brennen.« Also wurde das in seine Würde wieder eingesetzte kleine Fräulein Heyworth von der verschlafenen Sarah in die Küche geführt und auf einen Stuhl am Tisch gesetzt; das Feuer wurde wieder angefacht. Aber nachdem sie so ihre Würde gewahrt hatte, brach die arme kleine Lawrencina, vom Licht und dem fremden Ort ganz verwirrt, doch noch in Tränen aus; schluchzend stammelte sie etwas, das die gutmütige Sarah als »ich möchte ins Bett, ich möchte zu meinem Papa« erkannte.
Achtzehn Monate waren seit jenem Morgen im März vergangen. Rosebud (meine jüngste Schwester), Dada und ich saßen im Schein des Kaminfeuers im gemütlichen kleinen Wohnzimmer in »The Argoed« (unserem Haus in Monmouthshire). Ich hörte wieder einmal

den alten Geschichten vom Leben in Bacup zu. Nicht dieselben alten Geschichten waren es, sondern Beschreibungen der Kirche und der Sonntagsschule und langer Wege auf schmutzigen Straßen zu Gebetsversammlungen in Weberhütten.

»Bestimmt sind doch einige Akeds mit uns verwandt, Da«, sagte ich und löste meine Augen einen Moment lang von den faszinierenden Szenen im Kohlenfeuer. »Warte, ich muß mal nachdenken«, meinte unser altes Kindermädchen, legte die Hände auf die Knie und überlegte. »Also, da ist John Aked, der macht Weberkämme, jetzt ist er arbeitslos, Neffe von Mrs. Heyworth. Dann hat er zwei Brüder, James, Leiter der Wasserwerke, und William, der ist, glaube ich, irgendwie seltsam; der tut wohl nicht viel. Dann Mrs. Ashworth, früher Miss Aked. Ich war bei ihr in der Schneiderlehre, bevor ich zu Miss Heyworth kam. Sie hat James Ashworth geheiratet, Fabrikbesitzer, ein reicher Mann; jetzt ist sie Witwe, und sie sitzt auf ihrem Geld, wie man so sagt. Sonst, glaube ich, gibt es keine Verwandten Ihrer Großmutter mehr außer denen, die ich Ihnen jetzt genannt habe; jedenfalls keine, von denen ich wüßte.«

»Da«, sagte ich und sah zu, wie ein schmaler Bogen aus schwarzer Kohle zusammenbrach, in die rotbrennende Masse stürzte, die unter ihm lag, und in Flammen aufging, »ich möchte sehr gern mitkommen, wenn du das nächste Mal nach Bacup fährst.« »Na, Sie wissen doch, ich kann jederzeit fahren; kein Grund zu warten«, antwortete die liebe alte Frau, »aber meine Freunde da oben würden sich wundern, wenn auf einmal eine Miss Potter mitkommt; an so vornehme Leute sind sie gar nicht gewöhnt. Wahrscheinlich würden sie sich von Ihnen ›runtergeputzt‹ fühlen, so nennen sie das.« »Oh!« rief ich und sprang auf, weil mir etwas einfiel, und ich ganz selig über die originelle Idee war, »Miss Potter würde ich dann nicht sein, ich wäre Miss Jones, Farmertochter aus der Gegend von Monmouth.«

Und die gottesfürchtige Martha Mills war zu meinem gelinden Erstaunen sofort bereit, den ›frommen Betrug‹ mitzumachen.

An einem regnerischen Novemberabend im Jahr 1883 suchten sich Mrs. Mills und Miss Jones ihren Weg durch die unregelmäßig gepflasterten, schlecht beleuchteten Seitenstraßen von Bacup. Der Ort schien ausgestorben. In der Luft lag die merkwürdige Stille, die eine typische Fabrikstadt überfällt, wenn die Fabriken mit ihrem Lärm und ihren Lichtern schließen; die Arbeiter mit ihren ungehemmten lauten Stimmen räumen auf oder genießen am häuslichen Herd Bratäpfel. »Das da drüben, M'am, ist Irwell Terrace Chapel«, sagte Mrs.

Mills, als sie einen Augenblick auf einer kleinen Steinbrücke stehenblieben, unter der das Flüßchen Irwell, so munter es nach dem freien Fall von den Bergen noch konnte, über Scherben, alte Stiefel und Teile von ausrangierten Maschinen rauschte. »Und daneben liegt das Haus des Küsters«, fuhr sie fort, »da wohnt John Ashworth, der Küster, der, bei dem wir bleiben wollen.« »Da«, sagte Miss Jones nachdrücklich, »mit M'am darfst du mich wirklich nicht anreden; nun bleib einen Augenblick stehen und nimm deinen ganzen Mut zusammen, damit du diese kleine Lüge auch sagen kannst, und denk an die Worte des Apostels Paulus: Was du auch tust, tue es von ganzem Herzen!«

Es folgen Briefe an meinen Vater vom November 1883:

(Erster Brief) – Wir kamen ungefähr um sechs Uhr dreißig in Bacup an und fanden unseren Weg hierher zu diesem altmodischen Haus hinter der Kapelle durch sehr schlecht beleuchtete Seitenstraßen. Wir wurden von einem echten alten Puritaner und seiner Tochter, die Fabrikarbeiterin ist, sehr herzlich empfangen; Gebete für unsere Sicherheit und unser geistiges Wohlergehen, solange wir unter diesem Dach weilen, wurden gleich angeboten. Nachdem wir einen köstlichen Tee und selbstgebackenes Brot und Butter genossen hatten, kamen eine Menge ältere Leute vorbei, die Mrs. Mills willkommen heißen wollten; sie verehren sie ganz offensichtlich, und Mrs. Mills ist bei ihnen ganz die große Dame. Mich hat sie kühn und ohne Hemmungen als ›Miss Jones, Farmertochter, die hierhergekommen ist, um Stadtleben und Fabriken kennenzulernen‹, vorgestellt, und alle haben sich bereit erklärt, ›Licht in meine Unwissenheit‹ in materiellen und geistigen Fragen zu bringen. Ich bin schon ganz in den Kreis der Handwerker und Kleinbürger aufgenommen, die sehr angetan davon sind; besondere Freundschaft habe ich mit John Aked geschlossen; das ist ein sanftmütiger Mann mit weichem Herzen, der an der konstitutionellen Melancholie der Familie Aked leidet. Ich habe erfahren, daß ein Bruder und eine Schwester von Großmutter Heyworth Selbstmord begangen haben und zwei oder drei andere Familienangehörige vom Hang zum Selbstmord bedroht waren. Vielleicht haben wir unseren ›Weltschmerz‹ von diesem Zweig der Familie geerbt. Heute morgen hat John uns durch Bacup geführt, und ich sah Rose Cottage und Willow Cottage, wo unsere Großmutter lebte und starb. Auch Bankside und Fern Hill, die Häuser der großen Familien Heyworth und Ormerod. Gegessen haben wir bei John Wooded, seiner Frau und seinem einzigen Sohn (Verwandte von Da), und ich habe einem ununterbrochenen Fluß von gutherzigem Klatsch zugehört, der durchsetzt war mit gottesfürchtigen Ausrufen und lebensklugen Betrachtungen über die beste Methode, die guten Dinge dieser Welt zu gewinnen. Mit Sicherheit lernt man das Leben der Fabrikarbeiter kennen, wenn man bei ihnen lebt, und ich bin überrascht, wie vollständig sie mich als eine Angehörige ihrer eigenen Klasse angenommen haben. Ich finde es weniger amüsant und viel interessanter als ich erwartete; und ich bin von Herzen froh, daß ich dies Abenteuer unternommen habe.

(Zweiter Brief) – Es geht sehr befriedigend weiter. Tagebuch führen ist ausgeschlossen; man hat weder Zeit noch einen Platz zum Schreiben. Diese Leute leben den ganzen Tag in ›Gesellschaft‹; immer sind irgendwelche Fabrikarbeiter (Baumwollweber) arbeitslos und verbringen ihre Tage mit Besuchen untereinander und mit Schwätzen. Dieses Haus ist außerdem das Zentrum der Kirchgänger, und hier wird auch das Armengeld ausgezahlt.

Bacup ist eine ziemlich kleine Fabrikstadt. Die »alten Familien«, »die, wo wirklich feine Leute waren«, sind verschwunden, und die jetzigen Fabrikbesitzer sind Self-made-Männer, die »viel geldgieriger sind als wie die alten«. Die Whitakers sind noch Landeigentümer, aber sie kommen nur, um alles Geld abzuziehen, was die Einwohner sehr ärgert. Die Ormerods und Heyworths gelten hier als »wirklich feine Leute«. John Aked erzählte mir gestern (auf einem sechs Meilen langen Spaziergang über Land; er ist arbeitslos), daß »Lawrence Heyworth einer von denen war, die ihr Dienstmädchen geheiratet haben, und die war meine Tante; aber ich habe gehört, was die, die sie kannten, erzählen, daß sie wunderschön anzusehen war«. Ich fragte ihn, was aus der Familie geworden ist, und er sagte »Hab nich vill von denen gehört, bloß von Mrs. Potter, und die anderen sagen, war wohl tüchtig und immer in Bewegung; Sie haben auch was davon, Miss Jones, mit Ihnen redet man viel mehr wie mit einem Mann als wie mit einer Frau.«

Trotzdem haben sie bis jetzt nicht den leisesten Verdacht: die älteren sehen mich mit Bewunderung an; sie finden mich »einen richtig nützlichen Menschen, muß ja ein Trost für meinen Vater sein«, und die jungen Männer betrachten mich mit einem gewissen Maß an Erstaunen und Furcht. Ein gewitzter alter Mann hat etwas gerochen und fragte mich, ob mein Vater vielleicht ein Lord sei, und als ich ihm erzählte, mein Vater sei ein ehrlicher Bauer, stellte er all mein Wissen über Landwirtschaft auf eine harte Probe, indem er mich ins Kreuzverhör über Viehbestand usw. nahm; aber am Schluß war er entwaffnet und sagte nur noch, wenn er mal im Süden zu tun habe, wolle er »auf'n Schnack mit Ihrm Vadder« kommen; und das würde er auch gern mal sehen, ob die Deerns in Wales »alle so witte Zähne und

glänzende Haare« wie ich haben; aber daß wir alle ein behagliches Leben führen, auch werktags, das war ihm klar. Derselbe gewitzte alte Mann hat mir viel über das Scheitern der Genossenschaftsfabriken erzählt, die den Arbeitern gehörten; er erklärte, wie die Direktoren unweigerlich bestochen wurden, schlechteres Material zum selben Preis zu nehmen, und wie die Arbeiter in den Ausschüssen anfingen, »nur noch rumzureden«.
Viele dieser Fabriken sind geschlossen; die wirtschaftliche Lage ist jetzt schlechter als je zuvor; trotzdem gibt es relativ wenig Armut, und diejenigen, die auf Dauer arbeitslos sind, ziehen in die großen Städte, wo es mehr »Gelegenheitsarbeiten« gibt. Die Frau des alten Mannes, bei dem wir »eingekehrt« waren, eine lustige Dicke, sprach einen so breiten Lancashire-Dialekt, daß ich sie kaum verstehen konnte; aber im Lauf des Abends gab sie verschämt zu, daß sie »scho' ma' ein' schmökte«, worauf ich meine Zigarettenschachtel zückte und der Gesellschaft einige »Zigarren aus Wales« anbot. Du hättest lachen müssen, Vater, wenn du mich da hättest sitzen sehen, zwischen vier oder fünf Fabrikarbeitern, friedlich rauchend, für »nette Gesellschaft« befunden und »so was wie interessant« in der Unterhaltung. Unter dem freundlichen Einfluß von Tabak kamen die älteren mit ihren Lebensgeschichten heraus, gaben mir eine Aufzählung ihrer verschiedenen, nacheinander ausgeübten Berufe, einige auch der Serie ihrer Ehefrauen. Ich war überrascht von ihrem Gerechtigkeitssinn und von der Freundlichkeit ihres Urteils über Männer und Frauen; alle sehen sie jetzt, daß Menschen auf Grund bestimmter Eigenschaften vorankommen und daß daran »kein Gesetzmacher etwas ändern kann«. Diese Klasse achtenswerter Arbeiter nimmt wenig oder kein Interesse an Politik (sie haben kein Wahlrecht); ihre Gedanken wenden sie darauf, wie sie in dieser und in der nächsten Welt zurechtkommen; ihre Unterhaltung hat zwei Themen: Privates und Religion. Der alte Mann und seine Tochter, bei denen wir wohnten, sind ein veritables Beispiel für puritanisches Leben der freundlicheren Spielart; aufschlußreicher als ein Dutzend Geschichtsbücher zum selben Thema. Abends lesen wir immer Gebete, und ich bin der Vorleser vom Dienst, weil ich »irgendwie deutlich« artikuliere. Es ist merkwürdig, wie vollständig zu Hause ich mich bei diesen Leuten fühle und wie sie mir ihr Herz öffnen und sagen, daß ich »die Sorte Frau bin, mit der man geradezu reden kann«. Ich kann mir nicht helfen, ich meine, es wäre sehr sinnvoll, wenn Politiker jeweils mit der Klasse lebten, für die sie ihre Gesetze machen, und lernten, was diese Leute wirklich denken und wünschen. Mir scheint, daß wir jetzt, in unserer sogenannten repräsentativen Regierungsform, das Risiko eingehen, nur die Wünsche der eher müßiggehenden Leute zu

repräsentieren und zu erfüllen; weil diese Leute keine gleichmäßige Beschäftigung haben, die ihre Zeit und Energie bindet, haben sie Zeit und Energie, Unruhe zu machen, und sie möchten die Dinge ändern, weil sie ihnen nicht passen. Es wäre natürlich absurd, von einer so schmalen Basis aus zu generalisieren; aber vieles, was man sieht und hört, während man mit den arbeitenden Männern und Frauen als jemand ihresgleichen lebt, führt dazu, daß man meint, es wäre ratsam, ein wenig mehr geduldige Beobachtung anzustellen, bevor man große organische Veränderungen durchführt, die ebensogut richtig wie falsch sein können. Reine Philanthropen sind imstande, die Existenz einer unabhängigen Arbeiterklasse zu übersehen, und wenn sie gefühlvoll vom »Volk« reden, meinen sie in Wirklichkeit die »Tagediebe«. Es wäre wirklich bedauerlich, wenn die ganze Aufmerksamkeit unserer Politiker auf diese zweite Gruppe gelenkt werden sollte.

(Dritter Brief) Ich habe gerade deinen Brief bekommen. Bestimmt treffe ich dich am Montag in Manchester, aber komm auf keinen Fall hierher; Da sagt, wenn sie den Betrug herausfinden, würden sie ihr nie verzeihen!
Die rührenden Leute haben mich so herzlich aufgenommen und so gastfreundlich bewirtet, als gehörte ich zu ihnen, daß es grausam wäre, sie zu enttäuschen.
Heute morgen haben wir in einem sehr gemütlichen Kotten gegessen, der einem Fabrikarbeiter mit drei Söhnen, auch Fabrikarbeitern, gehört. Den Nachmittag brachte ich mit dem Besuch dreier Fabriken zu, wobei meine Freunde mich ihren Chefs vorstellten. Zum Schluß ging ich noch mit dem Geschäftsführer durch den Konsum. Ich erzählte ihm, ich sei von meinem Vater geschickt, um zu fragen, wie man Konsumvereine führt, weil du einen aufmachen möchtest. Er nahm mich mit in sein Kontor, zeigte mir seine Geschäftsbücher und erklärte mir die ganze Sache. Die Läden gehören Arbeitern und werden auch allein von ihnen betrieben. Mitgliedschaft bedingt, daß man eine gewisse Summe dort ausgibt; und die Dividende wird nach Maßgabe des pro Quartal ausgegebenen Betrages bezahlt, sie wird aber nicht ausgezahlt, bevor der Anteil durch Akkumulation ausgeglichen ist. Auf diese Weise wird die Geschäftsführung doppelt kontrolliert, durch die Aktionäre, die ihre Dividende verlangen, und durch die Konsumenten, die billige und gute Ware verlangen, und, wie der Geschäftsführer sagte, »Frauen passen da genau auf«. Dieser Laden wurde vor zwanzig Jahren eingerichtet und hat nie weniger als 12,5 % Dividende ausgezahlt; die Arbeitskosten belaufen sich nur auf 5 % des Umsatzes. Kein Mitglied darf mehr Aktien als den Gegen-

wert zu 100 Pfund besitzen, und jeder kann mit dem Eintrittskapital von drei Schilling und Sixpence und zu den ursprünglichen Bedingungen Mitglied werden. Der Geschäftsführer gab mir einen anschaulichen Bericht von seinem Ärger mit dem Arbeiterausschuß und hatte eine interessante Erklärung für das Scheitern der meisten genossenschaftlichen Fabriken; das alles werde ich dir bei einer Zigarette erzählen.

Zum Tee gingen wir in einen anderen Kotten und haben gerade eine einigermaßen langweilige »geistliche Ansprache« unseres religiös gesonnenen Gastgebers hinter uns. Von Beruf Bergmann, beendete er seine Ansprache damit, daß er sagte: »Gott der Allmächtige hat alles richtig gemacht; hat die Kohle so tief verbuddelt, weil, wenn sie obenauf gelegen hätte, dann wären die Frauen gekommen und hätten nur die großen Klumpen geholt und das Kleinzeug alles liegengelassen.« Meine Frömmigkeit würde dich erheitern, lieber Vater; gestern kam ich in einer Sonntagsschule einem sanftmütigen ältlichen Lehrer zu Hilfe, der von einer zielstrebigen jungen Frau hart mit der Frage bedrängt wurde, ob nicht Adam für unsere Sünde verantwortlich sei. Ich fragte sie, ob sie »ihre Eltern nicht ›schätze‹«, und brachte sie dazu, daraus einen ziemlich an den Haaren herbeigeholten Schluß zu ziehen. Der sanfte ältliche Mann schüttelte mir zum Abschied warm die Hand und fragte, ob er irgendwas für mich tun könne, solange ich in Bacup sei. Aber die einzige Möglichkeit, diese Leute zu verstehen, besteht darin, zeitweilig ihren Glauben zu übernehmen und die Dinge im selben Licht wie sie zu sehen; dann bekommt man ein klares Bild (das nicht durch einen kritisch antagonistischen Geist getrübt wird) von ihrem materiellen und geistigen Leben. Und für mich hat ihre schlichte Frömmigkeit und absolute Unkenntnis der Welt einen gewissen Charme und etwas Beruhigendes.

Was das »materielle Leben« betrifft, so entbehre ich manchmal Fleisch sehr, und meine Diät besteht grundsätzlich aus Haferkeks und Käse; dazu kommt die Butter, die wir mitgebracht haben. Jeden Abend rauche ich im Schaukelstuhl am Küchenherd meine Zigarette; ich habe meine Freunde davon überzeugt, daß alle Frauen aus Wales rauchen. Am ersten Abend nahm mein Gastgeber eine Zigarette an und sagte dazu: »Möcht 'n kleinen Zug nehmen, aber je weniger, um so länger reicht sie.« Nachdem er einen oder zwei Züge genommen hat, drückt er sie also wieder aus und legt sie vorsichtig auf die Ecke des Kaminsimses – für den nächsten Abend: »Von was Gutem soll man nicht zu viel auf einmal nehmen, denn Geld ist 'ne liederliche Sache« (ist schnell ausgegeben). Sie verdienen nur 1 Pfund pro Woche, so daß wir ohne die Gastfreundlichkeit unserer Nachbarn nicht viel zum Leben hätten. Morgen gehen wir zu Mrs. Ashworth. Sie ist allgemein unbeliebt, weil sie so reich und geizig ist, und weder bekommt irgend jemand jetzt etwas von ihr noch weiß man, wohin das Geld nach ihrem Tod gehen wird. Damit sie keine Steuern für ihren Wagen bezahlen muß, hat sie die Räder abmontiert und ein Arrangement getroffen, daß sie wieder montiert werden, wenn sie den Wagen braucht. (So erzählen ihre Verwandten.) Ich bin auf einige Herablassung von ihr gefaßt: als wir sie neulich beim Metzger trafen, dem wir einen freundlichen Besuch abstatteten, nickte sie mir nur kaum merklich zu und gab mir nicht die Hand...

Zwei Erinnerungen an den eben erwähnten Besuch bei Mrs. Ashworth haben sich mir eingeprägt: Um die Bauerntochter aus Wales zu beeindrucken, holte meine besitzstolze Kusine die Photographien ihrer hochangesehenen Verwandten hervor, meines Großvaters Heyworth und seiner Brüder, seiner Söhne und deren Kinder; Photos der Potterfamilie besaß sie zu meinem Glück nicht! Und ihr Tod im Jahr 1892, ohne ein Testament, führte dazu, daß diese Arbeiter aus den Baumwollspinnereien von Bacup ein für sie ganz ungewöhnliches Beispiel moralischer Übergenauigkeit und Weltfremdheit gaben: Nicht weniger als 80000 Pfund wurden, entsprechend dem Gesetz über den Nachlaß ohne Testament Verstorbener, zu gleichen Teilen an die nächsten Verwandten gegeben; das waren zufällig zwei Gruppen von Vettern und Kusinen ersten Grades; in der einen elf Lohnempfänger, von denen einer unter zwanzig Schilling pro Woche verdiente; in der anderen Gruppe waren die relativ wohlhabenden Söhne von Großmutter Heyworth – die einzige Tochter, meine Mutter, war schon tot. Die elf Lohnempfänger setzten sich zusammen und entschieden nach einem gemeinsamen Gebet, daß es gegen christliche Brüderlichkeit und natürliche Gleichheit sei, wenn sie diese unerwartete Erbschaft monopolisieren und die Kinder der verstorbenen Kusinen und Vettern ersten Grades davon ausschließen wollten; und sie machten sich daran, ihren Anteil gleichmäßig untereinander und unter etwa dreißig Angehörige der nächstfolgenden Generation aufzuteilen, deren Eltern, ebenfalls Kusinen und Vettern der Verstorbenen, nicht mehr lebten. Das hatte zur Folge, daß sich die rechtlichen Erben nicht mehr im

Besitz von Tausenden, sondern nur von einigen Hundert Pfunden fanden. Ganz naiv teilten sie den Heyworth-Brüdern mit, wie sie mit dem Erbe verfahren waren, damit diese ebenfalls ihren Anteil mit den Kindern ihrer verstorbenen Schwester teilen sollten. Unnötig zu sagen, daß diese »Besitzenden« sich weigerten, dem Beispiel zu folgen, mit der allgemein einleuchtenden Begründung: »Gesetz ist Gesetz, und Besitz ist Besitz«; und das unverhoffte Erbe mit wohlhabenden Neffen und Nichten zu teilen, dafür sahen sie genauso wenig Grund wie für eine Stiftung zu wohltätigen Zwecken, die auch niemand von ihnen erwarten würde.

(Dritter Brief – Fortsetzung) – Diesen Tag habe ich in den Kapellen und Schulen verbracht. Nach dem Essen kam ein Dissenterpfarrer vorbei, und ich habe mich lange mit ihm unterhalten; heute abend nach der Kirche kommt er wieder, auf eine Zigarette. Er erzählte mir, daß in allen Sekten das Bedürfnis der Gemeinden, in den Predigten von der Kanzel auch Auseinandersetzungen mit politischen und sozialen Themen zu hören, im Wachsen sei, und daß ein Prediger es heute sehr schwer habe, die Gemeinde zufriedenzustellen. Er sagte auch, daß in den Bezirken, in denen Kooperation unter den Arbeitern besteht (in Industrieunternehmen), die Leute viel unabhängiger und freier im Denken seien.

Im ganzen Distrikt hier gibt es ein hohes Ausmaß an Kooperation; die Läden scheinen erfolgreich zu wirtschaften, sowohl in der Versorgung der Kunden mit billigen Waren wie in ihrer Funktion als Sparkassen, die gute Zinsen zahlen. Natürlich bin ich mitten im Zentrum der Dissenter-Organisation; und weil unser Gastgeber der Küster ist und alle durchreisenden Prediger aufnimmt, erfahre ich alles über die innere Organisation. Alle Sekten, auch die, die dasselbe Bekenntnis haben, verwalten sich selbst; alle Mitglieder (männliche und weibliche) treffen sich einmal im Monat und beraten finanzielle Fragen usw. Die Selbstverwaltung der einzelnen Gemeinden reguliert nicht nur Angelegenheiten, die die Kirche betreffen, sondern beaufsichtigt auch das Privatleben ihrer Mitglieder.

Es ist kaum zu übersehen, daß diese Dissenterorganisationen eine ausgezeichnete Vorübung zur politischen Selbstverwaltung dieser Klasse sind. Auch kann ich mich dem Gedanken nicht verschließen, daß eine der besten Möglichkeiten, der sozialistischen Tendenz einer kommenden Demokratie entgegenzuwirken, bei den Kommunalverwaltungen liegt; sie könnten die angesehenen Arbeiter dazu zwingen,

sich mit den politischen Fragen zu befassen, die in ihrer eigenen Gemeinde auftauchen. Das Parlament ist ihnen so fremd, daß die eher praktischen und arbeitsamen Leute sagen, es sei »bekloppt (unnütz), sich da reinzuhängen«; das überlassen sie den »Quasselköppen«. Aber jedes lokale Problem, das sie aufgrund eigener Erfahrungen einschätzen können, läßt sie sehr aufmerksam werden, und hier könnten sie Mutterwitz und gesunden Menschenverstand zur Lösung aktueller Organisationsprobleme einsetzen.
Sicherlich ist der ernsthafte und erfolgreiche Arbeiter grundsätzlich konservativ in Fragen des Eigentumsrechtes und der Nichteinmischung der Zentralregierung; und noch hat die Religiosität große Macht über diese Klasse und stellt die Basis vieler Leben dar, aber die Mitglieder der Klasse, die am stärksten durch Religion geprägt sind, erklären übereinstimmend, daß die jüngere Generation nach anderen Inhalten für ihr Denken und Fühlen sucht.
Mir scheint es sehr wichtig zu sein, daß das politische Denken eine praktische statt eine theoretische Richtung nimmt, daß man in jedem Bereich einer Kommune in bescheidenem Rahmen Experimente machen sollte und daß die Leiter Schwierigkeiten und Nachteile eines jeden Experimentes während seiner Durchführung sehen und auswerten sollten. In der Klasse der Arbeiter liegt ein ungeheures Potential an freier Energie, seit sie Schulbildung haben, und diese Energie wird keineswegs durch ihre mechanische Arbeit aufgebraucht. Wenn sie nicht mehr durch Religion kanalisiert wird, muß sie sich einen anderen Weg suchen. Sie kann entweder in der praktischen Lösung sozialer und ökonomischer Probleme gebunden werden oder sich auf die rein intellektuelle Übung des politischen Theoretisierens und der Diskussion abstrakter politischer Probleme richten.
Entschuldige diese ungenau ausgedrückten Ideen. Ich habe sie hingeschrieben, wie sie mir gerade durch den Kopf schossen. Ich bin ungeheuer interessiert an dem, was ich höre und sehe. Aber es ist ein gewagtes Unternehmen für eine junge Frau, ihre »Kaste« aufzugeben; und deshalb ist es mir so wichtig, daß man nicht darüber spricht. Ich kenne mich mit Männern gut genug aus, um sie dazu zu bringen, daß sie sich mir gegenüber so benehmen, wie ich es für richtig halte. Aber daß ich diese Macht habe, würde nicht jeder verstehen, und ohne sie wäre das Abenteuer, das ich jetzt erlebe, weder nutzbringend noch vernünftig. Ich habe noch zwei Aked-Brüder kennengelernt. Sie sind alle melancholische Männer mit feingeschnittenen Gesichtern und wunderschönen Händen. Das Interesse an unserer Familie ist umfassend. Ich glaube, sie wären einigermaßen entsetzt, wenn sie wüßten, daß dieses »unruhige Mädchen, das überall seine Nase hineinsteckt«, eine von den »mondänen Miss Pot-

ters ist, die in großartigen Villen und wundervollen Gärten leben und unglaublich reiche Männer heiraten«. Aber daß irgend etwas mit mir nicht stimmt, das merken sie ganz deutlich. Das Bild, das sie von den »Frauen in Wales« zurückbehalten, wenn ich gehe, wird sehr seltsam sein.
Als ich bei den Fabrikarbeitern von East Lancashire lebte (überlege ich ein paar Monate später), war ich von der Tiefe und dem Realismus ihres Glaubens beeindruckt. Dieser Glaube schien das ganze Wesen zu besetzen, alle Energie für sich in Anspruch zu nehmen, die nicht für den unmittelbaren Kampf ums Dasein gebraucht wurde. Waren nur die einfachsten animalischen Bedürfnisse befriedigt, gab man alle übrige Kraft, sei sie physisch, psychisch oder moralisch, der Religion hin. Sogar der gesellschaftliche Umgang basierte auf religiöser Gleichgestimmtheit und gemeinsamen religiösen Anstrengungen. Gerade diese Einlinigkeit und Transparenz des Lebens erregte mein Interesse und meine Bewunderung. Eine Zeitlang hätte ich ihr den Vorzug vor der außergewöhnlich komplexen geistigen Aktivität des kosmopolitischen Londoner Lebens gegeben, einer Aktivität, die auf manche Menschen nur lähmend und zersplitternd wirkt.
Dieselbe Einlinigkeit findet man in der Gruppe der Radikalen von Birmingham, die Ernsthaftigkeit und Schlichtheit der Motive sind schlagend deutlich. Hier tritt politische Überzeugung an die Stelle religiösen Glaubens; und die Unduldsamkeit gegenüber jedem Zweifel an den Hauptartikeln des Credos ist hier wie dort gleich scharf ausgeprägt. Vermutlich bietet die Bibel wegen ihrer inneren Widersprüchlichkeit bessere Entfaltungsmöglichkeiten für den Individualismus als das Programm der Radikalen, und weniger Handhabungen, die Überlegenheit einer Auslegung vor allen anderen zu begründen. Heine sagte vor ungefähr fünfzig Jahren: »Sprich mit einem Engländer über Religion, und er ist Fanatiker; sprich mit ihm über Politik, und er ist ein Mann von Welt.«* Mir scheint jetzt, nach meiner geringen Erfahrung mit Bacup und Birmingham, daß der Teil des englischen Wesens, der vorher Befriedigung durch Religion gefunden hat, jetzt ins politische Leben abwandert. Als ich das Mr. Chamberlain vortrug, antwortete er: »Ich stimme vollkommen mit Ihnen überein, und ich bin sehr froh, daß es so ist. Ich habe mich immer darüber geärgert, daß die Religion alle Leidenschaft im Menschen für sich beschlagnahmt hat.« Wenn er so denkt, ist es nur

* Heine, Reisebilder IV, Englische Fragmente IX, Die Emanzipation: »Wenn man mit dem dümmsten Engländer über Politik spricht, so wird er doch immer etwas Vernünftiges zu sagen wissen. Sobald man aber das Gespräch auf Religion lenkt, wird der gescheiteste Engländer nichts als Dummheiten zu Tage fördern.« [Anm. d. Ü.]

natürlich, daß er sich im kompromißlosen Glauben seiner eigenen Umgebung wohler und besser für den Kampf gegen die Mächte des Bösen gerüstet fühlt als in der Atmosphäre der reichlich zynischen, zumindest unendlich abgestuften und eingeschränkten politischen Meinungen der Londoner Gesellschaft. (Tagebuch, 16. März 1884)

Um die Erzählung abzuschließen, gebe ich noch die Einträge und Briefe wieder, die sich auf andere Besuche beziehen, in den Jahren 1886 und 1889, als ich schon als Soziaforscherin im Londoner East End arbeitete.

Drei Jahre sind vergangen – und Miss Jones kam wieder nach Bacup. Die Jugendblüte ihres Körpers und Geistes hatte sie verloren; einige ihrer alten Freunde erkannten sie kaum wieder. Die nun vertraute Umgebung des Lebens der Arbeiterklasse hatte ihre Frische verloren – das Abenteuer seinen Charme, und das Gewissen ließ sich nicht mehr so leicht bei der Lüge beruhigen, auch wenn es eine unschuldige Lüge war. So lebte sie bei den Leuten, beobachtete die größeren Linien ihres Lebens genau – fühlte sich aber von dumpfer Melancholie bedroht. Der großartige alte Puritaner mit seiner starken, schlichten Religiosität war nicht mehr am Leben; der liebenswürdige sanfte John Aked hatte die Ruhe gefunden, die der Himmel sogar den melancholischen Akeds gewährt; die Kinder waren größer geworden und durchlebten jetzt ihre entscheidenden Jahre. Das alte Bacup lag noch unverändert an den kahlen hohen Hügeln; die Fabriken, die jetzt überbeschäftigt waren und mit zusätzlichen Schichten arbeiteten, standen im Tal; lange, ungepflasterte Straßen, gesäumt von zweistöckigen Hütten, zogen sich unregelmäßig hügelwärts. Das alte Gasthaus, die ehemalige Poststation mit dem Air vornehmen Alters, stand immer noch hinter den neuen Gebäuden, die das Gemeindeleben repräsentierten; ein Konsumverein von fast protzigen Ausmaßen pries sich an. Die Bethäuser der zwanzig Sekten verschiedener Bekenntnisse, dazu die Gemeindekirche und die von »den Vornehmen« gebaute neue Kirche standen auf demselben Gelände und sind noch nicht leer. Das Leben in Bacup ist immer noch religiös – noch hat das Buch der Wissenschaft, obwohl es den Weg in die Hütten der Fabrikarbeiter fand, doch das »Buch des Lebens« nicht verdrängt. Die jungen Leute gehen in die Kirche, aber sie wollen nicht mehr in der Bibelstunde oder der Sonntagsschule unterrichten. Sie interessieren sich mehr für die Bücher aus der freien Genossenschafts-Bücherei; ihre Gespräche über Gott sind nicht mehr vom Geist hingebenden Glaubens geprägt. Trotz des städtischen Lebens und der Genossenschaftsindustrie ist Bacup aber der Einstellung nach noch ein Teil der

»alten Welt«. Man weiß hier nichts von den Komplexitäten modernen Lebens, und in der Monotonie des Alltags gleicht die Stadt immer noch dem Handweberdorf von vor hundert Jahren. Der ruhelose Ehrgeiz, die komplizierten Motive und weitreichende Phantasie des Weltbürgertums finden keinen Eingang in die schlichten Gemüter der Leute von Bacup. Sie sind zufrieden mit dem Leben ihrer kleinen Stadt – und sagen, daß schon Manchester sie beklommen macht, daß sie sich dort nicht »wie zu Hause« fühlen können.

Ich interessierte mich für das Leben der Fließbandarbeiter. So lange sie keine Überstunden machen müssen, ist die Arbeit so gesund für Körper und Geist, wie man nur erwarten kann. Wenn ich ihnen bei der Arbeit zusah und die belebende Geschwindigkeit der Maschinen, die freundliche Kameradschaft der Männer, Frauen und Kinder, das Fehlen von Sorge und das Vorhandensein eines gemeinsamen Interesses – die ganze Zufriedenheit, die wohlverdiente und gutbezahlte Arbeit bringt – beobachtete, dann war ich in Versuchung zu glauben, daß hier wirklich das Glück war, das angespannte Kopfarbeiter, untätige übersättigte Reiche oder schwer bedrückte ganz Arme nie erfahren können. Junge Männer und Frauen gehen frei miteinander um; sie kennen einander als Arbeitskollegen, Mitglieder derselben oder verwandter Sekten; sie beobachten einander von Kindheit an, leben immer in der Gesellschaft des anderen. Zu Paaren werden sie ganz selbstverständlich, wohlgeprüfter physischer und geistiger Zuneigung folgend. Die öffentliche Meinung, das heißt, eine durch die Religion geprägte Meinung, übt starken Druck auf Übeltäter oder Arbeitsscheue aus; der Prozeß des Ausstoßens aus der Gruppe, das Gegenteil der Anziehungskraft des Lebens im East End, ist in dieser kleinen Gemeinde deutlich zu sehen; dadurch wird sie die Nichtsnutze und die habituellen Arbeitslosen los. Wer Liebe und Interesse nicht aus sich selbst produzieren kann, der findet hier nichts Reizvolles; wer nicht kontinuierlich arbeiten will, der findet hier keine Arbeit. Auf der anderen Seite wird man aber über Mißerfolg und unverdiente Fehlschläge freundlich getröstet, denn die Menschen hier richten ihre Gedanken in der Hauptsache auf die jenseitige Welt und beurteilen andere nicht danach, welche Position sie sich in dieser Welt errungen haben, sondern nach dem Rang, den sie im zukünftigen Paradies – je nach Güte und Selbstverleugnung – einnehmen werden.

Überstunden führen zu unnützer Kräftevergeudung, nehmen dem Arbeiter mehr und bringen dem Unternehmer weniger. Sie bedeuten physische Quälerei, erschöpfen den Körper und lassen den Geist rosten. Sie führen dazu, daß die Männer keinen Appetit auf Essen und um so stärkeres Bedürfnis zum Trinken haben – sie bruta-

lisieren die Menschen, weil sie ihnen keine Kraft mehr zum geselligen Umgang oder gemeinsamen Interessen lassen.
Diese Klasse ißt zu wenig und vor allem schläft sie zu wenig – Jungen, die noch wachsen, haben nur sechs oder sieben Stunden Schlaf; und die unglückliche Mutter, die sie wecken muß, liegt die halbe Nacht wach, um nur ja die Weckzeit nicht zu verpassen, und vorher bleibt sie auf, bis die letzten und ältesten zu Bett gegangen sind. Aber Überstunden sind für Frauen und Kinder verboten – da erkennt man den Nutzen des Arbeitsschutzgesetzes und ständiger Überprüfung. Das laisser-faire bricht zusammen, wenn man die Dinge von innen betrachtet. Der einzelne Arbeiter kann sich nicht weigern, Überstunden zu machen – versucht er es, dann verliert er seine Beschäftigung. Auch will er sich nicht immer weigern, denn viele wissen nicht, welche Bedeutung ständige Überanstrengung für ihr weiteres Leben hat. Daß der traurige Effekt der Überarbeitung sich nicht auf Handarbeit beschränkt, sondern von Kopfarbeitern noch deutlicher gespürt wird, das zu sagen, erübrigt sich. Freilich, aber im einen Fall ist das Heilmittel leicht beizubringen, im anderen Fall ist das unmöglich. Fabriken kann man leicht zum Stillstand bringen – Verhandlungen, Konsultationen und Literaturstudien können nicht kontrolliert werden. Vielleicht wäre es viel besser, wenn eine solche Kontrolle möglich wäre. (Tagebuch, Oktober 1886)

Briefe an meinen Vater, Oktober 1886

(Erster Brief) – Ich hätte dir längst geschrieben, aber ich hatte eine üble Erkältung im Kopf, die mich ganz dumm gemacht hat. Ich habe fast jedes Jahr einmal eine Erkältung, und meist in dieser Jahreszeit, aber daß sie ausgerechnet während dieses Besuches kommen mußte, ist ein Unglück. Trotzdem, so schlimm war sie nicht, daß sie mich davon abgehalten hätte, unter Menschen zu gehen. Mrs. Aked, bei der ich wohne, ist eine lustige kleine Yorkshire-Witwe, ganz glücklich, daß sie jetzt eine Entschuldigung hat, wieder unter Leute zu kommen, deshalb verbringen wir den größten Teil unserer Zeit damit, bei den Nachbarn aus- und einzugehen, und ganz alte Freunde bestehen darauf, mich einzuladen. Ich kann dir versichern, daß »Miss Jones« sehr beliebt ist; und ihre Londoner Erfahrungen ziehen eine Menge Publikum in die Häuser, wo sie »Tee trinkt...« Ich bin immer mehr angetan vom Leben dieser Leute, von ihrer warmherzigen Integrität und Fähigkeit, zusammenzuarbeiten. Sie sind wohl ein besonders ausgesuchter Teil der Arbeiterklasse; wenn nicht, dann ist dieser Ausschnitt ihrer Klasse verfeinerter in Motiven und Gefühlen als die Mehrheit der Klasse, die durch Verdienst oder Erbe zu Geld gekommen ist. Unter diesen Menschen gibt es nichts Vulgäres, keinen Versuch, mehr zu scheinen, als zu sein, oder sich abzukämpfen und zu mühen, um weiterzukommen als die Nachbarn. Und dann ist es die einzige Gesellschaft, in der ich je gelebt habe, die wirklich noch in Tun und Denken vom religiösen Glauben bestimmt wird; hier ist der Glaube noch die Basis für das ganze Leben der einzelnen und der Gemeinschaft.

Der religiöse Sozialismus der Dissentergemeinden ist bemerkenswert, jeder Kreis gibt sich »selbst ein Gesetz«, dem der einzelne sich unterwerfen muß, oder er wird ausgestoßen. Und da alle Bekenntnisse kräftig zusammenarbeiten (außer der Hochkirche, die hier, wegen des schlechten Benehmens ihres Pfarrers, sehr verachtet wird), ist die Zensur der privaten Moral streng, und kein Mann und keine Frau kann sich ihr recht entziehen, ohne Bacup zu verlassen. Hier sieht man die Kehrseite der Entwicklung, durch die schlechte Arbeiter und schlechte Charaktere in die großen Städte gezogen werden. Im Leben in East End bemerkt man die Anziehungskraft, hier kann man die Kraft der Drohung, ausgestoßen zu werden, sehen. Erstens gibt es keine Aushilfsarbeiten in einer kleinen Gemeinde, die auf industrielle Produktion angewiesen ist. Wenn ein Mann nicht regelmäßig arbeiten kann, kann er überhaupt nicht arbeiten. Und zweitens ist ein schlechter Mensch ein sozial Ausgestoßener, weil das gesamte soziale Leben von den religiösen Gemeinschaften und der Genossenschaft abhängt.

Die »Co-op.« (Genossenschaft) sorgt für Unterhaltung und Zinsen, das eine kostenlos für alle Mitglieder, das andere durch das System der Sparkonten, eine Versicherung auf Gegenseitigkeit. Die Gewerkschaften sind hier nicht stark; Klassengeist gibt es so gut wie nicht, weil keine kapitalistische Klasse da ist; Fabriken, die nicht der Genossenschaft gehören, sind im Besitz ganz kleiner Leute, die aus der Arbeiterklasse kommen und Verbindung zu den Arbeitern haben. Weil ein großer Teil der arbeitenden Bevölkerung Aktien der Genossenschaftsfabriken besitzt, ist der Wunsch, die Löhne niedrig zu halten, deutlich; das wirkt sich auf die öffentliche Meinung aus und führt dazu, daß auch die Besitzlosen die Lage des Unternehmers gerechter beurteilen.

Drei oder vier Fabrikarbeiter kamen gestern zum Rauchen (meiner Zigaretten) hierher und sagten, daß zur Zeit die Arbeiter das beste Teil erwischt haben. Es gibt keine bitteren oder unfreundlichen Gefühle bei den Einwohnern von Bacup, weil sie praktisch alle sozial gleichgestellt sind; vielleicht ist das der Grund dafür, daß es überhaupt keine Vulgarität hier gibt. Aber man fragt sich, was geschehen wird, wenn die Religiosität der Menschen hier durch die voranschreitende Wissenschaftskultur untergraben wird; denn wenn auch die Genossenschaft und die religiösen Gemeinschaften im Augenblick zusammenarbeiten, wird doch der Säkularismus der Genossenschaft von ernsthaften Kirchgängern halb bewußt als eine Attraktion, die den Gebetsversammlungen und der Bibelstunde Konkurrenz macht, wahrgenommen. Man fragt sich, wo all die *Empfindung* bleiben wird und wo die Fähigkeit zur *moralischen* Selbstbestimmung.

Ich glaube, eine starke Kommunalverwaltung wird Schutz bieten, wenn sie genug Macht hat, individuelle Aktionen zu kontrollieren; in einem Bereich, der übersichtlich genug ist, müßten die Arbeiter an der täglichen kommunalpolitischen Arbeit, nicht nur den Wahlen, beteiligt sein. Denn die aktive Regelung ihres eigenen Lebens und des Lebens ihrer Nachbarn wird viel weniger gefährlich sein als das Theoretisieren und Reden über Dinge, von denen sie nichts verstehen. Sie haben gelernt zu handeln, nicht zu denken – und wenn sie über »die Politik des Empires« reden, zeigen sie nicht viel Verstand; denn ihr einziger Leitgedanke scheint die Kürzung der Gehälter zu sein!

Ihr größter Favorit scheint Labouchere zu sein – aber diesen Mann würden sie niemals in einer führenden Rolle in der Genossenschaft oder der Gemeinde dulden!

Ich bin froh, sagen zu können, daß die bessere Klasse sich an Mr. Chamberlain hält. (Mein Vater war ein begeisterter »Unionist«.) Der G.O.M. (d.i. Grand Old Man, Gladstone; A.d.Ü.) hat traurige Verluste an Anhängern erlitten, seit ich zuletzt hier war – einige treue Liberale sagen offen, er sei senil geworden.

Morgen fahre ich mit der Tochter des Textilhändlers nach Manchester, wenn meine Erkältung sich gebessert hat; wir wollen dort im Warenhaus einkaufen. Bitte Mary, daß sie mir schreibt, wie du deine Reise überstanden hast; meine Adresse ist: Miss Jones, Angelstreet 5, Tony Lane, Bacup.

(Zweiter Brief) – Heute ist mein letzter Tag hier, weil ich nicht mehr nach Oldham fahre; das Wetter ist so rauh und scheußlich, und meine Erkältung werde ich auch nicht los. Ich muß dir etwas von unserem täglichen Leben erzählen.

Um 5.30 Uhr beginnt der Tag damit, daß Mrs. Akeds freundliche Stimme erklingt: »Willie, Willie, beeil' dich, die Glocke hat schon einmal geschlagen.« Willie ist der jüngste Sohn, ein hübscher, blauäugiger Junge, der Großmama Heyworth »verehrt«; er arbeitet bei einem Tuchweber, ist fünfzehn Jahre alt und verdient fünf Schilling. In der letzten Woche wurde sein Lohn auf vier Schilling und neun Pence gekürzt, und er droht mit Streik, aber seine Mutter sagt ihm,

wenn er streikt, sei er »ohne Geld«. Titus (der älteste Sohn) bricht zur selben Zeit zur Arbeit (in der Keld'[sic]-Fabrik) auf, und seine Mutter gibt beiden »eine Tasse Tee«, bevor sie gehen. Dann setzt sich die gute kleine Frau an ihre Bibel und kämpft sich durch ihr Kapitel (gelehrt ist sie nicht), bis es für Walter Zeit ist, zu seiner Arbeit im Konsum aufzubrechen (acht Uhr). Er ist ein schwerfälliger, träger Junge, der hauptsächlich seine schicken Krawatten im Kopf hat. Wir frühstücken um 8.30 Uhr, Titus und eine Arbeitskollegin kommen dazu; es gibt Brot und Butter und Kekse und guten starken Tee. Titus ist ein gutmütiger, vernünftiger junger Mann, liebt Musik sehr und seine »Frau« noch mehr, liest viele Co-op.-Bücher über Wissenschaft und gewinnt Preise in Abendschulen. Seine Kollegin ist eine unverheiratete Frau von 37 Jahren, die ganz heiter erklärt, sie habe ihre »Chance gehabt und nicht genutzt, und noch eine kommt nicht mehr«. (Ein Gefühl, das ich verstehen kann.)
Gestern wickelte ich mir einen Schal um den Kopf und ging mit ihr zur Fabrik – blieb dort ungefähr eine Stunde und schwatzte mit den Leuten, während sie arbeiteten. Sie sind ganz glücklich, ruhige Arbeiter und sehr gesellig, Männer und Frauen begegnen einander sehr offen und unbefangen, aber, soweit ich sehen kann, ohne Grobheit; die männliche Einstellung zur Ehe drückt sich so aus: »Ein Mann hat keinen Freund, bis er eine Frau für sich gefunden hat.« Junge Männer und Frauen gehen in Gruppen für eine Woche nach Blackpool, manchmal machen sie eine verbilligte Reise nach London mit – und weil die Frauen genauso viel oder fast so viel wie die Männer verdienen (Facharbeit ausgenommen), fühlen die Männer sich ihnen nicht überlegen. Mit Sicherheit ist diese gleichmäßige mechanische Arbeit, mit der belebenden Schnelligkeit der Maschinen und vielen Kollegen beiderlei Geschlechtes für sie ungefähr das beste, was man sich wünschen kann – solange die Arbeitszeit nicht zu lang ist. Der Fabrikinspektor achtet genau darauf, daß Frauen und Kinder keine Überstunden machen; und diese Woche wurden zwei Meister bestraft; sie mußten vierzig Pfund und die Verfahrenskosten bezahlen. Viele Arbeiter meinen, auch die Männer sollten keine Überstunden machen dürfen; ich fände das auch besser. In der letzten Zeit hat Titus bis acht Uhr abends gearbeitet, und er sieht jetzt sehr erschöpft aus. Überstunden scheinen die Kräfte unverhältnismäßig zu verschleißen, wenn man die Menge zusätzlicher Arbeit betrachtet, die sie dabei leisten, und statt gesunder Anstrengung nehmen sie ermüdende Quälerei auf sich. Gestern ging ich zum Mittagessen zu meiner alten Freundin Alice Ashworth – eine häßliche, rauhe, sehr warmherzige alleinstehende Frau von vierzig, Tochter des wunderbaren alten Puritaners (jetzt tot), bei dem wir letztes Mal wohnten. Die arme Alice

lebt in einem Zweizimmer-Kotten allein, arbeitet in der Fabrik, und ihr trostloses einsames Leben wird nur durch die Erinnerungen an ihren Vater (der ein Leitstern zu allen guten Dingen war) und ihr starkes religiöses Gefühl erleichtert. »Setzen Sie sich hier auf den freien Stuhl, Miss Jones (nach einer herzlichen Umarmung); es tut mir gut, jemanden zu sehen, der meinen Vater gern gehabt hat«, und ihre häßlichen Züge leuchteten auf. Sie spricht einen breiten Lancashire-Dialekt, und manchmal kann ich sie nicht verstehen; ihre Sprache ist biblisch, alle ihre sehr schlichten Gedanken illustriert sie mit Bibelzitaten. Sie verehrt mich und sieht mit erstaunter Bewunderung zu mir auf, zugleich aber auch mit dem Gefühl einer Gemeinsamkeit zwischen uns; ich bin für sie auch eine »alleinstehende« berufstätige Frau. Es war ein großer Tag für Alice, denn sie hatte den Prediger ihrer Sekte und andere Freunde aus alten Zeiten mit mir zum Tee eingeladen. Der Prediger, einer von den »neuen Männern aus dem College« mit gedrechselten Phrasen und komplizierten Wörtern, war ein schlechter Ersatz für den früheren Prediger von der alten Art, von »Gott berufen und auserwählt unter dem Volk«, der nicht mehr Bildung als seine Gemeinde besaß, sondern wegen seiner Persönlichkeit zu ihrem Führer geworden war. Der jetzige ist mehr Politiker als Prediger, aber einer von der seichtesten und realitätsfernen Art; er redet endlos und immer an den Fakten vorbei. Einen gewissen Einfluß auf die Leute hat er mit seiner Begabung zum leeren Geschwätz; aber sie merken schon halb bewußt, daß das nicht mehr »das Wahre« ist; und sie klagen, daß es »keine Leute mehr gibt, die Gottes Wort einfach im Gefühl haben«. Dazu ist er auch noch ein Snob und redet von Stephen Gladstone, als sei er dessen bester Freund –, aber er kommt auch nicht aus Lancashire, er ist Waliser. Seine Frau und seine Schwägerin gehören zur verarmten Oberschicht, versuchen das Leben der Vermögenden nachzuäffen. Ihn in einer großen Gruppe von schlichten Fabrikarbeitern mit hellen Köpfen zu beobachten, wie er seine langen Wörter falsch verwendete und affektiert mit den Händen fuchtelte, bewirkte, daß man die Präsenz eines »niederen Wesens« fühlte und fürchten mußte, daß mehr von der gleichen Art mit ihrer oberflächlichen Intellektualität der »Höheren Bildung« nur Unheil stiften.
Aber ich bin ganz von der »Tagesordnung« abgekommen!
Meistens essen wir mittags zu Hause; es gibt Hammel und Kartoffeln, und zum ›Teetrinken‹ gehen wir jeden Tag aus. Das heißt, daß wir um drei Uhr aufbrechen und bis ungefähr neun Uhr bleiben, manchmal geht die ganze Teegesellschaft dann in ein anderes Haus. Die Leute sind wunderbar freundlich – die Kotten gemütlich und gut möbliert und die Tees hervorragend. Das Leben ist natürlich schwie-

rig, wenn man nicht an eine so mehlreiche Ernährung gewöhnt ist, und die Unterhaltung wird für unsere ruhelosen, angespannten Köpfe, die immer auf der Suche nach etwas Neuem sind, nach einer Weile ermüdend. Dennoch hat mir das tägliche Zusammensein mit diesen Leuten einen Einblick in das Leben der gehobenen Arbeiterklasse mit seiner ganzen Liebenswürdigkeit, dem geradlinigen Denken, der ehrlichen Arbeit und der Herzlichkeit verschafft, den man in Worten nur schwer beschreiben kann, und vor allem hat es mir klargemacht, welchen Einfluß die Religion auf die Engländer hat, und wie die Dissentergemeinden ihnen Unterricht in Selbstverwaltung geben oder eigentlich als Mittel dienen, die Fähigkeit zur Selbstverwaltung zu entwickeln. Es macht traurig, daran zu denken, daß der religiöse Glaube, der sie durch das starke Band gemeinsamer geistiger Anstrengung zusammengehalten und jeden für sich gestärkt hat, der die Wärme seines Lichtes gerade in den einsamen Leben ohne Liebe hat leuchten lassen, dazu bestimmt ist, zu vergehen. Denn für dieses Leben, das aus mechanischer Arbeit besteht, das durch Zusammenbruch und Scheitern unmittelbar mit dem Verlust der physischen Annehmlichkeit bedroht ist, für dieses Leben reicht Intellektualismus nicht aus, ist irgend ein »Höheres Denken« nicht genug; selbst wenn es denen, die es besitzen, etwas bedeutet, so ist es doch für diese Menschen außer Reichweite, weil sie einfach nicht mehr genug physische Energie dafür aufbringen können.
Intellektuelle Kultur bedeutet für aktive und erfolgreiche Menschen Entspannung, aber als Ruheplatz für verbrauchte oder gescheiterte Leben ist sie ungeeignet. Ein »Leben in Christus« und die Hoffnung auf eine bessere Welt im Jenseits bringt Erleichterung und Verfeinerung in den bloßen Existenzkampf, beruhigt die rastlose Jagd nach den guten Dingen dieser Welt, weil sie eine »Weltlichkeit anderer Art« dagegen setzen kann, und verwandelt Scheitern aus einem verächtlichen Mangel an Erfolg in ein »Zeichen der Gnade«.
Arme Mary, die dir diesen Brief vorlesen muß!

Am letzten Abend meines zweiten Besuches erzählte ich meinen frommen Verwandten, wer ich sei. Ich hatte Angst, sie wären gekränkt; das Gegenteil trat ein: sie waren begeistert und nur froh, daß ich es ihnen nicht gesagt hatte, bevor sie mich besser kennenlernten.

Die Akeds, Mutter und Sohn, haben bei mir gewohnt (schreibe ich ein Jahr später). Sie sind einfache Leute, aufrichtig gläubige Christen; ich habe diese Menschen aus Lancashire sehr gern. Ich habe ihnen alles in London gezeigt; wirklich gefallen hat ihnen nur die endlose Reihe von Büchern im British Museum (die eiserne Galerie, wo die Bücher aufbewahrt werden). Olive Schreiner (Autorin von *South African Farm*) war gerade hier; sie ist eine herrlich attraktive kleine Frau von überquellender Herzlichkeit. Titus Aked hat sein Herz an sie verloren; der Charme ihres Wesens und ihrer Unterhaltung hat das schlichte Gemüt des geradsinnigen Landburschen aus Lancashire vollkommen überwältigt. Er starrte die winzige Frau voller Achtung und Zärtlichkeit an und lauschte jedem Wort aus ihrem Mund mit Andacht. (Tagebuch, 4. Oktober 1887)

Wieder bei meinen lieben alten Freunden (schreibe ich, als ich 1889 wieder zu Besuch in Bacup bin), unverändert in ihrer schlichten Freundlichkeit. Vetter Titus ist jetzt mit einer jungen Frau verheiratet, die auch in der Fabrik arbeitet; sie ist lieb und bescheiden im Ausdruck und von sanfter Art. An den meisten Tagen arbeitet sie mit ihm; aber oft nimmt sie sich einen Tag frei und engagiert einen ›knitter‹ (? Wort unleserlich), der die Arbeit für sie tut. Titus liest Zeitungen und Zeitschriften und nimmt Musikstunden, und er geht in eine technische Fachschule. Die junge Frau bringt ihre Freizeit mit Besuchen und Näharbeiten zu; »höhere Interessen« verfolgt sie nicht. Aber sie ist sehr freundlich und liebevoll mit ihrer Schwiegermutter, und ihren Titus betet sie geradezu an... (Tagebuch, Bacup, April 1889)

... Als ich in Bacup war (meditiere ich nach meinem ersten Besuch), hatte ich das Gefühl, einen ganzen Abschnitt puritanischer Geschichte zu durchleben; ich hatte das Gefühl, wirklich mit anzusehen, wie Menschen sich von einer einzigen Idee leiten lassen; wie sie sich ganz Christus hingeben, ohne Kampf und ohne einen Gedanken an die Welt; wie sie alles Tun ihres täglichen Lebens auf Gott richten. Und ich begriff die Kraft dieses Beweggrundes, von dem aufgeklärte Menschen meinen, er sei im Schwinden. Ich begriff den alles beherrschenden Einfluß und fragte mich, was die Lücke füllen könne, die durch sein Schwinden entstehen, welcher andere kraftspendende Beweggrund an seine Stelle treten würde? (Tagebuch, Februar 1884)

Das Bacup-Abenteuer gab meinem Lebensweg eine entscheidende Wende.

Die tägliche wirkliche Beobachtung von Menschen und Dingen tritt anstelle der Anhäufung von Fakten aus Büchern und Schreibtischgedanken. Zweifellos ist die Reise nach Bacup ein Schritt in die richtige Richtung. Um aus dieser Art Beobachtung Gewinn zu ziehen, muß ich mir bessere juristische und ökonomische Fachkenntnisse verschaffen; bevor ich Mängel in der praktischen Verwaltung einschätzen kann, muß ich Staatstheorie verstehen. Jetzt ist die Zeit gekommen, ein bestimmtes Ziel zu setzen, auf das sich all meine Kraft richten muß. (Tagebuch, 24. Januar 1884)

Der Würfel war gefallen, der Beruf gewählt. Der Druck der Umstände und die Inspiration des Zeitgeistes hatten mich zu der Entscheidung gebracht, empirische Sozialforscherin zu werden.

Viertes Kapitel

Der Gegenstand der Auseinandersetzung

Der entscheidende Einfluß, den die soziale Umgebung auf das Handeln des einzelnen ausübt, wirkte sich in meinem Fall noch direkter und deutlicher auf den Gegenstand der Untersuchung aus als auf die Wahl des Berufes. Warum suchte ich mir als ersten Gegenstand meiner Sozialbeobachtungen das chronische Elend in weiten Bereichen der Bevölkerung, das sich in Massenquartieren ebenso wie bei den demoralisierten Gelegenheitsarbeitern im Hafen, in niedrigen Löhnen wie in den ungesunden Arbeitsbedingungen und unzumutbar langen Arbeitszeiten der ausgebeuteten Industriearbeiter zeigt? Anders als meine Schwester Kate, die sich sechs Jahre lang als unbezahlte Mieteinnehmerin geplagt hatte, brachte mich nicht der Geist der Barmherzigkeit in die Häuser der Armen. Mich hatten niemals die »Härtefälle« gerührt; die, glaubte ich, »sind eine schlechte Gesetzesgrundlage«. Mich trieb etwas anderes dazu, die Lebensbedingungen dieser Leute zum unmittelbaren Thema meiner Untersuchung zu machen: nämlich die geistige Verfassung in den lebenswichtigen Zentren der großen Unternehmen, der politischen Agitation und des akademischen Theoretisierens.

In den achtziger und neunziger Jahren wurden hauptsächlich zwei Kontroversen in Zeitschriften und Büchern ausgefochten und auch in meinem Verwandten- und Bekanntenkreis ständig diskutiert: einmal die Bedeutung der Armut für die Massen, und zum andern die Praktikabilität und Wünschbarkeit der Demokratie in Politik und Industrie; konnte sie die Not der Mehrheit der Bevölkerung beseitigen, wenigstens das Problem in Angriff nehmen? War die Armut der vielen eine notwendige Bedingung für den Wohlstand der Nation und für den Fortschritt der Zivilisation? Und wenn die Mehrheit arm und ungebildet bleiben sollte, war es dann erstrebenswert, war es überhaupt ungefährlich, dieser Mehrheit die Waffe der organisierten Gewerkschaften und, durch das Wahlrecht, auch die Macht zur Bildung und Kontrolle der Regierung Großbritanniens anzuvertrauen, eines Landes, das ungeheuer reich war und überall Kolonien besaß?

Im ersten Kapitel dieses Buches habe ich beschrieben, daß in meiner Kindheit und Jugend der Horizont unserer Familie, so weit gespannt und differenziert er auch war, doch die »Welt der Arbeit« nicht mit erfaßte. Ich habe beschrieben, wie »das Wort ›Arbeit‹ allein schon für eine Abstraktion stand; es bedeutete eine arithmetisch kalkulierbare Menge Menschen, von denen jeder einzelne nur eine Repetition der anderen war ...« »reichlich Wasser und willige Arbeitskräfte war ein Satz, der sich immer wieder in Berichten von Gesellschaftsgründern fand«. [Vgl. Kap. I, S. 85; A. d. Ü.]

Daß ich diese Blindheit verlor und sehend wurde, verdanke ich einer Veränderung meiner Geschäfts- und Familienbeziehungen, mehr noch dem Wandel der öffentlichen Meinung in England, über den ich gleich mehr sagen werde. 1879 legte mein Vater sein Amt als Präsident der kanadischen Grand Trunk Railway nieder, das er zehn Jahre innegehabt hatte, und engagierte sich wieder stark in britischen Unternehmen. Für einen Mann, der wie er ausländische Eisenbahnen verwaltet hatte, der die riesigen Ausmaße eines Kontinentes für Einwanderer aller Rassen, weißer, gelber, brauner und schwarzer gewohnt war, schien es ganz natürlich, vielleicht unvermeidlich, daß er sich unter Handarbeitern eine Art Roboter vorstellte. Für die Fabrikanten und Kaufleute in Großbritannien aber und für die Geldgeber, die hinter ihnen standen, war der Begriff «Arbeit» alles andere als eine Abstraktion; er bedeutete eine Menge ruheloser, selbstbewußter, verlustbringender Mitbürger, die man nicht mehr ignorieren konnte, die man also studieren mußte: in den Jahren 1879 bis 1883 war man mit Aussperrungen und Streiks konfrontiert, die von den unbestreitbar mächtigen Gewerkschaften durchgeführt wurden; man mußte sich in offiziellen Verhandlungen mit Arbeiterführern auseinandersetzen, sie nicht nur als gleichberechtigte Verhandlungspartner akzeptieren, sondern auch als Mitglieder des Unterhauses, 1885 sogar als Teil der Regierung. Von da an erschienen auf dem Tisch im Zimmer meiner Mutter Broschüren und Traktate, die sich für und gegen die Lohnfonds-Theorie aussprachen; mein Vater suchte, mit ratlosem Gesichtsausdruck, in Carlyles *Past and Present* Aufklärung; er begann sich auch für die Erfahrungen zu interessieren, die seine Tochter Kate als unbezahlte Mieteinnehmerin in London machte, und für die Unterhaltungen mit anderen, die auf demselben Gebiet arbeiteten und deshalb auch in den Kreis der Familie eingeführt wurden wie Octavia Hill und Samuel und Henrietta Barnett. Dazu stießen in diesen Jahren auch noch drei politisch interessierte Schwiegersöhne zur Familie. Henry Hobhouse (später einer der Abgeordneten für Somerset und Vorsitzender des Grafschaftsrates und der vierteljährlichen Gerichtssitzungen dort) heiratete 1880 meine Schwester Margaret und brachte die kulturelle Verfeinerung und das Gefühl für moralische Verpflichtungen mit, das für die Landadels- und Beamtenfamilien der Hobhouses, Farrers, Aclands und Stracheys typisch ist. Der zweite war Charles Alfred Cripps, der 1881 meine Schwester Theresa heiratete; ein brillanter und höchst erfolgreicher junger Anwalt, versierter Dialektiker mit toleranter und gütiger Lebensauffassung; später sollte er zunächst Abgeordneter der Konservativen und dann, als Lord Parmoor, wegen seiner Abneigung gegen Krieg und seines Mißtrauens gegen den ›kapitalistischen Imperialismus‹, zum Sympathisanten der Labourpartei und der Sozialistischen Bewegung und 1924 Mitglied des kurzlebigen Labourkabinettes werden. Mit ihm zu diskutieren, war ein Vergnügen für mich. Als letzter kam Leonard Courtney zu uns, der Älteste und Einflußreichste des Schwagertrios, damals Staatssekretär im Finanzministerium der Gladstone-Regierung; seinetwegen gab meine Schwester Kate 1883 ihre philanthropische Arbeit auf; er beeinflußte unsere Diskussionen durch gewichtige Intelligenz und ein erstaunliches Gedächtnis in

Kombination mit der intellektuellen Integrität und Freiheit von eigenen Interessen, die nur ein Übermensch aufbringt. Er und meine Schwester bildeten zusammen mit einem großen Kreis politischer und literarischer Freunde ein neues Zentrum in unserere Familie, von dem Licht und Anleitung ausging. Für mich hatte die vertiefte Freundschaft mit meiner Kusine Mary Booth und ihrem Mann Charles Booth eine noch direktere Bedeutung; über seine ausgezeichnete Studie zu Leben und Arbeit der Londoner Bevölkerung werde ich im folgenden Kapitel Genaueres sagen. All diese anregenden Persönlichkeiten waren »Lebensfäden«, die mich gerade in diesen entscheidenden Jahren, in denen ein neues Ferment des Denkens und Fühlens seine Wirkung tat, mit der weiteren Welt der Politik, der Philanthropie und der statistischen Untersuchungen verbanden.

Die Welt der Politik

»Was sich außerhalb des Parlamentes bewegt«, schrieb Mr. Gladstone im allerersten Jahr seiner triumphalen Regierungszeit 1880–85 an Lord Roseberry, »scheint mir schnell eine Bedeutung zu gewinnen, was sage ich, längst gewonnen zu haben, die das übertrifft, was sich innerhalb des Parlamentes abspielt.«[1]

Das neue Ferment war tatsächlich kaum in den Protokollen des Unterhauses der Gladstone-Regierung von 1880–85 zu erkennen. Denn ein halbes Jahrhundert lang war eine ständige Rivalität zwischen Whigs und Tories die Grundlage der britischen Politik gewesen; auf der einen Seite der Landadel, der in Privilegien und Protektion wurzelte, auf der andern Seite der Kapitalismus, der eine uneingeschränkt freie Wirtschaft verlangte, um möglichst hohen finanziellen Profit erzielen zu können. Parallel zu diesem Interessenkonflikt lief ein anderer: die Auseinandersetzung zwischen der Dissenter- und der Staatskirche. Von Zeit zu Zeit war die Forderung auf Ausdehnung des Wahlrechtes erhoben worden, und in heißen Debatten hatten die beiden großen Parteien darüber gestritten, wie das Maß an Eigentum oder das Gewicht der sozialen Position genau festgesetzt werden solle, das als notwendige Bedingung für die Fähigkeit eines Mannes, das Wahlrecht auszuüben, galt; Auseinandersetzungen hatte es auch über die möglichen Vorkehrungen zur Einschränkung der Macht der Mehrheiten gegeben.

Diese alten Widersacher fanden sich im 1880 gewählten Unterhaus wieder. Man darf nicht vergessen, daß die allgemeinen Wahlen jenes Jahres fast ausschließlich von emotionalen oder sogar religiösen Beurteilungen der Außenpolitik bestimmt waren, die Innenpolitik aber fast vollkommen außer acht ließen; nur Widerstand gegen jede Erhöhung der öffentlichen Ausgaben und der starke Wunsch nach fühlbaren Steuersenkungen waren innenpolitische Interessen. Zum Teil wegen dieses Mangels an Planung, zum Teil auch einfach wegen unglücklicher Zufälle versagte dieses Parlament bei der Aufgabe, sein Geschick selbst in die Hand zu nehmen, völlig und blieb in den Sümpfen der Probleme des Bradlaugh-ismus, Irlands, Transvaals und Ägyptens stecken, Probleme, die den Bedürfnissen und Gedanken der britischen Wähler fernlagen. Dennoch gab es, wie Gladstone realisierte, schon Anzeichen für einen neuen politischen Stil. Lord Randolph Churchill mit seinen drei merkwürdigen Bundesgenossen Arthur Balfour, Drummond Wolff und John Gorst, bemühte sich fieberhaft, die Arbeiterorganisation der Tories zu einem alles erfassenden Wahlnetzwerk umzufunktionieren, das ihm ermöglichen sollte, von Zeit zu Zeit drohend die Faust gegen Lord Salisbury zu schütteln. Dann gab es auch noch Joseph Chamberlain; er hatte schon die Kontrolle über einen mächtigen Ausschuß der Radikalen; er hatte als Bürgermeister in Birmingham nach dem gewagten Prinzip »hohe Steuern und eine gesunde Stadt« regiert, und jetzt nannte er Steuern ein Bußgeld, das die zu zahlen hätten, die »sich nicht rühren oder mühen«; in seiner neuen Rolle als Kabinettsminister forderte er das Wahlrecht für jeden erwachsenen Mann, die freie staatliche

Erziehung und drei Morgen Land und eine Kuh für diejenigen, die die individuelle Produktion in der Landwirtschaft der Lohnarbeit in Bergwerk oder Fabrik vorzogen. »Wir erleben einen Prozeß langsamer Veränderung und Entwicklung mit, hauptsächlich in Richtungen, die ich für bedenklich halte«, schrieb der greise Staatsmann im Februar 1885 an Lord Acton. »Die ›Tory-Demokratie‹, die Lieblingsidee der Tories, hat nicht mehr Ähnlichkeit mit der konservativen Partei, in der ich groß wurde, als mit dem Liberalismus. Eher weniger. Sie ist Demagogie, aber eine Demagogie, die nicht durch Liebe und Hochschätzung der Freiheit geadelt, sondern auf die schlimmste Weise betrieben wird, nur um die friedliebenden, gesetzestreuen ökonomischen Elemente, die den alten Konservativismus adelten, niederzudrücken; diese Demagogie lebt vom Schüren des Zorns, und heimlich hält sie doch genauso hartnäckig wie eh und je am bösen Grundsatz der Klasseninteressen fest. Der Liberalismus von heute trägt mehr zu dem bei, was ich die Veredelung des alten Konservativismus genannt habe, viel mehr sogar, aber noch lange nicht genug. Seine Lieblingsidee nennt sich das Konstruktive; sie besagt, daß der Staat die Angelegenheiten des einzelnen in die Hand nimmt. An beidem ist vieles für mich befremdlich, schon seit vielen, vielen Jahren.«[2] Noch ein paar Jahre später belegt der alt und müde gewordene Regierungschef eben diese dämonische Konstruktivität mit dem Bannfluch: »das ganze Panorama der Sozialquacksalberei«.

Warum kam diese Forderung nach dem Eingreifen des Staates von einer Generation, die aufgewachsen war in den Familien der schnell aufsteigenden Reichen und erzogen in den Schulen des philosophischen Radikalismus und der orthodoxen politischen Ökonomie? Denn weder die ausgebeuteten Arbeiter, die in übervölkerten Städten in Mietskasernen zusammengepfercht waren oder als Landarbeiter und Heimarbeiter in schäbigen Dorfhütten lebten, noch die sogenannte Arbeiteraristokratie, die Facharbeiter in den Baumwollspinnereien, die Bergleute und Techniker, die in dieser Zeit Mitglieder der *friendly societies*, der Arbeiterhilfskassen wurden, sich in Gewerkschaften organisierten und ihre eigenen Genossenschaftsläden betrieben – noch sonst eine Berufsgruppe von Handarbeitern produzierte das, was Mr. Asquith in den Wahlen von 1924 noch als das »Gift des Sozialismus« anprangern konnte, bevor er starb. Der Aufruhr der Arbeiterklasse gegen das Elend und die Erniedrigung, die die industrielle Revolution gebracht hatte – in Schüben von Gewalttätigkeit war dieser Aufruhr das Zerrbild einer Revolution gewesen –, hatte seine große Zeit in den zwanziger und dreißiger Jahren und seine Apotheose in der Chartistenbewegung gehabt. Während der relativen Prosperität der fünfziger und sechziger Jahre schwand die revolutionäre Tradition der ersten Jahrzehnte des 19. Jahrhunderts allmählich, und um 1880 lebte sie nur noch als romantische Erinnerung in den Erzählungen alter Männer. Die Slumbewohner, in chronischem Elend und zehrender Krankheit geboren und aufgewachsen, waren in brutalisierte Apathie versunken, die besseren Arbeiter, die eine Fachlehre gemacht hatten, waren in den Handwerkergewerkschaften verankert; sie hatten sich zum »administrativen Nihilismus« eines Cobden, Bright und Bradlaugh bekehren lassen.

Den Ursprung des unruhestiftenden Fermentes muß man in einem neuen Sündenbewußtsein der Intellektuellen und der Besitzenden sehen; dieses Bewußtsein war zunächst philanthropisch und praktisch – bei Oastler, Shaftesbury und Chadwick; dann zeigte es sich in Literatur und Kunst – bei Dickens, Carlyle, Ruskin und William Morris; schließlich wurde es analytisch, historisch und erklärend – wie beim späten John Stuart Mill[3], Karl Marx und seinen englischen Kommentatoren, Alfred Russell Wallace und Henry George, Arnold Toynbee und den Fabiern. Ich könnte auch noch eine theologische Spielart erwähnen – ihre Vertreter sind Charles Kingsley, F. D. Maurice, General Booth und Kardinal Manning. »Das Verständnis für die Sünde war der Beginn des Fortschritts«, dieses Wort von Samuel Barnett, Rektor von St. Jude und Gründer der Toynbee Hall, wurde damals häufig zitiert.

Wenn ich Sündenbewußtsein sage, so meine ich nicht das Bewußtsein persönlicher Sünde: den Landarbeitern auf dem Herrensitz von Lord Shaftesbury ging es nicht besser als anderen in Dorsetshire; Ruskin und William Morris umgaben sich in ihren Häusern mit ebenso kostbaren wie schönen Dingen; John Stuart Mill änderte seine maßvolle, aber bequeme Lebensweise nicht, als er Sozialist wurde; und H. M. Hyndman prunkte in den Kleidern, die man als Mitglied exklusiver Westend-Clubs trug. Das Sündenbewußtsein bezog sich auf eine kollektive oder eine Klassensünde; es war eine wachsende Beunruhigung, die sich schließlich zu der Überzeugung verfestigte, daß die Industrialisierung, die ungeheure Gewinne, Zinsen, Mieteinnahmen gebracht hatte, dennoch der Mehrheit der Bevölkerung Großbritanniens nicht zu einem befriedigenden Verdienst und erträglichen Lebensbedingungen verholfen hatte. Carlyle sagte in den vierziger Jahren: »England ist voller Reichtum, voll von Produkten aller Art, besitzt alles, was Menschen nur brauchen können; und dennoch stirbt England an Auszehrung.«[4] »Diese Verbindung von Armut und Fortschritt«, sagte der amerikanische Verfechter einer Besteuerung des Landbesitzes ungefähr vierzig Jahre später, »ist das große Rätsel unserer Zeit. Sie ist das zentrale Faktum, der Ursprung industrieller, politischer und sozialer Schwierigkeiten, die die Welt ratlos machen, mit denen Staatskunst, Philanthropie und Bildung vergeblich ringen... Solange der wachsende Wohlstand, den der moderne Fortschritt bringt, nur große Vermögen größer macht, den Luxus steigert, die Gegensätze zwischen dem Haus des Habens und dem Haus des Brauchens nur verschärft, so lange ist der Fortschritt nicht wirklich und kann nicht von Dauer sein. Der Gegenschlag muß kommen.«[5] »Gerade jetzt«, schrieben William Morris und H. M. Hyndman 1884, »beweisen offizielle Untersuchungen schlüssig, daß eine große Zahl unserer Landsleute an der Grenze zum Verhungern lebt; daß viele Fabrikarbeiter unaufhaltsamen physischen Verfall erleiden; daß die Landarbeiter selten so viel zu essen haben, um nicht durch Krankheiten gefährdet zu sein, die durch Unterernährung kommen; gleichzeitig ist die Unterbringung der Lohnempfänger in unseren großen Städten und in den ländlichen Bezirken dermaßen schlecht, daß schließlich sogar die Hauptfiguren unserer politischen Parteien sich der Tatsache nicht mehr verschließen können, daß unter diesen Bedingungen eine Zivilisation für die Armen seit zwei Generationen unmöglich ist und daß wirklich etwas unternommen werden muß, diese monströsen Zustände zu ändern. Trunksucht, Ausschweifungen, Laster, Verbrechen entstehen unvermeidlich unter solchen Lebensbedingungen. Denn Magenschmerzen vom schlechten Essen, Frieren wegen ungenügender Heizung, Depressionen durch ungesunde Luft und Mangel an Unterhaltung treiben die Armen ins Wirtshaus; und auch den Nüchternen fehlt nur zu oft die Erziehung, die sie in den Stand setzte, sich am Leben zu freuen. Und alle, die Betrunkenen und die Nüchternen, die Tugendhaften und die Lasterhaften – wenn man die lasterhaft nennen kann, die vom Säuglingsalter an immer von Unmoral umgeben waren –, alle müssen unaufhörlich um ihren Lebensunterhalt fürchten, weil immer neue Maschinen eingeführt werden, die sie nicht beherrschen, oder weil große Finanzkrisen drohen, die sich häufen und jedesmal länger dauern. Wir sind von vollständiger Anarchie, im Leben und in der Produktion, umgeben. Ordnung gibt es, Moral gibt es, Bequemlichkeit, Glück, Bildung, alles gibt es, aber nur für die Klasse, die die Produktionsmittel besitzt, und auf Kosten der Klasse, die die Arbeitskraft zur Verfügung stellt, die den Reichtum produziert.«[6]

Zwei Jahre später erklärte Kardinal Mannings: »Der Zustand der Häuser; Familien, die in einem Zimmer leben – manchmal teilen sich sogar mehrere Familien ein Zimmer, jede hat dann nur eine Ecke für sich –, das kann nicht so weitergehen. Die Anhäufung von Reichtum im Land – Berge von Geld im Besitz von Klassen oder einzelnen – kann nicht fortgesetzt werden, wenn die Krankheit der Moral in unserm Volk nicht geheilt wird. Kein Commonwealth, kein Gemeinwohl kann auf solcher Basis bestehen.«[7]

Dieses Sündenbewußtsein einer Klasse ging gewöhnlich Hand in Hand mit hingebungsvollem persönlichen Einsatz für die Veränderung der Gesellschaft zu größerer Gleichheit der Chancen, ein Einsatz, der manchmal offenes Bekenntnis und überlegtes Opfer von Geld und Kraft einschloß. Einer der vornehmsten und unabhängigsten dieser modernen Bekenner, Arnold Toynbee (1852-1883; A. d. Ü.), gab, am Vorabend seines zu frühen Todes, seiner Schuld und seiner Hoffnung auf ein besseres Leben für die Masse seiner Landsleute Ausdruck – mit gefühlsbeladenen, vielleicht überladenen Worten: »Wir – damit meine ich die Mittelschicht, nicht nur die ganz Reichen –, wir haben euch vernachlässigt; statt Gerechtigkeit haben wir euch Mitleid angeboten, und statt Verständnis haben wir euch hartherzige, unrealistische Ratschläge gegeben; aber ich glaube, wir sind dabei, uns zu ändern. Wenn ihr uns nur glauben und vertrauen könntet, dann, meine ich, würden viele von uns ihr Leben in eurem Dienst zubringen. Ihr – das sage ich klar und in vollem Bewußtsein –, ihr müßt uns verzeihen, denn wir haben euch unrecht getan; wir haben schwer gegen euch gesündigt, nicht immer wissentlich, aber dennoch gesündigt, das wollen wir bekennen; aber wenn ihr uns vergeben wollt, nein, ob ihr uns vergebt oder nicht, wir werden euch dienen, wir werden euch unser Leben widmen, und mehr können wir nicht tun. Nicht, als ob uns das öffentliche Leben wichtig wäre, denn was ist das öffentliche Leben anderes als die elende traurige Nutzlosigkeit unfruchtbarer Auseinandersetzungen und persönlicher Eifersüchteleien, und was außer beklagenswerter Zeitverschwendung? Wer möchte ein öffentliches Leben führen, wenn er nicht müßte? Aber wir lernen noch, wir würden euch helfen, wenn wir können. Wir sind bereit, etwas aufzugeben, das kostbarer ist als Ruhm und gesellschaftliche Position. Wir sind bereit, das Leben aufzugeben, das uns wichtig ist, das Leben mit Büchern und den Menschen, die wir lieben. Das werden wir tun, und wir verlangen dafür von euch nur, daß ihr euch an eines erinnert. Wir werden verlangen, daß ihr dies nie vergeßt: wir arbeiten für euch in der Hoffnung und dem Vertrauen, daß ihr, wenn ihr materielle Zivilisation bekommt, wenn ihr ein besseres Leben bekommt, wenn ihr euch den Zugang zu einem besseren Leben eröffnet habt, daß ihr dann auch wirklich ein besseres Leben führen werdet. Das heißt, wenn ihr materielle Zivilisation bekommt, dann erinnert euch daran, daß sie kein Ziel an sich ist. Denkt daran, daß der Mensch, wie Bäume und Pflanzen, seine Wurzeln in der Erde hat; aber er muß auch, wie Bäume und Pflanzen, dem Himmel entgegenwachsen. Wenn ihr nur an der Liebe zu euren Mitmenschen und zu großen Idealen festhaltet, dann werden wir unser Glück darin finden, euch zu helfen; wenn ihr das nicht tut, dann wird unsere Wiedergutmachung vergeblich sein.«[8]

Fromme Peers oder philanthropische Unternehmer mochten stellvertretend für ihre Klasse ein schlechtes Gewissen haben; das war nicht der Grund für den Zorn des philosophischen Individualisten, das brachte den Tory-Gutsbesitzer, den kapitalistischen Whig und den Konservativen in gehobener Position nicht aus dem Gleichgewicht; auch nicht die abstrakte oder historische Analyse der industriellen Revolution, die heterodoxe Denker und sprachgewaltige Autoren vornahmen; schon gar nicht die eindeutig hysterischen Ergüsse, die sich Universitätsdekane und empfindsame Geistliche leisteten; sondern die harte Tatsache, daß unter jeder neuen Regierung, ganz gleich ob Whig oder Tory, mehr noch, in jeder Parlamentssitzung, neue staatliche Regulierungen der privaten Unternehmungen beschlossen wurden, weitere Entwicklungen der zentralen und kommunalen Verwaltung, und, was das Schlimmste war, eine unaufhaltsam steigende Besteuerung der Reichen zugunsten der Armen vorangetrieben wurden. Die Reaktion gegen Theorie und Praxis des empirischen Sozialismus erreichte während Gladstones Amtszeit von 1880 bis 1885 ihren Höhepunkt; man kann sagen, daß diese Regierung in einem Niemandsland zwischen dem alten Radikalismus und dem neuen Sozialismus angesiedelt war. Denn dieses Kabinett voller Talente wanderte zwischen den Schützengräben

der alten Individualisten und den Spähtrupps der neuen Sozialisten mit der »Geistesabwesenheit« in bezug auf soziale und ökonomische Probleme hin und her, die in den folgenden Jahrzehnten zum charakteristischen Stil liberaler Staatskunst wurde. Also wurde der Kampf der empirischen Sozialisten gegen die philosophischen Radikalen weder im Parlament noch im Kabinett ausgefochten und gewonnen. Zwar zeichnete sich der langsame aber unaufhaltsame Rückzug der Kräfte des Individualismus dadurch ab, daß sozialistische Gesetzgebung und Administration von Jahr zu Jahr stärker wurden, aber ausgetragen wurde der Kampf in Zeitschriften, Büchern, Broschüren und in den Berichten der Royal Commissions und Untersuchungsausschüssen der Regierung.
Damals kämpfte ganz vorn an der Spitze der schreibenden Verteidiger der bestehenden – soll ich sagen: der vergehenden? – Ordnung mein alter Freund Herbert Spencer; in den achtziger Jahren stand er im Zenith seines weltweiten Ruhmes als Englands größter Philosoph. Er steuerte eine Artikelserie mit provozierenden Titeln wie *The Sins of Legislators* (Die Sünden der Gesetzgeber) – *The New Toryism* (Der neue Toryismus) – *The Coming Slavery* (Die kommende Sklaverei) und *The Great Political Superstition* (Der große politische Aberglaube) in der *Contemporary Review* von 1884 bei; ein paar Monate später veröffentlichte er sie in *Man versus The State,* ein Werk, in dem er seine destruktive Analyse der zeitgenössischen Gesetzgebung und eine deduktive Darlegung der Bedeutung individualistischer Ökonomie und Ethik erfindungsreich mit dem scharfen Vorwurf gegen die liberale Partei verband, sie habe ihrem Glauben an die Freiheit der Person abgeschworen. Der Sinn seiner Anklage läßt sich in seinen eigenen Worten am besten wiedergeben: »Diktatorische Maßnahmen, die sich rapide vervielfältigt haben, engen die Freiheit der einzelnen beständig weiter ein, und zwar in doppelter Weise. Regulierungen sind Jahr für Jahr in größerer Zahl durchgeführt worden, dabei erfuhr der Bürger Beschränkungen auf Gebieten, in denen er vorher unkontrolliert handeln konnte; und er wurde zu Hand-

lungen gezwungen, die er früher nach Belieben hätte tun oder lassen können; zugleich bürdet man ihm jetzt spürbarere Steuerlasten auf, meist kommunale, die seine Freiheit weiter einschränken, indem sie den Teil seines Einkommens, den er nach Gutdünken ausgeben kann, verringern, und dafür den Teil seines Verdienstes vergrößern, der nach dem Belieben der öffentlichen Hand ausgegeben wird... Auf diese Weise wird der Bürger direkt oder indirekt, und meist beides gleichzeitig, durch jeden neuen Terraingewinn dieser Zwangsgesetzgebung eines weiteren Stückes der persönlichen Freiheit beraubt, die er früher besaß.[9] ... Wie kommt es«, fragte der indignierte Philosoph, »daß der Liberalismus um so mehr zu Zwangsgesetzgebung neigt, je mehr Macht er gewinnt? Wie kommt es, daß der Liberalismus, entweder direkt durch seine eigenen Parlamentsmehrheiten oder indirekt durch Hilfe, die er in solchen Fällen der Mehrheit seiner Gegner gab, in wachsendem Ausmaß die Taktik übernommen hat, den Bürgern Handlungen zu diktieren und damit den Bereich zu verkleinern, in dem sie noch Handlungsfreiheit haben? Wie soll man sich diese ständig wachsende Verwirrung des Denkens erklären, die dazu geführt hat, daß die Liberalen das, was das öffentliche Wohl zu sein scheint, auf eine Weise verfolgen, die alles umkehrt, wodurch sie früher ein öffentliches Wohl sicherten?« Dann definiert er die unterschiedliche Politik der Whigs und Tories im 18. und frühen 19. Jahrhundert: »Wenn wir diese Darstellungen vergleichen, sehen wir in der einen Partei das Bestreben, der Zwangsgewalt des Herrschers über die Beherrschten Widerstand zu leisten und sie zu verringern, in der andern Partei die entgegengesetzte Tendenz, diese Gewalt zu erhalten oder zu vergrößern. Dieser Unterschied in den Zielen, ein Unterschied, dessen Bedeutung und Gewicht alle anderen politischen Unterschiede übertrifft, zeigte sich von Anfang an.« Und den Verfall des Liberalismus erklärt der Philosoph mit der Überschätzung des Wertes demokratischer Einrichtungen. »Der mächtige politische Aberglaube der Vergangenheit war das göttliche Recht der Könige; jetzt herrscht der Aberglaube an das göttliche Recht des Parlamentes. Das Salböl scheint unbemerkt vom Haupt des einen auf die Köpfe der vielen herabgetropft zu sein und nun auch ihnen und ihren Erlassen Heiligkeit zu verleihen.« ... »In der Vergangenheit bestand die Funktion des Liberalismus darin, die Macht des Königs in ihre Schranken zu weisen. Die zukünftige Funktion des echten Liberalismus wird darin bestehen, die Macht des Parlamentes in Grenzen zu halten.«[10]

Die armen Liberalen! Die empörten Überlebenden des philosophischen Radikalismus waren weit eifriger bedacht, die Parteigänger Gladstones zurück auf die Hinterbänke der orthodoxen politischen Ökonomie zu treiben – oder dessen, was sie dafür hielten –, als die vorrückenden Späher der winzigen sozialistischen Sekte aufzuhalten. Diese Fanatiker der entgegengesetzten Richtung wurden sogar die Favoriten der konservativen Salons und die begehrten Gegenspieler auf den Bühnen des Individualismus. »Jedenfalls erkläre ich hiermit, daß ich mich auf den Tag nur freue, an dem Lewins Sozialisten Zahl und Macht gewinnen«, sagte der zynische parteilose Abgeordnete in Auberon Herberts brillantem Symposium *A Politician in Trouble about his Soul.* »Dieser Atmosphäre parfümierter Lügen endlich zu entkommen, wird herrlich erfrischend sein, auch wenn es nur mit ihrer Hilfe geht. Die wahren Sozialisten – nicht diese halbgaren meine ich, die Tory-Demokraten, oder die Gladstoniten oder die christlichen Sansculotten oder wie sie sich sonst nennen –, haben wenigstens Überzeugungen, wenn auch von der Sorte ›Blut und Eisen‹. Es wäre mir ein Vergnügen, mich von einem echten Sozialisten erschießen zu lassen – oder auch ihn zu erschießen, wenn es sich so ergibt –, wenn wir dafür endlich den modernen Politiker los würden, der lächelt und dienert wie der Verkäufer im Stoffgeschäft und uns dabei unter der Hand bei jedem Meter Stoff um ein paar Zentimeter betrügt. Möge es doch Gott gefallen, die Zeit abzukürzen, bis er uns endlich von dieser allgemeinen Schlamperei befreit! Wenn das Gerede von der ›Gerechtigkeit als unser Leitgedanke‹ und von der Großzügigkeit endlich aufhört,

wenn die ›Dankadressen‹ ein für allemal im Papierkorb der Rhetorik verschwinden, dann kann ich wieder frei atmen, dann werde ich den Männern dankbar sein, die unverblümt sagen: ›Ihr seid die Minderheit, wir sind die Mehrheit, wir haben die Macht, und wir wollen auch das Vergnügen daran haben. Haltet ihr nur fest, wenn ihr könnt; wir wollen nehmen, wenn wir können.‹«[11]
Und jetzt erlaube ich mir ein Zwischenspiel – ich zitiere eine Tagebucheintragung (eine Nebensächlichkeit, korrigiert Er, der Andere), die Auberon Herbert daheim im New Forest schildert.[12]

Durch den Wald und übers Moor ritten wir an jenem Februartag, der Mann und das ältere Mädchen und ich, zum Heim in der Wildnis... Von der Waldlichtung senkt sich der Boden leicht zu einem sumpfigen Grenzstreifen, der das Weideland von einem weit ausgedehnten Moor trennt. Abgeschiedenheit im weiten Rund. Das struppige Wald-Pony, das malerische Vieh von den Kanalinseln und das Wild grasen mit gleicher Freiheit auf dem gemeinsamen Land, aber ein Holzzaun hält sie von dem geheiligten Gelände eines Besitzes im Wald fern. Auf dem höchsten Punkt dieses Geländes erhebt sich eine kleine Siedlung aus merkwürdigen rotgestrichenen Gebäuden, zwei größere Häuser und mehrere kleine Seitengebäude, zusammengedrängt, kaum voneinander zu unterscheiden und ohne jeden erkennbaren Bauplan. Nichts deutet auf eine Straße oder auch nur einen Pfad hin, nicht einmal ein Tor gibt es. Um in diese Enklave einzutreten, muß der Besucher unter einem Holzzaun durchkriechen. Aber wenn man erst einmal in dem größeren Haus ist, findet man Bequemlichkeit, sogar Geschmack. Die Fußböden sind nackt und blank gescheuert; hier und da Teppiche in warmen Farben darübergelegt; die Monotonie der Holzwände wird durch orientalische Wandbehänge gemildert. Im Eßzimmer steht der alte Holzfeuerherd noch intakt, an den Bürgerrechte geknüpft waren: er ist das einzige Stück des »Old House« – so heißt die Siedlung noch –, das unverändert geblieben ist; die Feuerstelle hat die Form eines Halbkreises, der Kamin erhebt sich genau über dem Steinherd, in dem eine Masse Torf und Holz hell brennt. Ein zweites Wohnzimmer, ein Gästezimmer, die Küche und Speisekammer zu beiden Seiten des Eingangs, das sind die Räume im Erdgeschoß. Darüber befinden sich drei Schlafzimmer und das Wohnzimmer der Familie, das nach oben spitz zuläuft und eine Leiter zum Dach hat. Es ist gemütlich, hat sogar eine gewisse

Eleganz, wirkt aber unfertig, ungeglättet, darin besteht der Charme des Hauses. Kultivierte Exzentrizität, nicht Armut, ist hier zu Hause. Die Seitengebäude, die die größeren Häuser einrahmen, sind noch nicht fertig. Fünf Ponies aller Rassen, zwar in verschieden gutem Zustand, aber alle eigentlich nur Mähren, stehen in den Ställen; und ein zottiges Shetlandpony wandert auf der Weide herum. Ich glaube, sie haben auch Kühe, aber die sind tagsüber draußen im Wald. Zum Glück keine ruhestörenden Hähne und Hennen. Ein schäbiger Hund, ein altersschwacher Retriever, und drei bis vier lebendige, wohlgenährte Katzen; – damit ist der Viehbestand aufgezählt. In den kleineren Häuschen wohnen drei Dienstmädchen; zwei Männer, die vorher zur Sekte der Shaker gehörten, machen alle Arbeit, versorgen die Ponies, die Kühe, holen Wasser, hacken Holz und verrichten Botendienste für die zivilisierte Welt.
Auberon Herbert, der Vorstand dieses kleinen Hauswesens, ist ein großer, gebeugt gehender Mann; obwohl er erst fünfzig Jahre alt ist, sind seine Haare schon grau; und man sieht seinem Gesicht und seiner Gestalt an, daß er körperlich geschwächt ist. Haltung, Benehmen, Stimme – alles ist von der Höflichkeit und Feinfühligkeit der guten Familie geprägt; sein Ausdruck ist der eines intellektuellen Träumers; Liebe zu allem, was lebt, Mensch oder Tier, hat seine Züge gemildert; die grauen Augen sind voll ehrlichem Mitgefühl; sie und die Linien in seinem Gesicht lassen vergangenes Leiden und gegenwärtige Resignation erkennen. Als jüngerer Sohn eines großen englischen Peers wurde er zu den Vergnügungen und Beschäftigungen seiner Klasse erzogen: public school, Universität, Armee, Sport und Pferderennen und schließlich die Politik waren die schnell aufeinander folgenden Stationen seines Lebens; dabei blieben große Landsitze und blendende Londoner Salons als Hintergrund immer gegenwärtig. Aber nicht auf dieses Leben fiel seine Wahl. Er heiratete eine Frau aus seiner Kaste, die aber erstaunlicherweise seinen Geschmack teilte, und diese beiden weigerten sich, in den ausgefahrenen Gleisen der aristokratischen Gewohnheiten zu bleiben. Sie richteten sich in einem Bauernhof ein und gestalteten ihr Leben nach eigenen Maßstäben. Merkwürdige Geschichten über dieses Leben kursierten in der Londoner Gesellschaft: man hörte von Shaker-Siedlungen, Zigeunerwagen, von geisterhaften Klopfsignalen, von der Suche nach Medien; – aber das schlimmste Gerücht wollte, daß diese Leute gemeinsam mit ihren Dienstboten am selben Tisch essen! Die literarische Welt konnte dann und wann zu ihrem Entzücken brillante Artikel im *Fortnightly* oder Briefe in der *Times* lesen, und die Politiker in Mode waren irritiert und amüsiert durch den ebenso direkten wie wohlformulierten Dialog *A Politician in Trouble about his Soul,* der allem

Anschein nach tatsächlich einen Gegenbeweis gegen die Nützlichkeit von Politikern führen wollte! Aber im allgemeinen galt Auberon Herbert als Enthusiast, als ein Don Quichote des 19. Jahrhunderts, der den realen Lebenskampf aufgegeben hatte und nun statt dessen gegen ein Ungeheuer anging, das nur in seiner Phantasie existierte – dieses Untier nannte sich die *immer-unmoralische-Einmischung-des-Staates;* schon der ungehörige Name war Beweis genug dafür, daß ein solches Wesen gar nicht wirklich existieren konnte.

Jetzt ist die geliebte Gefährtin tot. Zwei kleine Mädchen, dreizehn und sieben Jahre alt, ein Sohn im Internat, das sind die Angehörigen des einsamen Mannes. Die Mädchen tragen beide graue Kittel, Wollstrümpfe und dicksohlige Arbeitsstiefel. Die ältere ist lang und schlaksig, hat warme Farben und dunkle Augen; ihr Gesichtsausdruck wechselt ständig; sie kann plump und unansehnlich aussehen oder auch eine strahlende Schönheit sein; liebenswürdig bleibt sie aber immer wegen ihres schlichten, offenen, stets zur Herzlichkeit bereiten Wesens. Die Jüngere ist ein waches grauäugiges Kind von phlegmatischem Temperament, mit fest verschlossenem Mund und entschiedenem Verhalten; sie wirft den Kopf zurück, die Augen blitzen, und man sieht sofort, daß sie entschlossen und zielbewußt von Charakter ist. Ein junger Oxford-Mann, freundlich, ganz intelligent, aber nichts Besonderes, lebt als Tutor im Hause. Hier nehmen drei Leben ihren Lauf, mitten in einer natürlichen Umgebung von großer Schönheit, weit weg von allem Umgang mit Menschen; der Mann bewegt sich langsam Alter und Tod entgegen, die Mädchen wachsen auf zu den Freuden und Kümmernissen, den Wagnissen und Belastungen des Frauenlebens...

Nach dem langen Ritt, ungefähr fünfzehn Meilen von der Bahnstation, waren wir müde. Das Essen war vorbei, und wir ließen uns in bequeme Sessel sinken, die rund um das lodernde Kaminfeuer aus Torf und Holz standen; wir tranken Kaffee in kleinen Schlucken und rauchten Zigaretten. Religiös orientierter Individualismus stritt mit faktenorientierter Wissenschaftlichkeit; die Neigungen paßten nicht zusammen, das ist wahr, aber auf beiden Seiten gab es viel Toleranz. »Eine Frau ohne Seele«, sagte Auberon Herbert spielerisch, »sieht sich die kämpfende Gesellschaft an, wie ein junger Chirurg einen Patienten nur als Fall zur Diagnose betrachtet. Können Sie denn nicht sehen, daß das moralische Gesetz allein uns in unseren Handlungen leiten soll und daß es nur eine moralische Maxime im sozialen Leben geben kann: Handlungsfreiheit für jeden nach seinen Möglichkeiten?« (Tagebuch, 8. Februar 1888)

Noch einmal zwei Tage bei Auberon Herbert in »New Forest« (schreibe ich neun Monate später). Lange Unterhaltungen beim Reiten im unwegsamen Wald oder beim Torffeuer in seinem kleinen Allerheiligsten unterm Dach; dort saßen wir bis tief in die Nacht. Er ist noch derselbe sanfte, vornehme Mann, aber sein Charakter zeigt sich jetzt in anderem Licht und offenbart auch schwächere Züge. »Mein Leben lang habe ich spontanen Regungen nachgegeben, ich konnte von einer Frau oder einem Mann vollkommen fasziniert sein, habe dann irgendeine Unvollkommenheit entdeckt und mich wieder zurückgezogen. Ich bin immer auf der Suche nach dem Ideal und immer enttäuscht. Ein bißchen unmenschlich – wie alle Idealisten.« Sein exzentrisches Leben ist nicht ganz ohne Egoismus; die Bürde des Alltagslebens mag er nicht auf sich nehmen. Und sein Lebenslauf zeigt die Unmöglichkeit, Menschen zu beeinflussen, ohne ständig Verbindung mit ihnen zu halten. Sogar auf mich (eine Frau!) wirken seine Vorstellungen eindeutig absurd, weil Mittel und Zwecke einander überhaupt nicht entsprechen. Trotzdem ist er anziehend und höchst originell, er erreicht fast schon die Höhen menschlicher Vollkommenheit, aber gelegentlich zeigt sich dabei ein Bodensatz von Selbsttäuschung und Egoismus. Es fehlt ihm an männlichen Eigenschaften, an gesunder Standfestigkeit. Nur weil er von Natur aus bis zur Durchsichtigkeit ehrlich und ganz ohne Erdenschwere ist, gleitet seine Schwachheit nicht in morbide, verlogene Gefühle ab.
Die Ausritte und die Landschaft und das ständige freundschaftliche Zusammensein mit einem kultivierten, hochintellektuellen Mann habe ich sehr genossen – und sein Idealismus ist belebend – ich möchte glauben können, daß er echt ist. (Tagebuch, 14. Dez. 1888)

Der Reingewinn, den ich aus diesem dialektischen Streit zwischen den philosophischen Radikalen und den Sozialisten oder sozialistisch orientierten Politikern zog, ist am zutreffendsten in einem Brief beschrieben, den ich, im Tagebuch vom Juli 1884, für einen Londoner Bekannten entwarf; – das war ein Brief, den ich offenbar nicht abzuschicken wagte, denn er hat keinen Schluß, kein Datum und keine Unterschrift. Jetzt, vierzig Jahre später, hat diese anmaßende und, ich fürchte, auch überhebliche Erklärung ein gewisses Verdienst: sie macht deutlich, welche Vorurteile gegen Demokratie und kollektives Handeln und Denken den Anfang meiner Untersuchung zur Arbeitsweise sozialer Institutionen belasteten.

Ich schicke Ihnen *Man versus The State.* Ich habe ein sehr schlechtes Gewissen, weil ich mit Ihnen über soziale Themen spreche, von denen ich nichts verstehe und nicht hoffen kann, je etwas zu verstehen. Trotzdem: es ist sehr deprimierend, in allen Fragen über Gott und die Menschen auf einen Wissensstand absoluter Unkenntnis reduziert zu sein; und ich habe den Eindruck, daß dieser Agnostizismus heutzutage das Schicksal des normalen, mit einem Hang zu intellektuellen Ansprüchen geborenen Sterblichen ist.
Mir scheint, daß die Lösung sozialer Probleme größere intellektuelle Kraft und mehr Freiheit von Vorurteilen zur Voraussetzung hat als die Probleme in andern Wissenschaften verlangen – und ich kann die demokratische Theorie nicht verstehen, die behauptet, daß man durch unablässige Multiplikation der Meinungen von Nichtwissenden schließlich Wissen produziert. Ich weiß, was ein Demokrat darauf sagen würde: »Die politischen Instinkte der Massen enthalten mehr Wahrheit als die politischen Theorien der Weisen.« Wenn wir aber dieses große Idol »Mehrheit« aus der Nähe betrachten und die Denkweise der einzelnen Vertreter dieser Mehrheit untersuchen, die uns zugänglich sind, dann stellen wir fest, daß man sie in drei Klassen einteilen kann: 1. die Indifferenten, deren Nervenkraft im Kampf um Existenz und Wohlergehen aufgezehrt wird; 2. die Anhänger einer Partei, die deren politische Einstellung übernehmen, ohne die Worte zu verstehen, die sie nachsprechen; und schließlich 3. das, politisch gesehen, am meisten versprechende Potential: jener große Bereich der Arbeiterklassen, die leidenschaftlich unzufrieden mit den herrschenden Verhältnissen sind und eine Verteilung der guten Dinge dieser Welt verlangen, die für sie gerechter wäre. Daß es Gesetze gibt, die die Verteilung regeln, darin sind wir uns alle einig; wir unterscheiden uns wohl nur in unserer Meinung über die Art dieser Gesetze.
Kann man annehmen, daß diese unzufriedenen Menschen, die unmittelbare Hilfe erwarten, die Gesetze der Verteilung nach ihrem wahren Wert einschätzen werden? Würde allein der verzweifelte Wunsch, Schmerzen erträglicher zu machen, einem Kranken oder seinem Freund dazu verhelfen, die richtige Medizin zu finden – wenn sie keinerlei medizinische Kenntnisse hätten?
Wenn man den politischen Verstand der Massen nach den Reden der Parteidemagogen beurteilt, besonders derer, die der Menge am besten nach dem Mund reden können – dann kann man diesen Verstand unmöglich hoch einschätzen.
Welche Gruppe von Wissenschaftlern oder auch nur durchschnittlich tüchtigen Geschäftsleuten würde sich bieten lassen, daß ihnen in einer Rede zu dem Thema, das ihnen am wichtigsten ist, eine derma-

ßen unglaubliche Mischung aus Persönlichem, dogmatischen Behauptungen über Fakten und Prinzipien, metaphysischen Theorien, großspurigen und verschwommenen moralischen Gefühlsäußerungen, aus Aufrufen zur Selbstlosigkeit einerseits und zur Vertretung eigener Interessen andererseits, ein so unmögliches Potpourri aus Sentimentalität, Leidenschaft und Berechnung serviert wird, wie das, aus dem die Rede eines Politikers sich zusammensetzt?

Und ich wüßte nicht, wie man sich bei den politischen Theoretikern besser beruhigen könnte als bei den Praktikern. Mir scheint, Herbert Spencer macht sich des Materialismus im Sinne Comtes schuldig: er wendet die Gesetze einer untergeordneten Wissenschaft auf den Gegenstand einer höheren an: seine Sozialtheorien sind nur an sozialen Fakten erläuterte biologische Gesetze.

Die Basis seiner soziologischen Gesetze ist die Analogie zum Organismus, die meiner Meinung nach eine unbewiesene Hypothese ist, wenn sie die Identität der Funktionen des »Gesellschaft« genannten Wesens mit den Funktionen des »Wesens« Individuum behauptet. Genauso gut könnte man dann auch versuchen, das Wesen organischen Lebens mit denselben Gesetzen zu definieren wie das anorganische Dasein.

Außerdem ist diese Analogie zum Organismus ambivalent. Herbert Spencer meint, daß man in die Entwicklung der Gesellschaft nicht eingreifen sollte, weil sie ein natürliches Wachstum hat. Aber man kann sehr gut sagen, daß die Regierung ein »von Natur aus differenziertes Organ« (wie er es nennt) ist, das der Organismus entwickelt hat, um seine Bedürfnisse zu erfüllen. Das könnte geradewegs zu einem staatlichen Sozialismus führen – konsequent führt es zum reinen Nezessitätsdenken, da ja alles, was geschieht, natürlich ist, sogar der Tod des Organismus.

Also würde ich, wenn ich ein Mann und intellektuell wäre, das politische Handeln und Theoretisieren denen überlassen, die Überzeugungen haben, und selbst lieber untersuchen und, so korrekt und adäquat ich kann, darstellen, was wirklich in den verschiedenen Gesellschaftsschichten geschehen ist, genauer: das spontane Wachstum von Organisation; – ich würde versuchen, die Gesetze dieses Wachstums, der Geburt, des Lebens und Todes sozialer Organisation zu entdecken.

Ich glaube nicht daran, daß wir soziale Gesetze aus den Gesetzen einer andern Wissenschaft ableiten können; auch glaube ich nicht, daß die Mehrzahl der Menschen diese Gesetze intuitiv versteht – ich glaube, daß nur Genies sie entdecken können, und nur dann, wenn sie mit sorgfältig vorbereiteten Daten arbeiten; diese Datensammlung und -Ordnung steht zum größten Teil noch aus, meine ich.

Bis es dahin kommt, lehne ich, als Bürgerin, der das geistige und materielle Wohl ihrer Nachfahren am Herzen liegt, all die überdimensionalen neuen Experimente wie das staatliche Schulwesen und Einmischung des Staates auf andern Gebieten ab, die nach unausgegorenen Theorien schmecken – dem gefährlichsten sozialen Gift. Auch scheinen sie mir nicht die Erfüllung spontan geäußerter Volkswünsche zu sein, sondern weit mehr Roßkuren gegen unklare Gefühle von Schmerz und Unbehagen bei der Masse des Volkes, Roßkuren, verschrieben von sozialen Quacksalbern. (Tagebuch, Juli 1884)

Weniger selbstbewußt und gekünstelt klingt eine Tagebucheintragung, die ich drei Monate später, nach einer Diskussion mit meinem Schwager C. A. Cripps, schrieb. Ich gebe sie hier wieder, weil sie die tiefliegende Auseinandersetzung zwischen meinem bejahenden und dem verneinenden Ich über das Thema, das mir immer im Kopf herumging, enthüllt: können wir eine Gesellschaftswissenschaft haben, und wenn ja, werden ihre Ergebnisse als Richtlinien der Gesellschaftspolitik akzeptiert werden?

Besuchte die Cripps: Theresa faszinierend wie immer, etwas gedämpft wegen ihrer schwachen Gesundheit, aber rührend glücklich in ihrer Ehe. Alfred sammelt weiter Erfolge im Gericht. Hat das Haus für die Familie gekauft und seine Liebe zur Landwirtschaft entdeckt, als Erholung in diesen schlechten Zeiten! Offenbar will er nicht in die Politik gehen, höchstens als ›Gelehrter und Gentleman‹. Eine Führerfigur ist er nicht; seine Meinungen repräsentieren nicht die Bedürfnisse der Massen; sie sind das Ergebnis eines Versuchs, juristische Gesetze aus bestimmten moralischen Grundprinzipien abzuleiten. Nach seiner Theorie wird das politische Leben gegenwärtig von der Tendenz bestimmt, Prinzipien außer acht zu lassen und dem Instinkt zu folgen; diese Tendenz entspringe der trügerischen Überzeugung, daß recht sei, was das Volk wünscht. Er glaubt an Prinzipien und an die Möglichkeit, Politik auf eine Wissenschaft zurückzuführen. Viele gebildete Männer glauben mit ihm, daß politisches Handeln sich an Prinzipien orientieren solle. Aber es gibt keinen Kanon von Lehrsätzen, auf den sie sich einigen könnten. Deshalb können sie sich auch nicht zu einer Arbeitsgemeinschaft zusammenschließen. Eine Reaktion gegen die Doktrin der philosophischen Radikalen hat eingesetzt; [gegen die Doktrin], auf der man mit so viel Dogmatismus beharrte... [Diese Doktrin] scheint mir eine merkwürdige Mischung aus metaphysischen Prinzipien, z. B. das Menschenrecht der Gleichheit usw. und aus Gesetzen, z. B. der politischen Ökonomie; Gesetze, die zweifellos für die Fakten gelten, aus denen sie abgeleitet sind, die aber kühn auch zur Ordnung der Tatsachen angewendet werden, zu denen sie keine Beziehung oder Verbindung haben...

Wenn man über diese Situation nachdenkt, dann merkt man, wie hoffnungslos unfähig zum politischen Urteil wir sind. Man kann nur versuchen, richtig zu sehen, was gerade jetzt geschieht; mehr kann man nicht tun; vorherzusagen, was geschehen wird, kann man nicht versuchen. Und sogar der bescheidenere Vorsatz ist für einen Beobachter mit bescheidener Kapazität und bescheidenen Gelegenheiten ungeheuer schwer durchzuführen. Möglich, daß in dem großen Organismus Gesellschaft gerade jetzt Veränderungen stattfinden, die an keiner nach außen gerichteten Aktion im politischen Leben zu erkennen sind, Wachstum oder Verfall, die außerhalb der Aktivität des politischen Organs liegen. Und diese Veränderungen zum Guten oder Schlechten können nur in sehr geduldiger Beobachtung, nur von Menschen, die über äußerste Feinfühligkeit, sehr geschulten Verstand und umfassende Kenntnis sozialer Fakten in Vergangenheit und Gegenwart verfügen, wahrgenommen werden. In der Sozialwissenschaft wird man Genies brauchen! (Tagebuch, 6. November 1884)

Die Welt der Philanthropen

Die politische Welt der siebziger und achtziger Jahre war eng mit der philanthropischen Welt verbunden.[13] Die Sozialreformer im Parlament, Konservative ebenso wie Liberale, gehörten fast zwangsläufig zu den Gruppen von Wohltätigen mit Gemeinsinn, die in der Hauptstadt oder in der Provinz den ständigen Strom von barmherzigen Gaben der Nation der Reichen an die Nation der Armen in Gang setzten und lenkten. Dagegen nun erhob sich genau in diesen beiden Jahrzehnten eine Gegenbewegung, der die aufgeklärten Philanthropen angehörten; – diese Bewegung war als Abschreckung wirksamer als die Argumente philosophischer Reflexion oder die Proteste der unabhängigen, keinem Machtblock angehörenden Politiker; auf der Basis gründlichen Faktenstudiums entwickelten sie sofort eine Alternative im Kampf mit dem Problem der Armut. Und jetzt lasse ich meinen Freund, den Feind, auftreten: die Charity Organisation Society (C. O. S.), die Gesellschaft zur Organisation der Wohltätigkeit, einen besonders typischen sozialen Sprößling der viktorianischen Zeit. In späteren Jahren, als die modernen Leiter der Wohlfahrtsorganisation und ich jeweils Propagandisten rivalisierender politischer und ökonomischer Theorien geworden waren, bekämpften wir einander erbittert. Aber in meinen Lehrjahren hielt ich die C. O. S. für einen ehrlichen, nur eben kurzschlüssigen Versuch, durch die Anwendung der wissenschaftlichen Methoden von Beobachtung und Experiment, Schließen und Verifizieren das Unternehmen mit Aussicht auf Erfolg durchzuführen, das sie sich vorgenommen hatten: durch persönlichen Einsatz und finanzielle Unterstützung der müßiggehenden Mitbürger die Armen aus dem Elend zu befreien.

Im Frühjahr 1883, als ich mich zuerst mit der C. O. S. auseinandersetzte, gaben noch Octavia Hill[14], Samuel Barnett, W. H. Freemantle[15], die 1869 die wichtigsten Gründungsmitglieder der Organisation gewesen waren, den Ton an, außerdem ein junger Mann, der gerade der Sekretär geworden war und später zum Protagonisten werden sollte, C. S. Loch.[16] Kennzeichnend für alle die Initiatoren des Wohltätigkeitsverbandes waren leidenschaftliche Moral und intellektuelle Integrität. Das Nahziel der Vereinigung war die Organisation aller Formen der Wohltätigkeit, damit man Überschneidungen und Konkurrenz zwischen den zahllosen und sehr heterogenen Fürsorgestellen vermeiden konnte. Und gegen die drei Prinzipien, denen sich diese hochgerühmte und vielgescholtene Organisation verschrieben hatte, war vom Standpunkt des viktorianischen Zeitgeistes nichts einzuwenden; erstes Prinzip: die Wohlhabenden mußten sich zu geduldigen und regelmäßigen persönlichen Hilfsdiensten verpflichten. Zweitens: sie mußten bereit sein, persönliche Verantwortung für die Nebenfolgen zu übernehmen, die ihre Hilfeleistungen bei den einzelnen Empfängern selbst und bei anderen, möglicherweise indirekt Betroffenen hatten. Drittens: Hilfsdienste und Verantwortung sollten nur mit wissenschaftlicher Methodik übernommen und

Wissenschaft sollte auf jeden einzelnen Fall von Schaden an Körper oder Seele abgewendet werden, in der Weise, daß die jeweilige Hilfeleistung von einer korrekten Vorhersage über Wirkungen auf Charakter und Lebensumstände des besonderen Empfängers und der allgemeinen Klasse, zu der er gehörte, ausging. In der Biographie ihres Mannes gibt Mrs. Barnett eine anschauliche Darstellung der inneren Einstellung von Octavia Hill und Samuel Barnett in den Anfängen der Wohltätigkeitsorganisation: »Sie (Octavia Hill) war überzeugt, daß nur die Stärkung des einzelnen zur Verbesserung sozialer Bedingungen führen würde; den Armen Almosen anzubieten, beleidige sie und gefährde ihren Charakter; sie sollten der Armut dadurch enthoben werden, daß man von ihnen Eigenverantwortung erwartete; um ihnen zu beweisen, daß man sie achte, solle man ihnen Arbeit statt Stempelgeld anbieten, auch wenn man die Arbeitsplätze künstlich schaffen müsse.«[17] Ein Mitglied in einem der ersten C. O. S.-Komitees erzählte Mrs. Barnett folgende Geschichte: »Ich erinnere mich noch an einen alten Herrn, der am Ende des Tisches saß und deshalb den Bittstellern am nächsten war. Er ließ heimlich ein Sixpencestück unter der Tischecke in die Hand einer armen Frau gleiten, während Miss Hill gleichzeitig erklärte, aus welchen Gründen wir ihr kein Geld geben könnten, und ihr statt dessen gründliche Beratung anbot. – Der alte Herr wurde später von Ihrem Gatten zur Rede gestellt und zerfloß in Tränen wegen seiner Untat.«[18]

Dieser nebensächliche Vorfall zeigt besser als jede allgemeine Erklärung, wie subversiv auf Denken und Fühlen die Bewegung wirkte, die die Begründer der C. O. S. in Gang gesetzt hatten. Für den schlichten Christen war noch im 19. Jahrhundert das Almosengeben in der Hauptsache eine christliche Tat, ein Beweis für seine Liebe zu Gott, für seinen Gehorsam gegen die Gebote seines Herrn und Heilands. »Gib dem, der dich bittet«, – »verkaufet, war ihr habt, und gebet Almosen«, diese frommen Ratschläge konnte ein Hausvater mit Verantwortung für eine ganze Familie vielleicht nicht befolgen; sie galten wohl nur für den Heiligen, der sein ganzes Leben dem Dienst an Gott geweiht hatte. Aber die vollkommene und fraglose Aufgabe des persönlichen Besitzes zugunsten der Allgemeinheit war das Ideal des Verhaltens, die kostbare Frucht göttlicher Barmherzigkeit. Der Geist der fraglosen, der uneingeschränkten – kurz, der unbegrenzten Mildtätigkeit war für den orthodoxen Christen kein Prozeß, an dessen Ende ein Ziel stand, sondern er war ein Ziel an sich, eine innere Verfassung, eine der wichtigsten Möglichkeiten des einzelnen, in Verbindung mit dem höchsten Geist der Liebe zu treten, der das Universum beherrschte.[19]

Diametral entgegengesetzt dazu waren innere Einstellung und Verhalten der viktorianischen aufgeklärten Philantropen. Für den Vorkämpfer der neuen Philanthropie war das »Gib dem, der dich bittet«, eine niedrige und grausame Form der Hemmungslosigkeit. »Diese nichtige und häufig wiederholte, dabei so gedankenlose Generosität, mit der so mancher Sentimentale überall Gift verstreut«: mit dieser Charakterisierung hatte der große Schotte Robert Chalmers, ein Pionier der Wohltätigkeitsreform in der ersten Hälfte des 19. Jahrhunderts, das Almosengeben voll Verachtung aus der Liste der Tugenden gestrichen. Ein früher Vertreter der neuen Lehre wettert: »Pflicht der Pädagogen ist es, die große Gemeinde der Almosengeber zu belehren (wenn sie Lehren annehmen können) und zu strafen, wie unsere Vorfahren vor einigen Jahrhunderten getan haben; aber zuallererst müssen sie der Nation die Heuchelei austreiben, die den Bettler ins Gefängnis steckt, aber den Ursprung aller Laster, das Almosengeben, nur milde tadelt oder sogar warm empfiehlt. Wenn ihr angemessene Strafen für dieses gemeine Laster einführt, wenn ihr einen Weg findet, denen, die wahllos Almosen verteilen, die Hände zu binden, dann – das kann ich euch mit guten Gründen versprechen – wird folgendes geschehen: es wird kein Elend und weniger Armut, niedrigere Armensteuer geben; die Gefängnisse werden leerer, die Ginläden weniger, die Irrenhäuser nicht mehr überfüllt, deutliche Zeichen von Unterbevölkerung sichtbar, und England wird ein Land sein, in dem es sich leben läßt.«[20] Oder eine maßvollere Erklärung von Samuel Barnett im Jahr 1874: »Wahllose Mildtätigkeit gehört zu den Flüchen Londons. Überspitzt formuliert, haben unsere Untersuchungen folgendes Ergebnis: Die Armen verhungern wegen der Almosen, die sie empfangen! Die Mitglieder dieser Gemeinde leben in Räumen, deren Zustand eine Schande für unsere Nation ist. So jämmerlich leben sie und werden dauernd in Kontakt mit Weichherzigen gebracht. Man gibt ihnen Almosen – einer einen Schilling, der nächste Sixpence, mal ein Essen, mal etwas Kleidung; die Gabe reicht nicht, wenn sie wirklich ums Überleben kämpfen; die Fürsorge ist nicht genug, wenn sie verschwenderisch und verdorben sind. Diese Mildtätigkeit perpetuiert nur einen Zustand, bei dem einem das Herz blutet. Die Leute lernen nie zu arbeiten oder zu sparen. Staatliche Armenfürsorge außerhalb der Armenhäuser oder Spenden von Barmherzigen haben die Vorsorge behindert, die Gottvater sie gelehrt hätte.«[21] Die Überzeugung oder auch die fixe Idee, daß das Massenelend in den großen Städten überwiegend oder ganz und gar von den unregelmäßigen, unterschieds- und bedingungslos gegebenen Unterstützungen herrührt, die als Almosen oder Fürsorge nach dem Armengesetz verteilt wurden, war in den sechziger und siebziger Jahren bei den aufgeklärten Angehörigen der herrschenden Klasse, die sich mit dem Problem der Armut beschäftigten, sehr weit verbreitet. Ihre These schien sich immer zu bestätigen, ganz gleich, ob sie aus eigenen Beobachtungen, den Lehren der Geschichte oder den Deduktionen in der politischen Ökonomie stammte. Dafür sorgte die Tatsache, die den intelligenten Arbeitern unter den Armen kristallklar war, daß zufällig und willkürlich verteilte Unterstützung in einem durchschnittlich lebenslustigen Mann die Arbeitslust untergrub, daß sie bei den tatsächlichen und potentiellen Empfängern Unehrlichkeit, Servilität und Habgier züchtete, daß sie außerdem, was am schlimmsten war, die Arbeitslosen, Unterbeschäftigten und Arbeitsunfähigen vom Land in die umlie-

genden städtischen Gemeinden lockte, die Arbeitslosenunterstützung verteilten. So sammelten sich in den Slums großer Städte stagnierende Gruppen heruntergekommener Männer und Frauen, die unfähig zu geregelter Arbeit waren, ihre Kinder und alle Neuankommenden demoralisierten und einander immer weiter hinab in Bettelei, Krankheit und Laster zogen. – Auch an historischen Beweisen fehlte es nicht. Wie oft hörten wir vom Erfolg der Armengesetzreform des Jahres 1834, als die generelle Sperrung der Armengelder für die außerhalb der Arbeitshäuser lebenden Arbeitsfähigen und ihre Familien dazu geführt hatte, daß eine zuvor arbeitsscheue und rebellische Bevölkerung sich in das fleißige, gehorsame Landvolk verwandelte, das bereitwillig die Fürsorge der Geistlichen und die regelmäßige Arbeit gegen niedrige Löhne annahm, die von Großbauern und Gutsherrn angeboten wurde. Für die Ökonomietheoretiker schienen Almosengeben und Armenfürsorge doppelt verderblich: sie schreckten die Armen von der Arbeit ab, und sie schadeten den Arbeitsameren, weil sie die Summe verringerten, die aus dem Lohnfond für deren Arbeit gezahlt wurde. Die lange Liste der direkten und indirekten Beweise dafür, daß jede Unterstützung der Arbeiterklasse zerstörerische Wirkung auf diese Klasse haben würde, ist ein Ergebnis des unbewußten Widerstrebens der »Besitzenden« gegen das Gefühl, an der Armut der »Besitzlosen« schuld zu sein; wenn wir uns das klarmachen, können wir nicht überrascht sein, daß diese Beweise offene Türen einrannten und daß die Glaubenssätze derer, von denen die Idee der organisierten Wohltätigkeit stammte, bereitwillig von den aufgeklärten Angehörigen der besitzenden Klasse aufgenommen wurde.
Die Beweiskette sprach nun nicht für irgendeine Form organisierter Philanthropie, sondern im Gegenteil für ihre Abschaffung, weil sie nutzlos und schädlich sei. Und trotzdem sehnten sich die opferbereiten Männer und Frauen, anders als die Masse der Besitzenden, danach, ihr Leben in den Dienst an den Armen zu stellen. Sie wußten, daß dieser Dienst mit der sorgfältigen Prüfung eines jeden Falles anfing, um so eine Ar-

Schutz gegen die allzu glaubwürdigen Erzählungen von Leuten zu schaffen, die sich beeilten, die Gutgläubigkeit der Philanthropen auszunutzen. Aber welche Strategien sollte der aufgeklärte ›Freund der Armen‹ verfolgen, nachdem die Verhältnisse geklärt und echte Not festgestellt war? Zuerst plante man, diejenigen nicht zu berücksichtigen, deren unglückliche Lage eindeutig grober Fahrlässigkeit oder schuldhaftem eigenen Verhalten zugeschrieben werden konnte. Alle aufgeklärte Menschenfreundlichkeit sollte sich auf die konzentrieren, die es ›verdienten‹; die andern sollten dem Armengesetz, das de facto ein Strafgesetz war, überlassen bleiben. Bald wurde jedoch deutlich, daß es praktisch undurchführbar war, klare Grenzlinien zu ziehen. Nur in einem sehr kleinen Bereich an den beiden äußersten Enden der Skala konnte man eindeutig beurteilen, ob die Vergangenheit einer unglücklichen Familie nicht nur durch das Fehlen offenkundiger Laster und Verbrechen, sondern außerdem noch so klar von beständiger Solidität, Integrität und Sparsamkeit gekennzeichnet war, daß sie in die Gruppe derer, die es ›verdienten‹, fiel. Dazu kam, daß sich keine Beziehung zwischen der Frage, ob jemand der Hilfe würdig sei, und der notwendigen anderen, ob er bedürftig sei, herstellen ließ. Oft zeigte sich, daß Hilfe dort, wo sie besonders angemessen schien, zugleich auch unmöglich zu geben war: weder reichte das Geld noch reichten die philanthropischen Mogeleien, die die dadurch Begünstigten nur in Schwierigkeiten brachten. Am zahlreichsten waren die Hilfsbedürftigen mit chronischen Krankheiten oder solchen, die langfristige und kostspielige ärztliche Behandlungen brauchten. In anderen Fällen war Hilfe aussichtslos ohne vollständige Veränderung der Umgebung. In der Praxis wurden noch zahllose Varianten dieser Notlagen von der Unterstützung ausgeschlossen, weil wirksame Hilfe die vorhandenen Mittel hoffnungslos überstiegen hätte. Schließlich mußte die C. O. S. die Beurteilung nach dem Maß, in dem einer würdig war, aufgeben. Jetzt sagte man uns: »Ob der Bewerber Hilfe verdient, ist nicht die Frage, sondern ob man ihm helfen kann.«[22] Unterstützung sollte nun nur gegeben werden, wenn sie ›angemessen‹ war, das hieß, wenn die Person oder die Familie nach einer gewissen Zeit von der Fürsorge unabhängig werden würde. Alle ›aussichtslosen‹ Fälle, also Menschen, von denen nicht zu erwarten war, daß sie auf die Dauer für sich selbst aufkommen könnten (vielleicht nur, weil es keine »angemessene Fürsorge gibt«) –, mußten, auch wenn ihre Lebensführung tadellos und moralisch einwandfrei war, dem Armengesetz, das ein halbes Strafgesetz war, anheimfallen. Daß Prinzipien wie diese in der Praxis allen systematischen Philanthropen fast aufgezwungen wurden, mag man verstehen. Aber man kann sich schwer vorstellen, wie diese Prinzipien sich mit der ständig betonten Pflicht zur persönlichen Freundschaft mit den Armen in Einklang bringen ließen. Der Philanthrop drang in die Behausungen der Armen ein, mischte harte Fragen nach Verhalten und Einkommen aller Familienmitglieder mit Ausdrücken freundlichen Mitgefühls und sollte dann bei zahllosen Gelegenheiten zu dem Schluß kommen, daß der Fall zwar Hilfe durchaus verdiente, aber sie so verzweifelt dringend brauchte, daß ausreichende Unterstützung nicht gegeben werden konnte; und auf dauernde Verbesserung bestehe so wenig Aussicht, daß überhaupt keine Unterstützung möglich sei. Nur einen Ausweg wußten die »Freunde und Helfer der Armen« für alle die, denen sie privat nicht helfen konnten, ganz gleich, ob sie Hilfe verdienten oder nicht: das Armenhaus mit seinen Strafmaßnahmen nach den »Grundsätzen von 1834«. So fanden sich die im Wohlstand lebenden Männer und Frauen guten Willens, die ausgezogen, den Slumbewohnern persönliche Hilfe und Freundschaft anzubieten, in der Rolle von Privatdetektiven wieder; manchmal zeigten sie sogar Leute an, weil sie sie für Betrüger hielten; sie erzeugten mehr Mißtrauen und Haß als die anerkannten Vertreter des Gesetzes. Die Vorkämpfer der organisierten Mildtätigkeit hatten unbeabsichtigt eine Entdeckung gemacht. Roh hatten sie dem fremden Gast beim Bankett der kapitalistischen Zivilisation die Verkleidung mittelalterlichen Almosenwesens abgerissen;

zutage kam ein Skelett; sichtbar wurde die traurige Wahrheit, daß Mildtätigkeit überall, wo die Gesellschaft in eine Minderheit von ›Besitzenden‹ und eine Mehrheit von ›Besitzlosen‹ gespalten ist, einen doppelten Fluch trägt: verflucht sind die Gebenden wie die Nehmenden. Unter diesen Umständen ist »Philanthropie eine Lüge«, wie Louise Michel sagt. Denn zwischenmenschliche Beziehungen, ganz gleich, ob einzelne, Gruppen oder Rassen betroffen sind, entwickeln sich nicht in einem emotionalen Vakuum; wenn man Gemeinsinn und das allgemeine Bewußtsein sozialer Gleichheit ausschaltet, läßt man Frechheit, Neid und Rachedrohungen ein.
Theorie und Praxis der C. O. S. waren zwar bei denen, die sich für aufgeklärt hielten, in Mode, fanden aber in der christlichen Kirche nur wenig Anerkennung, nicht mehr als bei den spontanen Almosenspendern. So fand sich die C. O. S. bei der Ausführung ihres Planes, die vielfältigen karitativen Aktivitäten der Metropole zu organisieren, vollständig blockiert: weder Kirchen noch Hospitäler, weder Waisenhäuser noch Hilfsstellen, die die im Elend Lebenden mit Essen, Kleidern oder Unterkunft versorgten, wollten etwas mit einer Vereinigung zu tun haben, deren Methoden offenkundig in genauem Gegensatz zu christlicher Barmherzigkeit standen. Statt als Koordinationsstelle für alle andern Wohltätigkeitsvereine zu fungieren, um unnütze Konkurrenz und Überschneidungen zwischen ihnen zu verhindern, wurde die C. O. S. selbst die exklusivste Sekte, die es sich als Verdienst anrechnete, wenn sie die Praktiken anderer Wohltätigkeitsvereine soviel wie möglich tadeln und denunzieren konnte (zum Beispiel die sozialen Aktivitäten der Heilsarmee); dabei war sie aber unfähig, selbst eine auch nur annähernd vergleichbare Armee von »Freunden der Armen« zusammenzutrommeln oder eine auch nur näherungsweise ausreichende Summe Geld zu stellen, um entsprechend ihren eigenen Grundsätzen mit dem Meer von Armut fertigzuwerden, das irgendwie eingedämmt werden mußte. Die C. O. S. ging sogar noch einen Schritt weiter. Eines war schon seit Beginn der viktorianischen Zeit klar: Die Entste-

hung von Elend konnten einzelne nur sehr begrenzt verhindern; diese Aufgabe überstieg, im Gegensatz zur Linderung einmal entstandenen Elends, ihre Kraft; sie konnte, wenn überhaupt, dann nur von staatlichen Behörden mit der gesetzlichen Befugnis zum Zugriff auf privates Eigentum und nur mit Hilfe öffentlicher Gelder übernommen werden. Der große schottische Vorläufer der organisierten Wohltätigkeit, Robert Chalmers, lehnte Almosenverteilung und Unterstützung für nicht in Armenhäusern Lebende scharf ab, hatte aber die Einführung der allgemeinen, wenn nötig, kostenlosen Schulpflicht für Kinder wie die allgemeine medizinische und chirurgische Versorgung, in Kliniken und ambulant, für alle Kranken und Schwachen befürwortet; vor allem hatte er sich dafür eingesetzt, daß die Mittel, vorzugsweise aus privaten Spenden, für eine allgemeine Rentenversorgung und die Einrichtung von Armenhäusern für die Alten in Not bereitgestellt würden. In London konnte Edwin Chadwick, der viel zum großen »Poor Law Report« von 1834 beigetragen hatte, noch dreißig bis vierzig Jahre später schildern, wie er zuerst überzeugt gewesen war, daß die wahllose, unzureichende und bedingungslose Zahlung des Armengeldes nach dem alten Armengesetz der Hauptgrund für das Elend der Vielen war. Einige Jahre Erfahrung mit der Anwendung des reformierten Gesetzes von 1834 hatten ihn aber darüber belehrt, daß das Sperren der demoralisierenden Armenunterstützung allein, so sehr man es auch begrüßen mußte, doch die grundlegenden Ursachen des Elendes, vor allem derer, die Hilfe verdienten, unberührt ließ. Innerhalb eines Jahrzehnts wurde Edwin Chadwick zu einem engagierten Fürsprecher dafür, daß die städtischen Gemeinden selbst für Drainage, Straßenbau, Wasserversorgung, grüne Plätze, bessere Wohnungen, Krankenhäuser und vieles andere sorgten; diese Überzeugung vertrat er ebenso entschlossen, wie er vorher die Abschaffung der Armenunterstützung und mildtätiger Spenden verlangt hatte. – Die C. O. S. aber hatte offenbar die Erfahrung ihrer Vorläufer wieder vergessen. Ihre führenden Köpfe hatten nicht genug mit ihrem

sektiererischen Glauben an die Notwendigkeit, mildtätige Regungen zu unterdrücken; sie mußten auch noch entschlossen Widerstand gegen jede Erweiterung staatlicher oder städtischer Kompetenzen leisten; weder die Gesundheitsfürsorge der Schulkinder noch Wohnraumbeschaffung, medizinische Versorgung oder Altersversorgung sollten von Staat oder Stadt übernommen werden, auch wenn es noch so plausible Argumente im Geist Chalmers und Chadwicks dafür gab, daß nur kollektives Handeln effektiv dem ständigen Wachsen des Massenelends Einhalt gebieten könnte. Statt dessen konzentrierten Octavia Hill, C. S. Loch und ihre unmittelbaren Nachfolger ihre Aktivität auf die Erziehung der Armen zu Fleiß, Ehrlichkeit, Sparsamkeit und Achtung vor den Eltern; in gelegentlichen Parenthesen verteidigten sie nebenbei noch das moralische Bewußtsein der herrschenden Klasse und ihre spontane Konversion zu einem wohltätigen Einsatz ihrer notwendig dominierenden Güter und Macht.
Die gemeinsame Basis für die Prinzipien der Einschränkung privater Mildtätigkeit auf Ausnahmefälle und des staatlichen laisser-faire, das in Analogie, aber nicht in notwendiger Verbindung zum ersten Prinzip steht, läßt sich leicht finden. Aber die achtbaren Führer der C. O. S. mochten zwar ihre persönlichen Mängel und Fehler richtig einschätzen, hatten jedoch, im Gegensatz zu vielen Zeitgenossen, auch nicht die blasseste Vorstellung von dem, was ich das »Bewußtsein einer kollektiven Sünde«[23] genannt habe. Sie fanden, daß der moderne Kapitalismus die beste aller möglichen Methoden zur Organisation von Industrie und Dienstleistung sei; solange niemand sich einmische, werde der Kapitalismus ein Maximum an sozialer Wohlfahrt und an nationalem Reichtum für den ganzen Staat sichern. Wenn man vom möglichen Unglück für Leib und Leben absehe – davon könnten Arme und Reiche in gleicher Weise betroffen werden –, dann, meinten sie, könnte sich jede Familie von der Wiege bis zum Grab ihre Unabhängigkeit erhalten, vorausgesetzt, alle Familienmitglieder waren einigermaßen fleißig, sparsam, ehrlich, nüchtern und pflicht-

bewußt. Deshalb, so stellten sie sich vor, müsse jeder Versuch, durch private oder öffentliche Mittel die ökonomischen Verhältnisse der Arbeiterklasse ›künstlich‹ zu verändern, um damit die Härte des Existenzkampfes zu mildern, unvermeidlich diese lebenswichtigen Charaktereigenschaften erschüttern und in den meisten Fällen die Verhältnisse eher verschlechtern, jedenfalls für die Klasse oder Rasse im Ganzen gesehen, wenn schon nicht für jeden einzelnen. – Also gab es in der Welt der Philanthropen wie in der politischen Welt der achtziger Jahre, so weit ich sie kenne, nur ein vordringliches Problem: sollten wir annehmen, daß das kapitalistische System in seiner damaligen Form von Dauer war oder nicht? Und wenn nicht, würden wir es durch Nachdenken verbessern oder abschaffen können?

1886 sagten sich Samuel und Henrietta Barnett von dem bornierten, erstarrenden Dogma der C. O. S. los und schreckten damit die philanthropische Welt Londons auf. Die Verurteilung der wahllosen Mildtätigkeit von 1874 wurde nicht widerrufen. Aber in den zwölf Jahren, die seitdem vergangen waren, hatten die Barnetts mitten in den schlimmsten Elendsvierteln des Londoner East End gelebt und waren in die Fußstapfen von Robert Chalmers und Edwin Chadwick getreten. Sie hatten selbst herausgefunden, daß es ein schlimmeres und anhaltenderes Übel gab als die unbeschränkte, unregulierte Wohltätigkeit: den uneingeschränkten, unregulierten Kapitalismus und den Großgrundbesitz. Sie hatten gesehen, daß Arbeit mit Hungerlöhnen bezahlt wurde, daß ungesunde Unterkünfte zu Wuchermieten vergeben wurden, daß Schulen, Freizeitgestaltung und Freude an Natur, Literatur und Kunst den Bewohnern der Slums versperrt waren. Sie hatten einsehen müssen, daß die Grundsätze der persönlichen Hilfeleistung und persönlichen Verantwortung für die Nebeneffekte ebenso wie die Anwendung wissenschaftlicher Methoden noch Erweiterungen verlangten: nicht nur die vergleichsweise triviale Aktivität des Almosengebens, sondern das Verhalten der Arbeitgeber, der Grundbesitzer und derer, die von ihrem Vermögen lebten, ohne zu arbeiten, mußte in die Untersuchung einbezogen werden. Die Augen waren ihnen aufgegangen für alle Sünden des Tuns und Unterlassens, willentlich oder unwillentlich von einer kleinen Minderheit der Nation begangen, die aufgrund von Sozialstatus oder Besitz ökonomische Macht über die Mehrheit ihrer Landsleute hatte. Sozialisten im akademischen oder revolutionären Wortsinn wurden die Barnetts deshalb nicht; aber sie initiierten oder förderten eine Reihe sozialistischer Maßnahmen, die alle vermehrte öffentliche Ausgaben und verstärkte öffentliche Verwaltung verlangten; als Beispiel dafür kann Samuel Barnetts Einsatz für allgemeine, staatliche Altersrenten im Jahr 1883 gelten; dieser Einsatz bekehrte übrigens Charles Booth und bewirkte, daß er auf eindrucksvolle Weise Sinn und Nutzen der Altersrente für die Armen bewies. Aber nicht die Versorgung mit dem Lebensnotwendigen, sondern mit dem, was das Leben erfreulich macht, war das Hauptanliegen des Rektors von St. Jude. »Viele Gesetzesänderungen verlange ich nicht«, erklärte Samuel Barnett 1892 bescheiden einem Reporter, »aber ich wünschte mir, daß die besten Dinge kostenlos zu haben wären. Wir brauchen viel mehr Bäder und Waschhäuser, besonders Schwimmbäder; und sie sollten in allen Bezirken frei und offen sein. Bücher und Bilder sollten kostenlos aufgestellt werden, so daß jedermann eine öffentliche Bibliothek oder eine Galerie als Salon benutzen kann, wo er sich mit seinen Jungen und Mädchen an Schönem freuen kann. Wir brauchen mehr unbebaute Plätze, so daß alle Männer, Frauen und Kinder an der Luft sitzen und den Himmel und die Sonnenuntergänge sehen können... Wir brauchen kostenlose Versorgung mit den Unterhaltungen der besten Art. Dänemark vergibt Reisestipendien; und unsere Schulbehörden unternehmen Schritte in dieselbe Richtung... Armut kann sich keine Freude kaufen, die zufrieden macht, ohne Freude aber kommen die Menschen um.«[24]

Wie kann ich erreichen, daß meine Leser Samuel und Henrietta Barnett so sehen, wie ich sie noch heute vor Augen habe; wie schildere ich den Eindruck, den sie im London der achtzi-

ger Jahre auf die philanthropischen Sozialarbeiter und Sozialforscher machten?
Zuerst der Rektor von St. Jude und Gründer von Toynbee Hall: eine winzige Gestalt in schäbigen, schlecht zusammenpassenden Kleidern, schwerer, vorzeitig kahl gewordener, knorriger Schädel, kleine, engstehende, schwarze Augen, blasses Gesicht, schütteres, dünnes Möchtegernbärtchen: Barnett – auf den ersten Blick keine Augenweide! Aber je besser man ihn kennenlernte, um so weniger konnte man den Blick von ihm wenden; immer mußte man den schnellen Wechsel im Ausdruck betrachten, die Art, wie er distanziert, aber aufmerksam alle Anwesenden beobachtete und dann warm und zustimmend lächelte, wenn jemand etwas sagte; den abwesenden, fragenden Ausdruck eines Nachdenklichen, der plötzlich und unerwartet in Gefühlsüberschwang oder moralische Entrüstung umschlagen konnte und dann wieder zurück in die Ruhe eines abwägenden Verstandes glitt. Und der immer präsente Untergrund dieser rapiden Transformationen war vollständiges Fehlen jeder persönlichen Eitelkeit, eine fast übertriebene christliche Demut, die vielleicht Ausdruck dessen war, was die moderne Psychologie einen Minderwertigkeitskomplex nennt – er zeigte sich besonders deutlich in seinem Verhalten gegenüber seiner angebeteten und begabten Frau!
Seine Mitarbeiter im East End, hier spreche ich aus eigener Erfahrung, waren besonders angetan von Barnetts schrankenlosem Mitgefühl, davon, wie schnell er ihre moralischen und intellektuellen Schwierigkeiten begriff, wie wirksam er ihr Streben nach einem besseren Selbst ermutigte. Aber auch dieser Heilige des 19. Jahrhunderts hatte seine Grenzen als Kirchenmann und Bürger. Besondere künstlerische oder intellektuelle Begabungen hatte er nicht; weder war er Gelehrter noch ausgeprägter Forscher, er war kein Denker und auch kein beobachtender Wissenschaftler; als Prediger besaß er keine besondere Ausstrahlung, als Vortragender keine Eloquenz; in Wahl und Gebrauch von Worten hatte er keine besondere Begabung. Pedantische Rechtsanwälte fanden ihn verworren,

wenn er Reformpläne erkärte; Fanatiker entdeckten Unterbrechungen, Lücken in der Konsistenz seiner Arbeit aus dem Glauben; und streng denkende, nüchterne Männer und Frauen meinten, er habe etwas Jesuitisches, wenn er von einem Standpunkt zum andern sprang, um gemeinsamen Boden für vereintes Agieren in der ihm erwünschten Richtung zu finden.[25] Kurz, er war viel zu konzentriert auf das, was seiner Meinung nach der Zweck des Lebens war – Edelmut im Individuum und in der Gemeinschaft aller –, um noch große Aufmerksamkeit auf den Prozeß der Annäherung an dieses Ziel zu richten. Diese Mängel waren die Schattenseiten einer hervorstechenden Eigenschaft: Samuel Barnett ging durchs Leben, »als ob« er ständig in Verbindung mit einem überirdischen Geist der Liebe stehe, und »als ob« es das Ziel der Menschen auf Erden sei, diesen Geist der Liebe in der Gesellschaft herrschen zu lassen. Männer und Frauen wurden behandelt, »als ob« sie alle eine unsterbliche Seele hätten, mochten sie auch noch so lasterhaft und dumm sein. »Glaubst du an die Unsterblichkeit der Person?« fragte seine Frau. »Einen andern Grund für das Leben kann ich mir nicht vorstellen«, war seine Antwort.[26] Deutlicher als alles, was ich über Barnetts Mentalität sagen kann, ist eine Tagebuchnotiz, die er als sehr junger Mann machte; seine Frau berichtet, daß er diese Notiz immer als sein Lebensideal in seinem privaten Schreibtisch aufbewahrte: »Wenn ich in Ruhe nachdenke, was das beste im Leben ist, sehe ich, daß es die Güte sein muß, das, was ich als gut empfinde, also Abkehr vom Hochmut, von Unreinheit, von Gier, und Hinwendung zur Liebe, Güte muß man sich mehr wünschen als Macht. Ich nehme mir vor, gut zu werden. Ich halte alle Gefühle unter Kontrolle, die in entgegengesetzte Richtung weisen, und ich strebe danach, nur über das Gute nachzudenken. Ich versuche herauszufinden, was es wirklich ist; noch sind meine Vorstellungen von ihm nur schattenhaft. Irgendwo gibt es das vollkommene Gute. Ich bin in enger Verbindung mit Ideen des Guten, und das ist genauso wie zu Gott beten. Das Bild des vollkommenen Menschen erscheint

vor meinem inneren Auge; ich bin ergriffen und gehalten von Jesus Christus. In der Kommunion mit ihm finde ich die größte Hilfe, wenn ich nach dem Guten strebe. Ich bete zu Jesus Christus, und durch ihn komme ich zum Vater.«[27] Daher der nie versagende Optimismus in bezug auf die Zukunft, freilich durch wiederkehrende Wellen von Depressionen gedämpft, die sich einstellten, wenn er seine täglichen Erfahrungen mit der Wirkweise der menschlichen Natur, so wie er sie im Umgang mit Männern und Frauen seiner Umgebung beobachtete, an seinen eigenen hohen Wertmaßstäben maß.
Samuel Barnett war also nicht ganz repräsentativ für den Zeitgeist der mittleren viktorianischen Phase; er bewahrte sich etwas von dem Mystizismus eines »naiven Christentums«, wie wir so leicht sagen: sein unerschütterlicher Glaube daran, daß die Leitmotive Christi und Buddhas das größte Gewicht für unser Leben haben, und seine Güte gegen alle Menschen, ohne Ansehen ihrer Eigenarten, waren Merkmale dieser Christlichkeit.
Ist es impertinent, über jemanden zu schreiben, der noch unter uns ist? Zu meiner Entschuldigung mag gelten, daß die Barnetts ein frühes Beispiel für den neuen Persönlichkeitstyp waren, der in späteren Jahren nicht mehr ganz so ungewöhnlich war: eine Doppelstern-Persönlichkeit in dem Sinn, daß das Licht des einen ununterscheidbar vom Licht des andern war.
Mit neunzehn Jahren heiratete Henrietta Rowland, hübsch, witzig und wohlhabend, den farblosen, unbedeutenden Pfarrer, mit dem sie in der Pfarrei St. Marylebone zusammenarbeitete; nach dem, was sie selbst sagt, heiratete sie ihn nicht nur, weil er ihre Bewunderung und Zuneigung gewonnen hatte, sondern auch, weil sie damit ihr Leben in den Dienst an den Armen stellen wollte. In vielen Charakterzügen war sie das genaue Gegenteil ihres Ehemannes, und gerade deshalb ergänzte sie ihn, wie er sie. Sie wurde mit Sicherheit nicht von »Minderwertigkeitskomplexen« heimgesucht! Forsches Selbstvertrauen und naive Selbstsicherheit, die manchmal

schon an schlechtes Benehmen grenzte, prägten ihr Verhalten gegenüber der Welt im ganzen. Freunde und Kameraden konnte sie mit Bewunderung, Liebe und Loyalität überschütten; wenn sie aber fand, daß Menschen »Prügel verdienten«, weil sie sich schändlich verhielten: die herzlosen Reichen, die ausbeuterischen Unternehmer, die Vermieter, die Mietwucher trieben –, dann war sie entschlossen, diese Prügel auszuteilen, immer in der festen Überzeugung, daß sie den Menschen damit nur zur Besserung verhelfen wolle. Vielleicht war sie durch den Mystizismus ihres Mannes beeinflußt, ihrer Natur nach neigte sie aber zu einer rationalistischen Sicht der Tatsachen des Lebens. Das Lebensgefühl, das als Kette ihrem Weberschiffchen Halt und Richtung gab, war nicht die Verschmelzung des Ich mit einer Macht, die Rechtschaffenheit bewirkt, sondern der Dienst an Menschen, genauer, an den Männern und Frauen in ihrer unmittelbaren Umgebung. Für diese Berufung brachte sie einen zupackenderen und praktischeren Verstand mit als ihr Mann, eine Direktheit in Absicht und Worten, die manchmal Bewunderung, manchmal Verblüffung bei ihren Kollegen hervorrief; außerdem hatte sie einen ausgeprägten Sinn für Humor, der in seiner Weitherzigkeit »männlich« war, also engherzige Gemüter beleidigte, aber auf andere, die gern über Absurdes im eigenen und im Wesen anderer lachten, sehr erfrischend wirkte. Im geschäftlichen Teil der Philanthropie, in allem was Anregung, Werbung, Verhandlung und Ausführung betraf, erhob sich ihre Begabung manchmal bis in die Höhen wahrer Genialität. Diese Skizze möchte ich durch eine Tagebuchnotiz ergänzen, die beschreibt, welchen Einfluß die Barnetts auf ihre Mitarbeiter hatten.

Die Barnetts besuchten mich drei Tage lang; unsere Freundschaft hat sich dadurch gefestigt. Mr. Barnett ganz ohne Selbstsicherheit, voller Demut und Glauben. Auf intellektuellem Gebiet ist er suggestiv, mit einem fast weiblichen Einfühlungsvermögen in moralische Probleme. Und noch in anderer Hinsicht ist er wie eine starke Frau. Es ist ihm viel wichtiger, daß Menschen *richtig fühlen*, als daß sie *wahr denken*,

und das *Sein* liegt ihm mehr am Herzen als das *Tun*. Er sagte mir, daß Comte, F. D. Maurice und die Geschichte ihn am meisten beeinflußt haben. Aber anscheinend hat sich dieser Einfluß mehr auf seinen Charakter als auf seine Denkweise ausgewirkt, denn intellektuell gesehen hat er kein Gedankensystem, keine klare Richtung – Denken ist für ihn nur ein Medium, in dem sich sein Fühlen ausdrückt.
Er nahm großen Anteil an meiner Arbeit und war sehr hilfsbereit. Aber er sah in ihr Gefahr für meinen Charakter lauern, und es war merkwürdig zu sehen, wie die Besorgnis des Pfarrers über die Moral seiner Freundin aus allen möglichen Ratschlägen herausschaute. Den »Oxford Don« präsentierte er mir als moralische Vogelscheuche, damit meinte er den Mann oder die Frau ohne jede menschliche Bindung, ohne Blick für die Details im Leben. Seiner Frau erzählte er, ich erinnere ihn an Octavia Hill; und als er beschrieb, wie Miss Hill sich in ihrem Leben gegen alle, Überlegene und Untergeordnete, isoliert, war mir klar, welche Gefahren er sah. Ich versuchte, ihm meine Doktrin von der Nervenkraft zu erklären; daß man nur eine bestimmte Menge zur Verfügung hat, die man nicht mehr für größere Unternehmungen einsetzen kann, wenn man sie für Details verbraucht hat. Aber wie er sehr richtig vermutet hat, wenn ich all die Zeit und Gedanken, die ich beim Luftschloßbauen oder Brüten über meiner Person verbraucht habe, statt dessen auf andere gewendet hätte, dann hätte ich meine Nachbarschafts- und Haushaltspflichten ganz gut erfüllen können, ohne den Vorrat anzubrechen, der für die Arbeit reserviert bleiben muß.
Mrs. Barnett ist eine ehrliche, warmherzige Frau mit zupackendem Verstand. Eingebildet ist sie auch; sie wäre unangenehm eingebildet, wenn sie nicht so überzeugt von der Überlegenheit ihres Mannes – nicht nur über die ganze übrige Welt (darin sehe ich auch eine Form von Einbildung) –, sondern auch über sie selbst wäre. Ihre beständig lebensbejahende Stimmung, ihre belebende Energie sind eine unschätzbare Hilfe für ihren Mann. Ihr Wesen ist ganz Mut und Wahrheitsliebe; ihre Kraft zu Mitgefühl und Bewunderung für andere ist groß. Ihr persönliches Lebensziel ist es, den Frauen die Stellung zu verschaffen, die sie verdienen; Frauen sind den Männern gleichgestellt, aber nicht gleich. Sie hat einen Kreuzzug unternommen gegen die Unaufrichtigkeit, die ihrer Meinung nach schuld daran ist, daß Frauen ihre Unabhängigkeit verloren haben und in einen Stand physischer Abhängigkeit geraten sind. Die allgemeine Meinung, daß Frauen nichts sind, wenn sie nicht zu einem Mann gehören, tut sie als ›Blasphemie‹ ab. Sie ist borniert wie alle Kreuzfahrer und erkennt nicht alle Fakten an, die gegen ihre Überzeugung sprechen. Ich habe ihr gesagt, daß wir die Welt nur dadurch von unserer Macht über-

zeugen können, daß wir sie zeigen. Und um das tun zu können, werden Frauen, die stark sind, im Zölibat leben müssen, damit die besondere Stärke der Frauen, das mütterliche Empfinden, ihrer Arbeit für die Allgemeinheit zugute kommt.
Mr. Barnetts Religiosität ist die eines idealistischen Christen ohne Dogma; Mrs. Barnett ist eine Agnostikerin mit Idealismus; der sozialen Überzeugung nach ist er ein christlicher Sozialist, sie eine Individualistin. Die Frau hat wirklich den männlicheren Verstand von beiden. Mr. Barnetts persönliches Ziel ist es, die Sehnsüchte von Männern und Frauen zu veredeln, den feineren Geschmack in ihnen zu entwickeln, den Armen nicht das Lebensnotwendige zu geben, sondern das Luxuriöse. Die Gefahr, die ich darin sehe, daß sie damit geistig überfordert und also melancholisch werden, hält er für imaginär. Und ich meine selbst, daß meine Besorgnis wegen einer Melancholie der Menschenrasse nur ein Spiegel meiner eigenen labilen Konstitution ist. Nicht geistige Überanstrengung ließ unsere Aked-Verwandten zu Selbstmördern werden; diese Art Mühe haben sie sich nicht zuschulden kommen lassen. Die Neigung zum Selbstmord habe ich geerbt, und natürlich sehe ich sie in Verbindung mit andern Eigenschaften, die ich habe; dabei ist es gut möglich, daß sie nur nebeneinander bestehen.
Der Besuch der Barnetts hat mich für neue Anstrengung und mehr Resignation gerüstet. Aber in meiner Beobachtungsarbeit muß ich mich vor meinen eigenen Schatten stellen – sonst fange ich noch an zu glauben, daß es keinen Sonnenschein gibt! (Tagebuch, 29 August 1887)

Auf meine Entscheidung wirkte sich die Auseinandersetzung zwischen dem rigiden Voluntarismus der C. O. S und dem empirischen Sozialismus von Samuel und Henrietta Barnett folgendermaßen aus: Ich war mehr und mehr davon überzeugt, daß die Faktensammlung der Philanthropen, also kleiner Gruppen von heroischen Männern und Frauen, die täglich unter beklemmenden Umständen mit Massen von Armen und deren Ansprüchen und Bitten um Almosen fertig werden mußten, zu zweifelhaft und eingeengt waren, um zu einer beweiskräftigen Schlußfolgerung über die Bedeutung der Armut mitten im Reichtum verhelfen zu können. Wie verbreitet und wie weit fortgeschritten war die Verelendung tatsächlich? War sie durch Fehler der verarmten Personen oder Familien zu erklären, durch Verbrechen, Trunksucht, Arbeitsscheu oder die Unfähigkeit zum Sparen, all die schlechten Verhaltensweisen, die durch unbedachte Almosenspenden der Reichen aller Wahrscheinlichkeit noch schlimmer wurden? Und wie war es mit den Personen, die erwiesenermaßen Hilfe verdienten? War die Not in East London in diesen Fällen auf bestimmte Viertel oder auf Personengruppen beschränkt, die besonders unter Epidemien oder zeitweiligen Wirtschaftskrisen gelitten hatten? Oder waren wir, wie die Sozialisten ständig wiederholten, umgeben von einer Menge Mitbürger, einem hohen Prozentsatz der Bevölkerung Englands, Menschen aller Varianten von Nüchternheit, Ehrlichkeit und Fähigkeit, die in dauernder Armut lebten und ihr Leben lang von allem ausgeschlossen waren, was die Zivilisation sinnvoll macht? Meine Gemütsverfassung in der Zeit läßt sich am treffendsten mit den Worten Darwins beschreiben, in denen er seine Mühen mit dem Problem der Entstehung der Menschen schildert.

Er schreibt an Sir Joseph Hooker: »Was Sie das entmutigende Gefühl nennen, daß man sich immer tiefer in Zweifel verstrickt, je weiter man über Fakten nachdenkt und an unklaren Punkten Argumente gegeneinander abwägt – das habe ich oft erfahren. Aber ich tröste mich immer damit, daß ich an die Zukunft denke; ich bin fest überzeugt, daß die Probleme, die wir gerade erst entdecken, eines Tages gelöst werden; und wenn wir nur den Boden bereiten, haben wir schon etwas geleistet, auch wenn wir keine Ernte einbringen.«[28]

Genau diese Arbeit, »den Boden zu bereiten« auf einem genügend großen Feld, ohne allzu ängstlich an die mögliche Ernte zu denken, werde ich im folgenden Kapitel beschreiben.

Fünftes Kapitel

Eine große Untersuchung zur Situation der Londoner Bevölkerung

Bis jetzt habe ich die damals engverknüpften Sphären von Politik und Großstadtphilanthropie dargestellt, um die intellektuelle Umgebung zu kennzeichnen, in der ich mich bewegte. Nun komme ich zu einem großen Vorhaben, dem ich meine ganze Sympathie und Bewunderung entgegenbrachte; ich spielte dabei die kleine Rolle des fleißigen Lehrlings. Weder Politik noch Philanthropie hatten damit etwas zu tun; der Antrieb war diesmal wissenschaftliche Neugierde, also der Wunsch, die Methoden der Beobachtung, Argumentation und Verifikation auf das Problem der Armut mitten im Reichtum anzuwenden.

Wohl jeder neigt dazu, die Bedeutung eines Ereignisses zu überschätzen, an dem er selbst starken Anteil genommen hat. Aber die große Untersuchung über Arbeit und Leben der vier Millionen Einwohner der reichsten Stadt der Welt, die Charles Booth durchgeführt (und selbst finanziert) hat – sie erfaßt einen Zeitraum von siebzehn Jahren und ist in ebenso vielen Bänden veröffentlicht –, diese Untersuchung ist meiner Meinung nach ein Meilenstein für Sozialpolitik und Wirtschaftswissenschaft. In der Zeit davor durften weder Sozialisten noch Individualisten auch nur hoffen, genaue Angaben über die Lebenslage der englischen Bevölkerung machen zu können. Daher die Realitätsferne ihrer Kontroverse. Und wenn es stimmt, daß eine subtile Kombination quantitativer und qualitativer Analysen in der Sozialforschung unumgänglich ist – und ich neige zu dieser Überzeugung –, dann wird Charles Booths genau ausgearbeitetes Schema der breitgestreuten statistischen Verifizierung von Daten, die aus der detaillierten Beobachtung einzelner Familien und sozialer Einrichtungen gewonnen wurden, mit hoher Wahrscheinlichkeit als unentbehrliche Grundlage der Soziologie anerkannt werden. Wenn ich diese methodische Analyse mit dem vergleiche, was frühere Generationen von Sozialforschern getan haben, kann ich nur annehmen, daß sie womöglich der Ausgangspunkt, mit Sicherheit aber ein Wegweiser ist, der den Forschenden auf einen der Hauptwege lenkt, die zu Entdeckungen führen. Leider scheiterte Charles Booth, wie so viele andere erfolgreiche Organisatoren, an der Aufgabe, seinen eigenen Organisationsplan darzustellen, teils, weil er zu bescheiden war, teils, weil die Menge des gesammelten Materials erdrückend war; deshalb zögere ich nicht, eine Skizze dieses hervorragenden Viktorianers und seines Werkes zu versuchen.

In der kurzen, bescheidenen Biographie seiner Frau[1] finden wir skizzenhafte Angaben zu seiner Geburt und Erziehung. Wir bekommen einen Eindruck vom Familienkreis der Booths, Cromptons und Holts, meist Liverpooler Kaufleute und Schiffseigner, politisch liberal oder radikal, in ihrer religiösen Ausrichtung Unitarier. Wir erfahren, daß er mit seinen Brüdern und Schwestern zu Hause lebte und seine Schulbildung in der erstklassigen höheren Tagesschule der Royal Institution von Liverpool bekam; von dort ging er zur Ausbildung in das Kontor der Messrs. Lamport & Holt und begann noch vor seinem 20. Lebensjahr seine Karriere als Geschäftsmann; seine Freizeit brachte er mit Lesen oder mit Diskutieren im großen Kreis seiner Brüder, Schwestern und Vettern zu; er beteiligte sich auch an der enthusiastischen Propaganda für die neu gegründete Birmingham Education League, deren Ziel die allgemeine Einführung staatlicher Schulen war; er war Mitglied dieser Liga. Außerdem nahm er, durch seine Freundschaft mit Arbeitern, auch Anteil an den Angelegenheiten des Liverpool Trades Council. Die Biographie zeichnet das Bild einer Gruppe von Familien, die ein einfaches, arbeitsreiches Leben, mit hohen Ansprüchen an die eigene Leistung und geringem Bedürfnis nach Sport, Spiel oder anspruchsloseren Formen der Unterhaltung führten. Der Sinn für Höheres kam jedoch nicht zu kurz; durch die engen Freundschaften zu seinen Vettern Harry und Albert Compton, beide führende Mitglieder der »Menschheitskirche«, geriet Charles Booth unter den Einfluß Auguste Comtes. Er diskutierte den Positivismus und die Sozialtheorien, die daraus folgten, ständig mit führenden Positivisten wie Dr. Bridges und Professor Beesly, den Harrisons und den Lushingtons und war – ich zitiere aus dem *Memoir* –: »so fasziniert, daß sein förmlicher Eintritt in die Reihen der Positivisten nur noch eine Frage der Zeit schien« –, eine Erwartung, die sich dann doch nicht erfüllte, da »es in seinem Wesen lag, bei allem Enthusiasmus doch viele schwer zu befriedigende Bedürfnisse und Hoffnungen zu hegen, die sich nicht leicht mit der Einengung durch ein System von Doktrinen vertrugen«. 1871 heiratete er die attraktive, vielseitige Tochter von Charles Macauley, zufällig eine meiner Kusinen; zum ersten Mal war sie ihm im Hause meiner ältesten Schwester, der Frau R. D. Holts, begegnet[2]. Einige Zeit danach verursachten die vielfältigen Aktivitäten, die ihn vom frühen Morgen bis in die späte Nacht in Atem hielten – die Reederei, die er mit seinem Bruder gründete, die politische Propaganda, das viele Lesen –, einen ernsten Zusammenbruch seiner Gesundheit, der einige Jahre im Ausland und eine lange Phase der Abstinenz von Arbeit, sogar vom Lesen, notwendig machte.

In der Zeit seiner Genesung, ich glaube, gegen Ende der siebziger Jahre, brachte meine Kusine ihren Mann zum ersten Mal mit, als sie uns für eine Weile besuchte. Ich erinnere mich nicht ohne Erheiterung daran, welchen Eindruck dieser interessante neue Verwandte auf mein mädchenhaftes Gemüt machte. Charles Booth war attraktiv, aber als Mann sah er sehr merkwürdig aus: er war knapp vierzig Jahre alt, ungewöhnlich dünn, die Kleider hingen an ihm wie an einem Kleiderständer, er sah aus wie ein schwindsüchtiges Mädchen und hielt sich krumm wie einer, der immer im Sitzen arbeitet –; er hatte eine große Adlernase, Schnurrbart und einen Spitzbart, der kaum den ausgeprägten Adamsapfel bedeckte; sein Gesicht beherrschten fein geformte Brauen und große, beobachtende, graue Augen. Ein rührender Anblick ist mir besonders in Erinnerung geblieben: wie Vetter Charlie unsere Familienmahlzeiten übersteht, »wie die Geduld auf einer Gruft« – zwar nicht »dem Grame lächelnd«, aber dem Anblick der Essenden, während er selbst als Konzession an gutes Benehmen dann und wann mit seiner Gabel in eine Kartoffel sticht oder an einem trockenen Keks knabbert. Faszinierend war seine Art, ganz ohne Selbstsicherheit und voller Wißbegier zu fragen, was man dachte und warum man es dachte; was man wußte und wie man es erfahren hatte. Dazu reizte es mich, dieses merkwürdige Individuum in ein generelles Schema einzuordnen. Er war nicht mehr jung, er war im Leben weder erfolglos noch erfolgreich gewesen, und man fragte sich, ob sein erstaunlich unkonventionelles Verhalten auf einen wachen Verstand oder leere Exzentrizität deutete. Wer ihn nicht kannte, hätte ihn für einen idealistischen Setzer, der sich seine Bildung selbst erworben hat, oder für einen technischen Zeichner – oder auch für den aus der Art geschlagenen Sohn einer Adelsfamilie, für einen zweiten Auberon Herbert oder einen Universitätsprofessor halten können; glatt rasiert und mit dem entsprechenden Kragen hätte er auch als asketischer Priester, anglikanisch und römisch-katholisch, durchgehen können; mit anderen Kleidern hätte man ihn leicht zu einem Künstler aus dem Quartier Latin stilisieren können. Der einzige Beruf, der, seinem Äußeren und seiner idealistischen Einstellung nach zu urteilen, überhaupt nicht zu ihm paßte, war der des großen Industriekapitäns, der sich mit bloßer Willenskraft und methodischem Fleiß hart durchsetzt, die Ansichten und Absichten anderer dabei nur als Begleitumstände, die man klug einplanen muß, behandelt und sich so seinen Weg zu neuen Ländern, neuen Verfahren, neuen Geschäftsverbindungen bahnt. Aber es stellte sich heraus, daß genau diese abenteuerlichen und, wie sich zeigte, gewinnbringenden Unternehmungen seine Bestimmung waren; sie verschafften ihm die persönliche Macht und Handlungsfreiheit, die man hat, wenn man ein großes Einkommen großzügig ausgibt.

Glaubt man dem *Memoir*, dann war die Organisation großer

geschäftlicher Transaktionen der Beruf seiner Wahl[3]; aber Charles Booth hatte auch einen Hang zur Wissenschaft, der sich bei ihm auf die Struktur und Arbeitsweise der Gesellschaft richtete. Zwar besaß er nicht Darwins und Francis Galtons besondere Begabung für phantasievolle Hypothesen und ihre Verifizierung durch Beobachtungen, für Experimente und Argumentationen, dennoch ähnelte er diesen beiden großen Wissenschaftlern darin, daß er wie sie ein ausgeprägtes wissenschaftliches Temperament besaß: eine alles überwältigende Neugier auf die Natur der Dinge, Originalität im Herausfinden von Forschungsmethoden und -mitteln, und vor allem großartigen Mut und Ausdauer beim Streben nach Wissen. Außerdem war Charles Booth in einzigartiger Weise aufnahmebereit für Vorschläge und Anregungen seiner Kollegen und Mitarbeiter, auch wenn sie ganz unwichtig oder weit her geholt schienen. In seinen besten Jahren brachte er mit Begeisterung allgemein anerkannte Ansichten durcheinander, einmal die Freihandels-Orthodoxie des Manchester-Kapitalismus, ein anderes Mal das starr und trocken gewordene Credo der Marxistischen Sozialisten. Wenn er in seiner Sozialforschung überhaupt eine Vormeinung hatte, dann wirkte sie sich zugunsten unwahrscheinlicher und unbeliebter Erklärungen einer gegebenen Faktenreihe aus. Und verbunden mit intellektueller Neugier war das positivistische Konzept des Dienstes an der Menschheit. Kurz: Charles Booth entsprach in meinem Freundeskreis von allen am vollkommensten dem Zeitgeist der mittleren viktorianischen Phase, wie ich ihn in einem früheren Kapitel beschrieben habe: Glaube an die Wissenschaft vereinte sich mit der religiösen Emotion eines aufopfernden Dienstes, der vom Gottesdienst zum Dienst an Menschen geworden war. [Vgl. Kapitel III, S. 174. A. d. Ü.]
Dieses skizzenhafte Porträt der Persönlichkeit von Charles Booth möchte ich mit einer Tagebucheintragung abschließen, die eine Art Momentaufnahme meiner Lieblingsverwandten ist, so wie ich sie in den ersten Jahren unserer vertrauten Bekanntschaft kannte.

Die letzten sechs Wochen in London mit Freunden und Schwestern verbracht. Das Haus von Booths dunkel und ohne Luft, aber die Bewohner ganz besonders charmant und liebenswert. Mary eine wirklich bedeutende Frau, mit ungewöhnlicher Ausdruckskraft und sehr geübtem und gebildetem Verstand. Neben ihr fühlt man sich wie die personifizierte Ahnungslosigkeit, auch wenn sie noch so anerkennend und fast schmeichelnd in ihrer Würdigung anderer ist. Ich finde eine ganz leichte Borniertheit in ihren literarischen Urteilen; sind sie vielleicht zu korrekt, zu abhängig von Autoritäten? Nicht Ergebnis selbständigen Denkens? Vielleicht ist diese Ordnungsliebe des Verstandes und Autoritätsgläubigkeit der Grund dafür, daß sie als Frau so attraktiv ist? Zusätzlich zu dieser Bildung und Brillanz ihres Intellektes besitzt sie hohe Gefühlskraft, fast leidenschaftliches Empfinden.
Charlie Booth hat einen schärferen und klareren Verstand, mit einzigartiger Vorurteilsfreiheit. Es ist schwer, irgendeinen Fehler oder nur eine Schwäche in ihm zu entdecken. Gewissen, Vernunft und Neigung zur Pflicht sind seine großen Qualitäten; andere Eigenschaften kann man an ihm gar nicht entdecken, wenn man nicht sehr eng mit ihm befreundet ist. Mich interessiert er wegen seiner vollkommenen Selbstbeherrschung; er hat eine Phase schrecklicher Krankheit und Schwäche durchlebt und ist daraus ohne Zynismus, voller Energie und Tatkraft und ohne Egoismus hervorgegangen. Viele wunderbare Gespräche hatte ich mit diesen beiden liebenswürdigen Verwandten, und meist war ich dabei die lauschende Dritte in ihren Diskussionen. (Tagebuch, 9. Februar 1882)

Armut im Zentrum des Reichtums

Es freut mich, im *Memoir* von Mrs. Booth zu lesen, daß Charles Booth bei seiner Wahl eines Untersuchungsgegenstandes durch genau die Tendenzen im Denken und Fühlen, nach seinen eigenen Worten vor allem durch die Auseinandersetzungen in der Welt der Politik und der Philanthropie, beeinflußt war, die auch meine Entscheidung für das Thema meiner Forschung bestimmt haben, wie ich oben geschildert habe.
Als er in London lebte, wo er eine Zweigniederlassung seiner Reederei und Handelsfirma eröffnet hatte, nahm er die herrschende Aufbruchsstimmung wahr.

Alle hatten den Kopf voll von unterschiedlichen Problemen, die mit der Lage der Armen zusammenhingen; extrem verschiedene Meinungen wurden geäußert, widersprüchlichste Heilmittel vorgeschlagen (berichtet uns die Autorin des *Memoir*). Die Schriften von Ruskin, die Arbeit von Miss Octavia Hill, die Prinzipien und Praxis der C. O. S., sie alle trugen zu dem Aufruhr des Fühlens und Denkens bei. Die schlichte, warmherzige, unbedachte Mildtätigkeit früherer Zeiten wurden verdammt... In den Augen mancher Leute waren Sorglosigkeit und Nachgiebigkeit gegenüber eigenen Bedürfnissen die Grundübel und Hauptfeinde. Die Folgen dieser Verhaltensweisen zu lindern, war für die Leute gleichbedeutend mit der Verschlimmerung der Grundübel. Aber auch eine andere Ansicht wurde vertreten, daß nämlich die Selbstsucht und Lasterhaftigkeit derer, die den Bodensatz der Gesellschaft bildeten, nur das Ergebnis der Selbstsucht und Laster derer, die zu den Spitzen der Gesellschaft gehörten, sei; daß es also die erste Pflicht der Reichen sei, für ihre ärmeren Mitmenschen die Existenzbedingungen zu schaffen, die die Voraussetzung für ein menschenwürdiges Leben sind. Frische Luft, mehr Wohnraum, bessere Kleidung, besseres Essen und andere Verbesserungen dieser Art würden den Teufel schon austreiben, der jetzt das Leben beherrschte. »Fördert die private Mildtätigkeit«, sagte eine Schule. »Hebt die Steuern auf. Die vom Staat bezahlten Armen sind die Quelle allen Übels.« – »Nieder mit der Mildtätigkeit«, sagte eine andere Gruppe; »schon das Wort ist eine Demütigung. Laßt den Staat dafür sorgen, daß die schwer arbeitenden Millionen so ernährt und untergebracht werden, wie es sich gehört.« – »Schwer arbeitende Millionen!«, hieß es dagegen. »Menschen, die Mangel leiden, arbeiten niemals wirklich schwer. Das sind faule, übellaunige Prasser. In England muß keiner Not leiden, der arbeiten will.« ... Charles Booth hörte sich diese verschiedenen Meinungen und noch viele andere dazu an, und er suchte immer dringender nach einer Antwort auf die Fragen: Wer ist die Bevölkerung von England? Wie lebt sie wirklich? Was will sie wirklich? Ist das, was sie will, gut, und wenn ja, wie kann man es ihr verschaffen?[4]

Das Gefühl der Hilflosigkeit quält alle (erklärt Charles Booth in der Arbeit über Leben und Berufe der Bevölkerung in den Tower Hamlets, die er im Mai 1887 der Royal Statistical Society vortrug). Die Lohnempfänger sind hilflos, wenn es darum geht, den Gegenwert ihrer Arbeit zu kontrollieren oder zu erhalten; die Fabrikanten oder Zwischenhändler können nur innerhalb der durch den Wettbewerb gesetzten Grenzen arbeiten; die Reichen sind hilflos, weil sie Not nicht lindern können, ohne die Quellen dieser Not noch stärker zum Fließen zu bringen; die Gesetzgeber sind hilflos, weil die Möglichkei-

ten, durch Gesetzesänderungen gegen die Not einzuschreiten, sehr eng begrenzt sind. Aus dem Gefühl der Hilflosigkeit kommen sozialistische Theorien, leidenschaftliche Änderungsvorschläge aus Unkenntnis, die die menschliche Natur annullieren und alle Grundtatsachen menschlicher Existenz außer acht lassen.
Nur eine genauere Beschreibung der Probleme des menschlichen Lebens kann gegen dieses Gefühl der Hilflosigkeit helfen. Das apriorische Denken der politischen Ökonomie, ganz gleich, ob es orthodox oder unorthodox ist, scheitert an seiner Realitätsferne. Es geht von einer Reihe von Voraussetzungen aus, die nur sehr unvollkommen mit den beobachteten Lebenstatsachen verbunden sind. Wir müssen unbedingt anfangen, uns ein richtiges Bild vom modernen industriellen Organismus, von dem Austausch der Dienstleistungen, von der Ausbildung der Fähigkeiten, von den Bedürfnissen und ihrer Befriedigung zu machen. Daß wir uns dieses Bild machen können, möchte ich zeigen, und die Arbeit, die ich hier vorlege, soll ein Beitrag dazu sein.[5]

Das Feld der Untersuchung

Das Londoner East End, ein Gebiet, zu dem die Tower Hamlets und der Einzugsbereich der Hackneyschule gehörten und das eine Million Einwohner hatte, wurde zuerst untersucht. Diesen Bezirk der Hauptstadt, ein Viertel des ganzen Stadtbereichs, wählte er aus, weil dort »das bitterste Elend von ganz England sein soll, also der Brennpunkt des Problems der Armut im Zentrum des Reichtums liegt, dieses Problem, das Kopf und Herz so vieler Menschen belastet.«[6] Sein Ziel war es, diese große Menge in ihrer Gesamtheit »in einer Momentaufnahme festzuhalten, wobei die Fakten auf meinem Negativ so fixiert werden, wie sie zu einem gegebenen Augenblick erscheinen; die Phantasie meiner Leser muß Bewegung, ständige Veränderungen, Wirbel und Turbulenzen des Lebens für sich ergänzen.« [Poverty, S. 26][7] Er versuchte nicht, eine Entstehungsgeschichte des Elends zu schreiben, nicht einmal den gegenwärtigen Entwicklungsstand zu schildern, sondern nahm sich vor, für einen bestimmten Zeitpunkt einen Querschnitt durch das ganze Gebiet, von einem Ende zum andern, voller genauer Details, ebenso vollständig wie minutiös, zu liefern. Aus diesem vielfältigen und breit gefächerten Material suchte er zwei Faktenreihen aus, auf die er sich konzentrieren wollte: erstens die relative Verelendung, Armut oder Bequemlichkeit des häuslichen Lebens, und zweitens die Art der Arbeit, durch die die verschiedenen Brotverdiener in der Familie ihren Lebensunterhalt bestritten. So wurden zwei getrennte, genau eingegrenzte Untersuchungen gleichzeitig durchgeführt, jede von einer andern Gruppe und mit eigenen Untersuchungsmethoden.

Das allgemeine Schema der Untersuchung, anzuwenden auf die Gesamtheit von London, sieht vor, daß die gesamte Bevölkerung nach Wohnbezirken und nach Beschäftigungsgruppen eingeteilt wird; beides entspricht einer ähnlichen Unterteilung bei der Volkszählung; danach soll jeder Bezirk in einer lokalen Befragung und jede Gewerbegruppe in einer Befragung am Arbeitsplatz erfaßt werden. Das Hauptziel der Befragung im Wohnbezirk sollte es sein, die Lebensbedingungen der Einwohner zu erfassen; dazu gehört aber auch ihr Gewerbe; Hauptgegenstand der Untersuchung über die Art des Gewerbes sollte es sein, die Arbeitsbedingungen der Leute festzustellen; indirekt befaßt sie sich dann auch mit ihrer Lebensweise. Die doppelte Untersuchungsweise sollte eine Prüfung der Ergebnisse jeder der beiden Einzeluntersuchungen ermöglichen, und diese sollten sich wechselseitig erhellen.[8]

Untersuchungsmethoden

Wie verschaffte sich Charles Booth die Menge und das Ausmaß der Daten, die er zur Durchführung seiner wissenschaftlichen Erkundung von Leben und Arbeit der Londoner Bevölkerung brauchte?
Das statistische Gerüst, das das ganze gigantische Unternehmen eingrenzte und seine Unterteilungen markierte, wurde aus den Ergebnissen der Volkszählung des Jahres 1881 gewonnen und später durch die sorgfältigere Volkszählung von 1891 korrigiert und ergänzt. Mit den Möglichkeiten und Grenzen dieser statistischen Unterlagen war Charles Booth schon ver-

traut: vor 1886 hatte er eine sorgfältige Analyse der Zahlenangaben zu den Berufen der Bevölkerung im United Kingdom anhand der Volkszählungen zwischen 1841 und 1881 gemacht.[9] Ziel dieser Untersuchung war es gewesen, festzustellen, wie viele Personen in einem gegebenen Zeitraum nur in einem bestimmten Gewerbe ihren Lebensunterhalt verdienen konnten, und wie die Bevölkerungsdichte in verschiedenen Industriezweigen und Dienstleistungsgewerben sich von einem Jahrzehnt zum nächsten verschoben hatte. Da aber die Generalregistratoren, die die Volkszählung organisierten, jeweils unterschiedliche Einteilungen der Personen und Gewerbe vorgenommen hatten, war das wissenschaftliche Ergebnis dieser Analyse und Neuordnung enttäuschend. Aber der Autor hatte dadurch den Umgang mit Zahlen dieser Art gelernt, und er hatte Zutritt zu den für die Volkszählung zuständigen Behörden bekommen. So konnte er von Anfang an nicht nur alle veröffentlichten Dokumente auswerten, die die numerischen Endsummen und groben Einteilungen der letzten Volkszählung (1881) wiedergaben, sondern der Generalregistrator gewährte ihm auch Zugang zu der Information, die, richtig oder unrichtig, in den Fragebögen enthalten war, die die Haushaltsvorstände bei der Volkszählung hatten ausfüllen müssen. Die Zählung von 1891 erwies sich als noch nützlicher, weil ihre Fragebögen für die Haushaltsvorstände zwei neue Fragen enthielten, die für die Durchführung der Untersuchung wesentlich waren.[10] Jeder Haushaltsvorstand oder Bewohner von weniger als fünf Zimmern sollte die Anzahl der bewohnten Zimmer angeben; und wenigstens in London wurde diese Information den Volkszählern meistens gegeben. Außerdem sollten Haushaltsvorstände, die Dienstboten beschäftigten, angeben, wie viele sie beschäftigten. So konnte Charles Booth mit der praktisch aktuellen und vollständigen offiziellen Zählung seine vertikale Klassifikation der gesamten Bevölkerung dadurch verifizieren und revidieren, daß er den Grad der Armut an der Anzahl der Bewohner einer Unterkunft und den Wohlstand an der Anzahl der in einem Haushalt beschäftigten Dienstboten maß.

Aber es war klar, daß eine Untersuchung, die darauf angewiesen war, daß in jedem Haushalt ein Fragebogen ausgefüllt wurde, sich allein auf die nackten Zahlenangaben verlassen konnte und daß die angegebenen Details nicht immer genau und zuverlässig genug für den Anspruch eines Wissenschaftlers waren. Sogar eine so elementare ›qualitative‹ Angabe wie der Beruf war so vage umrissen, daß sie sich als fast nutzlos erwiesen hatte: zum Beispiel fielen unter die Rubrik ›Bauhandwerk‹ die Bauunternehmer; die Bauarbeiter, die Lohnempfänger waren; die Geschäftsführer, die Gehaltsempfänger waren; dazu die Ruheständler und die, die nur in einen anderen Beruf übergewechselt waren. Deshalb waren Einzelbefragungen und persönliche Beobachtungen unumgänglich. Schon viele solcher Untersuchungen von allen möglichen Leuten und den verschiedensten Agenturen hatte es gegeben. Aber immer hatten sie sich nur auf sehr kleine Bereiche erstreckt, die aus dem einen oder anderen Grund eigens ausgesucht worden waren; und es gab keine Möglichkeit zu entscheiden, ob überhaupt und in welchem Ausmaß sie repräsentativ auch nur für alle Anwohner einer einzigen Straße waren. Charles Booths Erfindung war die Kombination der Volkszählung mit der persönlichen Befragung jeder Familie; damit verband er die Doppelabsicht, seine Umfrage auf den ganzen Bereich auszudehnen, Auswahl zu vermeiden, und die qualitativen und quantitativen Informationen, die so gewonnen wurden, zu vereinen. Durch diese wechselseitige Verifizierung der allgemeinen Statistiken durch persönliche Beobachtung einzelner Fälle und umgekehrt der Summe aller in persönlicher Beobachtung gesammelten Einzelfälle durch die Statistik der Volkszählung konnte Charles Booth nicht nur eine vollständige Reihe qualitativer und quantitativer Beschreibungen der Haushalte und ihrer Ausstattung geben, sondern auch diesen Triumph der persönlichen Beobachtung in einem statistischen Rahmen präsentieren, der die gesamte Vier-Millionen-Bevölkerung umfaßte.

Ein so gigantisches Unternehmen, das sich mit fast einer Mil-

lion Haushalte befaßte, konnte klarerweise nicht von einem einzelnen Sozialbeobachter, auch nicht von irgendeiner normalen Gruppe von Beobachtern, nicht einmal, wenn zehn Jahre Zeit zur Verfügung standen, bewältigt werden. Man mußte eine andere Arbeitsweise finden.
Die Lösung fand Charles Booth in der ›Methode der umfassenden Befragung‹ *[Method of Wholesale Interviewing]*, wie ich sie von jetzt ab nennen werde. Er sagte: »Der Grundgedanke am Beginn der Arbeit war, daß jedes Faktum, das ich brauchte, irgend jemandem bekannt sein mußte, und daß also einfach alle Informationen gesammelt und zusammengesetzt werden müßten.« [Final, S. 32] Als Joseph Chamberlain der Royal Commission, die zur Überprüfung der Wohnverhältnisse der Armen eingesetzt war, Bericht erstattete, erwähnte er dabei zufällig, daß der Stadtrat von Birmingham bei der Vorbereitung seiner Pläne zur Sanierung der Slums eine sehr nützliche Informationsquelle erschlossen hatte: die Beamten, die sich um nur unregelmäßig zur Schule kommende Kinder kümmerten, kannten die Familien dieser Kinder genau. Charles Booth folgte diesem Hinweis und bekam die Erlaubnis, mit allen sechsundsechzig für die Schulen im East End zuständigen Beamten Abendverabredungen zu treffen, während derer sie mit ihren Merkbüchern Charles Booth oder seinen Sekretären auf ausführliche Fragen Rede und Antwort standen.

Für den Tower Hamlet Bezirk, mit dem wir zuerst fertig wurden, arbeiteten wir durchschnittlich 19¾ Stunden mit jedem Inspektor des Schulaufsichtsrates; für den Hackney Bezirk wurde die Zeit auf 23½ Stunden ausgedehnt. Der Bezirk St.-George's-in-the-East kostete 1886, als wir ihn zum ersten Mal bearbeiteten, 60 Stunden Arbeit mit den Inspektoren; als wir die Ergebnisse überarbeiteten, brauchten wir 83 Stunden... das Unternehmen war so gewaltig, die Aussicht auf Abschluß der Arbeit so fern; und jede Einzelheit kostete Zeit... [aber] ohne dies hätte man gar nichts tun können. Statistisch betrachtet liegt der Gewinn durch diese Information hauptsächlich in der Breite des Überblicks, den sie verschafft. Auf diese Weise erfaßt man praktisch die gesamte Bevölkerung. Andere Untersuchungen wählen gewöhnlich eine bestimmte Klasse aus oder beschäftigen sich mit bestimmten Verhältnissen. Dadurch gewinnt man vielleicht genauere Kenntnisse, aber sie sind eng begrenzt und können deshalb ein verzerrtes Urteil bewirken. Aus diesem Grund ist die Information, die uns die Inspektoren des Schulaufsichtsrates geben konnten, bei aller Unvollkommenheit und Uneinheitlichkeit, als Rahmen für ein Bild von Leben und Arbeit der Bevölkerung ausgezeichnet geeignet. [Poverty, 1, S. 25-26]

Als Charles Booth dieselben Untersuchungsmethoden auf den gesamten Verwaltungsbezirk London, also auf vier Millionen Einwohner, übertrug, kürzte er das Verfahren ab, indem er die für unregelmäßig zur Schule gehende Kinder zuständigen Beamten befragte.

Beim Übergang von der speziellen Studie über East London zur Erforschung der gesamten Hauptstadt wurde die Art der Fragen zu den Lebensbedingungen leicht geändert. Als wir uns mit East London (und später mit London-Mitte und Battersea) befaßten, war die Familie die gesetzte Einheit. Als wir die Untersuchung auf ein größeres Gebiet ausdehnten, wurde statt dessen die Straße zur Ausgangsbasis der Arbeit. Wir führten nicht mehr die Anzahl der Schulkinder in jedem Haushalt mit dem Beruf und der sozialen Position des Haushaltsvorstandes zusammen auf, sondern gaben uns mit der Zählung der Schulkinder in den einzelnen Straßen zufrieden und teilten sie dann in Klassen nach dem ein, was über die Eltern bekannt ist, machten dabei aber nur allgemeine Angaben über die Berufe. Das hat zur Konsequenz, daß wir die Einteilung der Bevölkerung nach den jeweiligen Lebensbedingungen beibehalten, aber die Klassifikation nach Berufsgruppen aufgegeben haben. [Poverty, 2, S. 1]

Die auf diese Weise gewonnene Information wurde in den Rahmen der Daten der Volkszählung eingepaßt und dazu genutzt, die in den Fragebögen aus den einzelnen Haushalten unvermeidlich vorhandenen Ungenauigkeiten zu verifizieren und zu ergänzen; damit hatte man dann, wie Booth sagte, eine solide Vorarbeit für die Untersuchung.

Sie [die Beamten der Schulbehörde] haben täglich Kontakt mit den Leuten und kennen die Eltern der Schulkinder, besonders der ärmsten, und die Verhältnisse, in denen sie leben, erstaunlich gut. Niemand kann die Beschreibung der Anwohner Straße für Straße, Haus für Haus, Familie für Familie in diesem riesigen Bezirk (East London) durchgehen, die ganze Fülle der pittoresken Einzelheiten hören, die dem Interviewpartner einfallen, wenn er seine Notizen durchsieht –, niemand kann das alles erfahren, ohne, wie ich, überzeugt zu sein, daß diese Information echt und wahr ist. Am Wert meines Materials habe ich keinen Zweifel. Beunruhigt bin ich allerdings wegen seiner Menge und wegen meiner Entschlossenheit, nur Daten zu verwenden, die ich quantitativ werten kann. Material für sensationelle Geschichten liegt überreichlich in jedem Heft unserer Aufzeichnungen; aber auch wenn ich die Gabe hätte, mein Material in dieser Weise zu nutzen – die Gabe der sogenannten ›realistischen‹ Phantasie –, dann würde ich sie trotzdem hier nicht nutzen wollen. Die Armut hart am Existenzminimum, das jämmerliche Elend, Hunger, Trunksucht, Brutalität, Verbrechen, das alles gibt es, und niemand kann daran zweifeln, daß es so ist. Aber ich wollte den Versuch machen, die zahlenmäßige Relation zwischen Armut, Elend und Verderbtheit auf der einen und regelmäßigem Verdienst und vergleichsweise angenehmen Lebensbedingungen auf der anderen Seite festzustellen und die allgemeinen Bedingungen zu beschreiben, unter denen die jeweiligen Klassen leben. [Poverty, 2, S.5-6]

Hier noch die Warnung eines Mannes, der in erster Linie Statistiker war, an die Adresse des wißbegierigen Beobachters einzelner Personen und Familien:

Um richtig urteilen zu können, müssen wir zweierlei im Sinn behalten: niemals dürfen wir die Zahlen vergessen, wenn wir in Prozentsätzen denken, und niemals die prozentualen Anteile, wenn wir in Zahlen denken. Das zweite ist besonders schwer für jemanden, dem durch tägliche Erfahrung oder lebhafte Phantasie der einzelne mit seinen Kümmernissen und Sorgen immer vor Augen ist. Solche Menschen weigern sich, die glücklichen Stunden derselben Klasse oder sogar derselben Personen gegen dies Elend aufzurechnen; noch weniger können sie sich dazu bringen, die Menge der anderen Klassen mit in Rechnung zu ziehen, die einander entgegengesetzten Zahlen zu addieren und ganz zufrieden ein Saldo zu präsentieren. In der Arithmetik des Jammers können sie nur addieren oder multiplizieren; subtrahieren oder dividieren können sie nicht. In der Intensität solchen Empfindungsvermögens, nicht in der Statistik, liegt die Kraft, mit der man die Welt bewegt. Aber lenken lassen muß sich diese Kraft durch Statistik, damit die Welt in der richtigen Richtung bewegt wird. [Poverty, 1, S. 179]

Bei den seltenen Gelegenheiten, zu denen ich an diesen Interviews teilnahm, fand ich es aufschlußreich zu beobachten, wie

Charles Booth oder einer seiner Sekretäre aus den Schulbeamten Stückchen für Stückchen die reiche und genaue Information über die Familie herausfragten, und die willigen Interviewpartner die Fakten, die sie in ihren Berichtsheften fanden, aus dem Gedächtnis erweiterten und ausschmückten. Mehr als aus allen Fakten, die dabei enthüllt wurden, konnte der ›fleißige Lehrling‹ aus der Art lernen, wie diese umfassenden Befragungen und automatischen Protokolle den Einfluß persönlicher Vorurteile ausschalteten. Jeder der zwei- oder dreihundert Schulinspektoren hatte mit Sicherheit seine Vorliebe; einer mochte Optimist sein, ein anderer Pessimist; manche hatten Sympathien für die ›Proletarier‹, andere neigten zu der Meinung, daß ein Arbeitsloser arbeitsunfähig sei. Aber da die Gruppe der Befragten so groß war, hoben die verschiedenen Vorurteile sich gegenseitig auf. Dieselben Unterschiede in Temperament oder Erfahrung mögen auch bei den Befragern am Werk gewesen sein. Aber niemand, der an den Interviews teilnahm, genaue Fakten über jeden Menschen in jedem Hause in jeder Straße in der gesamten Metropole erfragte und schnell protokollierte, wäre in der Lage gewesen, ein Gesamtergebnis zu produzieren, das ernsthaft materiell die Addition der Einzelheiten widerlegt hätte – es sei denn, mithilfe böswilliger absichtlicher Fälschung. In einem sehr positiven Sinn konnten die Fragenden während des Interviews »den Wald nicht vor Bäumen sehen« und waren deshalb nicht in der Lage, Größe, Form oder Wert des Waldes im ganzen nach dem Maßstab ihrer jeweiligen Erwartungen einzuschätzen. Oder, um es in einem andern Vergleich zu verdeutlichen, die Beobachter konnten nicht jedes Item für sich so minimieren oder maximieren, daß sie damit ein Bild von Leben und Arbeit der Bevölkerung nach ihrem Geschmack herstellten. Deshalb überrascht es nicht, daß die Endergebnisse der Untersuchung häufig im Widerspruch zu den Erwartungen des einen oder anderen Beobachters oder sogar den Erwartungen aller standen (wie uns der Hauptorganisator berichtet).[11]

Die Informationen aus den Volkszählungen und den Unterlagen der Schulbeamten wurden noch durch zahllose andere Informanten erweitert und verifiziert, z. B. Lehrer[12] in den Schulen, Hausmeister in Handwerkerunterkünften, Mieteinnehmer, Gesundheitsaufseher, Fürsorgebeamte, Pfarrer, Bezirksinspektoren, die C. O. S. und andere philanthropische Organisationen. In den späteren Stadien der Untersuchung wurden die Ergebnisse aus den Interviews noch durch persönliche Beobachtung des Leiters der Untersuchung und seiner Mitarbeiter ergänzt und verifiziert.

Zu Beginn schlossen wir die Augen, weil wir Angst hatten, daß sonst eigene Vorurteile die Informationen, die wir bekamen, einfärben könnten. Erst als die Bücher fertig waren, sahen wir, meine Sekretäre und ich, uns die Straßen wirklich an, in denen wir in unserer Phantasie so lange gelebt hatten. Aber später wuchs unser Zutrauen, und wir machten es uns zur Regel, jede Straße selbst zu der Zeit anzusehen, zu der wir den Bericht der Inspektoren bekamen. [Poverty, 1, S. 158]

Zum Schluß vervollständigte Charles Booth seine Untersuchung durch eigene Erfahrung mit dem Leben der Arbeiterklasse, ähnlich der, die ich im Jahr 1883 mit den Arbeitern in der Textilindustrie in Lancaster gemacht und im vorigen Kapitel beschrieben habe.

Dreimal habe ich, jeweils mehrere Wochen, in einer Gegend Quartier genommen, wo man mich nicht kannte; als Mieter habe ich das Leben von Menschen geteilt, die in meinen Tabellen unter die Rubrik C, D und E fallen. Ich nahm nicht nur Logis, sondern auch mehr oder weniger Kost, deshalb lernte ich manche von den Leuten, denen ich dort begegnete, sehr genau kennen, und die Lebensgewohnheiten vieler anderer beobachtete ich natürlich auch. [Poverty, 1, S. 158]

Ich habe schon gesagt, daß Charles Booth mit seiner Untersuchung hauptsächlich bezweckte, genau nach Zahl und prozentualem Anteil festzustellen, wie viele Familien in schlimmstem Elend, wie viele in Armut, wie viele unter erträglichen Bedingungen und wie viele im Luxus lebten. Aber diese vagen Worte, die nicht zwei Personen genau gleich verstehen, waren natürlich ungenügend für seine Zwecke. Deshalb stellte er nach sorgfältigen Überlegungen eine Tabelle mit acht Kategorien auf, die sich nach den faktischen Angaben über die einzelnen Fälle richteten; dabei überließ er es dem Leser, nach Belieben passende deskriptive Attribute zu jeder Klasse zu finden. Die Tabelle der acht Klassen, unter die alle vier Millionen Einwohner eingeordnet wurden, lasse ich, zusammen mit dem Kommentar, hier folgen.

A. Die unterste Klasse: Gelegenheitsarbeiter, Stadtstreicher, Halbkriminelle
B. Unregelmäßige Einkünfte – »Sehr Arme«
C. Saisonarbeiter
›zusammen die »Armen«
D. Geringer regelmäßiger Verdienst
E. Regelmäßiges Standardeinkommen – jenseits der Armut
F. Arbeiter-Oberklasse
G. Untere Mittelklasse
H. Obere Mittelklasse

Die Einteilungen nach »arm« und »sehr arm«, die hier gemacht wurden, sind notwendige Ermessensfragen. Mit dem Wort »arm« wollte ich die bezeichnen, die ein ausreichend regelmäßiges, aber knappes Einkommen haben, etwa 18 bis 21 Pfund pro Woche für eine mäßig große Familie; »sehr arm« sind dann die, die, aus welchem Grund auch immer, unter diesem Standard liegen. »Arm« ist, wer zum Leben ausreichende Mittel hat, die aber kaum zu einem anständigen unabhängigen Leben reichen; »sehr arm« ist, wer nicht genug für ein Existenzminimum, entsprechend den in England üblichen Standards, hat. Man kann sagen, daß mein »Armer« jemand ist, der sich ständig »nach der Decke strecken« muß, der sich am Rande des Existenzminimums hält; die »sehr Armen« leben dagegen in einem Zustand chronischen Mangels. [Poverty, 1, S. 33]

Und nun ist das Hauptziel von Charles Booths wissenschaftlicher Untersuchung von Leben und Arbeit in Sichtweite. Dadurch, daß er die Million Familien in seine acht Klassen einteilte, konnte er eine zuverlässige Einschätzung der ökonomischen und sozialen Lebensbedingungen der Gesamtbevölkerung im Verwaltungsbezirk London geben. Daß diese deskriptive Analyse sehr viel genauer und vollständiger für die achtzig Prozent der Gemeinde London war, die in den Zuständigkeitsbereich der Schulinspektoren fielen, als für die zwanzig Prozent, die zur oberen und unteren Mittelklasse gehörten – über diese Schichten gab es keine Information, außer der Anzahl der in einem Haushalt beschäftigten Dienstboten –, braucht nicht eigens gesagt zu werden. Aber diese eingeschränkte Verfügung über Daten war ohne Bedeutung, da der Zweck der Untersuchung ja darin bestand, die relative, auf die Gesamtzahl der Einwohner Londons bezogene Zahl der Personen, die in chronischem Elend lebten; derer, die als arm gelten konnten, also am Rande des Existenzminimums waren; und die Zahl der Angehörigen der Arbeiterklasse, die relativ angenehm leben konnten, zu bestimmen. Er bekam genug Information, um eine Tabelle aufstellen zu können, an der sich die prozentualen Anteile dieser drei Einwohnergruppen an der Gesamtheit der Bevölkerung ablesen ließen; eine zweite Tabelle gab die Unterteilung dieser achtzig Prozent nach dem Grad der Überlegung ihrer Wohnungen wieder. In den beiden unten abgedruckten Tabellen wird der Leser die quantitativen Ergebnisse von Charles Booths' schier unglaublichem Unternehmen der Analyse von einer Million Fragebögen aus den Haushalten, geprüft und ergänzt durch umfassende Interviews mit den Schulinspektoren, durch Aussagen von Leuten verschiedenster Art und Herkunft und noch einmal verifiziert durch seine und seiner Mitarbeiter eigene Beobachtungen, in sehr gedrängter, konzentrierter Form wiederfinden.

Tabelle I

Einteilung nach dem Familieneinkommen

Im Band II der »Poverty Series« wird die Gesamtbevölkerung (damals mit 4 309 000 zu hoch eingeschätzt) eingeteilt und beschrieben wie folgt:

Klassen A und B (die sehr Armen)	354 444	oder	8,4%
Klassen C und D (die Armen)	938 293	oder	22,3%
Klassen E und F (gut lebende Arbeiterklasse, auch Dienstboten)	2 166 503	oder	51,5%
Klassen G und H (untere Mittel-, Mittel- und obere Mittelklasse)	749 930	oder	17,8%
	4 209 170		
In öffentlichen Institutionen lebende	99 830		
	4 309 000 (geschätzte Bevölkerung)		

Tabelle II

Einteilung nach der Anzahl der bewohnten Zimmer

Arme: (insgesamt 31,5%)			
(1 und 2) 3 oder mehr Personen pro Zimmer	492 370	oder	12,0%
(3) 2 und weniger als 3 Personen pro Zimmer	781 615	oder	19,0%
Wohnheime usw.	20 087	oder	0,5%
Mittlere: (insgesamt 56,4%)			
(4) 1 und weniger als 2 Personen pro Zimmer	962 780	oder	23,4%
(5) Weniger als 1 Person pro Zimmer	153 471	oder	3,7%
(6) Bewohner von mehr als 4 Zimmern	981 553	oder	23,9%
Dienstboten	205 858	oder	5,0%
Personen, die in Werkstätten u. ä. leben	15 321	oder	0,4%
Oberklasse: (insgesamt 12,1%)			
(a) 4 oder mehr Personen auf 1 Dienstboten	227 832	oder	5,5%
(b)-(h) 3 oder weniger Personen auf 1 Diener	248 493	oder	6,0%
Bewohner von Hotels oder Pensionen mit Personal	25 726	oder	0,6%
	4 115 106		
In Institutionen lebende	96 637		
	4 211 743		

[Final, S. 9. – Zur Erklärung: Die »Dienstboten« in Tabelle II sind die bei der »Oberklasse« angestellten (Abteilung G und H von Tabelle I); sie sind der Abteilung »Mittlere« zugerechnet, weil sie ungefähr zur selben Schicht wie diese 56,4% der Gesamtbevölkerung gehören.]

Die physische und soziale Umwelt der Armen

Diese Tabellen geben zwar Auskunft über den Lebensstand, gemessen an Einkommen und Wohnraum, liefern aber keine Information über die physische und soziale Umgebung, in der die verschiedenen Klassen der Gemeinde London notgedrungen lebten.

In einer modernen Industriestadt bewirkt die Armut der Armen buchstäblich ihre Zerstörung. Im Lebensraum eines dünnbesiedelten Landes, zu dem Sonne und Wind Zugang haben, sind Unterernährung und dürftige Kleidung nicht notwendig gleich Krankheit oder Demoralisierung. Aber eine Million notleidender Männer, Frauen und Kinder, die zusammengepfercht in den Armenvierteln einer großen Stadt leben müssen, die im ewigen Schatten von rauchspeienden, Ungeziefer ausschwitzenden, schmutzstarrenden Gebäuden arbeiten, schlafen, essen, lieben und geboren werden, schaffen sich selbst (wenn auch meist nicht durch eigene Schuld) eine physische und soziale Umgebung, in der nur besondere Stärke des Körpers und Geistes einen davor bewahrt, unaufhaltsam zugrunde zu gehen. Diese bedrohlichen Lebensumstände erlauben keine quantitative Messung, keine Übersetzung in Statistiken; selbst wenn wir Rauch, Ungeziefer und giftige Gase messen könnten, würde das Ergebnis uns wenig oder nichts über das physische Elend und die geistige Erniedrigung der Opfer sagen. Charles Booth erkannte die Bedeutung der sozialen Umgebung und fügte zu seiner Untersuchung über Einkommen und Wohnraum einen detaillierten Bericht über physische und soziale Umwelt hinzu, eine frühe, aber genau ausgearbeitete Schrift zum Thema Sozialtopographie, wie ich es nennen möchte. Ich gebe ein oder zwei Beispiele dafür:

Im inneren Ring ist fast der gesamte verfügbare Raum zugebaut und beinahe jedes Haus mit Familien überfüllt. Wie es dazu gekommen ist, kann man leicht rekonstruieren. Man kann sehen, welche Gebäude von Anfang an standen; oft sind sie noch da, und zwischen ihnen, da, wo ehemals die großen Gärten der Grundstücke waren, stehen jetzt die kleinen Häuschen, die heute gebaut werden. Häuser mit drei, mit zwei Zimmern, auch Häuser mit einem Zimmer; Häuser, die gegen eine Mauer gesetzt sind oder Rücken an Rücken gebaut, die Front blickt vielleicht auf einen schmalen Fußweg mit Pfosten an beiden Enden und einem Rinnstein in der Mitte. Kleine Höfe sollen den Platz hinter den Häusern nutzbar machen; man erreicht sie durch einen Torbogen, der unter dem an der Straße liegenden Haus durchführt. So sind die ärmsten Häuser. Außer der Evidenz, die der bloße Anblick bietet, ist auch der Name dieser kleinen Plätze vielsagend und unbeabsichtigt ironisch: man nennt sie »Gärten«. In andern Fällen hat man auf das Gefühl ganz verzichtet; hier erzählen Namen eine andere Geschichte: »So-und-so: Mietobjekt« liest man dann; nicht Häuser, nicht Unterkünfte, nicht Cottages, nicht Gebäude, nicht einmal Hof oder Garten, keine Bezeichnung, die irgendwie Rücksicht auf menschliche Bedürfnisse nimmt, sondern nur das nüchterne: »Mietobjekt«. [Poverty, I, S. 30]

Die Häuser sind alle sehr alt und so oft ausgebessert und verändert, daß es schwer ist, ein Haus vom anderen zu unterscheiden. Kleine Höfe hinter den Häusern sind als Bauplätze für zusätzliche Mietwohnungen genutzt. Die Häuser sind durchweg in sehr schlechtem Zustand, ungesund und überfüllt; und es heißt (ein überzeugender Grund dafür, daß so wenig zur Besserung getan wurde), daß bis vor ganz kurzer Zeit der Bruder des Gesundheitsinspektors als Mieteinnehmer für dieses Haus gearbeitet hat! Etliche Räume sind an Prostituierte eindeutigster Art vermietet. [Poverty, I, S. 10 u. 11]

Hier sind die Straßen verstopft mit Käufern und Verkäufern von Tauben, Kanarienvögeln, Kaninchen, Hühnern, Papageien und Meerschweinchen; und Käfige, oder was sonst zur Kleintierhaltung gehört, verstopfen mit oder ohne Inhalt zusätzlich die Straßen. Durch das Gedränge schiebt der Fischverkäufer seine Karre; am Rand des Marktes sind bewegliche Schießbuden und Patentzielscheiben, und irgendwo steht ein Mann in einem zweirädrigen Karren und verteilt Tips für Wetten in versiegelten Umschlägen an den East End Sportsman. [Poverty, 1, S. 67]

Shelton Street war gerade so breit, daß zwei Fahrzeuge aneinander vorbeikamen; zwischen Bordstein und Hausmauer war noch Platz für einen Fußgänger; aber Fahrzeuge kamen selten vorbei, und Fußgänger benutzten lieber die Fahrbahn anstatt zu riskieren, daß ihre Kleider an aus den Mauern herausragenden Nägeln hängenblieben. Die etwa vierzig Häuser der Straße hatten Keller, Diele und drei Stockwerke, meist zwei Räume in einem Stockwerk, und kaum eine der 200 Familien, die hier lebten, bewohnte mehr als einen Raum. In kleinen Zimmern, nicht mehr als 6 Quadratmeter groß, konnte man Vater, Mutter und mehrere Kinder finden. Manche Zimmer waren wegen der eigenartigen Bauart der Häuser (flache Doppelhäuser) relativ groß und hatten einen Winkel, in den gerade ein Bett paßte; sehr selten war es durch einen Vorhang abgetrennt. War kein Vorhang da, dann wurde jemand, der gerade im Bett lag, vielleicht bis über den Kopf zugedeckt und versteckt, wenn Besuch kam, oder auch nicht, falls man nicht schüchtern war... Trunksucht, Schmutz und Flüche fast überall, Gewalttätigkeit war alltäglich, ging manchmal bis zum Totschlag. Fünfzehn von zwanzig Zimmern waren vollkommen verdreckt; die Möbel darin waren kaum 20 Schilling wert, manchmal nicht mehr als 5 Schilling. Kein Zimmer ohne Ungeziefer, in vielen war das Leben nachts unerträglich. Mehrere Bewohner haben gesagt, daß sie gar nicht ins Bett gehen, wenn es heiß ist, sondern in Kleidern in dem Teil des Raumes sitzen, der am wenigsten verseucht ist. Wozu soll man ins Bett gehen, sagen sie, wenn man vor lauter Wanzen und Flöhen kein Auge zumachen kann. Als Besucher in diesen Zimmern konnte man von Glück sagen, wenn man selbst nichts davon nach Hause trug... Der Durchgang von der Straße zur Hintertür wurde kaum je gefegt, vom Schrubben ganz zu schweigen. Die meisten Türen standen Tag und Nacht offen, und Durchgang und Treppenhaus boten vielen Unterschlupf, die ganz ohne Wohnung waren. Hier stand die Mutter mit ihrem Baby oder saß mit ihm auf den Stufen; hier drängten sich Paare aneinander, wenn es kalt wurde. Der kleine Hinterhof bot gerade genug Raum für Mülleimer, Klosett und Wasserzapfstelle; sechs oder sieben Familien mußten damit auskommen. Das Wasser kam aus Zisternen, die gleichzeitig Müllbehälter waren und ab und zu auch eine tote Katze enthielten. Einmal gab es eine Fieberepidemie in der ganzen Straße; die Sterblichkeit war hoch, und die Behörden griffen erfolgreich ein, so daß die sanitären Verhältnisse in dieser

Straße, kurz bevor sie abgerissen wurde, besser waren als je zuvor. Die Häuser sahen aus, als könnten sie jeden Moment zusammenstürzen; viele von ihnen standen schief. Glücksspiele waren das Hauptvergnügen in der Straße. Man stellte Wachen auf, und wenn die Polizei eine Kontrolle machte, versteckten sich die Gesetzesbrecher in den offenen Häusern, bis die Gefahr vorbei war. Sonntagnachmittag und -abend waren die Glanzstunden der Straße. Alle Türschwellen waren besetzt: die Bewohner standen oder saßen mit Pfeife und Bierkrug da; junge Burschen lungerten herum, und die Rinnsteine boten vielen barfüßigen Kindern Unterhaltung: Gesicht und Hände dreckverschmiert wateten sie in der Gosse, und der Schlamm quoll ihnen zwischen den Zehen durch. Dazu muß man sich eine Gruppe von fünfzehn bis zwanzig jungen Männern denken, und man hat die Szene vollständig. [Poverty, 2, S. 46-48]

Aber nicht alle Einwohner dieser Elendsviertel waren Trinker und Spieler; zum guten Teil waren sie respektable Bürger, wenn auch wegen der Erfahrungen in ihrer Umgebung manchmal mit aufrührerischen Ansichten, jedenfalls über die Regierung des Universums, wenn nicht gar über die Regierung in ihrem Land.

Bis vor kurzem wohnten auch im zweiten Stock Leute mit gutem Charakter, Vater und Sohn, beide Plakatankleber. Der Mann ist notorischer Atheist; er hält Reden in Eisenbahnunterführungen und sagt, wenn es einen Gott gibt, dann muß er ein Ungeheuer sein, um solches Elend auf der Welt zuzulassen. Dieser Mann ist herzkrank, und der Doktor sagt ihm voraus, daß er eines Tages tot umfallen wird, wenn er sich weiter so aufregt. Sein Zimmer ist vollgestopft mit Schriften der Freidenker. Im dritten Stock und in den andern Zimmern darunter lebten Leute, die Ordnung gewohnt waren; der Vermieter sah sich seine Kunden genau an. [Poverty, II, S. 65]

Stadtplan der Armut

Jetzt komme ich zur vielleicht eindrucksvollsten Leistung der gesamten Untersuchung; mit Sicherheit aber war sie das bildkräftigste Ergebnis des Ganzen. Die ökonomischen und sozialen Lebensumstände aller Londoner Familien wurden in einer

Reihe von Stadtplänen graphisch dargestellt und Straße für Straße sorgfältig, entsprechend den Daten, die man für die Straßen hatte, koloriert. Charles Booth hatte genau festgestellt, zu welcher Klasse, entsprechend der Einteilung nach der Zahl der von einer Familie bewohnten Zimmer, die Bewohner einer jeden Straße gehörten. Für die 80% Lohnempfänger hatte er approximative Zahlen für die Höhe des Familieneinkommens und den Grad der Überbelegung in den Wohnungen. Für die restlichen 20% hatte er die Anzahl der in einem Haushalt beschäftigten Dienstboten, bezogen auf die Anzahl der Familienmitglieder. Tatsächlich konnte man die Straßen mit derselben Akkuratesse in die acht Rubriken einordnen wie die einzelnen Familien. So wurde es dank Charles Booth, der keine Mühe und Zeit scheute, möglich, auf diesen wunderbaren Stadtplänen in acht Farben die Ausdehnung, örtliche Verteilung und genaue Lokalisierung des Elends, der Armut, des Lebens in relativem Komfort und des Luxuslebens graphisch darzustellen.

Wir haben einen Plan gemacht, in dem wir das gesamte Stadtgebiet in einheitliche Blöcke von je 30 000 Einwohnern unterteilt und jeden Block nach dem prozentualen Anteil von Armen in diesem Block farbig schattiert haben. Und wir haben einen andern Plan, in größerem Maßstab (in vier Bezirke eingeteilt), auf dem jede Straße nach dem Anteil der Armen unter ihren Bewohnern kenntlich gemacht ist, soweit, wie sie auf dem Plan eingezeichnet ist; aber dieser Plan ist etwas schematisiert. Die Kennzeichnung der Straßen in unterschiedlichen Farben und Farbstufen, dem überwiegenden Sozialstatus der Bewohner entsprechend, wurde hauptsächlich nach den Angaben in unseren Merkbüchern gemacht; davon haben wir einige Beispielseiten gezeigt. Die Angaben wurden von meinen Sekretären überprüft, die zu diesem Zweck das gesamte Gebiet abschritten, und von den Inspektoren der Schulbehörden noch einmal überprüft. Danach wurden sie den für die einzelnen Einheiten zuständigen Fürsorgebeamten der Pfarreien und den Vertretern der C. O. S. in ganz London zur Kenntnis gegeben. Die Polizei wurde über die schwarz gezeichneten Straßen informiert. Schließlich habe ich zu den meisten der ärmeren Teile auch die Geistlichen und ihre Bezirksinspektoren befragt, die mir übrigens interessante Einzelheiten aus typischen Straßen erzählten. In jedem Revisionsstadium haben wir Verbesserungen vorgenommen, wo es nötig war, und jetzt, meine ich, kann der Stadtplan als praktisch korrekt gelten.[Poverty, 1, S. 16-17]

Einteilung nach Berufen

Inzwischen machte der zweite Teil von Charles Booths Großaktion Fortschritte, der sich auf die Berufe der Bevölkerung bezog. Die Frage: »Wie arbeiten sie?« sollte unterschieden werden von der Frage: »Wie leben sie?« Zuerst wurde ein Probeversuch gemacht, an dem ich mitarbeitete; er beschäftigte sich mit den Arbeitsbedingungen und Berufszweigen, die für das Londoner East End typisch sind, z. B. die Arbeit in den Londoner Docks und Werften und die einzelnen Spielarten des «sweating system«, wie man damals sagte, des ausbeuterischen Zwischenhandels in der Billigproduktion von Kleidern, Stiefeln, Möbeln und Zigaretten; außerdem gehörte zu der Studie Frauenarbeit im allgemeinen. Diese Monographien wurden 1889 abgeschlossen und publiziert, bevor die Zahlen der Volkszählung von 1891 verfügbar waren; und in der endgültigen Publikation der Jahre 1902-03 erscheinen sie nicht in der »Industry«-Reihe, sondern im Band IV der »Poverty«-Reihe. An der elaborierten systematischen Untersuchung zu den Berufen der gesamten Bevölkerung, die in den fünf Bänden der »Industry«-Reihe dokumentiert sind, habe ich nicht mitgearbeitet; diese Arbeit kann jeder Leser der publizierten Ergebnisse genauso gut beschreiben wie ich. Nur um meine Darstellung der Arbeitsmethoden von Charls Booth abzurunden, will ich versuchen, einige Hinweise darauf zu geben, wie er hier vorging.

Wieder finden wir den Plan, persönliche Beobachtungen und Aussagen einer großen Zahl Befragter mit einem statistischen Rahmen zu kombinieren, den die Volkszählung lieferte. Leider belief sich aber die Anzahl der Berufe, denen sich die Million Familien zuordnen konnten, in der Klassifizierung des Generalregistrators auf mehr als 350; und die Angaben dazu wurden noch wertloser dadurch, daß die Berufsbezeichnungen, die die Familienvorstände beim Ausfüllen der Fragebögen verwendeten, sehr oft mehrdeutig waren. Charles Booth nahm die Herkulesarbeit auf sich, für diesen Punkt ›Beruf‹ sämtliche Fragebogen für die Haushalte (eine Million!) nach einem Schema, das er entwickelt hatte, neu zu ordnen; dabei gruppierte er die Masse der Berufe in sechzehn übergeordnete ›Gewerbe‹, die dann in etwa neunzig Unterabteilungen genauer klassifiziert wurden... Für jedes der sechzehn ›Gewerbe‹ konnte er eine genaue Kategorisierung der Beschäftigten, von oben nach unten, nach ihren sozialen Verhältnissen geben und in einer Graphik veranschaulichen; die Tabellen zeigten Zahl und prozentualen Anteil in acht Stufen, entsprechend der Zahl der Personen pro bewohntem Zimmer und der Zahl der Dienstboten pro Familie – die Indices der sozialen Verhältnisse, die sich in der ›Poverty‹-Untersuchung als besonders eng verbunden mit dem Familieneinkommen erwiesen hatten. Diese Diagramme der sozialen Verhältnisse anhand des ›Gewerbes‹ sind in einigen Fällen erhellend, aber die Meinungen darüber, ob die spezielle Gruppierung der Berufe nach ›Gewerbe‹ einer irgendwie ›organischen‹ Eigenschaft der Gruppe oder einem für diese Gruppe spezifischen Problem korrespondiert, gehen auseinander. In einigen Fällen (zum Beispiel dem ›Baugewerbe‹) ist das Diagramm offensichtlich signifikant, obwohl die relativ geringe Zahl der großen Bauunternehmer und Architekten mit den Maurern eine Gruppe bildet. Das andere Extrem einer Berufsgruppe, die öffentlichen Dienste und gehobenen Berufe, faßt in einem ›Gewerbe‹ die Beamten im Staatsdienst, die Ärzte, Rechtsanwälte, Lehrer, Pfarrer und Künstler und die Straßenkehrer, Müllmänner und Leute vom Wasserwerk zusammen; das Diagramm der sozialen Verhältnisse dieser Gruppe kann nur sehr geringen Wert haben. Charles Booths Gedanke dabei war anscheinend, solche Berufe in einem ›Gewerbe‹ zusammenzufassen, die bei der Produktion eines speziellen Erzeugnisses oder einer speziellen Dienstleistung zusammenarbeiteten; er hoffte, dadurch

herauszufinden, welcher Sozialstatus für die Produzenten der unterschiedlichen Waren und Dienstleistungen erreichbar war; – einige kompetente Kritiker dieses Klassifizierungsversuches meinen, er sei wegen der Verkettung von Finanzen, Handel und Erzeugung nicht durchführbar, und selbst wenn er sich durchführen ließe, habe er keinen großen wissenschaftlichen Wert, weil er Repräsentanten von Berufen, die nichts miteinander zu tun haben, und weit auseinanderklaffende Lebensstandards in einem ›Gewerbe‹ zusammenfasse.
Deutlich signifikanter waren die Ergebnisse, die die Einteilung der neunzig untereinander relativ homogenen Untergruppen,[13] z. B. holzverarbeitende Berufe oder städtische Angestellte, in acht Stufen, entsprechend ihrem jeweiligen Sozialstatus hatte; zusätzlich zu dieser Klassifizierung gab es ein Diagramm, Produkt einer unglaublichen Fleißarbeit, das die Verteilung der Altersgruppen in einem Beruf im Vergleich zur selben Verteilung in der Gesamtheit der ›Berufstätigen‹ Londons zeigte. Ergänzt wurden diese Tabellen und Diagramme durch detaillierte Angaben darüber, ob die Betreffenden in oder außerhalb von London geboren waren, wo und wie der Beruf ausgeübt wurde, Angaben über die Höhe der Löhne und Lohnzahlungsmodi, über ›arbeitsfreie‹ Zeiten, Arbeitsstunden und sanitäre Verhältnisse am Arbeitsplatz, Organisationen im Berufszweig und zahllose andere Details, die von Arbeitgebern, Vorarbeitern, Gewerkschaftsvertretern und aus den persönlichen Beobachtungen der Forscher stammten.

Wir haben unsere Methoden den Besonderheiten der jeweils untersuchten Arbeit angepaßt, aber überall versucht, Informationen von allen Seiten zu bekommen. Wir haben uns an Arbeitgeber, Gewerkschaftsvertreter und die einzelnen Arbeiter gewandt... Die Arbeitgeber in den verschiedenen Berufssparten haben wir folgendermaßen befragt: um so viele wie möglich zu erreichen, haben wir Rundschreiben verfaßt, in denen wir nach der genauen Zahl der Beschäftigten, danach, ob Männer, Frauen oder Knaben beschäftigt werden, nach dem Durchschnittswochenlohn der Arbeiter, oder, noch besser, dem Minimal- und Maximalwochenlohn, gefragt. Dieses Verfahren brachte uns in jedem Fall einen guten Teil Antworten, und die in

Tabellen zusammengefaßten Ergebnisse können als Darstellung der Löhne gelten, die normalerweise in der besten Firmenklasse bezahlt werden... Für jede Branche habe ich mich bemüht festzustellen, in welchem Ausmaß die Arbeiter gewerkschaftlich oder sonst organisiert sind. Besonderheiten jeder Gewerkschaft oder sonstigen Vereinigung sind aufgeführt, soweit sie von Bedeutung sind. Möglicherweise ist dabei die eine oder andere kleinere Vereinigung ausgelassen, entweder, weil wir Schwierigkeiten hatten, sie zu entdecken, oder weil die Information verweigert wurde. Die Aussagen der einzelnen Arbeiter sind nicht so ergiebig, wie man sich wünscht, fürchte ich. Sie sind nicht immer leicht zu haben; wo sie aber verfügbar sind, tragen sie viel zur Belebung des Gesamtbildes bei [Industry, I, S. 27 u. 28]

Durch das freundliche Entgegenkommen des Handelsministeriums konnte ich die Unterlagen der statistischen Abteilung des Ministeriums benutzen, die Angaben über die Löhne in vielen Londoner Unternehmen der Jahre 1886–87 enthalten; diese Angaben wurden nicht veröffentlicht, weil sie Firmen betrafen, die nicht bedeutend genug waren. Ich habe meine Zahlen und die des Handelsministeriums zum Vergleich nebeneinander gesetzt... Das Ministerium fragte nach dem Maximum und Minimum der Beschäftigten für jede Woche des gesamten Jahres 1885 und nach der Gesamtsumme der in diesen Wochen gezahlten Löhne; auch wurden Angaben über die Zahl der Beschäftigten in der ersten Oktoberwoche des Jahres 1886 verlangt, mit allen Einzelheiten über Art der Beschäftigung, durchschnittliche Zahl der Arbeitsstunden und Höhe der Löhne für eine normale volle Arbeitswoche. Wir konnten nicht wagen, so viel zu fragen, und begnügten uns damit, nach den tatsächlich verdienten Löhnen in einer normalen Arbeitswoche (oder in einer arbeitsreichen und arbeitsarmen Woche, woraus wir dann selbst das Mittel errechneten) zu fragen. Unsere Zahlen sind deshalb real und schließen Überstunden und Kurzarbeit ein, während die Zahlen des Handelsministeriums für eine volle Arbeitswoche gelten und keine Angaben über verlorene Zeit oder zusätzliche Arbeitszeit enthalten. [Industry, I, S. 28]

Charles Booth als ein Pionier in der Sozialwissenschaft

Auf den vorigen Seiten habe ich versucht, Charles Booths Verfahrensweise zu umreißen. Nun muß ich die Bedeutung dessen, was dabei herauskam, einschätzen – ein Unterfangen, das mir wohl nur unvollkommen gelingen wird. Vom Standpunkt der Wissenschaft betrachtet, scheint mir das Hauptverdienst von Charles Booth nicht darin zu liegen, daß er besondere Fakten entdeckt hat – obschon seine Erkenntnis über Leben und Arbeit der Londoner Bevölkerung Widerhall in der Welt von Politik und Philanthropie fanden –, sondern darin, daß er eine Methode ausgearbeitet hat, mit deren Hilfe er einen Überblick über die Lebensbedingungen der gesamten Bevölkerung in einem bestimmten Gebiet und zu einer bestimmten Zeit gewinnen konnte. Denn nur durch diesen statistischen Überblick über eine bestimmte Population können wir den relativen Anteil spezieller Attribute herausfinden – können wir uns dessen versichern, daß die besonderen Beispiele für Gutes oder Schlechtes, die wir beobachtet haben, nicht nur sensationelle Ausnahmen sind. Wir müssen vielleicht zugeben, daß die statische Methode nur in genau bestimmten Grenzen zu Entdeckungen führen kann. Wenn sie nicht in Abständen nach genau analogen Kategorienschemata wiederholt wird, hilft sie nur selten zu entdecken, was in der Vergangenheit geschehen ist und wahrscheinlich in der Zukunft geschehen wird.[14] Und selbst wenn diese Feststellungen über gegenwärtige Fakten, so analog zueinander und photographisch genau sie auch sein mögen, wiederholt werden, geben sie doch die tatsächlichen Prozesse von Geburt, Wachstum, Verfall und Tod der während der Untersuchungen gerade bestehenden sozialen Institutionen nicht zu erkennen, auch wenn diese Untersuchungen zeitlich aneinander anschließen. Jeder erfahrene Sozialforscher weiß, daß die historische Methode[15] immer dann ein Muß ist, wenn man die Prozesse, die der Struktur und Funktion einer beliebigen sozialen Organisation zugrunde liegen, oder die Bedingungen für Krankheit oder Gesundheit einer solchen Organisation entdecken will; denn in dieser Methode werden Dokumente und zeitgenössische Literatur für jedes Stadium der betrachteten Organisation mit ausgewertet; dazu kommt, daß die historische Methode auch über ein eigenes Interviewverfahren und eine kontinuierlichere persönliche Beobachtung einzelner Organisationen, gelegentlich sogar über die Freiheit zum Experimentieren mit der konstituierenden und alltäglichen Administration verfügt. Auch gegenwärtige Fakten in jedem Stadium einer Entwicklung können wir nur durch die Beobachtung des Verlaufs von Wachstum und Verfall über eine längere Zeitspanne verstehen; und nur durch das Begreifen der vergangenen und gegenwärtigen Entwicklungsprozesse können wir Verständnis für die Mittel zur Veränderung gewinnen. Aber jedes Verfahren hat wie jedes Werkzeug seine Grenzen, und das Messer verachten wir auch nicht, nur weil es keine Gabel ist.

Außerdem zeigte uns Charles Booth zum ersten Mal, wie man die qualitative mit der quantitativen Untersuchung sozialer Strukturen verbindet. Durch die meisterhafte Nutzung der umfassenden Befragung (er setzte eine Gruppe von Mittelsmännern ein, die, selbst überschaubar, mit der Gesamtmenge der zu Befragenden bekannt war), die er durch zusätzliche unabhängige Aussagen und persönliche Beobachtung verschiedener kleinerer Bereiche des ganzen sehr großen Untersuchungsfeldes erweiterte, konnte er die qualitative Untersuchung in einer nie zuvor versuchten Größenordnung erfolgreich durchführen. Dadurch, daß er den qualitativen Teil mit der rein mechanischen Zählung aller einzelnen in allen Volkszählungen der letzten Zeit kombinierte und die Indices seiner achtstufigen Einteilung nach sozialen Verhältnissen darauf übertrug, war er in der Lage, seine qualitativen Kategorien in einer zahlenmäßigen Genauigkeit und einem Bereich von nie zuvor versuchter Spannweite anzuwenden. Kurz, Charles Booth war viel mehr als ein bloßer Statistiker. Für mich ist er der kühnste Pionier und der Forscher mit den großartigsten Ergebnissen in der ganzen Methodologie der Sozialwissenschaften des 19. Jahrhunderts.

Welche Auswirkung auf die öffentliche Meinung hatte diese Aufklärung über Leben und Arbeit der Durchschnittsbürger, welche Reaktionen provozierte diese »Grand Inquest« in der Politik der Philanthropie? Als der »fleißige Lehrling« war ich im ersten Stadium des Projektes so eng mit der Arbeit verbunden und so empfänglich für Eindrücke, Auswirkungen und Folgen, daß ich womöglich dazu neige, die Konsequenzen zu überschätzen, die Charles Booths Arbeit für Politik und Administration hatte. Ich kann nicht mehr tun, als meine Schlüsse darzulegen; den Lesern bleibt überlassen, sie abzulehnen, wenn sie es wollen.
Der schlagende Beweis – der nach der Veröffentlichung von Charles Booths Tabellen nicht mehr aus der Welt geschafft werden konnte –, daß nicht weniger als 30% der Einwohner der reichsten und größten Stadt der Welt am oder unter dem Existenzminimum lebten, war ein Schock für die herrschende Klasse.[16] Zwar bestätigten sich die Behauptungen der marxistischen Sozialisten nicht, daß die Handarbeiter insgesamt in einem Zustand chronischen Elends seien und die Armen ständig ärmer, die Reichen aber immer reicher würden. Im Gegenteil: der hohe Anteil der Handarbeiter – 50% der gesamten Bevölkerung – in der Gruppe derer, die relativ sicher und sorgenfrei lebten, war ein beruhigender Aspekt von Charles Booths Tabellen. Aber die Philanthropen und Politiker waren mit dem Faktum konfrontiert, daß allein in London eine Million Männer, Frauen und Kinder lebten, die im besten Fall mit einem Familieneinkommen von weniger als 20 Schilling, und im schlimmsten Fall in einem Zustand chronischer Not lebten; daß die ganze Klasse der ›Armen‹ und ›Sehr Armen‹ in einer physischen und sozialen Umgebung leben mußte, die den menschlichen Körper und Geist gleichermaßen zerstört, wofür es zahllose Beweise gab: die hohe Sterblichkeitsziffer in allen Altersstufen, die hohe Zahl von endemischen Krankheiten und Epidemien, die Menge der Kinder mit Ungeziefer und

ohne Essen[17]; die Strafverfolgung aller möglichen Vergehen, von Trunkenheit bis zum ›unsittlichen Nutzen‹ gemieteter Räume. Wie war es möglich, daß ein solcher Morast von Elend und chronischer Armut in einer Zeit nationaler Prosperität ohnegleichen entstanden war?

Nun mag die statistische Untersuchungsmethode nicht in der Lage sein, Gründe aufzudecken – d. h. die Prozesse, in deren Verlauf die Dinge geschehen –, aber oft liefert sie unschätzbare Hinweise, die andere Forscher dann mit der einen oder anderen Forschungsmethode aufgreifen können. Diese praktisch simultane Untersuchung von vier Millionen Mitgliedern der städtischen englischen Gesellschaft zeigte eine Reihe von Affiliationen oder Begleiterscheinungen der verschiedenen Stufen des Elendes auf; nicht nur die Überbelegung, sondern auch analog dazu die Baufälligkeit, den sanitären Zustand der Häuser, die Beleuchtung, Pflasterung und Reinigung der Straßen, und, allgemein, das Maß an Dreck, Verwahrlosung, Lärm und ausfälligem Benehmen in der weiteren Umgebung. Alle diese Verhältnisse besserten oder verschlechterten sich mit der Höhe des Einkommens und der finanziellen Sicherheit der Familie. Und noch deutlicher verbanden sich Zunahme und Abnahme der Sterblichkeits- und Geburtenziffer in einer Familie mit dem Grad der Verelendung. Daß die Sterblichkeitsziffer, besonders die Säuglingssterblichkeit, sich in dem Maß erhöhte, wie es an Essen, Wärme und Atemluft fehlte und Schmutz und Flöhe alles überzogen, hatte man erwartet; daß die Säuglingssterblichkeit bei den Einwohnern der Slums aber doppelt so hoch war wie bei den Bewohnern der Wohngebiete im West End, das war eine Überraschung. Aber wer mit der politischen Ökonomie von Malthus aufgewachsen ist und gelernt hat zu glauben, daß jede Vermehrung von Einkommen und Sicherheit in den Familien der Arbeiterklasse unvermeidlich eine steigende Kinderzahl zur Folge hat, der muß beunruhigt sein, wenn er erfährt, daß mit wachsender Armut und Überfüllung des Wohnraums und besonders mit zunehmender Unsicherheit der Lebensverhältnisse Kinder zunehmend unbedachter in die Welt gesetzt werden, während wachsendes Einkommen, vor allem wachsende Regelmäßigkeit und Sicherung des Einkommens in Familien der Arbeiterklasse, wenn man der Statistik glauben darf, zu erfolgreicherer Kontrolle der Geburtenzahl führt. Unter anderem zeigte sich auch, daß die Art des Berufes der Geldverdiener in der Familie, die unbefriedigenden Arten der Bezahlung, die unregelmäßigen Arbeitsstunden, das geringe Maß an Verantwortung, das Hausbesitzer und Arbeitgeber für die sanitären Verhältnisse spürten, und die Raumgröße des Arbeitsplatzes eng mit Armut und Elend im Zusammenhang standen. Zu diesen Punkten werde ich im nächsten Kapitel mehr sagen. Andererseits wurden aber verbreitete Illusionen über das Wirken böser Mächte in den ärmeren Bezirken durch diese Untersuchungen zerstört. H. Llewellyn Smiths (später im Handelsministerium als Sir Hubert Llewellyn Smith, G.C.B. [Grand Cross of The Order of the Bath, d. i. Ritter des Großkreuzes des Bathordens; A. d. Ü.]) sorgfältige Untersuchung widerlegte die allgemeine Klage, daß unterbezahlte Landarbeiter nach London drängten und die Löhne drückten. Es war zweifelsfrei bewiesen, daß die Landarbeit fast immer an der Spitze, nicht am Ende der Lohnskala stand. Und die auffälligere Unterstellung, daß ein nicht abreißender Strom von Ausländern das East End überflute, wurde durch eine genaue Auflistung aller Fremden, die schon im East End lebten und eine genaue Schätzung des relativ kleinen jährlichen Zuwachses – die Differenz zwischen allen im Port of London Ankommenden und der Zahl derer, die in London nur Zwischenstation auf dem Weg nach Amerika machten, wurde dazu gebildet –, in ihre Schranken verwiesen.

Im hektischen Durcheinander der Alltagsarbeiten in der öffentlichen Verwaltung oder privaten Unternehmen können wir nicht stehenbleiben, um auf die klärende Autorität einer Sozialwissenschaft zu warten: Politiker, Philanthropen und schlichte Bürger müssen alle ad hoc, je nach gerade verfügbaren Entscheidungshilfen, etwas tun oder unterlassen. Nun wage ich zu behaupten, daß die vielleicht wichtigste Entscheidungshilfe, die Charles Booths Untersuchung uns gebracht hat, darin besteht, daß er bewiesen hat, wie wenig wohltätige Organisationen ins Gewicht fallen, wenn man nach guten und schlechten Einflüssen auf die soziale Umgebung der einfachen Leute sucht. Einige Formen des unterschieds- und bedingungslosen Almosengebens – zum Beispiel streuten konkurrierende religiöse Gemeinschaften verantwortungslos milde Gaben in Geld und Naturalien aus, um dadurch Schafe für ihre jeweiligen Herden zu gewinnen, Menschen, die gleichgültig oder sogar voll Verachtung gegen die Religion waren, zu deren Annehmen sie bestochen wurden –, erschienen in der Untersuchung als genauso höllenfinster, wie die C.O.S. sie gemalt hatte; aber nur ein Bruchteil der Bevölkerung war dieser Demütigung ausgesetzt. Andererseits hatte aber auch die Anwendung des Armengesetzes ›nach den Prinzipien von 1834‹, ergänzt durch Fürsorge nach den Grundsätzen der C.O.S., zwar die Armensteuer reduziert und möglicherweise auch den Betrag verringert, den Aufgeklärte zu mildtätigen Zwecken spendeten, aber auf die Armut und das Elend der Armen hatte sie so gut wie gar keine Auswirkungen. Im zweiten Band der »Religious Influences Series« faßt Charles Booth seinen allgemeinen Eindruck von der Mildtätigkeit der Reichen zusammen; auch der mäßigende Effekt eines streng angewandten Armengesetzes und die energische Intervention der Charity Organisation Society ändern am Charakter dieser Mildtätigkeit wenig. Im Licht seiner Folgerung – die mit Sicherheit das gewichtigste Urteil ist, das je über ein soziales Experiment gefällt wurde, um so mehr, als es im Ausdruck bescheiden und freundlich ist –, scheint die ganze Kontroverse zwischen rivalisierenden Auffassungen von Armenunterstützung und privater Mildtätigkeit vollkommen überflüssig, wenn man sie im Hinblick auf das Ziel der Verhinderung von Elend ansieht.

Es ist sehr schwer, eine angemessene Vorstellung von dem Ausmaß religiöser und philanthropischer Bemühungen zu vermitteln, die in diesem Bezirk (Whitechapel etc.) unternommen wurden und noch immer im Gang sind. Statistische Verfahren sind nicht tauglich, die getane Arbeit zu messen, und Beschreibungen können sie nicht darstellen. So groß die Anstrengungen auch in vielen andern Teilen Londons sein mögen, nirgends sind sie größer als hier. Nirgendwo sonst sind die führenden Kirchen so vollständig darauf eingerichtet, ihr gesamtes Arbeitsgebiet zu erfassen; und nirgendwo sonst verfügen die helfenden Stellen über so großzügige Möglichkeiten. Geld wurde ohne Einschränkung zur Verfügung gestellt; die Ausgabensumme ist enorm; aber was noch mehr ist, viel von dem Erreichten ist dem aufopferungsvollen Einsatz sehr vieler und dem hohen Enthusiasmus nicht nur einiger zu verdanken. Es kann nicht anders sein: das Gefühl, daß Hilfe nah und freundliches Mitgefühl den Leuten ins Haus gebracht wird, muß Gutes bewirken; ohne dies alles wäre die Welt finsterer. Aber diese Ergebnisse sind schwer zu messen. Vieles, was getan wurde, scheint eher Schaden als Nutzen anzurichten, und im ganzen scheint die Mühe umsonst, endet in Enttäuschung und bringt die Menschen dazu, sich anderen Methoden zuzuwenden.
Whitechapel, St. George's und Stepney waren Schauplätze eines sehr großen Experiments mit der Reform des Armengesetzes; durchgeführt wurde es von Gegnern der Unterstützung für nicht im Armen- oder Arbeitshaus Lebende. Diese drei Bezirke, deren Fläche beträchtlich ist und deren Einwohnerzahl der einer großen Provinzstadt entspricht, prägen den Bereich, mit dem wir uns jetzt beschäftigen. Das Experiment war ein einzigartiger Versuch. Als es begann, waren die Einwohner nicht nur sehr arm, sondern auch schrecklich pauperisiert, und man setzte sich zum Ziel, sie in Selbständigkeit und Unabhängigkeit zu unterweisen und dadurch ihren Lebensstandard anzuheben. Jetzt, eine Generation später, können wir die Ergebnisse abschätzen ... Der Bezirk ist gut geeignet für einen solchen Versuch, da er einen ungewöhnlich kleinen Anteil von Einwohnern hat, die überhaupt für die Armenpflege in Frage kommen; außerdem gehört es zur Theorie dieser Gegner des Armengeldes (out-relief), daß private Mildtätigkeit für das Streben nach Unabhängigkeit weniger schädlich ist als Unterstützung durch die Gemeinden. Deshalb hatte das

Experiment den Vorteil, daß gleichzeitig mit seiner Durchführung eine beispiellose Flut privater Wohltätigkeit einsetzte. Dabei hatten die für das Experiment Verantwortlichen den weiteren Vorteil der engen Zusammenarbeit mit der C.O.S., die hier die größte Chance zur Anwendung ihrer Methoden hatte.

In einer Hinsicht war die Reduzierung der Armenhilfe für die außerhalb der Arbeitshäuser Lebenden ein vollständiger Erfolg: sie vergrößerte die Zahl der Arbeitshäusler nicht. Um so enttäuschender ist es für die Anwälte der Prinzipien, die zu diesen großartigen Ergebnissen geführt haben, daß sie keine allgemeine Anerkennung finden. Das Beispiel wurde an keiner Stelle aufgenommen, und sogar hier wird es möglicherweise aufgegeben. Die ständige Anwesenheit und Einflußnahme besagter Anwälte war notwendig, damit es keine Rückfälle gab, und in Stepney ist wegen der personellen Veränderung schon jetzt eine gewisse Änderung des Verhaltens erkennbar.

Gemessen am Zustand der Einwohner kann man keine große Verbesserung behaupten. Die Leute sind nicht weniger arm und kaum selbständiger und unabhängiger. Es gibt weniger Notleidende, aber nicht weniger Menschen, die von Mildtätigkeit in der einen oder anderen Weise abhängen. Private Mildtätigkeit entzieht sich der Kontrolle, und die Arbeit der C.O.S. ist, ihren Prinzipien zum Trotz, nur noch eine weitere Quelle der Unterstützung für die, die sonst auf den Armenpfleger angewiesen wären. [Religious Influences, II, S. 50–53]

Charles Booth als Sozialreformer

So viel zum negativen Einfluß von Charles Booths Werk auf die öffentliche Meinung. Gab es kein Mittel, die Lebensverhältnisse einer Million Menschen zu verbessern, mehr als 30 % der Bevölkerung der reichsten Stadt der Welt? Es ist sicherlich signifikant, daß dieser reiche Industriekapitän, der damals politisch konservativ und seinem Temperament und ökonomischen Überzeugungen nach streng antisozialistisch war, nach seiner Langzeitstudie mit Vorschlägen hervortrat, die das genaue Gegenteil der individualistischen Einstellung waren. Die eine wirksame Kraft, die er von ganzem Herzen bewundert, auf die er die größte Hoffnung setzt, ist die im wesentlichen kollektivistische Organisation der allgemeinen Schulpflicht durch die London Education Authority, auf öffentliche Kosten; – diese

Organisation war gerade in jenen Jahren als eine Form des Sozialismus verschrieen.[18] »Die Krankheit, an der die Gesellschaft leidet, ist der uneingeschränkte Wettbewerb der Bedürftigen und der Hilflosen in der Industrie.« [Poverty, I. S. 162] Die spezifische Verbesserung der von ihm offengelegten Lebensbedingungen sollte vom Staat ausgehen: der Staat sollte zwangsweise das Leben der gesamten »Klasse B« organisieren – »diese Klasse der sehr Armen sollte ganz aus dem täglichen Kampf ums Überleben ausgespart werden; das ist meiner Meinung nach der einzige Weg, das Problem zu lösen.« [Poverty, I, S. 154] ... »Es ist Pflicht des Staates, die Hilflosen und Unfähigen so zu versorgen, wie wir in unseren Familien die Alten, die Kinder und die Kranken versorgen und uns um die kümmern, die sich nicht selbst versorgen können.« [Poverty, I, S. 165] Wenn man bedenkt, daß allein in London über dreihunderttausend Menschen, ohne die Armenhäusler, und im ganzen Königreich mehr als drei Millionen Menschen zu dieser Klasse B gehörten, dann ist die Größenordnung und das Wagnis dieses Stückes »Kollektivismus« erstaunlich.

Erst das (faßte Charles Booth zusammen) wird dazu führen, daß eine Arbeit, die die Selbstachtung nicht verletzt, ihre angemessene Bezahlung und die Nation ihren höheren Lebensstandard bekommt. [Poverty, I. S. 165] ... Ich stelle mir vor, daß man das dualistische System, das wir schon haben, den Sozialismus im Individualismus, effizienter machen muß, indem man das sozialistische Element etwas ausdehnt und den Gesichtspunkt der Funktionsfähigkeit besser berücksichtigt. Unser Individualismus scheitert, weil unser Sozialismus unvollständig ist. Staatlicher Sozialismus hat sein angemessenes Arbeitsfeld in der Organisation des Lebens derer, die selbst dazu nicht in der Lage sind; wenn er diese Aufgabe vollständig übernehmen würde, befreite er uns von einer schweren Gefahr. So wie die Dinge jetzt stehen, bricht der Individualismus zusammen und wird auf allen Seiten von sozialistischen Neuerungen bedrängt; seine überlebensfähigen Grundsätze hätten aber in einer Gesellschaft, die nicht mehr durch die belastet ist, die nicht für sich selbst einstehen können, eine viel bessere Chance. Wenn der Staat sich gründlich mit der Organisation des Lebens, für einen Bruchteil der Bevölkerung befassen würde, dann müßte es möglich sein, vom Leben der übrigen sozialistische Einmischungen fernzuhalten. [Poverty, I. S. 167)

Unnötig zu sagen, daß dieser Vorschlag weder bei den Individualisten, die gegen jede Einmischung des Staates waren, Zustimmung fand, noch bei den Sozialisten, die mehr Interesse daran hatten, daß der Staat eine »Vormundschaft« über die Mietwucher treibenden Hausbesitzer und die Löhne drückenden Unternehmer bekäme, als über die sehr Armen, die ihre Opfer waren. Aber ein anderer Vorschlag stieß mehr auf Gegenliebe und war leichter zu realisieren – Samuel Barnett und die Fabier hatten ihn schon unterstützt, und durch Charles Booths gleichzeitige Untersuchung der Lebensumstände der alten Armen in ganz England und Wales gewann er hohe Überzeugungskraft[19]: Booth unterstützte den Plan, staatliche allgemeine Altersrenten, ohne Beitragsleistungen, ohne Rücksicht auf Wohlstand oder Bedürftigkeit, an alle zu zahlen, die ein bestimmtes Alter erreicht hatten. Mit Sicherheit bewirkten seine statistischen Untersuchungen und eindringliche Propaganda, mehr als andere Faktoren, daß 1908 ein Altersrentengesetz verabschiedet wurde; 1911, 1919 und 1924 erfuhr es noch sehr starke Erweiterungen. Und ist es ein bloßer Zufall, daß die beiden bedeutendsten Mitglieder seiner Forschungsgruppe innerhalb weniger Jahre nach der Veröffentlichung der erweiterten Ausgabe schon in einflußreicher Stelle an den beiden vielleicht größten Experimenten des ganzen Jahrhunderts mit staatlicher Verwaltung und Kontrolle im Interesse der manuellen Arbeiter beteiligt waren? Der brillante junge Statistiker, Charles Booths intellektueller Ratgeber im ersten Stadium der Untersuchung, fand sich, als Sir Hubert Llewellyn Smith, G.C.B., in den Jahren 1906–10 als Initiator und Organisator des über das ganze Land gespannten Netzes der staatlichen Arbeitsämter wieder; 1911–14 organisierte er die Pflicht-Arbeitslosenversicherung, eine sorgfältig ausgearbeitete Vorsorge für die Arbeitsfähigen, die nicht unter das Armengesetz fielen; diese Versicherung umfaßte, nach ihrer Ausarbeitung in den Jahren 1918–24, jährliche Ausgaben, die in den schlechtesten Zeiten über vierzig Millionen Pfund betrugen. Der zweite Mitarbeiter, der, wie Charles

Booth sagt, »in vieler Hinsicht fähigste von allen«[20], der verstorbene Ernest Aves, spielte eine führende Rolle bei der Gründung und Administration der Aufsichtsräte nach dem Trade Board Gesetz von 1909 (erweitert 1913–18); dadurch wurden in einem großen Gebiet der sogenannten ausbeuterischen Gewerbe die Unternehmer gesetzlich verpflichtet, ein durch Gesetz festgelegtes Minimum an Löhnen nicht zu unterschreiten. So ist das Ergebnis von Charles Booths Statistiken zur Armut zwar keine staatliche Fürsorge für die Klasse B insgesamt, aber staatliche Fürsorge für Kinder im Schulalter, für die Alten über siebzig Jahre (für Blinde über fünfzig), staatliche Fürsorge (in der Krankenversicherung) für die Kranken und Arbeitsunfähigen und für die Arbeitslosen (durch die Arbeitslosenversicherung). Seither haben wir in der Sphäre der kollektiven Regulation die mehrfachen Erweiterungen der Fabrikgesetze, der Bergwerks- und Handelsschiffahrts-, Eisenbahn- und Geschäftsöffnungszeitengesetze miterlebt, dazu die weitreichenden Folgen der Gesetzgebung zum Lohnminimum und Arbeitszeitmaximum. Wenn ich in einem Satz den Reingewinn von Charles Booths Werk zusammenfassen sollte, würde ich jetzt, vielleicht weil ich »hinterher klug geworden bin«, sagen, er hat der Bevölkerung Englands einen ganz neuen Anstoß gegeben, das anzunehmen, was Fourier ein dreiviertel Jahrhundert zuvor den »Garantie-ismus« genannt und als Vorläufer seines organisierten Kommunismus angesehen hat; wir nennen es heute das Ziel, jedem einzelnen als Fundament seines Lebens und seiner Arbeit ein vorgeschriebenes nationales Minimum des für effiziente Elternschaft und Staatsbürgerschaft Notwendigen zu garantieren. Das mag Sozialismus sein oder nicht, es ist mit Sicherheit eine entschlossene Abkehr vom ökonomischen Individualismus der achtziger Jahre.

Unter dem andauernden Druck dieser in besonderer Weise, in politischer, philanthropischer und wissenschaftlicher Hinsicht, anregenden sozialen Umgebung suchte und fand ich ein

Forschungsgebiet und begann mit den Beobachtungen und Experimenten, die ich im nächsten Kapitel beschreiben werde.

Sechstes Kapitel

Beobachtung und Experiment

(1884–1890; Alter: 26–32 Jahre)

Die vier Jahre, die zwischen meinem Besuch in Bacup 1883 und der Veröffentlichung meines ersten Beitrages zu Charles Booths *Life and Labour of the People in London*, 1887, lagen, waren die entscheidenden Jahre meines Lebens; Gesundheit und Glück standen in dieser Zeit auf dem Spiel; Charakter und Verstand waren schweren Belastungsproben ausgesetzt. Zu Beginn dieser Jahre war ich eine lebhafte und manchmal gutaussehende junge Dame der Gesellschaft, erwartungsgemäß bereit, dem Beispiel meiner Schwestern zu folgen und eine glückliche und in jeder Hinsicht zufriedenstellende Ehe einzugehen; am Ende war ich vollkommen verändert: ich hatte mich der Kopfarbeit, wenn nicht von Beruf, so doch wenigstens aus Berufung verschrieben; und ich bemühte mich ganz offen um eine eigene Karriere. Mein Aussehen, vielleicht auch meine Aussichten hatten sich dadurch verändert, daß ich in den ersten beiden dieser Jahre mit wilder Entschlossenheit versucht hatte, drei oder vier Leben auf einmal zu leben: Haushaltsführung für meinen Vater und meine Schwester in unseren Häusern in London und auf dem Lande; Arbeit für die C.O.S. in Soho; als Zwischenspiel Arbeit als Mieteinnehmerin in einem Wohnblock mit Mietwohnungen für Arme; ständige Auseinandersetzungen mit Politikern und Philanthropen, dazu gewissenhaftes Studium von Parlamentsberichten, Werken der Sozialgeschichte und ökonomischen Abhandlungen. »Eine ziemlich harte und kenntnisreiche Frau mit klarem analytischen Verstand«, nennt mich ein brillanter Journalist in seinen Erinnerungen an diese Zeit. Nicht in allen Punkten dieser freundlichen und allzu schmeichelhaften Charakterisierung erkenne ich mich wieder; aber seine Wiedergabe meiner allgemeinen Einstellung kommt mir erstaunlich treffend vor:

»Ich fürchte, alles hat etwas zu viel Härte. Unglücklicherweise haben Menschen Herz und Mitgefühl, und der einzelne Fall appelliert so viel mehr an das Mitleid als eine nicht genau bestimmte und nicht vorstellbare ›Klasse‹.«[1]
Ich fand es immer angemessener, für eine »Million Kranke« aufopfernde Arbeit zu leisten, als für das »fiebernde Kind«, das Mrs. Brownings Aurora Leigh lieber hingebungsvoll pflegen wollte. Und warum auch nicht? Der Amtsarzt, der durch Statistiken erfährt, daß in seinem Bezirk Malaria grassiert, und Tag und Nacht Pläne zur Trockenlegung stehender Gewässer, zur Verteilung von Chinin im ganzen Wohngebiet ausarbeitet, hat ebenso tiefes Mitleid mit menschlichem Elend wie die hingebungsvolle Pflegerin, die den fiebergeschüttelten Patienten in seinen letzten Stunden betreut; aber seine Arbeit ist mit Sicherheit effektiver. Diese Art von Mildtätigkeit auf breiter Basis hat Sir Ronald Ross, der Entdecker des Malariaerregers, wundervoll in zwei Gedichten zum Ausdruck gebracht.

(Vor der Entdeckung, 1890–93)

Könnt ihr uns Heilung bringen, fragen sie voll Pein.
Noch nicht, wir suchen noch nach dem Gesetz.
O Gott weih' uns in dieses schreckliche Geheimnis ein
Laß finden uns den mörderischen Keim.

(Nach der Entdeckung, 1897)

An diesem Tag gab Gott
mir endlich in die Hand
ein Wunderding; und Gott
sei Lob. Auf sein Geheiß
in atemlosen Fleiß
geheimem Wirken nah,
ich deine Keime sah
Millionenmörder Tod.
Ich kenne deine List

und weiß, daß du jetzt machtlos bist.
O Tod, wo ist dein Stachel.
Grab, wo ist dein Sieg?[2]

Damit möchte ich keineswegs sagen, daß die Forschung nach den Gründen und Heilungsmöglichkeiten für Armut, von meinen eigenen Untersuchungen ganz zu schweigen, schon Ergebnisse gezeitigt hätte, die in irgendeiner Weise mit Sir Ronald Ross' Arbeiten über Herkunft und Bekämpfung der Malaria vergleichbar wären. Die Sozialwissenschaft steckt noch in den Kinderschuhen und hat noch kaum die Jahre fruchtbringender Entdeckungen erreicht. Ich möchte nur sagen, daß der Impuls des Erbarmens mit vermeidbarem Elend der Menschheit, das man von dem Leiden der uns zufällig bekannten einzelnen unterscheiden muß, für das Studium der menschlichen Natur in der Gesellschaft ebenso wirksam sein kann wie die Erforschung der Seuchengifte, die den menschlichen Körper heimsuchen.

Verwaltung von Arbeiterwohnungen

Auf der Suche nach einer Möglichkeit, Leben und Arbeit der Bevölkerung zu beobachten, nahm ich die Gelegenheit der Heirat meiner Schwester Kate[3] wahr und half Miss Ella Pycroft[4], die eine Verpflichtung meiner Schwester übernahm: die Verwaltung von Arbeiterwohnungen im Londoner East End. Weil diese Einmischung der relativ Gutgestellten in das Leben der sehr Armen harmlos war, hatte ich dabei keine Bedenken; man mußte Mieten einziehen, und mir schien, als sei es alles in allem ein Vorteil für die Mieter dieser Unterschichtwohnungen, wenn sie ihr Geld Leuten mit Intelligenz und gutem Willen geben mußten, weil diese dann Nöte und Beschwerden dort zu Gehör bringen konnten, wo man die Macht hatte, schlechte Zustände zu mildern oder abzuschaffen. Und diese Arbeit war sicherlich gut als Teil meiner Lehrzeit für den

Beruf der Sozialforscherin geeignet. Anders als bei philanthropischen Inspektionen unter der Regie der Gemeindepfarrer oder bei Detektivarbeit in der Verantwortung eines C.O.S.-Gremiums beobachtete man hier keine Beispiele für das Fehlschlagen des Versuches, sich der diesseitigen oder jenseitigen Welt anzupassen. Betrachtet wurde eine bestimmte Sektion der Bevölkerung im Ganzen: eine Gruppe von Familien, die spontan zusammengekommen waren und alle die sozialen und ökonomischen Verhältnisse des besonderen Wohngebietes repräsentierten. Von Anfang an betrachteten die Mieter uns nicht als Inspektoren mit höherem Sozialstatus, schon gar nicht als Investigatoren, sondern als Teil der normalen Routine ihres Lebens, wie den Inspektor der Schulbehörde oder den Pfandleiher; es entstand sogar eine Art Vertrautheit zwischen ihnen und uns; es kam vor, daß die eine oder andere von uns »meine Frau Mieteinnehmer« genannt wurde, so wie die freundliche Nachbarin, der man den gehobenen Sozialstatus der »Dame von nebenan« gibt. Und da die Verwaltung des Wohnblocks uns von Anfang an, im Januar 1885, übertragen war, mußten meine Kollegin und ich durch Experimentieren ad hoc lernen, wie man aus einer Menge Bewerber die Mieter für 281 einzelne Zimmer aussucht, wie man nach Augenschein relative Nüchternheit und Vertrauenswürdigkeit einschätzt, wie man den Wert von mündlichen und schriftlichen Empfehlungen beurteilt. Es war ein für uns vorteilhaftes Zusammentreffen von Umständen, daß die Katherine-Häuser, die nahe bei den St. Katherine's Docks lagen, selbst ein Experiment darstellten. Eine Gruppe Philanthropen hatte auf Anregung von Octavia Hill den schwierigen Versuch unternommen, die Ärmsten der Armen ohne finanziellen Verlust, billig und unter guten sanitären Bedingungen unterzubringen: vor allem die Dockarbeiter, die ihre Wohnungen verloren hatten, als das Metropolitan Board of Works im Zuge der Slumsanierung Häuser abgerissen hatte. Die Politik, die man mit diesem Experiment der Wohnungen für die Arbeiterklasse verfolgte, umriß Octavia Hill in ihrem Rechenschaftsbericht vor dem Sonderausschuß des

Unterhauses zur Verbesserung der Wohnungen für Handwerker und Arbeiter des Jahres 1882 und vor der Royal Commission zur Unterbringung der Arbeiterklassen, 1885.

»Ich habe den Eindruck, daß die Leute, die am Gesetz zur Unterbringung der Handwerker interessiert sind, sich ein großes Problem selbst geschaffen haben: sie wollen zu viele Schritte auf einmal machen: sie wollen die unterste Schicht der Armen aus den, sagen wir einmal, feuchten Kellerlöchern herausbringen, wo viele von ihnen in einem einzigen Raum zusammengepfercht leben müssen, und sie sofort in das ideale Heim der arbeitenden Bevölkerung versetzen. Ich gebe zu, daß das Problem schwierig ist, aber es ist lösbar, wenn man zufrieden damit ist, es in zwei Schritten zu lösen und zuerst saubere, helle, trockene Räume über der Erde zu bauen, die nicht hintereinander liegen, sondern alle Zugang von einer kleinen Diele haben, etwa jeweils vier Räume, was sich leicht machen läßt, Durchgangszimmer gäbe es dann nicht mehr. Man kann so je nach Bedarf ein, zwei, drei oder vier Zimmer vermieten; und immer, wenn der Lebensstandard der Arbeiter sich erhöht, können sie mehr Zimmer nehmen.« [Question 3002, Select Committee on Artisans' and Labourers' Dwellings Improvement, H.C. 235 of 1882]

»Ich glaube, man muß die Häuser sehr viel einfacher bauen. Mir scheint, wenn man die schlechteste Klasse der Unterbringungen abreißt und dieselben Bewohner anders unterbringen möchte, dann muß man die einfachste Sorte von Gebäuden dazu nehmen, und das, glaube ich, hat man nicht getan.« [Question 8833] »Man sollte das bauen, was die Leute wirklich haben wollen und was für die Gesundheit wesentlich ist. Vor allem würde ich nicht Wasser- und Entwässerungsrohre überallhin legen; das scheint mir lächerlich. Wenn man Wasser in jedem Stockwerk hat, reicht das für Arbeiter vollkommen. Es ist keine Zumutung, einen Eimer Wasser über eine ebene Fläche zu tragen. Man würde nicht im Traum daran denken, jetzt die Wasserversorgung in einem ganz kleinen Haus zu ändern; dabei tragen da die Leute Wasser über drei oder vier Stockwerke. Man würde nicht im Traum ein Gesetz machen, um das zu verhindern. Es ist mit Sicherheit genug, wenn man Wasserstellen in jedem Stockwerk hat. In den meisten Wohnblocks für Arbeiter gibt es eine Wasserstelle pro Wohnung. Das bedeutet nicht nur hohe Anfangskosten, sondern auch hohe Betriebs- und Erhaltungskosten, um so mehr, weil die Bewohner dazu neigen, Dinge nicht zu pflegen oder gar zu zerstören. Dasselbe gilt natürlich für die Abwasserrohre, und es ist durchaus nicht nötig, daß man sie überall verlegt.« [Question 8852, Royal Commission on the Housing of the Working Classes, C. 4402 von 1885).

»Man sollte in der Lage sein, den Leuten Dinge zu geben, die sie nicht zerbrechen. Ich würde alles so stabil wie möglich und vor allem so einfach wie möglich machen. Diese Leute sind den Gebrauch von Geräten nicht gewohnt, und alles derartige ist schwierig für sie; und ich bin fest davon überzeugt, daß wir ihnen noch lange Zeit keine komplizierten Geräte geben sollten.« [Question 9003–4, ebda]

Diese Einstellung wirkte sich bei der Planung der Katherine-Häuser folgendermaßen aus: sie wurden fünfgeschossig mit Aussicht nach zwei Seiten gebaut: auf einer Seite hatte man den Blick zur Straße, von der andern sah man auf einen kleinen Hof, der von einer hohen schwarzen Mauer, der Rückseite des Gebäudes der Königlichen Münze, begrenzt wurde. Über die ganze Längsseite der Mietskaserne, gegenüber der schwarzen Mauer, zogen sich vier offene Galerien, von denen enge Passagen zu je fünf Räumen führten, die in Größe und Schnitt alle gleich waren, bis auf den am Ende der Passage, der viel kleiner als die andern war. Alle Räume waren mit derselben matt-roten Temperafarbe gestrichen, die unangenehme Assoziationen an einen Metzgerladen weckte. In diesen uniformen zellenartigen Appartements gab es keine arbeitssparende Installation, nicht einmal einen Wasserhahn und einen Spülstein! Drei schmale steinerne Treppenhäuser führten vom Hof zur obersten Galerie; auf den Fluren zwischen den Galerien und den Treppen waren Ausgüsse und Wasserhähne (drei Waschbecken und sechs Hähne für ungefähr sechzig Räume); hinter einer hohen Holzwand lagen Gruppen von je sechs Klosetts, die an die Wasserleitung angeschlossen und alle drei Stunden einmal gespült wurden; sie standen den Bewohnern der Räume zu beiden Seiten zur Verfügung; im Hof unten waren die Mülleimer. Vom Standpunkt der Hygiene war gegen diese superökonomische Organisation vielleicht wenig einzuwenden. Aber im ganzen hatten die sanitären Einrichtungen zur Folge, daß die sechs Klosetts, die von einer sehr gemischten Menge von Frauen, Männern und Kindern gemeinsam benutzt wurden, die unangenehm dominanten Zentren der Treppenhäuser waren, an denen Tag und Nacht etwa 600 oder mehr Bewohner vorbeigin-

gen. Kurz, aller Komfort, um nicht zu sagen, alle Dezenz, wurde den beiden Hauptforderungen nach relativ niedriger Miete und nach ordentlichen sanitären Einrichtungen geopfert. »Wohltätigkeit hat viel mit dem Wohnungsbau in dieser Umgebung zu tun«, bemerkte Samuel Barnett ein paar Jahre nach der Fertigstellung der Katherine-Häuser kaustisch, »und im Namen der Mildtätigkeit, um weitere Mildtätigkeit zu ermutigen, meinen manche, man müsse auf Dekoratives ganz verzichten, damit die Wohnungen bezahlbar seien. Wahrscheinlich ist das eine falsche Ökonomie: mit Sicherheit ist es falsch verstandene Güte. Seine Nächsten zu lieben wie sich selbst, heißt nicht, das eigene Haus mit der Kunst der ganzen Welt auszustatten und das Haus des Nächsten so kahl zu lassen, daß nur die Wasserrohre die Nacktheit der Wände unterbrechen.«[5]
Nach dieser kleinen Einstimmung greife ich wieder auf Tagebucheintragungen zurück – nur schnell aufgezeichnete Fakten und Eindrücke sind es in dieser Zeit, da das zerrissene und auf vieles gerichtete Leben, das ich damals führte, längere Erklärungen oder detaillierte Beschreibungen verbot.

Wieder ein Tag in Whitechapel. Traf Mr. Bond[6] dort und sah nach dem Stand der Installation. Der vom Architekten vorgeschlagene Herd taugt nichts; die Verwaltung macht den Fehler, daß sie nicht die besten Fachleute direkt fragt, ob das zur Wahl stehende technische Gerät auch funktioniert. Später mit Mr. Barnett gesprochen. Hat mir dringend ans Herz gelegt, diese beschäftigungslose Zeit zu nutzen und mehr allgemeine Informationen zu sammeln, außerdem genauere Auskünfte über den Amtsarzt, den Gesundheitsbeamten, den Fürsorgebeamten, den Inspektor der Schulbehörde und das Gesundheitskomitee der freiwilligen Helfer, ihre Rechte und Pflichten, einzuholen. (Hier folgt die Analyse eines Handbuches der Gesetze in der Kommunalverwaltung und die Zusammenfassung von Gesundheitsgesetzen und Erlassen der Stadtverwaltung etc. mit Einzelheiten z. B. über die Kommunalbeamten in Whitechapel). Miss Pycroft war drei Tage mit mir zusammen; Tochter eines Landarztes. Freidenkerin, ihr Leben zu Hause unserem etwas ähnlich: von den Nachbarn auf dem Lande wegen der abweichenden Einstellung isoliert. Hat ausgeprägten Geschäftssinn, starken Willen und freundliches Temperament. Hängt sehr an ihrem Vater, zu dem sie dieselbe enge freundschaftliche Beziehung hat wie wir. Sehr auf ihre Arbeit fixiert, dem Leben gegenüber gleichmütig. Wir werden gut miteinander auskommen, hoffen, daß uns nicht noch jemand zur Arbeit in diesem Block zugeteilt wird. (Tagebuch, Januar 1885)

Ich teile meine Zeit jetzt in abwechselnde Arbeits- und Ruhetage ein. Der Anteil der körperlichen Arbeit verbraucht so viel Energie, daß kaum etwas für Denken und Fühlen übrigbleibt. Arbeit ist das beste Betäubungsmittel, vorausgesetzt, der Patient ist stark genug, es zu vertragen. Im Augenblick ist überall ein einziges Chaos. Lange Märsche durch Whitechapel, wegen der Bewerber und Referenzen, und Mieter purzeln nur so herein. Die Bewohner wurzellose Menschen aller Klassen und Rassen, eine ständig weiter herunterkommende Masse, aus der sich nur wenige wieder hocharbeiten können, aber viele tot umfallen, durch den ständigen Überlebenskampf aus ihrer Existenz gedrängt. Eine deprimierende Romanze ohne Anfang und Ende; besuche diese Leute in ihren schmuddeligen Wohnungen. Sie scheinen aber trotz Elend und Krankheit leichtherzig genug. Bin oft eher neidisch als mitleidig ihnen gegenüber. Werde in Zukunft, wenn sich andere Mitarbeiter gefunden haben, weniger in der Verwaltung arbeiten und die Stelle mehr als Gelegenheit zur Beobachtung nutzen. Möchte eines Tages, wenn meine Kraft dazu reicht, das anwenden, was man in der Sozialtheorie schon ausgedacht hat. Hoffe ernsthaft, nie mehr überheblich zu sein, nie meine Arbeit für mehr zu halten als ein Mittel, zufrieden und ohne Schmerzen zu sein. Erleichtert, allein zu sein ... Das Gesellschaftsleben nimmt ständig zu; habe überhaupt nicht mehr die Alpträume des letzten Jahres wegen der gesellschaftlichen Verpflichtungen. Arbeit verweist die Gesellschaft auf den rechten Platz; jetzt verstehe ich sie als Ruhe und Entspannung, nicht mehr als Anstrengung und Aufregung. Hoffe, daß ich aus meiner Arbeit nie soziales Kapital schlagen werde. Das ist die Gefahr bei mir, weil ich meine Erfahrungen so gern weitererzähle, ganz unabhängig davon, was ich damit bewirken kann, und das Motiv der »vanitas« spielt dabei mit und bestärkt meine Erzähllust noch. Vielleicht werden die Leiden des letzten Jahres meinen Egoismus mindern, und vielleicht werde ich nun nicht mehr nur kalt beobachten und analysieren, bloß aus dem egoistischen Wunsch, mein Wissen zu bereichern, sondern jetzt statt dessen ein Interesse aufbringen, das aus dem Gefühl und dem tiefen Wunsch, meinen Nächsten selbstlos zu dienen, entspringt. (Tagebuch, 8. März 1885)

Deprimiert, weil meine Arbeit nicht zu schaffen ist. Wenn ich diese langen Galerien ansehe und an alle die schwierigen Charaktere, die jetzigen und zukünftigen Mieter, denke und wenn ich mir klarmache, daß die Art der Mietgemeinschaft von unserem persönlichen Einfluß abhängt, und der wiederum nicht nur von unserem Charakter, sondern auch von zuverlässiger Gesundheit –, dann wird mir schwindlig. Das Leben zu Hause ist zusätzlich anstrengend. Habe alle Lehrbücher weggeräumt und mich auf Poesie und schöne Prosa konzentriert. Finde jetzt Beruhigung in der Schönheit, seit ich harte Arbeit leisten und dauernd Reibereien aushalten muß. Emersons Essays begeistern mich. (Folgt Besprechung von Emerson.) (Tagebuch, 13. März 1885)

Zwei oder drei Ruhetage hier. Meine Arbeit verlangt sehr viel von mir, und manchmal frage ich mich, wie viel ich schaffen werde. Bin vollkommen erschöpft, wenn ich aus Whitechapel komme, zu müde zum Fühlen und Denken. (Tagebuch, The Argoed, unser Haus in Monmouthshire, 12. April 1885)

Arbeite hart. Gebäude zufriedenstellend; Hausmeister hoffnungslos unfähig. Mieter rauhe Gesellschaft – die Ureinwohner des East End. Druck, sie auszuschließen und nur die Respektablen zuzulassen; folge Peabodys Beispiel. Interview mit einem Beauftragten von Peabody. Er sagte: »Anfangen mußten wir mit einem ziemlich rauhen Haufen, zuerst alle alten Bewohner loswerden. Nehmen jetzt nur noch Leute mit regelmäßiger Arbeit.«
Das praktische Problem der Verwaltung: soll man die Mieter aussuchen und alle zweifelhaften oder unbequemen Personen ausschließen? Oder soll man den vorigen Bewohnern ihre Unterkunft lassen, solange sie nicht eindeutig untragbar sind? Werde womöglich unangenehme Arbeit tun müssen, und ich sammle Erfahrungen. Wenn ich übermüdet bin, verfolgen mich die Mieter mit ihrem jammervollen chaotischen Leben bis in Alpträume. Wenn ich zu Anfang nur mehr Erfahrung gehabt und meine Zeit ungeteilt auf diese Arbeit hätte verwenden können. Halbherzige Arbeit ist immer schlecht. (Tagebuch, 4. Juni 1885)

Besuch bei Miss Cons[7] in den Surrey-Häusern (South London Baugesellschaft, Kosten: 20.887 Pfund, zahlt vier Prozent; kein Wertminderungsfond). Nach der Auskunft vor der Royal Commission nur zu drei Vierteln vermietet. Arbeiterwohnungen, Werkstätten und kleine Häuser; Außentreppen, Galerien mit Blick auf Grünanlage; Wasserklosetts alle an einem Ort, eines für jede Wohnung mit Schlüsseln. Keine Ausgüsse. Waschhäuser und Trockenböden auf dem Dach. Miss Cons von Octavia Hill ausgebildet, der Herkunft nach keine Dame, mit dem Gesicht und dem Benehmen einer Frau von Format, fast einer Herrscherin.
Vollkommen von ihrer Arbeit absorbiert; starkes religiöses Gefühl,

sehr wenig Bildung oder Interesse für Dinge außerhalb ihres eigenen Aktionskreises. Mit Sicherheit schätzt sie Fakten oder Theorien nur wenig: über die Gesamtzahl der Räume, nicht vermietete Zimmer oder Mietrückstände machte sie nur vage Angaben. Führt nicht Buch über ihre Mieter. Versuchte nicht, über ihre Arbeit zu theoretisieren. Hatte alle Einzelheiten über die Familien im Kopf. Redete mit ihren Leuten in der merkwürdigen Mischung aus Sympathie und Autorität, die charakteristisch für den modernen Typ der Frau in leitender Stellung ist. Ich war ganz beschämt, weil ich sie so ins Kreuzverhör nahm. Soweit ich aus ihren Büchern ersehen konnte, betrugen ihre Mietrückstände insgesamt ein Pfund ihrer wöchentlichen Mieteinnahmen, d. h. bei den Arbeitern unter ihren Mietern. Sie wohnt auch in dieser Gegend; nimmt Mieten in mehreren Wohnblöcken ein, widmet aber anderer Arbeit, im Zusammenhang mit der Unterhaltung und dem Unterricht für die Leute, viel Zeit. In ihrem Gesicht ruhige Begeisterung, widmet ihre ganze Kraft andern. »Warum Zeit und Kraft aufsparen?« scheint ihre Einstellung zu sein. Alle Energie setzt sie für die praktische Seite ihrer Arbeit ein. Kein Bedürfnis, die allgemeinen Probleme der Zeit zu lösen. Diese leitenden und führenden Frauen können sehr wohl zu wichtigen Faktoren werden, wenn ihre Zahl weiter so steigt wie in der letzten Zeit; es sind Frauen, die ihr Leben der Führung von Männern widmen und ihre ganze physische und psychische Energie für diese Aufgabe einsetzen. Im Gegensatz zu den gelehrten Frauen ist der emotionale Bereich ihres Wesens voll entwickelt, ihr Mitgefühl fast schmerzhaft lebendig; man sieht es ihren von Selbstreflexion ungetrübten Augen an, aus denen Liebe und das Mitleid, dessen Quelle sie ist, strahlen. Sie haben die Würde der selbstverständlichen Autorität; oft sind sie auch so monoman und sozial unbeweglich, wie Menschen leicht werden, deren Denken und Fühlen ganz von einer einzigen Aufgabe besetzt ist. Wer sich nur mit Organisation befaßt, gehört zu einem andern Personentyp; solche Frauen sind zum Beispiel die aktive Sekrektärin einer schnell wachsenden Gesellschaft, oder auch die Verwaltungsleiterin eines großen Krankenhauses; bis zu einem gewissen Grade sind sie geschlechtslos, wegen der Gerechtigkeit, der Triebkraft und der Strenge, die von ihnen verlangt werden. Nicht daß ich diese Eigenschaften verachte, sie sind für jede Arbeit unbedingt notwendig. Aber für Organisatorinnen ist Gerechtigkeit eine *technische und keine moralische Eigenschaft*. Antrieb und Strenge sind bei führenden Frauen wie Miss Cons keine hervorstechenden Eigenschaften. Zur Führung von Männern nutzen sie ihren persönlichen, mehr auf Gefühl als auf Argumentation beruhenden Einfluß.

Wünschenswert für mich, die Details der Verwaltung der South Lon-

don Building Company genau zu überblicken (Tagebuch, 12. August 1885)
Habe die gesamte Arbeit von Miss Pycroft mit übernommen. Mein Ziel während ihrer Abwesenheit: gründlich und sorgfältig die Mieten einzunehmen und Rechenschaftsbericht zu machen. Mietrückstände verringert; Räume vermietet; erstklassigen Verwalter eingestellt; die Arbeit des Hausmeisters geprüft; geschätzt, wie viele Reparaturen er gemacht hat; moralisches Verhalten in den Häusern durchgesetzt. Nützlich, daß ich schriftliche Aufzeichnungen über meine Mieter gemacht habe und Miss Pycrofts ungefähr kenne. Knabenclub eröffnet; Notizen über ein Lesezimmer gemacht. Muß viel Zeit in den Häusern zubringen, um dies zu schaffen, ziehe aber nicht jeden Tag Mieten ein. Die ganze Woche ununterbrochen Leute herumkommandieren ist nur Zeitverschwendung. (Tagebuch, 13. August 1885)

Zwei herrliche Tage mit den Booths ... Möglichkeiten diskutiert, wie man Sozialdiagnosen stellen kann. Charlie arbeitet mit einem Sekretär zügig an der Mansion House Untersuchung über Arbeitslosigkeit und an anderen statistischen Projekten. Viele Mitarbeiter mit der Überprüfung von Fakten beschäftigt, die von andern gesammelt wurden; *persönliche Befragung* ist notwendig. *Pall Mall [Gazette]* hat damit angefangen, aber auf die denkbar schlechteste Weise, oberflächlich und sensationslustig. Zum Idealziel meiner Arbeit: Mieteinnahme gut erledigt; Berichte noch nicht geschafft; Mietrückstände verringert und einige Räume vermietet. Viele der respektabelsten Leute werden nicht einziehen, wegen ihrer Vorurteile gegen Mietskasernen, besonders gegen unsere. Die Kargheit der Einrichtungen, zu geringe Attraktivität, Einförmigkeit der Räume wirken sich sehr nachteilig aus. Habe Verwalter gefunden, oder, richtiger, ein Verwalter, typischer Jude, hat mich gefunden. Habe ich alles geschafft? Habe fünf Pfund für drei Mahnbesuche bezahlt. Wenn er zwei untragbare Mieterinnen ohne weitere Kosten für uns loswird, habe ich ein gutes Geschäft gemacht. Bericht über die Mieter weitergeführt. Wenn ich die Stoffsammlung in den nächsten vier Wochen zu Ende bringe, kann ich danach die Geschichten über das Leben im East End schreiben. (Tagebuch, 22. August 1885)

Kämpfe mich mühsam und mit Schmerzen ans Ende meiner Arbeit durch: die alte Sehnsucht des Körpers nach einer Nacht ohne Morgen. Habe die Bücher an Miss Pycroft abgegeben. Arbeitsziel in folgenden Punkten erreicht: Mieteinnahme und Aufzeichnungen im ganzen gut und gründlich erledigt; Mietrückstände verringert; zwanzig neue Mieter. Auf der Negativseite: Neun Mieter haben freiwillig gekündigt, sechs haben wir hinausgesetzt, bleiben im ganzen fünf.

Ein sehr farbloser Bericht über meine eigenen Mieter. Der Knabenclub von Maurice Paul eröffnet.[8] Das Lesezimmer jetzt auch unter seiner Regie. Habe drei Abende dort zugebracht und mir im Kopf einen Plan zurechtgelegt: man müßte ein Gremium von Männern allmählich mit der Arbeit der Miethausverwaltung vertraut machen. Die Arbeit von Roadnight (Portier) nicht erfreulich. Bin nicht zufrieden mit ihm; braucht mehr Beaufsichtigung, als er jetzt hat. Habe den Verdacht, daß er trinkt, nicht so viel, daß es ein Skandal ist, aber zu viel, um die Achtung der Mieter zu behalten. Mein Fehler, Roadnight einzustellen. Ärgerlicher Streit mit einem Mieter von Miss Pycroft; mußte zu harten Maßnahmen greifen. Schlecht gemacht. Milde hätte besser gewirkt als Härte. Schwierig, das Verhalten an den Tag zu legen, das ich mir zum Ziel gesetzt habe. Wollte mit Festigkeit durchsetzen, daß jeder sich dem Gesetz verpflichtet fühlt und es achtet, wollte aber die Festigkeit mit Geduld und Freundlichkeit verbinden. Im Fall Haggarty ist es mir gelungen, im Fall Schmidts nicht. Interessante Unterhaltung mit Familie Ansing; der Mann preußischer Katholik, hat sich vor 25 Jahren in Whitechapel niedergelassen; die Frau Engländerin. Gelten als Sweater, d. h. sind Zwischenhändler zwischen den Einzelhandelsgeschäften und den Heimarbeitern, die Männerkleidung machen. Der Mann voll scharfer Ablehnung gegen die Bewohner von Whitechapel – ganz erbarmungslos. Die Frau mit Herz (jedenfalls auf der Zunge); denkbar, daß sie ganz freundlich ist, aber natürlich geht sie mit den Arbeitern so um, wie es ihrem, nicht deren Vorteil entspricht. Erzählt traurige Geschichten von der Arbeitsmoral ihrer Untergebenen. Sie erzählte, und ein Arbeiter bestätigte es, daß sie oft den ganzen Tag lang die Wirtshäuser nach ihren Arbeitern absucht und sie dazu beredet, die Arbeit zu Ende zu bringen, über die sie Verträge gemacht hat. Sie und ihr Mann beurteilen die Klasse, mit der wir hier zu tun haben, sehr ähnlich wie ich jetzt, mit meiner geringen Erfahrung; nur lassen die beiden gewisse liebenswürdige Eigenschaften aus, die eine Dame offenbar in diesen Menschen zum Leben erweckt und zu schätzen weiß. Wir alle charakterisieren sie im ganzen als eine Klasse der *Müßiggänger*. Ihren Lebensunterhalt verschaffen sie sich mit Gelegenheitsarbeiten ohne Qualität, durch Borgen von ihren fleißigeren Freunden und durch kleine Diebstähle. Sie sind Trinker, Diebe und von lockerer Moral. Soweit das gemeinsame Urteil. Ich würde dazu noch sagen: sie sind großherzig und liebevoll, fähig zur Selbstkontrolle, wenn man ihre Zuneigung einmal gewonnen hat. Als Klasse sind sie keine Bettler; erwarten keine Almosen. Darin den Armen auf dem Lande ganz unähnlich. Auch warmherzig gegenüber Familie und Freunden. Als Klasse, nur in Hinsicht auf Geschäftsbeziehungen betrachtet, in denen allein das moralische Prinzip der Vertragserfüllung zählt, hoffnungslos ungenügend... Noch einmal zurück zu den Sweaters selbst. Nach ihren eigenen Aussagen scheinen sie hart zu arbeiten: alle physische und geistige Energie fließt in die Arbeit. Offenbar machen sie nie Ferien – ihre Sonntage bringen sie immer in ihrer religiösen Sekte zu. Leben gut. Die Frau erwähnte nebenher, daß ihre wöchentliche Metzgerrechnung für acht Personen achtzehn Schilling beträgt. Schulden, die man nicht eintreiben kann, das heißt, gestohlene Arbeitsstücke, machen einen beträchtlichen Posten in ihren Abrechnungen aus. Möchte häufiger mit ihnen zusammensein. (Tagebuch, 15. September 1885)

Ein angenehmer Ferientag in den Hügeln (in unserm Haus in Westmoreland). Las Taines *Ancien Régime* mit echtem Vergnügen, nachdem ich zehn Tage nur mit Blaubüchern über Handwerkerwohnungen beschäftigt war. Diese geschichtsphilosophischen Werke sind für Nichtkenner ein Genuß... (Hier folgt eine Besprechung des Buches von Taine). Ich weiß nicht, wie weit meine Energie reichen wird. Aber wenn ich auch hoffe, den größten Teil davon meinem eigenen Gebiet zu widmen, merke ich doch, daß meine Geschichtskenntnisse nicht einmal für meine speziellen Pläne ausreichend sind. Gleichzeitig wird die gründliche detaillierte Kenntnis dessen, was ist, mein Vorstellungsvermögen anregen, mich mit dem Rohmaterial versehen, das heißt, dem Wissen, wie sich Männer und Frauen unter verschiedenen Lebensbedingungen verhalten, wodurch wiederum, wenn man dazu noch die Lebensumstände in der Vergangenheit kennt, die Geschichte früherer Männer und Frauen lehrreich sein wird. Was meine ich denn eigentlich mit diesem Gerede!... Wissenschaftliche Theorien wie die Evolution der Gesellschaft, ein Grundprinzip, das sich auf die Kenntnis einzelner Fakten übertragen ließe, habe ich nicht, außer vielleicht Comtes große Verallgemeinerung der Entwicklung menschlichen Denkens. Mit glühender Begeisterung las ich Herbert Spencers *First Principles* und fand seine perfekte Formel vom Verlauf des Lebens, in allem was ist, überzeugend. Aber seine Deduktionen aus der allgemeinen Theorie, die er als Grundprinzipien der Sozialwissenschaft verwendet, sind für mein Verständnis nur suggestive Behauptungen, keine erwiesenen Gesetze. Mich irritiert sein Versuch, Erläuterungen als beweiskräftige Daten zu verkaufen, biologische Gesetze in der Terminologie sozialer Fakten zu formulieren und dann mit ihnen zu argumentieren, als seien sie Gesetze des Sozialverhaltens. Wenn ich sein Werk genauer, auf der Basis breiterer Lebenserfahrung, kennenlerne, werde ich am Ende noch ein wirklicher Spencerschüler. Jetzt bin ich das *nicht*. Sein Individualismus nimmt

mich gegen ihn ein, bekehrt mich nicht. Ich würde gern genau verstehen, was seine Theorie ist und wie er sie, abgesehen von der bloßen Ableitung aus den *First Principles* und allgemeinen Analogien, die man meiner Meinung nach nur geschickt handhaben muß, um auf passende Fakten zu treffen, eigentlich ausgearbeitet hat. Ich würde auch gern, wenigstens in Umrissen, die Argumentation der wissenschaftlichen Sozialisten verstehen. Aber meinen Kopf will ich mir vom Theoretisieren über die Gesellschaft freihalten...
Man braucht mehr Kenntnis vorhergegangener Fakten... Allgemeine Kenntnis der englischen Geschichte zum Beispiel, und so viel Kenntnis der gleichzeitigen Geschichte anderer Länder, daß man sie in einem Rahmen sehen kann; man braucht genaue Kenntnis vom Status der arbeitenden Bevölkerung in den verschiedenen Perioden unserer Geschichte, Kenntnis der Gesetze, die Handel und Industrie regulierten. Man muß wissen, wie sich die industrielle Organisation und die Alternative dazu entwickelten; wieweit die Religion politisches und soziales Handeln bestimmte; man muß den Aufstieg und Niedergang verschiedener religiöser Sekten und der besonderen, jeweils für sie charakteristischen Aktivitäten kennen; die Rassenunterschiede in den Wohnbezirken der Arbeiterklasse; das Wachstum der Städte und der Berufe, die dadurch notwendig wurden, und die Wirkungen dieser Berufe auf Körper und Geist der Bevölkerungen; die Bildung und Auflösung von Klassen mit ihren spezifischen physischen und psychischen Verhaltensweisen. Das ist Arbeit für ein ganzes Leben! Dies soll mein Ziel im allgemeinen sein. Mein konkretes Ziel ist es, die Lebensverhältnisse der Arbeiterklasse am Beispiel des Wohnens zu verstehen; dabei werde ich die Aussagen anderer Leute verarbeiten und sie durch eigene Beobachtung und Erfahrung prüfen und ergänzen. (Tagebuch, Oktober 1885)

Morgen nach London, um ein neues Arbeitsjahr anzufangen. Der Bericht, den ich an meine Vorgesetzten schickte, hatte im Ergebnis dazu geführt, daß sie ihren Plan für das neue Gebäude noch einmal überdachten. Als Mr. Bonds Brief, in dem er um meine Anwesenheit bat, kam, hatte ich meinen Brief an ihn schon ganz vergessen. Ich muß meine Aufzeichnungen nachlesen, um die Details zu erinnern, die meinen Standpunkt stärken können. (Dieser Brief war eine detaillierte Kritik an den sanitären Einrichtungen in den Katherine Häusern gewesen; genau gesagt, betraf sie die Wasserklosetts – ihre auffällige Lage am Ende des Treppenhauses in jedem Stockwerk; die Tatsache, daß sie von allen benutzt wurden, daß sie nur in Abständen gespült wurden; dazu enthielt der Brief noch die Bitte, daß in dem neuen Wohnblock für die einzelnen Wohnungen getrennte sanitäre Einrichtungen gebaut werden möchten, mit der Begründung, daß die sanitären Einrichtungen unbedingt wenigstens einigermaßen zivil sein müßten, um so mehr, je brutalisierter die Klasse der Mieter sei.

Möchte vollständige Aufzeichnungen über die Mieter in den Katherine Häusern haben; muß mir ausdenken, welche Fakten ich über jede Familie wissen will und sofort mit dem Sammeln anfangen. Das wird mich dazu zwingen, mich stärker auf die praktische Arbeit einzulassen; nur so habe ich mehr Gelegenheit zum Beobachten. Zwecklos, gegen eine unwiderstehliche Neigung anzukämpfen, auch wenn man ihre Bedeutung noch so gering einschätzt. Und warum sollte ich mir nicht jetzt, solange ich jung bin, die Freude an einer Arbeit gönnen, die so genau meinen Wünschen entspricht? Dadurch, daß man sich mit der Führung von Menschen beschäftigt, wird man immer die Gelegenheit haben, sie kennenzulernen. Will auf keinen Fall das Interesse an meinem Gegenstand verlieren. Plane, einen Lektürekurs in Geschichte und Sozialwissenschaft mitzumachen. Werde Herbert Spencers *Sociology* durcharbeiten und Maines *Popular Government* lesen. Mein Studium der Bevölkerung Englands in verschiedenen Epochen will ich anfangen, damit ich die besonderen Merkmale der einzelnen Epochen kennenlerne und sie mit der Gegenwart vergleichen kann; ich möchte auch die Entwicklung lokaler und politischer Organisationen und die Machtübertragung von einer Klasse auf die andere verstehen und die materiellen Zwänge und die Ideen erkennen, die zu dieser Machtübertragung führten. (Tagebuch, 23. Oktober 1885)

Heute Morgen wollte ich eigentlich an meinem Katherine Buildings-Buch arbeiten, aber leider oder zum Glück waren meine Mietbücher nicht da. Also werde ich den Sonntag zum Ruhetag machen und einen kurzen Bericht über meine Arbeit in der vergangenen Woche schreiben... Habe die Direktoren gesprochen, fürchte aber, überzeugt habe ich sie nicht, weil ich ihnen keine auf Erfahrung beruhende Alternative anbieten konnte.

Zwei lange Gespräche mit Mr. Barnett. Thema: mein Vorschlag, alle Vermietungsbüros zu einem Verband zusammenzufassen. Genau darüber nachgedacht habe ich noch nicht, war überrascht, wie lebhaft er den Vorschlag aufnahm; er wollte, daß ich den Plan ausarbeite und die treibende Kraft dabei werde. Muß ich immer mich und andere enttäuschen, wenn meine Kraft auf die Probe gestellt wird; oder wird meine Kraft wachsen, bis ich endlich auch durchführen kann, was ich mir vornehme?... Was meine Arbeit angeht, da habe ich nur knapp meine Pflicht in den Katherine Häusern erfüllt.

Ich habe einen sorgfältigen Bericht über die Mieter angefangen. Hätte ich bloß mehr Energie! Ging mit zwei Kollegen ins Vic[toria Theater], das diese großartige Frau, Miss Cons, leitet. Für mich war die Vorstellung langweilig, dem Niveau des Publikums angepaßt, aber ohne den Schwung des Derben, unbekümmert Respektlosen, ohne den deftigen Humor, der solchen Unterhaltungsstücken Würze und Realität gibt. Der Teufel ist mir lieber und jedenfalls heilsamer als eine formlose Mittelmäßigkeit.
Was meine ich nun mit dem Zusammenschluß aller Geschäftsstellen zur Unterbringung der Armen? Ungefähr 150 000 Menschen leben unter der Aufsicht dieser Stellen. Ich hätte gern eine Tabelle der Erfahrungen, die die verschiedenen Arten von Geschäftsstellen gesammelt haben; sie sollte eine vollständige Aufstellung der Bevölkerung in ihrem Zuständigkeitsbereich, mit Angaben über Beschäftigung, Familie, Einkommen, Herkunft, ob sie in der Nachbarschaft ihrer Wohnung beschäftigt sind, und andere Einzelheiten, enthalten. Auch über die Weise, in der Aufsicht geführt wird (Gründe für Kündigung des Mietverhältnisses usw.), über die relativen Ausgaben für Verwaltung und Reparaturen usw. Ich hätte gern, daß man sich einmal im Jahr trifft und Berichte verliest, und diese Berichte sollten so vollständig wie möglich sein und als Tätigkeitsberichte veröffentlicht werden. Der Verband sollte auch als zentrales Vermittlungsbüro für Hausmeister, Aufsichtsbeamte und Mieteinnehmerinnen dienen. Dies ist im Umriß, was ich über die Bewohner der Katherine Häuser wissen möchte: Zahl der Familienmitglieder, lebende und tote; Beruf aller Mitglieder; tatsächliches Einkommen aus Arbeit, Unterstützung oder privatem Besitz; Rasse; geboren in London?; wenn ja, waren die Eltern auch schon dort ansässig?; wenn nein, Grund für Einwanderung; aus welchem Landesteil; Religionszugehörigkeit. So viel Familiengeschichte wie möglich. (Tagebuch, 8. November 1885)

Ein langer Tag, von 9.30 Uhr bis 17 Uhr, mit Alfred [Cripps] und Colonel Martindale in den Albert und Victoria Docks, ziemlich weit außerhalb Londons in den Essex Marshes. Die Arbeiter gehören zu einer viel bessergestellten Klasse [als die auf den St. Katherine Docks], Engländer, praktisch dauernd im Beruf; leben in kleinen zweistöckigen Häusern. (Dann folgt eine Beschreibung des Einstellungsverfahrens.) Aber ich hätte gern einen genauen Überblick über das Ganze. Der höfliche alte Herr schien einigermaßen überrascht von meinen Fragen und Bitten um Statistiken. Aber mit Geduld werde ich sie schon bekommen. [Hier folgt eine Liste der Fragen zu den Bezahlungsmodi und dem Einstellungsverfahren, auf die ich Antworten erhoffe] (Tagebuch, 1. November 1885)

Gut gearbeitet: Montag in den Katherine Häusern, von neun bis ein Uhr; nachmittags habe ich mir den Whittingham Club angesehen. Dienstag, Katherine Häuser, vier Stunden; Mittwoch, Albert und Victoria Docks von zehn bis achtzehn Uhr; Donnerstag, untätiger Vormittag, am Nachmittag Katherine Häuser, Freitag, sieben Stunden Arbeit am Katherine Buildings-Buch; Samstag zwölf bis neunzehn Uhr Katherine Häuser. Alles in allem vierzig Stunden, einschließlich der Bahnfahrten. (Tagebuch, 15. November 1885)

Und hier noch ein Auszug aus einem Brief vom November 1885 an meinen Vater, der sich in unserm Landhaus im Westmoreland aufhielt, als ich schon nach London, in das York House in Kensington zurückgekehrt war.

Nachmittags hatte ich Besuch von vier Männern, die von drei bis sieben Uhr blieben. Erstens ein junger S--, schwächlich und weich, aber hübsch aussehender junger Mann, den ich immer für vollkommen schwachsinnig gehalten hatte; aber eingedenk Mrs. Barnetts Ermahnungen stürzte ich mich in Philanthropie und fand heraus, daß er ein hart arbeitender ›Kooperativer‹ war; und er gab uns einen sehr interessanten Bericht über die Fortschritte der Genossenschaftsbewegung in London.

Halb hat er versprochen, mir bei dem Knabenclub zu helfen. Es ist erstaunlich, wieviel Ernsthaftigkeit in der Luft liegt und wie scheu alle verbergen, daß sie daran beteiligt sind. Dann hatte der große Major W. seinen Auftritt, der jetzt in... (der Name fällt mir nicht ein, ich bin heute so dumm im Kopf) stationiert ist; er war überaus gutlaunig und versuchte tapfer, sich an unserer Unterhaltung zu beteiligen.[9] ...

Professor Newton[10] und Mr. Bond (der mit mir Geschäftliches bereden wollte) vervollständigten unsere Gesellschaft, und wir hatten eine längere Diskussion über staatliche Erziehung usw. Mr. Bond blieb danach noch. Er sagte, er bedauere, daß er meinen Brief dem Direktorium gezeigt habe, weil es dadurch Unruhe und Verzögerungen bei der Entscheidung über die Pläne gegeben habe. Vor nächsten Montag wird nichts entschieden werden; dann tritt das Direktorium wieder zusammen. In einigen unwichtigen Punkten haben sie uns in Bezug auf unsere eigenen Miethäuser nachgegeben.

Trotzdem, wir werden unsere Pflicht getan und unsere Bedenken rechtzeitig mitgeteilt haben. Ich arbeite jetzt intensiv an einem Buch über alle ehemaligen und jetzigen Mieter; es enthält Angaben über Beruf, Familie usw. und Berichte über Einkommen, Vorgeschichte, Gründe für Kündigung oder Hinauswurf. Ich habe es übernommen,

das Ganze zu schreiben, und Miss Pycroft soll mir die Daten ihrer Mieter geben. Sie und ich sind zur Zusammenarbeit wie geschaffen, da sie die praktische Fähigkeit und Durchhaltevermögen zu gleichmäßiger Arbeit hat und ich mehr Initiative und Ausdruckskraft besitze. Ich habe zu wenig Methode und Energie, in kritischen Phasen verlassen mich beide. Meine Fähigkeit *scheint* viel mehr, als sie wirklich *ist*; das liegt an der Unbekümmertheit meines Denkens und der Plausibilität der Formulierungen. Mein guter alter Vater, ich bin wie Du, nur in einer schwächeren Ausgabe! Daran läßt sich nicht zweifeln. Das Pflanzen macht mir Spaß, aber die Pflege nicht!
Am Montag ging ich sofort ins Bett, als ich aus Whitechapel zurückkam... Gestern war ich wieder in Whitechapel und ging zum Essen bei Barnetts vorbei. Mr. Barnett ist ganz erfüllt von dem Plan einer Konferenz, die den Zusammenschluß aller Geschäftsstellen für die Unterbringung der Armen zum Ergebnis haben soll. Ungefähr 160 000 Menschen sind der Aufsicht dieser Büros unterstellt, und es wäre wirklich eine vertane Chance, wenn man keinen Kontakt zwischen ihnen herstellte, wenn es nicht möglich wäre, einen Austausch wertvoller Erfahrungen und ihre Sichtung zu öffentlichen Zwecken zu erreichen. Aber die ganze Sache muß noch durchdacht werden. Miss Hill war am Abend zum Essen dort, um das Projekt zu diskutieren. Mr. Barnett glaubte, sie werde es ablehnen. Aber anscheinend sind die Mieteinnehmerinnen als Gruppe schwächer geworden, und man braucht einen Anreiz, damit der Beruf für Frauen mit mehr Fähigkeiten und Bildung attraktiv wird; und Mr. Barnett nimmt offenbar jeden Plan auf, der diesen Anreiz liefern kann. Ich glaube dagegen, daß das Gefühl der Zugehörigkeit zu einer Gruppe mit wohldefinierter Aufgabe und klaren Äußerungen, in der starke, ehrgeizige Naturen sich hervortun und Führungspositionen übernehmen können, genug Anreiz bietet. Ich bewundere und achte Frauen, die damit zufrieden sind, zu den ›unbekannten Heiligen‹ zu gehören. Aber es ist unsinnig, die Augen vor der Tatsache zu verschließen, daß die Zahl der Frauen wächst, denen die Karriere einer Ehefrau und Mutter versperrt ist, weshalb sie nach einer Anerkennung ihrer Qualität suchen, wie sie Männern für deren Leistungen gewährt wird. Diese Frauen haben etwas ausgesprochen Mitleiderregendes, und ich möchte alles tun, um ihnen Berufskarrieren zugänglich zu machen, in denen ihre von der Norm abweichenden, aber nützlichen Qualitäten die Anerkennung finden, die ihnen zusteht. Sie sind ein Produkt der Zivilisation, und die Zivilisation sollte sie nach ihren Fähigkeiten einsetzen und dankbar sein. In ihren besten Jahren haben sie ein trauriges Leben ohne Freude und Leichtherzigkeit; jetzt fangen sie an, wirkliches Interesse zu nehmen, sich für eine Sache zu erwärmen,

begeistert zu sein. Ich glaube, diese charakterstarken Frauen haben bei der Lösung sozialer Fragen eine große Zukunft vor sich. Sie sind nicht einfach schlechtere Männer; sie mögen männliche Fähigkeiten haben, aber sie besitzen weibliches Temperament, und je ausgeprägter in ihrer Persönlichkeit sie sind, um so femininer sind sie in dieser Hinsicht. Ich hoffe sehr, daß sie ihre eigenen Berufswege suchen, statt die Männer nachzuahmen und männliche Ziele zu übernehmen, daß sie sich nicht zufriedengeben, bis sie die Karrieren erreicht haben, in denen sie ihre besonderen Fähigkeiten am besten einsetzen können ...

Die nächste Tagebucheinschreibung, von Anfang Dezember 1885, ist eine düstere Beschreibung des plötzlichen Zusammenbruchs meines Vaters; das war der Beginn einer langen, hartnäckigen Krankheit, die sechs Jahre dauerte. Aber um meine Episode als Mieteinnehmerin abzurunden, gebe ich eine letzte Eintragung wieder, die ich ein Jahr später geschrieben habe, als ich einen Monat lang, während Miss Pycrofts Urlaub, ihre Arbeit und ihr Zimmer in den Wentworth Dwellings, in der Nähe der Katherine Häuser hatte, um mich von der täglichen Betreuung meines Vaters zu erholen.

Allein leben könnte ich nicht, ich würde trübsinnig werden ... Aber dieses East End Leben, mit dem Schmutz, der Trunksucht, Unmoral, ohne Zusammenhalt, ohne gemeinsame Interessen, macht mich traurig und drückt meine Stimmung nieder. Hier könnte ich nicht leben; ich würde mutlos werden und schlechte Arbeit leisten. Und praktische Arbeit befriedigt mich nicht; sie kommt mir vor wie das Gehen auf Treibsand in der unsinnigen Hoffnung, daß die eigenen Fußspuren haften bleiben und andern den Weg durch die Wüste weisen.
Wo ist mein Wunsch geblieben, diese Myriaden Menschen, die Tag und Nacht durch die Straßen hasten, möchten es besser haben? Schon ihr sorgloses sinnliches Lachen, die rauhen Scherze und lieblosen Worte deprimieren einen, wenn man sich durch die Menge drängt und fast schaudert, wenn man sie berührt. Grund dafür ist nicht so sehr das wirkliche Laster, es ist mehr das niedrige Niveau des eintönigen und doch erregten Lebens, die regelmäßige Wiederkehr der Straßensensationen, Streitereien und Prügeleien, die Gier nach Billigangeboten im Straßenhandel, die kleinen Diebereien und Glücksspiele. Die Besseren halten sich von ihren heruntergekommenen Mitbürgern und Kollegen fern, leben einsam und notgedrungen selbstsüchtig und haben kein Bedürfnis, ihre unwissenderen, unge-

hemmteren Nachbarn anzuleiten. Geselliger Umgang in East London hat die niedrigsten Motive und regt die schlechtesten Eigenschaften an; die Gesellschaft ist hier eine immer wachsende und immer zerfallende Masse; die große Masse zerdrückt die kleinen Zentren, die die Keime des sozialen Lebens und Wachsens umschließen. Sogar die Begabung zur Handarbeit wird entmutigt, und das Potential der Handarbeiter wird geringer.
Diese Miethäuser sind in meinen Augen auch ein völliger Fehlschlag. Trotz Ella Pycrofts heroischer Anstrengungen sind sie keine Beeinflussung zum Besseren. Der freie Umgang miteinander hat hier wie überall in dieser trüben Masse demoralisierende Wirkung. Die schlechten und gleichgültigen, betrunkenen, gemeinen und zu Boden drückenden Elemente überrollen den Effekt reinerer Motive und vornehmerer Beispiele. Die respektablen Mieter halten sich streng für sich. Hier scheint der Gipfel der Sozialmoral, daß man sich von seiner sozialen Umgebung isoliert: das geht so weit, daß es das einzige Credo wird, über das man noch zu predigen wagt. »Laß dich nicht mit deinen Nachbarn ein!«, lautet notgedrungen der Rat, mit dem man den Neuling belasten muß. Die Versammlungsorte hier, und das ist reichlich roh, sind die Wasserklosetts! Jungen und Mädchen stehen in Mengen auf den Treppenabsätzen mit diesen Klosetts; es sind die einzigen beleuchteten Stellen in den Häusern; hier treiben sie ihre Glücksspiele und Flirts. Die Mieteinnehmerinnen sind eher oberflächlich. Ohne Zweifel bringt ihr freundliches, vornehmes Wesen Licht in viele Heime; aber was sind sie schon angesichts dieser kollektiven Brutalität, die in ansteckender Nähe zusammengepfercht ist, so daß einer den physischen und moralischen Schmutz des andern vergrößert?
Und wie kann man diese Menschen ohne Hoffnung auf eine bessere Welt, ohne Vertrauen darauf, daß Anstrengungen sinnvoll sind, bessern? Warum sollen sie dem Teufel Alkohol widerstehen? Weil er das Leben verkürzt? Warum nicht, wenn es dafür lustig ist? Eine Alkoholikerin kam kreischend zu mir, den Bierkrug in der Hand, das Gesicht zum Wirtshaus. Was sollte ich sagen? Warum sie davon abbringen? Sie ist schon halbtot; soll sie doch vollends zugrundegehen, wenn der Tod allem ein Ende setzt. Aber mit ihr gehen andere; und diese andern haben vielleicht erst einen Schritt bergab getan. Das ist eben das Elend dieser langen Kette von Schlechtigkeit, daß die Kinder an ihre Eltern gebunden sind, die Freunde an ihre Freunde, Liebende aneinander; und einer zieht den andern hinunter in die bodenlose Grube der Verkommenheit.
Die helle Seite des Lebens im East End ist die Geselligkeit und das großzügige Teilen der ärmlichen Habe. Das zieht aber natürlich

Streit und Lästern nach sich, weil es leichter ist, zu geben, als Undankbarkeit zu ertragen oder selbst dankbar sein zu müssen. Und die ›Pinte‹ ist der einzige Treffpunkt, und deshalb werden gerade Geselligkeit und Großzügigkeit zum Verhängnis; und die mürrischen Gemüter und konstitutionell Schwächlichen isolieren sich selbst und bringen es womöglich noch zu etwas in ihrer Isolation. Der Dämon Alkohol zerstört die Kräftigsten und verschont die Schlechteren; er untergräbt die Konstitution einer Familie und geht dann weiter zu den Widerstandsfähigeren. Zu Zeiten verliert man alles Zutrauen zum Prinzip des laisser-faire und möchte dieses Gift um jeden Preis fernhalten, denn es zerstört das Leben des ganzen Volkes. Denn hart arbeitende Männer sind an betrunkene Frauen gebunden, und hart arbeitende Frauen an trinkende Männer, so daß die Guten nach unten gezogen werden und der Kampf um ein besseres Leben keinen Sinn mehr hat.

Und doch gibt es Einblicke in glückliche Familien; man kann Liebe zwischen Männern und Frauen und zu kleinen Kindern finden und, wenn auch selten, Zuwendung zu den Alten und Kranken. Und womöglich macht gerade diese gelegentliche Erholung von Schmutz und Unordnung die Arbeit noch deprimierender, denn man muß die Ohren verschließen vor den krankmachenden Hilferufen des Mannes oder der Frau, die untergehen und die Kleinen mit in eine Armut reißen, aus der keiner mehr hoch kommt.

Obwohl es zahllose Arbeitslose gibt, sind wirklich gute Arbeiter doch schwer zu finden, da die Leute schnell demoralisiert werden und den Arbeitseifer verlieren. Das ist wieder deprimierend, denn wie kann man diesen Menschen helfen, wenn ihr Leben ökonomisch gesehen nichts wert ist? (Tagebuch, 8. November 1886)

Während meiner Zeit als Mieteinnehmerin hatte ich nur einmal ein Interview mit Oktavia Hill; dazu findet sich folgende Eintragung in meinem Tagebuch:

Neulich abends traf ich Miss Octavia Hill bei Barnetts. Sie ist klein, hat einen großen Kopf, der vornehm auf ihren Schultern sitzt. Die Form von Kopf und Gestalt, auch Augen- und Mundausdruck haben die Attraktivität großer geistiger Kraft. Besonderer Charme liegt in ihrem Lächeln. Wir sprachen über Handwerkerwohnungen. Ich fragte sie, ob sie es für notwendig halte, genaue Beschreibungen der Mieter aufzuzeichnen. Nein, sie sah nicht, welchen Sinn das haben könnte. »Es wäre doch sicher klug, Beobachtungen aufzuschreiben, um zuverlässige Informationen zu geben«, schlug ich vor. Sie sagte dagegen, es habe sowieso schon zu viel ›leeres Gerede‹ gegeben; nicht

Reden, sondern Handeln sei notwendig; Männer und Frauen sollten sich aufmachen und täglich mitten unter den weniger Glücklichen arbeiten. Und so gab es einen leichten Mißklang zwischen uns, und ich bereute, daß ich mich so weit vorgewagt hatte. Überzeugt hat sie mich aber nicht. (Tagebuch, Juli 1886)

Der tote Punkt

Der geneigte Leser hat vielleicht bemerkt, daß ein schwarzer Faden persönlichen Unglücks sich durch meine Berichte vom Leben im East End zieht. Aus meinen Tagebuchnotizen schließe ich, daß ich mich damals für eine gespaltene Persönlichkeit hielt. Einmal schien ich eine normale Frau, die ihr privates Glück in der Liebe sucht, wie man sie im Rahmen einer gelungenen Ehe gibt und empfängt; mein anderes Ich aber nahm für sich zu jeder Zeit das Recht auf freie Entfaltung eines ›klaren analytischen Verstandes‹ in Anspruch. Aber ständig fragte ich mich, ob die Kapazität meines Denkvermögens wirklich rechtfertigt, daß ich mein Glück opferte und vielleicht sogar meinen Seelenfrieden durch die Unruhe eines aufrührerischen Verstandes aufs Spiel setzte. Denn damals, als es üblich war, daß die Frau sich dem Mann unterordnete – und in meinem besonderen Fall hätte diese Unterordnung ganz ausdrücklich sein müssen –, wäre es unmöglich gewesen, das Leben der Liebe mit dem des Verstandes zu vereinen. Die nun folgenden Tagebucheintragungen – die erste ist unmittelbar, bevor ich die Verwaltung der Katherine Häuser übernahm, geschrieben, die andern stammen aus der Zeit, als ich wegen des Zusammenbruchs meines Vaters die aktive Arbeit aufgegeben hatte – zeigen mich in den Klauen des Selbstmitleids, »des menschlichen Gefühls, das am weitesten verbreitet ist«, wie Mr. Arthur Ponsonby in seiner faszinierenden Einleitung zu den *English Diaries* sagt.[11]

So viel Interesse werde ich wohl nie wieder an meiner Person haben, daß ich all meine Gedanken und Gefühle einem unpersönlichen Vertrauten, meinem Tagebuch also, erzähle. Jedenfalls habe ich

schon lange keinen Gebrauch mehr von meiner alten Gewohnheit gemacht, alles aufzuschreiben, was ich sehe, denke und empfinde. Trotzdem verabschiede ich mich ungern ganz von dem alten Freund, der mich begleitet hat, seit ich meine ersten Erfahrungen machte und irgend jemandem mitteilen wollte, sei es auch nur einem Phantom meiner selbst. Wäre es nicht seltsam, herauszufinden, wem man eigentlich schreibt, wenn man Tagebuch schreibt? Wahrscheinlich ist der Adressat eine mysteriöse Personifikation der eigenen Identität, das Unbekannte, das von den ständigen materiellen und ideellen Veränderungen unberührt bleibt, die das Individuum zu einem bestimmten Zeitpunkt jeweils konstituieren. Dieses Unbekannte war einmal mein einziger Freund, war das Wesen, an das ich mich wandte, wenn ich Trost und Rat in all den kleinen Kümmernissen meines Kinderlebens brauchte. Ich weiß noch gut, wie ich als kleines Ding unter feuchten Büschen saß und über den Mangel an Liebe ringsum brütete (es ist möglich, daß ich sie nur nicht wahrnahm), mich dann in mich selbst zurückzog und zu mir sagte: »Du und ich, wir werden allein leben, und wenn das Leben nicht mehr auszuhalten ist, werden wir sterben.« Armes kargherziges kleines Ding! Und dann sagte ich: »Ich werde dich lehren, was ich fühle, denke und sehe, und zusammen werden wir groß und klug, und dann sind wir glücklich.« So ging ich meinen eigenen kleinen Weg und schrieb fleißig auf, was ich sah, und fing darüber nachzudenken an. Bald fand ich heraus, daß auch andere sehen und denken konnten, die so stark waren, daß sie mich auf meinen Weg tragen konnten. Ich klammerte mich an diese Hilfe, und die andern gaben sie mir aus Mitleid. Aber noch immer liebte ich nur das Unbekannte in mir, und mit meinem Gefühl richtete ich mich nur nach innen, wenn mein Verstand auch mit aller Kraft zu ergreifen suchte, was außen war. Dann kam die Freundschaft im Gewand der intellektuellen Sympathie; später erst enthüllte sie, daß ihr wirkliches Wesen in der Zuneigung lag und schob den Verstand mit seinem ewigen Analysieren vorsichtig beiseite. Und ganz zuletzt kam die Leidenschaft mit ihrer sengenden Glut; und das Gefühl, das so lange Zeit unbemerkt geglommen hatte, loderte auf und brannte alles nieder, die intellektuellen Interessen, den persönlichen Ehrgeiz und alle Antriebe zur Selbstentfaltung.
Und jetzt ist das Unbekannte nur noch ein Phantom, selten beschworen und dann nicht ergriffen. Verstand und Gefühl sind in gleicher Weise nach außen, auf die Welt, gerichtet. Heute sage ich ganz bescheiden: »Mein armes Kleines, weder sehen, noch denken noch fühlen, schon gar nicht leben können wir allein, ohne die Hilfe anderer; das haben wir gelernt. Deshalb müssen wir *für* andere leben und das Glück, das dabei für uns abfällt, nehmen, wie es kommt.«

Und dies war der Refrain, der sich in meinem Kopf immer wiederholte, während meiner ganzen Bayernreise. Ich sah manches, schrieb manches, reiste mit einem vertrauten Freund. Aber Tag und Nacht weinte ich heimlich über meine Vergangenheit und war unglücklich über die Gestalt, die mein vergangenes Leben mir gegeben hatte. Denn wer kann die formende Arbeit von Jahren rückgängig machen? Wir müssen mit dem Selbst leben, das wir geschaffen haben. (Tagebuch, 15. Oktober 1884)

Am 26. November, an dem Tag, als in London die allgemeinen Wahlen des Jahres 1885 stattfanden, hatte mein Vater, der zur Wahl gegangen war, einen Schlaganfall mit Lähmung. Er mußte sich vollkommen vom Geschäftsleben und von allem gesellschaftlichen Umgang zurückziehen. Für mich folgten daraus Monate voller Angst und Bedrückung, die wegen meiner eigenen unglücklichen Verfassung noch düsterer wurden. Meine jüngste Schwester, deren Gesundheit immer gefährdet war, mußte überredet werden, den Winter im Ausland bei Freunden zu verbringen. Die geschäftlichen Verbindungen und Verpflichtungen meines Vaters mußten in Ordnung gebracht werden. Meine eigene Berufskarriere schien zu einem plötzlichen und traurigen Ende gekommen. Die neue Arbeit des Mieteinnehmens mußte aufgegeben, die kameradschaftliche Verbindung mit den Kollegen abgebrochen werden; die Versuche in Sozialforschung konnte ich nicht weiterführen. Ich brachte die Wintermonate mit meinem Vater in Bournemouth zu, ohne das Betäubungsmittel Arbeit, und diese Enthaltsamkeit war in den ersten Wochen qualvoll.

Für mein Bewußtsein ist das Leben schrecklich (schreibe ich am 12. Februar 1886 in mein Tagebuch). Manchmal frage ich mich, wie lange ich noch daran festhalten soll... im Frieden mit mir lebe ich jetzt nie; mein ganzes vergangenes Leben kommt mir wie ein einziger nicht wieder gut zu machender Fehler vor. Ich habe nicht verstanden, worauf es im Leben ankommt. Ich bin nicht stark genug, um ohne Glück zu leben... Durch jeden neuen Tag quäle ich mich mühsam, ich wache schon mit Selbstmordgedanken früh am Morgen auf; ich bemühe mich mit aller Entschlossenheit, meine Gedanken in die alten Bahnen der fortzusetzenden Untersuchung zu zwingen; ich versuche, die Empfindung in das schmale Gleis der Pflicht zurückzudrängen ... jetzt, am Abend, sehe ich auf das verhaßte graue Meer, sehe die Brandung gegen die Küste anrollen und wieder zurückweichen; die Wellen brechen sich und gleiten zurück wie die Wogen meines Fühlens; aber sie kommen immer und immer wieder, und hinter ihnen liegt der bodenlose Ozean der Verzweiflung. Achtundzwanzig Jahre alt und ein Leben ohne Hoffnung! Ab und an die Täuschung durch einen Moment belebender Energie, dann wieder das Zurückfallen in die Monotonie der Verzweiflung. Keine Zukunft, nur die Wellen meines Fühlens brechen sich ständig in leerer Wiederholung (Tagebuch, 12. Februar 1886).

Aber wenn sich intellektuelle Neugier mit der Gewohnheit regelmäßigen Arbeitens paart, kann man immer auf Gesundung hoffen, und der dringend notwendige Anreiz zu neuer Hoffnung kam schnell. Zwei Tage nach jenem Ausbruch egozentrischen Kummers kam ein Brief! Kein Liebesbrief, verehrter Leser, sondern nur eine sehr prosaische Mitteilung des Herausgebers der *Pall Mall Gazette*. In den Zeitungen hatte es eine Auseinandersetzung über Arbeitsbeschaffung in der Umgebung Londons für die Arbeitslosen im East End gegeben. Da ich Besorgnisse wegen der Arbeit und Löhne der Mieter in den Katherine Häusern hatte, schrieb ich einen Protest dagegen, daß noch mehr Arbeiter auf den ohnehin schon stark überlasteten Arbeitsmarkt gezogen werden sollten, indem man überall Arbeitsbeschaffung durch die öffentliche Hand ankündigte; dieser Protestbrief war mein erster Versuch, etwas zu veröffentlichen. »Dürfen wir Ihren Namen am Kopf des Artikels drucken?«, lautete die erfreuliche Reaktion, die mit der nächsten Post kam. Diese kleine Anerkennung meiner Eignung als Schriftstellerin über soziale Fragen half mir, den ›toten Punkt‹ zu überwinden. Aber andere Einflüsse kamen dazu.

Es ist seltsam, daß alte Assoziationen an diesen Ort (Bornemouth) und vielleicht auch andere Gründe mich von neuem unter den Einfluß der Religion gebracht haben (schreibe ich einen Monat später in mein Tagebuch) ... Ist das eigentlich Eitelkeit, dieser intensive Wunsch, mein Leben der Lösung sozialer Probleme zu widmen? Das Bedürfnis danach ist so stark in mir, daß ich ein Leben voller täglicher Plackerei, ohne aufregende Unterhaltung, ohne das, was die meisten Leute für Vergnügen halten, auf mich nehmen würde, auch

den Verzicht auf das größere Glück einer Ehefrau und Mutter – wenn ich nur genug Zutrauen zu meiner Kraft hätte. Wenn ich glauben könnte, daß ich an meinem Verstand und Charakter ein für wissenschaftliche Untersuchungen geeignetes Instrument besitze und daß ich die Wahrheit finden würde, dann wollte ich jahrelang nur ohne aufregende Funde lernen, nur für die Arbeit leben, schlafen nur, um mich von der Arbeit für neue Arbeit zu erholen. Aber ich fürchte mich vor Selbsttäuschung. Niemand ist bemitleidenswerter als die Männer und Frauen, die dazu verdammt sind, ihre Fähigkeiten falsch einzuschätzen, und erst spät in ihrem Leben zu der Erkenntnis erwachen, daß sie nichts haben als die öde Leere unerfüllter Gefühle, daß ihnen sogar das entgangen ist, was jeder haben kann.
Und dann die Einsamkeit am Lebensende. Sicher, Freunde würde man wohl immer haben, ganz gleich, was geschieht. Und ich liebe meine Freunde, habe noch nie einen verloren. Auch wenn ich mein Hauptziel nicht erreiche, wird mein Leben nicht ganz unnütz gewesen sein. Den Menschen meiner Umgebung könnte ich immer noch praktische Hilfe leisten, als Mädchen für alles, wenn gerade eines gebraucht wird. (Tagebuch, 15. März 1886)

Merkwürdig, daß der Geist der Religion (schreibe ich über ein Jahr später) immer über dem Leben der Unverheirateten schwebt, die sich der Arbeit verschrieben haben; viel seltener findet er sich in der beruhigenden Nützlichkeit der Ehefrau und Mutter. Manchmal frage ich mich, ob ich mich überschätze; aber das Bewußtsein, eine besondere Sendung für die Gesellschaft im ganzen, nicht für einzelne, zu erfüllen, dieses Bewußtsein habe ich in meinen besseren Augenblikken deutlich; es verliert sich nur, wenn ich wieder die Beute von Leidenschaft, Unsicherheit und Egoismus werde. In jenen schwarzen Tagen der Weltlichkeit und Sinnlichkeit erstarb es ganz; als ich resigniert meine täglichen Pflichten erfüllte, belebte es sich wieder. Das Zutrauen zu meiner Fähigkeit, diese Arbeit zu leisten, leuchtet im Verein mit meinem Glauben an den Großen Geist, vor dem alle Dinge gleich klein sind: es scheint hell oder verdunkelt sich zugleich mit diesem höheren Glauben. Und dennoch, wenn ich mich selbst mit klarem Urteilsvermögen prüfe, dann sehe ich keinen Grund für dieses Zutrauen in mir; ebenso wenig finde ich einen Grund für meinen Glauben an Gott und alles, was Gott bedeutet, wenn ich die Außenwelt prüfe. Auch kann ich keine Verbindung zwischen beiden Überzeugungen sehen – warum sollte die eine von der andern abhängen? ...
Eine gewisse Anspannung in meiner Beziehung noch zu meinen liebsten und engen Freunden hat ihren Grund zum Teil in diesem Be-

wußtsein eines besonderen Auftrages und diesem Zutrauen zu meinen Fähigkeiten. Wenn ich Andeutungen darüber mache, scheint meinen Freunden die ganze Idee absurd, weil sie in einem so grotesken Mißverhältnis zu dem steht, was ich ihrer Meinung nach tun kann. Aber meistens verberge ich dieses Zutrauen, und meine besten Freunde wissen nichts von dem Geist, der mich langsam, aber unaufhaltsam, entweder in besondere Brauchbarkeit auf einem Fachgebiet oder in ein gescheitertes Leben treibt. (Tagebuch, Juli 1888)

An dieser Stelle meiner Erzählung bin ich in Versuchung, eine ganz triviale Reflexion einzuschalten, weil sie besonders gut zu diesem toten Punkt in meiner Karriere paßt. Wie selten wissen wir Sterblichen doch, was gut für uns ist! Wenn ich auf diesen Sumpf von Verzweiflung zurückblicke, in dem ich seit 1884 langsam immer tiefer versank – am schlimmsten war die verhängnisvolle Krankheit meines Vaters im Winter 1885/86 –, dann scheint mir, ich sehe einen Schutzengel eifrig am Werk, meine Vorsätze zu stärken und vielleicht auch das Herz eines andern Menschen zu verhärten! ... (»Für mich gerettet!« ruft Er, der Andere.) Das mag sein wie es will, für die Fortschritte meiner Berufsausbildung war dieser erzwungene Rückzug aus dem vielbeschäftigten Leben voller Ablenkungen, das ich bis dahin geführt hatte, im Ganzen sicher ein Gewinn. Nachdem ich die Methoden der Beobachtung und des Experimentierens beherrschte und mein Untersuchungsgebiet gefunden hatte, brauchte ich nun vor allem Kenntnis des historischen Hintergrundes; ich mußte wenigstens etwas über Verfassungsrecht und industrielle Entwicklung wissen und mich bis zu einem gewissen Grade mit vergangenen und gegenwärtigen politischen und ökonomischen Theorien vertraut machen. Bei meinen knappen Energiereserven überstieg es meine Kraft, das anspruchsvolle Studienprogramm, das ich im Herbst entworfen hatte, neben der Arbeit als Mieteinnehmerin in den Katherine Häusern, der Organisation des Haushalts und den Einladungen durchzuführen. Aber wenn man immer nur kurzzeitig am Schreibtisch arbeiten kann und schnell den kleinen Vorrat an Denkkraft erschöpft hat, der einem zur

Verfügung steht, dann ist die Frage, wie man die restliche Zeit gestaltet, ohne in ichbezogenes Grübeln über eingebildete Leiden zu verfallen (das habe ich am tragischen Beispiel Herbert Spencers schon beobachtet). Dieses Problem löste sich für mich auf glückliche Weise, als ich als Gesellschafterin eines Invaliden leben mußte. Dank meiner Gewohnheit, früh aufzustehen, konnte ich vor dem Frühstück gut drei Stunden ausdauernd und konzentriert lesen und denken; und das war ziemlich genau das tägliche Maß intellektueller Anstrengung, das ich bewältigen konnte. Für den Rest des Vormittags blieb genug Beschäftigung ohne Anspannung: ich mußte die Korrespondenz meines Vaters erledigen, die Morgenzeitungen vorlesen, neben seinem Rollstuhl hergehen oder mit ihm ausfahren. Nach dem Mittagessen machte ich einen Ritt oder Gang übers Land, dachte dabei über die Arbeit des Morgens nach; dann folgte wieder eine Vorlesezeit, manchmal las ich die Lieblingsromane meines Vaters von Jane Austen oder Sir Walter Scott, oder eine neu erschienene politische Biographie. Abwechslung in dieses friedliche Leben brachten häufige Besuche meiner verheirateten Schwestern oder verhetzte Kurzreisen nach London, um Freunde zu sehen oder im Lesesaal des British Museum einen Artikel oder einen Parlamentsbericht durchzugehen.

In dieser Hinsicht hatte ich ungewöhnliches Glück. Während seiner ganzen langwierigen Krankheit behielt mein Vater die Liebenswürdigkeit seines Charakters und Temperamentes.

Er hat wirklich alle Vorzüge eines Wesens voller Liebe und Selbstaufgabe (schreibe ich drei Monate nach seinem ersten Schlaganfall in mein Tagebuch). Sein Leben ist ohne Reibungen und ohne Reue; sein einziges Leid ist die tief religiöse Trauer um den Tod meiner Mutter. Und sogar darin liegt mehr Zärtlichkeit als Bitternis; denn bei dieser Trauer verweilt er gern, und er durchlebt in der Vorstellung wieder und wieder die Jahre seines Ehelebens, an die er nur gute Erinnerungen bewahrt hat. Diese beiden letzten Monate waren besonders glücklich; er freut sich über seine körperliche Gesundheit und zeigt kein Bedauern über das Fehlen der Kraft; wahrscheinlich nimmt er es gar nicht wahr! Er lebt das Leben seiner Kinder mit, die ständig um ihn sind – vielleicht überschätzt er die Bedeutung dieser neun Frauen für die Welt – und wenn auch, das ist bei einem alten Vater, der schon am Rande seines Grabes lebt, verzeihlich. (Tagebuch, 4. April 1885)

Essays zur Sozialtheorie

Während der nun folgenden sechs Monate nehmen meine Tagebücher schnell an Umfang zu, sie sind mit Zusammenfassungen und kritischen Besprechungen historischer Werke gespickt; den Katalog erlasse ich dem Leser.

Das Studium historischer Werke im weitesten Sinn (schreibe ich in den ersten Wochen dieser Studienzeit) hat zweierlei Nutzen; es verschafft die unumgängliche Kenntnis von Fakten zum Verständnis sozialer Strukturen und die ebenso unumgängliche Schulung der Vorstellungskraft, die uns in den Stand setzt, die Vielfalt von Bedingungen und Veranlagungen zu erkennen, die die menschliche Gesellschaft ausmachen. Die Schwierigkeit liegt im Vermeiden von Abschweifungen: man muß sich vornehmen, die wichtigsten Faktoren zu überblicken, und darf nicht versuchen, die Verzweigungen auch zu studieren, obwohl sie oft der faszinierendste Teil des Ganzen sind. (Tagebuch, 17. April 1886)

Bücher zu lesen und über sie zu schreiben war jetzt jedoch nicht mehr das Hauptmittel zur Selbstbildung; ich fing an, selbst Ideen zu haben, und mir lag sehr daran, sie zum Ausdruck zu bringen. Vor allem rätselte ich an der Methodologie der Sozialwissenschaften herum; was war zum Beispiel das richtige Verhältnis von persönlicher Beobachtung zu statistischer Untersuchung? Dieses Problem kam gerade in jenen Monaten auf, in der ersten Phase von Charles Booths Untersuchung zu Leben und Arbeit der Bevölkerung von London. Die folgenden Eintragungen beschreiben meinen Versuch, das Problem zu lösen.

Charles Booths erste Sitzung mit seinem Ausschuß für Statistische Untersuchungen im City Office. Anwesend: Charles Booth, Maurice Paul, Benjamin Jones[12], Sekretär der Working Men's Co-operative Society; Radley, Sekretär einer Handelsgesellschaft, und ich. Ziel dieses Komitees: wir wollten uns ein zutreffendes Bild von der Londoner Gesellschaft in ihrer Gesamtheit, von vier Millionen also, verschaffen; Wohnbezirk und Art der Arbeit sollten dazu auf der Basis der Daten der Volkszählung ausgewertet werden. Wir genehmigten Charles Booths genau ausgearbeiteten, detaillierten Plan für das Projekt und eine kurze Zusammenfassung für allgemeine Zwecke. Im Augenblick ist Charles Booth selbst der einzige Arbeiter in seinem gigantischen Vorhaben. Wenn ich schon mehr Kenntnis der Verhältnisse in der Vergangenheit hätte, wäre dies genau die Art Arbeit, die ich gern machen würde, wenn ich mich frei entscheiden könnte... (Tagebuch, 17. April 1886)

Essen mit Mr. Barnett: er versuchte, meine Begeisterung für C.B.s Plan zu dämpfen; sagte, es sei unmöglich, die Informationen zu bekommen, die man dazu braucht; offensichtlich beurteilte er auch den Nutzen solcher Fakten sehr skeptisch. (Diese Bemerkung war vermutlich nur eine Reaktion auf meine übertriebene Begeisterung für Fakten, sie kann nicht alles gewesen sein, was Canon Barnett zur Beurteilung von Charles Booths Grand Inquest zu sagen hatte, denn er erwies sich als ein besonders hilfreicher Mitarbeiter bei der Untersuchung.)
Ich äußerte die Vermutung, daß ›Praktiker‹, die unmittelbar mit der Organisation der Gesellschaft zu tun haben, nicht auf allgemeine Prinzipien hören mögen, sondern nur durch die Anwendung dieser Prinzipien auf Einzelfälle überzeugt werden, und nur, wenn sie durch Fakten bewiesen wird. Er antwortete, die Geschichte, wenn er sie richtig verstehe, lehre, daß Ideen größeren Einfluß haben als Fakten, daß Ideen den Charakter beeinflussen und daß Charakter das Geheimnis allen Lebens sei – alle Reformen sollten nach ihrer Wirkung auf den Charakter beurteilt werden. (An Ideen glaube ich auch, aber nur an die, die den Fakten folgen...) Ich stimmte dem zu, sagte aber, daß diese Wahrheit oder Tatsache sorgfältig bewiesen werden müsse; eine noch so gute apriorische Begründung hätte wenig Kraft, die Leute zu überzeugen; die naturwissenschaftliche Einstellung habe Skepsis gegenüber allen allgemeinen Prinzipien bewirkt, sei aber selbst noch nicht weit genug entwickelt, um Zutrauen in die naturwissenschaftliche Methode verbreiten zu können. (Tagebuch, 18. April 1886)

Habe in Charles Booths Büro Mr. Loch, den Sekretär der C.O.S., getroffen; er war brennend an genauen Informationen über die Lebensverhältnisse der Armen interessiert. Nach dem, was er sagt, gibt es offenbar viele, die gern an der Untersuchung mitarbeiten würden. – Habe mir von C.B. Bände der Statistischen Gesellschaft geliehen... Statistik wird definiert als die Wissenschaft, die sich mit der Struktur der menschlichen Gesellschaft, d. h. der Gesellschaft in ihren sämtlichen, auch den kleinsten, Bestandteilen, mit allen ihren Beziehungen, auch den sehr komplexen, befaßt; zu ihren Gegenständen gehören die höchsten Formen der Bildung ebenso wie der Handel, das Verbrechen und die sogenannten ›Statistiken‹ der Nadelfabrikation und der Londoner Abfalleimer... Vielleicht wäre es gut, wenn ich erklärte, was ich unter Sozialdiagnose verstehe, und es im Herbst als Artikel veröffentlichte. Wenn der Artikel gut geschrieben ist, kann er Charles Booths Organisation unterstützen. (Tagebuch, 4. Mai 1886)

Jetzt bin ich entschlossen, einen Artikel über Sozialdiagnose zu schreiben. Er sollte zunächst zeigen, wie sehr wir in Denken und Tun von Darstellungen sozialer Tatsachen beeinflußt sind; daß unser Sozialgefühl durch diese Darstellungen geformt wird, so daß es nach politischer Aktion schreit oder sich in freiwilligen Hilfsdiensten abreagiert; daß das politische Handeln auf den Darstellungen sozialer Fakten basiert (siehe den Untersuchungsausschuß zum Thema Artisans' Dwellings); deshalb stellt sich nicht die Frage, ob wir uns von den Gefühlen und Gedanken leiten lassen sollen, die aus einer vollständigen oder unvollständigen Kenntnis sozialer Fakten entstanden sind; auch nicht, ob es nicht klüger wäre, wenn wir unser Tun vom Dekalog oder von den Prinzipien Herbert Spencers leiten ließen. Das ist für die gegenwärtige praktische Politik der Sozialwissenschaft keine Frage mehr. Allgemeine Prinzipien sind in der Öffentlichkeit und bei den Männern, die man in unsere Regierung wählt, weitgehend in Mißkredit geraten.
Uneinigkeit unter den Soziologen.
Sehr sorgfältige Darstellung des Aufstiegs der Medizin – Vergleich zwischen Ärzten und Politikern in ihren Debatten. (Tagebuch, 6. Mai 1886)

Komme nicht gut weiter mit der Stoffsammlung für meinen Artikel. Ich brauche unbedingt einen Beweis aus der Geschichte, daß wir wirklich nach Gedanken und Gefühlen handeln, die durch soziale Beschreibungen geprägt sind. Wie Charles Booth neulich sagte, basiert die Gesetzgebung weitgehend auf Klassengeist oder einem religiösen oder antireligiösen Gefühl und nutzt Fakten nur zur Auslegung, gibt Fakten nur als Daten aus, während sie in Wirklichkeit Beispiele sind. Vier Punkte werde ich behandeln müssen; erst zwei davon habe ich bis jetzt genauer überlegt.
(1) Die Methode der statistischen Untersuchung; Beispiele dafür in Giffens *Progress of the Working Classes*. Die benutzten Daten.

(2) Fehlschluß der Gleichartigkeit oder Identität der gewählten Einheiten und Beispiele für diesen Fehlschluß aus Giffens Artikel, auch in den unterschiedlichen Schätzungen über die Höhe des Einkommens der Arbeiterklasse. An dem Punkt möchte ich eine Darstellung der demoralisierten Arbeiter in großen Städten einschieben. (3) Fehlschluß in dem Gesetz, daß Arbeit wie das Wasser dorthin fließt, wo die beste Bezahlung ist. Aufzählung anderer Attraktionen des städtischen Lebens. (4) Fehlschluß in dem Satz vom Durchschnitt bei der Anwendung auf Löhne.
Persönliche Beobachtung und die Tendenz zu gravierenden Irrtümern ohne die Korrektur durch statistische Methode. Vorentscheidungen bei der Auswahl von Fakten. Die größere Attraktivität bestimmter Fakten für Menschen mit bestimmten Einstellungen; Beispiel Frauenarbeit. Neigung der persönlichen Beobachtung, eigene Erfahrungen mit einer Klasse als repräsentativ für die Gesamtheit anzusehen. Diese Neigung deutlich bei den Philanthropen und bei Politikern, die sich durch Philanthropen anregen lassen. Ist es möglich, daß autoritäre Regierungen in gewissem Ausmaß auf dieser falschen Einschätzung der Arbeiterklasse beruhen?... Große Schwierigkeit bei der Art der Beobachtung sozialer Organisation liegt darin, daß bestimmte Eigenschaften, die der beobachtete Gegenstand hat, im Beobachter nicht angelegt sind. Zum Beispiel Religion, Lebensweise der Bohemiens. Zahlreiche Beobachter können sich gegenseitig korrigieren. (Tagebuch, 24. Mai 1886)

Den Essay zur Sozialdiagnose, den ich sofort hatte veröffentlichen wollen, schrieb ich dann doch nicht. Im Sommer 1886, als ich mit meinem Vater und meiner Schwester in unserem Haus in Monmouthshire, The Argoed, war, gab ich die Arbeit daran auf und verfolgte einen andern Gedankengang, der sich aus meinem Studium der politischen Ökonomen, von Adam Smith bis Karl Marx, von Karl Marx zu Alfred Marshall, ergeben hatte; es war eine Überlegung zum Zusammenhang zwischen Ökonomie und Soziologie und zu einer daraus folgenden Werttheorie. [...]
Die »kleine eigene Arbeit«, die mich im Sommer und Herbst 1886 sehr fesselte, nahm die Gestalt zweier langer Essays an; einer hatte den Titel »The History of English Economics«, der andere »The Economic Theory of Karl Marx«; keinen von beiden habe ich je zu publizieren versucht. Ich will nicht den

Eindruck erwecken, als erhielten diese Essays wesentliche originelle Gedankengänge; es kann gut sein, daß alle meine Fehlschlüsse in den Büchern anderer Amateure auch stehen, während das Körnchen Wahrheit, das ich vielleicht gefunden habe, erst recht in den Büchern der anerkannten politischen Ökonomen liegt. Alles was ich sagen möchte, ist, daß die in diesen Essays ausgedrückten Ideen meinem eigenen Kopf entstammen.
Das Tagebuch ruft mir die Mühe und das Ziel der strengen Disziplin, der ich mich unterwarf, ins Gedächtnis zurück.

Ach, der Kopf tut mir weh, und meine ehrgeizige Vorstellung schwebt mir nur dunkel und in unerreichbarer Größe und Ferne vor. Politische Ökonomie ist so mühsam und schwer – hassenswert. Und doch, mir ist klar, daß ich sie verstehen muß. Mehr noch, ich muß verstehen, was ihr zugrunde liegt, denn jede neue Entwicklung (der Theorie) korrespondiert mit einer unbewußten Wahrnehmung der Hauptmerkmale im gleichzeitigen industriellen Leben. Im Augenblick kann ich mir die Form, die ich der Arbeit geben möchte, in dieser Masse von Deduktionen und Faktenbeispielen noch nicht vorstellen. Ich muß herausfinden, auf welchen Daten die politische Ökonomie wirklich basiert – welche Annahmen sie machen muß. (Tagebuch, 2. Juli 1886)

Jetzt habe ich die politische Wissenschaft so weit durchschaut, wie ich das wollte – nun noch ungefähr zwei Wochen Arbeit, dann kann ich diesen einen Paragraphen richtig schreiben. Feste Grundsätze der politischen Ökonomie hat es nie gegeben – sie haben sich nicht nur der Zahl nach vermehrt, immer wenn neues Material betrachtet wurde, sondern auch die Grundsätze selbst haben sich mit der größeren Sorgfalt bei der Betrachtung der verschiedenen Themenbereiche, die schon Gegenstände von Verallgemeinerungen geworden waren, noch weiter entwickelt. (Tagebuch, 18. Juli 1886)
Habe meinen Essay über »The Rise and Growth of English Economics« abgeschlossen. Ich glaube, ich habe meinen Zentralgedanken so ausgedrückt, daß er verständlich ist und die historische Entwicklung im Umriß einigermaßen deutlich macht. Ich frage mich, ob er sehr anmaßend wirkt, wenn er veröffentlicht ist. Das wäre ein falscher Eindruck. Ich kann mir nicht helfen, meine Ideen nehmen immer eine positive Form an; und wenn ich versuche, sie zögernd und vorsichtig auszudrücken, dann ist das gekünstelt. Denn ich habe nur die beiden Möglichkeiten, entweder zu sagen: »ich weiß es nicht,

denn ich kann es nicht beurteilen«, oder: »ich glaube von ganzem Herzen und mit ganzer Seele, daß schwarz schwarz ist, und niemand wird mich dazu überreden zu sagen, es sei weiß.« Genau diese hoffnungslose Unabhängigkeit des Denkens macht, daß mein Verstand vielen Leuten so zuwider ist; – mit Recht, denn eine Frau sollte mehr oder weniger abhängig und rezeptiv sein. Aber ich muß durch die Welt kommen mit meinem Verstand, so wie er eben ist, und muß mir selbst treu bleiben. (Tagebuch, 14. September 1886)

Der Essay »The Economic Theory of Karl Marx« war erst im folgenden Frühjahr fertig.

Drei Wochen war ich ganz absorbiert von meiner Arbeit über Karl Marx, die jetzt fast abgeschlossen ist. Aber ob sie so geschrieben ist, daß sie akzeptiert wird und ›ankommt‹, weiß ich nicht. Manchmal bin ich in Hochstimmung und glaube, daß ich die Sache am richtigen Ende angepackt habe; dann wieder, wenn ich übermüdet und deprimiert bin, sehe ich in meiner Arbeit nur unzusammenhängende Halbwahrheiten. Wie auch immer, intellektuell produktiv zu sein, macht das Leben eine Zeitlang erfreulich, gibt ihm persönliche Bedeutung. Und jetzt, wo ich mich auf viele einsame Jahre ohne praktische Interessen einrichten muß, ist beständiges intellektuelles Streben mein einziger Rettungsring gegen die Schwermut. (Tagebuch, 25. Februar 1887)

Auch an dieser Stelle will ich meine Erzählung nicht durch Wiedergabe von Generalisierungen belasten, die ich damals schließlich strich, teils, weil ich erkannte, daß mein Verstand sich dabei zu weit ins Bodenlose vorgewagt hatte, teils auch, weil mir Zweifel an der Wünschbarkeit einer wasserdichten Wissenschaft der politischen Ökonomie gekommen waren. [...] Meine Definition des Fachgebietes Ökonomie schloß Studien zur Sozialpathologie ein und brachte mich deshalb dazu, daß ich mich gegen die dogmatischen Schlüsse meines verehrten Lehrers Herbert Spencer auflehnte. Seine Einwände gegen meine Spekulationen gebe ich im folgenden wieder:

»So weit ich verstanden habe«, schrieb er als Antwort auf eine Zusammenfassung meiner Thesen, die ich ihm geschickt hatte, »sind die Einwände, die Sie gegen die Lehrsätze der älteren politischen Ökonomen machen, weitgehend dieselben, die man in den letzten Jahren schon gemacht hat, und zu Unrecht, wie ich glaube. Meine Gegengründe muß ich in ein paar Sätzen erklären; dazu werde ich die Analogie, die Sie richtig zwischen dem sozialen und dem individuellen Leben sehen, benutzen.

1.) Die Physiologie formuliert die Gesetzmäßigkeit der Körperfunktionen im Zustand physischer Gesundheit, und sie ignoriert die Pathologie dabei vollkommen – sie kann keinerlei Funktionen berücksichtigen, die nicht normal sind. Eine vernünftige Pathologie aber kann nur dann entstehen, wenn vorher die Physiologie entwickelt wurde, die alles Pathologische außer acht ließ; erst muß man die Funktionen in einem gesunden Körper verstehen, sonst kann man ihren krankhaft veränderten Zustand nicht begreifen.

2.) Weiter, wenn die rationale Pathologie in dieser Weise eingeführt ist, dann ist der Weg der Behandlung, den sie beschreitet, der, daß man sich bemüht, normale Funktionen wiederherzustellen, so weit das möglich ist – *man bemüht sich nicht darum, die Physiologie so umzuformen, daß sie pathologischen Zuständen angepaßt wird.*

3.) Dasselbe ist der Fall mit der Betrachtung der normalen Beziehungen, die Maßnahmen in der Industrie zueinander haben; das ist die Aufgabe der politischen Ökonomie, die ihren Namen verdient. Sie kann auch nicht in Unordnung geratene Beziehungen zwischen diesen Maßnahmen oder Hindernisse für sie berücksichtigen. Pathologische Zustände kann sie überhaupt nicht erkennen; darüberhinaus hängt die Möglichkeit, solche pathologischen sozialen Zustände zu verstehen, vollkommen davon ab, daß vorher jener Teil der Sozialphysiologie eingerichtet wurde, der Aufgabe der politischen Ökonomie ist.

4.) Und, was noch mehr ist, wenn diese pathologischen Zustände dadurch entstehen, daß der freie Wettbewerb und die freien Verträge, die die politische Ökonomie voraussetzt, durchkreuzt werden, dann kann das Heilungsverfahren nicht in einer Abänderung der Grundsätze politischer Ökonomie bestehen, sondern muß auf die Wiederherstellung größtmöglicher Freiheit des Wettbewerbs und der Verträge zielen.

Wenn ich Sie richtig verstanden habe, dann wollen Sie die Prinzipien der politischen Ökonomie so modifizieren, daß sie auch die praktische Erkenntnis pathologischer Zustände leisten kann; damit aber würden Sie schlicht pathologische Zustände erst organisieren, und die Dinge würden sich vom Schlechten zum Schlimmeren entwikkeln.« (Auszug aus einem Brief Herbert Spencers vom 2. Oktober 1886)

Der Brief des alten Philosophen ist interessant (schreibe ich zwei Wochen später in meinem Tagebuch). Seine erste These ist sehr

charakteristisch ... Sicherlich ist die Physiologie in Wirklichkeit aus dem Studium menschlichen und tierischen Lebens in all seinen Manifestationen, Geburt, Wachstum, Krankheit und Tod, entstanden. Physiologische Tatbestände sind sehr wohl durch das Studium der Pathologie entdeckt worden; und es ist die Frage, ob nicht die Wissenschaft von den Krankheiten der Wissenschaft von der Gesundheit voranging. Aber Herbert Spencer hat keinen Sinn für Geschichte.
Zweite These (ich hatte die Abschnitte in seinem Brief numeriert) zeigt, wie gründlich er meine Position mißversteht. Ich habe nicht die geringste Absicht, ein Verfahren zur Heilung zu verschreiben; und daß er darauf Bezug nimmt, beweist, daß sich seine Beobachtung und Behandlung sozialer Themen einem *parti-pris* für die Regierungskunst unterordnet. Da aber Bella Fisher[13] mich in derselben Weise mißversteht, muß ich mich irgendwie mißverständlich ausgedrückt haben.
Die dritte These behauptet, die politische Ökonomie stelle die normalen Beziehungen innerhalb der Industrie dar. Der erste Schritt ist wohl, daß man herausfindet, welche Relationen es überhaupt gibt; danach entdecken wir vielleicht, was normal, oder sollen wir sagen, was gesund ist, dadurch, daß wir die einzelnen ökonomisch krankhaften Zustände erkennen.
Soweit ich aber Ricardos Ökonomie verstehe, versucht er gar nicht, etwas zu entdecken, er macht nur Behauptungen. Es ist möglich, daß seine Annahmen sich schließlich als Aufzählungen normaler Handlungen erweisen, aber Beweise dafür, daß seine Annahmen auf Fakten beruhen, gibt er nicht. Er scheint Beweise aber auch nicht für notwendig zu halten.
Vierte These. Wieder die Frage der Behandlung. »Sie wollen die Grundsätze der politischen Ökonomie so modifizieren, daß sie auch die praktische Erkenntnis aller pathologischen Zustände leisten kann.« Wie merkwürdig. Offenbar hält er die Wissenschaft der Ökonomie für einen Zweig der Regierungskunst, nicht für einen Teilbereich der Soziologie, also der Wissenschaft, die für einen Teil der menschlichen Natur zuständig ist. Die Aufgabe der Soziologie ist es, festzustellen, was ist; nicht aber, uns zu sagen, was, irgendeinem sozialen Ideal entsprechend, sein sollte. (Tagebuch, 4. Oktober 1886)

Vierzehn Tage später findet sich noch eine andere Eintragung über meinen alten Freund, in ganz anderem Ton; sie zeigt nebenbei auch, welche unangenehme Wirkung auf Körper und Geist die ›hassenswerte Quälerei mit der politischen Ökonomie‹ hatte.

Fahrt nach Brighton, um den alten Philosophen zu sehen. Eine große geistige Kapazität liegt brach. Aber ich liebe den armen alten Mann, und meine Empfindung für ihn macht ihn glücklich. Seine ganze Existenz besteht darin, daß er sich ständig den Puls fühlt, um festzustellen, wie es um ihn steht – eine quälende Selbstanalyse all seiner physischen Regungen. Ach ich! Manchmal kommen Zeiten, wo man nur noch universellen Selbstmord empfehlen möchte. Denn das ganze Geschäft des Lebens scheint für alle Betroffenen allzu quälend und ermüdend. Und mir geht es gar nicht gut heute – mir ist übel; ich habe Kopfweh und bin ganz kleinmütig; aber meine Laune wird sich bessern. Ich brauche eine Veränderung und bilde mir ein, daß die ganze Welt zum Teufel geht, nur weil ich an Körper und Seele leide. Nur Mut, meine Freundin, Mut! (Tagebuch, 18. Oktober 1886)

Studien zum Leben im East End

Gegen Ende des ersten Jahres der Krankheit meines Vaters konnte ich wieder teilweise zu einem aktiven Leben zurückkehren. Im Sommer 1886 überredete ich meinen Vater mit der Hilfe unseres »geliebten Hausarztes«, Sir Andrew Clark, der Freund und medizinischer Ratgeber meines Vaters war, daß er meinem Schwager Daniel Meinertzhagen[14] eine Generalvollmacht gab. Der nie nachlassenden Freundlichkeit und Höflichkeit dieses nahen Verwandten und fähigen Finanzmannes verdanke ich es, daß ich von der belastenden Geschäftsführung befreit wurde, für die ich schlecht gerüstet war und die mir ständig Angst gemacht hatte, weil einige Investitionen meines Vaters riskante Spekulationen waren. Und als klar wurde, daß die Krankheit meines Vaters aus der kritischen in die stationäre Phase übergegangen war, bestanden meine verheirateten Schwestern darauf, daß sie sich mindestens während vier Monaten pro Jahr bei der Pflege meines Vaters abwechseln wollten, damit ich, wie sie es freundlich nannten, Zeit für mich selbst hätte, Zeit, mich in der Gesellschaft, auf Reisen oder mit Arbeit zu unterhalten. Über die Weise dieser Erholung entschied ich prompt.

Zwei Tage in London bei den Booths (schreibe ich am Jahresende). Charlie ganz absorbiert von seinem Projekt, arbeitet alle Abende durch mit drei bezahlten Sekretären. Ich habe versprochen, in meinen Ferien im März die ›Docks‹ zu übernehmen. Die liebe kleine Mary mit ihrer freundlichen Art und ihrer reizenden Mutterrolle... Leonard (Courtney) sagt wenig und interessiert sich nicht besonders für das, was ich sage – aber seine Persönlichkeit, die vollkommene Integrität und Courage, wirkt wie ein Fels im Meer. (Tagebuch, 5. Dezember 1886)

Nachdem ich den Winter mit meinem Vater in Bournemouth zugebracht hatte, begab ich mich ins Hauptquartier der »Freunde«, das Devonshire House Hotel in Bishopsgate (das mehrere Jahre lang meine Londoner Bleibe war), und fing mit der Arbeit an.

Habe den letzten Monat sehr genossen (schreibe ich nach der Hälfte meiner Ferien). Habe den statistischen Umriß für die Dock-Arbeiter in den Tower Hamlets fertig.
Sicher ist die Untersuchung sozialer Fakten eine interessante Arbeit; aber um sie gründlich zu machen, braucht man ein ganzes Leben. Ich habe das Gefühl, daß das Stückchen Arbeit, das ich mache, sehr oberflächlich werden wird, und daß ich, solange ich Sozialforschung nur als Ferienbeschäftigung, nicht als Lebensarbeit treibe, nur wenig Gutes leisten kann. Aber ich brauche viel Vorbereitung. Allgemeine aber gründliche Kenntnis der Englischen Geschichte und Literatur: ein Gerippe, das ich dann jederzeit durch Einzelstudien mit Fleisch und Blut umkleiden kann. Theoretisches Verständnis des industriellen Wachstums und des gegenwärtigen Standes industrieller Organisation. Dann das Durchdenken von Prinzipien – Nachdenken über die Begrenzung des Themas und die Methodenfrage. Dies und noch viel mehr muß ich tun, bevor ich vollständig auf die unmittelbare Sozialbeobachtung vorbereitet bin. Eine Studie dieser Art ist meinem häuslichen Leben vergleichbar: sie verlangt ebensoviel gleichmäßige Erfüllung der Pflicht liebevoller Zuwendung. Vielleicht werde ich frei sein, bevor ich mich der Freiheit gewachsen fühle! Schon jetzt ist meine Freiheit beträchtlich, größer als je seit dem Tod meiner Mutter. Vier Monate im Jahr werde ich für die Sozialbeobachtung zur Verfügung haben, und wenn ich die Ferienzeiten auf dem Land noch dazurechne, werden nicht viel mehr als sechs Monate Zeit zur literarischen Vorbereitung (des gesammelten Materials) bleiben. Da aber die Beobachtung notwendig unzusammenhängend und unvollständig sein wird, dient sie vermutlich mehr zur Klärung meiner Vorstellun-

gen als zum Ausformen genauer Lebensbilder. Meine Ausbildung habe ich noch vor mir.
In der Zwischenzeit genieße ich mein Leben. Ich sehe jetzt mehr Grund zu der Annahme, daß die Opfer, die ich einem ausgeprägten intellektuellen Verlangen gebracht habe, sich gelohnt haben; denn ein gewisses Maß an Fähigkeiten habe ich gewonnen. Einen Beweis dafür habe ich zwar noch nicht. Die Münze meiner Kapazität ist noch nicht geprägt, noch kein gültiges Zahlungsmittel; noch ist das Metall weich, und ich weiß nicht, ob es die richtige Prägung tragen wird. Trotzdem: ich fühle mich stark, ich fühle mich fähig, auch wenn ich meine Grenzen klar erkenne: ich glaube, ich sehe den Weg, sie zu überwinden. Alfred Cripps' Kritik an meinem Artikel machte mir deutlich, wie meilenweit entfernt von guter Arbeit er war; aber er war besser als der letzte, und diesmal sehe ich auch, wie ich ihn ändern und verbessern kann.
Und das alte Zutrauen zu individueller Arbeit kehrt zurück – segensreich abgesichert durch moralische und intellektuelle Überzeugung. (Tagebuch, 30. März 1887)

Ich bin ziemlich pessimistisch in Bezug auf den geplanten Aufsatz über die Arbeit in den Docks. Außer der reinen Statistik brauche ich Lokalkolorit, eine klare Darstellung der verschiedenen Arten von Arbeit, des Typs von Leuten, die eingestellt werden, auch Angaben darüber, wo sie wohnen. Ich muß verstehen, was das »Warten vor den Toren« wirklich bedeutet, und selbst herausfinden, zu welchen Stunden die verschiedenen Klassen von Arbeitern eingestellt werden. (Tagebuch, Mai 1887)

Im Tagebuch folgen jetzt viele Seiten Notizen von Interviews mit Aufsehern in den Docks und Arbeitern der verschiedenen Stufen und ihren Frauen. Tag für Tag stehe ich früh auf und beobachte den Kampf um Arbeit an den Toren der Docks und sehe, wie lässig es beim Entladen der Segelschiffe zugeht und wie schnell im Vergleich dazu die Dampferladungen gelöscht werden.

Heute früh (schreibe ich Anfang Mai) ging ich am Billingsgate entlang zu den London Docks. Eine Menge Leute lungerte herum, rauchte scheußlichen Tabak; unflätige Reden, immer wieder klirrten auch die Halfpennies auf dem Pflaster. Brutale Zufriedenheit oder hoffnungslose Unzufriedenheit in den Gesichtern. Die niedrigste Form des Nichtstuns – fühllose Neugier auf Prügeleien in den Straßen, untätiges Starren auf die Straßenverkäufer, schmierige Witze – das ist »die

Chance«, die die Docks bieten. Ich traf Dartford, ordentlicher Mieter K(atherine) B(uildings), er grüßte mich herzlich. Er hat immer Arbeit und klagt, daß er niemals einen freien Tag bekommt – sagt, daß viele Arbeitslose gar nicht arbeiten wollen und entlassen wurden, weil sie nicht zur Arbeit kamen. »Ich achte darauf, daß ich mich mit keinem einlasse. Frauen freunden sich an, und schon ist der Streit da. Der Tagelohn ist ein Mist; es ist immer schlecht, wenn man der Frau nicht einmal in der Woche das Geld geben kann, statt irgendwann unregelmäßig.« Sagte auch, daß ein Mann, je schlechter er ist, um so mehr Arbeit auf den Docks bekommt. (Tagebuch, Mai 1887)
Gehe früh am Morgen zu den Docks (berichtet eine andere Eintragung). Die fest eingestellten Männer sind ordentlich, nüchtern, sauber. Die Gelegenheitsarbeiter sehen verkommen aus, gemein, selbstzufrieden. Sehe brutale Schlägerei mit an; dann plötzlich löst sich die Gruppe mit derben Scherzen und lautem Lachen auf. Völlige Gleichgültigkeit in den Gesichtern; zwei oder drei sind dabei, die bessere Tage gesehen haben – ihr bitteres Elend. Der Pulk der Abgewiesenen schlendert weiter zum nächsten Dock oder verteilt sich auf die Eingänge zu den einzelnen Werften. Ungefähr hundert von den Alleruntersten werden sich im »Käfig« in der Nightingale Lane zusammenfinden und warten, ob vielleicht ein Vorarbeiter kommt, der sie als Handlanger braucht. Wenn einer beim Warten vor Langeweile und Hunger einschläft, suchen die andern ihm prompt die Taschen nach einem zufällig vergessenen Penny durch. (Tagebuch, Mai 1887)

Ging am Abend in den Club in St. George's Yard und unterhielt mich mit den ›Bevorzugten‹ der London und St. Katherine's Docks. Robinson, sozialistischer Dockarbeiter, war ursprünglich in einem Tabakladen. Wanderte aus und kam dann wieder nach England zurück, weil er Heimweh hatte. Ein unsteter Mensch, sieht überlegen und interessant aus. Ist bitter und hoffnungslos unlogisch. Basis seiner Argumente ist das Recht auf Leben, Ehe und Kinder. Gibt einen traurigen Bericht über den Arbeitsmangel im Victoria Dock: im Durchschnitt nur zwei bis drei Tage pro Woche für jeden. Das Kontraktsystem breitet sich schnell aus: acht Leute unter Kontrakt schaffen so viel wie dreißig Arbeiter, die direkt von der Firma angeheuert werden. Das sagt er selbst: wenn er für die Firma arbeitet, versucht er, so wenig wie möglich zu schaffen. Er sagt, der Sozialismus macht bei den Dockarbeitern kaum Fortschritte, sie sind unfähig sich zu organisieren. Er weiß kein anderes Heilmittel als die komplette Neuordnung der Gesellschaft. Der Staat könnte »*angenehme* Arbeit« für alle beschaffen. Findet es einen Jammer, daß die Arbeiter den Tabak nicht mitnehmen dürfen, der vernichtet wird (von den

Zollbeamten); wenn man Tabak bei ihnen findet, werden sie sieben Tage eingesperrt. Sagt, er versteckt Tabak an seinem Leib, um sich der Regel zu widersetzen. Klagt darüber, daß die Frauen der Arbeiterklasse keine Gesprächspartner für ihre Männer sind. »Als ich um meine Frau warb, konnte ich kein Wort aus ihr herausbringen; man ging immer nur neben ihr her und gab ihr ab und zu einen Kuß; das war alles. Wenn ein Arbeiter eine gute Mutter zur Frau bekommt, eine, die auch nicht trinkt, dann hat er alles, was er erwarten kann. Und meine Frau war nicht die erste, für die ich mich interessiert habe. Sie sind alle gleich; sie reden über nichts, nur über Kleinkram.« Kennedy sagte fast dasselbe, als er Ella Pycroft erzählte, sie habe keine Ahnung, wie es sei, mit einer Frau ohne Verstand zu reden. Robinson gab zu, daß die Kapitalisten schlecht dran sind. Er haßt Wettbewerb, Maschinen, Unternehmer und die Gewerkschaftsvertreter. (Tagebuch, 13. Mai 1887)

Ich habe auch die Inspektoren der Schulbehörde für diesen Wohnbezirk befragt; und dies ist ein Bericht über zwei Interviews mit Kerrigan, dem Inspektor für die Stepney Division:

Beschreibt seine Gelegenheitsarbeiter, ungefähr 900, als Gelegenheitsarbeiter aus Veranlagung, geboren in London. Die Übelsten sind die Cockney-Iren. Die Frauen sind die Unterprivilegierten der Gegend: sie müssen sich abrackern wie die Frauen bei den Wilden, machen Tag und Nacht Sklavenarbeit. Er beschreibt den Kommunismus dieser Klasse. Sie verlassen den Bezirk nicht, wechseln aber innerhalb des Bezirks dauernd ihre Wohnung: »Sie sind wie der Kreis der Selbstmörder in Dantes Inferno; sie wandern in einem bestimmten Gebiet immer rundherum.« Sie arbeiten füreinander; daher wenig Arbeitsideale. Hervorragende Arbeit lernen sie nie kennen. Sie verlassen nie ihre Umgebung. Von den Toren der Docks schlendern sie in ihre Straße zurück: »geben einen aus« oder »lassen sich einen ausgeben«, je nachdem, ob sie ein paar Pfennige verdient haben oder nicht. Leben hauptsächlich vom »Tabak«, das ist eine Mischung aus Zucker, Essig, braunem Papier und deutschem Nikotin. Tee haben sie immer – dazu Brot und einen Vorrat an getrocknetem Schellfisch, den sie selbst zubereiten: er wird im Kamin getrocknet und erhält sein besonderes Aroma dadurch, daß er zwischen den Matratzen im Bett liegt. Sie lesen nie. In die Kirche gehen nur die Katholiken. Zum Bank Holiday geht die ganze Familie in den Victoria Park. Wer feste Arbeit hat, lebt außerhalb des Viertels, in Forest Gate, Hackney, Upton, manche sogar in Walthamstow. Kerrigan glaubt nicht, daß es Korruption und Bestechung im West India Dock gibt, anders als in den London und St. Katherine's Docks. Leute mit fester Arbeit könnte man etwas höher als die Handwerker und gelernten Mechaniker einstufen. Sie lesen Herbert Spencer und Huxley und denken über Religion und Politik nach. Victoria Park ist der Treffplatz der intelligenten Arbeiter. (Tagebuch, Mai 1887)

Sehr unterhaltsamer Tag mit Kerrigan, Schulinspektor, wohnt in Victoria Park (notiere ich ein paar Tage später). Victoria Park liegt im äußersten Osten von London, umgeben von Straßen mit kleinen zweistöckigen Häusern der vornehmeren Art: Veranda und ein Bogenfenster, Jalousien und Spitzenvorhänge. Diese Häuser werden von der unteren Mittelklasse bewohnt; ab und zu sieht man eine Reihe bescheidener kleiner Unterkünfte, ohne Bogenfenster oder Veranda, oder mit weniger auffälligen Bögen – in diesen Häusern wohnen die Spitzen der East End-Arbeiterklasse, Mechaniker oder Leute mit fester Arbeit.
Sonntagnachmittag ist ein Höhepunkt im Victoria Park; dann sind nicht nur die Leute aus der Umgebung da, sondern alle Enthusiasten und Sonderlinge aus dem ganzen East End kommen zusammen. Zuerst kamen wir zu einer Gruppe, die sich um eine kleine Orgel versammelte; alte Männer, Frauen mit Kindern und ein oder zwei verirrte Jugendliche; und sie nannten sich »Älterer Zweig der primitiven Methodisten«(?) Wie »Primitive« sahen sie wahrhaftig aus! Eine andere Gruppe, größer und kämpferischer, stellte der Christliche Verein Junger Männer; das waren Bürojünglinge, pickelig, schmuddelig und kümmerlich, aber einige wenige beseelt von lebendiger Begeisterung. Sie sangen laut vom Blut Jesu, vom ewigen Glück, das allen Kummer, alles Leid dieser Welt über Scheitern und Versagen auslöschen und den Lohn für die Mühsal des öden halbverhungerten irdischen Daseins bereithalten wird. Einige Meter entfernt drängte sich eine Handvoll Arbeiter um zwei Debattierer, einen englischen Mechaniker und einen russischen Emigranten. Diskussionsthema war die Emigration aus dem Ausland; anscheinend waren die beiden sich darin einig, daß die Einwanderung der Arbeiter aus der untersten Schicht gestoppt werden sollte; aber der Engländer beharrte darauf, daß es die Schuld der Fremden sei, wenn sie kämen; der Russe dagegen erklärte, das englische Parlament sollte die Einwanderung verhindern, indem es die Eindringlinge mit hohen Wahlsteuern belege. »Was ist gut an Eurer Regierung«, höhnte der Ausländer in gebrochenem Englisch. »Ihr nennt sie repräsentativ und sagt, Ihr Arbeiter macht sie. Aber erzählt denen, sie sollen eine Sache machen, und statt sie zu machen, reden sie immer nur, zwanzig Jahre reden sie, und dann ist die Zeit vorbei.« »Ja«, sagte ein Witzbold in der Menge,

»das englische Parlament ist wie der Christ, der immer sagt: ›Ich werde auferstehen und zu meinem Vater gehen‹, der steht auch nie auf und geht.«
Die meisten Leute sammelten sich auf einem Kiesplatz unter Bäumen. Hier predigte ein scheußlicher Neger primitiven Methodismus; er wirkte wie die Mischung aus einem salbungsvollen Sakramentalisten und einem Sänger aus der Gruppe »Christy Minstrels«. Rücken an Rücken mit ihm, das Gesicht einer anderen Zuhörerschaft zugewandt, stand ein Sendbote der »Hall of Science«. Er erklärte seinem aufmerksamen Publikum aus Arbeitern, daß der Mensch ein Tier und nichts als ein Tier sei. Sein Gesichtsausdruck war von Sinnlichkeit geprägt und bewegt von oberflächlicher Schnelligkeit und Bestimmtheit des Denkens. Er gebrauchte wissenschaftliche Phrasen und zitierte frei nach Huxley, Darwin und deutschen Physiologen und gab sich bei seiner Behandlung rivalisierender religiöser Theorien über die Entwicklung des Menschen das Air von Unparteilichkeit. Der Grundgedanke seiner Botschaft aus der Welt der Wissenschaft war der Animalismus des Menschen und die Folgerung: an ein höheres Wesen welcher Art auch immer zu glauben, ist Riesendummheit. Am meisten Publikum aber versammelte sich unter der Flagge des Sozialdemokraten.[15] Von einer Rednertribüne aus verkündete ein Mann mit heiserer Stimme die Unzulänglichkeiten des sozialen Systems; in der einen Hand hielt er Malthus, in der anderen die *Fruits of Philosophy*. Sein Thema war delikat – er sprach über die konkurrierenden Methoden der Geburtenkontrolle: späte Heirat oder Präventivmaßnahmen. Er entschied sich aber für keine, denn er versicherte, sie seien beide nicht nötig. Es gebe Brot genug für alle, wenn man es nur gleichmäßig verteile. Daß Menschen verhungerten, während die Warenhäuser vor Ware überquellen, sei Schuld des kommerziellen Systems, nicht der Naturgesetze. Die Zuhörer waren nicht begeistert, aber interessiert und neugierig auf neue Vorschläge. Zum größten Teil waren es vollbeschäftigte Männer, und ihr theoretisches Interesse an Sozialreform hatte nicht die Dringlichkeit, die konkreter Hunger bewirkt. Hin und wieder, wenn er die Unternehmer entlarvte, gab es zustimmendes Gemurmel; wenn er zeigte, daß Wettbewerb in eine Sackgasse führt, bekam er sogar etwas Applaus. Aber als er sich von dem, was ist, dem zuwandte, was sein wird, wenn die Lehre des Sozialismus regiert, gab es nur noch Skepsis – Bereitwilligkeit zum Hören, aber nicht zum Handeln ... Wir machten uns auf den Rückweg durch die Menge zu Mr. Kerrigans Wohnung. Das Hinterzimmer einer kleinen Arbeiterwohnung war zugleich Eß-, Wohn-, Schlaf- und Arbeitszimmer dieses bescheidenen Menschen, aber sehr einfallsreich für alle verschiedenen Funktionen eingerichtet.

Kerrigan ist ein lustiger Ire, von Beruf Seemann; Schulinspektor ist er geworden, um sich seinen Lebensunterhalt zu verdienen. Voller Interesse an seinen Mitmenschen, breite, aber unsystematische Kenntnisse in Literatur und Wissenschaft. Er ist ein Büchernarr. Seine Sprache anschaulich und bilderreich; er hat Geschick für schnelle Verallgemeinerung, und seine eigenen Erfahrungen mit den East End-Armen lassen sich mühelos zu bestimmten Vorstellungen von den verschiedenen Klassen verallgemeinern. In seiner Theorie ist er weder destruktiv noch konstruktiv, und Vorurteile hat er anscheinend nicht. Scheint mir zu stark beschäftigt und interessiert, um viele Laster zu haben. Es war ganz rührend, wie sehr er sich über unseren Besuch und die Unterhaltung freute. Er gab uns ausgezeichneten Tee und danach erstklassige Zigaretten. Was hätten wohl unsere konventionellen Bekannten aus dem West End gesagt, wenn sie zwei junge Frauen im Schlaf-, Wohn-, Rauch-, Arbeits- und Badezimmer eines East End-Schulinspektors hätten sitzen und rauchen sehen? (Tagebuch, Sonntag, Mai 1887)
In London zu schreiben, fand ich ganz unmöglich und habe eine Woche damit vertan, daß ich es versuchte. Interessantes Dinner mit B. Jones und Mr. Hoffmann – Hoffmann ist ein Christlicher Sozialist und hofft, daß der Geist des wahren Christentums es unmöglich für einen Menschen machen wird, noch einen Lebensunterhalt zu brauchen. Sein Argument ist, daß alle Menschen ein Recht auf Leben und auf ein schönes Leben haben. Die Tatsache, daß viele Menschen nicht in ihre Lebensumgebung passen und auch nicht passend gemacht werden können, erkennt er nicht. Er glaubt, der Sozialismus sollte ein Resultat der öffentlichen Meinung sein; Sozialisten sollten an den Straßenecken die Lehre predigen, an die sie glauben. Das Problem der wachsenden Bevölkerungszahl wollte er nicht diskutieren; er fand, daß jede Familie sich so vergrößern können solle, wie sie es wünscht, und die Mittel dazu bekommen müsse. (Tagebuch, Mai 1887)

Als Kontrast zu meinen East End-Erfahrungen gebe ich eine einzelne Notiz über eine Abendeinladung im West End.

Dinner bei den Courtneys: John Morley, Arthur Balfour, der Minister für Irland, E. Russell, Herausgeber der *Liverpool Post* und kommender Politiker, Mrs. Fawcett und Mrs. Dugdale. Arthur Balfour ist charmant. Groß, gutaussehend, intellektuell. Sagt zynische und kluge Sachen, die noch klüger sein sollen, als sie wirklich sind. Lässig und kultiviert – vom alten Schlage des Gentleman-Politikers, der jetzt bald verschwunden sein wird. Er ist mit der Welt der Wissenschaft durch seinen vor einiger Zeit verstorbenen Bruder verbunden. Die Gesellschaft war sehr harmonisch; John Morley offenkundig mit viel Sympathie für Arthur Balfour, obwohl sie politische Opponenten sind. John Morley unterhielt uns mit seiner Schilderung von der Vorderbank der Opposition und wiederholte uns Gladstones Randbemerkungen zu den Parlamentsreden. Die Unterhaltung war entspannt und freundlich, aber ganz leer. Niemand sagte, was er dachte, und alle, was klug klingen sollte. (Tagebuch, Mai 1887)

In späteren Jahren lernte ich die subtile Intelligenz und literarische Begabung des Autors von *Defence of Philosophic Doubt* und *Foundations of Belief* schätzen. Andere Tagebuchnotizen, für die ich im folgenden ein Beispiel gebe, enthüllten ein Vorurteil gegen Politiker im allgemeinen und Gentleman-Politiker im besonderen; mir war ein Parlamentarier, der durch sein Amt Peer geworden war, lieber als ein Peer, der seinen Parlamentssitz geerbt hatte.

Er (Lord Granville[16]) ist unbedeutend und ganz nett. Aber die Verbindung von hohen politischen Ämtern und geistiger Bedeutungslosigkeit ist für demokratisch Gesinnte irritierend. Wie die meisten ›Männer der Gesellschaft‹ interessiert er sich für Menschen wie mich nicht im mindesten; und bis gestern abend hat er noch nie ein Wort an mich gerichtet. Da ich aber in einer schönen schwarzen Robe auftrat, kam er zu mir, als ich heftig mit Mr. Cross, mit dem ich mich angefreundet hatte, über Probleme der Arbeiter diskutierte. Lord Granville hörte mit sichtlicher Verwirrung zu; und als ich höflich versuchte, ihn ins Gespräch zu ziehen und ihn über den Punkt ins Bild setzte, um den wir gerade stritten, sah er noch ratloser aus, so, als hätte ich ihm zugemutet, sich an einer Diskussion über chinesische Metaphysik zu beteiligen. Was konnte eine Frau, die bei künstlichem Licht doch ganz hübsch aussah, bloß an solchen Problemen finden; und überhaupt, wie konnte sie von einem brillanten Mann von Welt erwarten, daß er wisse, wovon sie redete? So stand der vornehme Earl in gelindem Erstaunen schweigend und starrend da – wie sagte Chamberlain über Lord Granville: »Das hätte ich nicht erwartet, in der Kabinettssitzung neben einer alten Kinderfrau zu sitzen« –, und schließlich wandte er sich ab und erzählte einer interessenverwandten Gruppe eine kleine Geschichte. Beim Frühstück setzte er sich wieder zu mir, ich gab ihm das Stichwort Lady Ponsonby, und er schien vollkommen glücklich. Als er dieses Thema erschöpft hatte, verbreitete er sich weitschweifig über andere Damen in ähnlicher Position, bis ich mich im Gewirr der vielen Herzöge und Herzoginnen, ihrer Charaktermerkmale und Stammbäume, nicht mehr zurechtfand und die erforderliche verständnisvolle Zustimmung von meiner Seite ausblieb. Dann versanken wir in Schweigen. Mit Lord Hobhouse[17] habe ich mich viel unterhalten, und diese Unterhaltung war voller wechselseitigem Verständnis. Mochte ihn besser leiden als früher, und ihm ging es, glaube ich, genauso. Er hat etwas ganz Unverfälschtes, er ist zwar gar nicht spielerisch und hat auch nicht viel Humor, aber dafür ist er bedächtig und gewissenhaft in fast schmerzhafter Weise. Großzügigkeit und ein Ton ritterlicher Moral machen seinen besonderen Charme aus – eine Art konzentrierter Integrität in allem. Er interessiert mich, weil er Henrys (mein Schwager) Onkel ist... (Tagebuch, 21. Oktober 1888)

Jetzt noch zwei Eintragungen über John Morley, eine vor und eine nach der eben zitierten.

Habe John Morley gestern bei Kate getroffen und einen Abend nur mit ihm und den Courtneys zugebracht. Seine Freunde müssen ihn sehr gern haben. Er weiß die Ideen anderer schnell zu verstehen und zu schätzen. Aber doch wohl kein Mann von staatsmännischen Fähigkeiten oder praktischer Intelligenz? Ein ›Intellektueller‹, der sich an ›geordnetem Denken‹, nicht an ›geordneten Dingen‹ freut. Sprach begeistert von Gladstones Arbeitsvermögen, seinem Charme und davon, wie erfüllt er jeweils von der Idee ist, die er gerade im Kopf hat; er (Gladstone) betrachte Menschen offenbar als Schattenexistenzen, schätze dabei die am meisten, die ihm durch Schmeichelei und uneingeschränkte Zustimmung Behagen verschaffen. Dies wirft einiges Licht auf den Charakter des G. O. M., vor allem, wenn man dazu nimmt, was Huxley in Bournemouth sagte, nämlich, daß Gladstone die Wahrheit niemals um ihrer selbst willen sucht, sondern Grundsätze und Meinungen nur so weit berücksichtigt, wie sie für mehr oder weniger viele andere Leute Geltung haben. (Tagebuch, April 1886)

Ich habe mich ausführlich mit John Morley unterhalten. Er ist beunruhigt wegen der Sozialisten in Newcastle. Bis jetzt hat er sie gleichgültig, um nicht zu sagen, verächtlich behandelt; aber letzten Sonntag mobilisierten sie bei den Wahlen zum School Board zweitausend Stimmen für sich, und Morley fing an, sie ernst zu nehmen. Er bereitete sich auf eine Befragung in Newcastle vor und hatte den Kopf voll von der Acht-Stunden-Bewegung und andern sozialen Themen. In seinen Reden versichert er, daß die soziale Frage das einzige Lebensziel sei; die Imperialpolitik negiert er und möchte England von allen

ausländischen Verbindungen abschneiden. Und doch hat er ganz offensichtlich niemals wirklich über soziale Probleme nachgedacht; er kennt nicht einmal das ABC der Arbeiterprobleme. Oh, ihr Politiker! (Tagebuch, 11. Februar 1889)
Es ist schon seltsam, in solch engem Austausch mit Menschen aller Arten und Schichten zu leben (schrieb ich, als ich wieder auf dem Land war und über den Berichten von meinen Londoner Erfahrungen brütete); man beobachtet immer wieder dieselben Fakten an Klassen wie an einzelnen. Jede Klasse scheint ein bestimmtes Muster von Ideen zu haben und unfähig zu sein, über diese Ideen hinauszuwachsen – es sei denn, sie hört auf, eine Klasse zu sein. Und mit einzelnen ist es genauso. Nur wenige sind dazu fähig, sich immer weiter zu entwickeln. Das wäre die Gabe ewiger Jugend; und fast alle sinken wir früher oder später im Leben in einen Zustand intellektueller Selbstzufriedenheit oder träger Unsicherheit. Wir setzen uns bei einer Meinung zur Ruhe, und dann bleibt unser intellektueller Horizont natürlich immer gleich, weil wir ständig alles nur von einer Seite betrachten und ganz vergessen, daß jedes Ding noch mindestens vier andere – vielleicht sogar unendlich viele – Seiten hat. (Tagebuch, August 1887)

Nun folgen meine Reflexionen von dem Tag, als *Nineteenth Century* meinen ersten Aufsatz veröffentlichte und ich damit eine anerkannte Sozialforscherin war.

Gestern gaben wir das Haus in Yorkshire auf; und mein Artikel über das Leben in den Docks erscheint im *Nineteenth Century*[18]: Schluß mit den verhaßten Assoziationen, jetzt kommt ein vielversprechender Anfang ... es ist die Arbeit, nach der ich mich immer gesehnt habe, die Verwirklichung eines Jugendtraumes ... Diesen Sommer habe ich vertrödelt und meinen Artikel ohne Begeisterung und mit wenig Anstrengung geschrieben. Die führende Zeitschrift hat ihn angenommen, und zwei Monate danach ist er schon gedruckt.[19] Vor zwei Jahren hätte ich vor Aufregung und Glück gezittert. Jetzt betrachte ich die Veröffentlichung nur als das natürliche Ergebnis meiner Mühe ... Ich weiß, daß ich kein Talent habe, daß mir literarische Fähigkeiten fast ganz abgehen. Aber meine Ziele und Methoden sind originell, und ich traue mir zu, daß ich auf der richtigen Spur bin; außerdem habe ich eine Art Zähigkeit, die daher kommt, daß ich nicht mehr an mein Glück glaube. Ob ich Erfolg haben werde, hängt von meiner physischen Energie ab und davon, ob ich genug moralisches Rückgrat habe, die schwarzen Schatten zu vertreiben, die ein Teil meines Selbst wirft, so daß ich die Dinge in den richtigen Proportionen ohne trübsinnige Übertreibungen alles Schmerzlichen sehen kann. (Tagebuch, 30. September 1887)

Ein Ergebnis meiner Berühmtheit als weiblicher Experte für Dockarbeit zeigt sich in der folgenden Eintragung:

Treffen im Tabernakel, Barking Road, Canning Town. Ich war als Diskussionsteilnehmerin in dieser Versammlung der Dockarbeiter angekündigt. Der Raum war überfüllt, die Männer sahen gut aus, entschlossen, aber ruhig, dem Durchschnitt der Dockarbeiter an den Toren der Docks weit überlegen. Ich war die einzige Frau dort, und als ich mir den Weg zum Podium bahnte, machte ich zum ersten Mal die freudige Erfahrung dessen, der als Figur des öffentlichen Lebens mit Applaus und Zurufen begrüßt wird. In dem kleinen Zimmer hinter dem Podium waren die Redner des Abends versammelt, zu dem auch der berühmte X. Y. sein Erscheinen zugesagt hatte. Der Diskussionsleiter, Alderman Phillips, war ein lieber, netter kleiner Mann mit dem schmalen unauffälligen Kopf und freundlichen Zügen des typischen hart arbeitenden Philanthropen. Zwei oder drei Ratsmitglieder waren dabei, unter anderen ein untersetzter, wichtigtuerischer Mann, der in den Raum hastete und laut rief: »Was, was ist denn hier los? Was soll man eigentlich sagen?« Und dann, ohne auf Antwort zu warten: »Na ja, wahrscheinlich das Übliche, Erhebung der Arbeiterklasse, die Großartigkeit der Einheit, etc., etc.« Die andern Redner waren ziemlich ratlos, was sie nun wirklich sagen sollten, da sie, mit Ausnahme des Sekretärs der neu gegründeten Vereinigung, alle überhaupt nichts von Arbeitern oder Docks verstanden. Ich wurde bedrängt, die Resolution zu unterstützen, weigerte mich aber entschieden, das Wort zu ergreifen. Sekretär Tillet eröffnete die Sitzung. Ein kleiner Mann mit hellem Haar, das Gesicht geprägt von religiösem Fanatismus, vielleicht ein Anhänger der Erweckungsbewegung. Ohne Zweifel ehrlich, aber ahnungslos und unklug. Er wetterte gegen weiße Sklaverei, gegen die Unterverträge und gegen unregelmäßige Arbeitszeiten. Ich glaube nicht, daß die Versammlung davon beeindruckt war, wenn sie auch bei den Anschuldigungen gegen Unterverträge applaudierten. Er redete und fand kein Ende, bis der Versammlungsleiter ihn schließlich ermahnte und ihm zuflüsterte, er müsse beim Thema bleiben und die Resolution vorschlagen. Dann sprachen die Ratsmitglieder der Reihe nach und machten ihrem Namen keine Ehre. Ein kleiner Mann mit lauter Stimme, ein professioneller Redner, der gewohnt war, Lücken in öffentlichen Versammlungen zu füllen, hüpfte auf das Podium und krähte: »Wenn ich zu meiner einen Seite die hungernden Dockarbeiter sehe, gezeichnet von Erschöpfung, von Überarbeitung zermürbt, umgeben von ihrer notleidenden Familie, die Frau verbraucht von Sorgen, Kummer und Arbeit, und zu meiner andern Seite den aufgeblasenen Vertreter der Dockfirma mit seiner feinen Kutsche, seinem soliden Haus und seinen Dienstboten, dann fühle und sage ich, daß etc., etc.,« Glücklicherweise trat in diesem Augenblick X. Y. in seiner ganzen gewichtigen Größe ein und bahnte sich den Weg zum Podium. Niemand außer dem Sekretär kannte ihn. Er setzte sich neben mich und bat den Sekretär um die Resolution, damit er einen Blick darauf werfen könne. Dann flüsterte er dem Sekretär hörbar zu: »Ich spende euch zwanzig Pfund, aber mein Name soll nicht genannt werden; keiner soll es wissen. Dafür unterstützt ihr mich dann in der Frage der ausländischen Einwanderer.« Als er stand, sah ich ihn mir an. Er ist schwer, sein Gesicht rot und aufgeschwemmt, sein Körper ebenso; schwarze Augen, verdächtig blutunterlaufen, dicker schwarzer Schnurrbart, salbungsvolle Stimme – ein unerträglicher Schwätzer. Ich war überrascht, daß er nach seinem Bühnenflüstern mit dem Sekretär nun doch seine Spende von zwanzig Pfund ankündigte und zum Hauptthema seiner Ansprache machte. Er ließ sich lang und breit über die Unzumutbarkeit der Einwanderung von Verarmten aus; aber sein Publikum aus Hafenarbeitern blieb ungerührt durch diese Verurteilung, da die Fremden sich an den Hafentoren nicht sehen lassen. Er sprach flüssig mit den üblichen drei Adjektiven in jeder Wendung. Kaum hatte er sich wieder gesetzt, als er mir schon anbot, mich in seinem Brougham nach Hause zu bringen; ich nahm das Angebot sofort an. Er bekam viel Beifall und Zurufe, als wir das Podium verließen, und ich folgte still und bescheiden den Spuren des Helden, der zwanzig Pfund gegeben hatte. Der Mann, der den Wagenschlag offenhielt, weigerte sich, ein Trinkgeld zu nehmen, was X. Y. ›vornehm‹ nannte. Die interessante Unterhaltung auf dem langen Heimweg litt etwas unter dem starken Alkoholdunst, den der Philanthrop im geschlossenen Wagen verbreitete. Ich bemerkte, daß die Abendluft so angenehm sei; und zu meiner großen Erleichterung öffnete er sofort ein Fenster. Seine Unterhaltung bestand aus den üblichen Sympathiekundgebungen mit der Armut und Not der unteren Klassen, dazwischen kamen immer wieder Einschübe wie: »Als ich neulich Gladstone traf...«, »heute vor einer Woche war ich bei Tennyson«, »an dem Tag, als ich im Hafen arbeitete, ging ich mittags zum Essen zu Lord Rothschild...« Wir streiften das Thema der Geburtenkontrolle, und er sagte einigermaßen alarmierend: »Ich brauche die Hilfe einer großzügigen Frau«, worauf ich zusammenschrak, denn unmittelbar vorher hatte er mich zum Abendessen eingeladen, ich hatte aber abgelehnt. Vielleicht animiert durch die öffentliche Versammlung oder durch den Alkohol, jedenfalls wurde X. Y. übermäßig vertraulich. Ich fand seine Anspielungen auf Familienleben als Fluch für einen Mann widerlich: eine offenbar zarte Frau erwartet, daß er sieben von den zwölf Monaten des Jahres mit ihr lebt. »Natürlich, wenn die Familie Verständnis für die Arbeit des Mannes hat, dann ist alles gut«, war seine Antwort auf meine Beteuerung, daß Familienleben das einzige sei, wofür zu leben lohne. (Tagebuch, 1. Dezember 1887)

Der Artikel über »Dock Life in East London« war auch in meiner eigenen Einschätzung eine schlechte Arbeit; die Untersuchungen waren in Zeitnot und ohne Sorgfalt gemacht, und meine Schlüsse in bezug auf das Übel der Unterbeschäftigung und die Möglichkeiten, es zu vermeiden, waren zwar begründet, so weit ich sie überhaupt gezogen hatte, aber sie waren weder erschöpfend noch weit genug ausgearbeitet, um hilfreich zu sein.[20] Aber die Tatsache, daß der Artikel vom Herausgeber des *Nineteenth Century* sofort zur Veröffentlichung angenommen wurde, ermutigte mich; und ich übernahm noch eine Aufgabe im Zusammenhang mit der Untersuchung von Booth.

Habe mich mit Charlie über die Arbeit für diesen Herbst geeinigt. Das Sweating System, der ausbeuterische Zwischenhandel, soll Thema meines nächsten Artikels sein. Ich stelle mir vor, daß er mehr als der Artikel über die Hafenarbeiter ein Stimmungsbild wird, um den dramatischen Effekt zu erhöhen. Dieses Stimmungsbild kann ich nicht einfangen, ohne bei den Arbeitern zu leben. Das läßt sich machen, denke ich. (Tagebuch, 12. August 1887)

Der Beiklang von Selbstmitleid, der für die Tagebücher zwischen 1884 und 1887 charakteristisch war, wird jetzt durch einen Zug von Selbstgefälligkeit abgelöst, »die zweithäufigste aller menschlichen Schwächen«, wird Mr. Arthur Ponsonby bestimmt in seinem nächsten Band über englische Tagebücher feststellen!

Mittagessen mit Knowles (Herausgeber des *Nineteenth Century*). Er war sehr höflich und bot nicht nur an, auch den Artikel über das Sweating System zu veröffentlichen, sondern schlug mir vor, einen über das Genossenschaftswesen zu schreiben, genau das Thema, über das ich im Sommer hatte schreiben wollen. Ich werde wohl die Sache über das Sweating System für Charles Booth schreiben, und »The Present State of Co-operation in England« (der gegenwärtige Stand des Genossenschaftswesens) wird dann mein nächster Artikel im *Nineteenth Century*. Alles in allem bin ich ganz hoffnungsvoll. Meine literarische Kapazität hat sich stetig vergrößert, wie mein Tagebuch zeigt. Es gibt keinen Grund, warum ich mich nicht noch weiter steigern sollte. (Tagebuch, November 1887)

Die Arbeit über das Sweating System, die ich dann auf den ausbeuterischen Zwischenhandel in der Fabrikation billiger Kleidung beschränkte, wurde zu fünf einzelnen Essays, von denen ich vier als Artikel im *Nineteenth Century* veröffentlichte und drei (zwei von den eben erwähnten) als Zusatzkapitel zu Charles Booths erstem Band im Frühjahr 1889[21] erschienen. Außerdem führte mein Entschluß, nicht nur eine Monographie, sondern auch ein »Stimmungsbild« zu schreiben, dazu, daß ich mich als Sozialforscherin versuchte, was eine gewisse, zeitlich begrenzte Berühmtheit für mich zur Folge hatte und auch andere, erfreuliche und weniger erfreuliche Konsequenzen zeitigte.

Noch während des Aufenthaltes auf dem Lande begann ich, meinen Arbeitsplan aufzustellen, um die Herbst- und Frühlingsmonate so gut wie möglich zu nutzen. Alle Werke, Blaubücher, Broschüren und Zeitschriften zum Thema Sweating, die ich kaufen oder leihen konnte, las ich und machte mir Exzerpte daraus; das Sekretariat von Charles Booth wurde gebeten, Einzelheiten über die Werkstätten, die für die Untersuchung ausgewählt und nach der Anzahl der Beschäftigten geordnet waren, zu liefern; Freunde und Verwandte wurden bedrängt, mir Empfehlungen für Behörden und Ämter, philanthropische Geschäftsstellen und alle Firmen (nicht nur Groß- und Einzelhandel der Textilbranche, sondern auch Spediteure, Nähmaschinenfabriken und andere), zu verschaffen, die mit einiger Wahrscheinlichkeit Verbindungen zu den Arbeitern im East End, denen, die Unterverträge hatten, und den Lohnempfängern, unterhielten. Als ich mich wieder im

Devonshire House Hotel eingerichtet hatte, war meine Zeit in der Hauptsache damit ausgefüllt, daß ich Arbeitgeber und Arbeitnehmer, Schulinspektoren, Gewerbeaufsichtsbeamte, Inspektoren des Gesundheitsamtes und Mitglieder des Jewish Board of Guardians interviewte, Heimarbeiter und kleine Handwerksmeister besuchte, die ich zufällig kannte, und Mieteinnehmer oder die Kassierer, die Leihgebühren für Nähmaschinen einsammelten, begleitete, wenn sie ihre Runde machten. In den Pausen zwischen den Interviews und Beobachtungen lernte ich Hosen nähen, erst in der Werkstatt der Cooperative Wholesale Society, der Großeinkaufsgesellschaft, dann in der »Heimwerkstatt« eines früheren Mieters aus den Katherine Häusern; das gab ich als Vorbereitung auf »Arbeitssuche« in der Hauptsaison, im Frühling, aus.
Ich lasse eine Auswahl aus den Eintragungen in mein Tagebuch vom Herbst und Winter 1887–88 folgen.

Habe alle zurückliegenden Nummern des *Briton* gelesen (schreibe ich Anfang September, noch in The Argoed), eine Zeitung, die sich ganz dem Kreuzzug gegen Sweating und ausländische Einwanderer verschrieben hat; reißerisch aufgemachte Empörung und unbewiesene Fakten; Hauptautor ein gewisser Jude, A. B., Autor einer Streitschrift über das ausbeuterische System. Da ich dachte, er sei ein Enthusiast, bat ich um ein Interview und schickte fünf Schilling mit.
Wir trafen uns in Booths Büro. Der Mann war klein, fliehende Stirn, fliehendes Kinn; konnte nichts erklären und hatte von nichts eine Ahnung, nicht einmal von den Arbeitern. Sagte, er glaube nicht an die üblichen Methoden der Gewerkschaften, hielt nichts von der genossenschaftlichen Produktion (Mr. Barnett erklärte mir später die Gründe dafür). Ein Freund von ihm, der »Abgeordneter« sei, werde einen Gesetzesentwurf vorschlagen, der das Sweating abschaffen sollte; er selbst (A. B.) wollte »dem Unterhaus die Chance geben, das Elend der Arbeiter zu kurieren«; wenn das Unterhaus diese Chance nicht wahrnehme, dann wisse er, was er den Arbeitern raten werde –, uns aber wollte er es nicht sagen. Die Gesellschaft, deren Sekretär er war, zählte zweihundert Mitglieder; dennoch ist sie im Begriff, die Verhältnisse der Londoner Schneider zu ändern.
Mr. Barnett, mit dem ich danach aß, erzählte mir, dieser Mann sei ein regelrechter Gauner und veruntreue die Gelder seiner Genossenschaft, lebe von seiner Schlauheit. Ich war ganz beschämt wegen

meiner Spende von fünf Schilling und sehr erpicht, mich von diesem neuen Bekannten zurückzuziehen. Solange der Sozialismus von solchen Leuten repräsentiert wird, besteht keine Gefahr, daß er die Sympathien der besseren Arbeiter für sich verbuchen kann. (Tagebuch, September 1887)

Arkell (einer von Charles Booths Sekretären) war gestern zum Essen hier. Habe ihn gebeten, den Stadtplan so zu kolorieren, daß man genau sieht, wo die verschiedenen Gewerbe lokalisiert sind. (Tagebuch, 4. Oktober 1887)

Meine erste Erfahrung mit den Schneiderwerkstätten machte ich in der leichten Form eines freundlichen Besuches unter meinem eigenen Namen; ich besuchte einen ›Sweater‹, dem ich durch einen Mieter aus den Katherine Häusern als jemand, der Befragungen macht, vorgestellt wurde. Dies war also ein ›Interview‹ unter informellen Bedingungen und wird auch als solches in meinem Tagebuch festgehalten.

Erster Morgen, an dem ich lernte, wie es ist, wenn man für einen Hungerlohn arbeitet; Mrs. Moses, Oxford Street, Stepney. Vier Zimmer und eine Küche, Miete 12 Schilling; ein Zimmer untervermietet, 3 Schilling. Tagsüber ist die Straße wie ausgestorben, Wirtshäuser an jeder Ecke. Kleiner Hinterhof. Drei Räume im Erdgeschoß, zwei davon als Werkstatt genutzt; zwei Männer an den Maschinen, polnische Juden; der Meister arbeitet als Bügler. Im Hinterzimmer die Meisterin und erste Gesellin, eine Schottin, und zwei Lehrmädchen. Mäntel werden für 1 Schilling, 2 Pence, pro Stück verkauft; Futter und Garn stellt der Unternehmer. Knopflöcher macht eine Frau außerhalb der Werkstatt für 4,5 Pence das Dutzend. Die Meisterin sagte, wenn die Frau sehr hart arbeite, könne sie 10 Schilling pro Woche verdienen, abzüglich 2 Schilling für Nähseide. Diese Leute arbeiten offensichtlich unglaublich hart. Die Frau arbeitet von acht bis zehn, ohne nur einmal aufzusehen, der Mann manchmal bis zwei Uhr und fängt am nächsten Morgen schon wieder um fünf Uhr an. Die Meisterin war zu beschäftigt, konnte mir nicht viele Informationen geben; und ich nähte nur Knöpfe an und legte Manschetten um. Sie waren anscheinend alle sehr freundlich miteinander. Ging am nächsten Morgen wieder hin, aber sie waren zu beschäftigt, um mich einzulassen; sie mußten sich ›dranhalten‹, um die Arbeit pünktlich abliefern zu können. Der Meister war brummig und mißtrauisch; Montag gehe ich wieder hin. (Tagebuch, Oktober 1887)

Montag morgen ist für die Nähmädchen nichts zu tun; Moses schneidet die Mäntel für die Nähmaschinen zu, und Mrs. Irons, die Schottin, hilft ihm dabei. Die andere junge Frau hat gekündigt; mit 2 Schilling, 6 Pence und der Lehre war sie nicht zufrieden... Mrs. Moses war mitteilsam und erzählte mir von ihrem Geschäft. Sie und ihr Mann hatten für Hollington gearbeitet, aber der Geschäftsführer war brutal und zahlte jämmerlich wenig; jetzt arbeitete sie für Rylands, eine Exportfirma. Für Mäntel bekam sie 1 Schilling, 6 Pence das Stück, Nähgarn stellte sie. Für Knopflöcher zahlte sie 4,5 Pence pro Dutzend; und die Witwe, die die Arbeit machte, könnte 10 Schilling pro Woche verdienen, abzüglich 2 Schilling für Nähseide. Lohn für den ersten Maschinennäher war 6 Schilling pro Tag; 3 Schilling bekam der zweite Näher; 1 Schilling, 6 Pence die Schottin. Während der Mantelsaison arbeitet Mr. Moses von früh bis spät. Mit der ruhigen Saison kamen immer schlechte Zeiten für sie; dann wurden sie die Möbel ›los‹, die sie besaßen. Wenn die Werkstatt so eingerichtet war wie der Rest des Hauses, dann hatten sie sicherlich nicht viel Kapital, worauf sie zurückgreifen konnten: ein oder zwei Arbeitstische, ein zusammengebrochenes Sofa, ein paar Stühle, ein zerrissenes Stück Tapete, an den Kaminsims geheftet, eine Vase mit Sprüngen und ein bis zwei alte Lampen waren die einzigen sichtbaren Zeichen eines Rückhaltes für arbeitslose Tage. Mrs. Moses' Kleid war so schmutzig und unordentlich, wie man sich nur vorstellen kann. Ihre Geschichte ist ungefähr diese: Sie ist in London geboren und war niemals auf dem Land; vor drei Jahren war sie einmal im West End und sah die ›Healtheries‹ (die Ausstellung in South Kensington), ein Schwager hatte sie eingeladen. Ungefähr einmal im Jahr ging sie ins Theater, in die Synagoge nie. Sie hatte Kinder von ihrem ersten Mann; und ihr jetziger Mann hatte einen Sohn. – Dann ging sie aus, um etwas zum Dinner einzukaufen, und kam mit einem frischen Schellfisch zurück... Später unterhielt ich mich mit Mrs. Irons, als Mrs. Moses ihren Schellfisch im Hof säuberte. Sie hatte auch eine Lebensgeschichte voll Mühsal. Wurde in Glasgow als Schneiderin ausgebildet, heiratete einen Straßensänger von Beruf, der eine Zeitlang ein Lokal betrieben hatte. Aber es zeigte sich, daß ihr Mann ein schlechter Mensch war, und jetzt war sie wieder in ihrem Beruf, und die Augen wurden immer schwächer. Heute hatte sie sich einen Topf Stew zum Essen mitgebracht. Sie arbeitete so lange, wie Mr. Moses sie brauchte – manchmal bis zehn Uhr – und sprach freundlich von ihrem Meister und der ›Missus‹, war auch nett mit dem Lehrling. Bevor sie diese Arbeit fand, war sie vierzehn Wochen arbeitslos gewesen. Sie hatte eine Neigung zu Phrasen, war aber nüchtern und ordentlich. Sagte mir, daß die Trunksucht geringer geworden sei, aber

die Unmoral nicht: »Kein junges Mädchen würde weniger von sich halten, bloß weil es mal passiert ist«, und keine hätte Lust, Dienstmädchen zu werden.
Am dritten Morgen kam wieder eine junge Frau, die das Handwerk lernen wollte, ihre Arbeit war jammervoll, aber Mrs. und Mr. Moses waren beide gut zu ihr. Erzählte mir, daß sie lernen wolle und bleiben möchte, wenn ihre Arbeit gut genug gefunden werde; ich dachte bei mir, das kann lange dauern, bis deine Arbeit so gut ist, daß sie die Mühe der Ausbildung lohnt ... Ich arbeitete vier Tage bei der Familie Moses, und wir trennten uns in aller Freundschaft. Meine Arbeit muß schlecht gewesen sein, denn sie sagten, meine Näherei sei für den Verkauf zu gut! (Interview-Manuskript, Oktober 1887)

Interviewte die Firmen H. und G. (Textilgroßhandel). Beide Male lange Unterhaltungen mit den Hauptteilhabern. J. G. war ein junger Mann mit aufmunternder Lache, herausgeputzt als Frauenheld, Kamelie im Knopfloch und Stöckchen mit Silberspitze. Sagte, im Schneiderhandwerk habe es eine Revolution gegeben, die kleinen Betriebe gingen alle ein. Es sei jetzt »ein Unternehmen auf Großhandelsbasis, in das die Kapitalisten investierten«. Die Gewinne errechneten sich nach einer festen Skala, die auf den Produktionskosten basiere. Wenn zum Beispiel zwei Verträge für denselben Stoff und dasselbe Schnittmuster, einer zu einem höheren und einer zu einem niedrigeren Preis, abgeschlossen würden, dann gebe der Geschäftsführer die Arbeit zu entsprechenden Preisen ab, und wenn der eine Zwischenhändler sich nicht für das billigere Kleidungsstück entscheide, tue es der nächste. Die Produktion für das In- und Ausland in der Provinz unterbiete die Londoner Betriebe ... Für die Arbeit in großem Ausmaß sei zweifellos das Fabriksystem am besten geeignet, aber Stil oder auch nur gute Paßform könne man natürlich nicht erwarten, wenn alle Mäntel maschinell zugeschnitten würden. Gab zu, daß manche Zwischenhändler Hungerlöhne zahlten ... H., Textilgroßhändler (ein echter kleiner Schinder), kleinlich, wichtigtuerisch, nervöses Gehabe, schlauer spöttischer Gesichtsausdruck. Sehr sorgfältig gekleidet, Orchidee im Knopfloch. »Arbeit jetzt besser bezahlt als je; die Zwischenhändler verdammt unabhängig; wenn einer die Arbeit nicht übernimmt, nimmt sie keiner an.« Sagte, daß das Fabriksystem in der Provinz in bezug auf Arbeitsleistung und Solidität unbedingt vorzuziehen sei, und wenn er (H.) es sich leisten könne zu warten, dann gebe er Aufträge in die Provinz. Er machte sehr wenig Maßarbeit; seine Firma reiner Großhandel, arbeitete hauptsächlich mit Vertragsarbeitern. Fand Sensationshunger und Burnetts Report[22] abscheulich. (Interview-Manuskript, Textilgroßhandel, Oktober 1887)

Amüsantes Interview mit L., einem Gewerbeaufsichtsbeamten im Innenministerium. Vierschrötiger Mann. Gesamteindruck: kariert. Ich kann nicht darauf schwören, daß alle seine drei Kleidungsstücke kariert waren; aber er wirkte über und über gescheckt und gewürfelt. Rotes Gesicht, winzige grünlich-gräuliche Augen und fette Hände; Haar und Schnurrbart von derselben Färbung wie die Augen; das Haar vorn stark gelichtet. Er begrüßte mich so pompös, daß es schon komisch war; er war »entzückt, mich im Zusammenhang mit einem Thema begrüßen zu dürfen, das sein Denken so sehr beherrsche«. Er wisse, daß es mein Ziel sei, Gutes zu tun, etc., etc. Das sei auch sein Ziel gewesen, und Tag und Nacht habe er daran gearbeitet, dieses Ziel zu erreichen. Und dann ließ er seinem Ärger über das Handelsministerium und Burnetts Bericht freien Lauf. Es sei eine Schande, andern die Gedanken zu stehlen. Genau das aber habe Burnett getan. Der sei zu ihm gekommen, habe ihn ins Kreuzverhör genommen und alles, was er gesagt habe, ohne seinen Namen zu nennen, in den Bericht aufgenommen (Burnett hatte mir erzählt, daß L. ihm jede Information verweigert habe). Was wußte das Handelsministerium über Ausbeutung? Was konnte es schon wissen? »Ich dagegen«, fuhr L. fort, »habe das ganze Übel aufgestöbert, habe für dieses Problem sechzehn von den vierundzwanzig Stunden des Tages im Dienst der Regierung gestanden und gearbeitet. Ich kenne all die Ungeheuerlichkeiten, die im East End vor sich gehen; und das merken Sie sich, Miss Potter, das wird so lange weitergehen, bis der Inspektor vom Gewerbeaufsichtsamt mehr Macht hat, das sage ich Ihnen.« Charlie Booth wurde sehr ungeduldig bei dieser Tirade und unterbrach sie mit der Bitte um genaue und spezielle Information. Dann gab uns L. den üblichen abgedroschenen Bericht über die ›Ausbeutung‹; vieles davon kannten wir schon als ungenau und absurd dramatisiert. Dann fragte Charlie ihn ziemlich unklug ganz direkt, ob er bereit sei, uns eine Liste mit Namen und Adressen von Ausbeutern zu geben? »Nein«, sagte L., einigermaßen gereizt, »das kann ich nicht.« Und als Charlie den Grund für seine Frage erklärte, lächelte er selbstbewußt und überlegen, als wollte er sagen: »Ihr seid alle, wie ihr da seid, Amateure und bildet euch ein, viel zu wissen; aber eure Ideen sind nicht zu verwirklichen.« All das war einfach die Reaktion darauf, daß Charlie nicht genug Mitgefühl mit der verletzten Eitelkeit des Mannes gezeigt hatte. Alles in allem tat es mir leid, daß ich nicht allein mit ihm gewesen war; ich wäre besser mit ihm zurechtgekommen, hätte ihn vorsichtiger und weniger direkt behandelt. So wie die Dinge jetzt standen, hatten wir nichts aus ihm herausgeholt, nur das Bild eines Mannes bekommen, dessen Selbstbewußtsein darunter litt, daß ein anderer Mann die Früchte dessen erntete, was er für seine Saat hielt. Die Moral: Persönliche Eitelkeit mit der Arbeit zu verbinden, ist verachtenswert. (Interview Manuskript, Textilgroßhandel, 5. November 1887)

Hiermit waren meine Herbstferien zu Ende, und ich kehrte zurück zur Pflege meines Vaters.

Ich habe ziemlich viel locker gesammeltes Material (schreibe ich nach drei Monaten mit meinem Vater in Bournemouth). C. B. hat allerhand statistisches Material. Zu tun bleibt jetzt: eine vollständige statistische Basis, die proportionale Angaben zu den verschiedenen Klassen von Betrieben liefert; Beschreibungen von verschiedenen Arten von Schneiderwerkstätten, damit ich einen anschaulichen Bericht über das Handwerk geben kann. Folgende Hauptgedanken muß der Aufsatz enthalten: 1.) Entsprechung zwischen geringen Fähigkeiten und geringen Ansprüchen; Fehlen eines verantwortlichen Unternehmers; Wirkung der ausländischen Immigration auf das Handwerk, Angaben zum proportionalen Anteil der Ausländer in dem Gewerbe. (Tagebuch, 5. Februar 1888)

Die letzten Tage in Bournemouth. Werde wohl nicht wieder hierherkommen. Wenn Vater dann noch lebt, werden wir nächsten Winter nach Wimbledon ziehen.[23] Ich war ganz glücklich in diesen friedlichen Monaten, habe englische Geschichte und Literatur gelesen, lange Ritte und kurze Spaziergänge gemacht und der Musikkapelle zugehört. Es war keine verlorene Zeit, weil ich ja mehr Lektüre schaffen mußte; freilich, ich hätte lieber ohne Unterbrechung an der Untersuchung weitergearbeitet. Aber ich bin es so gewohnt, die Dinge zu nehmen, wie sie kommen, und dankbar zu sein, daß es mir nicht viel ausmacht, meine Pläne zurückzustellen. Und jetzt freue ich mich an meinem Leben. Ich bin einigermaßen gesund, traue mir zu, die Arbeit zu schaffen, auf die ich gesetzt habe, und ich habe meine alte Religiosität wieder gefunden, ohne die für Menschen meiner Art das Leben nicht lebenswert ist. Ich habe die Absicht, zehn Tage meiner Ferien im West End zuzubringen, bevor ich mich an die Arbeit setze. Und dann muß ich einen langen kräftigen Schlag tun, um das Material zu bekommen, mit dem ich ein anschauliches Bild vom Londoner Schneiderhandwerk zeichnen kann. Dreißig Jahre sind eine ganze Menge Sand im Stundenglas; und ich muß diese lange Zeit des stillen intellektuellen Säens nun durch eine Ernte rechtfertigen.
Etwas Gutes habe ich getan: Herbert Spencer kuriert, jedenfalls für den Augenblick. Das Leben mit uns hat ihm Mut gemacht, sich aus seinem lethargischen Zustand herauszuarbeiten und sich wieder dem aktiven Leben zuzuwenden. Ich höre, daß er jetzt in London herum-

läuft und das gesellschaftliche Leben gründlich genießt. Armer alter Mann! Zu wissen, daß man ihm helfen konnte, ist ein Trost und ein bescheidener Ausgleich für die beständige intellektuelle Anleitung und verständnisvolle Anteilnahme, die er mir gegeben hat.
Die Leitidee meines Artikels wird die Entsprechung zwischen geringen Fähigkeiten und geringen Bedürfnissen sein: Beweis dafür: Bild vom Leben im Arbeitsraum eines Sweaters und Bild des Mannes, der den Mantel, das Produkt der Arbeit, trägt.
Dem Gesellschaftsleben werde ich den Rücken kehren, außer es nützt meiner Arbeit... (Tagebuch, 12. Februar 1888)

Dieses Problem der ›Society‹ hatte mich schon einige Zeit beunruhigt.

Auf die Gesellschaft meiner eigenen Klasse möchte ich nicht verzichten, und doch bedeutet das Vergnügen Zeitverlust (schrieb ich ein paar Monate vor der eben zitierten Eintragung). Lange Abende, Erregung, Stimulantien und ungesundes Essen, all das reduziert den kleinen Vorrat an Kraft, den ich für die ernsthafte Arbeit zur Verfügung habe. Und noch einen anderen Nachteil hat die Gesellschaft; sie lenkt die Aufmerksamkeit von dem, was man untersucht, ab, so daß die gesammelten Eindrücke sich wieder verwischen. Der Kopf muß in einem besonderen Zustand sein, damit er Eindrücke klar aufnehmen kann: er muß klar und trotzdem für den Augenblick leer sein. Deshalb finde ich es so schwer, an zwei Themen gleichzeitig zu arbeiten: die Fakten zu einem löschen aus, was zum anderen gehört. Und wenn faszinierende Persönlichkeiten mit ihren komplizierten Lebensproblemen sich dazwischen drängen, ist es so schwer, sie sich wieder aus dem Kopf zu schlagen. Denn natürlich sind die Männer und Frauen der Society als Gegenstände psychologischer Studien interessanter als die Männer und Frauen, mit deren Lebensumständen man nicht vertraut ist, deren Phraseologie man nicht ohne weiteres versteht. Wenn man nachgibt, wird der Oger Society einen allmählich verschlingen, und für die größere Welt des Durchschnittslebens ist man verloren.
Das für die Arbeit ideale Leben sehe ich genau vor mir – (schreibe ich weiter) – ich weiß, daß ich es mir im Augenblick einrichten kann. Liebe und Zuversicht im häuslichen Leben; treue Freundschaft zu einigen wenigen: zu denen, denen ich mich durch frühere Gemeinsamkeiten verbunden fühle, zu denen, die mich durch den Geist ihrer Moral stärken, zu denen, die mir helfen, richtig zu urteilen; – und schließlich Barmherzigkeit und Mitgefühl mit den Frauen meiner Klasse, die es brauchen: die jungen Mädchen, die sich mit dem Er-

wachsenwerden mühen; die belasteten Ehefrauen und die enttäuschten alten Jungfern. Jede Frau hat eine Botschaft für andere Frauen, besonders für die Frauen ihrer eigenen Klasse und Lebensumstände. Es ist schwierig, besonders hilfreich für Männer zu sein (es sei denn als Beispiel für beharrliche Anstrengung und Ausdauer bei aller weiblichen Schwäche). Denn, man kann machen, was man will, immer schleicht sich Gefühl, als Reaktion auf Verständnis, ein. Vielleicht läßt das nach, wenn man aufhört, attraktiv zu sein – mit Sicherheit sogar! Im Augenblick fühlt man sich nur den Arbeitern gegenüber sicher genug, um Verständnis zu zeigen, ohne unangenehme Folgen fürchten zu müssen... (Tagebuch, Dezember 1887)

Anfang März bin ich wieder im Devonshire House Hotel und versuche »mein Thema – die Verkaufs- und Arbeitsprobleme des Schneiderhandwerks im East End – in den Griff zu bekommen«, schreibe ich in mein Tagebuch und wünsche mir »mehr Kraft und Mut«.

Jetzt sind die ersten sechs Wochen meiner Arbeit um (schreibe ich vier Wochen später). Ich glaube, den Durchbruch habe ich geschafft, und jetzt grabe ich an den Wurzeln der Sache. Aber viel praktische Arbeit habe ich nicht geleistet. Die meiste Zeit habe ich nur die Handgriffe einer »einfachen Arbeiterin« gelernt, und ob meine Ausbildung wirklich nützlich war, wird sich noch zeigen. Immerhin habe ich einen Eindruck von der Organisation, oder in diesem Fall, von dem Mangel an Organisation, der in einer Werkstatt herrscht; und etwas Schneidern gelernt.[24] Davon abgesehen, war mein Leben außerordentlich interessant, und ich bin überzeugter als je, daß *ich etwas kann*... Und jetzt habe ich keine konkurrierenden Wünsche und wenige widerstreitende Pflichten. Die ›Society‹ hat auch jetzt, wo sie ungewöhnlich entgegenkommend und schmeichelnd ist, keinen Charme für mich. Neulich Abend, als ich von einer besonders vornehmen Einladung zurückkam, zu der ich mich hatte verleiten lassen, hatte ich das Gefühl, daß ich den Verlust meiner Attraktivität nicht bedauern sollte (verlieren werde ich sie ganz unvermeidlich), da mir das, was sie bewirkt, so gleichgültig ist. Nur meiner Arbeit wegen würde ich den Verlust weiblichen Charmes fürchten, da er zweifellos sehr nützlich ist, wenn es darum geht, Widerstände aus dem Weg zu räumen. Aber da plane ich mein Leben so, daß die Arbeit, für die ich ihn brauche, getan ist, bevor er mir verlorengeht! (Tagebuch, 28. März 1888)

Die letzten Tage meines aktiven Lebens für die nächsten Monate! Im ganzen bin ich sehr glücklich damit gewesen – voller Interessen und gesegnet mit Zufriedenheit! Ich habe mich nicht einsam gefühlt. Meine Arbeit ist jetzt mein ein und alles. Wenn ich nicht arbeite, sitze ich nur da und träume und käue noch einmal alles wieder, was ich gesehen und gehört habe; und wenn ich völlig erschöpft bin, bin ich doch nicht deprimiert, sondern warte ganz zufrieden, daß die Kraft wiederkommt. Beten, in der großartigen St. Paul's Kathedral mit ihrem stillen, beruhigenden Raum zu sitzen, ist eine sichere Kraftquelle; dann überträgt sich die wunderbare Ruhe dieses Gotteshauses auf mich. Und ich freue mich am Leben der Leute im East End, daran, wie real ihre Mühen und Ziele sind, wie schlicht ihre Sorgen und Freuden; ich merke, daß ich sie verstehen und ihre tragischen und komischen Seiten sehen kann. Bis zu einem gewissen Grade kann ich auch begreifen, welche Mächte diese Menschenmasse in Bewegung versetzen, in die Höhe tragen und wieder niederdrücken. Die mühsamen Detailstudien werden mir helfen, das Ganze zu erkennen; danach strebe ich immer; die Stufen, die ich in den Fels geschlagen habe, werden bleiben, und eines Tages werden Menschen den Gipfel erklimmen und von oben eine Übersichtskarte des eroberten Terrains mit Namen ›soziales Leben‹ zeichnen. (Tagebuch, 5. Mai 1888)

Mehr als die Hälfte des Artikels geschrieben, den Rest habe ich schon im Kopf fertig (berichte ich sechs Wochen nach meiner Rückkehr in das Haus The Argoed). Ich denke, es wird eine klare, detaillierte und ausführliche Darstellung der Situation des Schneidergewerbes werden; aber für den Geschmack eines breiteren Publikums wird es zu nüchtern sein – es enthält zu viel Betrachtungen zur Ökonomie und zu wenig Philanthropie. (Tagebuch, 28. Juni 1888)

Im Frühjahr 1888 versuchte ich mich in der Kunst der Sozialbeobachtung: ich bekam Anstellungen als ›einfache Nähhilfe‹ in verschiedenen Schneiderwerkstätten; aus der ersten wurde ich gleich wieder entlassen, aber in der letzten (und für einen Arbeiter schlechtesten von allen) habe ich freiwillig gekündigt, um »mich zu verbessern«, als ich alle Informationen zusammen hatte, die ich brauchte. In diesem kurzen Abenteuer konnte ich meine Informationen aus zweiter Hand über die Arbeitsbedingungen nachprüfen, vor allem aber sammelte ich das Material für den einen einzigen literarischen »Erfolg« meines Lebens, die »Pages of a Workgirl's Diary«, die (im Okto-

ber 1888) im *Nineteenth Century* publiziert wurden; es war ein leicht errungener Triumph, wenn man bedenkt, daß der Artikel eigentlich nur eine Transkription meines Tagebuchmanuskriptes war; die Namen und Daten hatte ich etwas verändert, um zu vermeiden, daß sich jemand wiedererkannte, auch um mich gegen mögliche Verleumdungsklagen zu schützen; manche Erfahrungen konnte ich auch nur in gereinigter Version wiedergeben, damit sie für die Niederschrift »durch Frauenhand paßten«![25] – »Mais oui: vous avez fait un succès avec ce ›Pages of a Workgirl's Diary‹«, sagte die brillante Französin Marie Souvestre[26], meine kluge Freundin. »Mais que le public Anglais est bête!« (Tagebuch, Januar 1889). Weil ich darunter litt, daß meine so gründlich gearbeitete Monographie über das »Schneidergewerbe im East End« sehr kühl aufgenommen worden war – es war eine sehr sorgfältige und meiner Meinung nach besonders kompetente Arbeit, die in der davorliegenden Nummer des *Nineteenth Century* erschienen war –, dafür hatte ich eine Guinee pro Seite bekommen, aber zwei Guineen für die dramatisierte Version eines kleinen Teils derselben Fakten, – deshalb also das Zitat von Marie Souvestre. Und wenn durch einen unberechenbaren Zufall das Buch, das ich jetzt schreibe, etwa zum ›better seller‹ wird, sich besser verkauft als unsere größte intellektuelle Leistung, die *Statutory Authorities for Special Purposes, 1689–1835* (dies Buch hat sich leider nur sehr schlecht verkauft), – dann wird mir meine alte Freundin als Gespenst erscheinen; mit Geisterstimme, aber sarkastisch, wird sie mir noch einmal ins Ohr flüstern: »Mais que le public Anglais est bête!«
Das waren also die angenehmen Folgen meines Abenteuers. Nun zu den unangenehmen.

Gab Auskunft vor dem Ausschuß des Oberhauses (zum Sweating System) lauter wohlmeinende Herren, aber nicht aus dem Stoff zum Forschen gemacht. Da sie mich gezwungen hatten, zu erscheinen, behandelten sie mich freundlich und luden mich mitten in der Befragung zum Lunch. Die eine oder andere Peereß kam herunter und starrte mich an... (Tagebuch, 12. Mai 1888)

Vier Tage später wieder eine Tagebuchnotiz:

> Unangenehme Konsequenz des öffentlichen Erscheinens. Beschreibungen meines Auftretens und meiner Kleider und kränkende Kommentare in der *Pall Mall Gazette*. Die ökonomische Seite des Problems ist nicht attraktiv und lädt Menschen der skrupellosesten Sorte zum Mißbrauch aller Art ein. (Tagebuch, 16. Mai 1888)

Zehn Tage später bin ich noch unglücklicher:

> Üble Verdrehung meiner Aussagen führt zu ärgerlichen Unterstellungen, die ich um so schlechter ertragen kann, als ich nur gezwungenermaßen meine Aussagen machte und nicht von meinen persönlichen Erfahrungen in einer Werkstatt sprechen wollte. (Tagebuch, 25. Mai 1888)

Die »üble Verdrehung« war, soweit ich mich erinnere, die Behauptung, daß meine Aussage vor dem Sonderausschuß des Oberhauses im wesentlichen unwahr sei; daß man mich in den Werkstätten, in denen ich gearbeitet hatte, gekannt und als Ausnahme behandelt habe und daß deshalb meine Erklärungen zu den Arbeitsbedingungen irreführend seien. Mein Ankläger, der A. B., den ich schon erwähnt habe, behauptete, er kenne die Schneiderwerkstatt, in der ich angeblich gearbeitet hätte. Das war ein Mißverständnis, das ich durch einen Brief an die Zeitung leicht aufklären konnte; es war klar, daß A. B. die ersten freundschaftlichen Interviews in der Werkstatt, in der ich als Sozialforscherin vorgestellt worden war (ich habe sie oben beschrieben), verwechselt hatte mit den vorübergehenden Anstellungen als Hosennäherin, die ich mir danach selbst in anderen Schneiderwerkstätten verschafft hatte. Aber in der Suppe war ein Haar. Im Kreuzverhör der Lords hatte ich überhastet geantwortet und die Anzahl der Wochen, die ich in dieser Weise ›gearbeitet‹ hatte, übertrieben; und über diese Übertreibung wurde viel berichtet. Als ich die Korrekturfahnen meiner Aussage erhielt, wurde mein Gewissen durch die Anmerkung, man dürfe nur die Fehler korrigieren, die der Stenograph oder Verfasser des Protokolls gemacht habe, auf eine harte Probe gestellt. Mußte ich meine in der Eile geschehene Übertreibung unberichtigt stehen lassen? Ich mißachtete die Anmerkung und gab allzu gewissenhaft weniger Wochen an, als den Tatsachen entsprach. Diese doppelte Sünde, erst etwas zu sagen, was nicht der Wahrheit entsprach, und dann die Angabe heimlich wieder zu ändern, kostete mich viele schlaflose Nächte. Bis heute weiß ich nicht, ob Zeugen ihre eigenen Aussagen korrigieren dürfen, wenn sie damit etwas anderes tun als Fehler zu verbessern, die andere beim Protokollieren der Aussagen gemacht haben. (Der Andere erklärt mir, ich hätte die Verbesserung vielleicht in einer Fußnote anbringen können; aber woher hätte ich das wissen sollen? Außerdem hätte das ja das Eingeständnis meiner Ungenauigkeit bedeutet!) Wenn man bedenkt, wie schwierig es für den normalen unvorbereiteten Mann oder die Frau ist, in der ungewohnten und verwirrenden Situation eines Kreuzverhörs unerwartete Fragen genau zu beantworten, dann bleibt nur zu wünschen, daß Zeugen nach ruhiger Überlegung ihre Aussagen zu Fakten und Meinungen korrigieren dürften, auch wenn diese Aussagen richtig protokolliert waren. Unter den gegenwärtigen Bedingungen aber wird ein vorsichtiger, erfahrener Zeuge sich weigern, Aussagen zu machen, die mehr sind als die Wiederholung dessen, was er in einer ›Zeugenerklärung‹ vor der Vernehmung sorgfältig zur Zirkulation vorbereitet hat; der verschreckte Neuling aber sagt, was nicht wahr ist, und fast immer vor allem das, was die geschickteren unter seinen Befragern ihm suggerieren! Ich erinnere mich an eine Episode während einer öffentlichen Anhörung, an der ich teilnahm; das war viele Jahre später. »Ich protestiere gegen Mrs. Webbs unfaires Kreuzverhör«, erklärte einer meiner Kollegen. Daraufhin wurden die Zuhörer gebeten, den Raum zu verlassen. »Mr. . . .«, sagte ich in aller Höflichkeit, »ich habe zugehört, wie Sie eine Reihe von Zeugen zu der abstrusen Frage, welche Wirkung eine Einigung über die Höhe der Steuern auf Mieter hat, ins Kreuzverhör genommen haben; ich habe auch gehört, wie alle diese Zeugen, ganz gleich, wie wenig sie von dem Gegenstand Ihrer Frage verstanden, genau das sagten, was Ihrem Schluß entsprach. So lange Sie diese Technik weiter

anwenden, werde ich weiter jeden Zeugen dazu bringen, daß er das genaue Gegenteil dessen erklärt, was er vorher Ihnen gesagt hat.« Im Interesse der nationalen Ökonomie – ich wies nämlich darauf hin, daß die Reisekosten und die Kosten für den Protokollstenographen pro Aussagetag mindestens einhundert Pfund betrügen – einigten wir beiden uns stillschweigend darauf, unseren ›Amtsmißbrauch‹ aufzugeben.
Ich überschlage achtzehn Monate und gebe nun die letzten Szenen meiner Verbindung mit dem Oberhaus-Ausschuß zur Untersuchung des Sweating Systems wieder:

Dinierte mit Lord Thring, um Lord Monkswell zu treffen und mit ihnen über den Entwurf zum Dunraven-Bericht zu diskutieren und bei der Abfassung einer Entgegnung zu helfen. Lord Thring ist ein vertrockneter kleiner Rechtsanwalt, der Herkunft nach obere Mittelklasse, in den Peersstand erhoben wegen seiner jahrelangen treuen Dienste als Chef des Parliamentary Drafting Office (des für die Abfassung von Texten zuständigen parlamentarischen Büros). Seine Überzeugungen sind streng ökonomisch, er ist gegen den Sensualismus, gegen Einmischung des Staates; kurz, ein lebendiges Beispiel für die harte verknöcherte Orthodoxie der Jahre um 1850. Die ganze ›Ausbeutungsgeschichte‹ hält er für reine ›Schaumschlägerei‹. Da die öffentliche Meinung im Augenblick aber leicht entflammbar ist, muß, wie er meint, für Sicherheitsventile gesorgt werden. Deshalb wird er in der Stellungnahme der Opposition die sensualistischen Prämissen Dunravens in Bausch und Bogen abweisen, aber erklären, daß es *tatsächlich Übel* gibt, denen abgeholfen werden muß (was er nicht glaubt). Die Verbesserungsvorschläge, die er macht, sind völlig ungenügend, die Mängel zu beseitigen – wenn es sie wirklich gibt –, *und das weiß er.* Sein Verhalten ist typisch für die Zeit: er *wagt* es nicht, öffentliche Empörung zu riskieren; also schlägt er Verbesserungsmaßnahmen vor, die geradezu absurd wenig mit dem Übel zu tun haben und von vornherein zum Scheitern verurteilt sind. »Natürlich müssen wir den Gewerkschaften freundlich den Rücken klopfen«, sagt er, »aber eher sterbe ich hier auf der Stelle, als daß ich zusehe, wie man den Gewerkschaften absolute Macht gibt, indem man alle Arbeiter in die Fabriken drängt, wo sie unbegrenzte Möglichkeiten haben, sich zusammenzuschließen. Dunraven setzt auf die Karte der Tory-Demokratie; er stellt die Mittelklasse als den Tyrannen der Gesellschaft hin; und sich, den Repräsentanten der Tory-Aristokratie, präsentiert er als den einzigen Hüter der Interessen der Armen.

Das ist der Grund dafür, daß wir nicht vollkommen offen sein können«, fügt er mit zynischer Ehrlichkeit hinzu. »Wir müssen uns genauso stark wie er gegen die schlechten Zustände aussprechen. Aber seinen Verbesserungen müssen wir den Boden entziehen.«
Als wir drei nach dem Dinner Lord Thrings Notizen durchlasen und in eine endgültige Fassung brachten, gelang es mir, »Dunravens Verbesserungen den Boden zu entziehen« und so den Boden zur Realisierung meiner eigenen Vorstellungen zu bereiten; meine Vorschläge werden als Kommentar zu den beiden Stellungnahmen im *Nineteenth Century* erscheinen. Wenn ich sie dazu bringen kann, meinen Vorschlag zu übernehmen und die Fabrikinspektoren in Zukunft der Abteilung Arbeit des Handelsministeriums oder der Kommunalverwaltung zu unterstellen, dann habe ich die Grundlage für eine sehr effiziente Arbeitskammer geschaffen. Daß alle Geschäftsbilanzen veröffentlicht werden müssen, wird uns noch einen Schritt weiter bringen. Wenn wir das erreicht haben, werden wir auf dem richtigen Weg zur Umwandlung aller privaten Eigentümer in freiwillige Angestellte des Staates sein; sie werden durch Gewinne statt durch Gehälter bezahlt und aus eigenem Interesse gegenseitig ihre Arbeit inspizieren; der Grundbesitzer wird den Unternehmer, der Unternehmer den Grundbesitzer beaufsichtigen. Obwohl ich des Sozialismus verdächtig bin, gibt mir doch meine Ablehnung des Sensualismus auch bei den strengsten Vertretern der laisser-faire-Ökonomie einen guten Stand. Diese Position muß eifersüchtig gehütet werden, wenn ich irgendeinen Nutzen als reformerische Kraft haben will. (Tagebuch, 9. Februar 1890)

Unerfreuliches Dinner mit Lord Thring und Mr. Vallance hier im Haus (Devonshire House Hotel) – Mr. Vallance ist der Schatzmeister der Whitechapel-Gewerkschaft. Lord Thring war so obstinat, wie ein vertrockneter siebzigjähriger Rechtsanwalt nur sein kann, wollte meinem gewissenhaften Verwaltungsmann überhaupt nicht zuhören, sondern fuhr ihm heftig über den Mund. Zu allem Unglück fingen auch noch die Kirchenglocken an, wie wild zu läuten, so daß unsere Stimmen trotz meiner entschlossenen Lautstärke einfach übertönt wurden. Der arme alte Mann; da hatte er sich auf eine nette Unterhaltung mit einer gutaussehenden Frau gefreut und fand stattdessen eine begeisterte Reformerin, die nur den einen Gedanken hatte, wie sie ihn dazu bringen könnte, einen Vorschlag anzunehmen, der ihm nicht einleuchtete. Dennoch – ich glaube, die kleine Ursache zu einer hoffentlich großen Wirkung werde ich in dem Oberhausreport unterbringen können: Die Feststellung, daß die Eigentümer (des fertigen Produktes, das heißt die *ursprünglichen* »Austeiler« des zu verarbeitenden Materials) die Verantwortung tragen. Thring zeigte mir seinen Bericht; er ist nur drei Seiten lang, im Gegensatz zu Dunravens siebzig Seiten; er beginnt mit meiner Definition des Sweating als einer bestimmten Form eines Arbeitsverhältnisses; er verzichtet ausdrücklich auf jede Beschäftigung mit Unterverträgen, Arbeitsteilung, Maschinisierung, ausländischen Einwanderern – Themen, die Dunraven auf über zwanzig Seiten abgehandelt hat. Hauptgewicht legt er auf die Ungeschütztheit der Frauenarbeit und den allgemein schlechten Zustand der sanitären Verhältnisse. Als Verbesserungsvorschlag regt er die Abschaffung bestimmter Klauseln des Arbeitsschutzgesetzes an, die dem Fabrikinspektor verboten, ohne amtlichen Durchsuchungsbefehl Wohnungen zu betreten; er übernimmt meine Idee, das für Fabrikwesen zuständige Amt dem Innenministerium oder der Kommunalverwaltung zu unterstellen; und er betont die Vorteile der Veröffentlichung. Alles in allem ist der Bericht zwar vollkommen ineffizient, aber gründlich in dem, was er überhaupt behandelt; als Grundlage für meine Vorhaben scheint er brauchbar. (Tagebuch, 15. Februar 1890)

Eine ermutigende Entdeckung

Das Ergebnis dieser Studien im East End, genauer der Untersuchung über die in Heimarbeit oder den Werkstätten im East End gefertigten Billigkleider, war ein Versuch, und ich meine, ein erfolgreicher Versuch, eine spezifische soziale Krankheit zu diagnostizieren und Vorschläge zu entwickeln, wie man sie lindern und wahrscheinlich auch überwinden könne.

Alle, die sich bis dahin mit den Mißständen des sogenannten ›sweating systems‹ auseinandergesetzt hatten, waren ganz besetzt von einer bestimmten Vorstellung dessen gewesen, was ein ›sweater‹ sei: eine finstere Gestalt oder besser eine endlose Reihe von Zwischenhändlern oder Sweaters zwischen dem tatsächlichen Produzenten billiger Kleidung oder billiger Möbel und dem Bürger, der schließlich das Produkt für sich kauft. In engem Zusammenhang mit dem Vorhandensein dieses oder dieser Zwischenhändler wurde das Verfahren der Arbeitsteilung gesehen, so daß der Mantel oder der Schrank nicht das Produkt eines einzigen geschickten Handwerkers, sondern einer ganzen Gruppe halb verhungerter Lohnempfänger war, die manchmal im Hinterzimmer des Sweaters, manchmal jeder für sich Tag und Nacht in ihren Einzimmerunterkünften sich plagten. In den Augen britischer Patrioten fügte man dem Unrecht noch dadurch Beleidung hinzu, daß man die üblen Praktiken dieser »Armeleuteschinder« unterstützte, weil die Einwanderungswelle der polnischen, russischen und deutschen Juden immer neuen Nachschub von Menschen brachte, die in ihrer verzweifelten Lage gezwungen waren, Arbeit gegen Löhne unter dem Existenzminimum der englischen Arbeiter anzunehmen. Die folgenden Exzerpte aus den Gutachten der namhaftesten Experten des Sweating Systems sollen den Informationsstand, auf dem die öffentliche Stimmung beruhte, als ich meine Untersuchungen anfing, charakterisieren.

»Wie definieren Sie das Sweating System?« fragte ein Mitglied des Oberhausausschusses die damals größte Autorität auf diesem Gebiet, Arnold White, später Abgeordneter der Konservativen. »Eine wissenschaftliche Definition des Begriffes zu geben ist, glaube ich, unmöglich«, antwortete er, »aber er schließt drei klar unterscheidbare Vorstellungen ein. Die allgemeinste Definition eines Sweaters, die ich geben kann, heißt: Armeleuteschinder. Die zweite: ein Mann, der weder Kapital noch handwerkliche Fähigkeit, noch Spekulation beisteuert und doch Profit macht. Die dritte: Zwischenhändler.« (Question 404)

»Jeder, der andere beschäftigt, um sie zu zusätzlicher Arbeit ohne Gegenleistung zu pressen, ist ein Sweater«, erklärte Lewis Lyons, ein berühmter sozialistischer Agitator. »Ein Zwischenhändler, der ein Sweater ist, macht Verträge über Arbeit für einen andern ... Ein Sweater ist jemand, der Arbeitsteilung zu seinem persönlichen Vorteil organisiert. Nun, meine Herren, werden Sie sehen, daß diese Definition des Sweaters besagt, er teile Arbeit. Die Arbeit im Schneidergewerbe läßt sich in ungefähr fünfundzwanzig verschiedene Schritte aufteilen, und ich möchte sie sofort erklären.« (Question 1772)

»Als Beispiel für das, was ich meine«, sagte William Parnell, der Sekretär der Tischler-Gewerkschaft, aus, »will ich feststellen, daß, wenn eine Firma den Auftrag bekommt, einen Kunden mit Möbeln zu beliefern, und diese Firma nicht selbst die Möbel herstellt, sondern den Auftrag weiter an einen Unterkontrahenten gibt, dies der erste Schritt zum Sweating ist. Wenn die Zwischenschritte mehr werden, zwei, drei, vier oder gar fünf, dann ist das mit Sicherheit, wie jeder zugeben wird, Sweating; ich glaube aber, der erste Schritt ist ebenso Sweating wie der letzte. Der eigentliche Effekt besteht darin, daß die Qualität des Produktes und die Löhne des Arbeiters geringer werden. Ich kenne einen Fall, wo eine große Firma einen Auftrag angenommen und an einen Unterkontrahenten weitergegeben hat, der ihn wieder an einen anderen Unterkontrahenten weitergab, der wiederum an einen Mann, der angeblich sein Vorarbeiter war, und der Vorarbeiter endlich hat den Auftrag als Akkordarbeit an die Arbeiter gegeben. Ich möchte es Euren Lordschaften überlassen zu beurteilen, ob nicht der Kunde ein besseres Produkt erhalten hätte, wenn die Firma, die den Auftrag angenommen hat, die Arbeit selbst ausgeführt hätte, und auch, ob der Mann, der sie machte, dann nicht besser bezahlt worden wäre.« (Question 2862)

»Unter allen Umständen hätte diese Lage die Gefahr der Verelendung für die meisten mit dieser Art Arbeit Beschäftigten bedeutet«, erklärt John Burnett, der Sachverständige für Arbeit im Handelsministerium (Labour Correspondent of the Board of Trade), 1887, »aber die Dinge haben sich in den letzten Jahren für die einheimischen Arbeiter durch die enorme Zahl der verarmten Einwanderer aus anderen europäischen Ländern erheblich verschlimmert. Diese Fremden waren vor allem deutsche und russische Juden, und es besteht kein Zweifel, daß das im Ergebnis dazu geführt hat, den Arbeitsmarkt im Londoner East End mit billigen Arbeitskräften so zu überfluten, daß Tausende von einheimischen Arbeitern an den Rand bitterster Not gebracht wurden. Trotzdem würde aus diesem speziellen Grund allein die Forderung nach Untersuchung des Problems noch nicht erhoben. Der Notstand wird aber jetzt so groß, daß er nach Behebung schreit. Die Lebensbedingungen der unglücklichen Ausländer, die verjagt wurden oder aus eigenem Entschluß hierher gekommen sind, waren in ihrer Heimat so, daß sie hier mit viel geringeren Mitteln auskommen können als unsere englischen Arbeiter. Sie kommen hier in bitterster Armut an und sind schon dadurch gezwungen, um jeden Preis die Arbeit anzunehmen, die sie am schnellsten finden. Daraus ist bei uns ein an sich schon schlechtes System mit so schlimmen Folgeerscheinungen entstanden, daß nicht nur die Arbeiter selbst dadurch in Leiden und Not gestürzt werden, sondern auch andere sehr beunruhigt sind und ernste Gefahren für die Allgemeinheit vorhersehen.«[27]

Diese Vorstellung vom ausbeuterischen Zwischenhandel lag dem Berichtentwurf zum Sweating System von Lord Dunraven, dem ersten Vorsitzenden des Oberhausausschusses, zugrunde. Sein Entwurf wurde von der Mehrheit der Ausschußmitglieder unter dem Vorsitz von Lord Derby abgelehnt; Anführer der Mehrheit war Lord Thring. Lord Derby und seine Kollegen entschieden schließlich, daß Sweating keine eigene Art der Bezahlung, keine spezifische industrielle Organisationsform sei, sondern bestimmte Arbeitsbedingungen kennzeichne: *»ein Verdienst an der unteren Grenze des Existenzminimums; Arbeitszeiten, die das Leben der Arbeiter in fast ununterbrochene Mühe und Plage verwandeln; sanitäre Verhältnisse, die nicht nur die Gesundheit der Arbeitenden schädigen, sondern zu einer Gefahr für die Allgemeinheit werden.«*[28] Wenn eine dieser Arbeitsbedingungen in extremer und übertriebener Form auftrat, wenn zum Beispiel eine Frau, die in Heimarbeit Krawatten nähte, alle Nerven anspannte, um auf einen Stundenlohn von nur einem halben Penny zu kommen – und erst recht, wenn mehrere dieser Bedingungen zusammentrafen, wie in den Kellerlöchern, in denen jüdische Stiefelmacher sechzehn bis siebzehn Stunden täglich für einen Wochenlohn von 12 Schilling arbeiteten –, dann, sagte der Oberhausausschuß, sei das Ausbeutung, und dann arbeiteten die Bedauernswerten tatsächlich nach dem Sweating System.

Wo lagen die Gründe für diese schlimmen Arbeitsbedingungen? Waren diese Gründe von den sehr prominenten Sachverständigen, die in der Anhörung des Oberhausausschusses gesprochen hatten, und in den offiziellen Stellungnahmen der Ministerien richtig dargestellt?

John Burnett hatte in gewisser Weise recht, wenn er erklärte, daß die üblen Zustände des ausbeuterischen Zwischenhandels in manchen Industriezweigen mit dem Zustrom der verarmten Juden begonnen hatten oder mindestens dadurch sehr verschlimmert wurden. Die Leichtigkeit, mit der unermüdliche sparsame Juden Meister wurden, war im East End sprichwörtlich. Ihr Wohnzimmer wurde zur Werkstatt, der Vermieter oder der Metzger wurden ihre Bürgen; an der nächsten Ecke gab es einen Glaubensgenossen, der die Musterstücke anfertigte, die man dem Großhandel als Arbeitsproben lieferte; Nähmaschine und Bügeltisch wurden auf Leihbasis unter Hinterlegung einer kleinen Kaution angeschafft. Alles in allem konnte jeder, der etwa ein Pfund Kapital in der Tasche hatte, zum Rang eines Sweaters aufsteigen. Und wenn ein Jude die Position eines Unternehmers erreicht hatte, gab es immer nicht nur seine eigene Familie, sondern auch hunderte von Neuankömmlingen, die bereitwillig seine Untergebenen wurden; viele von ihnen sollten auch, wenn ihre Zeit gekommen war, zu seinen Konkurrenten werden. Aber die Juden hatten jedenfalls das Verdienst, ›zueinander zu halten und für sich zu bleiben‹; zum Beispiel monopolisierten sie Herstellung und Vertrieb von Billigkleidern und Stiefelmacherei; selten arbeiteten sie als Hemden- oder Hosenschneider oder in den Fabriken, in denen maschinelle Arbeit gemacht wurde. Und wenn eine Untersuchung alle Betriebe einbezog, in denen die schlechte Praxis des Sweating überwog, dann zeigte sich, daß die Juden sowohl in der Hauptstadt wie in der Provinz nur einen Bruchteil der gesamten Arbeiterschaft stellten, außerdem waren sie eine Gruppe, die weitgehend auf Wettbewerb verzichtete, die sich auf die manuelle Anfertigung bestimmter Erzeugnisse, meist solcher, die vorher in der Gegend nicht hergestellt worden waren, beschränkte. Kurz, wenn man alle in England lebenden ausländischen Juden an ihre Geburtsorte zurückgeschickt hätte, wäre die Zahl ausgebeuteter Arbeiter dadurch weder zum Besseren noch zum Schlechteren verändert worden.

Aber wenn auch die eingewanderten Juden als Futter für das Sweating System dienten, so vermutete doch niemand, daß sie allein für diesen, wie man meinte, besonderen Typus industrieller Organisation verantwortlich seien. Die eigentlichen Sünder waren nach der öffentlichen Meinung der oder die unnötigen Zwischenhändler, Engländer oder Ausländer, die wie die mittelalterlichen Ritter eine Art Wegezoll von allen nahmen, die durch ihr Gebiet kamen. Meine Beobachtungen und Untersuchungen hatten, verifiziert von Charles Booths Statistiken, gezeigt, daß tatsächlich weniger Zwischenhändler zwischen dem Produzenten und dem Endverbraucher eingeschaltet waren und daß außerdem die Arbeitsteilung weitaus geringer war als im Kontrastmodell der maschinellen Herstellung in Fabriken; und das galt nicht nur für die Industriezweige, in denen die Grundprodukte hergestellt wurden, wie Tuche oder Maschinen, sondern auch für die maschinelle Herstellung von Konfektionskleidung, Schuhen oder Stiefeln in den gut ausgerüsteten Fabriken von Leeds oder Leicester.

Ich komme nun zu meiner Darstellung der Gründe für das Elend und den Verfall, die der Oberhausausschuß zum Sweating System offengelegt hatte.

»Wie würden Sie definieren, was das Sweating System ist?« wurde ich von einem Mitglied des Ausschusses gefragt. »Eine Untersuchung über das Sweating System ist praktisch eine Untersuchung, die sich mit all den Arten von Handarbeit befaßt, die sich den Bestimmungen des Arbeitsschutzgesetzes und der Gewerkschaften entziehen«, antwortete ich. (Question 3248)

Hier möchte ich aus einem Vortrag zitieren, den ich auf dem Genossenschaftskongreß in Rochdale im Juni 1892 hielt. Als Ergänzung dazu werde ich ein Zitat aus dem Kommentar zum Bericht des Sonderausschusses im Oberhaus zum Sweating System 1888–89 geben, der im *Nineteenth Century* vom Juni 1890 erschien.

Manche Leute meinen, Sweating sei auf die Gewerbe beschränkt, in denen man vorwiegend mit Unterverträgen arbeitet (erkläre ich dem Genossenschaftskongreß des Jahres 1892); sie meinen, daß in Wahrheit der Zwischenhändler der Blutsauger sei, der Armeleuteschinder, der ihnen die Früchte ihrer Arbeit nimmt. Sie werden sich an eine Karikatur im *Punch* zur Zeit der Anhörung im Oberhaus erinnern, in der der Zwischenhändler als aufgeblasener Spinnenmensch dargestellt wird, der allen Männern und Frauen, die in seiner Umgebung arbeiten, das Lebensblut aussaugt. Nun, bevor ich die Gewerbe in East London genauer studierte, glaubte ich selbst auch, daß dieses grauenvolle Geschöpf wirklich existiert. Aber ich fand bald heraus, daß er entweder ein Mythos war, oder daß die Zeiten zu hart für ihn geworden waren und ein größeres Untier ihn totgedrückt hatte. Ich entdeckte nämlich, daß in den Mantelschneidereien und bei der Anfertigung von Billigstiefeln – beide Gewerbe sind ausschließlich in der Hand von Juden, und die Arbeit wird von kleinen Auftraggebern ausgeteilt – diese Zwischenhändler weit davon entfernt sind, aufgeblasene Nichtstuer zu sein; sie arbeiten im Gegenteil genauso hart, wenn nicht härter als ihre ausgebeuteten Angestellten und verdienen häufig weniger als der Maschinennäher oder Bügler, dem sie Lohn bezahlen. Andererseits verschwindet der Zwischenhändler jetzt schnell aus den Manufakturen, in denen englische Frauen beschäftigt sind, zum Beispiel der Hemden- und Krawattennäherei, der Herstellung von Schirmen, Kinderkleidern, etc. Es ist richtig, daß früher in diesen Gewerbezweigen das vielgescholtene System der Unterverträge überwog; das heißt also, daß ein Mann oder eine Frau mit dem Großhandelsproduzenten einen Vertrag über das Anfertigen und Abliefern so und so vieler Dutzend Kleider zu einer bestimmten Summe abschloß. Er ließ diese Kleidungsstücke dann einzeln in den Wohnungen der Frauen machen, oder stellte vielleicht auch Frauen an, die sie in seinem Haus nähten. Er bekam vielleicht einen Schilling für die Herstellung eines Kleidungsstückes, gab den Nähern aber nur zehn Pence und behielt zwei Pence als Lohn für die Mühe und das Risiko für sich. Aber in letzter Zeit fanden die unternehmungsfreudigeren Großhandelsproduzenten es sehr ungerecht, daß der Zwischenhändler diese zwei Schilling in seine eigene Tasche fließen ließ. Um die Ungerechtigkeit abzustellen, machten sie überall in East London Werkstätten auf, wo sie selbst, genau wie vorher der Zwischenhändler, Arbeit ausgeben, erst die maschinellen Vorarbeiten, dann die Endarbeiten. Aber seltsamerweise bezahlen sie ihren Arbeitern auch nur zehn Pence, mit dem einzigen Unterschied, daß den Rest nicht mehr der Zwischenhändler bekommt, sondern sie selbst die zwei Pence einstecken. Und wo die Kleidungsstücke gemacht werden, ist ihnen vollkommen gleichgültig. Die Frauen, die sich selbst und vielleicht auch ihre Familie durch diese Art Arbeit ernähren, leben in Kellern oder Dachkammern, manchmal mit zwei oder drei Familien in einem Raum. Das stört den Produzenten nicht. Er würde Ihnen ohne Zweifel erzählen, daß der Zwischenhändler der Ausbeuter sei, und daß er dem das Handwerk gelegt habe. Aber unglücklicherweise hat er das, was ein Beobachter der Praxis unter Ausbeutung versteht, nicht abgeschafft oder auch nur verringert. Der eigentliche Arbeiter gewinnt durch das Verschwinden des Unterkontrahenten, Zwischenhändlers oder sogenannten Sweaters gar nichts. Die Arbeiter kamen durch die Veränderung in East London vom Regen in die Traufe.

Und wenn wir die Kleiderherstellung beiseite lassen und uns mit der Produktion billiger Möbel befassen, in der das Übel des Sweating in hohem Maß grassiert, dann können wir beobachten, wie der bitterarme Tischler seine selbstgemachten Tische und Stühle in der Curtain Road feilbietet und entweder an einen Exportkaufmann oder einen Einzelhändler verkauft – oder, mit viel Glück, manchmal auch direkt an einen privaten Kunden. In der Manufaktur billiger Stiefel in London, der Bestecke für den Alltag in Sheffield, unsortierter Nägel in Halesowen, finden sich die gleichen unglücklichen Figuren, kleine Werkstattmeister oder Handwerker, die außer Hause arbeiten, sich ihr Material auf Kredit kaufen und ihre Erzeugnisse so verkaufen, daß sie gerade von der Hand in den Mund leben können, unter allen Umständen aber ihre großen und kleinen Konkurrenten unterbieten. Anständige Unternehmer, denen ein hoher Standard ihrer Produkte wichtig ist, und Gewerkschafter, die auf hohen Lohnstandard erpicht sind, sind sich einig darin, daß sie diesem unglücklichen Berufsstand die schlechtesten Eigenschaften des Sweating Systems zuschreiben. Dabei suchen wir hier nicht nur vergeblich nach Unterverträgen, sondern Verträge selbst gibt es nicht, und die ausgeklügelte Organisation der modernen Industrie verwandelt sich hier zurück in eine Beziehung zwischen dem unmittelbaren Produzenten und dem Verbraucher, die sehr dem primitiven Feilschen auf den Märkten, dem atavistischen Kampf ums Überleben gleicht; und wie vor Zeiten muß auch jetzt der Schwächste und Ärmste leiden.
Ich möchte nicht, daß Sie meinen, ich leugnete die Existenz des Sweaters in den Gewerben, in denen man gegen Hungerlöhne arbeiten muß. Ich leugne aber, daß notwendig oder auch nur üblicherweise der Unterkontrahent oder der Zwischenhändler, der die Arbeit vergibt, die Ausbeuter sind. In Wahrheit treibt die ganze Nation Ausbeutung; sie ist der Sweater. Die Masse der Männer und Frauen an der Grenze des Existenzminimums, deren Notlage kürzlich offengelegt wurde, wird in jeder Hinsicht betrogen und unterdrückt: von dem Mann, der das Material verkauft oder verteilt, das sie bearbeiten, von dem Ladenbesitzer, der ihnen Ware auf Kredit verkauft oder sie zwingt, das Trucksystem zu akzeptieren, so daß sie Ware gegen Gutscheine bekommen, ebenso wie von dem Vermieter, der für die vier Wände eines Schlafzimmers oder für einen ungepflasterten Hinterhof ohne Drainage die doppelte Miete für Wohnung und Werkstatt von ihnen erpreßt; unterdrückt und betrogen werden sie endlich von allen, Männern, Frauen und Kindern, die die Erzeugnisse ihrer Arbeit verbrauchen. In der vordersten Reihe dieser zahlenstärksten Klasse der Sweater finden wir die unterdrückten Arbeiter selbst. Der Zwischenhändler ist dort, wo es ihn noch gibt, nicht der Unterdrük-

ker, sondern nur eines der vielen Werkzeuge zur Unterdrückung. Und wir können ihn nicht so sehen, wie er im *Punch* gezeigt wird; er ist keine Spinne, die gesunde Fliegen frißt. Wenn wir ihn unbedingt als schädliches Insekt sehen müssen, dann kommen wir der Wahrheit sehr viel näher, wenn wir ihn als die Made beschreiben, die im fauligen Fleisch lebt. Er ist nicht die Ursache, sondern nur eine zufällige Begleiterscheinung des Übels. Er nutzt den Zustand der Desorganisation in seiner Umgebung aus und lebt von ihr; wenn er es nicht tut, wird ein anderes Geschöpf ihn und seine Nahrung verschlingen. Deshalb müssen wir den Ursprung für diese Desorganisation finden.
Eines nun ist allen Produktionsbetrieben, in denen das Sweating eindeutig überwiegt, gemeinsam: die Produkte werden in der Hauptsache nicht in großen Fabriken, sondern entweder von kleinen Handwerksmeistern in verborgenen Werkstätten oder von den Arbeitern in Heimarbeit hergestellt. Daraus ergibt sich ganz natürlich, daß der Arbeitgeber, und das kann der profitierende Zwischenhändler, der Großhändler oder auch der Verbraucher selbst sein, von aller Verantwortlichkeit für die Verhältnisse, unter denen die Arbeit getan wird, frei bleibt. Die Arbeiter dagegen sind wegen der Isolation, in der sie leben und arbeiten, unfähig, sich zusammenzuschließen, sind durch besondere Klauseln vom Arbeitsschutzgesetz nicht betroffen und deshalb mit Leib und Seele dem Geist des uneingeschränkten Wettbewerbs verhaftet, der aus der wachsenden Forderung nach billigen Artikeln auf den großen Weltmärkten kommt. Wenn wir diese Verhältnisse mit den Betrieben vergleichen, in denen es kein Sweating gibt, sehen wir sofort, daß zum Beispiel Maschinenschlosser, Baumwollspinner, Bergleute jeweils mit vielen anderen in großen Werken zusammenarbeiten und daß der Unternehmer für die Arbeitsbedingungen verantwortlich ist. Der Besitzer einer Spinnerei, einer Eisenhütte oder eines Bergwerks ist genötigt, in gewissem Sinne die Vormundschaft über seine Arbeiter zu übernehmen. Er wird vom Staat gezwungen, für gesunde Arbeitsbedingungen zu sorgen, die Zahl der Arbeitsstunden für Frauen und Jugendliche zu regulieren, die Schulbildung der Kinder zu garantieren und alle Arbeiter gegen Arbeitsunfälle zu schützen und zu versichern. Die Gewerkschaften, die entstanden sind, weil durch das Fabriksystem große Massen von Menschen unter gleichen Bedingungen zusammenarbeiten, bestehen auf allgemein anerkannten Lohnsätzen. Die öffentliche Meinung in politischen oder sozialen Fragen beobachtet das Tun eines verantwortlichen Unternehmers im hellen Tageslicht. Ob er will oder nicht, muß er seinen Verstand und sein Kapital zwischen die Arbeitergruppen auf der einen und die große Masse der gedankenlosen Verbraucher auf der anderen Seite stellen. Das sind die Dienste, die die Gemein-

schaft von ihm als Gegenleistung gegen seinen Gewinn erwartet. Er ist in der Tat das erste Bindeglied zwischen dem privaten einzelnen, der auf eigenen Gewinn aus ist, und dem Idealbeamten des sozialistischen Staates, der die Produktionsmittel treuhänderisch für das Volk verwaltet. Die Abwesenheit dieser Idealgestalt der Industrie des 19. Jahrhunderts ist kennzeichnend für das Sweating System.[29]
In meiner Besprechung zum Bericht des Sonderausschusses im Oberhaus, der sich mit dem Sweating System befaßte, schreibe ich: Wenn wir beurteilen möchten, ob das Vorhandensein von Zwischenhändlern, Maschinen und Arbeitsteilung zugleich Ursache und Wesen der Mißstände des Sweating ist, dann ist es klar, daß wir uns einen größeren Überblick über die Fakten in den einzelnen Gewerben verschaffen müssen, als die vier Bände mit Gutachten uns geben können, die der Ausschuß veröffentlicht hat. Wir müssen die Methode des Vergleichens benutzen; wir müssen die Organisationsform der Produktion in den ausbeuterischen Gewerben parallel zu der Produktionsweise in den Gewerbezweigen sehen, die anerkanntermaßen frei von den schlimmsten Mißständen des Sweating sind. Kurz, um herauszufinden, was die Krankheit ausmacht, müssen wir den kranken Körper mit dem relativ gesunden Organismus vergleichen... In den wichtigsten Produktionszweigen des Königreiches, in der Baumwoll-, Woll- und metallverarbeitenden Industrie, finden wir in der Regel drei profitierende kapitalistische Zwischenhändler zwischen dem Handarbeiter und dem Verbraucher: 1. den Fabrik- oder Werkstattbesitzer, 2. den Großhändler, der ausländische Agenturen und englische Einzelhändler beliefert, und 3. den großen oder kleinen Einzelhändler, der die Ware direkt an den Endverbraucher verkauft. Das mag heute (1890) als typische Organisation der englischen Industrie gelten. In der Mäntelproduktion haben sich die drei für die englische Industrie typischen profitmachenden Zwischenhändler, der Produzent, der Großhändler und der Einzelhändler, nicht vervielfältigt; sie haben sich im Gegenteil oft auf ein oder zwei Mischformen verringert; es gibt den kleinen Unternehmer, der genauso hart, wenn nicht härter, als die, die er beschäftigt (deshalb kann man ihn oft auch zu den Handarbeitern rechnen), arbeitet, und den Groß- oder Einzelhändler, der auch in gewissem Ausmaß in seinem eigenen Haus produziert und Aufträge nicht nur an große und kleine Betriebe gibt, sondern Heimarbeiter beschäftigt... Der Sweater ist gleichermaßen frei von den Verpflichtungen und den Ausgaben des Fabrikbesitzers. Außerdem bekommt aber ein Vermieter in den Slums doppelte Miete für Werkstatt und Wohnung, ohne daß er für die teuren sanitären Einrichtungen aufkommen muß, die für Fabriken obligatorisch sind. Kurz: die Heimarbeit schafft alle Schwierigkeiten unseres Problems.

Denn Heimarbeit macht mit ihrer Isolation jeden gewerkschaftlichen Zusammenschluß undurchführbar; sie macht es möglich, daß der Produzent die Not einer Witwe, die Geldgier eines Juden als wirksames Mittel zur Erniedrigung aller ausnutzen kann. Und noch stärker fällt ins Gewicht, daß die Heimarbeit, weil sie die Arbeiter dem wohltuenden Schutz des Arbeitsschutzgesetzes entzieht, die gesetzlich festgelegte Verantwortung des Unternehmers und Vermieters für die Arbeitsbedingungen außer Kraft setzt...
In diesem Labyrinth technischer Details hat mich die bedeutsame Logik der Tatsachen immer wieder auf die eine zentrale Idee hingelenkt, um die wissenschaftliche Darstellung und praktische Vorstellung kreisen, eine Idee, die sich immer deutlicher abzeichnete, je eindringlicher und persönlicher die Kenntnisse von der Not und Erniedrigung der Arbeiter wurden, eine Idee, die meiner Meinung nach der gesamten Arbeitsgesetzgebung dieses Jahrhunderts zugrunde liegt – die Idee nämlich, daß in einem kapitalistischen System des Privateigentums alle Unternehmer für die Wohlfahrt ihrer Arbeiter, alle Haus- und Grundbesitzer für die Nutzung ihres Besitzes die Verantwortung tragen. Aus der Verweigerung dieser persönlichen Verantwortung als Gegenleistung zu Profiten und Mieteinnahmen entstehen die schrecklichen Mißstände des Sweating – Mißstände, die in einfachen, aber treffenden Worten im Oberhausbericht genannt werden: »Lohn an der unteren Grenze des Existenzminimums; Arbeitszeiten, die das Leben der Arbeiter in fast ununterbrochene Mühe und Plage verwandeln, so daß es hart und freudlos in äußerstem Maße ist; sanitäre Verhältnisse, die nicht nur die Gesundheit der Arbeitenden schädigen, sondern zur Gefahr für die Allgemeinheit werden.« Erst, wenn wir den Sinn für diese Verantwortung wecken, indem wir auf der Ausführung dieser Pflicht bestehen, sie durch gesetzliche Verfügung, durch den Druck der öffentlichen Meinung und durch alle Formen freiwilligen Zusammenschlusses erzwingen, erst dann können wir die schrecklichen sozialen Mißstände, die unter dem Namen »Sweating System« zusammengefaßt werden, an der Wurzel packen und ausrotten.[30]

Um meine ›Entdeckung‹ programmatisch zu formulieren: Meiner Meinung nach war es dringend geboten, den »freien Wettbewerb« zu kontrollieren, und zwar nicht in Ausnahmefällen oder gelegentlich, sondern universell, um für jedermann ein verordnetes »National Minimum of Civilised Life« zu sichern; ohne das würde das »kapitalistische System« Leib und Seele der großen Masse von Lohnempfängern zerstören. Dieses vorgeschriebene nationale Minimum an zivilem Leben war der Sinn dessen, was die Fabrikgesetze, die allgemeine Schulpflicht und Gesundheitsvorsorge und die Gewerkschaftsbewegung in der Empirie und unvollkommen zum Ausdruck brachten.

Eine Gesellschaftswissenschaft

Meine Beteiligung an Charles Booths großer Untersuchung zu Leben und Arbeit der Bevölkerung von London nützte mir als Einübung in die Techniken eines Sozialforschers und bestärkte meine Überzeugung, daß man die Organisation der Gesellschaft mit wissenschaftlichen Methoden untersuchen müsse. Im Laufe dieser Untersuchung hatte ich die Beziehung zwischen eigenen Beobachtungen und Statistiken kennengelernt. Die Beschreibung technischer Details mochte noch so genau und umfassend sein, das Stimmungsbild des Geschehens an den Hafentoren oder in ausbeuterischen Werkstätten noch so lebendig, immer fand ich mich konfrontiert mit Charles Booths skeptischem Blick und kritischen Fragen: »Wie viele einzelne sind von den Verhältnissen betroffen, die Sie beschreiben; wächst oder verringert sich ihre Zahl?« – »Wie hoch ist ihr proportionaler Anteil bezogen auf die, die in besseren oder schlechteren Verhältnissen arbeiten und leben?« – »Spielt dieses sogenannte Sweating System eine wichtige Rolle in der industriellen Organisation der vier Millionen Einwohner Londons?« Auf diese Weise wurde mir klar, daß jede Schlußfolgerung, die sich aus Beobachtung oder Experiment ableitete, durch einschlägige Statistiken qualifiziert und verifiziert werden mußte –, auch wenn ich die Methode der Statistik niemals handhaben konnte, weil ich die dazu nötigen arithmetischen Kenntnisse nicht hatte. Dafür aber wurde ich in einem anderen Bereich soziologischer Technik, in der feinen Kunst der Befragung, Expertin, wie ich wohl sagen kann. Aber ich merkte bald, daß diese Weise, Fakten aus den Köpfen anderer hervorzuziehen, nur begrenzt von Nutzen ist; in vielen

Fällen eröffnet sie nur die Möglichkeit zu eigener Beobachtung. Auch die direkte Beobachtung hat unterschiedlichen Wert, der von der Art der Gelegenheit abhängt. Zum Beispiel lernte ich als Mieteinnehmerin mehr über Hafenarbeiter als während meiner Besuche in den Docks in Begleitung von Beamten oder meiner darauf folgenden Hausbesuche als Forscherin. Beobachtung wird verfälscht, *wenn die Beobachteten wissen, daß sie beobachtet werden;* um solch hemmendes Bewußtsein möglichst auszuschalten, entschloß ich mich, mein Glück mit der Arbeitssuche in verschiedenen Kleinbetrieben zu versuchen. Außerdem ist es für einen bloßen Beobachter, der keinen Platz in der Organisation hat, unmöglich zu experimentieren. Als Verwalterinnen der Katherine-Häuser konnten wir, meine Kollegin und ich, unsere Mieter nach einem beliebigen Prinzip oder Vorurteil aussuchen; wir konnten in Übereinstimmung mit den Direktoren die Mieten erhöhen oder senken, Mietrückstände erlauben oder rücksichtslos durch den Verwalter eintreiben lassen; und wenn wir uns für eine Taktik entschieden hatten, konnten wir beobachten, welche Wirkung sie auf Anzahl und Art der Mietbewerber, auf das Verhalten der Mieter und auf die Bilanz über Gewinn und Verlust an den Miethäusern hatte. »Experimente mit dem Leben anderer Menschen zu machen, welche Kaltblütigkeit!« – höre ich manchen Leser protestieren. Dazu muß ich erklären, daß sich solche »Experimente« nicht vermeiden lassen; daß Verwaltung immer »mit Leben anderer Menschen experimentiert«, unabhängig davon, ob sie Verwaltung mit dem Ziel des Profitmachens ist oder Administration im Dienste der Allgemeinheit, die Verwaltung einer Fabrik oder eines Bergwerkes, der Grundschule oder der Post, der Genossenschaft oder der Gewerkschaft – es sei denn, sie wird durch eingefrorene Gewohnheit und starre Bürokratie zur gedankenlosen Routine. Man kann das Gemeinwesen nur dadurch vor der Gefühllosigkeit und Gleichgültigkeit gegenüber denen, mit denen die Administration zu tun hat, schützen, *daß man den Bürokraten fühlbar die Verantwortung für die Entscheidungen und Auswirkungen ihrer Verwal-*

tung überträgt, ganz gleich, ob sie sich auf Produzenten und Verbraucher von Waren und Dienstleistungen oder auf das ganze Gemeinwesen beziehen. Und damit wir aus solchen »Experimenten« lernen können, ist es wesentlich, ihre Wirkungen auf das Leben anderer zu beobachten und zu berichten. Darüber hinaus – und das mag nur ein weiser Ratschlag sein – ist es auch wünschenswert (wie Bismarck gesagt hat), daß der Bürokrat nicht nur aus seinen eigenen Fehlern lerne, denn das ist teuer, sondern auch aus den Fehlern anderer. Kurz, eine gute Verwaltung, auch zum Zwecke des Profitmachens, ist undenkbar ohne die wissentliche oder unwissentliche Anwendung der Verfahren von Beobachtung, Inferenz und Verifizierung, also der wissenschaftlichen Methode. Eine gewisse Ironie liegt darin, daß den Personen, die führende Positionen in einer Organisation haben und über ihre Ausrichtung bestimmen können, die also die besten Möglichkeiten zur folgenreichen Anwendung der wissenschaftlichen Methode hätten, im allgemeinen die erforderliche wissenschaftliche Ausbildung fehlt, von der nötigen Lust und Zeit für diese intellektuelle Anstrengung ganz zu schweigen.

Und an dieser Stelle muß ich an einen merkwürdigen tief verwurzelten Fehlschluß, der Herbert Spencers administrativem Nihilismus zugrunde liegt, erinnern, einen Denkfehler, der die kapitalistische Welt, in der ich aufwuchs, ganz durchdrang. Herbert Spencer war überzeugt, und jeder Kapitalist setzte voraus, daß das System der auf Profit ausgerichteten Unternehmen, mit dem wir alle vertraut waren, »in der natürlichen Ordnung der Dinge« liege, wohingegen jede staatliche, kommunale oder auch nur gewerkschaftliche Aktivität wie die Fabrikgesetze, staatliche Gesundheitsbehörden, allgemeine Schulpflicht oder Lohnfestsetzungen »künstliche« Erfindungen, oder, um den Philosophen mit seinen eigenen Worten sprechen zu lassen, »schwerfällige Mechanismen, von politischen Ränkeschmieden als Ersatz für die großen Gesetze aller Existenz ausgedacht«, seien; diese ausgedachten Mechanismen waren zwangsläufig, weil sie »gegen die Natur« waren, zum Scheitern verurteilt. Zum Beispiel war eine Lohnhöhe, die sich durch uneingeschränkten individuellen Wettbewerb bestimmte, eine »natürliche Lohnhöhe«; Lohnfestsetzungen, die durch Verbände oder Gesetze bestimmt waren, galten als »künstliche Löhne« und deshalb schädlich für das Gemeinwohl.

Heute ist nur schwer zu verstehen, woher dieser Fehlschluß kam; vermutlich entsprang er wie so viele andere nur einem ungenauen Wortgebrauch. Denn wenn wir von natürlichen und künstlichen Dingen sprechen, wenn wir zum Beispiel sagen, daß ein Wasserfall oder ein See natürlich oder künstlich sind, dann geben wir den beiden Adjektiven eine ganz bestimmte Bedeutung: in dem einen Fall entstand der See oder Wasserfall ohne menschliches Zutun; im anderen Fall durch menschliche Kunst. Aber eine Sozialstruktur gibt es nicht unabhängig von Menschen oder ohne menschliches Zutun. So ist, strenggenommen, jede Entwicklung einer sozialen Struktur und Funktion, angefangen von der Familie bis hin zur Polizei, von der Einrichtung des persönlichen Eigentums bis zur Ausstattung einer Stadt mit öffentlichen Parks und Büchereien, vom primitiven Tabu bis zum kompliziertesten Parlamentserlaß, alles gleichermaßen »künstlich«, das heißt, Produkt menschlicher Erfindung, Ergebnis menschlicher Tätigkeit. Die schlichte Wahrheit ist, daß die Übertragung des Gegensatzpaares natürlich – künstlich auf soziales Handeln barer Unsinn ist. Alles, was in der Gesellschaft besteht oder der menschlichen Natur geschieht, Krieg wie Frieden, die Gewohnheit zu heiraten wie das Wachstum des Empires, die Bekämpfung von Krankheiten wie vernichtende Schlachten, auch die »Zivilisation« selbst, – ist gleich »natürlich«, allein dadurch, daß es geschieht. Mehr noch, wenn die Tatsache, daß etwas immer schon da war oder überall zu beobachten ist, als Indiz dafür genommen werden kann, daß es mit einer hypothetischen »Natur des Menschen« im Einklang steht, dann sind die Eingriffe der Regierung und ebenso organisierte Berufe (von den alten Priester- und Kriegerkasten bis zu den modernen Gewerkschaften) nicht nur viel älter in der menschlichen Geschichte als die Organisationsform, die unter dem Namen kapitalistisches System bekannt ist, mit ihrer Trennung des Arbeiters vom Besitz der Produktionsmittel, sondern sie sind auch unter den Bewohnern der Erde viel weiter verbreitet (wir müssen uns nur an die riesige, nicht gezählte Bevölkerung Asiens und Afrikas erinnern).

Es ist eindeutig, daß jede soziale Umwandlung, jede Entwicklung der menschlichen Gesellschaft, ob wir wollen oder nicht, auf ein Experiment mit der Lebensführung hinausläuft. In der Zeit meiner kapitalistischen Voreingenommenheit verurteilte ich »diese gigantischen Experimente, staatliches Schulwesen und Übergriffe des Staates auf andere Bereiche, die jetzt eingeleitet werden« (vgl. S. 238), als Störung der natürlichen Ordnung der Dinge. Warum? Nicht, wie ich damals dachte, weil diese »störende Einmischung gegen die Natur« war, sondern, wie ich jetzt weiß, weil gerade diese Experimente auf Kosten meiner Klasse zum angenommenen Nutzen einer anderen Klasse durchgeführt wurden. Das Studium britischer Blaubücher, ergänzt durch meine eigenen Untersuchungen zur chronischen Verarmung unserer großen Städte, öffnete mir die Augen für die Arbeiterseite des Bildes. Für die Arbeiterklasse Großbritanniens in der zweiten Hälfte des 18. und der ersten Hälfte des 19. Jahrhunderts, also für vier Fünftel der gesamten Bevölkerung, muß die »industrielle Revolution«, die überall Maschinen und Fabriken einführte, die die Familie als Arbeitseinheit aufbrach und den seit unvordenklichen Zeiten geltenden, durch Religion und Gesetz sanktionierten Bräuchen abschwor (dieser rücksichtslosen Revolution verdankt meine Familie ihren Reichtum – das mag eine Erklärung, aber keine Entschuldigung dafür sein, daß ich sie vollkommen »in der Ordnung der Dinge« fand), nicht nur künstlich und unnatürlich ausgesehen haben, sondern auch als ein gigantisches grausames Experiment gewirkt haben, das, soweit es ihre Wohnungen, ihre Gesundheit, ihren Lebensunterhalt und ihre Vergnügungen betraf, sich als katastrophaler Fehlschlag erwies.

Meine Reaktion auf die Erkenntnis dieses Fehlschlusses war eine immer tiefere Überzeugung von der höchsten Bedeutung der wissenschaftlichen Methode für alle sozialen Aktivitäten.
»Dieses unaufhörliche Befragen sozialer Fakten«, insistierte das Ich, das verneint, ständig, »mag ja ein interessanter Zeitvertreib sein; aber führt es zu irgend etwas?« Das Ich, das bejaht, konnte jetzt mit Überzeugung antworten: »Wenn man bedenkt, daß die Gesellschaft ein einziges Laboratorium ist, in dem ständig Experimente mit menschlichen Beziehungen, bewußt oder unbewußt, ohne Vorbereitung oder gründlich überlegt, durchgeführt werden, dann weiß man, daß diejenigen Rassen überleben und gedeihen werden, die mit dem Wissen davon, wie die Dinge geschehen, ausgerüstet sind. Und dieses Wissen kann man durch beharrliches Studium menschlichen Verhaltens in Vergangenheit und Gegenwart erwerben.«
»Wie die Dinge geschehen!« spottet das Ich, das verneint, »sagt nichts darüber aus, was geschehen *sollte*«.
»Ich dachte, das hätte ich dir längst gesagt«, antwortet das Ich, das bejaht, ruhig, »daß, in Hinsicht auf das Ziel des Lebens, die Wissenschaft bankrott ist und bleiben wird. Und die heutigen Wissenschaftler wissen das auch. Das Ziel, nach dem wir streben, der geistige Zustand, den wir in uns selbst und in der Allgemeinheit, herstellen möchten, ist abhängig von einer Skala menschlicher Werte, die sich von Rasse zu Rasse, von Generation zu Generation und von einem zum anderen ändert. Wie jeder von uns diese Werteskala festlegt, weiß niemand. Ich für meinen Teil finde es am besten, so zu leben, ›als ob‹ die menschliche Seele in Verbindung mit einer übermenschlichen Macht stehe, die uns zum Rechten führt. Wie unser Verständnis der Natur durch Beobachtung und Nachdenken, so wird auch die Kommunikation mit dem Geist der Liebe, der im Universum am Werk ist, nur fragmentarisch und unvollkommen sein und uns oft mißlingen. Aber das Versagen der Erkenntnis und der Verlust der Gnade ist der Weg allen Fleisches.«

Siebtes Kapitel

Warum ich Sozialistin wurde

(1888–1892; Alter: 30–34)

Während meiner Lehrzeit bei Charles Booth war ich zu einer vorläufigen Beurteilung des »weitreichendsten Experimentes mit dem Leben anderer Menschen« gekommen, das die Welt bis dahin gesehen hatte. Inzwischen hat freilich die russische Revolution seit 1917 ebenso viel Härte und mehr Schnelligkeit und Gewaltsamkeit als dieses frühere Experiment gezeigt, aber ich glaube, an Gründlichkeit und Dauerhaftigkeit ist es noch unübertroffen. Die industrielle Revolution in Großbritannien, die ihre intensivste Phase am Ende des achtzehnten und zu Beginn des neunzehnten Jahrhunderts hatte, schloß aus unserem ländlichen und städtischen Leben manche Berufe für immer aus: den Freibauern und den Pächter, den Produzenten, der seine Manufaktur zu Hause betrieb, den unabhängigen Handwerker: sie alle besaßen die Produktionsmittel selbst, mit denen sie ihren Lebensunterhalt verdienten; nach und nach wurden sie alle von einer relativ kleinen Gruppe kapitalistischer Großunternehmer verdrängt, die eine schnell wachsende Masse von besitzlosen, wie Ratten in einem Sack verzweifelt um ihr Recht zum Leben kämpfenden Männern, Frauen und Kindern zu Lohnarbeitern machte. Dieses gewagte Unterfangen einer ökonomischen Strukturveränderung hatte sich meiner Meinung nach inzwischen als unglaublicher Erfolg und tragischer Fehlschlag zugleich erwiesen. Das Ziel der Vorkämpfer für die neue mechanisierte Industrie war finanzieller Profit; dieses Ziel hatte sich in einer Weise erfüllt, die auch die »habgierigsten Träume noch übertraf«, wie Dr. Johnson über die Brauerei seines Freundes Thrale bemerkte. Waren aller Arten strömten in ständig wachsender Geschwindigkeit aus den neuen Fabriken; zugleich fielen die Produktionskosten immer weiter und förderten Adam Smiths ideali-

sierend so genannten *Wealth of Nations*. Der außergewöhnliche Erfolg dieses neuen industriellen Systems machte Großbritannien zur Produktionsstätte der Welt; dadurch war das Land in der Lage, die zwanzigjährige Tortur der Napoleonischen Kriege ohne Schaden und ohne Besatzung zu überstehen, so daß die das Land beherrschende Oligarchie 1815 als die reichste und mächtigste Regierung ihrer Zeit dastand.
Auf der andern Seite hatte dieselbe Revolution den Handarbeitern, also vier Fünfteln der englischen Bevölkerung, die Möglichkeit zu spontanen, freien Initiativen in der Produktion geraubt. Sie hatte die vorher unabhängigen Produzenten zu Mietlingen und Dienern einer anderen sozialen Klasse gemacht; und sie hatte, wie das Londoner East End zu meiner Zeit nur allzu deutlich zeigte, Hunderttausende von Familien in das physische Grauen und die moralische Entwurzelung der chronischen Verelendung in überfüllten Unterkünften mitten in den Slums gestoßen. Freilich gab es für die Klasse der Handarbeiter als ganzer bestimmte Kompensationen. Ein Verdienst der neuen Organisation der Industrie war es, daß die Lohnarbeiter sich in der Kunst der Teamarbeit in Herstellung, Transport und Handel üben konnten. Sogar die Unterdrückung und Betrügereien durch kapitalistische Profitmacher hatten positive Folgen, weil sie das Proletariat der Lohnarbeiter, das der Kapitalismus überall geschaffen hatte, dazu brachten, sich in Gewerkschaften und Genossenschaften zusammenzuschließen; und damit entwickelten sie Gemeinschaftsgeist und die Fähigkeit, sich in repräsentativen Institutionen in der Politik und Industrie zu organisieren. Darüber hinaus, das begriff ich durch den Kontrast zwischen den ausgebeuteten Arbeitern in East London und den Arbeitern in den Textilfabriken in Lancashire, hatte die Konzentration von Lohnempfängern in Fabriken, Eisenhütten und Bergwerken für sich schon das möglich gemacht, was der Werkstatt des Sweaters, der Schmiede des selbständigen Handwerkers und der Wohnung des Heimarbeiters vorenthalten wurde: eine allgemeine Regulierung der Arbeitsbedingungen, die, mit den

Fabrik- und Bergwerksgesetzen einerseits und den Tariflöhnen und Bestimmungen über den Normalarbeitstag der Gewerkschaften andererseits, im späteren 19. Jahrhundert eine so deutliche Verbesserung der Verhältnisse in diesem regulierten Bereich der Arbeitswelt gebracht hatten. Es war ein Effekt dieser generellen Regelung der Arbeitsbedingungen durch Gesetze oder Tarifverhandlungen, daß die Arbeiter in den Baumwollspinnereien, die Bergleute und Arbeiter in der eisenverarbeitenden Industrie sich zu einer leistungsfähigen Demokratie zusammenschlossen oder wenigstens einer, die, verglichen mit den ganz unorganisierten Arbeitern im East End, nach politischer Freiheit und Erziehung strebte und, wie die Sektengemeinden, Genossenschaften und Gewerkschaften gezeigt hatten, fähig zur Selbstverwaltung war. Ich wollte den Kontrast zwischen den Lohnempfängern, die die Vorteile genereller Regulationen und freiwilliger Zusammenschlüsse genossen, und den anderen, die der Härte uneingeschränkter Arbeitskonkurrenz von einzelnen überlassen blieben, genauer untersuchen. Ich wollte aber auch herausfinden, ob es eine brauchbare Alternative zur Diktatur des Kapitalismus in der Industrie und zur Reduktion aller nichtkapitalistischen Teilnehmer am Produktionprozeß auf die untergeordnete Stellung der »Hände« gab. Daß es eine solche Alternative gebe, wurde ständig behauptet. In der Verfolgung dieses Problems wendete ich mich nicht dem Sozialismus zu. Die *Fabian Essays* waren noch nicht geschrieben und nicht veröffentlicht; die Sozialisten, denen ich im Londoner East End begegnet war, gehörten zur Sozialdemokratischen Vereinigung und predigten damals eine Lehre, die mir wie die katastrophale Umkehr der bestehenden Ordnung vorkam; dazu wollten sie Kräfte mobilisieren, von deren Existenz ich keine Anzeichen bemerken konnte, die aber den verschwommensten und unverständlichsten Utopien zum Siege verhelfen sollten. Es gab noch eine andere, von Idealisten aller Arten gepriesene Alternative: führende Gewerkschaftsfunktionäre und wohlwollende Unternehmer, revolutionäre Sozialisten und liberale wie konservative Philanthropen, sie alle setzten Hoffnung auf ein Experiment mit industrieller Organisation, das enthusiastische Arbeiter in einem kleinen Gebiet selbst praktizierten, wie es hieß. Diese Alternative war das Ideal der »Selbständigkeit« und die friedliche Abschaffung der Industrie des kapitalistischen *Entrepreneur*; sie sollte von den Handarbeitern selbst vollzogen werden, indem sie Eigentum oder jedenfalls die Nutzung des Kapitals für sich beanspruchten und die Industrie, durch die sie ihren Lebensunterhalt verdienten, selbst verwalteten. Von diesem Ideal lebte die Genossenschaftsbewegung im Norden Englands und in den schottischen Lowlands – in dem London, das ich kannte, gab es die Bewegung fast gar nicht.

Jedoch sprach einiges gegen ein solches Vorhaben. Es verlangte, daß ich mich von meinen Arbeitskollegen in London trennte, also auf kundige Anleitung und anregende Zusammenarbeit würde verzichten müssen. Außerdem hatte ich Zweifel, ob meine Ausbildung und Kapazität dazu reichten, ein solches Forschungsprogramm, das letzten Endes eine besondere Form der Unternehmenspolitik zum Gegenstand hatte, ganz selbständig durchzuführen. Wäre es nicht klüger, eine der vielen Fragen weiterzuverfolgen, die Charles Booths fachmännisch geplante, durch Statistiken abgesicherte Untersuchung zur Arbeit in London angeschnitten hatte? Zum Beispiel hatte er mir vorgeschlagen, das Problem der arbeitenden Frauen aufzugreifen, die relativ geringe persönliche Ansprüche haben und deshalb dafür bekannt sind, daß sie Löhne unter dem Existenzminimum akzeptieren, um die Löhne ihrer Männer, die an der Grenze des Existenzminimums liegen, aufzubessern, daß sie sogar bereit sind, für ein Taschengeld zu arbeiten; zugleich aber wird der öde Alltag der ausgebeuteten Frauen ständig von der verführerischen Alternative der Gelegenheitsliebe gegen Geld beunruhigt, die nur zu oft mit professioneller Prostitution endet.

Die folgenden Eintragungen in mein Tagebuch decken mein Zögern auf. Ich gebe auch die frank und frei geäußerte Meinung des größten lebenden Ökonomen wieder, der fand, ich sei für dieses weitreichende und unabhängige Unternehmen nicht gut genug; freilich bleibt die Frage offen, ob diese autoritäre Verurteilung meines Forschungsvorhabens zum Thema Genossenschaftsbewegung meinen Wunsch dämpfte oder mich in meiner Entschlossenheit bestärkte, das zu tun, was ich mir vorgenommen hatte!

In Schwierigkeiten – ratlos wegen meiner Arbeit (schreibe ich, während ich noch Material für das Kapitel über die jüdische Gemeinde sammle). Charlie möchte, daß ich den Teil über Frauenarbeit im East End übernehme und bis März damit fertig werde; das bedeutet, einen Teil des Februar für das Schreiben zu opfern (meine Frühlingsferien) – mindestens zwei Wochen. Wenn ich es nicht als Teil einer größeren Arbeit verwenden kann, würde das meine freie Zeit beschneiden, ohne sie im ganzen auszufüllen. Die Arbeit über die Kooperation würde leider verschoben werden müssen. Andererseits ist Frauenarbeit ein Thema von wachsender Aktualität und in praktischer Hinsicht wichtiger als die Kooperation ... Und dann braucht Charles Booth die Arbeit auch, um sein Buch fertigzustellen. Ich habe schon eine Menge Material im Kopf, das ich dafür brauchen kann, und ich würde die Arbeit tun, die so nahe liegt, statt in die Ferne zu schweifen. (Tagebuch, 3. November 1888)

Sehr schöner Besuch bei den Creightons[1] in Cambridge (schreibe ich ein paar Monate später). Interessante Unterhaltung mit Professor Marshall, zuerst während des Dinners bei Creightons, später beim Lunch in seinem Haus. Zuerst waren es nur spielerische Thesen über Männer und Frauen: er erklärte, daß die Frau ein untergeordnetes Wesen sei, und wenn sie sich nicht mehr unterordnen wolle, habe der Mann niemanden mehr zum Heiraten. Daß Ehe eine Opferung der männlichen Freiheit sei und von Männern nur so lange ertragen werden könne, wie die Frau sich mit Leib und Seele dem Mann hingebe. Deshalb dürfe die Frau ihre Fähigkeiten nicht auf eine für den Mann unbequeme Weise entfalten; Stärke, Mut, Unabhängigkeit seien an Frauen nicht attraktiv; Rivalität in männlichen Domänen der Zielsetzung sei eindeutig unangenehm. Deshalb müsse der Mann maskuline Stärke und maskuline Fähigkeiten bei Frauen im Keim ersticken und boykottieren. Gegensätzlichkeit sei das Wesen der ehelichen Beziehung: weibliche Schwäche im Gegensatz zu männlicher Stärke, männlicher Egoismus im Gegensatz zu weiblicher Selbstaufopferung.
»Wenn ihr uns Konkurrenz macht, werden wir euch nicht heiraten«, faßte er lachend zusammen.

Ich vertrat die entgegengesetzte Position: in einer idealen Persönlichkeit müßten Stärke, Mut, Mitgefühl, Selbstaufopferung, nie nachlassende Zielstrebigkeit mit klarem, weitblickendem Verstand kombiniert sein; dieses Ideal sei für Männer und Frauen gleich; die einzelnen Eigenschaften könnten sich im Leben der Männer und der Frauen unterschiedlich ausdrücken; man brauche aber nicht unterschiedliche Stärken und Schwächen, sondern dieselben guten Eigenschaften, die nur in verschiedener Richtung wirken müßten und dem Dienst an der Allgemeinheit in verschiedener Weise zur Verfügung gestellt werden sollten.

Beim Mittagessen in seinem Haus war unsere Diskussion mehr auf praktische Fragen gerichtet. Er sagte, er habe gehört, daß ich eine Geschichte der Kooperation schreiben wolle.

»Glauben Sie, daß ich dem gewachsen bin?« fragte ich.

»Nun, Miss Potter, ich will ganz offen sein: Natürlich glaube ich, daß Sie eine Geschichte der Kooperation schreiben können: aber das ist nicht das, was Sie am besten können. Es gibt eines, das Sie und nur Sie machen können – Forschung auf dem unbekannten Gebiet der Frauenarbeit. Anders als die meisten Frauen haben Sie einen einigermaßen wohltrainierten Verstand und Mut und Kraft zu origineller Arbeit; und Sie haben weibliches Einfühlungsvermögen in das Leben von Frauen. Kein Mann in England könnte auch nur mit der mindesten Aussicht auf Erfolg Forschung zur Frauenarbeit leisten. Beliebig viele Männer könnten eine Geschichte der Kooperation schreiben und würden weit mehr Energie und Wissen für diese rein ökonomischen Probleme mitbringen als Sie. Ihre Ansichten zur relativen Höhe des Gewinns in den verschiedenen Branchen zum Beispiel und die Gründe für den Erfolg der Kooperation in der baumwollverarbeitenden und den Mißerfolg in der Tuchindustrie interessieren mich vielleicht; aber was Sie sagen, würde ich mit Vorbehalt lesen, weil ich sehr daran zweifeln würde, ob Sie die Sachlage wirklich geprüft haben. Wenn Sie aber darstellen würden, was den Zusammenschluß von Frauen in einem Industriezweig ermöglicht und in einem anderen jede Aussicht auf solchen Zusammenschluß vernichtet, dann würde ich das, was Sie sagen, als die Meinung der größten Autorität auf diesem Gebiet achten. Ich würde bei mir denken, wenn Miss Potter diese Fakten nicht richtig auswerten konnte, wird es keiner können, also sollte ich wohl ihre Resultate für endgültig halten. Zusammenfassend muß ich in aller Offenheit sagen: konzentrieren Sie sich auf die Arbeit über Ihre Geschlechtsgenossinnen als einen Faktor in der Industrie, und Ihr Name wird noch in zweihundert Jahren ein Begriff sein. Schreiben Sie eine Geschichte der Kooperation, und sie wird in ein, zwei Jahren überholt und vergessen sein. Im ersten

Fall werden Sie einzigartige Fähigkeiten nutzen, die niemand sonst hat, und im anderen werden Sie Verstandesgaben einsetzen, über die jeder durchschnittliche Mann ebenso, und sehr viele in höherem Maße verfügen als Sie. *Ein Buch von Ihnen über die Genossenschaftsbewegung – vielleicht kann ich meine Frau dazu bringen, daß sie mir abends zum Zeitvertreib daraus vorliest, aber ich werde keinen Funken Aufmerksamkeit daran verschwenden*«, schloß er mit schrillem Nachdruck.[2]
Natürlich bestritt ich seinen Punkt und versuchte, ihm klarzumachen, daß ich mich mit der Verwaltung in der Industrie beschäftigen wollte, um mich in Ökonomie zu bilden. Der kleine Professor zuckte die Achseln, und mit glänzenden Augen machte er satirische Bemerkungen über Frauen, die sich mit wissenschaftlichen Generalisierungen einlassen; seine Ironie war nicht unfreundlich, nur scherzhaft. Er hielt an seinem Punkt fest und überhäufte mich mit Schmeicheleien, um die Erniedrigung wieder auszugleichen.
»Da kommen Sie – eine Ökonomiestudentin im zweiten Jahr, und schon haben Sie Männer wie mich und Foxwell (die wir unser Leben lang nur ökonomische Probleme bearbeitet haben) in diesem einen Thema Frauenarbeit ausgestochen. Sie haben einen großen Erfolg erreicht, weil Sie besondere Begabung für eine spezielle Art von Untersuchungen haben. Und doch bestehen Sie darauf, Ihre eigene Begabung zu mißachten und eine Arbeit in Angriff zu nehmen, die Sie, verzeihen Sie meine Offenheit, nicht besser tun können als ein jedes durchschnittliche Anfangssemester meines Seminares. Natürlich macht mir das sehr zu schaffen. Ich stehe im Verhältnis des Verbrauchers zum Produzenten zu Ihnen. Ich bin sozusagen einer Ihrer Hauptkunden; und dennoch, obwohl ich bereit bin, Sie mit Dankbarkeit zu überschütten, wenn Sie nur produzieren, was ich brauche, bestehen Sie darauf, sich in der Produktion einer Sache zu versuchen, die Sie nicht erfolgreich zu Ende führen können, und die, wenn Sie sie produziert haben, ohne praktischen Nutzen sein wird.«
Ich muß zugeben, daß ich nach all dieser Verachtung, versüßt durch eine absurd freundliche Anerkennung meiner Begabung für eine spezielle Art von Untersuchung, doch erleichtert war, als ich bemerkte, daß der reizende kleine Professor in einer Arbeit, die kurz vor der Veröffentlichung stand, eine Generalisierung von mir übernahm und zitierte: daß die Arbeitsteilung weder für die beste noch für die schlechteste Produktionsweise typisch sei, sondern für die durchschnittliche. Diese Generalisierung jedenfalls ist rein intellektuell und hat nichts mit weiblichem Einfühlungsvermögen in das Leben einer Frau zu tun. Als ich ging, mochte ich den Mann und war dankbar für die freundliche Art, in der er seinen Standpunkt vertreten hatte; seine

Anerkennung hatte mich belebt, und zu seiner Meinung, daß meine Kraft und Begabung für die Arbeit, die ich vorhatte, nur gering seien, neigte ich auch. Trotzdem: ich werde mit der unangenehmen männlichen Eigenart der ausdauernden und präzise ausgerichteten Zielstrebigkeit mein eigenes kleines Bäumchen auf meine Weise erklettern. Die Frauenarbeit nehme ich vielleicht eines Tages in Angriff; aber zuerst kommt die Genossenschaftsbewegung dran! (Tagebuch, 8. März 1889)

Ein falscher Schritt

Ausschlaggebend dafür, daß ich die Genossenschaftsbewegung zu meinem nächsten Arbeitsgebiet machte, war am Ende genau das, was vermutlich auch hinter Professor Marshalls hoher Meinung von meiner besonderen Eignung zum alternativen Thema der Frauenarbeit stand, daß ich nämlich damals als Antifeministin bekannt war. Im Frühjahr 1889 machte ich den, wie sich später erwies, falschen Schritt, mit andern zusammen das damals berühmte Manifest zu unterzeichnen, das Mrs. Humphrey Ward und einige andere vornehme Damen gegen die politische Emanzipation der Frauen verfaßt hatten; damit zogen sie sich die Feindschaft erzürnter intellektueller Frauen zu und unterminierten in den Augen der Öffentlichkeit meinen Ruf als unparteiische Frauenforscherin. Als Frederic Harrison und James Knowles mich dazu drängten, eine ausgewogenen Antwort auf Mrs. Fawcetts empörte Zurückweisung dieses reaktionären Dokumentes zu verfassen, wurde mir mein Fehler klar. Wenn ich auch meinen öffentlichen Widerruf erst zwanzig Jahre später vollzog, zog ich mich doch sofort und entschieden aus dieser besonderen Auseinandersetzung zurück.[3] Warum ich damals antifeministisch eingestellt war, ist leicht zu erklären. Dem Charakter nach konservativ und durch die soziale Umgebung antidemokratisch, hatte ich eine Gegenreaktion auf meines Vaters Überschätzung der Frauen relativ zu den Männern gezeigt; sie wurde durch den engen Horizont und den aufgeregten Ton mancher Vorkämpferinnen für das Frauenstimmrecht noch verstärkt. Ich erinnere mich an ein Essen, das eine amerikanische Dame für amerikanische Suffragetten gab (ohne mir eine Zigarette zur Beruhigung meines Widerwillens gegen die ewige Wiederholung der Frauenrechte anzubieten); schließlich machte ich meinem Ärger Luft und erklärte provozierend: »Noch nie habe ich einen Mann getroffen, und sei er noch so minderwertig, dem ich mich nicht unterlegen gefühlt hätte ...!« Meine Abneigung gegen die damalige Parlamentspolitik, in der sich Whigs und Tories ständig in der Regierung abwechselten, schien eine Art Begründung dagegen, Frauen in diese Atmosphäre mit einzubeziehen. Aber der verborgene Grund meines Antifeminismus war, daß ich selbst nie unter den behaupteten Unfähigkeiten meines Geschlechtes gelitten hatte. Im Gegenteil: wäre ich ein Mann gewesen, hätten Selbstachtung, Druck der Familie und Erwartungen der Öffentlichkeit an meine Klasse mich in einen Beruf gedrängt, in dem es darauf ankommt, viel Geld zu verdienen. Da ich aber nur eine Frau war, konnte ich mir eine Karriere in der interesselosen Forschung selbst aufbauen. Außerdem war in dem Beruf, den ich mir ausgesucht hatte, eine Frau privilegiert. Sie erweckte als Sozialbeobachterin weniger Mißtrauen als jeder Mann, und weil sie die Prozedur der Befragung für die Befragten angenehmer machte, bekam sie bessere Informationen. Dazu hatte eine Frau, die über ökonomische Themen schrieb, für einen geschäftstüchtigen Verleger Seltenheitswert. So war ihr sofortige Publikation sicher, und nach meiner Erfahrung wurde sie besser bezahlt als die gleich guten männlichen Konkurrenten.

Die Genossenschaftsbewegung

So weit beherrschte ich die Technik der Befragung inzwischen, daß ich wußte, ein Interview mit den Direktoren und Beamten, Angestellten und Mitgliedern der Genossenschaftsbewegung wäre ohne gründliche Vorbereitung nutzlos und sogar eine Zumutung. Von meinem Freund Benjamin Jones, dem Generaldirektor der Londoner Filiale der Großeinkaufsgesellschaft (Wholesale Society), lieh ich mir eine Sammlung von Jahresberichten der Jahreshauptversammlungen 1869–1888 und zwanzig Jahrgänge der führenden Genossenschaftszeitung; und während des nächsten Jahres (1889) nutzte ich die Monate, die ich bei meinem Vater war, dazu, die Masse trokkener Drucksachen stetig durchzuarbeiten – eine Geduldsprobe! Noch ermüdender wurde die Arbeit, weil ich kein vernünftiges System beim Notizenmachen hatte. Wie gut kann ich mich noch an den geistigen Überdruß und die physische Übelkeit erinnern, die sich einstellte, wenn ich nach stundenlanger Mühsal wieder nur eine Seite, klein und schlecht gedruckt, durchgearbeitet und unendliche Bände noch vor mir hatte.

Gerade zehn Tage in Genossenschaftszeitschriften gelesen (schreibe ich mir in der Mitte einer solchen Lesephase auf). Ermüdende Arbeit und geringe Ausbeute: nur eine Sammlung unzusammenhängender Fakten, von denen ich jetzt noch nichts verifizieren kann. Besonders ermüdend ist es, weil ich keine klare Vorstellung davon habe, nach welchen Fakten ich eigentlich suche, und keinen fertigen Plan für den Umfang meiner Arbeit. Zwei Schlüsse habe ich gezogen: 1. daß die Genossenschaftsbewegung ein Zusammenschluß von Arbeitern zu dem Zweck ist, sich einen großen Anteil der Profite zu sichern, die der Vermittler, der Händler und der Hersteller machen, daß sie aber vollständig scheitert, wenn sie das Sinken der Preise, also auch der Löhne, das durch den Wettbewerb um die Gunst des Verbrauchers entsteht, kontrollieren will. 2. Der Eindruck, daß die jetzige Genossenschaftsbewegung durch die Propaganda idealistischer Gentlemen entstand, ist falsch; sie entwickelte sich auf der Basis des Eigeninteresses, und der Idealismus wurde ihr übergestülpt. Ob dieser Idealismus viel Gutes bewirkt hat, bezweifle ich noch. Einen Nutzen hatte aber die Verbindung der »Gentlemen« mit der Bewegung: sie hat die Legislative dazu gebracht, die Genossenschaften zu legalisieren. Auch war die Gewinnbeteiligung in der Anfangsphase der erfolgreichen Bewegung, die die Rochdale Pioniere in Gang setzten, keine conditio sine qua non. (Tagebuch, 29. Juni 1889)

Quäle mich durch die *Co-op. News* und erlebe das ganze Elend dessen, der methodisches Arbeiten nicht gelernt hat (schreibe ich einige Wochen später). Nachdem ich die halbe Arbeit getan habe, merke ich, daß die Exzerpte unbrauchbar sind, ungenau und unter falschen Stichworten eingeordnet, und ich muß alles, was ich in zehn Wochen getan habe, noch einmal durchgehen! Stehe um 6.30 Uhr auf und arbeite fünf Stunden, manchmal sechs, am Tag. Müde, aber nicht mutlos! (Tagebuch, 26. Juli 1889)

Eine Schinderei, das muß man sagen! Jeden Tag sechs Stunden Lesen und Exzerptieren dieser endlosen Bände von *Co-operative News*. Eine einzige Tretmühle, diese Mengen von zusammenhanglosen Fakten, für sich genommen vollkommen uninteressant und entsetzlich trocken, im ganzen zu unvollständig, um befriedigend zu sein. Und dann immer entscheiden zu müssen: ist es der Mühe wert, diesen Artikel und jene Rede zu lesen? Und immer ist man unzufrieden, ganz gleich, wie man entschieden hat. Hat man nicht weitergelesen, fürchtet man, daß einem ein Vorschlag oder Faktum von Gewicht entgangen ist. Liest man aber trotz brennender Augen weiter, ist man niedergeschlagen, weil man Zeit und Kraft vergeudet hat, wenn sich zeigt, daß der Text bloß unnützes Theoretisieren, verträumte Idealisierung, wenig durchdachte, offensichtlich ungenaue Darstellung enthält. Weil ich aber finster entschlossen bin, die Sache zu Ende zu bringen, sitze ich länger an der Arbeit, als für Körper und Geist gut ist. Die Folge ist, daß mir elend zumute ist, und in meiner Freizeit bin ich schrecklich übellaunig. Aber eine Befriedigung verschaffe ich mir dabei: niemand kann mir mangelnden Fleiß vorwerfen... »Genie wird von Gott gegeben; aber Talent kann jeder mit normalem Verstand entwickeln, wenn er nur entschlossen sein Bestes tut.« So spricht Flaubert, und ich tröste mich in meinen verzagten Stunden mit dem Gedanken, daß ich vielleicht eine Begabung für hervorragende Arbeit habe... (Tagebuch, 20. August 1889)

Daß ich mir so mühsam und beharrlich besonders unverdauliches Material aneignete, erwies sich als lohnend. Erklärungen für Erfolge und Fehlschläge der Genossenschaftsbewegung fand ich zwar nicht in den Rechenschaftsberichten der zahllosen Verbände, den Papieren und Diskussionen auf Kongressen und Konferenzen, den Reminiszenzen alter Owen-Anhänger, den scharfen Richtungskämpfen über die wahre Treue zum Genossenschaftsgedanken zwischen prominenten christlichen Sozialisten auf der einen und Arbeitervertretern und Ausschußmitgliedern auf der anderen Seite. Aber ich verschaffte mir ein ›Schlüsselbund‹: Schlüsselereignisse, Schlüsselvereinigungen, Schlüsselbegriffe, Schlüsselfiguren; indem ich diese Schlüsselkenntnisse einsetzte, konnte ich das Vertrauen meiner Interviewpartner gewinnen, die verborgenen Schatzkammern voller Erfahrungen in ihrem Gedächtnis erschließen und mir Möglichkeiten zur Beobachtung und Aufzeichnung des Aufbaus und diverser Aktivitäten in den verschiedenen Organisationsformen der Genossenschaftsbewegung zugänglich machen.

Zwischendurch wanderte ich, immer wenn ich mich nicht um meinen Vater kümmern mußte, durch die Midlands, die nördlichen Counties von England, die Lowlands von Schottland, nahm an Bezirkskonferenzen und Mitgliederversammlungen teil, hielt mich Tage oder Wochen in den Zentren Leeds, Newcastle, Glasgow und Manchester zum Beispiel auf und interviewte alle Arten von Genossenschaftlern. In den Tagebuchnotizen dieser Zeit halte ich Besuche in den Konsumläden großer und kleiner Städte, in so gut wie allen ›selbstverwalteten Werkstätten‹ und den Mischformen der Partnerschaft, die man damals Produktivgenossenschaften nannte, fest. Ein paar Beispiele aus meinem Tagebuch vom Frühling und Sommer 1889 werden den Interessierten helfen, den Verlauf und die Art dieser Abenteuer zu verfolgen. Nebenbei bemerkt: Wenn man Interviews macht, sollte man nicht versäumen, den ›ersten Eindruck‹ von Szenen, Ereignissen und Personen schriftlich festzuhalten. Dieser erste Eindruck ist wie ein Schnappschuß mit einer Kodak-Kamera: er beweist, daß das Ereignis stattgefunden hat, aber ein Porträt ist er selten, eher eine Karikatur; als wohlerwogene verifizierte Tatsachenfeststellung darf man ihn nicht verstehen. Diese flüchtigen Skizzen haben Wert als Hinweise zur Lösung von Rätseln, als Arbeitshypothesen, die im weiteren Verlauf entkräftet oder bestätigt werden können, oder als unerwartete Einblicke in das Verhalten von Menschen in besonderen Situationen, wenn sie nicht wissen, daß sie beobachtet werden; in dieser Funktion sind die Skizzen eine brauchbare Ergänzung zu dem mechanischen, trockenen Bericht über soziologische Details, den analytische

Notizen und statistische Tabellen geben. Aus naheliegenden Gründen ändere ich Namen und Identität einiger der Personen, die ich schildere oder zitiere.

Drei Tage in Hebden Bridge bei der Witwe eines Eisengießers. (Ich war nach Hebden Bridge zur Teilnahme an einer Konferenz gekommen, die die Hebden Bridge Fustian Society einberufen hatte, die damals erfolgreichste, später aber von der Co-operative Wholesale Society geschluckte Produktivgenossenschaft.) Drei Töchter und ein zwanzigjähriger Sohn. Untere Mittelklasse, gerade aus der Arbeiterklasse aufgestiegen. Die Mutter eine gescheite, warmherzige Person: echte Yorkshire-Geradheit und Herzlichkeit. Die Töchter geziert, aber freundlich. Eine versorgt den Haushalt und wird dafür bezahlt; die zweite kümmert sich um die Finanzen der Familie, und die dritte ist Hilfslehrerin; der Sohn arbeitet im Betrieb. Alle sprechen breiten Yorkshire-Dialekt. Alle ihre Sympathien und Interessen richten sich auf das vornehme Leben; nur die Mutter mit ihrer Herkunft aus der Arbeiterklasse vertritt vehement politische Meinungen im Sinne Gladstones. Aber auch wenn die Familie keine gemeinsamen Interessen hat, ist das Familienleben doch sehr liebevoll, und sie halten gute Freundschaft mit allen. Hebden Bridge ähnelt Bacup in der Mischung von Mittelschicht und Arbeiterklasse. Eine Oberschicht hat der Ort nicht. Ich interessierte mich für das ausgeprägte Genossenschaftsleben der Stadt; ich sah viel Genossenschaftler und ging zu ihren Versammlungen. Junge Oxford-Absolventen sind hier; sie und die Kooperativen bilden eine Gesellschaft gegenseitiger Bewunderung zwischen den jungen Oxford-Intellektuellen und der in Genossenschaften organisierten Arbeiterklasse. Meinungsäußerungen der genossenschaftlichen Arbeiter lassen erkennen: die Kapitalistenklasse und die Leute, die mit geistiger Produktion Geld machen, werden in Bausch und Bogen verurteilt, in einer Weise, die gefährliche Nähe zu leerem Gerede hat und klar von Unkenntnis zeugt. Mit dem Nachmittagszug zurück nach Manchester. (Tagebuch, 21. März 1889)

Mitchell,[4] Präsident der C. W. S. (d. i.: Co-operative Wholesale Society), gehört zu den führenden Köpfen der Genossenschaftsbewegung ... setzt sich enthusiastisch für die Verbraucherinteressen ein: er ist das Urbild des Verbrauchers aus der Arbeiterklasse, fest entschlossen, den gesamten Gewinn der Produktion aus den Händen der Erzeuger und Händler zu nehmen und dem Konsumenten zukommen zu lassen ... Als Repräsentant der Wholesale hat er nur einen Gedanken: wie erreicht man Vergrößerung und Machtgewinn der Organistion, deren Leiter er ist. Er lebt von den Teilerträgen einer kleinen Wollweberei und nimmt ungefähr 30 Schilling pro Woche von der Wholesale, für die er seine ganze Arbeitskraft einsetzt. Viel zum Leben braucht er nicht (er ist ein alter Junggeselle), wohnt in einer bescheidenen Unterkunft, ißt schweres Essen in großen Portionen, trinkt Tee in Mengen, aber keinen Alkohol, und er raucht nicht. Korpulent, lange Sätze langsam und gewichtig zelebrierend, kann er sich auch ab und an zu jungenhafter Verschmitztheit erwärmen... Er ist ein guter Kerl, und auf seine pompöse Weise ein patriotischer Bürger, für den das Wohl des Verbrauchers Idealziel ist. Seine Kollegen im Vorstand sind ihm ganz ergeben: dicke Männer, starke Esser, im ganzen schlichte Kaufleute, nicht mehr und nicht weniger. Eine Gruppe ehrlicher Leute, über Korruption erhaben und stolz auf ihre Stellung als Vorstandsmitglieder in der Zentralorganisation der Kapitalisten der Arbeiterklasse. Drei oder vier Mal habe ich mit dem Zentralvorstand diniert. Ein Dinner ohne Stil und Form; gute Speisen ruppig serviert und von den Teilnehmern ohne Umstände in den Mund geschaufelt. Aber während des Essens hörte ich nebenbei viel Informatives, meist in Witzeleien und schnellen Wortwechseln. Gelegentlich bin ich Zielscheibe ihrer nicht sehr charmanten Witzeleien über Ehe und Ehemänner und die Frage, ob Mitchell und ich ein gutes Paar wären. Aber es ist alles ganz gutmütig, und ich nehme es freundlich hin. Nach dem Essen rauchen wir Zigaretten, trotz der Mißbilligung des Präsidenten, und unsere Unterhaltung nimmt mehr den Ton von Geschäftskameraderie an. So wie mich das Central Board der Wholesale mit Essen versorgt, versorgt mich das Central Board der Co-operative Union mit Büroraum. Die unterschiedlichen Funktionen der beiden Organisationen werde ich gleich beschreiben. Aber in diesem Bericht vom Tage möchte ich Personen schildern. Gray[5] ist der Schriftführer der Co-operative Union (Neale[6] ist zu alt, um noch viel Macht zu haben). Er ist ein netter junger Mann; das ist der erste Eindruck; er kleidet sich sorgfältig in Stoffe aus der Genossenschaftsproduktion, die in einer Genossenschaftsschneiderei verarbeitet wurden. Er ist Idealist: die Genossenschaft ist für ihn keine mächtige Organisation im Interesse der Verbraucher, sondern echte ausgewogene Kooperation zwischen Kapital und Arbeit. Er ist nicht selbstsüchtig, sondern verfeinert und von natürlicher Bescheidenheit, aber im Innersten seiner Seele hat er hochfliegende Träume von einem Sitz im County Council oder sogar im Parlament. Der energische Vorwärtsdrang Mitchells fehlt ihm, und sein matter Ausdruck scheint zu verraten, daß er seine Sache verloren glaubt. Wenn wir einen freien Moment im Büro haben, rauchen wir beide viele Zigaretten zusammen und reden über Philosophie, Religion und Politik so viel wie über Kooperation. (Tagebuch, 28. März 1889)

So sieht ein typischer Tag bei den Genossenschaftlern aus (notiere ich ein paar Tage später): Aß um ein Uhr mit den Einkäufern bei der Wholesale. Am oberen Ende unseres Tisches saß der Geschäftsführer der Textilabteilung: kräftiger, fähiger Mann, offen und nüchtern; zu meiner Rechten Odgers, Sekretär der kooperativen Versicherungsgesellschaft; zu meiner Linken der Direktor der Stiefel- und Schuhabteilung; gegenüber A. B., Direktor der X- und Y-Genossenschaft, und C., Kassierer derselben Genossenschaft. Odgers ist ein Positivist, ein Schwärmer, der ein Einkommen von 200 Pfund im Jahr aufgab und für eine Genossenschaft zu einem Wochenlohn von 1 Pfund arbeitete, weil ihn J. S. Mills Kapitel über Genossenschaften so überzeugt hatte. Er hat gar keinen Humor, keinen Durchsetzungswillen, keine besondere Fähigkeit. Er gehört zu den Menschen, die das Rückgrat großer Bewegungen bilden, weil sie standfest und integer sind. »Wo sollen wir die moralische Triebkraft finden, die die Genossenschaftsbewegung in Gang hält? Die Gewinnbeteiligung ist ausgereizt«, darüber meditiert er ständig. Die Unterhaltung beim Essen drehte sich natürlich um die Gewinnbeteiligung. Pearson und die anderen Wholesale-Angestellten waren entschlossen dagegen. Man hatte es in der Wholesale damit versucht und gefunden, daß sie sich unmöglich gerecht handhaben ließ. A. B., ein sehr großer hellhaariger Mann, der seit kurzem eine bedeutende Position in der Bewegung hat, weil er verbindlich ist, schön reden und eindrucksvoll auftreten kann (er hat etwas von einem Heuchler), sprach zugunsten einer Idealform der Gewinnbeteiligung, die er weder definieren noch erklären konnte, die aber frei von allen Nachteilen der anderen Formen sein sollte. Odgers konstatierte, daß jeder einen fairen Lohn (was ist ein fairer Lohn?) haben müsse, daß Profit aber selbstsüchtig sei und man niemanden auf den Geschmack daran kommen lassen sollte. Dann gab es Kaffee und Zigaretten, und die Unterhaltung weitete sich aus und wurde ganz allgemein; der Mensch, sein Wesen und die Art seiner Motive beschäftigten uns; danach ging sie vom Allgemeinen wieder ins Besondere, und es ergab sich eine interessante Darstellung der Schwierigkeiten, die die Wholesale in ihrem Werk in Leicester mit der Gewerkschaft Stiefel und Schuhe hatte. »Wenn man die Gewerkschaftsfunktionäre zu fassen bekommt, sind sie ganz vernünftig; aber die Arbeiter selbst sind einfach kindisch und weigern sich oft, den Ratschlägen ihrer eigenen Funktionäre zu folgen.« Die Eccles Produktivgenossenschaft wurde als ein Beispiel für funktionierende Gewinnbeteiligung genannt.

Um fünf Uhr machte ich mich auf den Weg nach Burnley, um an einer Versammlung der Aktionäre der Self-Help[7] teilzunehmen. Das ist eine von den sechs Webereien, die den Arbeitern selbst gehören, so daß sie

für Gewinne, Verluste und Betriebsleitung verantwortlich sind. Alle Weber müssen Aktien erwerben, um die Kosten für Webstühle, Räume und andere Arbeiter anteilig mit zu übernehmen. Sie mieten Arbeitsraum und Energie und oft auch ihre Maschinen.
Zwei von diesen sechs Betrieben haben schon Schwierigkeiten; der, den ich besichtigte, arbeitete mit Verlust; die Weber mußten sechs Pence pro Webstuhl von ihrem Lohn zurückzahlen, um die Verluste auszugleichen. Der Betriebsleiter begleitete mich vom Bahnhof zur Weberei. Ein großer kräftiger Mann; weder er noch der Sekretär sahen so aus, als könnten sie den Standards für Geschäftsführer und Sekretäre entsprechen; obwohl der Betrieb erst im dritten Quartal stand, hatte die Führung schon gewechselt, und sie waren die zweite Besetzung. Er beschwerte sich sehr über die Leute, die seine Dienstherren und seine Arbeiter zugleich waren. Disziplin unter ihnen zu halten, sei unmöglich. Sie verlangten erstklassiges Garn für die Arbeit und erwarteten dann von ihm, auf dem Markt mit Fabrikherren zu konkurrieren, die halb so teures Garn verarbeiten ließen. Sie bestanden darauf, daß die von der Gewerkschaft festgesetzten Preise voll bezahlt wurden, während kleine Betriebe 7,5 % weniger zahlten. »Angenehme Arbeit wollen sie, nur auf die Maschine aufpassen und nicht mal etwas Garn zusammenknoten; Festpreise und möglichst noch was zusätzlich, und außerdem paar Stunden mehr Freizeit in der Woche. Und dann maulen und meckern sie, wenn es am Quartalsende keine Divi gibt. Solche Betriebe werden nie stabil, wenn sie einem nicht trauen und immer was finden, einem das Leben sauer zu machen!«
Die Versammlung war dramatisch. Eine langgestreckte, niedrige Lagerhalle aus Holz mit Eisenträgern; an manchen Stellen sah man durch die Decke ein Rad oder einen Treibriemen aus dem darübergelegenen Raum, der voller Maschinen war. Mitten in der Halle große Holztische, vollgepackt mit Stapeln von bedrucktem Stoff, die auch auf dem Fußboden lagen und auf die Verpackung warteten; überall verstreut waren große Garnrollen aus Blech; als ich mit einem der Direktoren kam, wurden diese Rollen gerade gesammelt und als Sitze aufgestellt. Der Versammlungsleiter, ein Weber, dünn und schwach, brütete verzweifelt über den Vorschriften und Statuten der Vereinigung. Männer und Frauen mit Schaltüchern über dem Kopf bahnten sich ihren Weg und kauerten sich einer nach dem anderen so dicht wie möglich beim Stuhl des Vorsitzenden nieder; vier Gaslampen erleuchteten die zentrale Position des Vorsitzers und den langen hohen Holztisch hinter uns, der ganze restliche Raum war in Dunkel getaucht. Der Sekretär lehnte sich gegen einen Stapel Tuch; die Direktoren, einige in ganzer Länge, lagen über dem Tisch und starrten

über das Protokollbuch weg, das der Sekretär mit gleichgültiger Miene betrachtete. Rechts vom Vorsitzenden saßen einige ältere Männer. Zu seiner Linken wartete eine Bande Jugendlicher auf die Gelegenheit zu Obstruktion und Rebellion. Diese Jugendlichen und erwachsenen Männer ließen Töne von Unmut hören; die Aktionärinnen aber lachten und schwatzten. Papierfetzen mit der Tagesordnung der Versammlung wurden an die Stützbalken geheftet.
Das Protokoll der letzten Versammlung verlesen; Widerspruch eines schwachen aber lauten Jugendlichen zu einem Tagesordnungspunkt, den weder er noch der arme bekümmerte Vorsitzende verstand. Dann das Problem des Gehaltes für den Vorstand; es wurde schweigend angehört, und der Vorsitzende ließ es schnell fallen.
Als nächstes eine persönliche Erklärung eines zurücktretenden Direktors. Das war ein langsamer, respektabler Mann; seine lange weitschweifige Rede, die häufig von der kleinen Gruppe jugendlicher Aktionäre unterbrochen wurde, bestand in einer Klage darüber, daß die Direktoren wenig Loyalität gegen ihre Mitdirektoren zeigten. Alles, was im Vorstand gesagt werde, und vieles, was dort nicht gesagt werde, hörten die Aktionäre alsbald von einem oder mehreren Vorstandsmitgliedern wieder.
»Ich möchte sagen«, schloß der gekränkte Mann, »daß es in unserem Vorstand keinen gibt, der nie den Mund aufmacht; sondern kaum hat einer das Vorstandszimmer verlassen, fängt er schon an, schlechte Stimmung zu verbreiten. Herren und Damen, dafür will ich Euch nur ein Beispiel geben. Wir hatten unseren Vorstandsabend und beredeten, ob die Löhne niedriger werden sollten. Weil wir uns nicht einig werden konnten, haben wir uns vertagt. Aber am nächsten Vormittag kam die halbe Belegschaft zu mir und beschimpfte mich, weil sie sagten, ich wollte die Löhne senken, wo ich auch weiß, wer ihnen das erzählt hat.«
»Herr Vorsitzender, ich glaube, er hält sich nicht an die Tagesordnung«, schrie ein unangenehm aussehender Jüngling.
»Du brauchst dir den Schuh nicht anzuziehen, wenn er dir nicht paßt«, brummte der Direktor. »Nächster Punkt«, riefen die Mitglieder, die weder die eine noch die andere Seite unterstützen wollten.
»Neuwahl der Direktoren«, tönte der Sekretär und machte sich daran, Zettel zu verteilen. Die Namen der Kandidaten standen auf dem Papier mit der Tagesordnung, das konnte aber keiner sehen, wodurch allgemeine Verwirrung entstand. Endlich, nachdem dauernd Leute hin und her gelaufen waren, das Papier abgenommen und an anderer Stelle wieder aufgehängt war, fand man, die ungefähr hundert Anwesenden müßten die Namen der Kandidaten im Kopf haben. Die Wahl war geheim: jeder Wahlberechtigte schrieb den

Namen des Kandidaten seiner Wahl auf den Zettel und warf ihn in den Hut des Stimmenauszählers.
»Jetzt der Aufsichtsrat«, rief der Vorsitzende. »Jetzt, Herren und Damen, müßt Ihr den Blick nach vorn richten. Wir müssen einen praktischen Mann finden, der den Betrieb durch und durch kennt. Will jemand einen Herren vorschlagen und einen Vorschlag unterstützen, den er geeignet findet?
»John Ashworth«; »Ich bin dafür.« – »Ich lehne ab; ich habe es letztes Mal gemacht, so gut ich konnte, und ihr wart nicht zufrieden. Diesmal könnt Ihr einen anderen suchen.«
»John Ardley«. »Ich bin dafür.« – » Mein Sohn kandidiert nicht«, sagte ein ruhiger alter Mann; »er kennt den Betrieb nicht gut genug.« Der Sohn machte ein dummes Gesicht. Er hatte den Posten haben wollen und zwei Freunde dazu gebracht, ihn vorzuschlagen und den Vorschlag zu unterstützen; aber gegen seinen Vater aufzustehen und dessen Einschätzung seiner Fähigkeiten anzufechten, das wagte er nicht.
»Ich schlage vor«, sagte der unangenehme Jugendliche, der für den Direktorposten kandidierte, »daß wir drei Aufsichtsräte nehmen, nicht zwei.«
Der Vorsitzende sieht hilflos aus; noch haben sie nicht einen Kandidaten, und er sieht nicht ein, worin die Erleichterung bestehen soll, wenn sie drei finden müssen. Aber er nimmt den Vorschlag an und bittet um drei Nominierungen. Einer, der nicht anwesend ist, wird vorgeschlagen und der Vorschlag unterstützt. Der Vorsitzende nimmt auch noch einen zweiten Vorschlag an. Aber der dritte? Der Schriftführer flüstert dem Vorsitzenden zu, daß der Antrag auf Wahl eines Dritten nicht unterstützt wurde. »Ja«, sagt der Vorsitzende mit einem Seufzer der Erleichterung, »meine Herren, der Antrag auf Wahl eines dritten Aufsichtsratsmitglieds wurde nicht unterstützt, also hat er sich erledigt.«
Und jetzt zum ernsten Geschäft des Abends. Ein Vorschlag eines Mitglieds der Geschäftsleitung, daß sie bessere Ware machen und die Kosten durch Senkung der Löhne verringern sollten. Warum sollten sie sich an die Bestimmungen der Gewerkschaft halten? So viele kleine Werkstattbesitzer arbeiteten für sich selbst, und sie könnten auch für den Lohn arbeiten, der ihnen paßt, und so weiter und so weiter. Eine weitschweifige Diskussion, zu allen möglichen allgemeinen Grundsätzen und kleinsten Details, weit ab vom Thema, folgte. Dann klopfte es an der Außentür, und alle fuhren zusammen. Kam jetzt der Gewerkschaftsfunktionär und sah nach, was sie vorhatten? Nein, es war leider nur mein Taxi, das mich zum Bahnhof bringen sollte, damit ich den letzten Zug nach Manchester noch erreichte.

Während der rasenden Fahrt durch die Straßen von Burnley denke ich traurig über die Mischung aus Ahnungslosigkeit, Mißtrauen und hochgesteckten Zielen in dieser kleinen Gruppe von Arbeiterkapitalisten nach, die zum Scheitern verurteilt ist. (Tagebuch, April 1889)

Zwei Monate später nehme ich am Jahreskongreß der Genossenschaft teil, mein zweiter Kongreß, da ich schon zu Pfingsten 1888 auf dem Dewsbury Congreß gewesen war. In jenen Anfängen der Genossenschaftsbewegung waren solche Versammlungen informeller, intimer, auch dilettantischer und zerstrittener als die politisch bedeutsamen, von Selbstachtung geprägten heutigen Genossenschaftsversammlungen der Experten. Wenn ich nach der Menge der Tagebuchnotizen urteile, muß der Kongreß in Ipswich im Juni 1889 eine wahre Fundgrube für den Sozialbeobachter gewesen sein. Hier ist eine Auswahl aus meinem Kurzbericht über die Persönlichkeiten auf diesem Kongreß.

Eilige Fahrt nach Ipswich in einem überfüllten Ausflugszug. Kam im White Horse Inn mit Burnett und Fielding, dem Geschäftsführer der Teeabteilung, an. An der Tür empfingen mich meine alten Freunde aus der Wholesale, auch Mitchell, herzlich. Im Geschäftszimmer finde ich noch mehr Anhänger der Genossenschaft, einen amerikanischen Professor und seine Frau. In den nächsten vier Tagen eine bunt gemischte Reihe von Männern aus allen Klassen und Lebensbereichen, in der Mehrzahl aus der Arbeiter- und unteren Mittelklasse, aber immer wieder auch Sozialbeobachter und Sympathisanten aus der Oberklasse, ein Politiker, zwei junge Toynbeeschüler, der Sohn eines irischen Peers, der auf dem Gut seines Vaters einen Laden aufgemacht hat, die bescheidenen Frauen der besser gestellten Arbeiter, auch ein paar außergewöhnliche Frauen, wohlbekannte alte Jungfern, wie ich. Eine hastige und einigermaßen ungeordnete Präsentation ökonomischer, sozialer und politischer Theorien, gemischt mit Fakten aus Wirtschaft und Finanzen, kennzeichnet diese Unterhaltungen. Vierzig von uns sind im romantischen »Pickwick«-Inn mit seinen weitläufigen Fluren und überdachtem Hof untergebracht; andere führende Genossenschaftler treffen sich hier, trinken Whisky und rauchen. Auf dem Genossenschaftskongreß herrscht absolute Gleichheit; alle leben vollkommen frei miteinander; Ausflüge und Geschäfte werden demokratisch und genossenschaftlich organisiert... Es ist Sonntag abend, und wir sitzen alle in dem langgestreckten Kaffeeraum zusammen – an einer langen Tafel in Gruppen verteilt, manche verzehren kaltes Fleisch und Tee, andere schwatzen miteinander. Und siehe da, auch der Held des diesjährigen Kongresses taucht in einer Gruppe auf, der berühmte Mann, den Arbeiter aus der Genossenschaft dazu ausersehen haben, die Eröffnungsrede zu halten, Professor Marshall aus Cambridge, jeder Zoll ein Professor. Zierlich, klein, mit buschigem Schnurrbart und langen Haaren, nervösen Bewegungen, empfindlicher, ungesunder bleicher Haut, unnatürlich wachen, verstehenden Augen, hat der Professor das jugendliche Aussehen, das körperliche Zartheit verleiht. Trotz seines Intellektuellengesichtes scheint ihm die menschliche Erfahrung des täglichen Lebens abzugehen ... An diesem Abend aber ist sein Verlangen nach Information größer als seine nervöse Angst vor einer schlaflosen Nacht, und er wartet mit einer Mischung aus Interesse und Ungeduld auf das Quentchen Information, das sich in Mitchells volltönenden verworrenen Phrasen versteckt. Als ich zu den beiden komme, begrüßt mich mein alter Freund Mitchell, der Vorsitzende der Manchester Wholesale. »Ach, Miss Potter, kommen Sie doch, trinken Sie eine Tasse Tee mit mir. Ich habe gerade dem Professor meine Meinung über das wahre Wesen und den echten Nutzen der Genossenschaftsbewegung auseinandergesetzt. Was unsereiner will, ist, daß die Kaufkraft, die der Lohn eines Mannes hat, egal, ob er von uns oder andern Unternehmern bezahlt wird – und, das merken Sie sich« (fährt Mitchell fort, faßt mich vertraulich am Arm und senkt die Stimme), »im Augenblick – was in der Zukunft passieren wird, will ich nicht sagen –, im Augenblick sind die Männer, die wir beschäftigen, nur eine Handvoll gegen die privaten Firmen-, also was ich sagen wollte« (hebt die Stimme wieder, so daß alle ihn hören können), »unser großes Ziel war, die Kaufkraft aller Löhne dadurch zu vergrößern, daß wir die Gewinne aus Produktion und Handel in die Taschen der Verbraucher zurückleiten. Nun sehen Sie, manche Leute, die das nicht verstehen, sagen, wir behandeln die Arbeiter ungerecht. Aber ich will ein Beispiel geben. Wir haben in unserer Produktionsabteilung einen Gewinn von 50 000 Pfund gemacht. An wen soll der Profit nun gehen? An die tausend Arbeiter und Arbeiterinnen, die schon gute Löhne bekommen haben und diese Löhne oft in Privatläden ausgeben – oder an die Millionen arbeitender Männer und Frauen, die unserer Bewegung angehören und die das Kapital gegeben und für die Kopfarbeit bezahlt haben, die unsere Produktionsstätten groß gemacht haben? Ich meine«, schließt Mitchell, erhebt seine sonore Stimme zu voller Lautstärke und schlägt mit der fetten Faust auf den Tisch, »ich meine, und meine Meinung kann ich auch mit religiösen, sozialen und politischen Gründen belegen, daß die Art, wie die Wholesale ihre Produktion organisiert, indem sie das Kapital ökonomisch verwendet, die Verwaltung effizient betreibt und angemessene Forderungen erhebt, die bestmögliche Art von Genossenschaft für den Arbeiter ist; und wenn sie loyal unterstützt und unbegrenzt ausgeweitet wird, dann löst sie alle sozialen Probleme, schafft die Armut ab, rottet das Verbrechen aus und stellt das größte Glück der größten Zahl her.«

Als Mitchell seine übliche Kaffeeklatschrede wieder einmal los geworden war und sich keiner fand, der seine Aussagen in Frage stellen mochte (der Professor war vollkommen mit dem 50 000-Pfund-Profit beschäftigt; er kombinierte diese Angabe mit einer andern Zahl, die er irgendwo aufgeschnappt hatte, um so aus den beiden eine dritte zu errechnen, die man ihm vorenthalten hatte), wendete er sich dem Genuß zu: stark gezuckertem Tee und dick mit Butter bestrichenem Toast. Sein riesiger, schwerer Körper, der Kopf mit schimmernder Glatze, das glattrasierte Gesicht mit dem breiten gutmütigen Mund, ausgeprägten Kiefer und energischen Kinn strahlte so viel Überzeugungskraft aus und unterstrich den organisierten Konsum so deutlich, daß es ganz unnütz schien, ihm noch weitere verbale Bekräftigungen seines Standpunktes abzuverlangen. Ein hochaufgeschossener, schmaler, hungrig aussehender junger Mann, Abgesandter einer kleinen, unabhängigen Produktivgenossenschaft, war im Begriff, den Mund aufzumachen und Zweifel zu äußern, aber dann erinnerte er sich wohl daran, daß die Wholesale der beste Kunde seiner Firma war – und er besann sich eines Besseren und sagte nichts.

Ich wendete mich dann der Gruppe auf der andern Seite zu: Benjamin Jones, rittlings auf seinem Stuhl, Burnett, stattlich und würdevoll zurückgelehnt, und Dent, den Kopf halb zwischen den muskulösen Armen und den schweren, kräftigen Arbeiterhänden vergraben.[8] Dent und Jones diskutierten hitzig; Burnett hörte mit dem gewichtigen, verantwortungsbewußten Schweigen eines Regierungsbeamten zu. Diese drei Männer sind typische Repräsentanten der großen Arbeiterbewegungen: Jones steht für die Einkaufsgenossenschaften, Burnett für die Gewerkschaften, Dent für Arbeiterclubs und den Teil der Genossenschaft, der von selbstverwalteten Werkstätten gebildet wird. Benjamin Jones ist eine Mischung aus hochsinnigem Kaufmann, Verwalter mit Sinn fürs Allgemeinwohl und Drahtzieher. In der Genossenschaftsbewegung bringt er alle drei Qualitäten zum Einsatz. Burnett hat die Würde des erfahrenen Mechanikers, die Selbstbeherrschung des großen Organisators und die massive Macht des Anführers großer, auf breiter Basis unterstützter Streiks. Dent[9] ist viel jünger, klarsichtig und sympathisch, aber ein Schwärmer, der an abstrakte Theorien und perfekte Gerechtigkeit glaubt; noch sucht er nach dem richtigen Weg der Sozialreform. Im Augenblick ist seine eckige Stirn gedankenzerfurcht, und die dunkelgrauen Augen spiegeln Ratlosigkeit und Sorge.

»Also hör mal, Dent«, sagt Ben Jones in seiner heiteren zuversichtlichen Art, »am Mittwoch (das ist der Tag, an dem Jones den Vorsitz führt) werde ich einfach Fakten aufzählen. Ich will den älteren Männern geben, was sie verdient haben; was sie mit ihren Aktiengesellschaften[10] für die Arbeiterklasse erreicht haben, ist uns bei unserem Versuch mit der Gewinnbeteiligung nicht geglückt; aber es hat keinen Sinn, gleich eine Parole daraus zu machen, wo es doch nur ein Weg zum gemeinsamen Ziel ist. Wer nach Japan will, kann nach Westen oder nach Osten gehen; man kann Wege einschlagen, die absolut entgegengesetzt scheinen, aber irgendwann treffen sie sich doch. Genauso ist es mit diesen beiden Arten von Zusammenschluß; alles, was man sagen kann, ist, daß die Methode der Konsumläden bessere Ergebnisse gebracht hat als die Methode der sogenannten Produktivgenossenschaften.«

»Ja, also, wenn du das sagen willst«, antwortete Dent, »dann sehe ich nicht, wozu man die Gewinnbeteiligung hochloben soll. Wenn der Weg nach Osten sowieso der beste Weg ist, dann können wir den andern doch gleich aufgeben.«

»Nein, sieh doch mal! Gewinnbeteiligung ist der beste Weg, wenn wir ihn richtig ausarbeiten; für die Angestellten ist das besser. Das werde ich nicht abstreiten, warum wäre ich denn sonst an der Cooperative Aid Society[11] interessiert und gäbe Zeit und Geld dafür? Ich will nur, daß beide Systeme faire Chancen und keine Vorteile bekommen. Aber wenn du hingehst und dem Vorstand der Großeinkaufsgesellschaft durch dein ständiges Schimpfen den Rücken stärkst, dann wirst du damit nur erreichen, daß sie dem anderen Prinzip die Tür versperren, und dann hat es keine Chance mehr. Tom Hughes mit seinem Dogmatismus und seiner Gewaltsamkeit hat das ganze Problem der Gewinnbeteiligung um zehn Jahre zurückgeworfen, und X. hat es ganz und gar aus der Wholesale-Organisation hinausgedrängt, nur weil er es nicht aus kleinen Anfängen langsam weiter wachsen lassen wollte.«

»Ich denke nicht daran, X. zu verteidigen. Er ist ein Heuchler und hat nur sein eigenes Nest mit seinen feinen Theorien gepolstert. Aber Tom Hughes hat durch die Bewegung Geld verloren, und du sagst besser nichts gegen ihn in deiner Rede. Die Sektion Süd sieht ihn als ihren Führer an. Ich gebe zu, ich bin froh, daß er nicht hier ist. Wir wollen keine Spaltung der Sektionen Nord und Süd; aber X. wird tun, was er kann, um die Spaltung zu erreichen.«

»Da hat er keine Chance, solange wir über die Finanzen bestimmen«,

gab der angesprochene Jones mit einem Kichern zurück, »und schließlich stellen wir beide Parteien zufrieden. Auf dem Kongreß bringen wir Beschlüsse für die Gewinnbeteiligung durch, und während des laufenden Jahres ignorieren wir sie dann.«
»Die Gefahr für die Bewegung liegt darin«, unterbrach Burnett, »daß der Konsum so stark organisiert wird, daß diese unabhängigen Produktivgenossenschaften keine Chance mehr haben.«
»Ja«, sagte Dent, »ich habe keine große Neigung, den Trend zur Konsumgenossenschaft zu unterstützen. Jeder neue Konsumladen verringert die Chance der Produktivgenossenschaft, die dem Produzenten den Gewinn geben will. Sobald der Arbeiter seine ›Divi‹ in der Hand hat, schreit er nach mehr.«
»Da ist er genau wie alle andern«, antwortet Jones nüchtern, »je eher wir uns aus dem Kopf schlagen, daß der Genossenschaftler der selbstloseste aller Menschen ist, desto besser. Das ist doch alles nur dummes Geschwätz. Genossenschaftler sind keinen Deut selbstloser als andere Menschen, sie gehen mit ihrem Eigennutz nur gescheiter um als andere und kriegen mehr dafür. Wenn wir nicht beweisen können, daß wir den Arbeiter dazu bringen, bessere Arbeit zu leisten, indem wir ihn am Gewinn beteiligen, dann werden wir nie auch nur zehn Prozent der Genossenschaftler zur Gewinnbeteiligung bekehren. Ich will nur diesen ganzen Humbug loswerden und den Tatsachen ins Auge sehen und einen fairen Anfang möglich machen. Und hier ist Miss Potter, die das Problem studieren will und uns einen Ausweg aus den Schwierigkeiten zeigen wird. Kommen Sie, Miss Potter, lassen Sie Mitchell mit seinem Tee allein, kommen Sie, und helfen Sie mir, Dent unsere Ansicht von der Sache klarzumachen.«
»Ich habe noch eine andere Frage, die Miss Potter für uns klären sollte, eine Frage, für die sie viel zuständiger ist«, sagt Dent in ernstem Ton, aber mit einem freundlichen Schimmer in seinen grauen Augen, »warum sie eigentlich ihren Einfluß zugunsten des Protestes gegen das Wahlrecht der Frauen eingesetzt hat. Ich glaube, der Grund dafür ist einfach, daß sie mit ihrer Position zufrieden ist, weil sie reich und stark ist; daß andere Frauen die Kraft, sich selbst zu helfen, brauchen, die das Wahlrecht ihnen verschafft, das sieht sie nicht.«
Das finde ich eine unangenehme Anschuldigung, besonders, da Dent und ich alte Freunde sind, und er meint ernst, was er sagt. Bevor ich aber auch nur ein einziges vernünftiges Argument zu meiner Rechtfertigung vorbringen kann, schaltet sich der kleine Professor mit nervöser Ungeduld ein.
»Miss Potter sieht ein, was die Leute nicht einsehen, die fürs Frauenwahlrecht sind, daß Frauen nämlich, wenn sie versuchen, sich den

Männern gleichzustellen und von männlicher Führung und Aufsicht unabhängig zu werden, nur erreichen, daß starke Frauen ignoriert und schwache einfach ausgehungert werden. Daß Männer weiter Ehen eingehen, wenn Frauen zur Konkurrenz für sie werden, ist unwahrscheinlich. Gegensatz ist die einzige Grundlage der Ehe, und wenn die zerstört wird, werden wir es nicht mehr der Mühe wert finden, uns unser Leben lang mit einer Gefährtin zu belasten, die wir unterstützen und beachten müssen.«
Das Problem hat zwei Seiten, denke ich bei mir, und die zölibatäre Lebensweise der Menschenrasse kann von jedem der beiden Partner des Ehekontraktes herbeigeführt werden. Aber ich antworte lachend: »Mr. Marshall, Sie tun mir von Herzen leid. Sie haben es auf sich genommen, einer Frau zur Rettung zu kommen, die die personifizierte Emanzipation in jeder Hinsicht ist; die sich an ihrer Zigarette festhält, wenn sie sich nicht an ihr Wahlrecht klammert. Warum überlassen Sie mich nicht meinem Schicksal? Da ich schon der hoffnungslosen Widersprüchlichkeit überführt bin, wäre ich sogar imstande, das Rauchen aufzugeben, weil ich die Hoffnung hätte, mich dadurch selbst vor meinen Rechten zu schützen.«
»Das ist es ja«, flüstert Jones. »Genau das ist der Grund, warum diese Frauen so voll Bitterkeit gegen Sie sind. Es ist die reine Perversität bei Ihnen, daß Sie das Gegenteil von dem tun, was Sie sagen.«
»Natürlich, Mr. Jones, und ich wende dabei nur an, was ich von Ihrer bewundernswerten Art, die Genossenschaftsbewegung unter Kontrolle zu halten, lernen konnte; ich unterzeichne auch Resolutionen zur Unterstützung eines Prinzips und handle nach einem andern.«
»Jetzt hat sie dich matt gesetzt, Jones.« Aber das Lächeln in Dents Gesicht weicht schnell einem ratlosen Ausdruck, als er weiterspricht: »Ich glaube, es ist Ihnen ernst mit Ihrer Meinung; irgendwann möchte ich das gern mit Ihnen gründlich ausfechten; eine Frau, die so klug und stark wie Sie ist, muß doch Gründe angeben können. Ich kann nicht behaupten, daß ich viel von denen halte, die gegen das Wahlrecht sind. Kommen Sie mit in den Hof?« sagt er dann noch, »Maxwell ist da und ein paar Delegierte aus Schottland; vielleicht haben Sie Fragen an die.«
»Für eine Zigarette gehe ich sonstwohin!«
Die Gruppe löst sich auf; die Marshalls ziehen sich in ihr Zimmer zurück, ich in das Rauchzimmer; den Rest des späten Abends bringe ich damit zu, anderen aus der Hand zu lesen und auf die ein oder andere zufällige Information im Geplänkel der Konversation beim Rauchen zu hoffen ...
Im ganzen war der Ipswich Kongreß für mich unbefriedigend ... die

kleine Clique außergewöhnlicher Frauen mit ihrem korrekten Verhalten und politischen Aspirationen zeigt mir entschlossen die kalte Schulter – das ärgert mich in der Umgebung von Männern mehr als vernünftig. Aber die weit schwerer wiegende Folge des Kongresses ist, daß mir immer klarer wird, wie wenig geeignet ich für die Arbeit bin, die ich mir vorgenommen habe, und wie sehr am Anfang meiner Studie über die Genossenschaftsbewegung ich noch stehe. Der kleine Professor jagt mir Angst ein, wenn er mich mit düsterer Stimme fragt, ob ich schon darüber nachgedacht habe, welche Wirkung die Hochschätzung des Goldes in den Jahren 1871–74 auf die Produktivgenossenschaften hatte, die in derselben Zeit gegründet wurden! Dann erzählt er mir ganz offen, daß ich die Sache am falschen Ende angepackt habe. Immerhin habe ich aber in meinem langen Interview mit ihm in seinem Arbeitszimmer in Cambridge viel aus ihm herausgeholt; entmutigt war ich zwar danach, aber auch entschlossener als je, an meinem Thema festzuhalten. (Tagebuch, Juni 1889)

Während der Zeit auf dem Land mit meinem Vater brüte ich über meiner Studie zur Theorie der Genossenschaft und meinen Beobachtungen zur Genossenschaftspraxis; und ich habe Visionen von einer gerechteren Verteilung des Eigentums und von einem Maß an Erkenntnis und Brüderlichkeit, das alles bisher in den auf Profit ausgerichteten Großunternehmen Erreichte weit übersteigt.

Wie unglaublich häßlich sind doch Benehmen und Stil eines typischen Mannes aus der Mittelklasse, der in der Atmosphäre des kleinen Geldes aufgewachsen ist und sich selbst Gewinn verschafft, indem er »andere hart zur Arbeit antreibt«; diese Redewendung versteht H.-C. als Symbol für die große Welt der Erfindungen und Geschäftsunternehmen; für die kleinen Werkstattbetriebe und Geschäfte empfiehlt er, Arbeiter und Kunden auszunutzen und »übers Ohr zu hauen«. Die Erfahrung mit dieser Art Menschen macht, daß ich mich frage, ob Profit nicht im ganzen eine demoralisierende Kraft ist. Ob das System der Standardgehälter und Standardlöhne, wie es jetzt allmählich von den Gewerkschaften und Genossenschaften entwickelt wird, nicht doch eine höhere Form industrieller Organisation ist? Sollte ein Mann nicht, wenn er sich seinen Lebensunterhalt gesichert hat, seine Fähigkeiten in den Dienst der Gesellschaft stellen? Ist das Streben nach Profit nicht Beteiligung an ungesetzlichen Gewinnen? Und drängen die Macht der öffentlichen Meinung und die natürliche Entwicklung der Industrie nicht in diese Richtung?

Zu ungefähr dieser Schlußfolgerung komme ich in meiner Studie über die Genossenschaftsbewegung. Meiner Meinung nach war sie im wesentlichen gerade keine Bewegung mit dem Ziel, die Arbeiter am Gewinn zu beteiligen, sondern eigentlich ein unbewußter Versuch, das sozialistische Ideal staatlich gelenkter Wirtschaft auf der Basis freiwilliger Assoziation zu realisieren; der Unterschied zwischen der Genossenschaftsbewegung und einer bloßen Aktiengesellschaft besteht darin, daß das religiöse Element der Werke für die Menschheit als belebende Kraft in die Bewegung eingedrungen ist. Mehr noch: ihr Credo enthält die ethischen Grundsätze der Industrie: Reinheit der Ware, gerechte Bezahlung und Versorgung für die Arbeiter. Und doch zögere ich, diese Theorie zu akzeptieren, weil sie im Gegensatz zum ganzen Idealismus der Köpfe (der Genossenschaftsbewegung) steht. (Tagebuch, Oktober 1889)

Nun gebe ich diese Tagebuchnotizen nicht wieder, damit sie eine Vorstellung von meinen Untersuchungen zur Genossenschaftsbewegung vermitteln. Sie stellen nur dar, welcher Art die »Kontakte« waren, die ich knüpfte, um mir die Gelegenheiten zu verschaffen, die ich notwendig brauchte, damit ich dieses große und einigermaßen amorphe Stück Sozialstruktur untersuchen konnte, das zu analysieren ich mir vorgenommen hatte. Um nun nicht das Buch noch einmal zu schreiben, das ich damals schließlich fertigstellte, beschränke ich die Darstellung meiner Ergebnisse auf eine ganze grobe Zusammenfassung.

Meine erste Entdeckung hatte tatsächlich eine gewisse Ähnlichkeit mit der des Kindes in Andersens Märchen »Des Kaisers neue Kleider«: das Kind sah den König an, und während alle Höflinge seine königliche Robe bewunderten, erklärte es, daß der König doch ganz nackt sei! Die Genossenschaftler, die mit Zustimmung ihrer intellektuellen Helfer und Bewunderer immer weiter versicherten, das Ziel ihrer Bewegung sei die Abschaffung des Lohnsystems und die Organisation der Industrie entsprechend den Interessen der Produzenten des Produktes Arbeit, hatten in Wahrheit bis zum Jahr 1889 eine großangelegte industrielle Organisation mit hierarchischem Charakter ausschließlich im Interesse der Verbraucher aus der Arbeiterklasse geschaffen. Sie waren weit davon entfernt, das Lohnsystem abzuschaffen, hatten es vielmehr auch auf Gedankenarbeiter ausgeweitet. Abgeschafft hatten sie den profitorientierten *Entrepreneur!* In gewisser Weise hatten sie die Profite abgeschafft, ich werde gleich erklären, wie das zu verstehen ist. Aber die Genossenschaftler weigerten sich von Jahresversammlung zu Jahresversammlung energischer, die Transformation ihrer Bewegung zu sehen. Ich wies auf diese Transformation nur hin und erklärte und rechtfertigte sie in einem.

In der Genossenschaftsbewegung der achtziger Jahre gab es zwei einander diametral entgegengesetzte Schemata industrieller Organisation: einmal Unternehmensleitung durch die jeweiligen Produzenten der Waren und Dienstleistungen, zum andern Leitung durch die Verbraucher dieser Güter. Kontrolle durch die Arbeiter war das Programm, Kontrolle durch die Verbraucher war die Praxis. Durch meine Studie zur Industriegeschichte der ersten Hälfte des neunzehnten Jahrhunderts war ich in der Lage zu verfolgen, wie die Praxis der Genossenschaften sich abweichend von ihren Gründungszielen entwickelte.

Fragen wir zunächst, wie es zu dieser bestechenden Idee kam, die sich in der Praxis so wenig bewährte, – zur Idealvorstellung einer »selbstverwalteten Werkstatt«.

Eines schien Lohnempfängern und Intellektuellen, die über die ständige Not und Unsicherheit der Handarbeiter im Zentrum des Reichtums beunruhigt waren, gleichermaßen klar: das ganze Elend war durch die Trennung von Handarbeit und Eigentum entstanden, die die industrielle Revolution vollzogen hatte, eine Trennung, die für die Produktionsmittel wie für die Produkte selbst galt. Warum, fragte man sich, sollte dieses Unheil nicht reversibel sein, warum sollte man nicht das Land dem Bauern, der es bearbeitete, und die Werkzeuge dem Handwerker und seinem Lehrling wieder zu eigen geben?

Visionen dieser Art muß William Cobbet in den kostbaren Augenblicken gehabt haben, in denen seine Gedanken nicht auf die Behauptung politischer Rechte fixiert waren, sondern sich den Bedingungen ökonomischer Freiheit zuwenden konnten. Wer aber in einer Fabriklandschaft geboren und aufgewachsen war, der wußte, unabhängig davon, ob er Arbeitgeber oder Arbeitnehmer war, daß dieser Akt der Wiederherstellung des Früheren in der modernen Maschinenindustrie mit ihren riesigen Anlagen und ihrer Arbeitsteilung nicht den einzelnen Arbeitern gelten konnte; zwangsläufig mußten alle Arbeiter in einer bestimmten Werkstatt, Fabrik oder Mine in der Weise daran beteiligt werden, daß sie ihr Handwerk in Zusammenarbeit weiterführten. Daher das Modell des »selbstverwalteten Betriebes« – eine Idealvorstellung von unvergleichlicher Attraktivität. Dem Arbeiter gab dies Modell das Gefühl, er sei sein eigener Herr; den Konservativen schien es die Rückkehr zu den gesünderen Verhältnissen früherer Zeit; den Christen versprach es, den Geist der Gemeinsamkeit und gegenseitiger Hilfe in der Arbeitswelt anstelle des Wettbewerbes aus Eigennutz zu setzen. Sogar der orthodoxe viktorianische Theoretiker der politischen Ökonomie konnte an seiner Apotheose des finanziellen Eigeninteresses und seinem unverbrüchlichen Glauben an den Existenzkampf festhalten und den selbstverwalteten Betrieb als den einzigen gangbaren Weg ansehen, auf dem man den segenbringenden Anreiz des »Gewinnes aus dem Preis« allen in der Produktion Zusammenarbeitenden zukommen lassen und so die Basis der profitorientierten Gesellschaft verbreitern und ihre Verteidigung ausbauen konnte. Die Genossenschaftsbewegung war fest eingebunden in dieses faszinierende Konzept des selbstverwalteten Betriebes, als ich begann, sie zu studieren. Wenn man die Jahresberichte der Genossenschaftskongresse zwischen 1869 und 1887 las, mußte man überzeugt sein, daß dieses Konzept der Selbstverwaltung der Industrie das gemeinsame Ziel derer war, die sich zur Genossenschaft bekannten. Alle, die über das Genossenschaftswesen lehrten und schrieben, angefangen bei der kleinen Gruppe begabter Christlicher Sozialisten unter Führung von F. D. Maurice, Charles Kingsley, J. M. Ludlow, Tom

Hughes und Edward Vansittart Neale, bis hin zu berühmten politischen Ökonomen – John Stuart Mill, John Elliot Cairnes und Alfred Marshall –, hielten mit größerer oder geringerer Begeisterung das Banner der Selbstorganisation hoch: Arbeitergruppen sollten ihre Produktionsmittel und Produkte zu gleichen Teilen besitzen und sich selbst verwalten; das galt als die wünschenswerte und einzig praktikable Alternative zur Diktatur der Kapitalisten. Diese Einstellung war keineswegs auf die intellektuelle Mittelschicht begrenzt. Hatte nicht auch die kurzlebige revolutionäre Bewegung der Jahre 1833–34, die ihren Ausdruck in der »Grand National Consolidated Trade Union« fand, die erklärte Absicht gehabt, alle Gewerkschaften zu nationalen Gesellschaften umzuformen, so daß die Felder in den Besitz der Gewerkschaft der Landarbeiter, die Bergwerke in den Besitz der Bergleute, die Fabriken in den Besitz der Gewerkschaft Textil übergehen konnten? Die Builders' Guild fing sogar mit dem Bau eines Gildehauses in Birmingham an und rief dazu auf, Bauaufträge für Häuser zu geben. Diese syndikalistische Spielart der Gewerkschaften brach ein paar Monate nach ihren Anfängen zusammen.[12] Zehn Jahre lang schwang das Pendel dann in Richtung politischer Revolution aus. 1848 aber führte der Zusammenbruch der Chartistenbewegung dazu, daß das Programm der Selbstorganisation wieder aktuell wurde. Auf Anregung von F. D. Maurice und unter Leitung von J. M. Ludlow wurde ein Schwarm von Kleinbetrieben in Selbstverwaltung im Stadtgebiet Londons gegründet; einige Jahre später folgte ein Experiment mit Selbstverwaltung in größerem Rahmen, unternommen von der Amalgamated Society of Engineers.[13] Seitdem kamen Vertreter einer ganzen Reihe genossenschaftlicher Produktivgesellschaften zu den Genossenschaftskongressen; sie entstanden und verschwanden mit beunruhigender Plötzlichkeit. Nach einer Serie vollkommen mißglückter Experimente, die etliche reiche und mächtige Gewerkschaften versucht hatten, weigerten sich die Gewerkschaftsvertreter höflich, das Vermögen ihrer Verbände zur Beschäftigung ihrer eigenen Mitglieder zu verwenden, während sie gleichzeitig die Genossenschaftler dazu drängten, ihre Überzeugungen in die Tat umzusetzen. Bei aller Attraktivität hatte das Modell des selbstverwalteten Betriebes, das man für die Verwirklichung des Geistes christlicher Brüderlichkeit bei den Arbeitern oder für die Erweckung ihres finanziellen Eigeninteresses halten konnte, doch den entscheidenden Nachteil, daß es nicht funktionieren wollte.[14] Entweder scheiterte die Produktivgenossenschaft über kurz oder lang, oder sie hörte auf die eine oder andere Weise auf, sich selbst zu verwalten. Im besten Falle wurde der Betrieb von der Co-operative Wholesale Society oder einer Gruppe lokaler Konsumvereine übernommen; im schlimmsten Fall endete er als ein Unternehmerprojekt der Gewinnbeteiligung, wobei die Arbeiter von der Leitung des Betriebes, in dem sie arbeiteten, weitgehend ausgeschlossen wurden; oder aber er degenerierte zur niedrigsten Form moderner Industrie, dem System der Kleinbetriebe mit unvermeidlicher Ausbeutung der Hilfsarbeiter, die von der Mitgliedschaft praktisch ausgeschlossen waren.

Für jemanden, der in einer Hochburg des Kapitalismus aufgewachsen war, schien die Bewegung der Verbrauchergenossenschaften eine einzigartige Romanze in der Industriegeschichte der Welt. Denn dieses gut durchorganisierte Netz von hunderten Einzelhandelsläden, die zwei gewaltigen Handels- und Produktionsverbänden unterstanden, wurde von Männern aus der Arbeiterklasse verwaltet, deren Gehälter damals nicht höher, eher geringer waren als die eines gelernten Schriftsetzers oder Werkmeisters. Wie sollte ich in den kanonisierten Lehrsätzen kapitalistischer Ökonomie eine Erklärung dafür finden, daß ein großes Unternehmen beständig weiter wuchs, das nicht das Privateigentum eines Mannes oder einer kleinen Gruppe von Männern vergrößerte, sondern individuelles Einkommen, Akkumulation des Reichtums und dazu ökonomische Freiheit einer ganzen selbstverwalteten Gemeinschaft förderte, der heute ein Viertel oder gar ein Drittel aller Familien in Großbritannien angehören; ein Großunternehmen, das

über ein Arbeitskapital von beinahe hundert Millionen Pfund verfügte, einen Umsatz von fast zweihundert Millionen Pfund Sterling im Jahr hatte und trotzdem, wie in seinen Anfängen, unverändert jedem neuen Mitglied die Möglichkeit anbot, zu denselben Bedingungen wie die Gründungsmitglieder an allen Vergünstigungen teilzuhaben?
Erstaunlich genug fand ich die Erklärung für dies Phänomen in einer Entwicklung der Werttheorie – implizit war sie schon in meiner Hypothese enthalten –, wonach der Tauschwert aus der Korrespondenz ökonomischen Vermögens und ökonomischer Bedürfnisse entsteht. Der selbstverwaltete Betrieb entsprach der allgemein akzeptierten Theorie, die Karl Marx von David Ricardo, William Thompson und Thomas Hodgskin übernommen hatte, daß »Arbeit die Quelle des Wertes« sei. Aber diese Theorie funktionierte nicht! Was die Rochdale Pioneers unabsichtlich, durch Ausprobieren, entdeckt hatten, war das wesentliche Element einer erfolgreichen Steuerung der Produktion: die Korrespondenz zwischen Arbeitsaufwand und jeweils empfundenen speziellen Bedürfnissen. Während meines Studiums der Genossenschaftsbewegung hatte ich durchgängig das Verfahren des Probierens und Verwerfens beobachtet, durch das diese Arbeitervereinigung dazu gekommen war, eine »neue soziale Ordnung« einzuführen. Die achtundzwanzig Flanellweber in Rochdale fingen 1844 an, einander Lebensmittel zu verkaufen, teils, um sich den Ärger des Gutscheinsystems zu ersparen, teils auch mit dem Gedanken, Kapital anzusammeln, das es ihnen ermöglichen könnte, ihr Idealziel der Flanellweberei in eigener Verantwortung durchzusetzen[15] – fast so, wie eine Kirchengemeinde einen Basar organisiert, um Geld zum Kauf einer Orgel zusammenzubringen. Um Stammkundschaft für ihren Lebensmittelladen zu gewinnen, drängten sie alle neuen Kunden, Mitglieder ihrer Gesellschaft zu werden und damit das Recht auf Beteiligung an Leitung und erwirtschaftetem Kapital des Geschäftes zu erwerben. Um sich dauernde Mitglieder zu sichern, erfanden sie das Verfahren der »Dividende auf den Kauf«; dabei wurde

die Differenz zwischen den Kosten eines Artikels und dem Einzelhandelspreis an den Käufer zurückgezahlt, als eine Art einbehaltener Rabatt oder Discount auf seine Käufe – eine Summe, die jedem Käufer, der Mitglied der Gesellschaft war, automatisch in den Geschäftsbüchern so lange gutgeschrieben wurde, bis sein Kredit auf ein Pfund angewachsen war; dann wurde er Aktionär. Die Rochdale Pioneers hatten zuerst nur ein Zimmer im Privathaus eines ihrer Mitglieder, wo Tee und Lebensmittel von überzeugten Mitgliedern kostenlos serviert wurden; bald waren sie ein zuverlässig florierendes Kaufhaus mit Verkäufern und Hilfsverkäufern, meist Söhnen und Töchtern von Mitgliedern, die aber nur gegen die üblichen Löhne arbeiteten. An Gewinnbeteiligung der Angestellten war in jenen Anfangszeiten noch nicht zu denken, aus dem einleuchtenden Grund, daß es keinen Gewinn zum Teilen gab, da die sogenannte »Dividende auf den Kauf« nur ein Verfahren war, dem Verbraucher alles zurückzuzahlen, was sich als Kostenüberschuß nach Abzug der Produktionskosten und der Kosten für die Leistungen, die die Gesellschaft für ihre Mitglieder erbrachte, erwies. Auf diese indirekte Weise erfüllten die Rochdale Pioneers Robert Owens Forderung nach Abschaffung des Profits und der Profitmacher.

Nun hat das Verfahren, die Gewinnspanne zwischen Kosten und Preis den Kunden-Mitgliedern zukommen zu lassen, viele unmittelbare und mittelbare Vorteile. Ein besonderer und vermutlich unvorhergesehener Nebeneffekt bestand darin, daß durch dieses Verfahren die Genossenschaftsbewegung auf ein breites Fundament humaner Demokratie gestellt wurde, in der jedes Mitglied, unabhängig von der Menge seiner Aktien, eine und nur eine Stimme hatte. Aber die Demokratie bestand aus den Kunden des Geschäftes, also aus den Verbrauchern, nicht aus den Produzenten der Ware und der Dienstleistungen, eine Demokratie, die deshalb zwangsläufig allen neuen Bewerbern um Mitgliedschaft offenstand; niemand wurde wegen seiner Zugehörigkeit zu einer Klasse oder einem Geschlecht ausgeschlossen, aus dem einfachen Grund, weil das

Geschäft um so besser florierte, je größer die Zahl seiner Kunden wurde. Die Rochdale Pioneers hatten aber nicht nur eine neue Form industrieller Organisation entdeckt. Wichtiger noch war letzten Endes, daß sie in einem Anfall typisch britischer Geistesabwesenheit über einen wesentlichen Faktor des Tauschwertes gestolpert waren, und das Jahre, bevor die professionellen politischen Ökonomen Art und Bedeutung dieses Faktors auch nur ahnten. Sie waren sozusagen Jevonianer vor Stanley Jevons, als sie herausfanden, *daß der Tauschwert in erster Linie vom erkannten »Nutzen« oder der Nachfrage bestimmt und begrenzt wird.* Anders als Produktionsbetriebe in Selbstverwaltung und partnerschaftlich arbeitende Industriebetriebe können die elfhundert Konsumvereine und ihre beiden großen Verbände, die englische und die schottische Großeinkaufsgesellschaft, gar nicht umhin, zu erkennen, daß sie für einen bekannten Markt produzieren. Eine meiner Erfahrungen im Frühjahr 1889 ergab sich aus der Beobachtung der vierteljährlichen Versammlungen der Delegierten aus den Geschäftsleitungen der Läden und der regelmäßigen Konferenzen, auf denen sich die Käufer mit den Verwaltungsexperten der Wholesale Societies trafen. Ich beobachtete, daß in diesen Konferenzen immer Leute, die über die Bedürfnisse der Kunden berichteten, mit den Direktoren und Geschäftsführern der Handels- und Produktionsabteilungen zusammengebracht wurden, die für die Erfüllung dieser Bedürfnisse zu sorgen hatten. Was mich daran interessierte, war die Unreflektiertheit dieser Genossenschaftler, der Mitglieder wie der Organisatoren, in bezug auf die Art ihrer Arbeit. War der Betrieb in Selbstverwaltung Ergebnis einer Theorie oder bloße Gefühlsregung? Und die ganze Bewegung der Produzentenvereinigungen wurde in einem Land nach dem andern immer wieder von mehreren Generationen intellektueller Philanthropen und Weltveränderer, sogar von kapitalistischen Regierungen gehegt und gepflegt. Die Genossenschaftsbewegung Großbritanniens, wie sie sich in den lokalen Konsumvereinen und der nationalen Großeinkaufsgesellschaft manifestierte, gedieh ganz absichtslos, vielleicht weil sie aus der Arbeiterklasse erwuchs; sie kam zur Reife, bevor es eine genaue Formulierung der Theorie gab, auf der sie basierte. Industrie vom Verbraucherende her zu organisieren und von Anfang an auf das Fundament der »Produktion nach Bedarf« statt »Produktion zum Ziel des Profites« zu stellen, dazu die Kontrolle und Leitung nicht den Arbeitern als Produzenten, sondern als Verbrauchern zu geben, das war die einzigartige Entdeckung und praktische Leistung der Rochdale Pioneers.

Es stellt sich die Frage, warum die Genossenschaftler in ihren Kongressen zwischen 1869 und 1889 niemals erkannten, daß sich die Gestalt ihrer Bewegung verändert hatte? Ich biete eine Erklärung an. Die Statistiker, Dozenten und Publizisten der Genossenschaften in jenen Jahren waren ebenso wie die Universitätslehrer der politischen Ökonomie[16] in der starren Unterscheidung zwischen »Distribution« und »Produktion« befangen. Man nahm selbstverständlich an, daß die ökonomischen Bewegungen im Einzel- und Großhandel so grundsätzlich verschieden von denen in Produktionswerkstätten und Fabriken, Bergwerken und landwirtschaftlichen Betrieben waren, daß es praktikabel und erstrebenswert schien, vollkommen verschiedene Führungsprinzipien und ganz unterschiedliche Entlohnung für Angestellte im Einzel-, Großhandel und Transportgewerbe einerseits und für Arbeiter in Manufakturen, Bergwerken und Landwirtschaft andererseits zu vertreten. Auch die entschlossensten Anhänger des Prinzips der Produktivgenossenschaft meinten nicht, daß ein Konsumladen von dem Mann hinter dem Ladentisch, dem Packer oder dem Fahrer oder ihren gewählten Vertretern geführt werden solle. Im Gegenteil setzten die Statuten der Co-operative Union, die der führende Exponent der Idee des selbstverwalteten Betriebes, Edward Vansittart Neale, eigenhändig entworfen hatte, ausdrücklich fest, daß die Angestellten eines Ladens, *gerade weil sie Angestellte waren, nicht nur von der Wahl in die Geschäftsleitung ausgeschlossen waren, sondern sogar vom Wahlrecht der gewöhnlichen Verbraucher-Mitglieder der Genossenschaft nicht Gebrauch machen durften, wenn es um die Bestimmung der Vorstandsmitglieder ging.* Trotzdem hielten alle Mittelschichttheoretiker und in einer unklaren Weise auch alle die Genossenschaftler aus der Arbeiterklasse, die überhaupt darüber nachdachten, an der Überzeugung fest, daß die ideale Unternehmensleitung in jeder Manufaktur die Leitung durch die am Herstellungsprozeß Beteiligten sei und daß diese Männer und Frauen, und nicht die Verbraucher, in den Genuß aller Überschüsse kommen sollten, die nach dem Abzug unvorhersehbarer Ausgaben noch von der notwendig sich ergebenden Spanne zwischen bloßen Produktionskosten in der Fabrik und Ladenendpreis übrigblieben. Die pragmatischen Administratoren, die sich damals weigerten, die Produktionsabteilungen der größeren Betriebe und die der Wholesale Societies in selbstverwaltete Betriebe umzuwandeln, die es auch ablehnten, die Gewinnbeteiligung einzuführen, begründeten ihre Weigerung nur damit, daß »die Zeit noch nicht reif sei«. Ich habe niemals gehört, daß sie über die ideale Gerechtigkeit oder unübertreffliche Zweckmäßigkeit von Produktionsvereinigungen diskutiert hätten. Nur John Mitchell, der geniale Unternehmer, der die englische Co-operative Wholesale Society aufgebaut hatte, bildete eine Ausnahme: er machte sich zum Fürsprecher der Leitung durch die Verbraucher im Interesse der Verbraucher und zwar nicht nur im Einzel- und Großhandel, sondern auch in der Fabrikation, den Bergwerken, der Landwirtschaft, den Reedereien, im Versicherungs- und Bankwesen. Unglücklicherweise war er nicht nur intellektuell unscharf, sondern auch megaloman in bezug auf seinen Gegenstand; er war unfähig zu sehen, daß eine Unternehmensleitung durch *freiwillige* Zusammenarbeit von Verbrauchern sich auf Branchen beschränken mußte, in denen die täglichen Verbraucher ein funktionierendes und wünschbares Element der Zusammenarbeit darstellen.[17] Diese Bedingung wird offensichtlich nicht von den Benutzern von Straßen oder Eisenbahnen erfüllt, auch nicht da, wo Dienstleistungen für die Allgemeinheit durchgeführt werden, also bei Kanalisationsarbeiten, in Krankenhäusern, Schulen, bei der Polizei.

Viele Leistungen sind notwendig, um das Gemeinwohl über lange Zeit zu sichern; sie müssen zwangsläufig anders bezahlt werden als die einzelnen Artikel, die der individuelle Kunde Stück für Stück über den Ladentisch kauft. Nebenbei bemerkt: daß es auf diese Einschränkung ankommt, war mir während meiner Untersuchungen im Jahr 1889 nicht eingefallen; erst im Lauf der Entwicklung meiner »Lehrjahre« zu unseren »Partnerjahren« ging mir diese Erkenntnis auf; darüber werde ich gleich berichten. Für die heftige Auseinandersetzung in der Genossenschaftsbewegung, so wie ich sie in den achtziger Jahren verstand, war unmittelbar wichtig, daß Mitchell nicht begreifen konnte, wieso die Verbrauchergenossenschaft zum tatkräftigen Helfer des gleichzeitig existierenden kapitalistischen Unternehmers bei der Ausbeutung der Arbeiter werden könnte, wenn sie nicht durch die Intervention des Staates in Form der Fabrikgesetze und durch die angemessene Beteiligung mächtiger Gewerkschaften an der Leitung aller Unternehmen in kontrollierbaren Bahnen gehalten würde. Meine zweite Erkenntnis war, daß Verbraucherdemokratien nur dann eine wünschenswerte und praktikable Alternative zu profitorientierten Privatunternehmen sind, wenn sie durch demokratische Vereinigungen von Hand- und Kopfarbeitern, das heißt, durch Gewerkschaften und Berufsverbände, ergänzt werden. Wenn ich an den Besprechungen der Geschäftsführung der Filialen teilnahm oder mit den Direktoren der Cooperative Wholesale Society beim Essen zusammensaß, stellte ich fest, daß sie ganz von dem Problem absorbiert waren, was ihre Mitglieder jetzt und in Zukunft kaufen wollten, und wie Waren oder Dienstleistungen zu geringeren Kosten und in besserer Qualität angeboten werden könnten. Wenn der Geschäftsführer der Filiale nicht gerade über die Unehrlichkeit oder Unfähigkeit eines Verkäufers Bericht erstattete oder eine Streikdrohung den Gleichmut im Vorstand der Wholesale Society erschütterte, dann fiel es niemandem ein, über die Arbeitsbedingungen der schnell wachsenden Belegschaft in den Verkaufsfilialen und Produktionsbetrieben nachzudenken.

Normalerweise suchte ein Verwaltungsangestellter in untergeordneter Stellung die zusätzlichen Angestellten aus, die man gerade brauchte, und bezahlte ihnen, was er für richtig hielt, zu Bedingungen, die nicht wesentlich von den Gepflogenheiten der Ladenbesitzer oder Hersteller der Umgebung abwichen. Die Geschäftsleitungen hatten wie alle Administratoren ein natürliches Interesse daran, »Disziplin zu halten« und die Produktionskosten zu drücken. Unvermeidlich entwickelten sie die Neigung, außer acht zu lassen, wie sich das Disziplinhalten und Senken der Produktionskosten auf das tägliche Leben der Beschäftigten auswirkte. Obwohl die Genossenschaft ein »guter Arbeitgeber« sein wollte (und tatsächlich profitorientierte Unternehmen zu solchen Vergünstigungen wie den halben freien Tag pro Woche brachte), fiel es doch Genossenschaftskomitees niemals ein, den Arbeitern, über die sie zu entscheiden hatten, irgendwelche Rechte einzuräumen, die den Rahmen des in Profitbetrieben Üblichen sprengten. Diese Einstellung fiel um so mehr ins Gewicht, als in den achtziger und neunziger Jahren alle im Verkauf Beschäftigten, besonders die eigentlichen Verkäufer, zu den am schlechtesten Bezahlten, am schwersten Arbeitenden und am willkürlichsten Behandelten der ganzen Klasse der Lohnarbeiter gehörten;[18] die Geschäftsführer der Produktionsabteilungen in den Filialen und den Wholesale Societies befanden sich entsprechend im direkten Wettbewerb mit den berüchtigten ausbeuterischen Betrieben der Billigkleider- und Billigmöbelherstellung.
Aus diesen und anderen Gründen wurde mir klar, daß starke Gewerkschaften, die Tariflöhne und normale Arbeitstage erzwangen und den einzelnen vor willkürlichen Strafen und Entlassungen schützten, für die ökonomische Sicherheit und persönliche Freiheit der Arbeiter in den Konsumgenossenschaften genauso wesentlich waren wie für die profitorientierten Produktionsbetriebe. Also mußte die »Leitung von oben« durch eine »Leitung von unten« ergänzt werden.

Noch einmal (erklärte ich 1891 den Genossenschaftlern): deshalb müssen wir durch eine Verbindung von genossenschaftlichen und gewerkschaftlichen Organisationen Verbraucher und Produzenten miteinander konfrontieren. Ich meine damit nicht, daß ein Stiefelmacher seine Stiefel dem Weber verkaufen kann und der wiederum seinen Stoff an die Bauersfrau loswerden sollte; diese persönlichen Handelsbeziehungen sind in einem durch die industrielle Revolution verwandelten kommerziellen System nicht mehr möglich. Der Tauschhandel zwischen einzelnen muß von Geschäftsverhandlungen zwischen Arbeiter- und Verbrauchergruppen abgelöst werden, die autorisierte Vertreter beider Gruppen führen sollen. Der individuelle Tausch muß der individuellen Produktion folgen und dem kollektiven Handel Platz machen.
Damit wir eine klare Vorstellung von kollektivem Handel bekommen, also von der sozialen Beziehung, die an die Stelle der individuellen Beziehung tritt, wollen wir uns vorstellen, diese industrielle Demokratie wäre voll entwickelt und die gesamte Industrie durch Zusammenschlüsse von Verbrauchern (freiwillige oder Pflichtvereinigungen, Konsumvereine, Wholesale Societies, städtische Gemeinden, Staat) organisiert, alle Arbeiter aber in Gewerkschaften zusammengeschlossen. Dann würde der offizielle Vertreter der Webergewerkschaft Fragen der Löhne und der Ausbildung mit dem offiziellen Vertreter des Konsumvereins oder der Gemeinde besprechen; der Berufsverband der Chirurgen oder Ärzte würde wie jetzt die Anforderungen und Themen der Prüfungen für Medizinstudenten bestimmen und die Gebühren für ärztliche Hilfeleistungen festsetzen, vielleicht nach demokratischer Absprache mit einem Gesundheitsministerium. Der Vertreter der Gewerkschaft und der Beamte der Stadtverwaltung würden freilich verschiedene, einander entgegenstehende Interessen unterschiedlicher Bereiche der Gemeinde vertreten. Insofern sie aber alle Bürger desselben Staates sind, haben sie letztlich auch dieselben Interessen. Denn man wird anerkennen, daß in einer demokratisch organisierten Industrie das Wohlergehen aller einzelnen unlöslich an ein hohes Leistungsvermögen des ganzen Gemeinwesens geknüpft ist. Es ist auch nicht schwer, die funktionsfähige Basis für einen Kompromiß zwischen den unmittelbar gegeneinanderstehenden Interessen der Verbraucher und der Produzenten spezieller Waren oder Dienstleistungen zu erkennen, angenommen, diese verschiedenen Bürgergruppen weigerten sich standhaft, den »größeren Nutzen« tatkräftigen Bürgersinnes in allen Klassen der Gemeinde wahrzunehmen. Fleeming Jenkin hat das in seinem Essay über die Gewerkschaften mit bewundernswerter Klarheit ausgedrückt:
»Aber wenn auch der Bedarf der Menschen ihre Lohnforderungen

bestimmt, so bestimmt doch die Nachfrage nach Menschen jener Klasse, wie viele zu diesen Löhnen beschäftigt werden. Das ist ein Korrektiv der Unzufriedenheit. Wenn ihre Ansprüche hoch sind, werden nur wenige oder gar keine Menschen der betreffenden Klasse überhaupt Löhne bekommen. Der Verkäufer der Arbeitskraft bestimmt den Preis, aber der Käufer bestimmt die Menge der Transaktionen. Das Kapital« (oder das Gemeinwesen) »entscheidet darüber, wie viele Arbeiter zu den festgesetzten Löhnen gebraucht werden, aber die Arbeit entscheidet, welche Löhne die Männer bekommen sollen.«

Es ist bemerkenswert (schreibe ich in einer Fußnote zu diesem Zitat), daß diese Festsetzung der Löhne durch Gewerkschaften oder der Fachqualifikation, auf der man bestehen wird, durch Berufsverbände, von der Kapitalistenklasse in solchen Berufen widerspruchslos hingenommen wird, in denen Kapitalisten praktisch das Monopol haben, zum Beispiel in der Jurisprudenz und der Medizin. Aber die eingeschränkte und gebrochene Autorität von Arbeitergewerkschaften, ihr Versuch, den Mitgliedern Löhne zu sichern, die zum Leben vollkommen ausreichend sind, wird scharf und feindselig abgewiesen, mit der Begründung, das sei eine Einschränkung der Freiheit der Person.[19]

Die Stufen der Entwicklung zum Sozialismus

Kann ich in wenigen Sätzen die Schritte meiner Annäherung an den Sozialismus beschreiben?

Meine Untersuchungen zum Leben im East End hatten mir deutlich gemacht, welches Maß an physischem Elend und moralischem Verfall der Mietwucher von Hausbesitzern und die Profitgier der Kapitalisten über die dicht bevölkerten Industrie- und Handelszentren des 19. Jahrhunderts gebracht hatte. Es ist richtig, daß manche Elemente dieses Elendes, zum Beispiel die niedrigen Löhne, die zu lange Arbeitszeit, die ungesunden Arbeitsbedingungen in den ausbeuterischen Betrieben und die chronische Unterbeschäftigung in den Docks, durch entsprechende Gesetze und Eingreifen der Gewerkschaften hätten verringert oder ganz ausgeschaltet werden können; so dachte ich. Dadurch hätte man den Handwerkern, so lange sie arbeiteten, einen, physiologisch gesehen, ausreichenden Lebensunterhalt sichern können. Also war mein erster Schritt auf dem Weg (für sich schon eine beträchtliche Distanzierung vom Individualismus der frühen viktorianischen Zeit) die Überzeugung, im Interesse des Gemeinwesens müsse eine vollständige Kontrolle aller ökonomischen Aktivitäten des Haus- und Grundbesitzers und des Kapitalisten durchgeführt werden.

Aber auch wenn eine solche staatliche Regulierung und gewerkschaftliche Überwachung noch so allgegenwärtig und geschickt wäre, einen Weg aus den immer wiederkehrenden Phasen von Inflation und Depression – für die große Mehrheit der Bevölkerung hieß das Zeiten der Überarbeitung im Wechsel mit Zeiten der Unterbeschäftigung –, die durch Finanzspekulationen und Handel und Gewerbe aus dem Geist der aberwitzigen Jagd nach dem größtmöglichen Profit für die kleine Minderheit der Besitzer der Produktionsmittel, wenn nicht geradezu hervorgerufen, dann doch zumindest intensiviert wurden – einen Ausweg aus dieser Lage hätte sie, so weit ich sah, trotzdem nicht weisen können. Außerdem lebt »der Mensch nicht vom Brot allein«, und ohne ein gewisses Maß an »Sozialismus«, zum Beispiel staatliches Schul- und Gesundheitswesen, öffentliche Parks und staatliche Alters- und Krankenversorgung, die allen zur Verfügung stehen und in Monatsbeiträgen und Steuern bezahlt werden, dazu noch eine Art »Arbeit oder Unterstützung« für die unfreiwillig Arbeitslosen – würde das Regime des Privateigentums einer Revolution nicht standhalten, das mußten sogar kapitalistische Regierungen gegen ihren Willen zugeben, wenn ihre Erkenntnis auch kaum rechtzeitig zur Verhinderung von Wahlniederlagen kam. Dieses »nationale Minimum« einer menschenwürdigen Existenz sollte jedem Bürger gesetzlich zugesichert werden; das war der zweite Schritt auf meinem Weg zum Sozialismus.

Zu bedenken blieb, welche psychischen Schäden sich in einem Gemeinwesen entwickelten, das auf Dauer in eine Nation der Reichen und eine Nation der Armen gespalten ist, in eine Minorität, die immer Befehle gibt, und eine überwältigende

Majorität, die immer Befehle empfängt. Das Beispiel der Vereinigten Staaten zeigte, daß Lohnerhöhungen und technische Verbesserungen keineswegs ökonomische Gleichheit fördern, sondern durch Erhöhung der Leistungsfähigkeit und die daraus folgende Erhöhung der Renten- und Zinserträge noch größere Ungleichheiten in Reichtum und persönlicher Macht zwischen den einzelnen Bürgern erzeugen als die in weniger blühenden kapitalistischen Ländern üblichen. »Wähle die Gleichheit und fliehe die Habgier«, sagte Menander; und Matthew Arnold hatte einer unbedachten Generation erklärt: »Unsere Ungleichheit materialisiert unsere Oberklasse, vulgarisiert unsere Mittelklasse und brutalisiert die Unterklasse.«[20] An diesem Punkt blieb ich eine Zeitlang stecken, denn ich konnte keine Alternative zum profitorientierten Unternehmer finden.

Dann begriff ich, daß Organisation und Aktivitäten der Konsumgenossenschaft, die in der britischen Arbeiterklasse entstanden war, eine mögliche Alternative zu modernen Großunternehmen darstellten; sie richtete ihre Produktion am Bedarf aus und eliminierte das Profitdenken; man konnte hoffen, daß sie auch die Sicherheit des Lebensunterhaltes steigern und Chancengleichheit in der ganzen Bevölkerung fördern würde. Die Probleme, die ich gesehen hatte, lösten sich, als ich erkannte, daß das wesentliche Merkmal der Genossenschaftsbewegung nicht die ökonomischen Vorteile für die Haushaltsführung oder das Angebot einer wirtschaftlichen Anhäufung regelmäßiger geringfügiger Ersparnisse war, sondern die Einführung einer industriellen Organisation neuen Typs: Unternehmensleitung durch die Gesamtheit der Verbraucher zum Gemeinnutzen der Verbraucher.

Diese Verwaltung von Handel und Industrie durch demokratisch organisierte Verbraucher ergänzte ich durch die komplementäre Institution demokratisch organisierter Hand- und Geistesarbeiter, also Gewerkschaften und Berufsverbände; dadurch, daß der Vereinigung der Arbeiter in jedem Beruf so viel Beteiligung an der Verwaltung ihrer Arbeitsleistung gegeben wurde, wie sich als praktikabel und wünschenswert erwies, sollten die Würde der Person und die Freiheit des einzelnen geschützt werden. Weil ich genauer wissen wollte, in welchem Bereich Berufsorganisationen an der Unternehmensführung in Produktions- und Dienstleistungsbetrieben beteiligt waren, entschloß ich mich zu Beginn des Jahres 1889, als nächstes Untersuchungen zur britischen Gewerkschaftsbewegung zu machen, und im September desselben Jahres nahm ich an der Jahreshauptversammlung der Gewerkschaften teil, die in Dundee während der kritischen Wochen des epochemachenden Streiks der Londoner Hafenarbeiter stattfand.

Im folgenden Jahr, während ich mein kleines Buch schrieb, ergaben sich für mich weitere Klärungen in Diskussionen mit einem führenden Kopf der Fabier; sie führten (abgesehen von anderen Veränderungen, die mehr Bedeutung für mein Privatleben hatten) als Konsequenz zu meiner Erkenntnis, daß die Kommune und sogar der Staat in ihrer Eigenschaft als Einrichtungen, die ihre Bürger mit Waren und Dienstleistungen versorgten, ökonomisch gesehen auch Verbraucherorganisationen waren, die nur eben auf obligatorischer statt auf freiwilliger Mitgliedschaft beruhten. Also konnte das Konzept der »Produktion, Verteilung und des Tausches« durch die Verbraucher nicht mit dem Ziel individuellen Profits, sondern des Gemeinnutzes, das bis dahin auf freiwillige Zusammenschlüsse zum Zweck des Einkaufs von Haushaltswaren beschränkt war, auf die obligatorischen Vereinigungen aller Bürger einer Stadt zu jedem kommunalen Zweck ausgedehnt werden; und das ständige Wachstum städtischer Betriebe und anderer Formen der Kommunalverwaltung gewann für mich ganz neue Bedeutung. Diese Analogie zwischen der Genossenschaftsbewegung der Verbraucher und dem modernen kommunalen Sozialismus wurde übrigens noch deutlicher, als wir im Zuge unserer Untersuchung über die Kommunalverwaltung im 18. Jahrhundert herausfanden, daß die charakteristischen Funktionen der modernen Kommune nicht aus den alten städtischen, auf Berufsgruppen beruhenden Korporationen stammten, sondern ihren Ursprung in freiwilligen Zusammenschlüssen von Verbrauchern hatten, die sich aus aktuellem Anlaß spontan gebildet hatten, wenn Notlagen entstanden waren und neue Dienstleistungen gebraucht wurden.[21] Weitere Untersuchungen zur Genossenschaftsbewegung, die überall in Europa kontinuierlich stärker wurde, eröffneten die Perspektive auf die mögliche Ablösung des Exporthandels durch ein genau geplantes System wechselseitiger Importe, das von Verbrauchervereinigungen, die Staaten, städtische Gemeinden oder Genossenschaften sein konnten, zu organisieren wäre; jedes importierende Land würde dann von anderen Ländern nur das beziehen, was es haben wollte – damit würden alle Probleme der Schutzzölle und des »Dumping« vermieden. Heute können wir den Beginn dieses Systems wechselseitiger Importe in den Genossenschaften der verschiedenen europäischen Länder sehen; dabei gibt es keinerlei Gewinnspanne zugunsten eines kapitalistischen Kaufmanns oder Bankiers und keine Chance für Hochkonjunktur oder Flauten oder für Gewinn und Verlust im merkantilen Sinn des Wortes.[22]

Diese Zukunftsvorstellung von einer allmählich entstehenden neuen sozialen Ordnung, die auf der bewußten Anpassung ökonomischer Leistungsfähigkeit und ökonomischer Bedürfnisse beruhte und in einer Organisation ineinandergreifender gleichberechtigter Demokratien von Verbrauchern und Produzenten, von Demokratien aus freiwilligen wie aus obligatorisch gebildeten Gruppen, auf nationaler wie auf internationaler Basis, ihre Form finden sollte, war meiner Meinung nach der geeignete Rahmen für ein zukünftiges kooperatives Gemeinwohl.

Die Arbeit über die Genossenschaftsbewegung war zunehmend von der letzten Krankheit meines Vaters überschattet; und manchmal verzweifelte ich an meiner Kraft, das Vorhaben zu Ende zu führen. An den Seiten meines Tagebuchs vom Herbst 1889 kann ich beobachten, wie ich zu meiner Stärkung auf ein wachsendes Zutrauen darauf zurückgreife, daß eine Möglichkeit zur Neuordnung der Gesellschaft in der Anwendung wissenschaftlicher Methoden aus dem Geist der Religion besteht.

Kann nicht arbeiten. Bin allein mit Vater, der so elend und liebenswürdig ist, mit seinem verdunkelten Geist und dem Verhalten, für das er nicht mehr verantwortlich sein kann. Deprimiert nehme ich einen Band mit Gedichten von Matthew Arnold und lese die folgenden Worte; sie sind der Ausdruck des idealen Lebens, nach dem ich immer strebe, eines Lebens

»der Mühe, ohne inn're Ruhe preiszugeben,
der Arbeit, deren Frucht viel grelleres Beginnen
überdauert, – zu groß für Hast, erhaben über
kleinen Streit, vollendet in Gelassenheit!«

Manchmal meine ich, diesen Zustand der Mühe, ohne inn're Ruhe preiszugeben, hätte ich erreicht. Trotzdem läßt man sich manchmal (ach, viel zu oft) durch törichte Träume vom eigenen Erfolg und Angst vor dem eigenen Scheitern beunruhigen. Ich liebe meine Arbeit; das ist meine Rettung; ich bin glücklich über die langsame Annäherung an die Wahrheit; Wahrheitssuche durch sorgfältiges Abwägen der Fakten begeistert mich mehr als alles im Leben. Und in letzter Zeit ist die Erkenntnis dazugekommen, daß das große Heer der Wahrheitssucher sich einig weiß in seinem Ziel, dem menschlichen Leben mehr Würde zu geben. Wir sind bereichert durch das Bewußtsein von der höchsten Einheit der Wissenschaft, Kunst und Moral, der in Ewigkeit bestehenden Dreieinigkeit des Guten, Schönen und Wahren; zusammengehalten werden wir in dem Ideal, dem die Menschheit, wissentlich oder unwissentlich, scheiternd oder siegend je nach Maßgabe der Ebbe und Flut reiner Beweggründe und ehrlicher Ziele, unaufhörlich entgegenstrebt. (Tagebuch, 17. August 1889)

Während der ganzen letzten Woche habe ich gespannt die Berichte über den Streik in allen Einzelheiten verfolgt (den berühmten Hafenarbeiterstreik im August 1889); meine Unfähigkeit, mir einen Ausweg aus den Schwierigkeiten zu überlegen, hat mich deprimiert; das Bewußtsein, daß mein Quentchen Wissen nicht viel Nutzen bringt – daß am Ende wohl doch die großen von Gefühlen geleiteten Massenbewegungen mehr Wirkung haben werden als alle wohlerwogenen Beurteilungen wissenschaftlicher (oder pseudowissenschaftlicher?) Forscher, hat mich kleinmütig gemacht... Dann ist mir klar geworden, daß wir erst dann Faktenwissen zur Aktionsbasis machen können, wenn unser Kenntnisstand weit vollständiger und erschöpfender sein wird, als es der Fall sein kann, solange ich lebe; mit Sicherheit wird ein solcher Kenntnisstand meine Möglichkeiten überfordern. Vollkommen nutzlos ist zum Beispiel das wenige Wissen über die London Docks, das ich erworben habe. Um eine Einschätzung der Lage anbieten zu können, die irgendwie verwertbar ist, müßte man alle Fakten über die Dockarbeit vollkommen überblicken, genaue Kenntnis der Methoden der Hafenverwaltung haben und sie mit andern Arten von Betriebsleitung vergleichen können, um so Mängel und Möglichkeiten zu entdecken. Und selbst wenn man die Möglichkeit, die Fähigkeit und die Kraft hätte, so erschöpfende Kenntnisse zu sammeln, wäre man als bloßer Beobachter überhaupt dazu in der Lage? Liegt das nicht nur im Verfügungsbereich eines großen Organisators? Andererseits beweist mir diese Wahrnehmung des erforderlichen Ausmaßes an Wissen, daß ich instinktiv das Richtige erfaßte, als ich mich bemühte, kommerzielle und finanzielle Daten zu überblicken, um den Schlüssel zum Problem der Arbeiter zu bekommen; also wird es von meiner Kapazität, diese Fakten und Daten zu beherrschen, abhängen, ob ich Einfluß zum Guten auf die Arbeitsbedingungen meiner Leute nehmen kann.

Arbeit für diesen Sommer abgeschlossen; fahre morgen zur Abwechslung für zwei Wochen weg (das war die Reise zum Gewerkschaftskongreß in Dundee). Der Sommer ist schnell vergangen; ich war immer voll beschäftigt. Die Arbeit war hart und weitgehend mechanisch, und in meiner Freizeit war ich meist zu müde, um Schönheit genießen zu können, deshalb bestand mein Leben hauptsächlich aus Routine: Schlafen, Arbeiten, Essen, Bewegung.
Armer alter Vater; seine Anwesenheit macht traurig, sie ist unsagbar deprimierend, weil sie so seelenlos ist. Und doch gibt es ab und an Spuren ruhiger Klarheit und warmer Empfindung; dann frage ich mich, ob das eingespielte Verhalten der Familie richtig und vernünftig ist, die ihn immer nur beschwatzt, ihm gut zuredet und alle Anzeichen selbstverantwortlichen Denkens und Handelns in ihm ignoriert? Wenn in ihm etwas Unsterbliches ist, degradieren wir es dann nicht?

Aber wir nehmen an, daß er ein Geschöpf ist, dessen tätiges Leben abgelaufen ist, daß wir nur gehalten sind, ihm aus Liebe und Pflicht physische Annehmlichkeit und psychische Ausgeglichenheit zu verschaffen, daß aber für moralische Fortschritte oder Rückschritte kein Raum mehr bleibt, daß er moralisch tot ist. Manchmal glaube ich, daß mir dieser Schluß deshalb so widerstrebt, weil an den Voraussetzungen etwas nicht stimmt. Dann wieder sehe ich in unserer Art, mit ihm umzugehen, nur eine logische Betrachtung der Tatsachen des menschlichen Lebens, ein Hinnehmen des Unvermeidlichen. (Tagebuch, 31. August 1889)

Die Woche war hart, kaum ein freier Tag (schreibe ich nach einer bunten Schilderung des Gewerkschaftskongresses und seiner Teilnehmer, die ich mir aber zur Auswertung für unsere Arbeit über die Gewerkschaften aufheben will). Als ich Sonntag morgen in der Frühe Herbert Auberons kleines Haus am Loch Awe erreichte, war ich völlig erschöpft und hatte noch dazu eine üble Erkältung im Kopf sitzen. Das roh verputzte, ziemlich langweilige Häuschen hat nichts von dem Charme des »Old House«; zwei Hütten gehören dazu, niedrige Büsche und ungepflegter Rasen umgeben es. Vor dem Haus liegt der See, dahinter das Moor, in der Ferne erheben sich Berge, nichts ist wild oder großartig, nichts ausgesprochen schön, nur die übliche Seelandschaft, sonst nichts. Innen kein Feuer und dauernd offene Fenster; karges Mobiliar. Die Kinder (diesmal war der Junge zu Hause) ausgesprochen anziehend; der gealterte Idealist ist interessant und wird allmählich ein vertrauter Freund. Aber bei Menschen seiner Art erhöht Distanz die Bezauberung! Seine feine Höflichkeit und idealistische Abstinenz von den Passionen, die die Menschheit umtreiben, haben etwas Erholsames. Aber Höflichkeit und Idealismus verdecken subtilen Egoismus, eigensinniges Wesen und eine beharrliche Entschlossenheit, den Capricen des eigenen Denkens und Fühlens nachzugeben; all das macht ihn unbrauchbar und unzuverlässig in allen Lebensbezügen. (Ist das fair? Mit seinen Kindern geht er sehr liebenswürdig um!) Seine eingebildeten Probleme mit der Gesundheit sind lächerlich; man darf keinen Laut hören lassen, bevor er morgens gerufen wird; in seiner Gegenwart kein Fenster schließen; er kann sich nicht im Freien Bewegung machen, braucht aber frische Luft; und nichts darf ihn an der nachmittäglichen Segelpartie hindern. Vor lauter vegetarischem Leben und Sorgen um sein körperliches Wohl wird er ganz schnell alt, obwohl er ein gesunder Mann von fünfzig Jahren ist.
Ich habe meine Tage dort genossen. Wir haben einen Roman zusammen angefangen: *Looking Forward,* als Antwort auf *Looking Back-*

*ward;** ich habe Personen und Handlung dazu beigesteuert, er muß nun eine reformierte Welt nach individualistischem Muster ausarbeiten. An den langen Abenden erzählte er mir, mit Blick über den mondbeschienenen See, seine Lebensgeschichte...
Ein einsamer Tag in Stirling, unendlich traurig – eine lange Nachtfahrt – die kostbare Schönheit des frühen Morgens über dem Monmouth Tal, als ich hoch zu unserm Haus in den Bergen fuhr; der treue Neale hatte alles vorbereitet; die Frühstückstafel mit einer Playne-Familienversammlung; herzliches Willkommen; langer Schwatz. Mein rührender alter Vater freut sich, »mein Bienchen« wiederzusehen; mit einem Wort: »Wieder zu Hause«. Und jetzt an die Arbeit (Tagebuch, 22. September 1889)

Schon fast den ganzen Monat verfolgt mich eine Sehnsucht, selbst Gestalten zu schaffen und sie in erfundenen Lebensumständen hin und her zu bewegen. Schlicht gesagt: mich plagt der vulgäre Wunsch, einen Roman zu schreiben. In den frühen Morgenstunden, wenn der halbwache Verstand so seltsam fruchtbar scheint, sehe ich Personen und Szenen vor mir; ich denke mir Handlungsabläufe aus und umkleide Personen, Szenen und Handlung mit meiner Philosophie. Die vergleichsweise Leichtigkeit des deskriptiven Schreibens ist unglaublich attraktiv. Man muß es nur vergleichen mit einer Arbeit, in der die Bewegung von Waren, Prozenten, Wertminderungen, Durchschnittswerten und wer weiß was für häßliche Scheußlichkeiten der kommerziellen Welt die Hauptrolle spielen und spielen müssen, wenn die Arbeit einen Wert haben soll... Die ganze Vielzahl der Romane, die ich gelesen habe, zieht vor meinem inneren Auge vorüber; das Genie, das Talent, die klugen Mechanismen oder die Jagd nach der Gunst der Menge, die die Mittelmäßigen betreiben – was haben sie alle – angefangen bei dem Werk eines Genies bis zum Zeilenschinder – zum Fortschritt der Gesellschaft auf der einen einzigen Basis für Tugend und Glück – der wissenschaftlichen Methode – beigetragen? Dieser hochfliegende Ehrgeiz, eine klare, hilfreiche Vorstellung davon zu präsentieren, welche Kräfte wir unterdrücken und welche wir befreien müssen, um eine Reform zu schaffen, mag ganz absurd unvereinbar mit meinen Möglichkeiten sein. Aber er ist mein ganzer Glaube, meine Begeisterung, mein Leben, die Arbeit, zu der ich mich berufen fühle.
Und doch habe ich die Vorstellung, man müßte die Fakten, die in statistischen Tabellen aufgeführt oder im Druck erklärt werden, auch irgendwie dramatischer darstellen können; ich stelle mir vor, wie ich

* Edward Bellamy, *Looking Backward: 2000–1887,* 1888; utopischer Roman, der das Boston des Jahres 2000 als staatssozialistische Stadt schildert. [A. d. Ü.]

Armen und Reichen jene Wahrheiten über soziale Organisation, die ich vielleicht entdecke, nahebringen kann; daß ich Beispiele für soziale Gesetzlichkeiten in der Darstellung persönlich erfahrenen Leidens, der Entwicklung von Personen, persönlicher Sünde geben kann. Aber damit muß ich warten, bis ich meine Gesetze entdeckt habe. Und dabei bin ich doch erst an der Schwelle meiner Untersuchungen und nur allzu weit entfernt von allgemeinen und endgültigen Schlußfolgerungen. (Tagebuch, 30. September 1889)

Der Dämon der Melancholie selbst muß mich im Griff haben; meine Phantasie kreist um die Geschichte von Amy Levy; eine berühmte junge, siebenundzwanzig Jahre alte Schriftstellerin auf dem Gipfel des Erfolges hat beschlossen, lieber zu sterben, als noch länger dem Leben standzuhalten. Wir sprechen davon, wieviel Mut man zum Sterben braucht; aber in dieser schrecklichen Zeit geistiger Belastung fehlt uns vor allem Mut zum Leben, nicht Mut zum Sterben. Immer wieder verläßt uns der hohe Mut, den wir brauchten, um den Kampf für einen unbekannten Anführer, für eine unbekannte Sache in Angriff zu nehmen. Arme Amy Levy! Wenn die Menschheit nur den einen Glaubenssatz hat, heute zu essen, zu trinken, lustig zu sein, weil wir morgen schon tot sind, dann hat sie gut und klug daran getan, sich für den Tod zu entscheiden, denn solche Zufriedenheit, solches Lustigsein ist wider unsere Natur; dazu sind wir nicht geeignet, und je eher wir unseren Platz andern überlassen, um so besser. Wenn dies aber nur eine Übergangsphase zu andern Dingen ist, nur eine Pilgerfahrt mit andern Pilgern, die wir auf dem Weg stützen und ermutigen können, dann hat ein tapferes mühsames Leben, ein Leben, in dem Leiden das Maß des Fortschritts ist, seine tiefe Bedeutung, dann erfaßt es in Wahrheit den einen und ganzen Sinn der menschlichen Existenz. (Tagebuch, 11. Oktober 1889)

Fünf Monate Arbeit hier, und endlich habe ich die Gliederung meines ersten Buches. Nun kann ich meine Phantasie auf Konstruktives loslassen, statt alle meine Energien auf die Forschung zu beschränken. Meine Stimmung hebt sich jetzt, wo ich das Thema ausgebreitet vor mir sehe und das Ausmaß meiner Entdeckungen und die Grenzen des darzustellenden Gebietes genau erkenne. In ungefähr einer Woche werde ich alle Kapitel skizziert haben und meinen Arbeitsplan für die nächsten sechs Monate genau kennen. (Tagebuch, November 1889)

Die letzte Eintragung des Jahres 1889 ist während einer Krise in der Krankheit meines Vaters geschrieben, die wir alle für die letzte hielten. Es ist ein langer Bericht über sein Leben; die besseren Teile daraus habe ich als Material für das erste Kapitel dieses Buches benutzt. An dieser Stelle gebe ich noch die letzten Absätze wieder, so wie sie im Tagebuch stehen, weil sie die glückliche, das ganze Leben dauernde Beziehung zwischen dem Vater und seinen neun Töchtern lebendiger spiegeln, als ich es aus der Erinnerung könnte.

Das Leben mit ihm war liberale Erziehung zu Menschlichkeit und Weltoffenheit; die Beziehung zu ihm war so eng wegen seiner ungewöhnlichen Güte und Liebenswürdigkeit; sein Wesen war vollkommen selbstlos. Seine eigenen Bedürfnisse und Neigungen wurden für das Glück seiner Frau und das Wohlergehen seiner Kinder zurückgestellt. Familiensinn war für ihn eine Leidenschaft, der alles andere untergeordnet wurde...
Geliebter Vater! Wie sehr haben deine Kinder dich geliebt, alles an dir, auch deine Schwächen, über die sie zärtlich gelacht haben wie so viele Mütter. Wie haben wir alle zusammengearbeitet, um dich blind gegen die Realität deiner Krankheit zu machen: neun Diplomaten, haben wir den alten Diplomaten umringt und manches verborgen, manches geglättet; und du warst die ganze Zeit wahrscheinlich der geschliffenste Diplomat von allen, hast dich für die Illusion entschieden, weil sie angenehmer als die Fakten war: unsere Diplomatie hat dich erfreut, weil du sie uns gelehrt hattest. Mit wie viel vornehmer Würde hast du dich aus dem Leben zurückgezogen; es hat dich innere Überwindung gekostet, aber das hast du nie gezeigt. »Ich weiß, du hast es zu meinem Besten getan, mein Kind; aber etwas hart ist es.« Das war alles, was er sagte, als ich mich, ein Jahr nach seinem ersten Schlaganfall, absolut weigerte, den Brief weiterzuleiten, in dem er seine Börsenmakler anwies, Papiere zu Spekulationszwecken zu kaufen. Er versuchte es noch einmal, aber diesmal setzte ich ihn dadurch matt, daß ich privat an seine Makler schrieb und sie bei ihrer Ehre beschwor, ihn von seinem Vorhaben abzubringen: ich erinnere mich noch an den befremdeten Ausdruck in seinem Gesicht, als er die Maklerantwort las – einen Augenblick lang sah er verwirrt aus, dann sah er mich heiter an, als er meinen Schachzug begriffen hatte, und sprach kurz danach besonders liebevoll aus ganz nichtigem Anlaß mit mir. Ich erinnere mich an die stillschweigende Anerkennung meiner guten Absicht, an das innere Schmunzeln über die Schlauheit seines Sprößlings; daran, wie er sich von diesem Augenblick an vollständig aus seinen Geschäften zurückzog und alles Daniel übergab, sich selbst aber mit der beschnittenen Routine eines Schattendaseins zufriedengab. Daß er sich damit abfand, wäre

schmerzlich gewesen, hätte man nicht gefühlt, daß seine Resignation ein Ergebnis seiner großzügigen selbstlosen Lebensphilosophie war; sie war ein idealisiertes Epikureertum: das Glück der Welt (das heißt deiner Umgebung) und dein eigenes Glück sind eine Einheit.

Und jetzt, wo er hilflos daliegt und sein Lebenslicht nur noch flackert, dem Erlöschen nah, wo er seine Glieder nicht mehr rühren kann, sein Atem mühsam wird, der letzte Rest von Freude am Schlaf, Essen und Zigarette vergangen sind, hellt sich sein Gesicht immer noch auf, wenn er seine Tochter »mit den strahlenden Augen« begrüßt, wenn er einer verheirateten Frau in mittleren Jahren Komplimente über ihr gutes Aussehen macht, wenn er nach seinen Schwiegersöhnen fragt, wenn er wissen will, wieviel er seinen Kindern vererben wird. In den langen Stunden der Ruhelosigkeit denkt er darüber nach, ob seine Kinder Erfolg haben, und findet Grund zur Ruhe und Zufriedenheit. »Einen Schwiegersohn möchte ich noch dazu haben« (Ein Zeichen, daß er sich dem Ende nahe fühlt, weil er mir den Gedanken an Heirat immer ausgeredet, Ehe beiseitegeschoben hatte als etwas, wozu ich immer noch Zeit hätte), »in der Ehe ist eine Frau glücklicher: ich möchte noch erleben, daß mein Bienchen sich mit einem guten starken Mann verheiratet.« Und der rührende alte Vater träumt von dem »Bienchen« vergangener Zeiten; daß es sie längst nicht mehr gibt, daß an ihre Stelle die strenge Gestalt und der entschlossene Ausdruck »einer besseren alten Jungfer« getreten sind, daß die sich jetzt über ihn beugt wie eine Mutter über ihr krankes Kind, das hat er nicht gemerkt. (Tagebuch, 26. November 1889)

»Der Andere«

Noch zwei Jahre lang hielt mein Vater sich zwischen Leben und Sterben; seine Umgebung nahm er kaum mehr wahr. Aber schon wenige Wochen, nachdem er sich »noch einen Schwiegersohn« gewünscht hatte, kam »der Andere«!

Dieser Wendepunkt in meinem Leben – anders kann man es nicht nennen, da jetzt eine rapide Verwandlung »Meiner Lehrjahre« in die Zeit »Unserer Partnerschaft« einsetzte, also auch dies Buch sich seinem Ende nähert – verdient natürlich ein Vorwort. Und dieses Vorwort soll die Erinnerung an einen geheimnisvollen Halbschatten wiedergeben, der mich schon mindestens ein Jahr im voraus gewahr werden ließ, daß es in meiner Umgebung eine neue bedeutungsvolle Erscheinung gab. Erst danach machte man mich mit der kleinen Gestalt mit dem großen Kopf bekannt, die der Mann meiner Bestimmung werden sollte, die Quelle unerwarteten Glücks und – das muß gesagt sein, der dominierende Partner in der Firma Webb!

Es war, glaube ich, im Frühjahr 1888; da erzählte mir mein Freund J. J. Dent, damals Generalsekretär des (Arbeiter-) Clubs und der Institute Union, in einer Mischung aus Bewunderung und Mißtrauen, von einer Gruppe kluger junger Männer, die unglaublich energisch und wagemutig zum Angriff auf die Londoner Radikalenclubs ansetzten: sie veröffentlichten zahllose signierte oder anonyme Artikel und Kommentare im *Star* und im *Daily Chronicle* und verbreiteten überall »Fakten für Sozialisten« und andere auf subversive Weise einleuchtende Flugblätter. Eine Folge ihrer Aktivitäten war eine Flut von Resolutionen der Radikalenclubs und einzelner Gewerkschaften, die sich an das Hauptquartier der Liberalen Partei und liberale Parteiführer richteten; sie unterstützten den gesetzlichen Achtstundentag; sie waren dafür, daß Wasser, Gas, Straßenbahnen und Häfen zu Nutzen der Steuerzahler kommunales Eigentum und kommunal verwaltet würden. Sie wollten, daß kostenlose Schulbildung und Gesundheitsvorsorge ohne Einschränkung auf alle ausgedehnt und die Kosten dafür aus hoher Besteuerung der Reichen gewonnen würden; Einkommens- und Erbschaftssteuern sollten im ganzen erhöht und stark progressiv werden. »In dieser Gruppe«, sagte Dent, »sind ein paar sehr gewandte Redner, aber der Mann, der das Ganze organisiert, der die Resolutionen entwirft und die Artikel schreibt, das ist Sidney Webb.« Andere zufällige Nachrichten mit ähnlichem Sinn hörte ich hier und da; sie sagten alle ungefähr das, was Bernard Shaw einige Jahre später in seinem Bericht für die Konferenz der Fabier 1893 zusammenfaßt:

»1888 (berichtete er den Konferenzteilnehmern) hatte uns noch nicht einmal der *Star* erkannt. Die liberale Partei war zu sehr mit Mr. O'Briens Hosen und der Parnell Commission beschäftigt, schon gar, als die Sache sich zum dramatischen Höhepunkt, dem Selbstmord des Fälschers Pigott, zuspitzte; da konnte sie nicht auf den Verdacht kommen, die Unruhe in der extremen Linken des radikalen Flügels in London hätte mehr zu bedeuten als das übliche Gerede über die Interessen der Arbeiterklasse. Unsere Taktik zielte jetzt darauf, auch das letzte Band zwischen unsern Methoden und dem Konfessionalismus der (Sozialdemokratischen) Föderation zu zerschneiden. Wir drängten unsere Mitglieder, in die liberalen und radikalen Vereinigungen ihrer Bezirke einzutreten, oder auch, wenn sie das lieber wollten, in die konservativen Vereinigungen. Wir gaben ihnen den Auftrag, Mitglieder des nächstliegenden Radikalenclubs und Konsumvereins zu werden und sich möglichst als Delegierte für die Metropolitan Radical Federation und die Liberale und Radikale Union aufstellen zu lassen. In diesen Gruppierungen hielten wir Reden und brachten Resolutionen durch oder, noch besser, brachten den Parlamentskandidaten des Wahlkreises dazu, sie weiterzugeben; dafür garantierten wir ihm Berichte und ermutigende kleine Artikel im *Star*. Wir infiltrierten die Parteiorganisationen und zogen alle Drähte, die wir zu fassen bekamen, mit unserer ganzen Kraft und Geschicklichkeit; und wir hatten immerhin so viel Erfolg, daß wir 1889 für den ersten Londoner Grafschaftsrat den handfesten Vorteil einer progressiven Mehrheit erzielten, lauter Leute mit Ideen, die ihnen nie in den Kopf gekommen wären, wenn die Fabier sie ihnen nicht eingeflüstert hätten. Die Planung unserer Taktik ist in der Hauptsache Verdienst Sidney Webbs, der so verwirrende Zaubertricks mit den Liberalen als Hütchen und den Fabiern als Erbsen praktizierte, daß bis zum heutigen Tage die Liberalen wie die konfessionalistischen Sozialisten bei seinem Anblick starr werden. Aufregend war es, solange es dauerte; und niemand, der auch nur eine Spur politischen Verstand besitzt, kann leugnen, daß wir damit eine Position in der Presse erobert haben und den Sozialismus in der Kommunalpolitik weit vorantrieben; wie weit, wissen nur die zu schätzen, die sich noch erinnern, wie die Dinge vor unserer Kampagne lagen.«[23]

Wenn man alle diese Aktivitäten der Gesellschaft der Fabier in den Jahren 1888–89 und mein Engagement in politischen und ökonomischen Fragen bedenkt, dann muß man sich wundern, daß ich keinen einzigen der zukünftigen schreibenden Fabier vor 1890 kennenlernte (abgesehen von einer flüchtigen Begegnung mit Mrs. Annie Besant, die damals im Zenith ihrer Macht als große beliebte Rednerin stand). Die Erklärung dafür ist, daß ich den Kampfplatz auf der Seite der Großunternehmen, Parteipolitik und der Philanthropen der Metropole betreten hatte und deshalb gegen sozialistische Lösungen politischer und ökonomischer Probleme voreingenommen war; die Fabier dagegen kamen als Radikale und Rebellen, getrieben von der Vision einer neuen sozialen Ordnung; sie kamen aus vielen Landesteilen und allen möglichen Berufen. Außerdem war mein Spezialgebiet die Sozialbeobachtung, und deshalb suchte ich Klärung nicht bei sozialistischen Dozenten und theoretischen Schriften, sondern in einer objektiven Studie der Genossenschaftsbewegung und der Gewerkschaften, deren Führer damals den Sozialismus, den sie kannten, nur verachteten. Der große Hafenstreik im August 1889, der von drei sozialistischen Arbeitern, John Burns, Tom Mann und Ben Tillett, organisiert war, änderte zusammen mit dem Aufkommen des ›New Unionism‹ die Orientierung der Arbeiterbewegung. Inzwischen hatte ich, wie schon beschrieben, erkannt, daß die Genossenschaftsbewegung der Arbeiterklasse im Unterschied zu den Mittelklasseprojekten der selbstverwalteten Werkstätten, industriellen Partnerschaften und Gewinnbeteiligungen ihrem Wesen und ihren Absichten nach »kollektivistisch« war; sie zielte auf die Abschaffung des Profits und der Profitmacher; an ihre Stelle sollte eine offene Demokratie treten, die die notwendigen Verwaltungsaufgaben Angestellten übertrug. Als also im Oktober 1889 ein Freund mir die gerade erschienenen *Fabian Essays* schickte und als die wahre Bibel des Sozialismus britischer Prägung empfahl, las ich diesen brillant geschriebenen Band von der ersten bis zur letzten Seite. Ich gab das Buch an J. C. Gray von der Genossenschaftsunion weiter und schrieb in einem Begleitbrief, den er mir später zurückgab, als Nebenbemerkung, daß »der bei weitem bedeutendste und interessanteste Essay der von Sidney Webb ist; er hat Sinn für Geschichte«. Wer gern »Affinitäten« entdeckt, findet es vielleicht unterhaltsam oder gar lehrreich, daß »der Andere« in einer lobenden Besprechung im *Star* über Charles Booths ersten Band, im Frühjahr davor, erklärt hatte: »Der einzige Beitrag, der literarisches Talent verrät, ist der von Miss Potter.«

Besonders interessant an diesem speziellen Fabier-Essay fand ich die frühe Darstellung der »Unvermeidbarkeit schrittweiser Entwicklung.«

Es ist vor allem das Verdienst Comtes, Darwins und Herbert Spencers (schreibt der Fabier in seinem Essay von 1889), daß wir uns die ideale Gesellschaft nicht mehr als einen unveränderlichen Staat denken können. Das Ideal einer Gesellschaft ist nicht mehr statisch, sondern dynamisch. Daß der soziale Organismus notwendig auf gleichmäßiges Wachsen und Fortschreiten angewiesen sei, ist zum Axiom geworden. Kein Philosoph heute, der nicht nach einer graduellen Evolution der neuen Ordnung aus der alten, ohne einen Bruch in der Kontinuität, ohne jede sprunghafte Veränderung des ganzen sozialen Gefüges im Verlauf des Wandlungsprozesses, Ausschau hielte. Das Neue wird oft schon wieder zum Alten, bevor man es bewußt als Neues wahrgenommen hat; und die Geschichte gibt kein Beispiel für plötzliche Verwirklichung utopischer revolutionärer Phantasievorstellungen.

Im weiteren Verlauf des Essays wird dieser Gedanke genauer ausgeführt:

Anwälte der sozialen Rekonstruktion (erklärt er seinen Lesern) haben die Lektion der Demokratie gelernt und wissen jetzt, daß soziale Veränderung in kleinen Schritten vor sich geht, dadurch, daß sich die öffentliche Meinung langsam und allmählich nach neuen Prinzipien richtet. Alle Gesellschaftswissenschaftler, die ihrer Zeit voraus sind, Sozialisten wie Individualisten, begreifen, daß wichtige Veränderungen des Organismus Gesellschaft nur unter folgenden Bedingungen stattfinden können: 1.) sie müssen demokratisch, das heißt, für die Mehrheit der Bevölkerung einsichtig und bei allen schon vorbereitet sein. 2.) sie müssen schrittweise vor sich gehen, dürfen also keine Verwirrung bewirken, auch wenn der Fortschritt sehr schnell geht. 3.) sie dürfen nicht von der Masse als unmoralisch, also subjektiv demoralisierend, empfunden werden. 4.) sie müssen, jedenfalls in diesem Land, friedlich und im Rahmen der Konstitution bleiben. Deshalb könnten Sozialisten und Radikale sich in ihren politischen Methoden ganz einig sein. Andererseits sehen Radikale notwendig ein, daß politische Gleichberechtigung allein nicht genug ist, um einen Staat vor Anarchie und Chaos zu schützen. Beide Parteien haben erkennen müssen, daß die Wurzel des Problems in der Ökonomie liegt; und täglich wird der Konsensus stärker, daß es zwangsläufig in der Konsequenz einer Demokratie liegt, wenn die Leute zur

Selbstbestimmung, nicht nur ihrer politischen Organisation, sondern durch diese Organisation auch zur Selbstbestimmung über die wichtigsten Mittel zur Produktion des Mehrwerts, kommen; ebenso muß die Anarchie des uneingeschränkten Wettbewerbs schrittweise durch organisierte Kooperation ersetzt und in ihrer Folge dann auf die einzig mögliche Weise das wiedergewonnen werden, was John Stuart Mill den »gewaltigen Anteil am Produkt, den die Besitzer der Produktionsmittel sich nehmen können«, nennt. Die ökonomische Seite des demokratischen Ideals ist also der Sozialismus.[24]

Der Grund für unsere Begegnung Anfang Januar 1890 war für sich schon eine Vorahnung unserer zukünftigen Partnerschaft in der Arbeit. Noch einmal war eine Krise in der Krankheit meines Vaters überwunden, und meine Schwester Kate bat mich dringend, für eine Woche mit ihrem Mann nach London zu kommen, um mich auszuruhen und zu erholen; das war eine willkommene Gelegenheit für mich, Material zu bekommen, das ich dringend für das erste Kapitel meines entstehenden Buches brauchte. Ich hatte nämlich bei der Planung meiner Analyse der derzeitigen Genossenschaftsbewegung gemerkt, daß ich noch historisches Hintergrundwissen brauchte. Wie immer in solchen Fällen, wandte ich mich mit meiner Bitte um Hilfe an die höchste verfügbare Autorität, in diesem Fall an einen Londoner Bekannten, W. E. H. Lecky, den berühmten Fachmann für die Geschichte des 18. Jahrhunderts. »Warum gab es in jenen Jahren der Unruhe und Veränderung keine Arbeiterbewegung?«, fragte ich unschuldig und ahnungslos. Die Antwort auf diese falsche Voraussetzung, die ich nur in die Form einer Frage gekleidet hatte, war eine höfliche, freundliche und langatmige Erklärung für den »Grund«, die hilfreich gemeint war. Weil aber meine falsche Voraussetzung offenbar als Ausgangspunkt für die Antwort akzeptiert wurde, half mir der berühmte Historiker nicht weiter. Ich war nicht zufrieden und suchte weiter nach einer Informationsquelle. »Sidney Webb, einer von den Autoren der *Fabian Essays*, ist der richtige Mann für Sie«, sagte eine freundliche Journalistin ganz nebenbei. »Er weiß alles; wenn Sie einen Spaziergang mit ihm machen, wird er Sie mit Informationen überschütten.« Ein Treffen wurde noch während meines kurzen Aufenthaltes in London arrangiert. Eine Liste von Quellen, die alle im British Museum zugänglich waren, einschließlich der damals kaum bekannten Place*-Manuskripte, verschiedener Prozesse, die der Staat geführt hatte, alter Chartistenzeitschriften und Autobiographien von Agitatoren aus der Arbeiterklasse, wurde an Ort und Stelle schnell in makelloser Handschrift angelegt und mir in die Hand gedrückt. Die nächsten Tage schon brachten das erste Zeichen persönlichen Interesses in Form einer gerade erschienenen Broschüre des Fabiers über den Zinssatz; damit war der Anfang einer regelmäßigen Korrespondenz gemacht.

Ich gebe ein paar von den vielen Tagebucheintragungen wieder, die erkennen lassen, daß ein neues Ferment zu wirken begann.

Ein Monat des Neuen Jahres ist schon um. Vater liegt bewegungslos, in einem Dämmerzustand, erkennt seine Kinder zwar, nimmt aber Gedanken oder Gefühle nicht wahr; sein Leben flackert, zeitweilig scheint es zu verlöschen, dann wieder kräftiger zu werden; dann kann man sich für eine Weile einbilden, der alte vertraute Geist leuchte aus dem verbrauchten Gefäß.

Währenddessen bin ich, so lange sein Leben noch dauert, an ihn gefesselt; alle Pläne, die ich für die nächsten Monate des Jahres gemacht hatte, auf unabsehbare Zeit verschoben ... Manchmal bin ich mutlos. Nicht nur bin ich jetzt an der Ausführung meiner Arbeit verhindert, sondern ich habe allmählich auch Zweifel, ob ich sie je schaffen kann, da mir alles Geschick dazu fehlt. Ich lese dauernd und fühle mich deshalb nur als Lernende, verwirre mich in der ständig wachsenden Menge von Fakten, die ich in eine einsichtige Ordnung bringen muß, so daß die Hauptmerkmale jeweils zu erkennen sind. Im Augenblick stapeln sich die Fakten nur in erdrückender Menge um mich.

Ich komme mir auch ausgeschlossen aus der Welt des Denkens und Tuns anderer Männer und Frauen vor. London ist in Bewegung;

* Francis Place, 1717–1854, Radikalreformer, der sich über zwanzig Jahre lang gegen die Combination Acts, das Verbot von Arbeiterzusammenschlüssen, einsetzte, schließlich mit Erfolg. Die Sammlung seiner unveröffentlichten Manuskripte und Zeitungsausschnitte aus den Jahren 1790 bis 1850 ist eine wichtige Quelle politischer Information für diese Zeit. [A. d. Ü.]

Streiks sind an der Tagesordnung; die neue Gewerkschaftsbewegung gewinnt nach ihrer großartigen Eroberung der Docks mit einer so anmaßenden Selbstverständlichkeit Boden, daß die Unternehmer deutlich Gefahr im Verzug sehen und entschlossen sind, zum Streik gegen die Streiks aufzurufen. Die Sozialisten manipulieren unter der Führung einer kleinen Gruppe fähiger junger Männer (die Fabian Society) die Londoner Radikalen und warten darauf, beim ersten Schachmatt der Gewerkschaften dem wachsenden Wunsch nach staatlichem Eingreifen Stimme zu verleihen; und ich müßte wegen meiner besonderen sozialen Stellung mitten zwischen allen Gruppen sein, alle verstehend, an keine gebunden, mit der besten Aussicht auf unparteiische Beobachtung aller Kräfte, die am Werk sind. Burnett und die älteren Gewerkschaftler stehen auf der einen Seite, Tom Mann, Tillett und Burns auf der anderen; rings um mich Genossenschaftler aller Richtungen, zusammen mit neuen Bekannten, die zu den führenden Sozialisten gehören. Und den Bildhintergrund stellen alle die geachteten und höchst erfolgreichen Männer, meine Schwager, dar, die typisch für die alte Herrschaft des Privateigentums und Handelns im eigenen Interesse sind. Und dann kehre ich den luxuriösen Häusern dieser ausgesuchten Vertreter des individualistischen Systems den Rücken und kämpfe mich im East End durch die Menge der Wracks, der Obdachlosen und Heimatlosen dieser Zivilisation; oder ich gehe in einen Arbeiterdebattierclub und höre dem immer lauter werdenden Ruf geistig beweglicher, zur Tretmühle manueller Arbeit verdammter Menschen zu, die für sich einen Beruf fordern, in dem intellektuelle Aktivität zählt: dem bitteren Ruf der Arbeiter und der Frauen des 19. Jahrhunderts. Und das Ganze scheint ein einziger Wirbel widerstreitender Aktionen, Hoffnungen und Ziele, aus dem ich schwach die Tendenz zu einem sozialistischen Gemeinwesen erkennen kann, in dem es individuelle Freiheit und Gemeinschaftseigentum gibt, statt daß ganze Klassen versklavt sind und die Lebensmittel für die ganze Bevölkerung im Privatbesitz weniger liegen. Endlich bin ich Sozialistin! (Tagebuch, 1. Februar 1890)

Sidney Webb, der Sozialist, war zum Essen hier (Devonshire House Hotel); er wollte die Booths kennenlernen. Ein bemerkenswerter kleiner Mann mit großem Kopf und winzigem Körper; die Stirn so hoch, daß man die enzyklopädische Vollständigkeit seines Wissens sofort der Menge des Stauraums in seinem Kopf zuschreibt. Jüdische Nase, vorgewölbte Augen und Mund, schwarze Haare, ziemlich ungekämmt, Brille und ein ausgesprochen bürgerlicher Rock, so abgetragen, daß er schon glänzt. Aber mir gefällt der Mann. Seine Sprache ist so direkt, seine Aufgeschlossenheit so groß, seine Warmherzigkeit so einfallsreich, daß er es weit bringen wird. Er hat die Selbstsicherheit eines Menschen, der immer schneller denkt als seine Umgebung, der nicht von Zweifeln gequält wird und dem es ebenso leicht fällt, über Fakten zu verfügen, wie Dinge zu erfassen; aber er ist gar nicht eitel und ganz unbefangen. Deshalb macht er sich auch keine Gedanken, ob er jemandem in seiner Umgebung auf die Zehen tritt. Vor allem ist er vollkommen unvoreingenommen und, ich glaube, ehrlich überzeugt, daß kollektive Kontrolle und kollektive Verwaltung die Armut verringern oder ganz abschaffen werden. (Tagebuch, 14. Februar 1890)

Von Tag zu Tag wenden sich meine Ansichten über die Gesellschaft mehr dem Sozialismus zu, jede Stunde enthüllt mir neue Beispiele dafür, welcher Fluch im Gewinn ohne Arbeit liegt; diese nicht endenden Verwirrungen und Ablenkungen der Reichen, die unausweichlichen Nöte der Armen! In diesem Haushalt leben zehn Personen wie die Maden im Speck, um die vermeintlichen Bedürfnisse eines einzigen armen alten Mannes zu befriedigen. Wieviel Kraft wird da verbraucht, um die angeblichen Wünsche eines Wesens zu erfüllen, das längst bar aller Wünsche ist! Das ganze Unternehmen ist ein circulus vitiosus, so irrational wie traurig. Wir ernähren unsere Sklaven gut, halten sie in luxuriöser Sklaverei, weil wir es hassen, Unzufriedenheit mitanzusehen. Aber sie zehren von der Arbeit anderer und leisten nichts dafür, nur nutzlose Dienste für ein sterbendes Leben, das jenseits aller Bedürfnisse ist. Dreizehn Abhängige, die Güter verzehren und keine schaffen, und niemandem hilft das. (Tagebuch, 22. April 1890)

Jahresversammlung der Genossenschaften in Glasgow. Herrliches Pfingstwetter. Eine lange Reise nach Norden im Dritter-Klasse-Wagen; ich sitze auf einem der beiden einzigen bequemen Sitze, S. W. kauert neben mir auf einem Portmanteau, meine Arbeiterfreunde liegen schichtweise zu meinen Füßen und diskutieren ernsthaft über Gewerkschaften, Genossenschaften und Sozialismus. Daß S. W. sich zu ihnen gesellt, überrascht sie, alles in allem, angenehm.
»Er ist bescheidener, als ich ihn je gesehen habe«, sagt Vaughan Nash[25], »er schlägt einen ganz andern Ton an.«
»Laßt uns zusammenarbeiten, so weit es geht; wenn wir an unsere Grenzen gekommen sind, werden die Genossenschaftler noch weiter gehen wollen, darauf könnt ihr euch verlassen«, erklärt Hey, Mitglied des Zentralrates und Schriftführer der Eisengießer-Gewerkschaft, emphatisch.
Am Abend wanderten S. W. und ich durch die Glasgower Straßen. Entscheidende vierundzwanzig Stunden, danach noch ein Spazier-

gang im Lichte eines herrlichen Sonnenunterganges durch die überfüllten Straßen, mit betrunkenen Schotten zusammenstoßend. Bei all der Herrlichkeit am Himmel und abstoßenden Scheußlichkeit auf Erden kamen zwei Sozialisten zu einem Arbeitsbund.
»Sie versprechen mir doch, sich darüber im klaren zu sein, daß die Chancen dafür, daß sich nur Freundschaft ergibt, sonst nichts, hundert zu eins stehen...« (Glasgow, Tagebuch, Pfingsten 1890)

Ein Tag draußen im Epping Forest: »Als ich mich gestern von Ihnen verabschiedet hatte« (sagte er; – wir waren zusammen aus Haslemere gekommen, wo ich die Frederic Harrisons und er die Pearsall Smiths besucht hatte), »ging ich sofort nach Hause und fand zwei dringende Briefe, einen von O'Brien mit der Bitte, ich solle die Londoner Berichte für den *Speaker* schreiben, und einen von Massingham, ich müsse die Besprechung von Marshalls neuem Buch für den *Star* machen. Ich ging gleich in den Club und las Marshalls sechshundert Seiten in einem durch –, als ich aufstand, war mir ganz schwindlig davon. Es ist ein großartiges Buch, nichts Neues; es zeigt einen Weg, geht ihn aber nicht selbst. Trotzdem, es ist ein großartiges Buch, es wird Mill ablösen. Aber epochemachend für die Ökonomie wird es nicht sein. Die Ökonomie muß noch weiter auf ihre Erneuerung warten. Wem wird sie gelingen? Entweder müssen Sie mir dabei helfen, das zu schaffen; oder ich muß Ihnen helfen...« Wir redeten über Ökonomie, Politik, über die Möglichkeit, dem Sozialismus zu einem Glauben zu verhelfen, der zu Werken führt. Er las mir Gedichte vor, als wir im Wald lagen, Keats und Rossetti, und wir trennten uns. (Tagebuch, 27. Juli 1890)

Während der kommenden Monate des Jahres 1890 sahen wir uns nur selten. Wenn ich nicht meinen Vater pflegen mußte, hielt ich mich in Glasgow, Manchester, Leeds, Leicester und andern großen Industriezentren auf, schloß die Genossenschaftsarbeit ab und fing mit der Untersuchung über die Gewerkschaften an. Aber Briefe in der makellosen Handschrift folgten mir überall hin, machten mich auf neue Informationsquellen aufmerksam oder berichteten mir über die Aktivitäten der Fabier. Gelegentlich vergaß er die »Unvermeidbarkeit schrittweiser Entwicklung«, und es gab Probleme. Aber nach angemessener Strafe wurde ihm bald vergeben. Im Frühjahr 1891 schickte ich meinem neu gefundenen Mentor die Druckfahnen meines Buches über die Genossenschaftsbewegung.

»Ich bin enttäuscht«, schrieb er mit lobenswerter Ehrlichkeit; »dieses Buch hätte man in sechs Wochen schreiben können, statt in sieben Monaten. Warum wollen Sie sich nicht bei der Untersuchung über die Gewerkschaftsbewegung von mir helfen lassen? Während Sie Interviews mit Funktionären machen und zu Gewerkschaftsversammlungen gehen, kann ich Berichte und handschriftliche Protokolle in den Geschäftsstellen der Gewerkschaften durchsehen.«

»Ich bin eisenhart«, warne ich meinen Freund. »Eins und eins in einer einigermaßen integrierten Beziehung dicht nebeneinandergesetzt, ergeben nicht zwei, sondern elf«, antwortete er unbekümmert.

Ich erinnere mich noch an eine andere Episode. Im April 1891 wohnte ich bei meiner treuesten Freundin, Mrs. J. R. Green, weil ich eine Reihe Vorlesungen (meine erste Erfahrung dieser Art) in der University Hall der Genossenschaftsbewegung halten sollte. Am Tag vor meiner ersten Vorlesung – ich wollte gerade von meiner Wohnung nach London aufbrechen – brachte mir der Postbote einen Brief vom Herausgeber der *Times,* in dem er mich um eine Vorausbesprechung meiner ersten Vorlesung bat. »Wie kann ich über eine Vorlesung berichten, die ich noch gar nicht gehalten habe?« sagte ich hilflos zu der kleinen Dame, die als Haushälterin und Sekretärin fungierte. »Warum bitten Sie nicht Mr. Webb, das zu tun?«, lautete ihr überraschender Vorschlag, in allem Ernst vorgetragen. »Gar keine schlechte Idee«, antwortete ich, so kühl ich konnte. »Schreiben Sie ein Telegramm, und ich gebe es gleich auf«, drängte sie. Als ich zurückkam, fand ich den Anderen im Gespräch mit Mrs. Green, deren Freundschaft er schon gewonnen hatte. Sagt er, als man uns in dem kleinen Studio allein gelassen hatte: »Geben Sie mir Ihre Gliederung, und erzählen Sie mir einfach, was Sie sonst noch sagen werden.« – Eine bewundernswerte Zusammenfassung meines Gedankenganges, viel klarer als meine Vorlesung, erschien pünktlich am nächsten Tag in der *Times.*

Zum Lincoln Genossenschaftskongreß 1891 fuhren wir zusammen. »Ich kann noch nicht sagen, wie die Dinge sich entwikkeln werden«, schreibe ich in mein Tagebuch, »ich glaube, so, wie er es möchte. Seine entschlossene, geduldige Zuneigung, seine zuverlässige Sorge um mein Wohlergehen – er hilft mir und korrigiert mich –, wachsendes Mißtrauen gegen ein selbstgenügsames Leben und den Egoismus erfolgreicher Arbeit, die man unter erleichterten Bedingungen tut und für die man mehr Bewunderung bekommt, als man verdient –, all diese Empfindungen weisen in die Richtung einer zukünftigen Vereinigung. Aber noch lebt Vater, und solange er lebt, kann nichts entschieden werden.« (Tagebuch, Mai 1891) Im Sommer verlobten wir, der Andere und ich, uns heimlich; der Zustand meines Vaters ließ es unpassend erscheinen, daß wir diese Verlobung auch nur in meiner Familie bekanntgaben. Hier einige Eintragungen als Beispiele für mein neues Lebensgefühl.

Gegen Ende meines Aufenthaltes bei Alice Green veranstalteten wir eine seltsame Party dort: fünf junge Radikale, Asquith, Haldan, Grey, Buxton und Acland, stießen auf fünf Fabier, Massingham, Clarke, Olivier, Shaw und S. W.; dazu kamen noch Alice und ich. Ein Erfolg war es nicht, wenn auch kein völliger Fehlschlag, weil wir alle freundlich und herzlich waren. Asquith hat die Party verdorben. Er war der begabteste von allen, und er hatte sich in den Kopf gesetzt, daß nichts daraus werden sollte. Haldane war sehr unterhaltsam und gewinnt wirklich Boden; aber die Mühle der liberalen Partei mahlt langsam.[26] (Tagebuch, 31. Mai 1891)
Der Verstand ist bei uns beiden (schreibe ich am 7. Juli in mein Tagebuch) nur zweitklassig; aber wir sind eine originelle Kombination. Ich mache die Voruntersuchungen und er die Durchführungen; gemeinsam ist uns die breite und vielfältige Erfahrung mit Menschen und Ereignissen. Außerdem haben wir ein Einkommen, das wir nicht verdienen. Das sind einzigartige Bedingungen. Wenn wir unsere Begabungen in Kombination für ein überlegtes und dauerhaftes Ziel nutzen, müßte ein ansehnliches Werk dabei herauskommen.
Seit dem Durcheinander jener Woche (auf dem Newcastle Gewerkschaftskongreß) – (schreibe ich in den ersten Tagen meiner Herbstferien) habe ich in Büros über Berichten gebrütet oder mich mit Interviews gemüht. Die Arbeit ist ungeheuer, und bis jetzt nimmt das Material noch keine Gestalt an. Ich tue kaum etwas anderes als

arbeiten, schlafen und wieder arbeiten. Meine Finger sind durch das stundenlange Notizenmachen verkrampft und drohen mit Dienstverweigerung, und in meinem Kopf wirbeln die Konstitutionen, Exekutiven, Generalversammlungen, Delegiertensitzungen, Distriktsverordneten, Filialen, Unterkünfte, Sozialfälle, die Einwände gegen Akkordarbeit und »subbing«, Streitereien um Zuständigkeitsbereiche –, bis alle Organe meines Körpers und alle Kräfte meines Verstandes mit dem Zusammenschluß zu einer föderierten Gewerkschaft und mit dem Streik gegen den Despotismus des Willens drohen! Dazwischen gibt es einen lichten Moment: den klargeschriebenen, jeden Morgen abgelieferten Brief; eine halbe Stunde, in der die verkrampften Finger willig und gehorsam sind, wenn ich mich von meiner Arbeit ab- und ihm zuwende in meinem Antwortbrief. Und in fünf Tagen wird er hier sein und mir zur Seite arbeiten. (25. September 1891)

Ich bin die häßlichen Details der Arbeit nach Zeit oder im Akkord, der Überstunden, der Ladenmieten, des jämmerlichen Elendes der in Zahlungsverzug geratenen Filialleiter, der Zwischenrufe unvernünftiger Mitglieder so leid (schreibe ich an meinen Liebsten). Wer würde seinen Verstand in dieser übelriechenden Küche des sozialen Lebens einsperren, ginge es nicht um die immer gegenwärtigen »dreißig Prozent« (Charles Booths statistische Zahl derer, die ärmer als arm sind), mit dem Hintergrund der schrecklichen Straße im East End? Die Erinnerung an die unangenehmen, brutalen, verschlagenen Gesichter der Faulenzer und Schnorrer, die sich an der Münze herumtreiben, sucht mich heim, wenn ich am liebsten die Gewerkschaftsberichte beiseiteschieben und ein bißchen gute Literatur lesen möchte.
Du schaffst es nicht, dies dicke Buch allein zu schreiben (ist seine Antwort), du kommst nie durch. Wenn ich wirklich daran arbeite, wirst du merken, daß ich nicht nur eine Hilfe statt ein Hemmnis bin, sondern die unentbehrliche Hilfe, die ein gutes Projekt in ein dickes Buch umwandelt.«
Eine glückliche Zeit! Er fand mich vollkommen überstrapaziert von der Kombination aus harter Schreibarbeit und dem unzureichenden Essen in der Hütte eines Bergmanns in einem Bergarbeiterdorf; dorthin war ich aus Gründen der »Physiognomie« gegangen. Er übernahm all die Arbeit, die sich angesammelt hatte, und während ich auf einem Sofa lag, hat er die ganze Zeit Exzerpte und Zusammenfassungen gemacht; reichlich belohnt, meint er, durch kurze Unterbrechungen vertrauter Gespräche bei einer Zigarette und einer Tasse Tee am Nachmittag. Mit unserer üblichen Kühle habe ich ein privates Zimmer gemietet (er wohnt in einem andern Hotel); und er bringt den Tag mit mir als Privatsekretär zu.

Die komische kleine Gruppe der Hotelbewohner ist so beeindruckt von der Menge meiner Korrespondenz und der langen Arbeitszeit, daß sie, glaube ich, kaum Verdacht schöpft wegen unserer Unterbrechungen für »menschliche Bedürfnisse«; sicherlich glauben sie, daß ich meinen Amanuensis zu allen Stunden des Tages hart herannehme! Und jetzt, wo es mir wieder einigermaßen gut geht, kommen wir schnell und glücklich durch die Masse der Berichte, beflügelt von der Wohltat der Gemeinsamkeit. Ich bezweifle, daß ich ohne seine Hilfe durch diesen Berg Material durchkäme; ich habe zu wenig Beharrungsvermögen für die Größe meiner Vorhaben. (Tagebuch, 10. Oktober 1891)

Der letzte Abend dieser glücklichen zwei Wochen, und ich habe ihn erbarmungslos zum Interview mit den »Good Intent Coopers« geschickt! Gestern haben wir den Abend in einem Wirtshaus in Newcastle zugebracht und Klempner interviewt; und heute haben wir den ganzen Tag hart an Regeln und Berichten gearbeitet. Eine Gefahr sehe ich für unsere Zukunft: daß wir zu einseitig werden, ganz von dieser ziemlich häßlichen Seite der Menschheit mit Beschlag belegt werden; da wir zusammenarbeiten, wird die Absorption nur noch stärker werden. Es ist schwer, zwischen Einseitigkeit und fruchtlosen Ablenkungen des Geistes den Mittelweg zu finden. Morgen verlasse ich diese öde nördliche Seestadt (Tynemouth). Jedesmal, wenn ich einen Ort verlasse, an dem wir zusammen gearbeitet haben, werde ich traurig bei dem Gedanken, daß ein Stückchen Glück vorbei und vergangen ist. (Tagebuch, 16. Oktober 1891)

Am ersten Januar 1892 starb mein Vater; und sechs Monate später waren wir verheiratet.

»Meine Lehrjahre« enden hier, und »Unsere Partnerschaft« fängt an: eine Arbeitsgemeinschaft, die in gemeinsamer Überzeugung gründete und durch Ehe vollkommen wurde; vielleicht die kostbarste, sicherlich die dauerhafteste aller Varianten des Glückes.

Anmerkungen

Anmerkungen zum ersten Kapitel

1 Richard Potter, der im Wahlflecken Wigan kandidiert hatte, als der Ort seinen Abgeordneten nur noch als close corporation [d.i. Ort mit Stadtrechten im Besitz eines Privatmannes, der den Parlamentskandidaten bestimmt; A.d.Ü.], nicht in freier Wahl stellen konnte, kam 1832 ins Parlament. Lawrence Heyworth wurde 1847 Abgeordneter für Derby. Einzelheiten über die Potters in Tadcaster finden sich im Buch meiner Schwester Georgina Meinertzhagen: *From Ploughshare to Parliament.*

2 Mr. Price blieb der beste Freund meines Vaters, bis der Tod sie schied. Häßlich, gescheit, schweigsam und freundlich, war er viele Jahre lang Vorsitzender der Midland Eisenbahngesellschaft und Abgeordneter der Liberalen für Gloucester. Sein Enkel, Philip Price, berühmt wegen seiner Abenteuer in und Sympathien für Sowjetrußland, kandidierte bei den Wahlen von 1923 und 24 als Labourkandidat des linken Flügels in Gloucester.

3 Einer Eintragung vom 7. 2. in den unveröffentlichten Tagebüchern von N.W. Senior, die seine Tochter, M.C.M. Simpson, in *Many Memories of Many People,* S. 170–71, zitiert, entnehme ich, daß mein Vater die französische Regierung effizienter als die englische fand, jedenfalls, was die Handhabung der Holzhütten anging:

»Jeune erzählte mir, daß Potter ihm erzählt habe, drei Wochen, nachdem er seinen Vorschlag dem Herzog von Newcastle unterbreitet habe, sei noch keine Antwort da gewesen; daß er dann angefragt habe, was geschehen solle, darauf die Auskunft bekommen habe, sein Schreiben sei verlegt worden, und man bäte um eine Kopie; schließlich, nachdem das Kriegsministerium mit großer Verzögerung entschieden habe, es wolle die Holzhütten haben, seien diese Hütten gebaut und per Bahn nach Southhampton geschickt worden. Weiter als bis zur Endstation der Eisenbahn aber sei der Kontrakt, den die zuständigen Stellen über den Transport geschlossen hatten, nicht gültig gewesen; nach weiterer Verzögerung habe man einen neuen Kontrakt für die Verladung auf Dampfschiffe abgeschlossen, der habe die Hütten aber nur an Bord, nicht in die Laderäume gebracht, wozu noch einmal Wartezeiten und ein neuer Kontrakt nötig waren; daß die Hütten inzwischen weiter als bis nach Balaklava gekommen sind, kann Mr. Potter sich nicht vorstellen. Louis Napoleon ließ Potter nach Saint Cloud holen, um darüber zu beraten, ob man die französische Armee mit diesen Hütten ausrüsten solle. Innerhalb weniger Stunden war die Angelegenheit geregelt. Die Frage war dann, wie schnell man mit der Durchführung beginnen könne. Das war an einem Samstag. Vor Montag konnte kein Brief in Gloucester ankommen. Louis Napoleon klingelte nach einem Kurier, gab ihm 15 Goldstücke und befahl ihm, innerhalb von 24 Stunden in Gloucester zu sein. Potter bot an, in sein Hotel zurückzugehen, dort den Vertrag genau auszuarbeiten und wieder zu kommen. L. Napoleon sagte nein, das müsse auf der Stelle geschehen; er gehe für eine Weile aus und hoffe, bei seiner Rückkehr alles fertig vorzufinden. So war Potter zwei Stunden allein in Louis Napoleons Privaträumen – alle privaten Papiere lagen offen zugänglich herum. Der Vertrag war innerhalb von zwei Stunden fertig, war am Samstag in Gloucester, und die Arbeiter begannen am Montag morgen um 6 Uhr mit der Ausführung.« Als es darum ging, die Rechnung zu bezahlen, machte mein Vater die umgekehrte Erfahrung: die britische Regierung bezahlte prompt. Nachdem er bei der französischen Regierung viele vergebliche Eingaben gemacht hatte, begab sich mein Vater selbst nach Paris, scheiterte aber völlig bei seinem Versuch, Zutritt beim zuständigen Minister zu bekommen. Da er seinen Kredit bei der Bank weit überzogen hatte, wurde seine finanzielle Lage unhaltbar. Plötzlich erschien sein Freund Tom Brassey mit ähnlichen Forderungen, aber größerer Erfahrung mit ausländischen Regierungen. »Mein lieber Potter, was sind Sie für ein Unschuldslamm! Lösen Sie bei der Bank von Frankreich einen Scheck über 1000 Pfund ein, geben Sie dem Portier des Ministeriums 20 Francs und kaufen Sie sich Ihren Weg mit großzügigen Geldgeschenken weiter frei, bis Sie zum Minister kommen, legen Sie dann 500 Pfund hin, und Sie werden Ihr Geld richtig bekommen. Anders werden Sie nie mit Ihren Forderungen durchdringen. England wird nicht mit Frankreich Krieg anfangen, damit Sie bezahlt werden!« Mein Vater befolgte den Rat. Als er zur Audienz mit dem Minister vorgelassen wurde, legte er den Gegenwert von 500 Pfund hin; der Minister steckte das Geld ein, machte freundliche Bemerkungen über meines Vaters Aufenthalt in Paris und unterzeichnete die notwendigen Papiere, die zur unverzüglichen Zahlung berechtigten. Mein Vater fragte oft bei seinen skrupulöseren Geschäftsfreunden nach, was sie unter diesen Umständen getan hätten.

4 Folgende Beschreibung meiner Mutter, die ihr Freund Michel Chevalier seinem Freund, dem Historiker Taine gab, steht in den *Notes on England,* von H. Taine, übersetzt von W. R. Rae, 1872, S. 93: »M. – folgte einer Einladung aufs Land und merkte, daß die Gastgeberin viel mehr Griechisch konnte als er, entschuldigte sich und gab sich geschlagen. Dann schrieb sie zum Scherz seinen englischen Satz auf Griechisch hin. Man muß wissen, daß dieser weibliche Hellenist eine Dame von Welt ist, sogar elegant. Außerdem hat sie neun Töchter, zwei Kindermädchen, zwei Erzieherinnen, entsprechend viele Dienstboten, ein stattliches, großzügig eingerichtetes Haus, häufig zahlreiche Gäste; und immer herrscht vollkommene Ordnung, niemals Lärm und Unruhe; die Maschinerie scheint wie von selbst zu laufen. Das ist eine Kombination von Fähigkeiten und Kontrasten, die uns nachdenklich machen sollte. In Frankreich glauben wir zu leicht, daß eine Frau, die aufhört eine Puppe zu sein, keine Frau mehr ist.«

5 John Butler Yeats, *Early Memories,* S. 48.

6 *Autobiography,* Herbert Spencer, 1904, Bd. 1, S. 260–61. Herbert Spencer sagt weiter: »Die Freundschaft, die damit begann, dauerte bis zum Tode

beider. Sie beeinflußte mein Leben stark und beeinflußt es noch durch die Kinder und Enkelkinder der beiden.« Und hier noch eine von vielen Eintragungen in meinem Tagebuch, die meinen Vater schildern; sie ist zwei Jahre nach dem Tod meiner Mutter geschrieben:

Die großartige Schlichtheit seines Wesens, seine ganz transparenten, unkomplizierten Motive, eigentlich alle auf ein einziges zurückzuführen: auf den Wunsch, die Angehörigen glücklich zu machen. Las mir gestern etwas aus seinem römischen Reisetagebuch vor, aus der Zeit, als er um Mutter warb. Genau derselbe Geist wie heute: unkritische Verehrung für das Schöne und Gute. Keine Spur von Zynismus, kein Bedürfnis zu analysieren oder zu werten. Vielleicht hat er in seinem Beruf, in geschäftlichen Fragen Gewandtheit und Schärfe in Denken und Handeln entwickelt und im Zusammenhang damit auch zynische Geringschätzung von Menschen und menschlichem Verhalten. Aber seinem Wesen ist sie fremd, ist im Existenzkampf erworben und dringt niemals in seine engen Beziehungen ein. Instinktive Regungen sind bei ihm vorherrschend. Er würde alles opfern, bis zu einem gewissen Grad sogar seine Selbstachtung, wenn er meinte, das Glück eines Menschen, den er liebt, sei in Gefahr. Er ist mit Abstand der selbstloseste und der am wenigsten unsichere Mensch, den ich kenne. (Tagebuch, 16. Mai 1883)

7 *Autobiography,* Herbert Spencer, 1904, Bd. 1, S. 311

8 Tagebuch, 6. Mai 1887. Das Ende der Eintragung ist vielleicht für den Leser interessant, auch wenn meine zufälligen Beobachtungen nicht viel wert sind, da ich den großen Naturwissenschaftler nur flüchtig kannte:

Während des ganzen Interviews interessierte mich eigentlich nicht Huxleys Meinung über Spencer, sondern Huxleys Bericht über sich selbst... Wie er als junger Mann, obwohl er kein festes Lebensziel hatte, doch Macht in sich spürte, überzeugt war, daß er auf seine Art ein Führer sei. Das paßt auf Huxley: er ist ein Menschenführer. Ich bezweifle, daß seine Neigungen sich eindeutig auf die Naturwissenschaften richteten. Er ist wahrheitsliebend, aber seine Wahrheitsliebe findet mehr Befriedigung in der Destruktion als in der Konstruktion. Er setzt immer das ganze Gewicht seines Denkens, Fühlens und Willens ein, was immer er sich auch vornimmt. Er zeigt seine Gedanken und Gefühle nicht; seine Jugendjahre waren ungewöhnlich traurig, und er bekämpfte seine Neigung, zurück in die Vergangenheit und vorwärts in die Zukunft zu sehen. Wenn er mit einem Mann, einer Frau oder einem Kind spricht, scheint er ganz konzentrierte Aufmerksamkeit, und er hat, oder besser, hatte die Fähigkeit, sich in die Gedanken und Gefühle anderer zu versetzen und auf sie einzugehen. Und doch sind sie alle nur Schatten für ihn; er vergißt sie sofort und gleitet zurück in die Idealwelt, in der er lebt. Denn Huxley träumt seltsame Dinge, sobald er aufhört zu arbeiten; er denkt sich lange Gespräche zwischen unbekannten Personen aus, die nur in seinem Kopf existieren. Es ist ein Zug von Wahnsinn in ihm. Melancholie hat ihn sein Leben lang verfolgt. »Ich habe immer gewußt, daß Erfolg nur Staub und Asche ist. Niemals war ich zufrieden damit, etwas erreicht zu haben.« Keine Spur von Begeisterung für das, was ist, nichts von stiller Beharrlichkeit im

Entdecken von Tatsachen; eher die vorwärtsdrängende Heftigkeit des erobernden Verstandes, der die Eroberung selbst mehr liebt als das Eroberte. Und dementsprechend ist das, was er erreicht hat, auch viel geringer als seine Fähigkeiten. Huxley ist als Persönlichkeit viel größer denn als Naturwissenschaftler. Das genaue Gegenteil könnte man von Spencer sagen.

9 Es war ein offenes Geheimnis, daß es George Eliot war, die den Philosophen liebte, und als zu ihrem Tod Zeitungsartikel erschienen, in denen angedeutet wurde, daß er einer ihrer Verehrer gewesen sei, fragte er meinen Vater um Rat, ob er nicht die Wahrheit, die reine Wahrheit und nichts als die Wahrheit veröffentlichen solle. »Mein lieber Spencer, wenn Sie das tun, sollen Sie auf ewig verdammt sein«, antwortete mein Vater.

10 *Autobiography,* Herbert Spencer, 1904, Bd. II, S. 412.

11 Aus Winston Churchills *Lord Randolph Churchill,* 1906, Bd. I, S. 74, geht hervor, daß sogar der Sohn eines Herzogs diesen schnellen Umschwung von überschwenglicher Freundschaft zu kalter Mißachtung erfahren konnte, wenn er sich die Feindschaft einer mächtigen Persönlichkeit, zum Beispiel Edwards, Prince of Wales, zugezogen hatte. »Aber im Jahr 1876«, erinnert sich der Sohn und Biograph Lord Randolphs, »geschah etwas, das sein ganzes Leben und seinen Charakter änderte, verdunkelte und stärkte. Dadurch, daß er in einen Streit seines Bruders mit Gewalt und leichtherziger Parteilichkeit eingriff, erregte Lord Randolph das tiefe Mißfallen einer hochgestellten Persönlichkeit. Die große Welt lächelte nicht mehr. Mächtige Feinde beeilten sich, ihn zu demütigen. Seine eigene Empfindlichkeit und sein Stolz vergrößerten jede Kälte zum Affront. London wurde ihm verhaßt. Der Bruch heilte über acht Jahre lang nicht, und in dieser Zeit verhärtete sich seine ursprünglich heitere und liebenswürdige Natur zu Strenge und Bitterkeit, zeigte er unverhüllt Verachtung für die Einrichtung, die sich ›Society‹ nennt, und unversöhnliche Feindschaft gegenüber Rang und Autorität.« – Wie seltsam mutet diese Wertskala in unserer demokratischen Zeit an . . .!

Anmerkungen zum zweiten Kapitel

1 »Meine Kindheit war nicht rundherum glücklich«, schrieb ich 1884; »schlechte Gesundheit und zu wenig Zuwendung, mitsamt den inneren Verstörungen, die daraus erwuchsen, Mißmut und Ärger, trübten sie. Die Stunden in Geheimverstecken, im Schatten von Büschen und Bäumen, in laubgepolsterten Mulden im Wald oder in Höhlen im Steinbruch, machten die glücklichen Momente aus; dort saß ich und malte mir Liebesszenen oder Szenen am Totenbett aus und zauberte mir all die Wärme und Zärtlichkeit, die mir im Leben fehlten. Aber graue Zeiten des Grübelns und Grollens, der bittere Kummer gekränkter Eitelkeit, Reue über Unehrlichkeit, ständiges physisches Unbehagen und häufige Schmerzen bestimmten den größten Teil meines Lebens; und immer war ich einsam.« (Tagebuch, 8. April 1884)

2 Wir wurden zum Interesse an Politik und Politikern erzogen, wie sich in der folgenden Beschreibung der beiden konservativen Kandidaten für Gloucester, ich glaube, aus Anlaß einer Nachwahl ungefähr 1866, zeigt, die ich meiner Mutter in einem Brief gab; ich war etwa acht Jahre alt, und mein Verdacht ist, daß ich den Brief schrieb, um meine Mutter mit meinen Kenntnissen zu beeindrucken; die langen Wörter sind mit Großbuchstaben verziert, die ich offensichtlich aus einer Zeitung abgemalt hatte: »Die beiden konservativen Kandidaten waren gestern hier, einer ist sehr klein und sehr fein angezogen; sein Mantel war mit Seehundsfell verbrämt; er hatte auch silberne Knöpfe an den Stiefeln und die Finger voller Ringe und eine sehr elegante blaue Krahwate, die seine Wähste bedeckte; er sahgte auch, daß er fließend Italienisch und Französisch spricht. Er spielte auf dem Klavier und sang, er wuste anscheinend nicht, was file Worte bedäuten, weil er Papa fragte, was Demonstration bedeutet, und Major Lees fragte, was Wahlcampagne und Nominierung bedeuten. Major Lees ist sehr groß und dick, mit langem Vollbart, Schnurrbart und Backenbart und mit einem Monokel, mit dem starrte er alle an und befriedigte seine Neugier.«

3 Meine vierte Schwester, Georgina (Heirat mit Daniel Meinertzhagen, September 1873)

4 Der Arktisreisende, mit dem ich mich während der vorangegangenen Londoner Saison von 1873 angefreundet hatte.

5 Die große kanadische Fernbahn, deren Präsident mein Vater damals ware. (GT = Grand Trunk)

6 Der französisch-kanadische Koch aus dem Sonderwagen des Präsidenten, den mein Vater uns mitgegegen hatte, während er selbst in Kanada geblieben war.

7 Der Mann meiner Schwester Mary, Arthur Playne, der mit uns reiste.

8 In dieser Zeit wollte meine Schwester Kate, die sich seit ihrer Kindheit den Armen und Kranken gewidmet hatte, erreichen, daß man ihr erlaubte, sich aus der »Gesellschaft« zurückzuziehen und als Mieteinnehmerin unter Miss Octavia Hill im Londoner Osten zu arbeiten. – 1875 gab die Familie ihre Zustimmung dazu.

9 Die Gouvernante meiner kleinen Schwester; offenbar wollte ich etwas für ihre Bildung tun.

10 Zwei alte Freunde meines Vaters waren »autorisiert«, mich zu Spaziergängen mitzunehmen: Admiral Sullivan, ein fanatischer Protestant, aber launiger alter Ire, in dessen Familie ich die Sonntage zubrachte; sie gingen in Mr. Eliots Kirche; und Admiral Grey, dessen höfliche Umgangsformen und umfassende Bildung ich in angenehmer Erinnerung habe. Aber mein spezieller Freund in Stirling House war Oscar Behringer, der den Musikunterricht in der Schule gab und später ein berühmter Pianist wurde. Er fand heraus, daß ich »musikalisches Empfinden«, aber keine musikalischen Fähigkeiten hatte, und spielte mir während der Zeit, die mir für Musikunterricht zustand, seine Lieblingsstücke vor und erklärte ihre Bedeutung – das war eine Art Musikstunde, die ich schätzen lernte, als ich einige Jahre später sechs Monate lang in Deutschland lebte und in Konzerte und Opern ging.

11 Im Winter 1879/80 machten meine Schwestern Margaret und Kate eine Ägyptenreise mit Canon und Mrs. Barnett und Herbert Spencer. (Ein amüsanter Bericht über die Reise steht in: *Life of Canon Barnett,* Bd. 1, S. 226–56)

12 Brian Houghton Hodgson (1800–1894) war einer der größten Orientalisten seiner Zeit; er war weltberühmt, aber in seinem Geburtsland nur wenig anerkannt. 1816 war er als Schriftsteller vom Haileybury College nach Indien gegangen, wurde Assistant Commissioner von Kumaon, das an Nepal angrenzt; dorthin wurde er 1820 versetzt und blieb 23 Jahre; 1833 wurde er als Vertreter des Generalgouverneurs im Amt bestätigt. Er war auf seinem schwierigen Posten ungewöhnlich erfolgreich, erregte aber schließlich das Mißfallen des größten Autokraten unter den Generalgouverneuren, Lord Ellenborough, der ihn 1843 kurz entschlossen seines Amtes enthob; daraufhin ließ Hodgson sich pensionieren. Neben zahllosen Beiträgen in den Tätigkeitsberichten wissenschaftlicher Vereinigungen waren seine Hauptwerke: *Illustrations of the Literature and Religion of the Buddhists,* 1841; *The Koch, Bodo and Dhimal People,* 1847; *Essays ... on Nepaul and Tibet,* 1874; *Miscellaneous Essays relating to Religious Subjects,* 1880. In das *Dictionary of National Biography* wurde er nicht aufgenommen, starb aber rechtzeitig, um einen Platz im ersten Ergänzungsband zu bekommen; Sir W. W. Hunter verfaßte 1896 eine kurze Biographie.

13 Trevelyan, *Life of Macaulay,* Bd. II, S. 402

14 Als ich über Brian Hodgson schrieb, fand ich den folgenden Bericht von Sir Joseph Hooker über ihn, aus dem ich schließe, daß es diesem großen Wissenschaftler genauso schwer wie mir fiel, Hodgson zu verstehen: »Mein Freund Hodgson war ein erzbuddhistischer Gelehrter, und wir saßen im Himalaya oft lange Abende zusammen und redeten über Buddha; aber er wußte zu viel, um sich einem Anfänger verständlich machen zu können. Ich besitze seine Bücher. Ich habe den Eindruck, mit seinen Materialsammlungen hat er mehr zur Förderung der Wissenschaft getan als mit seinen gelehrten Abhandlungen.« (Leonard Huxley, *Life and Letters of Sir Joseph Dalton Hooker, O.M., G.C.S.I.,* Bd. II, S. 433)
Das folgende ist eine weitere Beschreibung Hodgsons, vom selben Verfasser, aus dem Jahre 1848, die eine andere Version seiner Entlassung aus der nepalesischen Residenz gibt: »Hodgson ist ein ausgesprochen vornehmer und angenehmer Mensch, aber er sieht angegriffen aus; er hat eine hohe Stirn und feine Züge, ein gutgeschnittenes schönes Gesicht; in Pelze gehüllt, angetan mit Schottenmütze und Adlerfeder, mit der er sich so gern schmückt, gäbe er ein blendendes Bild ab; er ist ein kluger Mann und kann beißend sarkastisch sein; Lord Ellenborough (dem hochnäsigsten Edelmann in ganz Indien) hat er ins Gesicht gesagt, er sei ›ein Bube und eitler Geck‹ (vollkommen zu Recht, aber das ist kein Faktum, das ungestraft *ausgesprochen* werden darf), und dann verhöhnte er seine Lordschaft auch noch in einer Schmähschrift; man muß wissen, daß Lord E. zuvor den Spitznamen *ornithologischer Humbug* für Hodgson erfunden und ihn seines Amtes in Nepal enthoben hatte, weil er (auf Wunsch von Lord Auckland) den Rajah ins Gefängnis gesperrt hatte. Kurz, Lord Ellenbo-

rough und Mr. Hodgson bekriegten einander, bis seine Lordschaft das Land verließ.« (Huxley, *Life and Letters,* Bd. I, S. 262)

15 In seinen letzten Lebensjahren äußerte sich Herbert Spencer zu den in den Naturwissenschaften herrschenden Meinungsverschiedenheiten, so daß ich den Eindruck habe, er war durch manche neueren Hypothesen der Physiker tief beunruhigt; da ich diese Kontroverse aber weder kannte noch interessant fand, konnte ich den Grund für seine Unruhe nicht verstehen. Mein Freund Bertrand Russell, den ich um Rat fragte, schlägt folgende Erklärung vor:
»Ich weiß nicht, ob er je die Implikationen des zweiten Gesetzes der Thermodynamik begriffen hat; wenn ja, hatte er allen Grund zur Beunruhigung. Das Gesetz besagt, daß alles zur Vereinheitlichung und zum dauernden Gleichgewicht tendiert, daß die Vielfalt sich damit also verringert (nicht erhöht). Energie ist nur dann von Nutzen, wenn sie ungleich verteilt ist, und das Gesetz sagt, daß sie zur gleichmäßigen Verteilung tendiert. Dieses Gesetz war für Optimisten in der Zeit, als Spencer alt war, schon eine Beunruhigung. Andererseits war sein Optimismus immer grundlos; mit seinem Pessimismus war es vermutlich genauso; vielleicht hatten beide physiologische Ursachen.« (Brief von Bertrand Russell an Beatrice Webb, 4. Juni 1923)
Interessant ist, daß Darwin in seiner Anordnung der Organismen offenbar diesen seltsamen Optimismus in bezug auf die Entsprechung zwischen der Natur der Dinge und einer menschlichen Wertskala auch hatte. In einem Brief an Sir Charles Lyell schreibt er:
»Wenn Sie natürliche Selektion und ›Verbesserung‹ in Gegensatz bringen, scheinen Sie immer außer acht zu lassen (denn wie Sie es leugnen könnten, sehe ich nicht), daß jeder Schritt in der Selektion jeder species eine Verbesserung dieser species in bezug auf ihre Lebensbedingungen impliziert. Keine Variation kann ausgewählt werden, ohne daß dadurch eine Verbesserung oder Vorteil entsteht. Meiner Vermutung nach impliziert Verbesserung, daß jede Form viele Teile oder Organe enthält, die ihren jeweiligen Funktionen besonders gut angepaßt sind. Da alle Arten sich weiterentwickelt haben und die Anzahl der Formen sich vermehrt haben wird, wenn wir den ganzen Ablauf der Zeit überblicken, werden die organischen Lebensbedingungen für andere Formen komplexer werden, und andere Formen werden höher entwickelt sein müssen, oder sie sterben aus; ein Ende dieses Entwicklungsprozesses kann ich nicht absehen, es sei denn, die Intervention eines anderen unmittelbaren Verbesserungsprinzips. All das scheint mir ganz verträglich mit der Erhaltung der Degeneration bestimmter für einfache Lebensbedingungen geeigneter Formen.
Falls das Buch eine zweite Auflage bekommt, werde ich verdeutlichen: ›Natürliche Auslese und, als generelle Folgerung, natürliche Verbesserung‹.« (*The Life and Letters of Charles Darwin,* Bd. II, S. 177, 1887)

16 Herbert Spencer, *Social Studies.*

17 Ich zitiere das Exzerpt im Ganzen, weil es genau meine Schwierigkeiten mit Lyrik zum Ausdruck bringt. »Aber schreibt man Gedichte, um etwas zu erklären? Was man im Herzen fühlt, dafür versucht man eine äußere

Form zu finden. So bin ich ratlos, wenn jemand nach dem Hören eines Gedichtes sagt, er habe nicht verstanden. Wenn jemand an einer Blume riecht und sagt, er verstehe nicht, dann antwortet man ihm: zu verstehen ist da nichts, da ist nur Duft. Wenn er dann beharrlich bleibt und fragt: das weiß ich, aber was bedeutet das alles?, dann muß man entweder das Thema wechseln oder die Unterhaltung noch abstruser gestalten, indem man sagt, daß der Duft die Form ist, die die allgegenwärtige Freude in der Blume annimmt.« (Dann folgen die im Text zitierten Worte) ... »Diese Gefühlsäußerung«, heißt es weiter, »ist keine Formulierung einer grundlegenden Wahrheit, einer wissenschaftlichen Tatsache oder eines nützlichen moralischen Prinzips. Sie ist nur ein Bild für das, was im Inneren vorgeht, wie eine Träne oder ein Lächeln. Wenn Philosophie oder Wissenschaft irgend etwas daraus für sich gewinnen können, sind sie dazu eingeladen, aber nicht ihretwegen ist diese Gefühlsäußerung da. Wer bei der Überfahrt mit einer Fähre einen Fisch fängt, hat Glück gehabt; aber dadurch wird die Fähre nicht zum Fischerboot, und man sollte auch dem Fährmann nicht vorwerfen, daß er kein Fischer ist.« (Rabindranath Tagore, *My Reminiscences,* 1917, S. 222)

Anmerkungen zum dritten Kapitel

1 Logan Pearsall Smith, *Words and Idioms* 1925, S. 98. In diesem gelungenen Buch (dem ich das Zitat aus Sir William Alexanders *Anacrisis* entnehme), wird zwischen den Autoren, die ihr Rohmaterial aus der unmittelbaren Naturbeobachtung und direkter Reflexion über die Natur gewinnen, und denjenigen, die andere Autoren studieren und nachahmen, unterschieden; diese Unterscheidung ist verwandt mit der anderen zwischen schöpferischer Arbeit in Kunst und Wissenschaft auf der einen und bloßem Buchwissen auf der anderen Seite. Meine Unterscheidung in diesem Kapitel entspricht ihr nicht genau: Ich unterscheide zwischen den Menschen, die ihrer natürlichen Neigung oder Begabung folgen und sich und ihre Erzeugnisse mit oder ohne Erfolg den Zeitgenossen präsentieren, und den anderen, die bewußt oder unbewußt versuchen, eine Bedarfslücke auf dem Markt der intellektuellen Produkte zu füllen. Offenbar gehörte ich zur zweiten Sorte der instinktiven Lieferanten ... Für mich stellte sich nicht die Frage, ob ich eine bestimmte Arbeit gern tat, sondern, ob sie getan werden mußte und ob ich sie schaffen konnte. Die Alternative, wenn ich die Aufgabe nicht selbst übernahm, bestand darin, nicht nur Lieferant, sondern auch Unternehmer zu werden und jemanden anzustellen, der den Teil meiner Arbeit zu Ende führte, den ich unangenehm oder schwierig fand. Daher die Anstellung wissenschaftlicher Hilfskräfte.

2 Namen sind aus naheliegenden Gründen in den Tagebucheintragungen in diesem und den folgenden Kapiteln häufig weggelassen.

3 Winwood Reade, *The Martyrdom of Man,* 1872¹, S. 421; 422; 425. Eine neuere Edition wurde von der Rationalist Press Association veröffentlicht; sie enthält eine Einführung von F. Legge mit kurzer Biographie dieses bemerkenswerten Mannes.

4 Francis Galton und seine Frau waren mit meiner Schwester Georgie und ihrem Mann Daniel Meinertzhagen befreundet, in deren Haus in Rutland Gate ich sie kennenlernte. Später besuchten sie uns in unserem Haus in Prince's Garden; dort lernte er meine Schwester Margaret besonders schätzen; sie versorgte ihn mit einem genauen Diagramm unserer Familiengeschiche; ich glaube, das findet sich in seinem Werk über Familiengeschichten wieder.
Professor Karl Pearsons sorgfältige Biographie *Life of Francis Galton* enthält eine sehr interessante Darstellung der Denkweise und Untersuchungsmethoden von Francis Galton.
5 William Harrison Cripps, F.R.C.S. (Fellow of the Royal College of Surgeons), der Mann meiner Schwester Blanche, wurde später Oberarzt in der Chirurgie des St. Bartholomew's Hospital, London. Seine Krebsforschung legte den Schluß nahe, daß der unentdeckte Bazillus in bestimmten Wohngegenden, Straßen oder Häusern zu finden sei; eine Schlußfolgerung, für die es anscheinend noch weitere Belege gibt.
6 Der Mann meiner Schwester Theresa, C. A. Cripps (jetzt Lord Parmoor), der jüngere Bruder von William Harrison Cripps.
7 Das folgende Zitat aus Hazlitts Essay über Shakespeare scheint die Vermutung zu bestätigen, daß ein Psychologe die Gefühle und Gedanken, die er darstellen oder analysieren möchte, selbst erfahren haben muß oder erfahren könnte: »Die auffallendste Besonderheit Shakespeares war die genuine Fähigkeit, die Kraft zur Verständigung mit allen anderen, so daß er über ein Universum an Denken und Fühlen verfügte, ohne besondere Vorlieben oder einseitige Stärken zu haben. Er war wie jedermann, nur mit dem Unterschied, daß er wie alle Menschen auf einmal war. Er war so wenig egoistisch, wie man nur sein kann. Für sich genommen, war er nichts; aber er war alles, was andere der Wirklichkeit oder Möglichkeit nach sein konnten. Er trug nicht nur den Keim aller Gefühle und Vermögen in sich, sondern konnte ihnen intuitiv durch Antizipation in alle vorstellbaren Verästelungen, in jede denkbare schicksalhafte Veränderung, jeden Konflikt der Leidenschaften, jeden Gedankengang folgen. Er war ein Spiegel aller Vergangenheit und Gegenwart: alle Menschen, die je gelebt haben, sind darin zu sehen.« (William Hazlitt, *Lectures on the English Poets,* World's Classics Edition, 1924, S. 71)
8 Frederic Harrison (1831–1923), M.A., D.C.L. [Doctor of Civil Law] (Oxford), Hon. Litt. D. [litterarum doctor] (Camb.), Hon. LL.D. [legum doctor] (Aberdeen); Präsident des English Positivist Committee, 1880–1905; Mitglied der Royal Commission on Trade Unions, 1867–69; Autor sehr vieler Bücher, die zwischen 1862 und 1919 veröffentlicht wurden, und zahlloser Artikel, Reden, Einführungen, Vorworte usw.; Professor der Rechtswissenschaft und des Völkerrechts am Council of Legal Education, London, 1877–1889; Ratsherr (alderman) im Londoner County Council, 1889–1893.
9 Im Herbst 1880 heiratete Margaret Henry Hobhouse aus Hadspen, Somersetshire. Sie hatte sieben Kinder – ihr jüngster Sohn fiel im Krieg. Sie starb 1920, ihr Mann und fünf Kinder überlebten sie. In ihren letzten

Lebensjahren veröffentlichte sie, weil ihr Erstgeborener, Stephen (der der Society of Friends beigetreten war und sich weigerte, sich mit Besitz oder der Aussicht auf Besitz zu belasten), als »absolutistischer« Kriegsdienstverweigerer aus Gewissensgründen während des Krieges im Gefängnis saß, den *Appeal to Caesar*, und interessierte sich für die Gefängnisreform; sie regte die Untersuchung an, die zu dem bemerkenswerten Bericht von Stephen Hobhouse und Ferner Brockway, *English Prisons To-day*, 1922, führte. Viele Vorschläge aus diesem Bericht sind in der jüngsten Reform der Gefängnisverwaltung in England verwirklicht worden, die nicht durch Parlamentsbeschluß, sondern als Ergebnis einer stillschweigenden Umorganisation der Bürokratie des Innenministeriums zustande kam.

10 Dieses spätere Exzerpt rücke ich hier ein, weil es begründet, warum ich nicht der »Menschheitskirche« beigetreten bin.

Anmerkungen zum vierten Kapitel

1 Mr. Gladstone an Lord Roseberry, 16. September 1880. Zitiert bei John Morley, *The Life of William Ewart Gladstone*, Bd. III, S. 4

2 Mr. Gladstone an Lord Acton, 11. Februar 1885, a.a.O., S. 172–73. Schon 1877 erklärte Goschen im Unterhaus, in einer Rede als Kabinettsminister: »Gern wird man es nicht hören, aber in diesem Hause war die politische Ökonomie entthront worden, und Philanthropie hatte an ihre Stelle treten dürfen.« (A. D. Elliot, *Life of Lord Goschen*, 1911, Bd. I, S. 163)

3 In seiner *Autobiography* (The World's Classics Edition, S. 195–6) beschreibt John Stuart Mill seine Bekehrung zum Sozialismus wie folgt: »Damals hatte ich kaum mehr Einblick in die Möglichkeiten einer grundlegenden Verbesserung sozialer Planungen als die alte Schule der politischen Ökonomen. Erbe und Privateigentum, so wie man es jetzt versteht, schien mir wie ihnen der *dernier mot* der Gesetzgebung; und ich dachte nicht weiter als bis zu einer Möglichkeit, die Ungleichheiten, die daraus folgten, zu mildern, dadurch daß man das Recht aus der Erstgeburt und die Fideikommiß-Klauseln abschaffte. Daß man den Versuch, das Unrecht abzuschaffen, womöglich noch weiter treiben könnte – denn Unrecht ist es, ob man nun einem radikalen Heilmittel dagegen zustimmt oder nicht –, Unrecht liegt in dem Faktum, daß manche als Reiche geboren werden, die große Mehrheit aller aber als Arme, – den Gedanken hielt ich damals für eine Chimäre; meine Hoffnung war nur, daß durch allgemeine Aufklärung, die zu freiwilliger Geburtenkontrolle führte, das Los der Armen erträglicher würde. Kurz, ich war Demokrat, aber nicht die Spur Sozialist. Wir (Mill und seine Frau) waren nun viel weniger demokratisch eingestellt, als ich vorher gewesen war, weil wir die Unwissenheit und vor allem die Eigensucht und Brutalität der Masse fürchteten, die bleiben wird, solange die Schulen so miserabel sind. Aber unsere Idealvorstellung von der Verbesserung der Verhältnisse ging weit über Demokratie hinaus und ordnete uns eindeutig der Klasse der Sozialisten zu. Zwar lehnten wir jene Tyrannei der Gesellschaft über das Individuum, die die meisten sozialistischen

Systeme wohl einschließen, mit aller Entschiedenheit ab, aber wir erhofften uns eine Zeit, in der die Gesellschaft nicht mehr in die Müßigen und die Fleißigen zerfällt; in der die Regel, daß wer nicht arbeitet, auch nicht essen soll, nicht mehr nur für die Armen gilt, sondern ohne Unterschied für alle; eine Zeit, wo die Produkte der Arbeit in allgemeiner Übereinstimmung nach einem anerkannten Grundsatz der Gerechtigkeit, nicht mehr so abhängig vom Zufall der Geburt und Herkunft wie jetzt verteilt werden; wo es nicht mehr tatsächlich oder angeblich unmöglich sein wird, daß Menschen ihre Arbeitskraft dazu einsetzen, Güter zu produzieren, die nicht ausschließlich ihnen gehören, sondern mit der Gesellschaft, zu der sie gehören, geteilt werden.« – Den folgenden Satz hebe ich hervor, weil er John Stuart Mills prägnante Definition des Sozialismus enthält: *»Wir meinen, das soziale Problem der Zukunft wird es sein, die größte individuelle Handlungsfreiheit mit dem Allgemeinbesitz der Rohmaterialien der Erde und einer gleichmäßigen Beteiligung aller an den Erzeugnissen gemeinsamer Arbeit zu verbinden.«*

4 Thomas Carlyle, *Past and Present,* S. 1

5 Henry George, *Progress and Poverty, An Inquiry into the Cause of Industrial Depressions, and of Increase of Want with Increase of Wealths – The Remedy,* 1883, S. 6; S. 7

6 H. M. Hyndman and William Morris, *A Summary of the Principles of Socialism,* 1884

7 Cardinal Mannings, *The Rights of Labour,* zweite, überarbeitete Auflage 1887; zitiert nach: Edmund Sheridan Purcell, *Life of Cardinal Manning,* Bd. II, S. 647

8 Arnold Toynbee, M. A., über »›Progress and Poverty‹: a Criticism of Mr. Henry George«; Vorlesung: »Mr. George in England«, am 18. Januar 1883 in der St. Andrew's Hall, Newman Street, London, gehalten.

9 Ich zitiere nach der revidierten Fassung, die in: Herbert Spencer, *Social Statics, Abrigded and Revised; together with The Man versus The State,* 1892, S. 271 und S. 290, abgedruckt ist. In der Einleitung zu dieser Wiederauflage sagt Spencer, er habe schon 1860 die Tendenz zum Sozialismus in der politischen Demokratie vorhergesehen. (*Westminster Review,* April 1860)

10 H. Spencer, *Man versus The State,* Seiten 277; 279; 369; 403

11 Auberon Herbert, *A Politician in Trouble about his Soul,* 1884, S. 183–84

12 Auberon Herbert, 1838–1906: dritter Sohn des Dritten Earl of Carnavon. 1865 Konservativer Kandidat für die Isle of Wight; 1868 Liberaler Kandidat für Berkshire; 1870 Abgeordneter für Nottingham; zog sich 1874 aus dem Berufsleben zurück. Einer der drei Nachlaßverwalter Spencers. Außer *A Politician in Trouble about his Soul,* waren seine wichtigsten Veröffentlichungen: *The Sacrifice of Education to Examination,* 1889; *A Plea for Liberty,* 1891; *The Right and Wrong of Compulsion by the State,* 1885; *A Voluntaryist Creed,* 1908

13 Von allen sozialen Veränderungen zu meiner Zeit in dem London, das ich kenne, ist keine auffallender als das Verschwinden des persönlichen Almosenspendens. Ich möchte nicht den Eindruck erwecken, einschätzen zu können, ob die Gesamtmenge der Spenden Begüterter (Spenden für Organisationen, wie der Fond des Oberbürgermeisters, Suppenküchen, Unter-

künfte usw. sind dabei mit gemeint) an notleidende einzelne sich verringert hat; die Summe der Spenden an Krankenhäuser, Schulen und andere Institutionen hat sich jedenfalls eindeutig erhöht. Aber in den siebziger und achtziger Jahren besetzte die individuelle Mildtätigkeit nicht nur einen großen Teil der Aufmerksamkeit der philanthropischen Gemüter, sondern griff auch ins Parlament über, wo diese Philanthropen, unabhängig von Parteizugehörigkeit, großen Einfluß auf die Regierungen ausübten. Eine Wirkung der Charity Organisation Society bestand darin, daß erstens das Almosenspenden einzelner in Mißkredit geriet und zweitens die Doktrin, die an die Stelle der gedankenlosen Mildtätigkeit trat, in ihrer offenkundigen Härte allzu abstoßend war: Das aber hatte die unbeabsichtigte Folge, daß die Politiker sich ihr nicht anschließen konnten. Die Trennung zwischen Parlament und den einst einflußreichen Lehren der »aufgeklärten Wohltätigkeit«, wie sie die C.O.S. verkündet hatte, wurde im zwanzigsten Jahrhundert durch das Hochkommen der Labour Partei mit ihrem Einsatz für soziale Neuordnung auf der Basis nicht der Mildtätigkeit, sondern der Gleichheit und wissenschaftlich bewiesener Vorteile für das Gemeinwesen im Ganzen endgültig vollzogen.

14 Octavia Hill (1838–1912), nicht mit Matthew Davenport Hill und seinen ebenfalls bekannten Töchtern verwandt, die auch aktiv an Sozialreform und Philanthropie mitarbeiteten; dazu siehe: *Life of Octavia Hill,* 1913, geschrieben von ihrem Schwager, C. E. Maurice; auch: Sir C. S. Loch, »Miss Octavia Hill«, in: *Charity Organisation Review,* September/Oktober 1912. Octavia Hill wurde 1884 als Gutachterin von der Royal Commission on the Housing of the Working Classes und 1893 von der Royal Commission on the Aged Poor bestellt; sie war 1905–09 Mitglied der Royal Commission on the Poor Laws and Relief of Distress.

15 W. H. Freemantle, damals Rektor der St. Marylebone-Gemeinde, später Dean von Ripon.

16 Charles Stewart Loch (1849–1923), Sohn eines indischen Richters; 1915, als er sein Sekretärsamt, das er fast vierzig Jahre ausgeübt hatte, aus Gesundheitsgründen aufgab, in den Ritterstand erhoben. »Daß er in Glenalmond und Balliol studiert hat, bedeutet vergleichsweise wenig« (schreibt der Herausgeber des *Oxford Magazine* 1905, als C. S. Loch der Ehrendoktor eines D.C.L. [Doctor of Civil Law; A.d.Ü.] verliehen wurde); »sein Leben beginnt mit seiner Ernennung zum Sekretär der Charity Organisation Society, und, mehr noch, das Leben der C.O.S. beginnt mit seiner Ernennung. Er hat ein Prinzip formuliert und einen Typus geschaffen. Als er in die C.O.S. eintrat, war sie eine zwar lobenswerte, aber doch einigermaßen utopische Unternehmung mit dem Ziel, in der karitativen Welt Zusammenarbeit und Einigkeit zu bewerkstelligen. Inzwischen ist sie zur maßgeblichen Autorität in allen Fragen, die die Unterstützung der Armen betreffen, geworden. Sie ist bei vielen unbeliebt und genießt das Vertrauen aller. Sie hat wenige Freunde, und die sind Rufer in der Wüste *(voces in deserto),* aber sie werden gehört. Daß Unabhängigkeit zu den größten Gütern des Menschen gehört; daß die Verletzung der Unabhängigkeit schmerzhafte Wunden schlägt; daß wahre

Barmherzigkeit im Schutz der Unabhängigkeit besteht; daß Charakter neun Zehntel des Lebens ausmacht; daß der Staat mit der wahllosen Mildtätigkeit eines gemeinsam hat: beide haben die Eigenschaft, zur leistungsstarken Zugmaschine für das Schlechte zu werden –, diese und ähnliche Prinzipien verbinden sich mit dem Namen Lochs.« Er beriet viele Royal Commissions und Enquete-Kommissionen und veröffentlichte viele Aufsätze und Artikel. Sein wichtigstes Buch war *Charity and Social Life,* 1910. Würdigungen seiner Arbeit von Gleichgesinnten finden sich in: *Charity Organisation Review,* April 1923

17 Henrietta Barnett, *Canon Barnett, His Life, Work, and Friends,* Bd. I, S. 35

18 a.a.O., S. 29

19 Diese Auffassung, daß Almosenspenden für sich genommen verdienstvoll und so erstrebenswert für die Seele wie etwa Gebet und Fasten sei, scheint bei den orthodoxen römischen Katholiken immer noch weitgehend zu bestehen; zweifellos stammt sie aus den Lehren der Kirchenväter. Nach Origines, so belehrt uns der Autor der *Christian Charity in the Ancient Church,* erlangen wir die erste Vergebung der Sünden durch die Taufe, die zweite durch Märtyrertum, und die dritte Sündenvergebung sichern wir uns durch Almosenspenden. Gebete und Almosen gingen von Anfang an Hand in Hand, da die Heilige Schrift sie immer zusammen nannte. Zusammen stellen sie den äußeren Ausdruck des inneren Opfers des Herzens dar. Clemens von Alexandria ermahnt die Gläubigen, sich kein Urteil darüber anzumaßen, wer Barmherzigkeit verdient und wer nicht. »Denn wenn du kleinlich bist und dir vornimmst zu prüfen, wer deine Barmherzigkeit verdient und wer nicht, dann ist es wohl möglich, daß du manchen übersiehst, der Gott zum Freund hat.« (Vgl. G. Uhlhorn, *Christian Charity in the Ancient Church,* S. 121–150)

20 Dr. Guy, in Walker's *Original,* S. 239 (zit. nach Helen Bosanquet, *Social Work in London 1869–1912*, S. 6 und 7.

21 Henrietta Barnett, *Canon Barnett, His Life, Work, and Friends,* Bd. I, S. 83

22 Principles of Decision, C.O.S. Papers, Nr. 5. Ich zitiere nach der revidierten Auflage vom Juli 1905, da ich die Originalbroschüre nicht besitze.

23 Ein disharmonischer Ton in der C.O.S. war die ruhige Selbstverständlichkeit, mit der ihre Mitglieder bei den Armenbesuchen ihre eigene soziale und geistige Überlegenheit demonstrierten. In unserer demokratisch eingestellten Zeit klingt die Beschreibung eines »Empfanges«, den Octavia Hill für ihre alten East End Mieter gab, sehr merkwürdig; Mrs. Barnett gibt diese Beschreibung vielleicht mit leichter ironischer Übertreibung: »Ich weiß noch, wie die Gäste schüchtern durch den Hintereingang kamen und wie Miss Octavia sie mit reichlich übertriebener Herzlichkeit begrüßte, damit sie sich nur ja willkommen fühlten; und Miss Miranda sprach so klug und zartfühlend mit allen gleich, ohne Rücksicht auf Armut oder Reichtum, und die alte Mrs. Hill mit ihrer rasselnden Stimme schnurrte geradezu vor Stolz und Vergnügen und Großherzigkeit beim Anblick der buntscheckigen Gruppe ihrer Gäste. Und die beiden Miss Harrison (die wohl durch die Vordertür ins Haus gekommen waren), diese schönen Seelen voll Großmut und Kunstsinn, die eine kurz und dick,

die andere lang und dünn, sangen im Duett, vermutlich mit Absicht falsch, um alle zur Gemeinsamkeit im Lachen zu bringen; das Duett endete mit der Aufforderung an alle, ›Quack, quack‹, zu sagen, so laut sie konnten, Hauptsache, sie zeigten, daß sie alle ›Enten‹ wären. Miss F. Davenport Hill war dabei, Mr. M. C. Maurice, Miss Emma Cons und Miss Emily Hill und Mr. Barnett...« (H. Barnett, *Canon Barnett, His Life, Work, and Friends*, Bd. I, S. 34)

24 a. a. O., Bd. II, S. 12

25 a. a. O., Bd. II, S. 267: Mrs. Barnett zitiert mit typischer Ehrlichkeit die wenig großmütige Charakterisierung ihres Gatten, die C. S. Loch einmal, in der Hitze eines Wortgefechtes, gab: »Bei Mr. Barnett besteht der Fortschritt in einer Serie von Reaktionen. Er muß sich im Einklang mit der jeweils herrschenden philanthropischen Meinung des Augenblicks wissen – oder ihr vielleicht eine Spur voraus sein. Wenn er dann einen neuen Gesichtspunkt emphatisch betont hat, pflegt er sich ›selbst den Rücken zuzuwenden‹ und das Gegenteil mit Emphase zu vertreten. So war er einmal dafür, die Arbeitslosenunterstützung außerhalb des Armenhauses abzuschaffen und statt dessen die Sparsamkeit anzuregen, aber jetzt befürwortet er die alte Arbeitslosenunterstützung im neuen Gewand« (so nennt Mr. Loch die Altersrenten), »und von Sparsamkeit hält er nichts mehr.«

26 a. a. O., Bd. II, S. 379

27 a. a. O., Bd. II, S. 97

28 Francis Darwin, *Life and Letters of Charles Darwin*, 1887, Bd. II, S. 144: Brief Ch. Darwins an J. D. Hooker, 20. Januar 1959

Anmerkungen zum fünften Kapitel

1 Charles Booth – *A Memoir* (Macmillan, 1918), von Mrs. Charles Booth. Von Beruf Schiffseigner und Handelsherr, wurde Charles Booth später Privy Councillor (Mitglied des Staatsrates), F.R.S. (Fellow der Royal Society) und Ehrendoktor der Universitäten Oxford, Cambridge und Liverpool. Er heiratete Mary, Tochter des Charles Zachary Macaulay (Bruder des Historikers) und Enkelin meines eigenen Großvaters, Richard Potter, Unterhausabgeordneter für Wigan.

2 Robert Durning Holt, der 1867 meine älteste Schwester Laurencina heiratete, war der jüngste von fünf Brüdern aus einer bemerkenswerten Familie, Unitarier und Liberale, die eine ganze Generation lang zwei große, erfolgreiche Schiffahrtsgesellschaften in Liverpool leiteten, an wichtiger Stelle in der Stadtverwaltung mitarbeiteten und die Universität der Stadt großzügig unterstützten. Mein Schwager war 1893–94 Mitglied der Royal Commission on London Gouvernment. Er war wahrscheinlich der einzige Mensch, der sich gegen seinen Willen in den Adelsstand erhoben fand, weil Lord Roseberry den humorvollen Brief, in dem er die ihm angetragene Ehrung ablehnte, als Annahme mißverstanden hatte. Bestärkt durch den ärgerlichen Protest seiner Frau (die als überzeugte Radikale jede

soziale Ungleichheit vehement ablehnte), bestand er darauf, daß die schon ausgesprochene Ehrung widerrufen wurde.

3 Das *Memoir* beschreibt die Einstellung, die Charles Booth zu profitorientierten Unternehmen hatte: »Leute, die glaubten, daß das Unternehmerdasein langweilig, da ohne den Charme und die Spannung politischer, literarischer oder wissenschaftlicher Arbeit sein müsse, setzten ihn in Erstaunen. Ihm bedeuteten die lebendigen Kräfte, die das große Pendel des Handels ausschlagen lassen, die Risiken, die man eingehen muß, wenn ein großer Konzern neue Produktionszweige übernimmt, die harten Beweise für Scheitern, in Gestalt finanzieller Verluste, wenn man eine Transaktion zu überstürzt in Angriff genommen oder mit ungenügendem Überblick durchgeführt hat, vor allem aber der Kontakt mit einer Gruppe Menschen, die, in stündlicher Verbindung mit der Realität des Daseins, auf ein gemeinsames Ziel hinarbeiten –, sehr viel; dies alles begeisterte und absorbierte ihn.« (*Memoir,* S. 93)
Seine Ansichten zu öffentlichen Angelegenheiten, nach zwanzig Jahren erfolgreicher Zeit als Unternehmer und Sozialforscher, werden in den Kapiteln über Geschäftsleben (i. e. Business, S. 93–103) und Industriepolitik (i. e. Industrial Policy, S. 155–171) des *Memoir* wiedergegeben.

4 *Memoir,* S. 13–15

5 Charles Booth, *Condition and Occupations of the People of the Tower Hamlets, 1886–87,* 1887, S. 7

6 a. a. O., S. 4

7 Die Ergebnisse dieser unglaublich breit angelegten Untersuchung, die seit 1886 lief, wurden in einer Reihe von Bänden zusammengefaßt, deren Veröffentlichung sich über viele Jahre hinzog. Der erste Band, über das Londoner East End, erschien 1889; die Bände über London Mitte und London Süd kamen 1891. 1902–3 erschien eine neue und endgültige Edition mit dem Titel *Life and Labour of the People in London;* sie enthielt die vorher veröffentlichten Bände zusammen mit noch nicht publizierten Untersuchungsergebnissen; die Auswertung des Materials war überarbeitet und nach dem Ergebnis der Volkszählung von 1891 revidiert; der Umfang betrug jetzt 17 Bände. Vier Bände davon befaßten sich mit dem Thema »Poverty« (im folgenden zitiert als Poverty 1–4); fünf mit »Industry« (im folgenden Industry I–V); sieben mit den religiösen Einflüssen (mit ihnen werde ich mich nur am Rande beschäftigen), und ein abschließender Band, »Final Volume«, hatte den Titel »Notes on Social Influences and Conclusion« (zitiert als Final); dazu kam noch eine Mappe mit kolorierten Stadtplänen, in passende Sektionen eingeteilt.

8 Charles Booth, *Condition …,* S. 2

9 *Journal of the Royal Statistical Society,* Bd. 49, S. 314–444, 1886

10 In der Sitzung der Statistical Society im Dezember 1893 erklärte ein Beamter des Handelsministeriums, Charles Booth sei Mitglied des für die Ausarbeitung der Fragebögen und anderer Vorarbeiten zur Volkszählung von 1891 zuständigen amtlichen Ausschusses. Charles Booth selbst berichtet: »Ich hatte die Erlaubnis des Generalregistrators, Kontakt mit den Leitern der Volkszählung in den einzelnen Bezirken der Hauptstadt und,

durch ihre Vermittlung, auch mit den Volkszählern selbst aufzunehmen; so konnte ich den Schwierigkeiten der Neuerung begegnen und sicher gehen, daß die Arbeit der Volkszähler sorgfältig und intelligent durchgeführt wurde – wenigstens in London. Ich habe mich mehr als einmal mit den Registratoren getroffen und das Thema mit ihnen durchgesprochen, habe erklärt, was wir erreichen und welchen Gebrauch wir von dem Material machen wollten, das sie sammeln sollten; beide Registratoren und die Volkszähler nahmen meine Bitte sehr herzlich auf. Bei so vielen Menschen (im Ganzen über dreitausend Volkszähler) kann man nicht erwarten, daß alle gleich ausgezeichnet arbeiten; mit Sicherheit haben manche ihre Arbeit nur flüchtig gemacht, aber alles in allem wurde der Census gut und gewissenhaft durchgeführt, davon habe ich mich überzeugt und bin zufrieden.« [Industry, I, S. 12]

11 »Ich hatte die sichere Erwartung, daß diese Untersuchung Übertreibungen aufdecken würde; das tat sie auch; aber die Armut, die sich tatsächlich ablesen ließ, war in der Verbreitung und im Ausmaß so groß und so absolut sicher, daß ich allmählich selbst Angst hatte zu übertreiben.« [Poverty, I, S. 5]

12 »Zur Beschreibung der Straßen und verschiedener Gegenden Londons hatten wir viele Informationsquellen; man darf aber nicht aus den Augen verlieren, daß die Einteilung der Bevölkerung in Klassen auf dem beruht, was uns die Schulinspektoren von Wohnung und Eltern der Kinder in Grundschulen berichtet haben. Deshalb schien es wünschenswert, die Ergebnisse dieser Befragung noch einmal aus dem Blickwinkel der Schullehrer zu betrachten, die zwar einige Informationen über die häusliche Umgebung der Kinder nicht besitzen, die den Inspektoren zugänglich sind, dafür aber die Kinder selbst sehr viel besser kennen. Außerdem können die Lehrer aus der Regelmäßigkeit oder Unregelmäßigkeit, mit der ein Kind zur Schule kommt, aus seinem Zustand, aus den Anträgen auf Ermäßigung der Schulgelder und auch sonst auf vielerlei Weise Rückschlüsse auf die Eltern ziehen und sich ein ungefähres Bild von der häuslichen Umgebung machen, und tun das auch.« [Poverty, III, S. 195]

13 Auch in dieser Umordnung der Daten aus der Volkszählung scheinen mir viele Untergruppen noch zu heterogen, um viel Wert zu haben; zum Beispiel schließen die Tabellen und Diagramme, die sich mit Personen in medizinischen Berufen befassen, Ärzte und Chirurgen, Krankenschwestern und Hebammen, Apotheker und Drogisten, Zahntechniker und Chiropraktiker ohne medizinische Ausbildung ein – Berufe, die untereinander so verschieden in bezug auf Einkommen, Sozialstatus, Art und Grad der Fachausbildung sind, daß man keinen gemeinsamen Nenner mehr für die Lebensverhältnisse der in diesen Berufen Beschäftigten finden kann.

14 Charles Booth erkannte diese Grenzen der statistischen Methode: »Grundsätzlich beschränke ich mich auf die Beschreibung der Dinge, wie sie sind. Ich habe weder den Versuch gemacht, herauszufinden, wie es zum jetzigen Zustand gekommen ist, noch (außer andeutungsweise und nebenher) habe ich versucht, Entwicklungstendenzen für die Zukunft aufzuzeigen; und Vergleiche mit der Vergangenheit haben wir nur in sehr

geringem Maß und ganz gelegentlich angestellt. Diese Gesichtspunkte verdienen großes Interesse und dürfen nicht außer acht gelassen werden, aber sie überschreiten den Bereich meiner Arbeit... So haben wir auch versucht zu zeigen, auf welche Weise Unternehmungen der Kommunalbehörden und des Grafschaftsrates, der Armenfürsorger und städtischer Ausschüsse die Lebensbedingungen der Bevölkerung verändern, aber wir haben nie vorgegeben, uns intensiv mit den grundsätzlichen Fragen der Regierung auseinanderzusetzen, die dabei mitbetroffen sind.« [Religious Influences, I, S. 5]

15 Ich benutze den Terminus »historisch« lieber als alle Alternativen – die Bezeichnungen: evolutionäre, kinetische und komparative Methode –, weil er meiner Meinung nach die Allgemeinheit der Leser am wenigsten irreführt. Die besonders interessierten »fleißigen Lehrlinge« verweise ich auf das Handbuch *Essentials of Scientific Method,* London 1925, dessen Autor, A. Wolf, Professor für Logik und wissenschaftliche Methodik an der Universität London ist.

16 Weitere Untersuchungen über die Lebensverhältnisse der Bevölkerung in anderen städtischen Zentren mit hoher Besiedelungsdichte nach dem Schema von Booth (das durch einige Techniken der Statistik wie das Stichprobenverfahren verändert und durch genauere Befragung zu familiären Verpflichtungen erweitert wurde) haben mit überraschender Genauigkeit das Ergebnis der Londoner Armutsstatistik von 1881–91 wiederholt: Dreißig Prozent am oder unter dem Existenzminimum. Vergleiche: Seebohm Rowntree, *Poverty, A Study on Town Life* (York), 1902; A. L. Bowley and A. R. Burnett Hurst, *Livelihood and Poverty* (Northhampton and Warrington), 1915. In Hinblick auf die Sorge, die aus dem gegenwärtigen, durch dauernde Arbeitslosigkeit bedingten Zustand der Bevölkerung entspringt, wäre es von nicht zu überschätzendem Wert, wenn man jetzt wieder neue Befragungen nach analogem Muster, in allen diesen Städten, auch in der Hauptstadt, machen könnte.

17 Die Lebensverhältnisse der Kinder waren wohl der traurigste Teil in Charles Booths Bild: »Weiter: ein amtlicher Bericht von 1889 gibt an, daß über 40 000 Kinder in den Londoner staatlichen Schulen, oder fast 10% der in den Listen eingetragenen Kinder, chronisch unterernährt sind; Berichte aus den Schulen, die durch private Spenden finanziert werden, fügen noch 11 000 dazu. Man kann das kleine schwache Völkchen matt und frierend in den Schulbänken aller Londoner Armenviertel hängen sehen, kümmerlich, bleich, dürftig gekleidet, oft ohne Schuhe. Sie erhöhen die Sterblichkeitsziffer, weil Not und Krankheit sie wegraffen; oder sie überleben und werden die geschwächten und bedürftigen Erwachsenen, deren Hilflosigkeit die Bürde der nächsten Generation sein wird.« [Poverty, III, S. 207]

18 »Unter den öffentlichen Gebäuden der Hauptstadt nehmen die London Board Schools einen besonderen Platz ein. In jedem Bezirk, in dem sie stehen, fällt ihre unverwechselbare Architektur ins Auge; sie stehen wie ›schlanke Wachen auf dem Posten‹, immer da, wo die Not am größten ist, Hüter und Bewahrer der Interessen jener Generation, die die unsere ablö-

sen soll. Die Gebäude des Schulaufsichtsrates (School Board) sind, ihrem Zweck entsprechend, von einheitlicher Stattlichkeit, geräumig und meist solide und übersichtlich gebaut. Gesundheit und Bedürfnisse von Kindern und Lehrern wurden bei der Planung sorgfältig bedacht und, besonders bei den zuletzt gebauten Schulen, auch zunehmend berücksichtigt und gesichert. Sie beherbergen etwas über 443 000 Kinder; die Baukosten betrugen ungefähr viereinhalb Millionen Pfund Sterling. Alles in allem kann man sagen, sie repräsentieren den Höchststand des öffentlichen Gewissens in diesem Land, soweit es um die Schulbildung der Kinder der Ärmeren geht.« [Poverty 3, S. 204]

»... am nachhaltigsten von allen allgemeinen Einflüssen wirkt sich die Grundschulausbildung aus; sie hat hier aber keine besondere Form und verkörpert keine besondere Anstrengung... Man hat den Kindern Sauberkeit und Ordnung anerzogen; man hat einen höheren Standard der Bekleidung und Gepflegtheit erreicht, und das wirkt auf die Familien zurück; und wenn Kinder, die in diese Schulen gegangen sind, selbst Eltern werden, dann werden sie das Schulsystem anerkennen und unterstützen und die Autorität der Lehrer stärken; sie werden nicht mehr bei jeder Gelegenheit mit Hand und Zunge gegen den Lehrer für ihr widerspenstiges Kind Partei ergreifen. Schulmeister brauchen dann nicht mehr die scharfe Zunge der Mutter und die Pferdepeitsche des wütenden Vaters zu fürchten.« [Religious Influences, II, S. 53 u. 54]

19 Charles Booth, *The Aged Poor in England and Wales*, 1894; und *Memoir*, S. 141–154

20 *Memoir*, S. 130

Anmerkungen zum sechsten Kapitel

1 H. W. Nevinson, *Changes and Chances*, S. 86–7

2 Sir Ronald Ross, *Philosophy*, S. 21 und 53

3 Über die Arbeit und Heirat meiner Schwester schreibt Canon Barnett: »Dies Jahr verlieren wir Miss Potter. Sie war seit 1878 Mieteinnehmerin und hat hier so viele Freunde gefunden, daß sie sich ihren Wunsch, am Hochzeitstag mit ›ihren Leuten‹ zusammen zu sein, nur hier bei ihren Freunden in St. Jude's erfüllen konnte. Der 15. März 1883 wird all denen lange in Erinnerung bleiben, die die Freundin mit liebevollen Gedanken in ihr neues Leben begleiteten und das erste Mahl, das sie gemeinsam mit dem Ehegatten einnahm, mit ihr teilten. Wir werden sie nicht vergessen, und sie wird uns nicht vergessen, das weiß ich.« (Mrs. Barnett, *Canon Barnett, His Life, Work, and Friends*, Bd. I, S. 106–7)

4 Miss Ella Pycroft, die eine Freundin fürs Leben wurde, verwaltete bis Mai 1890 die Katherine-Häuser gleichzeitig mit einem anderen großen Mietshaus im Auftrag der East End Dwellings Co. Dann wendete sie sich, nach einem Jahr Studium am Training College for Teachers, Cambridge, und nach einem weiteren Examen, zusätzlich zu denen, die sie schon hatte, der pädagogischen Arbeit zu und wurde 1893 Chief Organiser of Domestic

Economy Subjects im Technical Education Board des London County Council; dieses Amt gab sie 1904 auf und setzte sich zur Ruhe.

5 *Canon Barnett, His Life*..., Bd. I, S. 139

6 Edward Bond (1844–1920). Ein »Double First« in Oxford [bestand die beiden Hauptfächer seines Examens mit ›Sehr gut‹] und Fellow von Queen's College; besaß Privatvermögen, so daß er ohne Bezahlung im Dienst der Allgemeinheit arbeiten konnte, wurde einer der Führer der organisierten Wohltätigkeitsbewegung und, unter anderem, auch einer der ersten Direktoren der East End Dwellings Co. Sein Leben lang blieb er ein kompromißloser Individualist, gehörte einige Jahre als »Gemäßigter« dem London County Council an, in den Jahren 1895 bis 1906 war er konservativer Abgeordneter für East Nottingham im Unterhaus. Ein vornehmer Mann mit angenehmen Zügen, großen, seelenvollen grauen Augen, fein gezeichneten dunklen Brauen und langen, seidigen Wimpern, steuerte er abwechselnd gebildete Kommentare und aufregendes Schweigen zur allgemeinen Debatte bei; er war der Liebling der Philanthropen. Man sagte sogar, er sei das Vorbild für George Eliots Daniel Deronda, den romantischsten ihrer Helden, gewesen; allerdings war er, anders als Deronda, nie verheiratet.

7 Emma Cons (1838–1912) war fast eine Heilige und von einem Weitblick wie kaum eine andere Frau unter den viktorianischen Philanthropen; sie müßte viel bekannter sein. Unter Viktoria Hill zur Mieteinnehmerin ausgebildet, protestierte sie gegen die selbstgefällige, doktrinäre Härte der C.O.S. der achtziger Jahre; sie wurde selbständige Verwalterin der Surrey-Arbeiterwohnungen. Sie erkannte, daß die Armen der großen Städte noch dringender als die zwar sauberen, aber tristen Wohnungen ein Freizeitvergnügen brauchten; deshalb übernahm sie 1880 das Management der Victoria Music Hall, damals ein berüchtigtes Zentrum für alles Schlechte – Charles Kingsleys »konzessionierte finstere Hölle« –, und wandelte sie um zur Stätte für Unterhaltungsmusik, frei von Lastern, unter Verzicht auf den Ausschank von Alkohol. Mit Unterstützung von Samuel Morley, Miss Martineau und Lord Mount Temple hielt sie dies Unternehmen bis zu ihrem Tod 1912 in Gang; ihre Nachfolge trat ihre Nichte, Miss Lilian Baylis, an, die ihre Assistentin gewesen war; ihrer Begabung ist es zu verdanken, daß »the Vic« inzwischen Aufführungsort hervorragender Opern und bewundernswerter Inszenierungen nahezu aller Shakespeare-Stücke geworden ist; ein großer Kreis von Zuschauern, die alle Lohnempfänger sind, weiß die Aufführungen zu schätzen, und das »Vic« ist jetzt eine Institution geworden, die den Vergleich mit dem British National Theatre nicht zu scheuen braucht.

8 Maurice Eden Paul (der jüngere Sohn von Kegan Paul, dem vielseitigen Verleger der achtziger und neunziger Jahre), damals Medizinstudent. Heute ist er, zusammen mit seiner Frau, ein bekannter Übersetzer gelehrter fremdsprachiger Werke, unter vielen anderen auch der sieben Bände von Treitschkes *History of Germany in the Nineteenth Century*. Er ist auch als Mitglied der Linken der Sozialistischen Internationale berühmt geworden, hat Schriften und Bücher über den Kommunismus geschrieben und

den Terminus »Proletkult« als Titel eines Buches (von Parsons) über »proletarische« Kultur erfunden.

9 Dieser galante Offizier hatte die Black Watch [schottisches Regiment mit ursprünglich dunkel kariertem Uniformstoff. – d. Ü.] kommandiert, als das Regiment noch in der Kaserne in der Church Street, Kensington, stationiert war (in unmittelbarer Nachbarschaft von York House, einem schönen Queen Anne-Bau mit weitläufigem Garten, das mein Vater kurz zuvor gekauft hatte; jetzt [1926] ist es zerstört), und er hatte seine Dudelsackpfeifer in ihren Kilts immer rund um unseren Garten marschieren lassen, als ich ein Fest für East-End-Schulkinder gab. Er hatte darauf bestanden, sich über die Arbeit des Mieteinnehmens zu informieren, und meine Mieter sehr damit schockiert, daß er anbot, die Mietrückstände der Bedürftigsten zu bezahlen!

10 Professor Newton, später Sir Charles Newton (1816–94), der Kustos der Abteilung Griechisches und Römisches Altertum im British Museum und Inhaber des Yates Lehrstuhls für Klassische Archäologie am University College, London, war der attraktivste, und Dr. Richard Garnett, der Leiter der Bibliothek, der liebenswürdigste von allen Beamten des British Museum, die ich damals kannte.

11 Arthur Ponsonby, *English Diaries from the XVIth to the XXth Century*, 1924, S. 9. Im folgenden zitiere ich Mr. Ponsonbys Zweifel am Wert introspektiver Tagebücher: »Auch wenn die Ernsthaftigkeit und Ehrlichkeit der introspektiven Schreiber außer Frage stehen mag, geben sie mit dieser Methode doch nicht notwendig ein genaues Bild von sich. Wir meinen, uns selbst besser zu kennen, als andere uns kennen. In Wahrheit aber kennen wir uns nur von innen, und es ist sogar zu bezweifeln, ob überhaupt ein Mensch, der wechselnden Stimmungen unterworfen ist, diese Innenseite genau schildern kann. Dazu kommt, daß das kleine Schaufenster, das wir dekorieren und den Blicken der anderen preisgeben, keineswegs alles ist, was andere von uns sehen. Es kann sein, daß uns Dinge sehr verunsichern, die andere kaum an uns wahrnehmen, und daß wir dafür unser Leben lang eine krasse Unebenheit an uns nicht wahrnehmen, die anderen sofort und ständig ins Auge fällt. Ein Pelikan ist nicht im mindesten befangen wegen der Größe seines Schnabels. Ein Pfau ist vielleicht stolz auf sein Rad, aber er findet auch seine Stimme wunderschön. Auf der anderen Seite glauben Außenstehende vielleicht, daß ein Mensch bestimmte Mängel seiner Person nie wahrgenommen habe, und dann entdeckt man in seinem Tagebuch, daß er sein Leben lang gegen sie angekämpft hat.«
»Wir haben gesagt, daß Schreiber ohne Zurückhaltung und ohne Diskretion ohne jeden Zweifel ehrlich und ernsthaft seien. Aber das muß vielleicht differenziert werden. Selbsttäuschung ist sehr verbreitet. Es steckt viel Wahrheit in Byrons Tagebucheintragung: ›Ich fürchte, man belügt sich selbst mehr als andere‹, oder in dem, was Gladstone sagt: ›Mit Fragen des Innenlebens beschäftige ich mich nicht. Darüber zu schreiben, ist so leicht, aber ehrlich zu schreiben, ist fast unmöglich.‹« (S. 10–11)
In meinem Tagebuch finde ich meine eigene Ansicht über introspektive Tagebücher: »Jetzt, da Beobachtung mein Beruf ist, halte ich es für not-

wendig, zwei Bücher zu führen, so wie ich es gemacht habe, als Lesen meine Informationsquelle war. Sonst wird die Autobiographie ganz von Lohnstatistiken, Arbeitsstunden, Interviews mit Unternehmern und Arbeitern überwuchert – und für die Geschichte eines Frauenlebens bleibt kein Platz mehr. Und, ohne egozentrischem Grübeln das Wort reden zu wollen: Immer noch sind Aufzeichnungen über die eigene Entwicklung, nicht nur als Stufe zu höherem Leben, sondern als Hilfe für die Zukunft nötig. Wie oft schon habe ich darin Bestärkung gefunden, im Tagebuch zurückzublättern, zu sehen, wie das Unvermeidliche seinen Weg nimmt, trotz meiner verzweifelten Versuche, mich an ein Glück zu klammern, die zum Scheitern prädestiniert schienen.« (Tagebuch, 1. November 1887)

12 Benjamin Jones, viele Jahre lang Generaldirektor der Londoner Niederlassung der Großeinkaufsgesellschaft, Co-operative Wholesale Society, wurde einer meiner engsten Kollegen bei meiner Untersuchung über die Genossenschaftsbewegung; er ist Autor der *Co-operative Production* (2 Bde, 1894) und Mitautor von *Working Men Co-operators* (1884), zusammen mit (Right Honourable) Arthur Dyke Acland.

13 Geborene Arabella Buckley (Schwester von Lord Wrenbury), ehemalige Sekretärin von Sir Charles Lyell und Autorin der *Short History of Natural Science* und anderer Bücher, damals eine meiner besten Freundinnen; sie machte mir in der langen einsamen Studierzeit Mut und beurteilte jeden Essay, den ich ihr schickte. Die folgenden Eintragungen in meinem Tagebuch zeigen, daß ich die Arbeit über Karl Marx auch anderen Mentoren – meinen Verwandten Booth und meinem Schwager Alfred Cripps – mit folgendem Ergebnis vorlegte:

Die Booths finden meinen Artikel gut; Charlie ist begeistert. Sie haben ihn an Professor Beesley geschickt. Seine Reaktion: Das, worauf es mir in dem Artikel ankam, hat er nicht gesehen, nämlich die Unterscheidung zwischen nutzloser und nützlicher Arbeit. Diese Unterscheidung hat zur Voraussetzung, daß das Element des Bedarfs vorhanden ist. Wenn mein Gedanke aber richtig ist, dann wird er wahrscheinlich nicht auf einmal akzeptiert werden, vor allem nicht von Männern, die durch frühere Äußerungen auf entgegengesetzte Meinungen verpflichtet sind. Aber seine Kritik zeigt, daß ich nicht klar gemacht habe, worauf es mir ankommt, und seine praktischen Vorschläge zum Schreiben und zur ordentlichen Quellenangabe sind nützlich. Offenbar hält er nicht viel von dem Artikel, oder sagen wir, er mag ihn nicht. (Tagebuch, 12. Februar 1887)

Alfred Cripps hat meinen Artikel gelesen, und als ich ihn besuchte, um seine Meinung dazu zu hören, begrüßte er mich so: »Also Beatrice, das ist der schwierigste Artikel, den ich je gelesen habe. Ich weiß nicht, ob ich ihn verstanden habe.« Wir setzten uns hin und lasen ihn Wort für Wort noch einmal zusammen ... Ich sehe jetzt ein, daß ich ihn neu schreiben muß, knapper und perfekter. (Tagebuch, 20. März 1887)

14 Daniel Meinertzhagen, der 1873 meine Schwester Georgina heiratete, war der Sohn des Seniorpartners, und später selbst Seniorpartner des alteingesessenen Bankhauses Frederic Huth & Co., einer der führenden »Wechselbanken«. Vgl. Georgina Meinertzhagen, *A Bremen Family,* darin auch

interessante Tagebücher von Daniel Meinertzhagen aus der Zeit seiner Reisen durch Großbritannien, Frankreich und Schweiz in den Jahren 1756, 1798 und 1799. Meine Schwester schrieb auch einen Bericht über unseren Großvater Richard Potter, mit dem Titel *From Ploughshare to Parliament.*

Meine erste Bekanntschaft mit der Sozialdemokratischen Vereinigung, Social Democratic Federation, und dem Sozialismus auf der Grundlage des »wissenschaftlichen Materialismus«, den sie predigten, war ein Interview mit der vielseitigen Tochter von Karl Marx im Frühjahr 1883. Hier meine Tagebucheintragung dazu:

Ging nachmittags ins British Museum und traf mich im Erfrischungsraum mit Miss Marx, Tochter von Karl Marx, dem sozialistischen Schriftsteller und Flüchtling. Verdient sich ihren Lebensunterhalt durch Unterricht in Literatur usw. und als Korrespondentin für sozialistische Zeitungen; jetzt, während der unfreiwilligen Abwesenheit von Mr. Foote, gibt sie den *Progress* heraus. Sehr wütend über dessen Gefängnisstrafe (wegen Blasphemie). Sie sagte:

»Sehr witzig fand ich die beanstandeten Stellen nicht, aber sie waren nicht falsch. Etwas lächerlich zu machen ist eine legitime Waffe. Auch Voltaire benutzte diese Waffe und erreichte damit mehr als mit noch so vielen ernsthaften Argumenten. Wir halten die christliche Religion für eine unmoralische Illusion und wollen alle Argumente nutzen, um die Menschen davon zu überzeugen, daß sie falsch ist. Lächerlichkeit kommt bei den Leuten, mit denen wir zu tun haben, viel besser an als alle logischen Argumente. Der große Unterschied zwischen diesem Jahrhundert und dem letzten liegt darin, daß Freidenkerei damals das Privileg der Oberklassen war und jetzt zum Privileg der arbeitenden Klassen wird. Wir wollen, daß sie die mythische jenseitige Welt außer acht lassen und für diese Welt leben und darauf bestehen, daß sie das bekommen, was das Leben angenehm für sie macht.«

Es hatte keinen Zweck, mit ihr zu argumentieren – sie weigerte sich, die Schönheit der christlichen Religion zu erkennen. Das Evangelium las sie als Botschaft der Verdammung. Meinte, Christus, wenn er wirklich gelebt habe, sei ein sanftmütiger Schwachkopf ohne einen Funken Heldenmut gewesen. »Hat er nicht noch im letzten Augenblick gebetet, der Kelch möge an ihm vorübergehen?« Als ich sie nach dem »sozialistischen Programm« fragte, sagte sie sehr einleuchtend, da könne ich sie gerade so gut bitten, mir die ganze Theorie der Mechanik in einer kurzen Formel zu erklären. Das sozialistische Programm sei aus der Sozialwissenschaft abgeleitet, die die komplizierteste aller Wissenschaften sei. Ich antwortete ihr, nach dem ganz wenigen, das ich von politischer Ökonomie (der einzigen Sozialwissenschaft, die wir Engländer kannten) wisse, schienen die Sozialphilosophen sich auf die Schilderung von Kräften zu beschränken, mehr oder weniger an das Prinzip des Notwendigen zu glauben. Dem widersprach sie nicht. Nun weiß ich nicht, ob das richtig ist oder nicht. Sie ist eine wohlgestaltete Erscheinung, mit weiten pittoresken Gewändern und wehenden schwarzen Locken. Schöne Augen voller Leben und Mitgefühl, sonst häßliche Züge und unschöner Gesichtsausdruck, die Haut läßt Spuren eines angespannten, ungesunden Lebens erkennen, das durch Stimulantien aufrecht gehalten und durch Narkotika gedämpft wird. Sie lebt allein, ist eng mit der Gruppe um Bradlaugh verbunden ... (Tagebuch, 24. Mai 1883) Mehr über diese bemerkenswerte Frau und ihr tragisches Ende erfährt man aus: Edouard Bernstein, *My Years of Exile,* S. 158–65

16 Das war der zweite Earl Granville (1815–1891); nach zehn Jahren im Unterhaus (1836–46) war er eine Generation lang führender Repräsentant der Whigs und Liberalen im Oberhaus und einflußreiches Mitglied aller Regierungen dieser Parteien. 1857 wurde er zum Ritter des Hosenbandordens geschlagen. 1859 bot ihm die Königin das Amt des Premierministers an, aber er konnte keine Regierung bilden. Als ich ihn kennenlernte, war er in den drei Kabinetten Gladstones 1868, 1880 und 1886 abwechselnd Kolonial- und Außenminister gewesen. Er war Fellow der Royal Society und 1856–91 Kanzler der Universität London.

17 Hobhouse, Arthur, erster Baron Hobhouse of Hadspen (1819–1904), chancery barrister 1845 (d.i. Anwalt an der Chancery-Abteilung des Obersten Zivilgerichtes; A.d.Ü.); Q.C. 1862 (d.i. Queen's Counsellor, Anwalt der Krone; A.d.Ü.); Mitglied im Rat des Generalgouverneurs von Indien von 1872–77; K.C.S.I. (d.i. Knight Commander of the Star of India, d.i. Orden: Komtur des Sterns von Indien; A.d.Ü.), 1877; Mitglied im Rechtsausschuß des Privy Council (d.i. Staatsrat; A.d.Ü.) 1881–1901 – ohne Gehalt; 1885 in den Peersstand erhoben; siehe auch L. T. Hobhouse und J. L. Hammond, *Lord Hobhouse, a Memoir,* 1905

18 *Nineteenth Century,* Oktober 1877

19 Dieser Artikel wurde später in die erste Ausgabe von Charles Booths Untersuchung aufgenommen, veröffentlicht im Frühjahr 1889. In der letzten Auflage (1902) erscheint er als das erste Kapitel des vierten Bandes der *Poverty Series.*

20 Meine Schlußfolgerungen habe ich so zusammengefaßt: »Im ungezügelten Individualismus, in der unkontrollierten Konkurrenz der großstädtischen Industriebetriebe, die weder durch die öffentliche Meinung noch durch eine gesetzliche Regelung der Arbeit wie die Fabrikgesetze überprüft werden, scheint es keiner Menge von einzelnen, weder den Arbeitgebern noch den Arbeitnehmern, möglich, sich zu einer Gruppe zusammenzuschließen, um so die gedankenlosen und unnützen Capricen jenes verwöhnten Kindes des neunzehnten Jahrhunderts, genannt Der Kunde, einzuschränken. Ein mögliches Heilmittel ist eine Art kommunaler Sozialismus, den viele von uns nur zögernd akzeptieren mögen; im Fall der Docks und Häfen würde er die Form der Fusion unter einen öffentlichen Trust annehmen. In diesem Trust würden Händler, Verbraucher und Arbeiter angemessen vertreten sein. Dadurch würde eine bessere Organisation des Handels und bessere Abstimmung der geschäftlichen Unternehmungen ermöglicht. Und wenn das Public Board auch nicht für Arbeitsbeschaffung sorgte, könnte es doch immerhin einer begrenzten Zahl von Auftragnehmern die Tore öffnen; diese würden nach gesetzlichen Bestimmungen arbeiten und wegen der Größe ihrer Unternehmen einen Stamm fest ange-

stellter Belegschaft halten können. Ich glaube, der Gedanke eines öffentlichen Trustes wird von den Dock- und Hafenautoritäten nicht unabhängig von der Sphäre praktischer Politik erwogen.« (Beatrice Potter, Kapitel *The Docks*, in Charles Booth's endgültiger Ausgabe [1902] der *Poverty Series*, Bd. IV, S. 33–4)

21 Die vier Artikel im *Nineteenth Century* waren: »Dock Life in the East End of London«, Oktober 1887; »The Tailoring Trade of East London«, September 1888; »Pages from a Workgirl's Diary«, Oktober 1888; und »The Lords Committee on the Sweating System«, Juni 1800. »Dock Life« und »The Tailoring Trade« wurden in Charles Booths ersten Band (1889 erschienen) aufgenommen, außerdem ein neuer Artikel, »The Jewish Community of East London«; in seiner letzten Edition (1902) finden sie sich im dritten und vierten Band der *Poverty Series*. Außer diesen Artikeln schrieb ich noch einen Vortrag, den ich auf der Jahresversammlung 1892 der Genossenschaften hielt: »How to do away with the Sweating System«. Drei dieser Arbeiten, »The Diary of an Investigator«, »The Jews of East London« und »How to do away with the Sweating System«, sind wieder veröffentlicht in: S. and B. Webb, *Problems of Modern Industry*, 1898

22 Diese in Bausch und Bogen verurteilte Parlamentsvorlage war der »Report to the Board of Trade on the Sweating System at the East End of London, by the Labour Correspondent of the Board of Trade«, September 1887, H. C. 331 of 1889.

John Burnett, der einer meiner besten Freunde in der Welt der Arbeit wurde, war 1842 in Alnwick, Northumberland geboren, wurde nach dem Neun-Stunden-Streik Lektor in der National Education League und Redakteur beim *Newcastle Chronicle*. 1875, nach Allans Tod, wurde er zum Generalsekretär der Amalgamated Society of Engineers gewählt. Von 1876 bis 1885 gehörte er dem parlamentarischen Ausschuß der Gewerkschaftsjahresversammlungen an. 1886 bekam er den neu geschaffenen Posten des Labour Correspondent im Handelsministerium; in dieser Stellung konnte er eine Reihe von Berichten über Gewerkschaften und Streiks vorbereiten und ausarbeiten. Als 1893 das Labour Department eingerichtet wurde, gab man ihm die Stelle des Chief Labour Correspondent unter dem Commissioner for Labour und beauftragte ihn, die Vereinigten Staaten zu bereisen und einen Bericht über die Folgen der jüdischen Einwanderung vorzubereiten. Er setzte sich 1907 zur Ruhe und starb 1914. (Zur Beschreibung des Neun-Stunden-Streiks vgl. auch S. u. B. Webb, *The History of Trade Unionism* 1666–1920, Ausgabe von 1920, S. 314–15)

23 Nachdem meine jüngste Schwester im Herbst 1888 Arthur Dyson Williams geheiratet hatte und ich noch einmal den Winter über in Bornemouth gewesen war, brachte ich meinen Vater in ein kleines Haus (nach dem Tod meines Vaters im Januar 1892 sollte es mein ständiges Heim werden), das meiner Schwester Mary Plane gehörte und in der Nähe des Gloucestershire-Hauses lag, aus dem ihr Mann stammte.

24 Der Bericht, den John Burnett, der Labour Correspondent des Handelsministeriums, 1888 über das Sweating System in Leeds schrieb, ruft mir meinen Aufenthalt in Leeds zur Pfingstzeit 1888 wieder in Erinnerung (im

Tagebuch nicht aufgeführt); ich war dort, um die Verhältnisse in der Provinz mit denen der Großstadt zu vergleichen. »Miss Potter war in Leeds, um Fakten über den Zustand des Schneidergewerbes hier zu sammeln, und ihr habe ich es zu verdanken, daß ich an den Zusammenkünften mit den Werkstattbesitzern und Arbeitern teilnehmen durfte, die sie verabredet hatte. Ich begleitete sie auch zu Mr. Abraham, einem jüdischen Rabbi in Leeds, der über fast alle Aspekte des Problems, das die jüdische Gemeinde jetzt beschäftigt, erstaunlich gut Bescheid weiß.« (Report to the Board of Trade on the Sweating System in Leeds, C. 5513, 1888)

25 Wiederveröffentlicht unter dem Titel »The Diary of an Investigator« in: S. and B. Webb, *Problems of Modern Industry,* 1898. In diesem Artikel ließ ich die Hinweise auf die weite Verbreitung von Inzest in Ein-Zimmer-Wohnungen aus, die ich in meinem Tagebuch notiert hatte. Die Tatsache, daß manche meiner Arbeitskolleginnen, junge Mädchen, die keineswegs geistig beschränkt waren, im Gegenteil ebenso viel hellen Verstand und Großzügigkeit hatten wie mein eigener Freundeskreis, sich gegenseitig wegen der Babies, die sie von ihren Vätern oder Brüdern hatten, verspotten konnten, war ein grausiges Beispiel dafür, wie eine heruntergekommene soziale Umgebung den Charakter und das Familienleben deformiert und also auch die Entwicklung der Rasse negativ beeinflußt. Die Mißhandlung kleiner Kinder war ein anderes, nicht selten vorkommendes Ergebnis. Hart gesagt, ist sexuelle Promiskuität, sogar Perversität fast unvermeidlich, wenn Männer und Frauen von durchschnittlicher Charakterfestigkeit und durchschnittlicher Intelligenz in Ein-Zimmer-Wohnungen in Slums zusammengepfercht leben müssen, und die Erkenntnis des moralischen Verfalls bringt mehr als alle physische Not die Stimmung verzweifelter Bitterkeit hervor, die typisch für die Vertreter der Arbeiterklasse aus diesen chronisch verarmten städtischen Wohnvierteln ist.

26 Marie Souvestre, Tochter des Akademiemitgliedes Emile Souvestre – »le philosophe sous les toits« – wurde die Direktorin und Eigentümerin eines berühmten Internates, zuerst in Fontainebleau, später in Wimbledon. Sie war eng befreundet mit der Gruppe der Radikalen und Freidenker, zu der Morley, Chamberlain, Leslie Stephen, die Harrisons, Mrs. Richard Strachey und Mrs. J. R. Green und deren Freundeskreise von Gleichgesinnten gehörten. Ich gebe eine Tagebucheintragung wieder, die das Zusammentreffen Mlle. Souvestres mit ihrer intellektuellen Antithese, Auberon Herbert, schildert: »Auberon Herbert kam gestern vor dem Essen vorbei. Er war ganz aufgeregt wegen der Aussicht, Mrs. Besant zum Spiritualismus zu bekehren; sie hatte ihm zu seinem Artikel in der *Pall Mall* geschrieben; das wird wohl mit einem Besuch im Old House enden. Seltsam wird die Nähe zwischen diesen beiden verschieden gearteten Naturen sein: Mrs. Besant mit ihrem rabiaten Sozialismus, aufgrund schlimmer persönlicher Erfahrungen voller Bitterkeit gegen christliche Moral und christlichen Glauben – und Auberon Herbert mit seinem idealistischen Individualismus, milde und vielleicht sogar schwach geworden durch sein ständiges Brüten über spirituellen Einflüssen. Als wir noch freundschaftlich

schwatzten, kam Mlle. Souvestre herein. Die brillante areligiöse Französin blickte mit kalter Verachtung auf die seltsame männliche Gestalt, die im Sofa lehnte und mit leiser, schwacher Stimme unhaltbare Thesen verkündete. Es endete mit einem hitzigen Streit, in dessen Verlauf ich mich zum Stil des schnellen logischen Disputes verhärtete, den die Französin hatte. Auberon Herbert verabschiedete sich mit gequältem Gesichtsausdruck und mit sehr schlechter Meinung von der intelligenten französischen Schullehrerin und ihrem Einfluß auf seine Freundin. Als er fort war, zerschmolz Mlle Souvestre vor herzlicher Bewunderung und liebevoller Besorgtheit. Eine eindrucksvolle Frau mit der Begabung zu brillanter Ausdrucksweise und dem Charme vergangener Schönheit und präsenter Attraktivität. Ganz literarisch ihrer Ausbildung nach, ohne eigene Erfahrung mit religiösen Empfindungen oder Gemeinsinn, beobachtet sie diese Eigenschaften an anderen mit einer seltsamen Kombination aus Mißtrauen, Überraschung und – man muß fast sagen – verständnisloser Bewunderung. Man merkt, daß jede Idee mit dem Hammer der Logik bearbeitet und, wenn sie nicht aus sehr hartem Metall ist, in Stücke geschlagen wird. Wenn die Idee aber in die religiöse Sphäre gehört und nicht lächerlich gemacht werden kann, so wird sie sorgfältig für eine zukünftige feindselige Analyse aufgehoben.« (Tagebuch, 10. März 1889)

27 Report to the Board of Trade on the Sweating System at the East End of London by the Labour Correspondent of the Board, September 12, 1887, S. 4 (H. C. 331 of 1889)

28 Fifth Report from the Select Committee of the House of Lords on the Sweating System, 1888–89; Conclusions and Recommendations, S. XLII und XLIII.

29 Vortrag von Beatrice Potter, gehalten auf der 24. Jahresversammlung der Genossenschaften im Juni 1892 in Rochdale; vergl. auch: S. und B. Webb, *Problems of Modern Industry*, 1898, S. 140-5

30 »The Lords and the Sweating System«, in: *Nineteenth Century*, Juni 1890. Ich darf den Leser nicht weiter mit der Geschichte dieses Problems belasten. Aber Studierende finden vielleicht einige kurze Hinweise nützlich. Die Vorstellung, die Unterkontrahenten, die Zwischenhändler, Ausländer oder Juden seien der »Grund« für die Ausbeutung, verschwand. Die Heimarbeit (genauer: »out work«) wurde jetzt allgemein als das eigentliche Übel erkannt. Nur sehr langsam und unvollkommen setzte sich der Gedanke durch, daß man dem Arbeitgeber eine feste Verantwortung für die Bedingungen, unter denen der oder die ausgebeuteten Heimarbeiter ihre Aufträge ausführten, zuschreiben müsse. Der erste Schritt auf diesem Weg ist unter dem Namen »particular clause« bekannt. Das Fabrikgesetz von 1891 enthielt nicht, was ich mir wünschte, verpflichtete aber wenigstens die Fabrikanten in der Textilindustrie, allen ihren Webern und (in der Baumwollindustrie) auch den Spulern und Wicklern schriftliche »particulars« (Arbeitsverträge; A. d. Ü.) mit den Arbeitsbedingungen zu geben; und das Zusatzgesetz von 1895 dehnte diese Verpflichtung nicht nur auf alle Textilarbeiter aus, sondern setzte auch das Innenministerium in die Lage, es auf Akkordarbeiter in anderen als Textilfabriken und -werk-

stätten anzuwenden. Die »particular clause« galt dementsprechend seit 1897 auch für die Produktion von Taschentüchern, Schürzen, Kitteln und Blusen und für die Ketten-, Anker- und Schloßproduktion. (S. and B. Webb, *Industrial Democracy,* 1897, S. 310–11). 1898 und 1900 wurde sie noch einmal erweitert und galt auch für Filzhutmacher, Federmacher und, was in diesem Zusammenhang am wichtigsten ist, für den Schneidereigroßhandel.
Im nächsten Schritt wurde allen Personen, die Aufträge für Heimarbeit gaben, die Verpflichtung auferlegt, eine offene Liste über die Namen und Adressen ihrer Heimarbeiter zu führen, so daß diese in ihren Wohnungen vom Gesundheitsinspektor aufgesucht werden konnten. Das bewirkte das Fabrikgesetz von 1901, das nicht nur die eben aufgezählten Schutzmaßnahmen bekräftigte, sondern (durch section 116) die Vorschrift, Listen zu führen, auf alle Unternehmer ausdehnte, die Heimarbeiter beschäftigten. 1903 wurden die Gesetze, die vorher nur für Filzhutmacher und Schneidereigroßhandel galten, auf alle Heimarbeiter ausgedehnt. 1909 wurde ein umfassender Erlaß für alle in der Kleidungsherstellung beschäftigten Heimarbeiter verabschiedet.
Aber obwohl alle diese Gesetzeserweiterungen in die Richtung wirkten, den »Arbeitgebern« Verantwortung zuzuschreiben, erreichten sie doch wenig. Wir verdanken es der unermüdlichen Ausdauer von Sir Charles Dilke, M. P., und Lady Dilke, daß 1908 ein Sonderausschuß des Unterhauses unter dem Vorsitz von Sir Thomas Whittaker eingesetzt wurde, der sich mit der Heimarbeit befaßte; der Bericht dieses Ausschusses (H. C. No. 246, 1908), der durch Öffentlichkeitsarbeit unterstützt wurde, hatte den Trade Board Act von 1909 (9 Edward VII., c. 22) zur Folge, der das Handelsministerium ermächtigte, auf jedes Gewerbe, in dem die Löhne außergewöhnlich niedrig waren, Bestimmungen anzuwenden, die einem Gremium aus Vertretern der Unternehmer, Arbeiter und der Öffentlichkeit, erlaubten, Minimallöhne für festgesetzte Arbeitsstundenzahlen zu bestimmen; Unterschreitung war strafbar. Zusätzlich bestimmte dieses Gesetz (in section 9), daß ein »Geschäftseigentümer, Vermittler oder Händler, der explizit oder implizit Verabredungen mit einem Arbeiter trifft«, also »Arbeitsaufträge gibt«, als »Unternehmer gelten soll«, also zur Verantwortung gezogen wird, wenn der Lohn, den er seinem Unterkontrahenten zahlt, »nach Abzug der in Verbindung mit der Arbeit notwendigen Ausgaben« das gesetzlich festgesetzte Minimum unterschreitet.
Dies Gesetz wurde nach neunjähriger Erfahrung ergänzt durch Trade Board Act von 1918 (8 und 9 George V., c. 32), und hat viel dazu beigetragen, daß das Niveau der Durchschnittslöhne sich erhöhte, die übermäßigen Arbeitsstundenzahlen sich verringerten und daß der Arbeiter fast im ganzen Bereich der als ausbeuterisch bekannten Gewerbe vor Betrug und Unterdrückung geschützt wurde. Die offenkundige Tendenz dieser Gesetzgebung war es, die Arbeiter in die großen Fabriken zu bringen, in denen verbesserte Maschinen und effizientere Organisation die Produktionskosten reduzieren und höhere Löhne ermöglichen. (Vergl.:

R. H. Tawney, *The Establishment of Minimum Rates in the Tailoring Industry*, 1915; ders. *Minimum Rates in the Chain-Making Industry*, 1914)
Ein Abteilungsausschuß, den das Arbeitsministerium zur Beurteilung eingesetzt hatte, berichtete 1922 (Cmd. 1645, 1922) ziemlich unfreundlich über einige Details des Trade Boad Act, aber es gab keine weiteren Gesetze. Was meiner Meinung nach jetzt (1926) geschehen muß, damit die letzten Spuren des Sweating Systems auch noch getilgt werden, ist eine Ergänzung des Gesetzes durch meinen Vorschlag; damit würden für die Arbeitsbedingungen aller an einer Arbeit Beteiligten (ganz gleich, von wem sie eingestellt wurden) die ursprünglichen »Arbeitgeber« verantwortlich gemacht, also die Eigentümer sowohl des ausgegebenen Materials als auch des fertigen Produktes, das zu ihnen zurückkommt; sie sind die wirklichen Unternehmer und sollten alle Verpflichtungen eines Fabrikbesitzers erfüllen.

Anmerkungen zum siebten Kapitel

1 Im Herbst 1888 war ich den Creightons von einer gemeinsamen Freundin, Marie Souvestre, vorgestellt worden. Aus dieser Zeit datiert unsere Freundschaft, die mir viel bedeutet; als vier Jahre später der Andere, damals mein Zukünftiger, auftauchte, wurde er auch in diese Freundschaft aufgenommen. Ich frage mich oft, wie viele der in den achtziger oder neunziger Jahren jungen Intellektuellen jetzt, später in ihrem Leben, wenn sie an die Tage in diesem herrlichen Familienkreis in Worcester oder Cambridge, Peterborough oder Fulham zurückdenken, diese Zeit für eine der anregendsten ihres Lebens halten. Mir ist Mandell Creighton als einer der subtilsten, fundiertesten, allerdings auch am schwersten faßbaren Denker und als einer der liebenswürdigsten Menschen, denen ich auf meiner ganzen Lebensreise begegnet bin, in Erinnerung geblieben. (Siehe auch: Louise Creighton, *Life and Letters of Bishop Creighton*)

2 Ich muß zugeben, daß ich mit ziemlicher Schadenfreude den folgenden Abschnitt aus einem Nachruf auf Professor Marshall von Professor C. R. Fay, einem seiner Lieblingsschüler, jetzt ein bekannter Ökonom und Fachmann für Genossenschaftswesen, las, aus dem hervorging, daß mein kleines Buch ihn noch zehn Jahre, nachdem ich es veröffentlicht hatte, beschäftigte;
»Allmählich fand ich mein Spezialgebiet – Genossenschaftswesen«, erinnert sich Professor Fay. »Ich war von ihm dazu verpflichtet worden, auf einer besonderen Seite meines Notizbuches den in Aussicht genommenen Titel zu notieren, und ihn jede Woche zu ändern, so lange, bis er genau traf, was ich wollte. Zum Schluß lautete er: ›Co-operation at Home and Abroad, an Analysis and Description.‹ *Seine einzige Sorge war, ich könne mich zu stark von einem schädlichen Buch beeinflussen lassen, das Beatrice Potter zum Thema geschrieben hatte.*« (*The Canadian Forum*, 1925, S. 147)

3 Der »Aufruf« gegen das Frauenstimmrecht wurde im *Nineteenth Century* vom Juni 1889 veröffentlicht, und die Antworten darauf, die Frederic

Harrison in seinem unten zitierten Brief erwähnt, erschienen in derselben Zeitschrift im Juli 1889:
»Die Schreiben von Mrs. Fawcett und Mrs. Ashton Dilke (das im Ton viel angemessener ist) sind eindeutig unter der Würde und Überzeugungskraft des Aufrufes (schreibt mir Frederic Harrison am 7. Juli 1889). Mr. Knowles (der Herausgeber des *Nineteenth Century*) und ich waren uns vollkommen darin einig, daß Sie die Frau sind, die in jeder Hinsicht am besten geeignet wäre, eine Entgegnung zu schreiben, und weil ich Ihren Namen so hervorgehoben habe, bat mich Mr. Knowles, zu versuchen, ob ich Sie nicht dazu übereden könne. Wir brauchen einen Text, der gewichtiger, verständnisvoller und bestimmter als der Appell klingt. Ich finde wirklich, das sind Sie der Öffentlichkeit schuldig. Es ist kriminell, wenn Sie Ihr Pfund in einem Schweißtuch in Monmouthshire behalten. Hiermit möchte ich Sie ganz dringend bitten – das empfinde ich als soziale Pflicht –, öffentlich auszusprechen, was Sie denken, und daraus, wenn schon nicht der Form nach, so doch de facto, eine Erwiderung auf Mrs. Fawcetts dürre demokratische Formeln zu machen.«
Die folgende Tagebucheintragung gibt wohl den Tenor meiner Weigerung, seiner Bitte zu entsprechen, wieder:
»Im Augenblick liegt mir sehr daran, mich aus dieser Kontroverse fernzuhalten. Ich habe noch nichts geschafft, was mir das Recht geben würde, als Vertreterin der Klasse zu sprechen, der Mrs. Fawcett das Wahlrecht geben möchte: der Klasse der zölibatären Frauen. Und, ehrlich gesagt, bin ich mir auch nicht ganz sicher; ich weiß nicht, ob das starke Vorurteil, das ich gegen Politik und ihre Methoden habe, nicht doch auch mein Urteil in der Frage des Wahlrechtes für Frauen beeinflußt.« (Tagebuch, 7. Juli 1889)

4 J. T. W. Mitchell (1828–95), die bemerkenswerteste Persönlichkeit, die in der britischen Genossenschaftsbewegung nach oben gekommen ist, war der illegitime Sohn eines Mannes »in guter Position, aber von unbeherrschtem Charakter«. Mitchell selbst hatte, wie sein Biograph (Percy Redfern, *John T. W. Mitchell*, S. 12) schreibt, »das Gefühl, diesem Elternteil kaum moralische Förderung zu verdanken«. Die Mutter »lebte nur für den Sohn« und wollte das Kind nicht hergeben, obwohl sie sehr dazu gedrängt wurde. Anscheinend verdiente sie ihren Lebensunterhalt durch einen ganz kleinen Bierausschank in einer Arbeiterstraße; außerdem vermietete sie Zimmer an Arbeiter. Als er zehn Jahre alt war, fing Mitchell als Piecer in einer Baumwollspinnerei zu arbeiten an und verdiente seinen Lebensunterhalt von da an immer in der Textilindustrie. Im Alter von ungefähr fünfundvierzig Jahren hörte er auf, in seinem Beruf zu arbeiten, obwohl er keinerlei Rücklagen hatte, und widmete seine ganze Energie der Großeinkaufsgesellschaft, deren Präsident er einundzwanzig Jahre lang, von 1874–95 immer nach jeweils vier Jahren wiedergewählt, war. All diese Jahre, in denen er vollkommen absorbiert von der Arbeit war, das vielseitigste, wenn nicht größte Unternehmen der ganzen Welt jener Zeit aufzubauen, lebte Mitchell von einem Minimaleinkommen, das nie 150 Pfund pro Jahr überschritt – so viel zahlte dies Großunternehmen seinem Präsi-

denten –, in einem kleinen möblierten Zimmer in Rochdale; bei seinem Tode berug sein Vermögen die stolze Summe von ganzen 350 Pfund, 17 Schilling, 8 Pence. Er war nie verheiratet und hing sehr an seiner Mutter. Bald nach ihrem Tod nahm er aus Mitleid einen Nachbarn, Thomas Butterworth, in seine Wohnung auf, der wegen Diebstahls im Gefängnis gesessen hatte und keine Arbeit mehr finden konnte; dieser Mann wurde erst Mitchells ergebener Diener und später, als er eine kleine Erbschaft gemacht hatte, sein ebenso ergebener Vermieter und ständiger Gesellschafter, bis der Tod sie schied. Während seiner ganzen altruistischen Geschäftskarriere war Mitchell ein glühender Verfechter der Abstinenz und gewissenhafter Sonntagsschullehrer in der Rochdale Chapel; dort pünktlich Sonntag für Sonntag zu sein, war ihm wichtig; von jeder noch so langen Geschäftsreise kam er rechtzeitig zurück, und wenn er die ganze Nacht durch (dritter Klasse) mit der Eisenbahn fahren mußte. In seiner Präsidentenansprache auf der Jahreshauptversammlung von 1892 in Rochdale faßte er seine Überzeugung so zusammen: »Die drei großen Kräfte, die die Vervollkommnung der Menschheit fördern, sind Religion, Abstinenz und Kooperation; und wegen ihres kommerziellen Charakters ist die Kooperation, unterstützt und gestärkt durch die beiden anderen, die größte und vornehmste von ihnen und wird mit aller Wahrscheinlichkeit bei der Rettung der Industrie-Klassen erfolgreich sein.« (Percy Redfern, *John T. W. Mitchell,* 1923, S. 89)

5 J. C. Gray (1854–1912), Sohn eines Baptistenpredigers in Hebden Bridge, hatte eine Ausbildung als Büroangestellter in der Revisionsabteilung der Lancashire and Yorkshire Eisenbahngesellschaft. Wegen seiner genossenschaftlichen Einstellung und Arbeit wurde er 1874 Generalsekretär der Hebden Bridge Fustian Society; 1883 Assistant Secretary im Hauptvorstand der Co-operative Union; 1891, nach dem Tod von E. Vansittard Neale, dessen Nachfolger als Generalsekretär der Co-operative Union. Diese Position behielt er, bis er 1910 aus Gesundheitsgründen aus dem Amt schied. Von Anfang an ergriff er mehr Partei für Produktivgenossenschaften als für die Konsumgenossenschaftsbewegung; und 1886 hielt er auf der Jahresversammlung in Plymouth einen Vortrag über die genossenschaftliche Produktion; darin entwarf er einen Rahmenplan zum Aufbau selbstverwalteter Produktivgesellschaften, die mit der Großeinkaufsgesellschaft verbunden sein sollten. Sein Plan wurde von der Jahresversammlung in Plymouth einstimmig angenommen, die Direktoren der Co-operative Wholesale Society äußerten sich nicht dazu. Aber damit hörte der Vorstoß auf. Jahre später entwickelte er einen überraschenden Plan zur Zusammenführung aller Konsumgesellschaften zu einer nationalen Gesellschaft mit lokalen Filialen; damit wollte er den ärgerlichen Mißstand der Überschneidung zwischen den einzelnen Konsumgesellschaften, die überhand genommen hatten, abschaffen. Dazu vergleiche: S. und B. Webb, *The Consumers' Co-operative Movement,* 1921, S. 307–9.

6 E. Vansittart Neale (1810–1892), ein Enkel des Mr. Vansittart aus Bisham Abbey, der zu Pitts Regierungszeit Unterhausabgeordneter für Berkshire war, stammte in direkter Linie von Cromwell ab, wurde in Rugby und

Oriel erzogen; praktizierte als Chancery Barrister und war 1849 einer der Gründer der Society for promoting Working Men's Associations. Ich glaube, es gibt in den Annalen der britischen Philanthropie kein ehrwürdigeres Beispiel für ein Leben, das vom ersten bis zum letzten Atemzug dem interesse- und selbstlosen Einsatz für die arbeitende Klasse gegolten hat. Da er ein ansehnliches Vermögen besaß, steckte er viel Geld in die Produzentenvereinigungen, die von den Christlichen Sozialisten und ihren Nachfolgern ins Leben gerufen waren, bis er 1855 wegen wiederholter Fehlschläge dieser Unternehmen ein relativ armer Mann geworden war. Seit 1869 organisierte er die Jahresversammlungen der Genossenschaften und war von 1873–1891 der ehrenamtliche Generalsekretär der Co-operative Union. Seine größte Leistung für die Genossenschaftsbewegung war die Arbeit als ihr Rechtsberater; er entwarf nicht nur alle ihre Statuten und Rechenschaftsberichte, sondern praktisch die gesamte Gesetzgebung, die für diese Form des Industrieverbandes einschlägig ist. In seinem letzten Lebensjahr erkannte und beklagte er die Unterwanderung der Genossenschaftsbewegung durch Ökonomen aus den Reihen der Fabier. 1892 schrieb er an Hughes: »Die Tendenz, zur Lösung sozialer Probleme die Stadtverwaltungen einzuschalten, scheint mir ständig zuzunehmen; Massenproduktion zum ausschließlichen Nutzen des Verbrauchers soll die Lösung bringen, nicht mehr Zunahme und Vereinigung echter Genossenschaften, die dem Verbraucher dadurch nützen würden, daß sie seine Position als Arbeiter sozial höher stufen. Wenn wir an dieser Konzeption festhalten wollen, dann müssen wir uns wohl der Verbraucherflut mit all der Kraft entgegenwerfen, die wir aus der Vereinigung zur ausdrücklichen Förderung der genossenschaftlichen Produktion gewinnen können, wir müssen darauf hoffen, daß wir endlich die Verbrauchervereinigungen dazu bringen können, einzusehen, daß die Sphären der Produktion und des Konsums, auch wenn sie eng zusammenhängen, doch klar unterschieden werden müssen, damit die Genossenschaften das Wohl der arbeitenden Bevölkerung dauerhaft garantieren können.« (*Memorial of Edward Vansittart Neale*, composed by Henry Pitman, 1894, S. 9) Nach seinem Tode ließ die Genossenschaftsbewegung eine Erinnerungstafel zu seinen Ehren in St. Paul's Cathedral anbringen; eine Anerkennung seiner langen Sozialarbeit durch die Öffentlichkeit fand nicht statt.

7 Genaue Angaben über diese Gesellschaft in den Jahren 1886 bis 1892 findet man in: Benjamin Jones, *Co-operative Production*, Bd. I, S. 315–22. Weitere Einzelheiten in einem sehr lobenden Artikel von Thomas Blandford in: *Labour Co-partnership*, Dezember 1894; man vergleiche auch die Beilage des *New Statesman* über genossenschaftliche Produktion und Gewinnbeteiligung, vom 14. Februar 1914, S. 21. Die Gesellschaft besteht jetzt (1925) immer noch, aber mir ist nicht klar, wie weit sie an ihrem ursprünglichen Grundsatz festgehalten hat, daß alle Arbeiter Aktionäre und alle Aktionäre Arbeiter in der Fabrik der Gesellschaft sein müssen. Ich weiß, daß das ganze Unternehmen 1914 für zehn Jahre an den Manager verpachtet wurde. 1924 hatte es dem Bericht nach 289 Mitglieder (Aktionäre) mit einem Aktienkapital von 12034 Pfund, der Verkauf von

Waren brachte in einem Jahr 30008 Pfund ein, der Gewinn betrug 1053 Pfund nach Abzug der »Löhne und Gehälter« für »sechs Angestellte« in Höhe von 1029 Pfund. Wie viele der 289 »Mitglieder« als Weber in der Fabrik beschäftigt sind, ist nicht angegeben.

8 Diese drei Männer, John Burnett, Benjamin Jones und J. J. Dent, hatten als meine Mentoren in der Arbeitswelt agiert, und so habe ich zwei von ihnen in meinem Tagebuch beschrieben:
»Während meines Londonaufenthaltes habe ich Burnett, Benjamin Jones und J. J. Dent, meine drei engsten Arbeiter-Freunde, öfter gesehen. Meine Freundschaft mit den beiden letzten wird immer enger und dauerhafter, weil ja in Zukunft die Arbeit uns zusammenbringen wird. Für Burnett bin ich voller Bewunderung; er ist auf ganz einzigartige Weise frei von eigenen Interessen, in Gedanken und Gefühlen zurückhaltend und in seinem Verhalten voller Würde; das macht ihn anziehend. Jones hat weniger Niveau, aber auch er setzt sich begeistert zum Wohle der Menschheit ein; dafür schlägt er sich hart als Soldat in der großen Armee, immer bereit, sein Leben in die Bresche zu werfen, aber auch überzeugt, daß im Kampf gegen den Feind alle Mittel erlaubt sind; und alles läßt er zu, Richtiges und Falsches, Gutes und Schlechtes, wenn nur die Richtung stimmt. Er müht sich Tag und Nacht, der Menschheit die »Früchte des Gutseins« zukommen zu lassen, aber dabei vergißt er, daß ohne Baum keine Frucht wächst. Aufgeklärte Selbstsüchtigkeit bei Männern und Frauen kann nicht den Frieden einer selbstlosen Hingabe an das Gemeinwohl erzeugen. (Tagebuch, 6. März 1889)

9 J. J. Dent, geboren 1856; ein sehr geschickter Maurer, der 1883 zum Sekretär des Working Men's Club and Institute Union gewählt wurde. (Dieses Amt gab er auf, als er 1893 zum Genossenschafts-Korrespondenten der Abteilung Arbeit im Handelsministerium ernannt wurde, blieb aber bis 1922 Mitglied des Exekutivkomitees und Vizepräsident des Working Men's Club and Institute Union). 1919 legte er sein Amt im öffentlichen Dienst nieder, nachdem er für seine Verdienste in der Informationsstelle für Emigranten im Kolonialministerium zum C.M.G. ernannt worden war. [C.M.G.: d. i. Companion of the Order of Saint Michael and Saint George, Träger des Ordens von Saint Michael und Saint George; A. d. Ü.] Er war sein Leben lang der Genossenschaftsbewegung eng verbunden, hat bis jetzt an einundvierzig Jahresversammlungen teilgenommen und bei der Gründung vieler Vereinigungen mitgewirkt. Er hat auch in der Workers' Educational Association und dem Working Men's College und anderen Bildungsorganisationen mitgearbeitet.

10 Benjamin Jones spielte hier auf die ungefähr achtzig Baumwollspinnereien und Webereien in Lancashire an, die damals unter dem Namen »Working Class Limiteds« bekannt waren. Diese Fabriken waren von Arbeitern gegründet und wurden von Arbeitern geführt; das Anfangskapital stammte entweder, wie im Fall der Rochdale Manufacturing Company, die die Rochdale Pioneers 1854 (dazu siehe Fußnote 15) aufgemacht hatten, von den Mitgliedern der lokalen Konsumläden oder von anderen Handwerkervereinen. Einige dieser Gründungen beteiligten in ihren An-

fängen ihre Arbeiter am Gewinn, aber bis 1886 hatten sie diese Art des Lohns alle aufgegeben und waren in ihren Statuten und Unternehmungen nicht mehr von normalen kapitalistischen Betrieben zu unterscheiden, sie wurden nicht von den Vertretern der Konsumenten oder der betroffenen Arbeiter geführt, sondern von den Aktionären, die Stimmrechte entsprechend der Zahl ihrer Aktien hatten. Diese Gesellschaften mit beschränkter Haftung, die grundsätzlich aus Angehörigen der Arbeiterklasse bestanden und deren Vorstände meist aus derselben Klasse kamen, wurden deshalb von Ökonomen und anderen oft als »genossenschaftlich« bezeichnet, und aus historischen Gründen wurden sie auch bis etwa 1890 als Teil der Genossenschaftsbewegung angesehen, obwohl sie niemals mit direkten Vertretern zu den Jahreshauptversammlungen der Genossenschaften zugelassen waren.

11 Die Co-operative Aid Society war eine Organisation zur Förderung von Arbeitergruppen, die selbstverwaltete Betriebe aufmachen wollen; in dieser Zeit des unklaren Denkens bekam sie von manchen leitenden Angestellten der C.W.S. (Co-operative Wholesale Society) eine gewisse Unterstützung. Folgende Tagebucheintragung vom 19. November 1889 bezieht sich darauf: »Nahm an einer Vorstandssitzung der Co-operative Aid Association im Vorstandsraum der Londoner C.W.S. teil; den Vorsitz hatte Dent.

Deputationen der Produktivgenossenschaften oder solcher, die es werden wollten. Ahnungsloser, aber wohlmeinender junger Mann, Stiefel- und Lederprüfer, der eine Stiefelfabrik im West End aufmachen wollte. ›Das Geschäft mit den handgenähten Stiefeln stirbt einen natürlichen Tod‹, erzählte er uns. ›Alle nehmen maschinengefertigte Stiefel, weil sie so billig sind.‹ Trotzdem wollte er eine Produktivgenossenschaft für handgemachte Stiefel gründen! Nach einer ausgedehnten Diskussion darüber, daß der Fuß das wichtigste Körperglied ist, produzierte er eine schriftliche Aufstellung über Löhne, Kosten des Rohmaterials, Preise, die die Kunden zahlten, eine Aufstellung, die den ansehnlichen Gewinn von 30% ergab. Das kleine Problem der Unternehmensführung hatte er natürlich noch nicht bedacht; daß es einen Abnehmermarkt gäbe, war vorausgesetzt.

›Wem wollen Sie denn Ihre Stiefel verkaufen?‹ fragte einer aus dem Vorstand mit skeptischem Gesicht.

›Ach, das ist ganz einfach‹, sagte der junge Mann; ›die Öffentlichkeit wird die Vorzüge unseres Erzeugnisses schon erkennen; man wird wissen, daß wir das Prinzip ehrlicher Arbeit haben und nur einen Wunsch kennen, nämlich den Käufer zufriedenzustellen. Ich habe nicht den mindesten Zweifel an unserem Erfolg‹; worauf er noch einmal eine verworrene Rede über Genossenschaftsideale hielt. – Weitere Deputationen; und um 7.45 Uhr gingen Vaughan, Nash und ich zu Canito zum Essen.«

12 Dazu siehe: S. und B. Webb, *History of Trade Unionism, Kap. III:* The Revolutionary Period, 1829–42.

13 Informationen über den britischen Christlichen Sozialismus und seine Führer gibt Charles E. Raven, *Christian Socialism, 1848–54;* das Buch gibt eine bewundernswürdige Darstellung der Begründer des Christlichen So-

zialismus, schildert aber meiner Meinung nach ihren Einsatz für das Ideal der selbstverwalteten Werkstätte zu enthusiastisch. F. D. Maurice und seine Freunde, die ohne jede Erfahrung mit britischem Geschäftssinn anfingen, glaubten anscheinend, sie könnten in ihrer Eigenschaft als Förderer und Bürgen für die finanzielle Sicherung zugleich mit ihrem Kapital auch ihren Geist christlicher Nächstenliebe auf die kleine Gruppe von Handwerkern übertragen, die sie als Profitmacher installierten. Tatsächlich appellierten sie aber an den Eigennutz der Arbeiter, wie F. D. Maurices Freund, F. J. A. Hort, seinem Glaubensbruder erklärte:

»Gerade hörte ich von den Sozialistischen Traktaten, die jetzt erscheinen sollen, und fügte noch ein Postscript an, in dem ich ihm Erfolg wünschte, aber gegen die scheinheiligen Lobreden auf Edelmut und Güte derer, die einer Vereinigung beitreten, protestierte ...

Auch ist der Eigennutz nicht die Spur verringert; er (der Arbeiter, der Mitglied der Produktivgenossenschaft wird) arbeitet zu ›*unserem* Nutzen‹, zum ›Nutzen derjenigen, zu denen *ich* gehöre‹, statt ›zu *meinem* Nutzen‹; und ich muß zugeben, daß ich nicht verstehen kann, was durch diese Veränderung gewonnen ist. Natürlich kann er unter solchen Bedingungen uneigennützig sein, aber nur so weit, wie er es auch in einer Konkurrenzsituation wäre.« (*Life and Letters of Fenton John Anthony Hort,* von seinem Sohn Arthur Fenton Hort, 1896, Bd. I, S. 152 und S. 141–2)

14 Wer sich für die Gründe dieses Scheiterns interessiert, sei verwiesen auf: Benjamin Jones, *Co-operative Production,* 1894, und mein Buch *Co-operative Movement in Great Britain, 1891,* außerdem S. und B. Webb über »Co-operative Production and Profit-sharing«, in der Beilage des *New Statesman* vom 14. Februar 1914.

15 1854 versuchten die Mitglieder der Rochdale Pioneers' Society, ihr Ideal einer selbstverwalteten Werkstatt zu verwirklichen; eine Anzahl von ihnen gründete die Rochdale Co-operative Manufacturing Society. Bis 1860 teilten sie die Gewinne nach dem Schlüssel von einem Pence pro Sovereign eingezahltes Kapital oder Lohn. Dann protestierten die vierzehnhundert Aktionäre, von denen nur dreihundert in der Fabrik arbeiteten, gegen diese Aufteilung des Gewinns; und 1862 wurde der Bonus für Arbeit aus den Statuten gestrichen; dafür hatte eine Mehrheit von drei zu eins gestimmt, und das Unternehmen wurde zu einer reinen Aktiengesellschaft. (Dazu siehe: Percy Redfern, *John T. W. Mitchell,* 1923, S. 27–9).

16 In seiner sorgfältig vorbereiteten Grußadresse auf der Genossenschaftsversammlung in Ipswich schien mir Professor Marshall unaufrichtig zu sein, als er darauf beharrte (im Widerspruch zu seinen Erklärungen als Ökonom), daß es einen fundamentalen Unterschied zwischen »Produktion« und »Distribution« gebe, und sich weigerte einzusehen, daß der Unterschied zwischen erfolgreicher und erfolgloser Kooperation in der Arbeiterklasse nicht ein Unterschied der Funktion, also nicht der Unterschied zwischen Handel und Produktion, sondern ein Unterschied der Konstitution, also der Unterscheidung zwischen Verwaltung durch die Konsumenten und Vewaltung durch die Produzenten war.

»Ich habe schon betont«, erzählte er den Genossenschaftlern, »daß der

Erfolg der distributiven Genossenschaften kein Beweis für die Effizienz der Arbeiter als Unternehmer in der Geschäftswelt ist. Die in ihrem Wesen liegenden Vorteile sind so groß, daß sie manchmal auch dann noch florieren können, wenn sie nur zweitklassig geführt werden; und ganz ohne Frage ist das bei manchen der Fall gewesen. Ihr Erfolg gibt keinen Grund für die Antizipation, daß eine Produktivgenossenschaft Erfolg hätte, wenn sie sich mit den privaten Firmen, die von Geschäftsleuten, gleich schnell in Gedanken und Entschlüssen, voller Phantasie, mit solider Ausbildung und sorgfältig für diese Arbeit ausgesucht, geleitet werden, in offener Konkurrenz messen müßte.« (*Report of the Twenty-first Annual Co-Operative Congress, 1889*, S. 9–10)
Indem er die Vermutung äußerte, die genossenschaftliche Produktion sei gescheitert und die genossenschaftliche Distribution habe Erfolg gehabt, ignorierte er die damals schon erfolgreichen Produktionsabteilungen der englischen und schottischen Co-operative Wholesale Societies und kleinerer Vereinigungen der Konsumgenossenschaftsbewegung. In den dreißig Jahren seither haben die Produktionsunternehmen der Konsumgenossenschaften an Zahl und Vielfalt bedeutend zugenommen. Die Genossenschaftler haben sogar in einer internationalen Organisation von Konsumgenossenschaften angefangen, Waren für den Export zu produzieren und einen Austausch von Produkten und Rohstoffen mit Genossenschaften anderer Länder aufzubauen. Auch hat sich die Konsumgenossenschaftsbewegung nicht nur sehr eindrucksvoll vom Einzelhandel zum Großhandel entwickelt und von einer Großeinkaufsgesellschaft zur Produktivgenossenschaft der Verarbeitung und Einfuhr von Rohstoffen, die sie in ihren eigenen Plantagen in tropischen und subtropischen Gegenden gewonnen hat, sondern sie hat auch eine große finanzielle Organisation im Versicherungs- und Bankwesen geschaffen, damit das Kapital angesammelt, das sie zur Erweiterung ihrer Unternehmungen braucht, und sich unabhängig von profitsüchtigen Bankiers, Maklern und Versicherungsgebern gemacht.

17 John Mitchell meldete sich auf den Jahresversammlungen selten zu Wort. Aber während der Jahresversammlung 1887 in Carlisle fühlte er sich durch einen heftigen Angriff von Tom Hughes auf die Taktik der Großeinkaufsgesellschaft, Produktionsabteilungen zu gründen, so provoziert, daß er behauptete: »Auf der ganzen Welt gebe es keine höhere Form von Produktivgenossenschaft als die, welche die Wholesale Society mit ihren Genossenschaftsfabriken erreicht habe... Wenn sie sich auszahlten, werde er in allen Zentren des United Kingdoms Produktivgenossenschaften aufbauen und sich nicht zufrieden geben, bevor die Wholesale alle Kleidungsstücke selbst herstelle, die ihre Mitglieder trügen... Wenn die Kooperation auf Dauer erfolgreich sein solle, dann müßten wir uns endlich der Frage stellen: Wem gehört der Gewinn und die Wertsteigerung? Er halte dafür, daß beides der Arbeiterklasse gehöre, denn sie habe es geschaffen. Gewinn entstand aus dem Konsum, und die Konsumenten sollten den Gewinn also auch haben... Er riet den Genossenschaftlern, erst dann zufrieden zu sein, wenn sie die Kontrolle über die gesamte

Produktion, das Bankwesen, den Transport und alle anderen wirtschaftlich wichtigen Aktivitäten des Landes hätten. Die Wholesale besitze schon Staatsanleihen (Consols) im Wert von 100 000 Pfund, und im Lauf der Zeit könnten die Genossenschaftler alle Staatsschuldbriefe dieses Landes besitzen. Wenn die Genossenschaftler Geld ansparten, könnten sie nach angemessener Zeit, außer Arbeit für sich zu finden, auch die Eisenbahnen und Kanäle besitzen.« (*Report of Nineteenth Annual Co-operative Congress,* 1887, S. 6–7)

18 1893 Mr. (jetzt Sir) William Maxwell, damals Vorsitzender der schottischen Großeinkaufsgenossenschaft, setzte die Bewegung in große Verwunderung, als er auf der Jahresversammlung in Bristol ein Papier verlas, in dem er schilderte, was seiner Meinung nach ein Übermaß an Arbeitsstunden von Arbeitnehmern der Genossenschaften war. Er zählte nur die Stunden, zu denen die Läden geöffnet waren, und unterschritt die tatsächliche tägliche Arbeitszeit der Verkäufer um etwa 5 bis 10%; dennoch hatten, wie er nachwies, 93,5% der Co-op-Läden eine Öffnungszeit von über 60 Stunden pro Woche, 43,4% mehr als 66 Stunden pro Woche und 163 Genossenschaftsläden oder 13,5% von denen, die Angaben gemacht hatten, waren zwischen 70 und 85 Stunden pro Woche geöffnet. Verbesserungen traten nur langsam und allmählich ein. 1909, sechzehn Jahre danach, waren immer noch 40 Läden in der letzten Kategorie, 123 in der vorletzten und 947, 76,7% aller Läden, waren noch mehr als 60 Stunden pro Woche geöffnet. (J. Hallsworth and R. J. Davies, *The Working Life of Shop Assistants,* 1913, S. 78–80, zitiert in: S. und B. Webb, *The Consumers' Co-operative Movement,* 1921, S. 189). Eine Darstellung der Beziehungen zwischen der Genossenschaftsbewegung und ihren Angestellten bis 1920 findet sich im dritten Kapitel des Buches.

19 Ich glaube, daß der Terminus »Collective Bargaining« hier zum erstenmal als Bezeichnung für Lohnverhandlungen verwendet wurde. Vergleiche dazu Beatrice Potter, *The Co-operative Movement of Great Britain,* 1891 S. 216–18. Dieses kleine Buch hat einen erstaunlichen Erfolg, besonders im Ausland, gehabt, es ist in ungefähr ein Dutzend Sprachen übersetzt, zuerst erschien 1892 eine Übersetzung von Professor Brentano ins Deutsche, und erst kürzlich, 1925, war noch eine Übersetzung ins Finnische zu autorisieren. Die weiteste Verbreitung hat es angeblich in Rußland gehabt, zu Beginn dieses Jahrhunderts; dort ist es in den Anfängen der Russischen Genossenschaftsbewegung als eine Art Lehrbuch benutzt worden. Es ist nie überarbeitet oder auf den neuesten Stand gebracht worden; jetzt ist es durch *The Consumers' Co-operative Movement,* von S. und B. Webb, 1921, ersetzt.

20 Vgl. Matthew Arnolds Essay über »Equality« in: ders. *Mixed Essays,* S. 92.

21 Eine Darstellung, wie diese freiwilligen Zusammenschlüsse von Verbrauchern durch Kommunalgesetze zu Kommunalbehörden wurden, findet sich in: S. und B. Webb, *English Local Government: Statutory Authorities for Special Purposes,* 1922, besonders Kapitel VII, S. 397–486, über die Entstehung neuer Verwaltungsgrundsätze.

22 S. und B. Webb, *The Consumers' Co-operative Movement,* 1921, S. 289.

23 G. Bernard Shaw, *The Fabian Society: Its Early History;* 1892, Fabian Tract No. 41; auch Edward Pease, *History of Fabian Society,* 1925.

24 *Fabian Essays in Socialism,* 1889, S. 31 und S.34–35. Diese erste Ausgabe sollte man mit der jüngsten Neuauflage von 1920 vergleichen, die eine ausführliche Einleitung hat, auch mit der ausführlicheren Darstellung derselben These im Band XII der *Cambridge Modern History,* die von der Fabian Society unter dem Titel *Towards Social Democracy?* wiederveröffentlicht wurde.

25 Vaughan Nash, Träger des Bath-Ordens und Komtur des Royal Victorian Ordens, geboren 1861, sein Leben lang mit der Gewerkschafts- und der Genossenschaftsbewegung beschäftigt, war damals Journalist. Sieben Jahre lang, 1905–12, war er der Privatsekretär zweier aufeinanderfolgender Premierminister, danach stellvertretender Vorsitzender der Development Commission. Zusammen mit Hubert (später Sir Hubert) Llewellyn Smith schrieb er 1890 die *Story of the Dockers' Strike* und nach einer Indienreise während der Hungersnot von 1900, im Jahr 1901 *The Great Famine.*

26 Alle fünf »jungen Radikalen« wurden Minister eines Liberalen-Kabinettes, und einer von ihnen (H. H. Asquith) war acht Krisenjahre lang Premierminister; zwei der Fabier (Sydney Olivier und Sidney Webb) und einer der Liberalen (R. B. Haldane) waren Mitglieder des ersten britischen Labour-Kabinettes, und Alice Stopford Green ist auf der Liste des ersten Senates des Freistaates Irland. In der Welt von heute ist Bernard Shaw, Sozialist und Dramatiker, der hellste Stern dieses Sternbildes. Erst zwei Angehörige dieses Kreises sind tot (1926) – H. W. Massingham und William Clarke – beide wurden als Journalisten berühmt.

Register

Inhalt

Beatrice Webb, Meine Lehrjahre

Erstes Kapitel

Zweites Kapitel

Siebentes Kapitel